U0536624

本书受国家艺术基金 2022 年度艺术人才培训资助项目立项资助

回到昆曲 立足当下
——当代青年编剧昆曲剧作集（上）

张婷婷 廖亮 主编

赵晓红 邓黛 副主编

中国书籍出版社

China Book Press

图书在版编目（CIP）数据

回到昆曲　立足当下：当代青年编剧昆曲剧作集.
上 / 张婷婷, 廖亮主编；赵晓红, 邓黛副主编. —— 北京：
中国书籍出版社, 2024.8

ISBN 978-7-5068-9830-0

Ⅰ. ①回… Ⅱ. ①张… ②廖… ③赵… ④邓… Ⅲ.
①昆曲—剧本—作品集—中国—当代 Ⅳ. ①I232.9

中国国家版本馆CIP数据核字（2024）第067156号

回到昆曲　立足当下：当代青年编剧昆曲剧作集（上）

张婷婷　廖　亮　主编　赵晓红　邓　黛　副主编

图书策划	武　斌
责任编辑	成晓春
责任印制	孙马飞　马　芝
封面设计	东方美迪
出版发行	中国书籍出版社
地　　址	北京市丰台区三路居路 97 号（邮编：100073）
电　　话	（010）52257143（总编室）　　（010）52257140（发行部）
电子邮箱	eo@chinabp.com.cn
经　　销	全国新华书店
印　　刷	北京九州迅驰传媒文化有限公司
开　　本	710毫米 × 1000毫米　1/16
字　　数	296千字
印　　张	24
版　　次	2024 年 8 月第 1 版
印　　次	2024 年 8 月第 1 次印刷
书　　号	ISBN 978-7-5068-9830-0
定　　价	158.00元（上、下）

版权所有　翻印必究

序

廖 奔

　　原来姹紫嫣红开遍，似这般都付与断井颓垣。良辰美景奈何天，赏心乐事谁家院！朝飞暮卷，云霞翠轩；雨丝风片，烟波画船——锦屏人忒看的这韶光贱！

　　遍青山啼红了杜鹃，荼䕷外烟丝醉软。牡丹虽好，他春归怎占的先。闲凝眄，生生燕语明如剪，呖呖莺歌溜的圆。

——汤显祖《牡丹亭》

　　2022年度上海大学国家艺术基金艺术人才培养资助项目《"回到昆曲，立足当下"——昆曲编剧培训》，时下具有非同寻常的意义，将会展现为一个历史的刻度。

　　不仅因为昆曲被列为世界第一批人类非物质遗产代表作，是中国最古老剧种的代表，是现存的戏祖，它的机体里包含了最多的传统文化因子，它的舞台经验又积累得最为厚重，是曾经哺育过所有现存戏曲声腔剧种的先师。而且，昆曲是从世纪之交到现在，海峡两岸和大洋彼岸的华人一起努力，重新在当代舞台上复兴了的天之骄子，受到当代观众的青睐，成为今天生机勃勃、充满活力的剧种。因此，昆曲既是戏曲舞台上的活化石，又是当代剧坛上的审美翘楚，有着顽强的艺术生命力。它就像隐伏山中的老茶树，六百年来枝繁叶茂，现在每年还硕果累累。

但是，现在时代变换了审美聚焦点。在时下快餐文化盛行的氛围中，昆曲成为曲高和寡又十分脆弱的亚文化，成为容易受流行文化冲击的对象。随着时代路径的切换，当代人也丧失了解读昆曲的钥匙，失去了转接其信息符号的接收器，人们不再能够轻松理解并品味它所运用的传统符号的含义、内涵和意蕴。对于它采取的韵律森严的词曲格式，人们感到陌生，更不用说对它的内容和形式所依托存在的、传统社会文化背景的把握了。由此，昆曲在社会观众心中平添了一丝神秘、一缕朦胧、一层深奥，这是它今天的致命处。

然而，昆曲所富含的历史文化信息，又使它具备了传统文化结晶体的品格。于是，当代人对它的品尝和把玩，无形中增添了研琢传统文化的意味。观赏昆曲在某种意义上，和观赏出土文物的意蕴接近。当人们面对上古时期的一个家用陶罐、一件日常麻衣的时候，所获得的感觉会和面对现代器物截然不同，因为时空距离赋予了它们特殊文化载体的作用，使之成为破译一个已经逝去的久远时代的密码。当然，昆曲是活的舞台艺术，它一方面传承着丰富的传统文化基因，一方面又因存活而发生变异，这与出土文物信息价值的固定化不同。由此，当代舞台上的传统昆曲演出，就不仅仅具有表层的娱乐文化的审美价值，而且还有着绍续历史与文化的内在价值，因而具有薪火相传的文化象征意义，具有继往开来的文化传承使命。

《"回到昆曲，立足当下"——昆曲编剧培训》从中青年专业人士中择取昆曲编剧人才，以昆曲编创专题讲座与剧本孵化工作坊相结合的方式开展培训，为其充实文化艺术素养、打牢戏剧理论基础、构筑精深专业知识做一点增砖添瓦的工作，试图推出一些既能够绍续昆曲传统又具备开阔理论视野、既能传承昆曲基因又可以把握时代审美趋势的新生创作力量，同时孵化出一批新创昆曲剧本。这是一个世纪性计划，旨在为昆曲创造性发展与创新性转化探索可能性路径。无论其将来结果如何，这种努力都值得尝试。

这本集子，就是上述剧本的合集。

垦荒播种，春华秋实，我相信这种尝试一定能够收获丰硕的回报。

2024 年 6 月 22 日于京华紫竹轩

目录

—神话时期—

跃龙门

于莎雯

时间：神话时代

地点：黄河

人物：

赤　鳞　武旦反串娃娃生，黄河里的一条小鱼

文　雀　丑，小鸟

河　伯　净，黄河河神

黄河浪　四群演

［轻快明朗的序曲。

［黄河里，赤鳞上，神采奕奕。

赤　鳞　（唱）【北仙吕·点绛唇】

　　　　耀日（甲）光开

　　　　黄流一派

　　　　（尾）轻摇（鳍）轻摆

　　　　（任）他水（从）天（上）来

　　　　浪卷多狂态

我，赤鳞，黄河中一条小小鱼儿，从下游径直朝上游而来。不
知经历多少昼夜，搏击多少风浪，只为到达龙门，奋力一跃，
化身为龙。一路游来，想此处离那龙门已是不远，赶路去者！

［赤鳞下。文雀上。

文　雀　（唱）【混江龙】

　　　　身披五彩

　　　　云空展翅众（生）灵胎

这世间万物，就属咱们鸟儿见过的世面最大！

　　　　（也曾观）滔滔沧海

　　　　（也曾赴）王母瑶台

　　　　（与）白鹤桃园结八拜

　　　　（共）青鸾高蹈翼同谐

　　　　（欲）览奇观万（里）乘风来

　　　　（要）看黄河天降（荡）尘埃

　　　　（只听得）涛声似吼

　　　　惊撼心怀

飞了多时，不知不觉肚子饿了。得，这黄河之上，也点不了外

卖呀！还是自力更生，先找点儿吃的吧。吃饱了才有力气旅游不是？

［文雀下。赤鳞上。

赤　鳞　水流渐急，波涛愈大，定是龙门近了。

［赤鳞精神振奋，快乐游泳。文雀上。赤鳞在水中游，文雀在天上飞。

文　雀　找了半天了，怎么什么都没有啊！

赤　鳞　想我心愿将成，心中好不欢喜！且待我跃出水面，一展欢欣！

［赤鳞开心地在水面跳跃。

文　雀　好肥的一条红烧鱼！

［文雀俯冲袭击赤鳞，赤鳞反击。两人斗了几个回合，赤鳞用力一顶，竟把文雀顶得晕头转向。

文　雀　小鱼儿，你的力气真大！

赤　鳞　俺可是这黄河之中力气最大的鱼儿。

文　雀　我不吃你了，咱们交个朋友吧。

赤　鳞　那就交个朋友。

文　雀　小鱼儿，你叫什么名字？

赤　鳞　我遍身红鳞，就叫赤鳞。你呢？

文　雀　我满身彩羽，就叫文雀。

赤　鳞　（指自己）赤鳞。

文　雀　（指自己）文雀。

赤　鳞　（指文雀）文雀。

文　雀　（指赤鳞）赤鳞。

二　人　哈哈哈哈！

文　雀　一起同行？

赤　鳞　一起同行！

　　　　[二人同行，一在水中，一在空中。

文　雀　赤鳞，你这是要去哪？

赤　鳞　我要去跃龙门。

文　雀　跃龙门？

赤　鳞　（唱）【油葫芦】

　　　　　　　一座龙门名震（九）垓

　　　　　　　划开了神（凡）异界

文　雀　厉害了！

赤　鳞　在那龙门脚下，

　　　　（唱）（浪汹汹）惊风密雨满尘埃

　　　　　　（哗啦啦）飞流直下天（河）倾泻

文　雀　这么可怕的地方，你干嘛非得跃龙门？

赤　鳞　那是我的梦想！鱼族人人皆知，龙门乃仙凡之界，只要奋力跃过，

　　　　便可化身为龙，腾飞九霄。

文　雀　（对观众）我突然觉得自己赢在起跑线上了。嗨，小鱼儿，飞

　　　　的感觉也就那么回事。当然，也不错。

赤　鳞　我不甘心终日埋首黄水！

　　　　（唱）（则待要）腾身放眼九天外

　　　　　　（从祥云）把（鳞）爪（舒）开

　　　　　　（绕瑞霭把）头（角）轻抬

　　　　　　天（地）间处处为仙客

　　　　跃过龙门之时，便会有天火从天而降，烧去鱼尾，变成一条真

　　　　正的龙。

　　　　　　（方是我）鱼族皎（皎）英才

文　雀　理想很美好，就是疼了点儿。加油吧，赤鳞！你就拼命地跳，总能跳过去。

赤　鳞　非也！鱼儿一生只有三次跃龙门的机会。

文　雀　三次！

赤　鳞　若三次皆败，前额便会长出一个黑斑，无法抹去，相随一生，今生今世都只能做一条鱼儿！

文　雀　小鱼儿，我突然也感觉到压力了！

赤　鳞　文雀，你从何而来，又向何方而去？

文　雀　我呀，这趟从沧海而来，往昆仑而去，顺便参观一下龙门。

赤　鳞　沧海？那是个什么所在？

文　雀　听了！

　　　　（唱）【六么序】

　　　　　　（汗漫无边）一片水

　　　　　　（更有谁）势宏大

　　　　　　（吞吐）星辰往来

　　　　　　（捧旭日）海面（金）光歼

　　　　　　（映玉盘）多少（相思）天涯

　　　　　　（闹腾腾）水族万种皆应有

　　　　　　（静幽幽）飞龙栖宿琉璃界

　　　　　　雾飘渺阆苑蓬莱

　　　　　　连银（汉）亘古依然在

　　　　　　（终归是）百川入海

　　　　　　（纳江河）桀骜狂乖

赤　鳞　这等奇观，还是飞龙栖息之所，教我心头无限神往！忽而热血沸腾，此番必得拼尽毕生之力，跃过龙门！

［二人下。四群演上，群场表现黄河浪汹涌翻滚。赤鳞文雀复上。

文　雀　赤鳞你看，那就是龙门！

二　人　（唱）【北双调·驻马听】

　　　　　　　　高崖雄关，（只见那）高崖雄关

　　　　　　　　漭荡天河（云边）直挂悬

　　　　　　　　（溅寒珠）弥天飞箭

　　　　　　　　惊涛如擂鼓三千

赤　鳞　好龙门！待我一跃！

　　　　［赤鳞奋力一跃。

　　　　　　　　腾身空际似鹰旋

　　　　离峰顶还有一丈，眼看就要跃过去了！呀，怎的停住了？呀，
　　　　怎的往下落了！

　　　　［赤鳞落下，重重摔在水里。

赤　鳞　（唱）（恰便似）山崩石坠黄河面

　　　　　　　　（飞天心气）化云烟

　　　　　　　　（一阵阵）抽筋裂骨身疼遍

文　雀　喂！小鱼儿，你没事吧？

赤　鳞　文雀，你是不是看我很可笑？

文　雀　我为什么要觉得你可笑呀？

赤　鳞　我自夸是黄河里力气最大的鱼儿，不想一跃之下，却离龙门峰
　　　　顶足足还有一丈。真真无知，真真可笑，真真不知天高地厚！
　　　　如此不济，想这龙门，也不必再跳了。

文　雀　赤鳞，你才跳了一次，就要放弃啦？

赤　鳞　一丈之遥，便是差之千里，纵使二跳三跳也是枉然。

文　雀　不就一丈吗？咱们可以想办法！可你若失败一次便不肯再试，

我就不要和你做朋友了！你不是黄河里力气最大的鱼，你是全天下胆子最小的鱼，我不要跟胆小鬼做朋友！

赤　鳞　胆小鬼！你说我是胆小鬼？

文　雀　对！在困难面前直接躺平的就是胆小鬼！

赤　鳞　呀呀呀！胆小鬼！胆小鬼！我不是胆小鬼！我是天不怕地不怕的一条好汉，便是黄河河神，我也不怕他！

文　雀　是好汉你就接着跳！

赤　鳞　好！我就接着跳！哎，可是那一丈之遥……

文　雀　这一丈之遥么……（思考）有了！你先退后一里。

赤　鳞　退后一里。

文　雀　加速前冲。

赤　鳞　加速前冲。

文　雀　等冲到龙门脚下，就借着这股冲劲，高高跃起！

赤　鳞　高高跃起！

文　雀　这回呀，一准儿能跳过去！

赤　鳞　（拍手）哈哈哈！此计甚妙！就依此法，待我重跃！

　　　　〔二人下。四群演上，黄河浪翻滚越加汹涌。

黄河浪　（唱）【折桂令】

　　　　　　吼如雷响彻尘寰

　　　　　　（则见那）万马奔腾

　　　　　　浊浪拍天

　　　　　　（直拍得）地覆天翻

　　　　　　冲夺弱水

　　　　　　漫灌桑田

气彪悍劈山利斧

性猖狂力压百川

[赤鳞与文雀上。

赤　鳞　（唱）（走奔电）浪里涛间

　　　　　　（好一似）飞箭离弦

[赤鳞跃起。

　　　　　　（第二番）跃上青空

　　　　　　（直射向）云脚峰巅

已高过龙门之巅！待我翻越！

[河伯上，带领黄河浪直扑赤鳞。

文　雀　突然掀起一股巨浪！这巨浪怎么飞得跟山一样高？不好，浪头
　　　　直扑赤鳞而去了！

[巨浪把赤鳞打下，他又跌落水里。

赤　鳞　好凶恶的浪头！

河　伯　呵呵呵哈哈哈哈！小毛鱼，让你尝尝俺的厉害！

文　雀　这位脸可真够黄的。

赤　鳞　兀那汉子，看你脸色晦气，定非好人。方才可是你将我打落？

河　伯　不错。

赤　鳞　报上姓名！

河　伯　行不改姓，坐不改名，河伯是也。

文　雀　河伯是什么东西？

河　伯　河伯不是东西。啊呸！河伯乃堂堂黄河河神。

赤　鳞　原来是黄河河神。我问你，你为何将我打落？

河　伯　哼！方才，我分明听见你说，便是黄河河神，你也不怕他！

文　雀　好家伙，这是得罪大佬了。

赤　鳞　河伯，你贵为神祇，却也只会欺负生灵！

河　伯　小小毛鱼，胆敢口出狂言，今番便是要教训于你！那些个跃过龙门的。

　　　　（唱）【雁儿落带得胜令】

　　　　　　（你看他）腾腾（矫矫）飞在天

　　　　昔时里哪个不是

　　　　　　（俺跟前）（怜怜）楚楚装颜面

　　　　　　（每日里）巴巴（结结）（拜俺）早晚间

　　　　　　（虔虔诚诚）向俺说心愿

　　　　　　（把珍珠）宝玉（供奉）神龛前

　　　　　　（这个求）风势（助人）喜多贤

　　　　　　（那个愿浪头）解意无刁难

　　　　　　（成败）皆（在）咱指掌间

　　　　小毛鱼，你这般桀骜轻狂，以为凭一己之力，就能跃过龙门。

　　　　　　（候着你浪）如山

　　　　　　（好教你）永绝龙门念

　　　　　　（纵有神力）千般

　　　　　　（也休想）功成过此关

　　　　〔河伯率黄河浪下。

赤　鳞　呀，如此说来，今生今世我都跃不过龙门了！

　　　　（唱）【沽美酒带太平令】

　　　　　　（一席话）豪情散若烟

　　　　　　豪情散若烟

　　　　　　熄壮（志）怎重燃

　　　　　　力比蜉蝣难胜天

罢了，也莫作徒劳之功，还是打道回府吧。

　　　　（望）龙门（似隔）万山

　　　　（拭泪眼）欲回首又折还

文　雀　赤鳞，你给我站住！不许当逃兵！

赤　鳞　龙门之念已绝，还要怎的？

文　雀　你别听那黄脸汉子瞎说，跃龙门这事，不由他说了算！

赤　鳞　那由谁说了算？

文　雀　由你自己！

　　　　（唱）（从来是）有志者能敌万难

　　　　　　　（待众生）天和地杯水平端

　　　　　　　（任亲疏）任好恶天道难变

　　　　　　　（也非是）主事者一私可拦

　　　　你呵！

　　　　　　　（且只把）心宽，气宽

　　　　　　　（跳出个）超凡，不凡

　　　　哎呀！

　　　　　　　（那才叫）从天（意）（遂）人愿

　　　　跃龙门是上天制定的规则，每条鱼都有平等的机会。那河伯拦
　　　　你不得！

赤　鳞　文雀，我还有机会？

文　雀　当然！只要你自己别认输！我已经想好了，等你跳第三次的时
　　　　候，在你冲刺即将跃起之时，我会先你一步飞起。

赤　鳞　如何？

文　雀　混淆河伯的眼睛，引开巨浪，助你化龙！

赤　鳞　好兄弟！

文　雀　来吧，最后决战！

〔赤鳞和文雀下。河伯率黄河浪上。波滚浪翻。

河　伯　（唱）【北正宫·端正好】

（发长啸）势千钧

（挥手间）波千丈

河面上（筑起）水壁高墙

身如（铁）也枉（把）（这）金城撞

（胁生翼）难越泼天浪

〔赤鳞上，快速穿行水中。

赤　鳞　（唱）【滚绣球】

聚精魂（任他）风卷狂

烈心火（只来）战一场

逞英雄斩波劈浪

（何惧那）千叠汹（涌）万仞高墙

〔赤鳞下。文雀上。波浪中，文雀快速飞向龙门之巅。

河　伯　那小毛鱼竟又跃起！浪头与我追，与我打！他跳到哪，就打
到哪！

〔河伯、黄河浪与文雀缠斗。赤鳞上，第三跃。

文　雀　赤鳞跳起来了！他跳的真有劲！

（唱）（见他）若飞星耀赤光

划乾坤破苍黄

赤　鳞　越过峰顶了！

文　雀　他越过了！

赤　鳞　（此句京白）飞起来的感觉真好！

〔天火降下，烧尾。

赤　鳞　呀，是天火降下！

文　雀　天火在烧他的尾巴！

赤鳞/文雀　我（他）就要变成飞龙了！

河　伯　奇怪，他怎么停在半空？呀！原来是只小鸟儿，不是那条小毛鱼，
　　　　是我眼花错认了！那条小鱼呢？哇呀呀呀！他竟已跃过龙门，
　　　　被天火烧尾了！

　　　　（唱）满腔里恼羞齐荡

　　　　　　（更）掩不住怒愕惊惶

　　　　气煞我也，气煞我也！原来是你二人合力骗俺！

文　雀　怪你自己眼花嘛。

河　伯　你这天杀的鸟儿！哼，既然那小毛鱼要成了飞龙，你这小鸟儿
　　　　索性也做了水底游鱼吧！浪头，与我把这只奸猾小鸟打落水面，
　　　　卷进水底！

　　　　［黄河浪凶狠扑向文雀，文雀被打落水中，苦苦挣扎。

赤　鳞　空中一望，那浪里似有什么随波浮沉。呀，那是文雀在苦苦挣
　　　　扎！待我跳下救他。且慢，天火尚未将鱼尾烧断，我还未成龙身，
　　　　此时跳下，岂非功败垂成？且再等片刻。（文雀境况愈险）呀呀呀，
　　　　文雀被卷进漩涡，性命已在旦夕之间！

　　　　（唱）（则见他）陷涛（心）头渐（没）浑波呛

　　　　　　（恶浪头）翻滚周遭似沸汤

　　　　　　（须臾便要）两隔阴阳

　　　　顾不得了！文雀，我来救你！

　　　　［赤鳞跃到水中，与黄河浪搏斗，然后用头奋力一顶，将文雀顶
　　　　出水面。

河　伯　你到底没有做龙的命！哈哈哈哈！

[河伯率黄河浪下。

文　雀　赤鳞，谢谢你救了我的命！

赤　鳞　是我该谢你，为了助我，险些丢了性命！

文　雀　（惊恐）你的额头，你的额头！

赤　鳞　我的额头？我的额头怎样？

文　雀　你的额头……长出了一个黑斑。

赤　鳞　黑……斑！

　　　　（唱）【倘秀才】

　　　　　　一腔心（血）终究尽枉

　　　　　　空跃起几番劳攘

　　　　　　怀内悲戚心下凉

　　　　　　料来（成败）皆命定

　　　　　　我必（无缘）傲穹苍

　　　　　　（真个是）永绝念想

文　雀　赤鳞，都怪我！要不是为了救我，你就不会……失去化成龙的
　　　　希望。我对不起你！

　　　　（唱）【叨叨令】

　　　　　　（堪恨）身拙翅软（跌落）黄河浪

　　　　　　（累你）正当烧尾（跃下）崖千丈

　　　　　　（本待要）翱翔空际风摇（云）荡

　　　　　　（眼见得）垂成功败（把）时机（轻）丧

　　　　　　兀的不痛煞人也么哥

　　　　　　兀的不恨煞人也么哥

　　　　　　（恨我）帮（倒）忙害你（永失）腾龙望

　　　　我真是天字第一号猪队友！现在好了，你不但不能变成飞龙，

还……还把尾巴给烧糊了！小鱼儿，我恨不得、恨不得把命都赔给你！

赤　鳞　文雀，你说哪里话！化龙的机会再宝贵，又怎能贵过朋友的性命、你我的情义？何况，这次跃上龙门的机会，原本就是你拿命换来的。

（唱）【鲍老儿】

　　　　（若非你）飞身在前义高张

　　　　（哪得我）一跃（青天）无遮障

　　　　（若非你）以躯犯险（孤）勇一腔

　　　　（那龙门）峰顶何敢望

　　　　（更何况一路上）相爱相亲

　　　　相激相勉，相扶相帮

化身为龙，就算是鱼儿无上的成功，

　　　　（又怎忍让兄弟）以义相搏

　　　　以身相垫，以命相偿

文雀，我是何等的渴望化身为龙！可是，在我的生命中，还有许多比化龙更宝贵的东西，譬如友情，譬如道义，譬如你。便是让我选择百次千次，我还是会从龙门顶上一跃而下，今生无悔。

文　雀　赤鳞，交了你这个朋友，我也，今生无悔！

赤鳞 / 文雀　（二人握掌）今生，无悔！

文　雀　小鱼儿，你今后有什么打算？

赤　鳞　就做一条黄河里自由自在的鱼吧。

文　雀　你为什么不去看看更大的世界？

赤　鳞　可我也飞不了哇。

文　雀　可你会游啊！为什么不跟我一起，去看看沧海？

赤　鳞　沧海？

文　雀　对，沧海！那是龙的栖息地，可你一样可以到达！

赤　鳞　对，对！游向沧海，去看看更大的世界。不管是跃龙门，还是
　　　　去沧海，只要有了目标，生命的过程就会充实而热情。沧海，
　　　　或许才是每一条鱼儿，更真实、更宏伟、也更有意义的理想。
　　　　文雀，走哇，去看沧海！

　　　　〔赤鳞与文雀下。

　　　　〔壮阔的音乐中，赤鳞与文雀上，他们来到沧海。

赤　鳞　（唱）【尾声】

　　　　　　　惊诧这极目无垠天地广

　　　　　　　则把我豪气冲霄喜欲狂

　　　　　　　见鲸鲵如山何轩昂

　　　　　　　日升月落海中藏

　　　　　　　无边潮，四下碧茫茫

　　　　　　　万千种，水族共俦侣

文　雀　（唱）方才是真个云外仙乡

赤　鳞　（唱）梦也不曾见这般景象

　　　　文雀，来到沧海，我方才知道自己错了。

文　雀　你哪儿错了？

赤　鳞　从小到大，我只以为高处才好，越高越好。自小只将化龙求，
　　　　一心高飞上云头。

文　雀　现在呢？

赤　鳞　现在方知，风流莫作高低论，海在江河最下游。

文　雀　小鱼儿，你真的长大啦！

二　人　（唱）待把跃龙门的故事与后世慢慢讲

〔二人走向远方。

〔收光，幕落。

——全剧终

于莎雯　文学博士，青年编剧，与各级院团和国内顶尖音乐学院合作，作品多次入选国家、各省市级艺术基金大型舞台资助项目及获奖。连续担任上海交通大学全球华语短诗大赛复评评委。主要作品有原创昆剧《描朱记》《名园遗梦》《花甲县令》，清唱剧《葡萄熟了》，室内歌剧《命在弦上》《黄昏里的男孩》《伊俄卡斯塔》《毛孩子》《女婴》《洛神赋》，作词，歌曲《水墨新疆组歌》《致一墙之隔的恋人》等。

—神话时期—

灌口二郎

马潇婧

时间： 神话

地点： 华山、灌口、灌口海宫

人物：

杨二郎　　官生／武生，二郎神

霸　下　　小生，灌口龙太子

哮天犬　　武丑

健　池　　净，妖蛟

小　梅　　六旦，灌口村女

杨三娘　　闺门旦，二郎神的妹妹，三圣母

天　尊　　老生，天宫的上仙尊者

龟兵老儿　丑

恶蛟小二　丑

恶蛟老儿　丑

天将若干，虾兵蟹将若干，恶蛟小兵若干

第一折 镇 山

［幕启。

［华山山脚下，云雾缭绕。二郎神上。

二郎神 （念）手持三尖两刃枪，

身披玉带妙道装。

庇护众生声名远，

神力无边称二郎。

俺壶天斗牛宫二郎真君，上仙天尊门下神将是也。多日搜寻吾妹神女三娘不得，心下担忧非常，承蒙天尊指引，而今得知三娘正在华山，俺不免前去劝解一番，望其早日返回天庭。哎，可叹，想俺自幼与三娘在天尊宫内成长，不想三娘竟私下凡尘与一书生私会，倒叫俺不知作何解说。

［二郎神行路匆匆，华山动荡，二郎神眼见不对，原来是三娘用宝莲灯在华山营造的陷阱。

二郎神 哎呀呀，小心，原来是障眼法。

［三娘上，白衣戴孝装，即将临盆。

三 娘 （念）壶天似雪凛寒风，

春在华山映翠红。

万灶炊烟起田舍，

多少人家俏乐中。

［三娘见有人来到华山。

三 娘 怎么？（疑惑状）天将竟追将至此了！

三　娘　（唱）【北中吕·山坡羊】

　　　　　　大江东去，

　　　　　　峰峦西去，

　　　　　　春闺掩处天涯路。

　　　　　　望天都，

　　　　　　恨蹄初，

　　　　　　深深铁链昭天孤，

　　　　　　宫阙万间都做虚。

　　　　　　谁，多见苦；

　　　　　　逃，也是苦。

二郎神　三妹！

三　娘　二哥？！你！你来捉拿我了么！

二郎神　三妹，你这身？（看三娘全身素服）

三　娘　如今，彦昌已死。

二郎神　什么！那，那书生怎么死了？

三　娘　彦昌身体虽弱，看是暴毙，小妹实实不能相信。二哥尚且能寻
　　　　得我，那天庭众神又如何寻不得！

二郎神　三妹，你莫要多想，刘彦昌只是一凡人，天庭作何与他纠缠，
　　　　他既然已死，你速速与我返回天庭。

三　娘　彦昌（哭状）。

二郎神　神仙修炼应该断情绝爱求升四圣道，先前你盗得宝莲灯私下凡
　　　　间，即便天神要捉拿于你也是正理，何况天庭众神尚且不知你
　　　　情况。

三　娘　二哥，想那壶天冷酷无情，如同牢笼，小妹所求不过是一段人
　　　　间真情。

二郎神　难道你我二人之间无亲情么？天尊与你无恩情么？

三　娘　二哥，你我自幼扶持长大，得天尊教导修炼为仙，小妹实实不敢忘怀，只是天尊无情。

二郎神　怎么？你以为刘彦昌是天尊所杀吗？天尊又怎会与凡人一般见识。如若不是天尊告知，我又如何得知你的下落，而今前来劝解，三妹，与我回去吧。

三　娘　回不去了，就算彦昌真真命途多舛，阳寿已尽，小妹怪不得任何人。只是，神仙法力并非小妹所求，只求一家人在一起，天尊一心求得神功权力，二哥为他门下，一去行事、修炼便是百年未见，你还看不清楚吗？

二郎神　只有法力高强，才能护佑众生。天尊所求，亦无所错。

三　娘　如果只有神力而无情感，又能如何护佑众生呢？若心死，身又何存？

二郎神　罢了，你与我返回天庭，天尊定然与你开脱，就当一切没有发生过。即便事情败露天帝降罪，也罪不至死。

三　娘　如何回去，回去作何！哎呀！（即将临盆，难受状）！

二郎神　怎么，你，你竟与那刘彦昌暗结珠胎了么？

三　娘　如今沉香儿即将临盆，这是我与彦昌在这人间唯一的联系，情之所至，二哥放我走吧。

　　　　〔天将前来追杀，一时间呼喊声四起。

二郎神　哎呀，天兵天将怎么来了？

三　娘　二哥！

二郎神　唉！你我且去那华山险峰暂避。

二郎神　（唱）【幺篇】

　　　　　　乘风急步，

心中参度，

何时叨扰天神处。

莫惊乎，

暗思图，

追兵唤命穷途去，

霹雳无有天命书。

谁，都陷诬，

呸，却是孤！

　　　　[两人来至华山险峰，三娘已然要临产状。二郎神外出查看情况。

二郎神　三妹，你且休息，宝莲灯多可防身，我还是速速与天尊知会。

三　娘　不要，二哥，切莫要天尊知道。

二郎神　三妹，不必担心，我前去查看情况。

　　　　[二郎神下。

　　　　[不多时，天将已经杀将进来，一时间神人大战，三娘全力用宝莲灯抵抗而不得，受伤一旁，天将被暂时打走。隐藏在山脚的妖蛟健池趁机偷取宝莲灯。

健　池　俺乃蛟龙大王健池是也，而今神仙大战，宝莲灯出世，俺藏至华山内壁，何不趁机偷取，助俺成大功。

　　　　[健池偷取宝莲灯不得，宝莲灯威力震慑，健池躲在一旁。

健　池　哎呀，这宝莲灯在三圣母之手威力非常，俺还是躲避起来，让她与神将两败俱伤。

　　　　娘幼子沉香又在此时出世，一时天地震荡，华山动乱，山脚下灾难四起。二郎神上。

二郎神　杀将进来了，华山一时天崩地裂，灾难四起！

二郎神 （唱）【北仙吕·点绛唇】

　　　　（看形势）天暗云孤，

　　　　（华山上）山崩愁雾。

　　　　施英武，

　　　　威震天舆，

　　　　（手持）宝莲施神聚。

　　［危难之时，二郎拿起宝莲灯耗尽神力激发宝莲灯。

三　娘　天神交战，凡人何苦，华山不震，山下百姓不保，唉，到如今
　　　　俺若不救，已是大错。

三　娘　（唱）【北双调·川拨棹】

　　　　（叫一声）二郎哥莫唏吁，

　　　　（小妹不）愿华山归复苦。

　　　　山震崎岖，

　　　　安乐须臾，

　　　　（望哥哥）救子身雏。

三　娘　我的沉香儿！

　　　　（唱）（小妹我）葬身后尚有厚土，

　　　　（哪怕是）众蝼蚁食吾躯。

　　［三娘主动投入华山内境镇住华山以维护山脚梵慧城的安危。

三　娘　二哥，护住沉香，小妹去也。

二郎神　三妹！

二郎神　（唱）【尾声】

　　　　天崩地塌平群峭，

　　　　丝丝泪离人伏飘。

　　　　天告照坛庙，

25

人求到冥杳。

[一时天地通道被斩断，宝莲灯四分五裂散落。

[妖蛟健池也被神力震慑，但混乱中偷到了宝莲灯的灯芯，逃至灌口之海。

妖　蛟　这天神威力非同寻常，灯芯到手，斗将下去俺不免吃亏，逃去也。

[妖蛟下。

[华山雾散，二郎、沉香、天将不知所踪，困在山中的青年霸下因山裂而逃出。

霸　下　怎么，这华山竟然开裂，可喜，正是我霸下好运将至。

霸　下　（念）为救亲父上华山，

　　　　　　　天地通道闯险关。

　　　　　　　行路不熟困山涧，

　　　　　　　好运将至犹不晚。

那日，俺遇一老翁，看俺心思踌躇，告知华山之处有天宫法宝宝莲灯可以使用，待俺行至华山，竟被山涧陷阱所困，好在今日出山。

[爬出之时霸下被灯油滑倒，才发现脚下的正是宝莲灯散落的灯油罐，若有所思。

霸　下　可恼！（差点滑倒，站稳）咦，竟是灯油，看油发七彩光芒，旁落有一罐，面有七彩琉璃，雕印宝莲，非是一般。难道（收起灯油罐，藏至袖内），待俺收藏起来，必有大用。（看四周无人）心生一计，有了，俺灌口去者。

[霸下下。

楔　子

［哮天犬上，到处搜寻二郎神的踪迹。

哮天犬　正是

（念）哮天神犬显神威，

食月诛怪能斗鬼。

侍奉真君斗牛西，

性傲归神壶天内。

俺哮天，乃二郎真君座下神犬，也曾在壶天显神威，而今华山一战，斗牛宫塌真君不知何踪，思想往事，怎不叫人痛恨！

哮天犬　（唱）【北正宫·叨叨令】

乘风行路无心江边望；

华山雾散只余天涯荡；

壶天日月如沧浪；

疏林冷落生惆怅；

兀的不痛煞人也么哥；

兀的不苦煞人也么哥；

风波怕恨惊千丈。

［突然一阵风雪雨暴袭来，阻碍了哮天犬前行的道路，哮天犬差点被雪暴掩盖，原来是天兵天将追来。

哮天犬　哎呀呀，小心，这风猛雪烈，也欺俺这落魄的哮天！是你们！（惊呃状）

天　将　哮天犬，你违抗法旨，尔等与我绑了。

哮天犬　看打！

　　　　［哮天犬与天兵天将打斗，几番轮回下去，哮天犬不是对手，被
　　　　打倒在地，危急时刻天尊出现，将众人打回天庭。

　　　　［天尊将哮天犬救醒，哮天犬下跪请安。

哮天犬　天尊！（哭状）

天　尊　哮天，天尊将这宝莲灯座赐予你防身。

哮天犬　灯座？（收好）多谢天尊，只是天帝那里。可恨我法力低微！

天　尊　你不必自责，我自会掩饰此事，眼下你欲待何往？

哮天犬　华山大战，真君似受重伤，如今这华山村落竟找寻不得。

天　尊　二郎神力已消散，天庭是断然回不得，待我看来（做法状），
　　　　原来是灌口之海，你且去寻他，组合宝莲灯，为师自会助你们
　　　　再回天庭。

哮天犬　多谢天尊，哮天去也。正是（念）行路难，行路难，多歧路，
　　　　今安在？长风破浪会有时，直挂云帆济沧海。

第二折　探　海

　　　　［灌口之海边，妖蛟健池正在兴风作浪，周围有几个小妖蛟跟着
　　　　一起抓人。

健　池　（念）回头忽与故山远，
　　　　　　　浩浩唯见水拍天。
　　　　　　　海中妖怪无不有，

　　　　　　　　天吴飞舞黑蛟吼。

妖蛟小二　　　（念）健池大王真威严，

　　　　　　　　　　灌口渔村耍气焰。

妖蛟老头儿　　（念）三男二女炼神功，

　　　　　　　　　　海底龙宫来霸占。

健　池　　小儿们。

妖蛟们　　有。

健　池　　抓人去者。

妖蛟们　　好。

健　池　　哇呀呀，哪里跑，待俺捉来吸取精魂炼成邪功，再借助这灯芯
　　　　　之力还不能神力大发，位列仙班，哈哈哈。

　　　　　〔海边村民仓皇而逃，霸下正在乘舟捕鱼，但仍有村民被拖入海
　　　　　底被。

霸　下　　灌口，俺好久没回来了，而今乘风捕鱼查看一番。哎呀，恶蛟，
　　　　　可恨。看打。

　　　　　〔霸下也在抗争中舟撞礁石而昏倒岸边。二郎上，奔至灌口海边。

二　郎　　（唱）【北双调·新水令】

　　　　　　　　（那日）华山血泪洒玄袍，

　　　　　　　　恨英雄一身难料。

　　　　　　　　遥瞻云易老，

　　　　　　　　平眺尽荻萧。

二　郎　　唉。

　　　　　　　　（唱）急走忙逃；

　　　　　　　　顾不得山高峭。

二　郎　　思想华山一战，天兵天将无端追来，小妹压入华山，宝莲灯四

分五裂，而俺是神力全无，只得将沉香送至玉泉山，有师尊照

应倒也放心。正是前无明路，后有追兵。

[二郎在海边行路，突然发现四周不对，暗自揣度。

二　郎　这并未是涨潮时辰，为何海水泛滥，鞋袜衣裤散落其中，待俺
　　　　查看一番。

[二郎查看海水。

二　郎　敢是有精怪捣乱村民所致，唉，如今俺已是凡人，又能做些什么。
　　　　哎呀，那有一村民在礁石边，俺快步解救于他。

[二郎发现了晕倒在海边的霸下，二郎将其救起。

二　郎　这位大哥，醒来，醒来。

[霸下转醒，看到二郎吓了一跳，准备转起跪谢，被二郎扶住。

霸　下　啊，你是哪个？敢是那恶蛟手下不成。

二　郎　不必惊慌，在下（停顿）二郎，正搭救于你。

霸　下　哎呀，多谢大哥搭救。

二　郎　不必多礼，不知你缘何作此遭遇？

霸　下　小弟霸下，本是这灌口之海的渔民，不承想不久前来了一恶蛟，
　　　　兴风作浪，抓捕村民。

二　郎　真可恼！你可知这恶蛟是何来头？缘何如此为非作歹，这灌口
　　　　龙王竟不执事吗？

霸　下　唉，龙王，他早被天帝贬至幻海牢狱之中。

二　郎　（点头）如此说来，俺倒是听过此事，说是那龙王残害灌口百姓，
　　　　下得海啸！

霸　下　放屁！

二　郎　（没听清）什么？

霸　下　没有，没有什么！（对自己）看这二郎如此了解天界之事，定

然非是凡人，虽然衣衫落魄，但面露正气，眼透神光，定是天神，俺何不激他下海。（对二郎）是了，看二郎大哥气宇轩昂，想来非是凡人，不知可否帮我们灌口渔村下海斩蛟救人，不然这村民永无安宁之日。

二　郎　斩蛟救人？

霸　下　（唱）【驻马听】

　　　　　　海水滔滔，

　　　　　　海水滔滔，

　　　　　　天近风寒出恶蛟。

　　　　　　缘唇若豹，

　　　　　　张其双眼尾如弰。

　　　　　　村前破壁架天腰，

　　　　　　人愁时刹哀悲号，

　　　　　　（你只管）上好刀，

　　　　　　哪堪苍生捱光晓。

二　郎　唉，恶蛟伤人，确实可恨，可叹我二郎已是个无用之人了，如今自身难保。（摆手）霸下兄弟保重。

霸　下　二郎兄！且慢！

小　梅　（内）霸下哥。

霸　下　听似小梅声音。

　　　　［小梅上。

小　梅　（念）人生无根蒂，

　　　　　　　　飘如陌上尘。

　　　　　　　　分散逐风转，

　　　　　　　　此已非常身。

　　［小梅看到霸下和二郎，走到霸下身边。

小　梅　霸下哥，你怎么了，敢是那恶蛟又来抓人了么？

霸　下　小梅，不必担忧。我无事。

小　梅　那就好，这日子何时是个头，想我爹爹娘亲都被这恶蛟抓走，多亏了霸下哥的照应，小妹实不知如何感谢。

霸　下　小梅，你别担心，霸下哥就是拼了命，也一定要下海斩蛟。

小　梅　霸下哥！

二　郎　呵呵，凡人岂是那恶蛟的对手。

小　梅　（看向二郎的衣衫破烂，有流血的痕迹）这位大哥是？

霸　下　这位是二郎大哥，刚才多亏他相救。

小　梅　多谢二郎哥,（二郎摆手不必多礼）你受伤了,让我为包扎一下吧。

二　郎　这位姑娘，不必了，我还要继续赶路，你们也速速离开这海边吧，告辞。

　　［突然，妖蛟健池和两条妖蛟手下重返岸边要抓走小梅。

小　梅　啊，救命！

　　［霸下拼命与其打斗不得，小梅不断呼唤着霸下。

霸　下　你这恶贼，放了我小妹。

健　池　哈哈哈，小小凡人，还敢挑衅于我，可笑，可笑！

　　（念）正是日出而出海，

　　　　　日入而休憩，

　　　　　帝力于我何有哉！

小　梅　霸下哥！

霸　下　小梅！

　　［恍然之间二郎似乎看见了自己的妹妹。

三　娘　（内）二哥。

二　郎　三妹！

[眼见小梅和霸下不敌，他愤而出手！

二　郎　住手！（与健池对抗）

[三人均不是妖蛟健池对手。

健　池　又来一个送死的，好，（对内）看这小儿昂藏七尺，内有玄机，
　　　　定能大补！小的们！

妖蛟们　有！

健　池　抓了回宫！

妖蛟们　是！

二　郎　恶蛟，妄你修为千年，如此为非作歹，就不怕天谴。

健　池　待俺修炼得成，就算是天帝老儿也要请俺升仙，封俺个天宫爵位。

二　郎　可笑！天尊掌管天地修行，知你如此，定不会轻饶于你。

健　池　天尊？我何怕之有！你怎知俺与那天尊不是老相识？他不过一
　　　　个上仙而已，你当真以为他忠心于天帝？

二　郎　天尊修为高强，心怀天地，慈悲待众，是你等恶妖侮辱得了，
　　　　看打！

健　池　慈悲？心怀天地？真真可笑！那灌口龙王都便是他叫俺用计惩
　　　　罚至幻海牢狱，倒还不知他做过什么歹事！哈哈哈！

[健池有恃无恐，二郎若有所思，霸下听得十分气愤。

霸　下　竟然是你！俺与你搏命。

二　郎　（对内）什么，天尊为何要害这灌口龙王？这恶蛟又与天尊是
　　　　何关系？且慢，这其中事态复杂，俺必须小心思索。（对外）
　　　　哎呀，霸下兄弟，小心了！

[健池与恶蛟手下和二郎与霸下对抗，两人都被打倒在地，危难
　　　　之时，哮天犬携灯座宝莲神剑出现与其对抗。但并不是妖蛟健

　　　　池的对手，霸下为救小梅被拖入海底。

　　　　[哮天犬扶起二郎，跪拜。

哮天犬　真君在上，哮天叩拜，哮天终于寻得你了。

二　郎　哮天！华山一战，苦了你了！你何以寻我至此？

哮天犬　正是天尊告知，特来寻找！

　　　　[小梅则受伤在一旁，打断两人对话。

小　梅　（哭状）呜呀。

二　郎　小梅，你无事吧！

小　梅　霸下哥，霸下哥哪里去了！

二　郎　被那恶蛟捉入海底了。

小　梅　怎么！想霸下待我如亲兄长，如今为了救我，却也葬身海底，
　　　　叫我如何独活于世。

　　　　[小梅要撞礁而死，二郎和哮天犬赶紧救助。

哮天犬　姑娘不必如此，或许还有转机。

小　梅　什么？

哮天犬　真君，我们何不求助于天尊，天尊一直待你如亲人，如若天尊
　　　　肯出手相助，我们定能对付这恶蛟老儿！

二　郎　那宝莲座剑也是天尊赐予你的么？

哮天犬　正是！真君，他将宝莲灯座赐予我，让我寻得你之后，组合宝
　　　　莲灯，定会帮助我们重回天庭。怎么，真君有什么不妥？

二　郎　（思索状）无有什么！

哮天犬　真君，天尊法力高强，又对咱们这么好，何不让他出手，你戴
　　　　罪立功，不正好吗？

二　郎　不必再与天尊添麻烦！

　　　　[二郎还没来得及多回复，小梅插话。

小　梅　两位神将，求你们救救霸下哥吧。（跪地）

小　梅　（唱）【北双调·折桂令】

　　　　　　（忙跪地）望英雄仗义执刀，

　　　　　　（好一个）解困平焦，

　　　　　　万虑澄昭。

　　　　　　上比尧天，

　　　　　　恒超天老，

　　　　　　命掩恶蛟。

　　　　　　（此大恩）虽死则衔环结草，

　　　　　　劈开他剑戟重矛。

　　　　　　（救兄长）万缕愁廖，

　　　　　　慕他（鸠雀）有巢。

　　　　　　（俺只在）怒火中烧，

　　　　　　（请君去）下海试刀。

　　　　[小梅跪拜，二郎扶起。

二　郎　姑娘不必如此，只是如今俺这。唉，我只怕有心无力！

哮天犬　（对二郎）真君，还有我哮天犬，虽说神力不高，但也懂得避
　　　　水之术，不如让我代您一去。

二　郎　那恶蛟法力高强，你岂是对手。

　　　　（唱）【北双调·雁儿落带得胜令】

　　　　　　（望）壶天去路遥，

　　　　　　（想）三妹（震）魂孤道。

　　　　　　（到如今）玄衣破缊袍，

　　　　　　（如何能）踏破水浩浩。呀！

二　郎　小梅姑娘。

（唱）（堪怜她）万苦甚愁萧，

（恨不能）借手斩鱼蛟。

（脚）趔趄心焦躁，

（谁知道）深宫藏博鳌。

听者，

心下休中烧。

日斜，

持刀入海邀。

二　郎　（对内）罢了，想俺二郎也曾壶天显神威，如今还怕那恶蛟不成，
　　　　思前想后，这恶蛟话中关于天尊、龙王之事似有玄机，俺不免
　　　　与哮天犬还是下海一番为好。也好与天尊还个清白！（对小梅）
　　　　姑娘，你暂且回家，不必忧伤，我与哮天下海一探。

小　梅　多谢恩公，小梅无以为报，曾有一老先生教俺缝一香囊，说是
　　　　有醒神避疫之功，今赠予恩公，望万事小心。

　　　　[小梅将香囊赠予二郎，小梅下。二郎收入怀中，与哮天犬准备
　　　　下海，下海之路崎岖不平，中有邪魔妖怪声响和陷阱道路。

二　郎　（唱）【北双调·沽美酒带太平令】

　　　　　　一片丹心寄九霄、丹心寄九霄，

　　　　　　俺也曾把威名昭。

　　　　　　喜作都美清源豪，

　　　　　　妙道无穷玄中操，

　　　　　　十洲灼夭。

二　郎　这下海之路多崎岖，似有哀嚎悲鸣，阴风阵阵，小心是了。

　　　　（唱）却如今冷清落唱骚牢。

　　　　　　眼见得一重重风寒云罩，

　　　　　　耳听得一声声悲笳惊喇。

　　　　　　分明是屈正则行吟老，

　　　　　　还不得急步行灌口海道。

　　　　　　俺呵，似这般冷嘲、热嘲，

　　　　　　走的俺血烧、染袍，

　　　　　　嗳呀！谁狠狈成红尘笑？

二　郎　这一路走得俺心急火燎，怒火中烧，可只叹如今这下海入口竟
　　　　搜寻不得，唉。

哮天犬　真君，切莫着急，我们再寻来便是。

　　　　［二郎与哮天犬搜寻下海入宫的道路。

二　郎　（唱）【北双调·收江南】

　　　　　　呀！

　　　　　　（眼见的）野草闲花随浪淘，

　　　　　　去时乘风转时潮，

　　　　　　寻著半日徒奔劳。

　　　　　　霎时月高，

　　　　　　霎时月高，

　　　　　　（恰原来）深宫门第海天漂。

二郎神　是了，是了。

哮天犬　真君，这里果然便是海宫入口。您吞下这避水珠。

二　郎　好！咱们便闯一闯这灌口海宫！

　　　　（唱）【收尾】

　　　　　　一宵奔走深宫到，

　　　　　　浪翻滚更无好绕。

　　　　　　（叫哮天）细声慢飞跑。

二　郎　恶蛟啊！贼子！

　　　　（唱）（定要把）妖魔恶蛟消。

第三折　斗　海

[龟兵老儿上，在海宫悠闲醉步，手中拿有酒葫芦。

龟兵老儿　俺龟兵老儿是也，在这海宫中已有二百余年，就好那吃酒闲散，想那老龙王爱民如子，混了个海宫护卫名号。不值一提，不值一提。哎呀，是了，想那日灌口之海突起海啸，伤了众多百姓，海宫之内也是奇怪，老龙王查探不成，竟落得个贬罚幻海的下场，那太子也不见踪影。可悲，可叹啊，这海宫散了家一般，如今倒是来了个健池大王，哎哟哟，可是个恶贼（捂嘴）不敢说，不敢说，大王听见怕是要打俺老儿，倒不如吃酒去吧。

[龟兵老儿准备离开，突然又停住。

龟兵老儿　不对，今个那个健池大王抓了些俊男美女到宫中来，老儿怎么瞅着有一个人似有面熟，（揉眼睛）糊眼了糊眼了，不可能，难道那太子回宫替龙王报仇来了？想那太子当年倒是个孝子，武艺高强，是嫉恶如仇，倒是有些可能。想了这些费脑筋，费脑筋，吃酒去，吃酒去。

[龟兵老儿在一旁吃酒醉倒。二郎、哮天犬上。

二　郎　这海宫倒是不大，机关精巧，哮天，你与我深入其中，探索一番，小心是了。

哮天犬　是！真君，那有三两虾兵蟹将吃酒。

二　郎　（唱）【北中吕·石榴花】

　　　　　（只听得）虾兵蟹将醉谈间，

　　　　　小饮对愁山。

　　　　　搜寻查探更几番，

　　　　　（看那旁）贪杯三盏，

　　　　　（何不如）问责散闲。

　　　　　（可想那）恶蛟失信威严散，

　　　　　（待俺）勤盘问道出真言。

　　　　　黎民应救开幽关。

　　　　　劈斩恶妖残。

　　　　[二郎和哮天犬看到倒在一旁的龟兵，抓了起来。

龟　兵　怎么了，海啸了？哎呀，你们是哪个？胆，胆敢擅闯海，海宫。

哮天犬　这老儿，吃醉了。

龟　兵　吃醉了，也能挡十万兵。

二　郎　不必与他纠缠，我们快些探海救人。

龟　兵　慢来，慢来，你们敢是要救人么？

哮天犬　你知道他们关在哪里？

龟　兵　自然是知道的。

　　　　[哮天犬抓着龟兵，威胁的样子。

哮天犬　还不快说。

龟　兵　老儿怎知你们是好人还是坏人？

二　郎　自然是好人！

龟　兵　不敢说，不敢说。

二　郎　怎么讲？

龟　兵　若是好人，俺老儿告诉你们岂不是害了你们。

哮天犬　那是坏人呢！

龟　兵　更不能说，不能说。

二　郎　又是怎么讲？

龟　兵　敢是坏人，那岂不是要为非作歹，自然是不能讲的。

哮天犬　你这老儿，戏耍我们，敢是活腻歪了。

二　郎　慢！这位老哥，这灌口龙王自来在天庭口碑甚好，灌口之地一直太平安乐，而今那健池恶蛟祸害灌口，抓了活人下海，为非作歹，真是可恨！

龟　兵　这天下可恨之事多了，龙宫从未掀起海啸，老龙王不还是被罚。

二　郎　果是如此么？

龟　兵　哼，而今那恶蛟又搞来了什么灯芯之物，炼制神功，俺老儿管不了。

二　郎　（对内）灯芯？原来如此！（对龟兵）怕老哥是慑于恶蛟淫威不敢反抗，如果能助我等斩妖，俺定能让这海宫恢复往日。

龟　兵　罢了，俺这龙王太子都被他抓了回来，你们两个小儿能斩妖。

二　郎　龙王太了？

　　　　〔二郎若有所思。

哮天犬　真君乃是天宫二郎真君，你说是哪个小儿。

龟　兵　二郎神？真是二郎神吗？怎生如此落魄。

二　郎　龟兵老哥！

　　　　（唱）【南中吕·泣颜回】

　　　　　　提起想当年，

　　　　　　清源妙道重见。

　　　　　　云成光灿，

　　　　　　澄清海宇不凡。

如今作难，

望英雄指引明查看。

救黎民火海刀山，

斩妖魔共渡难关。

龟　兵　　罢了，罢了，俺老儿也曾受龙王恩惠，今日拼了命了，给你们
　　　　　两个引路便是。

二　郎　　多谢老哥！

　　　　　[在龟兵的引导下二郎来到监狱战胜虾兵蟹将。

龟　兵　　这里是了，你们自己行动吧，俺老儿撤了。

二郎神　　多谢龟兵大哥！

龟　兵　　（走远去）愿你们能够斩妖，查清龙王真相，俺老儿吃酒去了。

　　　　　[龟兵下，二郎解救霸下和凡人。

二　郎　　霸下兄弟。

霸　下　　二郎兄，大恩不言谢。不知小梅情况如何？

二　郎　　一切放心！（对大家）你们快些返回家中吧。

众　人　　多谢恩公！

二　郎　　不必！霸下兄弟你也快些回家去吧，这恶蛟待俺收拾于它。

霸　下　　二郎兄，那恶蛟曾害了我父，我愿与你一同斩蛟，哪怕粉身碎
　　　　　骨也不怕！

二　郎　　霸下兄弟！此行，危险非常，我等可能根本不是那恶蛟对手。

霸　下　　二郎兄对于灌口来说，乃是陌生人，都能如此赴汤蹈火，我又
　　　　　怕些什么！二郎兄！

　　　　　（唱）【北中吕·满庭芳】

　　　　　　（想起来）心头泪干，

　　　　　　难掩悲叹，

（哪怕）分岁将阑，

何平怨气终将叹。

（为爹爹把）雄心生瀚，

深海内英雄相见，

斩恶蛟家合团圆。

（哪怕他）真身现，

（我只管）虎胆益坚，

（倒叫他）头断返西天。

二　郎　好！我们得商量个计谋才是。

　　　　　［三人商量计谋下。健池上，旁有恶蛟众和虾兵蟹将服侍。

健　池　（念）拓海称霸胆气豪，

　　　　　　　　修炼灯芯上天朝。

　　　　　　　　潜居海宫自作王，

　　　　　　　　有日壶天威名昭。

　　　　　　［健池喝酒，恶蛟小二和老儿在旁边倒酒，端菜。

健　池　方才众将与俺夺得村民炼制灯芯，人功将成，指日登天，何不
　　　　庆贺一番。与俺拿酒来。

恶蛟小二　大王，请饮美酒。

健　池　什么味道！换了再来！

　　　　　［健池喝了不太满意。恶蛟老儿又送来一杯。

恶蛟老儿　大王，再饮这杯。

健　池　（把酒杯甩到在地）呸！还有无好酒了？

　　　　　［恶蛟小二与老儿互相对看，面面相觑，哮天犬化身美女端着酒
　　　　　杯前来。

哮天犬　（美女装）大王，琼浆玉液请品尝。

健　池　怎么，今日换了个美人儿。

哮天犬　（美女装）是了，奴家给大王敬酒。

健　池　好酒！

　　　　〔健池醉。

健　池　美人儿，俺醉了，安寝去吧。

哮天犬　（美女装）奴家愿侍奉大王。

健　池　自然是好，小儿们散了去吧。

众　人　是！

　　　　〔健池睡觉，哮天犬准备偷取健池怀中灯芯。

哮天犬　（美女装）大王睡了！

健　池　（抓住哮天犬）一起睡了！

　　　　〔哮天犬暂时动弹不得，只得一起装睡。二郎和霸下则在寝宫周
　　　　围设计围困的陷阱，二郎发现霸下对海宫颇为熟悉。

二　郎　霸下兄弟似对这海宫颇为熟悉。（对内）这霸下颇为奇怪，对
　　　　海宫地形极为熟悉，难道?

　　　　（唱）【北中吕·上小楼】

　　　　　　（这霸下）好生善变，

　　　　　　（全不似）初时憨面。

　　　　　　几番寒暄，

　　　　　　似有隐瞒，

　　　　　　海宫机玄，

　　　　　　（他那里）全了然，

　　　　　　（道是）周郎便，

　　　　　　（也怕）诸葛机辩，

　　　　　　暗存思趁风推箭。

二　郎　霸下兄弟颇有胆识呀！

霸　下　没有，没有！我也是第一次来到，还是二郎兄机关布置精巧，
　　　　定能智取这恶蛟。

二　郎　（若有所思）嗯，我们与哮天前去接应。

　　　　［哮天犬准备偷取健池怀中的灯芯，被健池抓住，健池苏醒。

健　池　小儿们，上！

　　　　［二郎和哮天犬则被虾兵蟹将层层困住。

健　池　小小圈套，能迷惑俺不是。哈哈哈！

哮天犬　我等与你拼了！

　　　　［哮天犬拿出宝莲神剑。

健　池　宝莲神剑？早知你们不是凡人！想必这位昂藏七尺男人便是那
　　　　落魄的二郎神吧！

二　郎　你怎知？

健　池　那华山一役，我就在场，二郎神如今你已经没了神力，能奈我何。

二　郎　你这狂徒，自有天谴伺候。

健　池　毕竟你是仙体之身，如若用你炼制灯芯，便可重建天地通道，
　　　　到那时，我便是天神，天谴又如何，哈哈哈哈。

哮天犬　真君，与他拼了就是。

　　　　［几人打斗起来，危急之时，二郎利用宝莲神剑激发了血脉传承
　　　　而将健池打伤在一旁，却没想到灯芯趁机被霸下拿到。

二　郎　霸下兄弟，灯芯乃宝莲灯核心，威力非常，避免误伤到你，速
　　　　速交予我吧。

霸　下　交予你？哈哈哈哈。

健　池　你！是哪个？

霸　下　我正是这灌口海宫龙太子！

健　池　怎么，当年龙王贬罚之时，你竟然没死？

霸　下　我当然没死，等的就是今天。

　　　　［霸下说话之际，利用之前和二郎设计的陷阱，将二郎、哮天犬
　　　　和健池困在里面。

二　郎　霸下兄弟，到底是怎么回事儿？

霸　下　谁是你的兄弟，父王爱民如子，灌口之地安居乐业，若然不是
　　　　你们这些天庭众神，陷害我父，我父能被贬罚至幻海监禁。

二　郎　其中定有误会。

霸　下　误会？父王一直爱护灌口百姓，灌口风调雨顺，只是那日灌口
　　　　突起海啸，我父查探不得，为护我和海宫民众安危，与贼人打
　　　　斗抽取了龙筋，这就是你们天宫人所为。如今灯芯在我手，组
　　　　合宝莲灯之后必成大功，救出我父，到那时俺定要闹个天宫鸡
　　　　犬不宁。

霸　下　（唱）【北般涉·耍孩儿】

　　　　　　替父报仇怒气显，

　　　　　　痛煞吾身不平冤。

　　　　　　逍遥天里乐明见，

　　　　　　罪己诏书呈天仙，

　　　　　　神灯助我书经典，

　　　　　　重整天宫道谏言。

　　　　　　甘休转，

　　　　　　难逃一战，

　　　　　　搏命黄泉。

二　郎　霸下兄弟，莫激动！

健　池　哈哈哈哈，宝莲灯（吐血状）。

霸　下　你笑些什么！

健　池　那老龙王早已魂飞湮灭了。

霸　下　不可能！

健　池　这一切都是天尊的计划。

二　郎　天尊？

哮天犬　不可能，师尊不会如此。

健　池　那老龙王身处灌口之海，乃是凡人能量聚集之地，他反对天尊
　　　　利用凡人炼制能量，天尊才赠予俺兴风作浪的法宝，央俺掀起
　　　　巨浪海啸嫁祸于龙王，他才被天帝压入幻海牢狱，而今神力早
　　　　被天尊吸取，已经魂飞湮灭。

霸　下　什么！竟然是天尊，俺就是拼了命也要报仇！

健　池　二郎神，华山一战，也是天尊的阴谋，他不便出手，央我偷取
　　　　宝莲灯，要取代天帝，应我事成之后，封个天宫元帅。。

二　郎　（震惊）（对内）天尊竟真是如此么！怎么可能！不会的！

健　池　二郎神，你还不信吗！哈哈哈！

二　郎　想来那时三妹私下凡间的消息也是天尊告知，而后天帝便知，
　　　　我一下凡搭救三妹，天将便寻将至来，果有蹊跷。（对健池）
　　　　那宝莲灯早已四分五裂，非是凡力可以组合，为何信你！

健　池　其实你才是启动宝莲灯的关键，引你至此正是那天尊的计谋，
　　　　不承想半路杀出来个龙太子，坏了老子好事。

二　郎　竟是如此！

霸　下　我管什么天尊，如今我有灯油、灯芯在手，威力非常，拿命来吧！

健　池　灯油竟然也在你手。当日，你竟然也在华山。

霸　下　不错，正是一老翁告诉我宝莲灯在华山，没想到陷入裂缝不得
　　　　而出。

健　池　哈哈哈，到如今，我才明白，天尊，都是你的好阴谋啊，我健
　　　　池上了你的当了。

　　　　［健池死。霸下准备施法，突然才发现陷阱已经把他围困。

霸　下　怎么回事儿？这陷阱怎么？

二　郎　霸下！

　　　　（唱）【么篇】

　　　　　　　一眼望穿神仙面，

　　　　　　　胆识非常枉凡间。

　　　　　　　深宫机玄任凭穿，

　　　　　　　（倒叫我）留心机私下缘缠，

　　　　　　　（眼看你）真心吐露阴谋现，

　　　　　　　（速速）束手归魂莫耍癫。

　　　　　　　（上有）天恩典，

　　　　　　　是非恶善，

　　　　　　　自有才贤。

　　　　［霸下受伤倒地绝望，灯油和灯芯扔在地下，哮天犬捡回来递给
　　　　二郎，二郎拿着灯座组合了宝莲灯，但并未完全恢复神力。

霸　下　宝莲灯！

哮天犬　真君，你的神力恢复了吗？

二　郎　唉，没有！我定要找天尊问个明白。

　　　　（唱）【煞尾】

　　　　　　　喜神灯重复原，

　　　　　　　到如今上华山。

　　　　　　　开山救妹团圆间，

　　　　　　　问责天尊犹不晚。

第四折 劈 山

[龟兵上。

龟兵老儿 （念）正是莫笑农家腊酒浑，丰年留客足鸡豚。山重水复疑无路，柳暗花明又一村。想那二郎竟是天神，还真叫他们斩蛟成功，还了俺们海宫民众个清净。还不拜个恩公是了，小老儿提着这海宫草酒前去拜谢。想那日，小老儿引路有功，倒还办了件称心如意的事。哦，是了是了，那霸下太子竟真真的也回来了，只是，那日大战，这太子竟要斩杀那天神恩公，实实的糊涂呀，唉，这可如何是好。哦，有了，倒不如叫太子提酒前去赔个不是，到那时节，太子封王，小老儿又是大功一桩，妙哉妙哉。俺老儿去了，霸下太子，霸下太子。

[龟兵下。

[二郎和哮天犬上，两人行路。小梅和霸下提酒而上。

二 郎 （唱）【北正宫·端正好】

深海宫，

妖蛟洞，

斩（得）灯芯（再）上山征戎。

（此一去）刀山火海危千重，

（救妹）心切忧心种。

哮天犬 真君，是小梅姑娘来了。

小 梅 二郎大哥！

二　郎　小梅姑娘，怎么来了。

小　梅　只是。（难以企口状）

二　郎　是为霸下而来么。

小　梅　英雄！

　　　　（唱）【北正宫·叨叨令】

　　　　　　（唤英雄）慢且行路催风弄，

　　　　　　（奴家愿为）上山下海经书诵。

　　　　　　且有一事难持奉，

小　梅　霸下哥，一心为了灌口百姓，也算情有可原。

　　　　［霸下半跪认错，提酒交给二郎，二郎有心扶起。

　　　　（唱）（望英雄）原情略迹诚心共。

　　　　　　兀的不愁杀人也么哥，

　　　　　　兀的不愁杀人也么哥，

　　　　　　（待功成）同心协力美名颂。

二　郎　唉，霸下兄弟也是报仇心切，一时迷了心智，叹我二郎也曾落魄，
　　　　又何妨轻视他人。正是，人非尧舜，谁能尽善。罢了！

霸　下　如今，海宫草酒，拜谢二郎兄。

　　　　［霸下跪谢，三人一起上路。小梅下，痛别。

　　　　［三人行至华山脚下，天兵天将已经追赶至此。

哮天犬　真君华山到了。

二　郎　是了，我用宝莲灯劈山便是！

　　　　［二郎利用宝莲灯劈开华山连接天地通道，山崩地裂，三娘从中
　　　　而出。

三　娘　（唱）【北正宫·脱布衫】

　　　　　　出牢笼（哎呀！）重见天中，

入山间恰似鲲鹏。

（想当年）震华山终天昏梦，

到如今来春相送。

三　娘　二哥！

二　郎　三妹！

　　　　〔两人痛哭拥抱。与哮天犬、霸下行礼。

二　郎　那日三妹投入华山，二哥以为早已是魂飞魄散，却不想今日团圆。

三　娘　二哥，感恩于华山百姓终日祭拜，小妹才有这全身之体。二哥，
　　　　那沉香儿？

二　郎　三妹放心，俺早将沉香送至玉泉山，有师尊照应万事皆可放心，
　　　　只是师尊早已远离这人间天庭，不可轻易叨扰，待今日与天尊
　　　　问个明白，便去接那沉香儿与你团聚。

三　娘　天尊？果真是他吗？！

二　郎　三妹那日早有怀疑，不承想这一切皆是天尊的阴谋。不好，天
　　　　兵天将来了！

　　　　〔几人逼退了天兵天将，天尊这才出现。

二　郎　你终于出现了。

天　尊　二郎，三娘，你们可好！

二　郎　别装了。

霸　下　你这恶贼，那日果然是你央俺去华山，俺要予我父报仇。

二　郎　霸下兄弟，慢来！

　　　　〔天尊拂袖霸下差点受伤，二郎用宝莲灯对抗，天尊震惊。

二　郎　天尊，你的阴谋早已破败，还不速速与俺伏罪去见天帝。

天　尊　二郎，我的好孩儿，你难道还不明白我的良苦用心么，怎么与
　　　　那外人对付起我来了。

二　郎　二郎感念于幼时恩惠，尊你一声天尊。想你杀戮凡人，万恶作孽，
　　　　还称得上什么良苦用心。俺且来问你。

　　　　（唱）【幺篇】

　　　　　　卷残云霾霾狂风，

　　　　　　害黎民命贱如虫。

　　　　　　良苦心谈何旧梦，

　　　　　　却缘何暗中操弄？

天　尊　区区性命作何计较，天命如此。

二　郎　呀呸，俺再来问你。

　　　　（唱）【北中吕·满庭芳】

　　　　　　（叫俺）心头火涌，

　　　　　　华山地崩，

　　　　　　神灯捣春，

　　　　　　三娘身献投山缝。

　　　　　　阴阳冥冢，

　　　　　　（小沉香）失亲娘纷纭复重，

　　　　　　笑壶天神位峥嵘。

二　郎　那日我劝解三娘，天兵天将速速追来，天庭之中只有你知三娘
　　　　下了凡尘，那日我还未曾相信，直到后来你又勾结妖精，怂恿
　　　　霸下盗取宝莲灯，作何歹心？

　　　　（唱）（哪怕你）阴谋弄，

　　　　　　神兵出锋，

　　　　　　（管叫恁）百口辩终穷。

天　尊　华山乃阴阳中和之地，三娘私下凡间破坏天地关系，华山岌岌
　　　　可危，若不震山，天庭必受牵连，我不过是为了这神力平衡罢了。

二　郎　呀呸，是为了自己的神位罢了，三娘下凡并未铸成大错，你却
　　　　伺机谋害，如今百口莫辩。

二　郎　（唱）【北中吕·快活三】

　　　　　　看龙王（身陷）幻海烹，

　　　　　　道苦痛恨难容。

　　　　　　晓风残月任忡忡，

　　　　　　何需有狱讼。

　　　　想你先前陷害灌口龙王，残害凡人，吸取精魂，又作何解释。

天　尊　我，我，是了，我就是要神力大涨，取代天帝，区区凡人，又
　　　　能奈我何！吃我一招。

　　　　［天尊利用神力要歼灭二郎、三娘和霸下，逼迫之下二郎完全恢
　　　　复了神力，最终战胜了天尊。

天　尊　终是败了。

二　郎　心不正行不端，终将败落。哮天，绑了起来，带回天宫与天帝说明。

哮天犬　是！

　　　　［众人回天宫。

尾　声

　　　　［华山乌云缭绕，人间恢复平和。

　　　　［二郎神在望乡台看向人间。

二郎神　看人间太平，阖家团圆。

幕　后 （唱）【尾声】

看家家灶火光，

听丝丝凤求凰。

凡人不作神仙样，

乐得平安福寿长。

〔华山脚下，人间嬉闹烟火，三娘怀抱着年幼的沉香向远处走去。

〔霸下则回到灌口之海继承了王位，维护一方太平。

〔幕落。

——全剧终

马潇婧　博士，北京印刷学院新媒体学院编剧。国际动画协会会员，中国舞台美术学会会员，中国戏剧文学学会会员，中国少数民族戏剧学会会员等。参与多个国家级、省部级科研项目，在《艺术百家》《四川戏剧》《戏曲研究》《电影新作》等 CSSCI 期刊和核心期刊发表学术论文三十余篇，有论文被人大复印资料全文转载。论文曾经荣获第六届王国维戏曲论文奖，第三十四届田汉戏剧奖等。曾荣获北京高校第十三届青年教师教学基本功比赛一等奖。

—神话时期—

沙恭达罗

王一舸

时间：神话时代

地点：印度

人物：

豆扇陀　大官生，剧中提示为"驾"，国王

沙恭达罗　正旦，修行大师干婆的义女，豆扇陀的爱人

阿奴苏　贴旦，沙恭达罗的女伴

妙　语　外旦，沙恭达罗的女伴

干　婆　老生，修行大师，沙恭达罗的义父

摩陀弊　丑，国王的弄臣

将　军　净

乔答弥　老旦，修行的老婆婆

巡　检　净

衙　役　副净、杂

渔　夫　丑

徒　弟　生、小生，干婆的徒弟

天女弥室罗计施　正旦，沙恭达罗母亲的朋友，大女

宫　女　外旦、贴旦

侍　女　小旦、丑

信　使　杂

天帝御者摩多梨　净，天帝因陀罗的御者

苦行女　外旦、贴

摩里遮　净，仙人

阿底提　老旦，仙人的妻子

小　儿　豆扇陀与沙恭达罗的儿子

开场副末及龙套若干

开　场

[副末上，颂诗。

【西江月】造物水文初肇，轨仪火象承香。迩来日月换时光，声满太空苍莽。大块育成万物，息吹有恃炁藏。升坛司祭正端庄，就此八身护仗。

罢了。（回望后台）大姐，妆容已毕，就此登台者。（旦上）即登氍毹，有何分付。（副末）列座广闻，今则搬演迦梨陀娑新作《沙恭达罗》一本。众角色用心。（旦）行当得宜，则无不利。（副末）只为座下称善，台中岂敢踞尊，戏中臧否何由论，且待聚精会神。（旦）如此，下般怎的。（副末）大姐，时逢小夏，恰堪乐游，莫如献歌一首，以咏时节。正是——怡浴清泉里，微风百卉香。浓荫催小睡，向晚正昏黄。（旦唱）【纥那曲】花蔓结柔芳，巧编须女郎。轻蜂接香蕊，高下复徜徉。

（副末）大好。四座已痴醉，宛如图画中。又何关目，以娱高朋。（旦）向来先生说了，搬演《沙恭达罗》。（副末）对！正是。

妙歌迷四座，疾鹿引名王。

第一出　猎　遇

[驾扮豆扇陀引者上，驾乘车执弓，驱追奔鹿。

（唱）【黄钟过曲·神仗儿】（驾）弯弓引箭，（似）湿婆显现。鹿奔如电，（转）高飞比燕。（御）逞缰催奔向远，君王游猎（必）怀开心遣。（驾）看鹿影渐来前，忙搭箭（在）刹时间。

（生扮行者上）君王且住，此间已是净修林，不可杀生。（驾）收缰者。（御）遵命。（行者唱）【双调引子·风入松慢】入林麋鹿望周全，（它）命弱堪怜，（若害了它呵！）犹如举火燎花遍，劝君（王）移放弓箭。（兵）器为救灾救难，怎可妄戮成怨。

（驾收弓箭，生笑云）如此不愧补卢之圣胤，君主之明灯，愿王有贤嗣，作转轮明王，以辖阴阳二世。（驾云）谨谢哲言。（生）此摩尼河边，便为师尊干婆清修之林。有沙恭达罗，若王无他事，可聊一叙。（驾云）师尊何在？（生）自去被除，宾礼之事，一委于女，女曰沙恭达罗。（驾云）既如此，便行者。（生）是。（下）（驾云）御者，便催马行者。（御）唯唯。（车行疾状，作舞介）到此已是清修林也。（驾云）好景色也。

（驾唱）【南吕过曲·梁州新郎】【梁州序】鹦巢流稻，石滑果见，麋鹿亲人（若）相眷。缘溪小径，树衣水迹漯溪。吹皱一袭逝水，乳雾侵芽，林鹿芳茵偃。御者，且驻车安步。（御者）是。（驾及御下车，驾）入此清修之地，不免收弓敛剑，于换素服。朕自前去，你且好生照看者。（御者）是。（驾前行观景，唱）看泠泠寂寂若分缘，底事因缘兆在先。呀，（听闻有嬉笑之声，觇看）原来是净修的女郎，灌浇花树。（接唱）【贺新郎】宫闱里，相寻遍，林花丽质胜芳园，须暂在（树）后偷眄。

（旦扮沙恭达罗，带贴扮阿奴苏、外旦扮妙语执壶上，三人舞介。贴云）沙恭达罗，你父护花更胜你，教尔引水作小渠，不知你娇柔不胜茉莉花。（旦）家父云道，爱花须似姊妹般。（外旦）夏日林花已得润，便灌芳菲已谢春。（旦）如此言语，真真动人。（驾云）那女儿便是干婆之女？

竟如此苦行，身着草木之裳，委实心疼。（旦对贴）阿奴苏，妙语给我此草木之衣，捆缚太紧，稍请宽弛。（贴松衣，外旦笑）非为衣裳紧，只缘正青春。（驾唱旦舞介）所言正是。

【前腔】【梁州序】肩结细纽，乳埋花片。可叹青春（形）难展，恰如枯叶，掩遮花影难全。这草木之衣虽与青春不称，终自有美处。虽有关丝萦绕，出水荷莲，依旧如人愿。月中芳桂影（更显）月光鲜，衣草木动人（依）然。（旦）那小芒果树柔条似招，引咱前去呢。（外旦）你便与它并站便好。（旦）为何？（外旦）便恰如葛藤相护般。（旦）便不愧叫"妙语"。（驾云）正是。（接唱）【贺新郎】唇如蓓，臂先倦，柔条枝嫩扶花面，青春魅（人）体形眩。

（贴）你言语此小茉莉称"林中之光"，信夫可配芒果树，（旦）你看这草木成双，万物自得。（外旦对贴）你道沙恭达罗为何痴看。（贴）为何？（外旦）她看草木成双，也想着个称意夫郎。（旦转壶）怕你心中这般想。（贴）你恰似春藤，尊父亲培，返顾便忘。（旦）即忘此木，如忘我身。（近春藤）呀，这般花苞满条了。（外旦、贴）果然。（外旦）则你婚期不远。（旦）便道你胡语乱言。（贴）则须仔细浇灌。（旦）春藤一似姊妹，怎能不仔细浇灌。

（唱）【前腔换头】【梁州序】（驾）只因她意倒神颠，若一事难决难辨，任心神信马，潜望因缘。（旦）呀！那蜂儿离了茉莉，扑面来了。（作掩面躲蜂介，驾）美目向来蜂（儿）动，颦笑秋波，未解情深浅。（可恨这蜂儿呵！）正频频触眼动眉边，似诉如倾款曲连。

【贺新郎】轻相吻，樱唇颤，心焦眼下生愁怨，蜂儿却可随愿。

（旦）这蜂儿逐人，急向求咱。（外旦、贴笑介）如何救得，请君王救你罢。全由此地君王护。（驾）合该朕上场。（方欲上，思忖）如此被她认出不好，且装访客模样。（上）谁人在此清修地，无礼教对女儿身。（三人见驾，惊介，贴）失礼，只缘爱友为蜂逐。（指旦）（驾云）修行顺否。（贴）缘有贵客，修行已顺。（外旦）七叶树底祭坛上，请君先憩祭坛间。（转向旦）沙恭达罗，我姐妹必殷勤以待。便皆坐下。（旦独白介）乍遇此郎，心生欢喜。此非清规所允，自是心下不宁。（驾）诸姊妹青春貌美，交谊可爱。（外旦与贴窃语）此人蜜语甜言，情状莫测，气势威武，便是何人？（贴）正是纳闷。兀那先生，出自哪家王族仙人？来自何处？因何到此？（旦）奴家欲问，她皆说出。（驾）身家如何吐露，可否还作乔装。（对诸人）我乃学生，专研吠陀。因王所委，一任都城法事，故此来访净修之林。（旦含情状，二女见，私语旦）若父有在，合该好事。（旦）怎的。（二女）必竭所有，以尽客欢。（旦佯怒）若语成心，不入我耳。（驾）向问二姐，此清修之女，若父若母，皆当缘何。（贴）其父清修，其母天女。（驾）果然如此，此颜迥非人间有，世上无此耀光明。（外旦）先生还有事问？（驾）正是。（外旦）吾辈修行，诚当以对。（驾）大好。（唱）【前腔换头】【梁州序】苦修行情爱绝蹰，此坚誓婚期能遣？（侣）麋鹿通眉眼，（可便）相守萍园。（外旦）那女儿自欲净修，奈何师父意寻佳缘。（驾人喜介，唱）本以（为）捏烛触火，顿起心求，（似）宝玉（可）摩挲遍。（旦怒）奴家应回也。（贴）为何？（旦）当告乔答弥，妙语何荒唐。（起身介，贴止介）于我修行人，舍贵客而不敬，是为无礼。（旦欲走介，驾）她怎要走？（驾欲起相拦，复自止介）正爱人心口不一，故因朕呵！欲追随意属礼拦前，未动此身（心）转万千。（外旦）姑娘莫走。（旦回旋介）何事？（外旦）小树还未浇完哩！此债未清，浇完才算。（驾）小姐浇灌已累。（驾唱）【贺新郎】垂双臂，胸伏喘，鬓花垂落珠凝面，理秀鬈（玉）手额边。

　　（驾脱戒指介）便以此戒，为小姐还债。（二女接过，念戒上所镌刻字介，彼此相看，驾云）无相疑惑，此为君王所赠。（外旦）先生不可赠此戒。既有此言，彼债已免。（贴）沙恭达罗呵！此慈悲君王已为你偿债。复欲何往？（旦）若有智识，理当回避。（外旦）缘何不去？（旦）我岂为君指使，来去合该自为。（驾视旦，自语）岂非如我，亦有意哉。

（驾唱）【南吕过曲·节节高】虽云未对言，口相传，（她）倾听思量如相辨。虽（未）答面，那眉眼，无他转。（幕后喧腾介）净修诸人，无胜王在此游猎。正是——轻车快马扬烟尘，一似飞蝗起夕昏。落在枝头风树上，雾收云敛只寻人。（驾）呀，不好，那般兵士怎闹得这般声响。（幕后兵士声）呀，御车惊大象，直入此林中。脚绕千丝蔓，形惊百鹿懵。（众人闻之惊恐，驾）实是孤过。（二女）贵客在前，小有所请。为惧惊象，祈允护归。（驾）自当如此。（旦起身介）呀，身倦腰麻，委实难过。（驾）小姐慢行。（二女）贵客在前，知无不言。素昧平生，礼数难全。万望宥谅，更祈复见。（驾云）非也。得见诸姝，已为我荣。（旦）呀，有荆棘刺伤我踝，榛莽挂伤我裳。但求护助，以救此身。（驾唱）荆榛刺莽无深浅，腰肢意态随辗转，却看足踝美伸屈，为君只合千般眷。

（旦回顾驾，与二女下，驾云）尽皆散去，无限哀伤。彼其临送秋波之一转，朕其无意回还。便令随从驻此林外，再作商量。

（驾唱）【尾声】朕身已过心却还，此情谁晓动如牵。一由风马摆风前。

第二出　营　计

[丑扮摩陀弊上。

（唱）【小引】吃不消，吃不消，只伴君王满处跑。但踩矮逢高，急走又忙瞧，甚捕兽追鸟，君王就这好，好，好，好。

小的大王帐下一个小臣。名唤摩陀弊。俺家大王不同人家，不稳坐金殿，偏喜追鹰逐狗。镇日里嚷嚷"这有一只鹿，那是头野猪。"大晌午头在这荒山秃林里打磨，和几口烂叶子水，吃不上一顿半饱的饭。夜里象嘶马叫，早上惊听捕鸟。只惹得俺形神相吊，肿腮牙倒。这不大王甩了我们去抓鹿，也是倒霉。鹿没抓着，竟遇到个行者的女儿，叫沙恭达罗。自此以后，竟再也不谈回城的事了。想到此事啊！一夜没合眼。如何？是好！想他已然收拾，俺且这边候着。（远望介）看他拿着弓，手里还拿着那野花编的花环。是心心念念不忘那人儿了。俺且装个瘸，讨些休息。（倚木杖介）

〔驾扮豆扇陀执弓拿花环上。

（唱）【南吕引子·一剪梅】便为佳人不易招，一见羞娇，自有分瞧。相思也似乐逍遥，此愿虽劳，偏喜逢遭。

如此，以一人之心，度双人之意，可乎？

（接唱）【中吕过曲·好事近】【泣颜回】她（虽）则眼（不）接瞧，无限情意相胶。移身雍款，只为（她）十肸妖娆。【刷子序】妖娆，更有风情万种，目含嗔黛眉轻挑。【普天乐】此爱意两心知道，便只缘由我，能肯受消。

（丑）大王呵！俺两首不得展，只得用这张嘴致意了。（驾）你如何了？（丑）大王戳人鼻眼，还问人为何鼻涕眼泪。（驾）这是甚话，且道明白。（丑）参差荇菜，左右流之。风姿自有，还因水流？（驾）当缘水流。（丑）大王便是俺这把菜的水流呵！（驾）此话怎讲？（丑）大王弃庙堂，肆林野。不在话下。俺是个婆罗门，每日追逐野兽，臂折腿弯，无限苦楚。敢是身不由己。因此祈请，告假一日。（驾自语介）如此，我也一般。一想干婆之女，则射猎心思全无。正是：无心搭箭逐麋鹿，只为鹿群友爱人。（丑）

只愿大王万寿无疆。（起身欲走，驾云）且住。（丑）遵命。（驾）亲随。
（侍卫上）有命。（驾）便请将军来。（侍卫）是。（旋引带净扮将军上）
游猎多误事，于君独为佳。只为呵！

（净唱）【前腔】【泣颜回】搭羽振翎毛，不怕（汗）如（雨）炎阳烧。
身躯瘦健，奕奕神彩堪豪。（净前介）王上万岁！臣见兽迹还多，
为何住马不动？（驾）将军呵！（指丑介）他言游猎不好。因此索
然。（净冷笑介）呵呵！（对丑）你可把定了呵！（大声）大王，
此物胡扯，不可信也。大王呵！（净唱）【刷子序】轻娇，射猎正
合身健，与鸟兽一齐减膘。【普天乐】百发百中弓手傲，是游猎最好，
此游戏呵！三界难找。

（丑）滚！咱主子刚正常了，你这奴生的从一个林子出溜出溜逛到
另一个林子，早晚被狗熊吃掉。（驾）将军。先离这净修林不远，思来，
你这话朕也不喜。姑且呵！

（唱）【中吕过曲·千秋岁】（驾）涌如潮，水牛池边（接）角，
看群鹿荫下草嚼。小豕逡巡，小豕逡巡，管教朕松弦难得歇消。（净）
谨遵主命。（驾）且将弓手尽皆召回，禁扰清修。你看呵！清修林
淡泊（为）道，（内）有元气如炎燎。晶火摩掌好，（触）他山有
玉定会腾烧。

（净）遵命！（丑）你这祸精，滚吧！（净举拳吓丑，丑躲介，净下。
丑）大王，且到这边坐。（驾）头前带路。（二人坐定，驾）摩陀弊呵，
你有眼无珠，不识真谛。（丑）大王不是在我眼前。（驾）人人尽悦于
己，我却道那净修林中沙恭达罗。（丑）我不可助长他邪心。（高声介）
她既是净修人之女，主意打不得，又有何用？（驾）嗨，你好呆也。

（驾唱）【前腔】仰头瞧，定睛（痴）观洁皎，那心中思虑多少。
此女原来，此女原来，是天女所生仙人养教。恰便似（茉）莉枝掉，

向阳花还托抱。

（丑）吃碗惦锅，家花望过野花新。（驾）你还未见，所以如此言语。（丑）何事以让万岁惊。（驾）休罗唣。（唱）灵秀诸般好，（是）全能造物作此（月容）花貌。

（丑）如此说来，怕是真的是了。（驾）她是呵！（唱）【中吕过曲·越恁好】好花未采，好花未采，无人嗅芳娇。宝石未戴，香蜜不（曾）把蜂招。（此）般佳（质）全仗福德报，（却问）谁人受消。（丑）大王快去受消才是，不然这姑子敢教人抢了。那佳人不可自媒身荐，无父母在前怎能相告。

（丑）她有何露示与大王？（唱）【前腔】（驾）（净修女）天生腼腆，天生腼腆，不语低眉稍。（以）笑掩心意，有爱意礼先挠。（心思）无遮亦不露昭昭。（丑）难不成一面就投怀送抱？（驾接唱）（表意）露情可道。那女郎乔装荆榛刺脚，转回身恋恋依（依）愁归早。

（丑）给些甜头，便爱上这净修林了。（驾）你且帮朕想来，有何借口再去那净修林也。（丑）用何借口，大王便是借口。（驾）此何意？（丑）收税，野稻六分有一供缴上来。（驾）咄。净修者缴的是别样。贵于金玉。便是：四种姓所供不能常葆，净修人苦行功果久牢。（侍卫上）报，两净修者到。（驾）快请。（侍卫）遵命。（引带小生、生扮净修人带花果上，侍卫）请。（生）呀，看大王相貌，虽然威严，犹感亲切。正是：

（唱）【中吕过曲·红绣鞋】他虽住在宫朝。（小生）宫朝。（生）享尽富贵荣豪。（小生）荣豪。（生）护万民，也功高。能克己，有尊号。到天庭，颂箫韶。

（小生）这便是因陀罗之友无胜王。（生）何讲？（小生）只为呵。

（唱）【前腔】（小生）他则长臂高豪。（生）高豪。（小生）勇斗鬼神捷骁。（生）捷骁。统世界，战魑魅。发霹雳，射玄潮。望常胜，护梵庙。

（二生）吾王万岁。（驾）敬致二仙。（二生）谨致花果，以增福报。（呈花果，驾鞠躬接花果介）二仙到此，有何见教。（二生）信托诸同修之意，乃因大师不在，罗刹多扰。愿请陛下，往住林中，以护净修。（驾喜介）谨受致邀。（丑暗扯驾介）如此祸险，还觉快活。（命丑介）无多言，分付御者，带弓车前来。（丑）遵命。（二生）正是：为法先人应合分，部卢哲嗣护平安。（驾）二仙前走，朕随后便到。（二生）我王万岁。（二生同下）（驾对丑云）同去见沙恭达罗？（丑）先有此想，见有罗刹，还是不去为好。（驾）不怕，随朕左右便是。（丑）我还是守着你车轮吧。（侍卫）车已备好。静候大王得胜。还有太后派使者来也。（驾）请来。（侍卫）是。（末扮使者上）我王万岁，太后有命。（驾）有何命令。（末）四日之后，即为补怛罗宾陀钵罗那佳节。请我王务必回宫。（驾）一面清修林，一面有严命，两不可误，如何是好。（丑）便如星宿悬于天地，不上不下。

（驾）正是琢磨未定，砥石分水。（沉思半晌，对丑介）摩陀弊，太后对你如亲儿一般，你先回宫告禀，便道朕一心护持净修，亦尽孝责。（丑）大王以为俺真怕罗刹不成？（驾笑云）大婆罗门，朕怎有此想。（丑）那俺要像王弟那般回去。（驾）无添乱于净修林，所有随从随你回去。（丑傲慢，欲下介）哈哈，现下我成太子了。（驾自语）这厮不稳便，话口不牢，传到后宫不好。（驾抓丑大声云）好摩陀弊，朕为敬仙人，方到林中。实非为女子也。你且看——

（唱）【尾声】你我阅世逞强豪，（那女儿）一如小鹿（未）脱雏毛。你呵！玩笑不可当真道。

（丑）知道。（下）

第三出　欢　会

［生扮弟子执拘舍草上。

何必箭在弦上，只缘远空弦响。既能业障扫除，恰似弦举弓张。我君庄严，一到此处，法事得安。俺且把这拘舍草交予祭司，铺设祭坛者。（远望云）妙语，乌尸罗草油与荷藕付得哪处？（听介）呀，是沙恭达罗受热，身子不爽，与她做药的？妙语，用心照料者。俺也去见乔答弥了。（下）

［驾上。

（唱）【仙吕引子·天下乐】只为修行羁束人，佳媛难得自由身。

朕心长与佳人印，似水倾流不返奔。

是彼爱神，以花为箭。（思忆介）哎呀！

（唱）【大石过曲·念奴娇序】湿婆怒火，似炎烧海下，还今四体如焚。却问爱神，偏冷烬却使斯人忧悃。且共，明月为贼，乔情讨信，清光花箭哄欺人。旗画展，爱神（犹）可爱，（只）眉眼销魂。

便是："月冷清辉犹放焰，妙花成箭硬如金。柳眉醉爱秋波底，此般相责不恩心。"

（唱）【前腔换头】斯神，（你本）无形若隐，朕宏求法愿，资成百迹千身。虚妄终归，如抵箭射面此意何问。待俺行者，一解愁闷。

这美人曾经幼书林呵！风爽，一片荷香，浪推水雾，柔条犹带折枝痕。爱火烧于内，且伸臂迎风。呀，那座亭子，葛蔂藤蔓，可是沙恭达多曾到。白沙上，足深趾浅，新有莲痕。

敢是她丰臀压深，故而足痕前浅后深。且在婆娑偷看。（喜状）好啊！

那人儿正在那里，与女友相伴。如此，且听她们有何话讲。

（旦扮沙恭达罗引贴、外旦上，二女以荷叶扇风介，云）荷扇香为慰。（旦愁介）自是枉然风。（二女含愁互看，驾暗云）敢是病了。是为热疾，还是心痛似我般。

（唱）【前腔换头】昏昏，容病增娇，镯松莲蕊，此情和夏热相因，惟酷暑不可增媚娇身。（外旦）自那日君王去后，这人儿便郁郁寡欢。（贴）正是这般。千猜莫如一问，待我问她。小姐，你身子可热？（驾暗语介）看她莲蕊编镯如月皎，上有微瑕为焦灼。（旦起）有话便说来。（贴）哎呀，不知你心头甚事。但如书中言道，你的情态相同。只愿告我，何时伤心，若不知因，何得下药。（驾）朕也是。（外旦）此痛因何事，越见骨肉销。幸有玉颜还得瞧。（驾）妙音说的极是呀。只因她。（驾接唱）憔悴，身减香肌，柳腰轻瘦，堪怜爱（为）爱伤神。真似那，风花独立，枝叶消存。

（旦对二女介）非姐妹其谁听，便言道而何苦。（二女）正为如此，便要倾言。分忧解痛，姐妹其当。（驾唱）【前腔换头】缘因，说与知音，秋波飞转，想她临去目含瞋，偏忘忑欲晓欲知（两）思忖。（旦）自前来见那君王……（欲说还羞介，二女）怎的。（旦）便思量何日再见，即成此状。（二女）谢天谢地，正是般配。江河不归海，复想往何方？（驾喜介）求鱼得鱼，求听得听。正是。（驾唱）烧起，烧退只缘，此情起落，一如晦日破炎暄。（旦）莫言失礼，请为谋划，如何得取君王怜。否则便望为逝忆。（驾）此话一出，更无可疑。（外旦语贴介）阿奴苏呵！彼已深陷情障，时日不可延宕。（贴）如何做的。声色不露，既疾且静。（外旦）使得。是彼君王亦有意，咱暗觑来他也乔。（驾云）是也。朕也是呵。（驾接唱）头臂枕，金镯染泪，瘦腕收频。那金镯子再不能紧箍在腕，只为腕瘦频落，还要拉回。

（外旦）便教她写一封书儿，藏在供花之中，交与君王。（贴）此计甚好。（旦）还需三思。（外旦）便教心事作小诗。（旦）事欲三思，只怕遣拒心更惊。（驾唱）**【前腔换头】**佳人，心上眉头，思量前后，那人单待做眷亲，莫怀抱娇羞恐惧（更）逡巡。且候，倘若遂情，金珠宝玉，但须抛却莫相珍。

（二女）莫作自轻人，但无人以伞遮秋月之辉。（旦笑介）谨尊。（旦沉思介，驾唱）觑爱侣，扬眉作句，一片情真。

（旦）思量一诗，但无纸笔。（外旦奉荷叶介）指甲且写在田田。（旦）可为一审。（二女）且听真。（旦吟诗介）君心不可知，此爱灼形肢。日月无时已，满心为君思。（驾出至众女前，和诗介）热爱匪君有，寡人亦难持。白日枯莲叶，更使月无姿。（二女笑起介）斯爱斯情，瓜熟蒂落。（旦欲起，驾止介）美人莫劳。但因君体压花床，莲蕊镯环犹自伤。此热未能得退解，不拘繁缛且相将。（旦娇羞自语介）此心羞窘但难言。（贴）大王请坐此石边。（旦稍让座，驾坐）小热可曾退？（外旦笑介）汤药已新喂。大王，你二人相爱既明，我少不得多说两句。（驾）便说来。（外旦）有命。（驾）悉听。（外旦）君王应解修人厄。（驾）便是，还有呢？（外旦）此子因君故，为爱神摧折，君既有责，救其水火。（驾）你情我愿，我心已足。（旦笑含嗔介）莫羁君王，久出后宫有急愁。（驾唱）**【大石过曲·赛观音】**我心儿，一个人，但惟你秋波是真。我不如此想呵！只爱箭穿胸不问，我便自戕报君身。

（贴）大王，国君多爱侣。你莫伤此女儿亲人心。（驾云）尽管佳丽不少，家中惟有两宝，一为大地四海绕，一为此友永相好。（二女）如此便好。（旦愉快介，外旦对贴）阿奴苏，你看，我们的姐妹便如暑天雌孔雀，微罹小风细雨，将息又有生气。（旦）方才闲话，君王见谅。

（驾唱）**【前腔】**小相宽，佳人近，是秀腿舒心提神。愿获准花床小困，只缘花床触君身。

（外旦）好！（旦）坏丫头住嘴，看我玩笑。（贴拉外旦介）呀，你看那小鹿寻母不见，我且帮它。（外旦）你一人不足，我与你同去。（二女欲走介，旦）莫走，你走了，我一个人。（二女）有世界之主为伴，还说一人。（二女同下）

（旦）怎么竟走了。（驾）美人莫急，这里崇拜你的，换了她们。

（驾唱）【大石过曲·人月圆】莫不是荷盖扇氤氲，起畅凉飔驱疲盹。或将莲足入怀身。（摩挲旦足入怀介，旦抽腿起欲走介，旦云）尊客之前，不可罪行。（驾抓旦衣介）佳人，天光尚早，你身又如此呵！（接唱）离开了花床身病损，胸（遮）荷叶，虚乏身怎生受得暑瘟。

（驾拦抱介，旦）松手，松手。自做不得。那两个呢！怎生是好！（着急介，驾）是朕不好！（旦）不敢说大王，只尤自命。（驾）如此好命，怎生埋怨。（旦）怎能无怨。我不得自主，却看别人好处，只扰我心。

（唱）【前腔】小相违欲拒还迎人，渴嫁期婚偏难肯，良辰已到（却）摧折（爱）神。（旦欲走，驾）我何违乎，直须快活。（驾牵旦衣介，旦）大王自重，到处都有仙人走动。（驾）娘子，莫愁长辈，干婆尊师通法典，亦可不为意。听闻仙人儿女自媒自婚，无如何双亲可允。

（四下望介）怎么？朕早该走了。（离旦，又回头几步，旦走几步，又转身回介）补卢之裔，此人虽未遂君意，莫可轻忘于她。（驾唱）好佳侣天涯心相准，黄昏下，千寻树影脱不了树根。

（旦）听他言语，脚已站定。如此，且藏花后，看他情形。（藏身介，驾）如此娘子，且将痴情迷态的寡人留下。正是：样貌若娇柔，心肝似铁石。（旦）如此，更不舍了。（驾）爱侣不在，如何是好。（前看介）呀，这地上是她的莲蕊镯儿。

（唱）【中吕过曲·古轮台】满花芬，莲须玉蕊手镯温，一如长链锁心神，腕底芳尘。（旦自看手介）呀！真病弱也，莲须儿镯脱落了，竟然不知。（驾拾起镯儿放胸上介）这镯儿原在她腕上，现离了她，到我这里。哈哈，娘子呵！是这镯儿，不是你呵，教寡人。气爽神清，（全）仗它脱苦教闷。（旦）见他如此，我也不躲了，不免回转来。（前走介，驾见旦大喜）啊呀！真真又得到爱人了。受许多波查，合该时来运转。（我似）衔炭莺儿，来寻甘露，春云泉落嘴接稳。（旦）陛下，我走半路，忽觉失落了镯儿。故而返折。思量定为陛下所拾。祈请归还，无教人见。（驾）应朕一事，便还于你。（旦）何事？（驾）朕要亲手将其归位。（旦）如此，奈何？（上前介，驾）咱俩那石上说话。（两人石上坐下，驾执旦手介）呀！这手儿呵！（接唱）恰似柔荑，生长在爱树情根。湿婆怒火，仙人甘露，死生几阵。（旦抚摩介）郎君快些快些！（驾喜自语介）便不怕了，她道朕郎君，便是对丈夫的称呼。（大声）娘子，这莲蕊镯子须不易扣，如你答允，再作办法。（旦）随君意思。（驾慢来，放旦手介）娘子，你看。（驾唱）新月暂离人空，如相问，分尖刈角（扣）腕殷勤。

（旦）抬头未见月，风吹鬓上青莲，花粉迷人眼。（驾微笑介）朕为你拂开。（旦）信是加恩，未尝为信。（驾）新仆何敢拂女主。（旦）愈过殷勤愈生疑。（驾自语介）如此好事，不可错过。（驾欲抬旦头，旦做拒状，犹坐不动。驾）魅眼迷人，无怕。（旦看驾，复低头，驾以双指抬旦头，自语介）樱唇温柔人未尝，微颤似为朕解渴。（旦）郎君似不遵前诺。（驾）娘子，秋波先闭，怕错认鬓上闭青莲。（驾以嘴吹旦眼介，旦）好了，眼可复睁。惟奴家不配君王服侍，故而惭愧。（驾）如此，便请酬答一吻，蜂儿只醉荷花香。（旦）如此，怎拒他。（驾）便是……（强凑嘴吻介，幕后）母鹅告夫鹅，夜已沉沉至。（旦惊介）郎君，此是乔答弥尊尼来了,藏到树丛中去罢了。(驾)如此,便好。(站一旁。老旦扮乔答弥托钵上,老旦云)孩儿,这是安宁水。(似觉察)你这般病,只有神仙陪你不成。(旦)妙语与阿奴苏到河边去了。(老旦洒旦安宁水介)孩儿,愿你无灾无恙,长命百岁,身子好些未?(旦)阿妈,好了。(老旦)天色已深,且一道回草舍者。(旦慢起,自语云)哎呀!方才片时欢,耽搁时间,现下补尝苦果也。(走数步,回转头,大声)葛蕌凉亭驱炎暑,我求你再带幸福。(下)

(驾归原地,太息)唉!为足心愿,所多障阻。(唱)【前腔】频频,(她)玉指巧遮朱唇,含羞涩娇媚千分,集于一身。魅眼美眉,转面清欢错认。(便)抬起娇面,犹缺一吻,便躺花床忆温存。(躺凉亭花床介)荷留信语,荷须镯(在)此销魂。不愿离这,亭去人空,苇蒿亭门。若再见相欢,(必把)时光趁,(只为)幸福欢乐尽一瞬。(幕后)大王呵!(幕后唱)

【尾声】举火祭祀正黄昏,鬼影游动怕惊魂,恐惧迷蒙似雨云。
(驾倾闻,坚决)净修之人,莫有恐惧,朕来也。(下)

第四出　辞　别

(外旦、贴上,作摘花介,贴)妙语,虽则咱家姐妹沙恭达罗已与那男儿结乾闼婆婚,彼志已遂,我心未降。(外旦)为何?(贴)君王遂愿,今已回銮。想他后宫三千,如何想得一人。(外旦)君王何等人品,无需多疑。只为眼下一事,师父圣地巡游归来,听闻此事,未知若何。(贴)则师父无不允。(外旦)为何?(贴)彼必想"窈窕淑女,君子好逑。"

因缘已定，尊师必从。（外旦）如此，祭花已足。（贴）还可多采，给沙恭达罗供奉护持。（外旦）正是。（二女摘花介。幕后）啊哈！正是咱！（贴倾听介）听，似客人自介呢。（外旦）沙恭达罗不是在那？（沉思介）不好又是心不在焉。芳华已足。（欲走介，幕后）啊！你竟敢轻视于咱！你心中只是寻思那人，旁则不顾。咱这得到仙人来此，竟遭冷落。你那人决不再想起你，千唤也是无用。正如醉酒轻言诺。（二女听见，愁介，外旦）啊，终究出事桩来。那姐妹得罪了仙人。（贴前看介）哎呀！那是大仙人达罗婆娑。他怒气冲冲，竟走了。（外旦）真是盛怒胜火。咱快去，带上献礼清水，跪他脚下，恳求回转。（贴）好！（下，外旦蹒跚介）呀，如此慌忙，瓶儿都掉了。（拾花介，贴上）那人正是忿怒化身，如何劝服。好说歹说，才有活话。（外旦）便说来。（贴）我跪他脚下行礼道"尊者海量，念她前诚，今日稍怠，是为失敬。万请宽恕。"（外旦）然后呢？（贴）他道"仙人一言，不可不算。惟定情旧物给那人看，咱诅咒便消失。"言罢走了。（外旦）如此便好。君王离别时，曾留一戒指套于沙恭达罗指上，此戒镌有王名。便托希望于此戒。（贴）便为她祈福者。（二女在台上绕行介，外旦望介）呀，你看那姐妹，撑颐沉思，如同画中，一思量那人呵！便忘我了，何况其他。（贴）方才之事，皆放心上便可。不告于她，以免烦恼。（外旦）正是，谁提沸水浇花枝。（二女下）

（老生扮干婆带丑扮徒儿上，丑）师尊干婆巡礼罢，婆罗婆娑回转来。他名我留心侵晨，我出来看时，夜将过，天已白。正是：

> 玉蟾栖于西岚兮，金乌以朝霞为导。二光一时降升兮，人世沉浮以相兆。白莲失其月容兮，追忆存其华貌。闺中清愁之难当兮，怨爱人之既杳。醒孔雀之离婆娑兮，惟枝露映霞以红照。幼鹿越走于下上兮，巡祭坛以围绕。月洒光辉于须弥山兮，破暗夜直上毗湿奴之

中朝。俟其光黯而西徂兮，斯何人之为悼。大人之终落尘寰兮，虽亦壮迈而高蹈。

（贴匆上介，自语）便是孤独人亦报，只为沙恭达罗与君王。（丑）报与师尊，焚祭已到。（下，贴语）长夜已过，东方既明。那君王海誓山盟，回转去后，时日已长，并无消息。（沉思）欲将戒指送他看，谁去？又不能告诉干婆师尊，沙恭达罗与那君王自婚有孕。便如何是好。（外旦）好姐妹，快与沙恭达罗送行者。（贴）这是怎的。（外旦）方才到她那里。她正娇羞低头。干婆师尊便抱她祝道："我儿，我有嘉祝。祭祀虽熏婆罗门眼，供奉正好到火中。一如知识为掌握，便不担忧有传承。今日便与众仙人说知，寻其数人，送你到丈夫那里。"（贴）是谁告诉他的。（外旦）他近圣火处，有声诵梵诗。（贴惊介）怎的。（外旦）你听。（念梵诗介）是婆罗门，为彼今生，悲喜欣幸。王与汝女，已种光明。似如舍弥，遇彼怀火。（贴喜介）大好！（外旦）是驱忧愁，为其大喜。（贴）为此事呵！久藏计罗香，早挂在香芒。香末置莲叶，再复寻牛黄。圣土杜罗草，制膏号吉祥。（外旦照做，贴下，幕后音）乔答弥，敬告舍楞伽罗婆与舍罗多陀及众人，预备送我孩儿沙恭达罗者。（外旦）阿奴苏，快些，到诃悉帝那补罗去的仙人都被召了。（贴执香膏上）一道走者。（二女绕行介，外旦）沙恭达罗就在那了。她日出沐浴了，净修诸女正以野稻祝福呢。咱便前去。（前走介）

（旦扮沙恭达罗引老旦扮乔答弥，众人围绕上，旦）致敬圣女。（老旦）孩儿，"王后"之称，君夫为赐。（众）愿你生子为英雄。（众除老旦皆下，二女迎介）新沐如何？（旦）这边坐下。（二女坐）姐妹，先坐直，给你涂膏来。（旦）虽然习见事，今日特地珍。只因今日后，难再逢故人。（落泪介，二女）喜庆之日不宜哭。（擦泪作装饰状，外旦）你天生丽质应装扮。

（杂扮小徒弟捧盒上，唱）【南吕引子·生查子】只为美人妆，盒里皆花饰。全采枝头鲜，更作鬓间饬。

（众惊介，老旦）这是哪里来的。（杂）干婆师尊搞来的。（老旦）是应用心力咒出来的？（杂）非也。师尊命我们道"从树上把花采给沙恭达罗"于是呵！（杂唱）【双调过曲·锦堂月】【昼锦堂】高树献衣，洁白似月，矮树吐出玄漆。林中仙神，七宝托来交递。（唱）【月上海棠】（外旦）小蜂儿虽住洞中，却也望吃荷花蜜。（老旦）新兆你，宫中福享，（杂）这树神的美意呵！都教（干）婆知。（杂下）

（贴）从来未见如此稀罕物，如何打扮你。（沉思端详）便如画容扮真容。（旦）知道你们本领。（二女装扮旦介）

（老生扮干婆沐浴毕上，唱）【前腔换头】【昼锦堂】恓恓，便是别离，此时无奈，女儿远嫁（在）今期。含泪吞声，哽咽迷眼愁思。【月上海棠】出家人难舍难安，忍苦痛应时分计。（老生徘徊介，二女）梳妆已毕，请披新衣。（老旦）孩儿，师尊在前，眼中含泪，欲拥抱你，还不致敬。（旦羞涩鞠躬介，老生）孩儿啊！愿你夫君呵！（唱）相敬你，一遵先祖，有子（当治）天地。

（老旦）有愿必施，非为全祝。（老生）孩儿，绕祭火者，（众绕祭火介）孩儿呵！

（唱）【前腔换头】【昼锦堂】堆祭，四铺芳菲，一时火动，香枝已作仙霓。诸罪洗涤，（是）供火护佑于你。（旦右转绕火行介，生、小生扮两徒弟上）尊者，我俩在这。（老生）孩儿们，给你妹妹带路。（二人）这里，小姐。（众绕行介，老生）林中女神，我这女儿呵！（唱）【月上海棠】忍饥渴为树灌浇，虽爱美不折芳枝。出嫁日，只愿和你，仔细别离。

（丑）师尊，你听，这树木也是她亲友，正与她别离哩。（丑唱）【前腔换头】【昼锦堂】甜蜜，杜鹃声细，风声引动，只当林中回礼。

（幕后音唱）（愿她）路走清塘，浓荫（把）骄阳遮蔽。【月上海棠】起芳尘花粉相调，微风送一片祥吉。（众惊听介，老旦）孩儿，净修林中女神爱眷，她们祝你一路吉祥。向女神磕头致敬波。（旦磕头绕行，向外旦介）虽望夫君，但此双足，不愿离林。（外旦）与净修林相别，伤心非你一人。你看这林中呵！（外旦唱）麋鹿悲，孔雀难舞，蔓藤花垂。

（旦省忆介）父亲，我向春藤妹妹告别。（老生）孩儿，她在右边。（旦抱藤蔓介，唱）【前腔换头】【昼锦堂】依依，蔓藤妹妹，芳枝一抱，便作一段别离。（旦）父亲呵！今后当这藤儿便是女儿吧。（老生）女儿啊！（唱）为你（匹）郎君，便是父的心意。【月上海棠】今此下再不忧心，似蔓藤香芒（成）婚誓。

（旦对二女介）蔓藤就交姐妹了。（二女）便我二人交给谁？（掩泣介，老生）莫哭了，安定心情便好。（众绕行介，旦）父亲呵！那茅舍边怀孕的鹿儿，下了小鹿，给我报喜。（鹿牵旦衣介，老生）孩儿，不会忘了。那小鹿呵！是女儿。（唱）亲救起，喂养看护，（它）不离（你）踪迹。

（旦）鹿儿呵。今日分离，我父亲会照顾你，回去吧，回去吧。（哭，老生）孩儿呵！

（唱）【双调过曲·醉翁子】休泣，看前途坚心仔细。这路途坎坷，（你当会）随高就低。（生）尊者，"送亲不过水滨"，这是经上的话。已到湖边，请垂示而后返吧。（老生）那无花果树下歇息者。（众）便是。（贴）姐妹啊。这净修林众，无一物不为你伤心。你看！（贴唱）塘里，那野鸭兀自盯（着）你，同伴相呼皆不理。新莲藕，嘴中垂落，它竟不知。

（老生）孩儿舍楞伽罗婆。你把沙恭达罗带给君王时，把我的话儿告他。

（唱）【前腔】周细，我们是清修克己。你又出名门，自当临体。

于你，是两厢亲眷，流露天然真爱意。宫室里，体面应得，剩下（便由）命运安置。

（生）谨遵师命。（老生）孩儿，愿你心愿能达。（旦）父亲。（老生）莫悲，与你姐妹告别。（旦）是。（走向二女）再拥抱吧。（二女拥抱介）姐妹，若那君王一时想不起来你，你把镌他名字的戒指给他看。（旦）听闻此言，心中一紧。（二女）莫怕，爱情总是疑神疑鬼。（生望介）尊者，日已升山顶，小姐当须快行。（旦抱老生腰介）父亲！何时再回净修林！（老生）孩儿呵！

（唱）【双调过曲·侥侥令】光明照天地，生儿勇无敌，便付山河与他管，净修林中与夫归。

（老旦）孩儿，时日将过，劝你父亲回去。请回罢。

（老生唱）【前腔】何曾乱心意，旧物皆如非。便是清修还多事，此般忧愁怎减低。

走吧，一路平安。（老旦、生、小生随旦下，二女伫立许久）唉！林木已掩人。（老生）你们朋友走了，且住悲痛，随我来吧。（同行介，二女）父亲，没有沙恭达罗，走进这净修林中，空空落落。（老生）只为爱执，才有诸苦。（思索走来去介）好啊！送走沙恭达罗，我可休息了。因为呵！

（唱）【尾声】女儿究竟人家妻，此心霎那似舍离，如归故物还存寄。

第五出　辱　拒

[杂扮侍从执杖上，叹息介。

（唱）【南吕引子·步蟾宫】曾凭此杖宫前御，流水时光悄去。只今日蹒跚复伛躯，此杖反成支柱。

方才何事告禀，（走几步）要紧，何事来？（思索）噢，是干婆尊者的徒弟求见。正是：老人所记风中烛，一闪明来一暗光。（观望驾介）只为臣民皆赤子，仗君引带赴炎凉。看他阅政小歇，未免怕他辛劳。（徘徊介。驾引丑及众官上，驾唱）【前腔】身高只合一时足，负累千辛万苦。便王位真似伞遮举，无怠久生劳沮。

（幕内二传令官响介）愿吾王万岁。（甲）万民日日辛劳，大任君王肩挑。因有树高千丈，乘荫暑意全消。（乙）手扶权杖拯歧途，解难排忧护万夫。金宝皆缘亲眷取，君为百姓尽劳劬。（驾闻介）方倦于政令，不免振作起。（幕后笛声，丑倾听介）笛声悠扬皆中意，可是妙人显乐能。（驾）悄声，朕好生听来。（幕内唱笛歌）【笛歌】繁蜂偷蜜近芒花，复在荷蕊忘芳华。

（驾）这歌儿情意缠绵。摩陀弊，你欲如何？（丑）俺去看看。（驾）好。（丑下，驾自语介）闻此歌声，恍有所往，恍若有失，便如别离之后，又思量不起。（唱）【仙吕入双调过曲·忒忒令】望佳景志清意舒，闻美声人欢心足。十全福报，遇此犹贪觑。便回想前世情，今生忘，又映出，是坚贞更误。

（杂）吾王万岁，今有雪山下净修林中尊者干婆，遣男女至此。请陛下垂示。（驾惊）净修人，还有男女，所为何事？（杂）必然有事。（驾）即传令者。以吠陀仪轨迎接净修之二五年，好生看待。朕随后便到。（杂）遵命。（下。驾起）朕至祭火处者。（行介）来此已是祭火处。便是干婆尊者有何话传来。

（唱）【前腔】是尊者用心何如，遣弟子来城居处。（莫非）法林多兽，直把修行阻。（蔓）藤因我不开花，（教我）心惶惑，意犹疑，更决裁不主。

（驾）想朕以弓弦之声，为他驱恶。或是来致谢的。（生、小生扮二徒、老旦扮乔答弥引旦扮沙恭达罗上，净扮国师与杂扮侍从头前带上，杂）请。（生语小生介）师弟呵！（唱）【仙吕入双调过曲·嘉庆子】仁君在上恒御宇，贵贱高低尽正途。我心应脱扰误，却不知，为何如，到此里，（如）进火屋。

（小生亦语生介）师兄呵！进得城来，到此处，如此众人，我也是心神不宁。众人皆秽我独净，众人皆浊我独清，众人皆睡我独醒，众人皆羁我独行，众人皆缚我独怡情。（净）似你们这般才称伟名圣。（旦不安介）呀！右眼跳来，是何意思。（老旦）只愿万事平安。（绕行介，净）国君已到。（生）正是。秋实压树低，新雨带云迟。毋以多财傲，天然本好施。（驾见旦介）呀！好一位佳人也。（唱）【仙吕入双调过曲·沉醉东风】（驾）是何人轻纱缓徐，婀娜姿若来还去。恰便似花一株，（生）在黄（叶）丛处，清修人（中）真有佳女。（自语）朕不该如此看人家妻女。（旦手放胸介）此心难舒，此情何如，一想坚爱，勉为静姝。

（净）陛下，净修得礼。他们带来尊者口信，谨告陛下。（驾虔诚介）仔细听来。（二弟子）吾王万岁。（驾）或为清修被扰？（二弟子）仁君护持，法事能常。暗昧已无，普照明光。（驾）如此，干婆尊者可好。（生）彼自修行有道，致以王上康宁。（驾）有何见教？（生）王上呵！尊者说，既两情相悦，你已娶他女儿，他衷心祝福。只为呵！

（唱）【仙吕入双调过曲·尹令】得遇仁君无虞，彼复静女其妹，造物配般男女，便舍纷纭能破俗。

现下女儿已有身，即领来与君成婚，共享天伦。（老旦）陛下，老身也想说来。（驾）大娘便讲。（老旦）她与你皆未问过双亲，便自媒自婚，现下二人有何可说。（旦）他要怎的。（驾惊慌介）呀！这是哪般事哩。（旦自语介）他怎如此话讲。（生）陛下此言何意？如陛下呵！

（唱）【仙吕入双调过曲·品令】（生）通达世情，此事语非虚。婚后女子，不该（久）处娘居。于情于理，尽当同栖住。（驾）朕与此小姐结过婚？（旦沮丧自语）心啊！正猜对了。（生）怎肯反悔，食言君王自辱。（驾）你怎生这般颠倒是非。（生怒）醉势贪权，便是这般的脾虚。

（驾）这是骂我哩。（老旦对旦）孩儿，莫羞。把你面纱摘下，叫君王认看。（旦取面纱介，驾看旦，唱）【仙吕入双调过曲·豆叶黄】（虽则她）千娇百媚，落雁沉鱼。我不（敢）自认鸳鸯，如蜂儿绕花悄语，不能相弃，惟自曲迁。（杂）啊哈，主子真是守法。如此佳人，还自犹豫。（生）大王何意？（驾）行者。我思忆再三，不能想起与她婚姻。她既有身，我待如何？（旦）他竟连结婚都疑。真真可气。（生唱）尊者女儿许你，尊者女儿许你，只为徒然，凭空受辱。

（小生）师兄无多言。沙恭达罗，我们意思表尽，彼既如此，你便答复他。（旦自语介）爱已生变，复再能求。只为清白，便为诉说。（高声）夫君！（又止）补卢之子孙，前在净修林中，你诱了我，一切讲好，今却以如此言语来拒，可为合理？（驾掩耳介）住口，住口！你呵！既污我名，又毁我誉。清浊混淆，泥沙尽去。（旦）你若如此疑心，我便拿来表记。（驾）好。（旦摸手指介）呀！指环哩！（愁看老旦，老旦）敢是圣池祭水时候滑落了。（驾）女子真会急中生智。（旦）此皆是命，还有一事为告。（驾）便讲。（旦）一日，你在蔓亭中捧那荷露。（驾）如何？（旦）鹿儿前来。你喂它水来。它却不依。我捧来，它便喝了。你便笑言道"如此，万物求类，你俩皆是林中居者。"（驾）酒色之徒听此狡言，以忘其任。（老旦）大王呵！不该说如此话来。这女儿生长净修林，不曾哄骗人。（驾唱）【仙吕入双调过曲·玉交枝】雌牝灵虑，更何况女儿知书。杜鹃借雏（给）别乌育，养大直飞天（空）去。（旦怒）卑鄙无耻之人，以小人之心度君子之腹。谁如你般道貌衣冠实是草包盖井！（驾）乡野之人，不懂风情，兀自置气。（唱）觑她眼红形貌殊，严词利句无迟语。樱唇（儿）颤柳眉儿拘，只为（疑）她当真受辱。【仙吕入双调过曲·五供养】（敢是我）失心忆无，此心中重似悬车。（海誓）山盟难认数，此意总何如？（看她）双眉倒竖，眼红得火光喷注。能折（爱）神弓箭，怒难舒，教人心下意偏虚。

（高声）好太太，本王平行众所周知，万无此事。（旦）如此，我受补卢子孙蜜语诱骗，以身许他。如今反而成了荡妇。（掩面泣介，生）事前不虑，事后还悔。私为婚配须仔细，知人知面不知心。（驾）哎呀。只听她一面之词，便责备起朕来。（生怒唱）【仙吕入双调过曲·江儿水】既已听答复，不踌躇。天生无伪偏遭辱，专修欺诬翻成律，天昏地暗何须顾。（驾）哈哈。道真话的人呵！便朕应承朕便是那般的人。又待如何？（生）灭亡。（驾）补卢子孙灭亡，谁信。（生）还有何说的。话已带到。现在告辞。（唱）（她）与你夫妻此处，是弃还（是）收，由你（这）丈夫定去。

（老旦）你们先走。（旦）我已被此人骗了，你们也弃我而去。（跟去介，老旦语生介）孩儿，沙恭达罗哭泣随咱，实在可怜。在此忘恩负义之人之处，她一个净修之人如何是好。（生怒回身介）啰嗦！你要任意独行不成？（旦惧颤抖介，生）小姐请听真。（唱）【仙吕入双调过曲·川拨棹】真言汝，毁家声如彼语。便待教汝父何如？便待教汝父何如？若行止高洁不虚。也当忍（夫）家驱逐，且休回来者途。

（驾）净修者。为何嘲弄此样小姐？所谓：日莲迎阳，夜荷揽月，君子坐怀不乱人。（生）迷乱成失忆，犹是怕羞人。（驾唱）【前腔换头】孰重孰轻罪减除，彼欺诬（还是）朕糊涂？正犹疑左右踌躇，正犹疑左右踌躇，弃娇妻复还取予？便诸般意难舒，正徘徊复何如？

（净）如此呵！（驾）国师大教。（净）不如让那小姐留在我们那里，直到孩子降生。（驾）为何？（净）占星穆卜有命。大王所生子嗣定为统领阴阳两界转轮王。若此仙人之女生子有大人之象，大王可向她道喜，领回宫中。若非则送归她父亲那去。（驾）如此便好。（净对旦介）孩儿起来，随我去吧。（旦）地母啊！垂怜于我也。（旦哭随净、生、小生、老旦同下。驾因咒语，思忆不明，左思右想于沙恭达罗。幕后声）有怪！（驾）何事？（净惊入介）陛下，怪事！（驾）有何怪事？（净）干婆学生方走，那女子举臂痛哭，高声咒骂命运不偶。忽然仙女庙旁闪电金光，貌如好女，托举她飞去了。（众惊愕介，驾）国师。先者拒绝了她，今下想来，复有何意。暂且歇息去吧。（净）吾王万岁。（下，驾）心乱身疲，暂回宫去吧。

（唱）【尾声】虽则思忆难为据，夫妻幻梦何言聚，惟此心动若真如。

第六出　王　悔

（净扮巡检带副净、杂作衙役系丑扮渔夫上，副净、杂打丑介）兀这偷儿。交代，什么地方得的这刻着国君名号的戒指来。（丑惧介）老爷可怜见，万万不敢作出这般事端。（副净）敢不是婆罗门送你的。（丑）老爷明鉴，咱本是沙伽罗婆多罗的一个渔夫。（杂）谁问你这个来。（净）叫他说。（副净、杂）好，你说吧。（丑）以钩网为生计。（净笑介）倒真是好活计。（丑）老爷莫笑。有道是：世业既卑犹不弃，屠夫超度亦慈悲。（净）兀要插科，接着说来。（丑）前日我捉得条赤红的鲤鱼，鱼肚子里便有这宝石戒指。正想卖掉，教您逮着。原委如此，大人明鉴。（净闻戒指，捏鼻介）果然腥气。如此，随我来者。（副净、杂推打丑）走呵！（净）你俩宫门口候着，我先进宫。（副净、杂）大人进宫请赏者。（净）正是。（下，副净）大人走多时了？（杂）却不知遇到大王没。（副净）手痒痒，想宰了这偷儿。（丑）不能滥杀好人哇！（杂）老爷来了。（对渔夫介）看如何说法，要么安然回家，要么给鹰豺作吃食。（净上）把这人快快……（副净、杂抽刀介，丑惊痛）呀，命不保矣。（净）放了。（副净）遵老爷命，已到阴曹门口。（杂）有幸却回转来。（丑叩头介）老爷，我的命是你赏的。（净）起来。这是主子给你的赏钱。拿去。（净提一小袋金子付丑介，丑）大人吉祥如意！（杂）真是才下刑场，又上婚房。（副净）这般赏赐，主子看重那戒指呵！（净）自有别个因头。（副净、杂）什么因头。（净）想是因这戒圈儿想起什么人来。（副净）全仗老爷功劳。（杂）还不是这捉鱼的功劳。（看丑介，丑赶忙）诸位爷，这里一半钱给老爷买酒喝波。（杂）你便是好朋友了。正好喝上几杯。咱同去酒铺吧。（同下）

　　〔旦扮天女弥室罗计施上，飞行空中。

　　（唱）【南吕引子·小女冠子】天池仙务初报奏，换取人世曾游。

　　看君王阙里销长昼，不知他几番差缪。

　　空行天上神仙女，广布香云花落雨。只为人间还有情，便临凡世亲观取。吾乃天女是也。只因姐妹弥诺伽相嘱，教养她的女儿沙恭达罗，现已如亲生一般。她托吾下到人间，看那君王如何。（四下看介）现下正合游宴之时，宫中却无半丝喜色。吾且取那女官的面遮，看是为何。（下降介，外旦、贴扮二宫女上，外旦唱）【越调引子·杏花天】（外旦）春袭芒树花枝漏，淡青粉春意悬流。（贴）只宜歌酒私情受，翘足尖采花相求。

（外旦）看此花草，欢喜欲狂。（贴）春色已明，直须消受。（外旦）姐姐，便分我一般供花吧。（贴）不说也记着。咱两个好似一个。（倚外旦采花介）呀，这花儿未曾全开，已然香气动人。（合掌）南无世尊爱神。只以芳花献爱神，（外旦）爱神弓箭焕如新。（贴）只缘五箭不曾射，（外旦）留取一支呵！只射怀春人。（二女撒花介，杂扮侍从怒上）不知好歹的丫头，王上已下旨，不教过节，你们还采花。（二女怕介）万请恕罪，我俩不知啊。（杂）怎能不知！你不见草木鸟兽都遵圣旨么？（唱）【前腔】芒花虽具粉难有，百花只含苞若羞。已经露季鹃难奏，便爱神取箭还收。

（旦）君王果然势大。（外旦）我俩新来，诚不知晓。（杂）下次不准了。（贴）谨遵。只是老爷，为何如此呢？（杂）你俩不知沙恭达罗被弃之事么？（二女）是曾稍闻，是到看到戒指为止了？（杂）如此不用咱多言了。那万岁看到戒指之时，往事登时都记起。他道，确与那沙恭达罗小姐有婚姻之盟，只因失忆忘却了。自此万岁便悔恨不止，诸乐不作，也不上朝，辗转反侧，通宵达旦。（旦）真高兴，真高兴。（杂）只因此桩，禁了春日节日。（二女）也是。（幕后）陛下来也。（杂倾听介）呀，万岁来了。你俩快下去吧。（二女）是。（下，驾愁容介引丑、小旦扮侍女上，旦）呀，果然好样貌。虽然神态悒郁，不失俊伟。见他呵！（旦唱）【南吕过曲·懒画眉】萧衣素服面偏忧，唇似涂丹倦泪眸，金镯半坠臂先修，便如金玉消磨透，美质堪怜不胜愁。

（自语）难怪沙恭达罗遭此遗弃，还记挂于他。自是一番道理。（驾沉思缓行，唱）【南吕引子·意难忘】鹿眼如秋，便千呼万唤，未解梦游。如今新梦醒，追悔捱伤忧。

（旦）自是女儿之福。（丑自语介）又犯了沙恭达罗病了。（杂）大王万岁。御园整理已毕，请万岁游赏。（驾）侍儿。（小旦）在。（驾）就说朕病了，不能视朝。（小旦）是。（下。驾语杂介）你也下去吧。（杂）是。

（下。丑）便在此正好。春寒已过，正宜人时节。（驾）有何宜哉！你看呵！（驾唱）【商调过曲·金络索】【金梧桐】黑云难敛收，往事如中酒。追忆深情，愁锁眉头皱，此哀怎肯休。【东瓯令】爱神谋，箭簇芒花伺袭偷。忆从金戒归来后。【针线箱】只恨相抛意无由。【解三酲】难消受。【懒画眉】神催意毁泪空流。【寄生子】虽然是春景堪游，春色堪留，此恨谁能救。

　　（丑）大王且宁耐，待咱用这杖儿打碎这情簇爱箭。（举杖将芒果花骨朵打落介，驾笑）好了。婆罗门本事寡人领教。只问，何处有藤蔓似朕爱人那般的。（丑）前大王与那画师道"寡人要在那摩达毗蔓藤凉亭内消磨此日，与我亲画沙恭达罗真容搬来。"（驾）正想如此。咱便去者。（二人绕行，旦随介，丑）此间便是。便入坐歇。（二人入亭介，旦）吾便隐身藤蔓之后，以观真容。（藏介，驾叹息介）如今一并想起。当初你随我游猎，沙恭达罗，你也知道。我拒她时，为何不说。（丑）是未曾忘。只是当初大王在营中道，那般诸事，皆是笑话。我竟信以为真。如此阴错阳差，可叹命运无常。（旦）正是如此。（驾唱）【前腔】【金梧桐】为她遭辱羞，举目无伸救。（那）徒弟如师，（朝她）怒目金刚吼，教她泪双流，【东瓯令】日迷愁，看我怔怔意已抽。真如毒箭穿心口，【针线箱】梦也幻耶思不周。（旦）为因前错，如此难过。（丑）她敢是让神仙领走了。（驾）当初曾知，她是天女所生。是不差了。（旦）看似糊涂，也算清明。（丑）大王且宁耐，必然还有会期。（驾）为何？（丑）当父母的，何忍教女儿与夫君久别离。（驾）哎呀！（唱）【解三酲】难生受。【懒画眉】（只怕）福缘报尽落渊流。（丑）不可如此说，有戒在此，定有结局。（驾看戒介）戒从指尖落，可惜呵！戒指啊，戒指！（唱）【寄生子】你和我行业何留，滑落清流，难在指尖久。

　　（旦）若是落在别人手中，便真是可惜了。女儿在远处，听闻这花儿的福气便吾一人受得了。（驾）当初呵！朕要从林中回城，那人儿含

泪言道"多久想得我来？"我便给她戴了这戒指，言道："你呵……"（丑）

如何？（驾唱）【前腔】【金梧桐】每日数戒周，我字相镌镂。笔划逐筹，

一日一笔究，我名数到头。【东瓯令】是盟鸥，接有情人（相）会时候。

偏生只怪糊涂后。【针线箱】残忍之为万难赎。（旦）相待诚愉快，只

为造化弄人。（丑）如此讲，这戒指如何跑入鱼肚当中。（驾）圣水祈

祷时掉的。（丑）这就对了。（驾）如此君王才谨慎，不然何须有虑疑。

（驾）朕要责这戒指，你怎敢！（唱）【解三酲】离纤手。【懒画眉】

恣肆兀自水中游。【寄生子】又着实物本无由，只怪（我）不修，（爱）

人拒于门首。

　　（旦）我想说的他先说了。（丑）我饿了。（驾）爱人呵！（自指介）

此人无由弃你，他悔恨似烧，你何时怜顾于他，便他再看你一看！（小

旦扮侍女持画像上）万岁，夫人的画像来了。(奉画像介，驾)哎呀！（驾唱）

【越调过曲·五般宜】（看她）眉似月眼如星笑容带羞，樱唇艳眸解语

无限情柔。起落处画笔把人偷，姗姗来迟抵掌相求。前曾亲就，今番（对）

画愁。正恰似不顾甘泉，反（向）沙漠寻蜃楼。

　　（旦叹息介）正是悔爱相当。（丑）画中三个美人，都漂亮，哪个

是沙恭达罗？（驾）你觉得那个。（丑）我猜，倚树的那个便是她。树

儿刚浇过水，精神可爱。她的鲟儿松，花儿落，脸微汗，臂稍弯，衣裳

儿宽。敢是累了。（驾）不错。这便是朕诚信爱意之迹。朕手泽在此见，

泪珠将画染。这画儿没画完，侍儿，拿笔墨来。（小旦对丑）先生，我去拿，

您先帮我拿着画（驾）我自拿便是。（驾拿画介，小旦下，负上，驾画介，

丑）还画什么？（旦）我猜，那女儿喜欢之处，他都要画到。（驾）我

画呵！（唱画介）【越调过曲·五韵美】河洲上，双关鸠，喜马拉雅（山下）

伏牦牛，那草木衣下鹿双酬。（丑）他敢是在那画个长胡子修行来。（驾）

还要添衣饰。（丑）什么？（驾唱）花贴鬓头，（香）腮近蕊莲镯（照月）

轻透。（丑）这佳人指尖遮面，身上发抖。原来是那偷香的蜂儿，想从她檀唇上采蜜哩！（驾）确是可恶！（唱）爱人朱唇如花艳，但亲求。（怎）让狂蜂触妒寡人，亲沾香口。

（丑翩然）王上如此可爱。便我也随他高低。（旦）此人虽刚坚，爱情使人变。（丑）这到底是一副画啊。（驾惊破介）为何是画。（旦）不说，连吾也忘了。（驾）你怎这般恶作。你把她又变画儿了。（落泪介，旦）实是造化弄人。梦醒时，梦里相会也成空。泪满时，画上窈窕半朦胧。（不忍见介）摩陀弊，先将此画供到云翳宫去波。（丑）遵命。（收画下。杂上）大王。（驾）何事？（杂奉信介）大臣只道一件事要万岁定夺。（驾）何事？念来。（驾开信介）伏惟万岁万安。有海商檀那弗提越海遇难。彼家资万亿，并无子嗣。拟收其家资以归王家。求准。（驾懊丧介）无后实惨迫。他既有如此家财，当有妻妾。可咨闻，有何不幸嫠寡，是其家人？（杂）闻其妻为娑计城中同行公会会首之女，方有三月之身，才祈成男之礼。（驾）既有遗孽，可继家财。回大臣去。（杂）是。（欲下，驾）慢。（杂转身介）是。（驾）有无子嗣，有何干系？便宣朕诏旨：不论民死何亲，茍非恶人，朕必为之填续其位。（杂）便宣者。（退，复上）万岁，力民欢呼此诏，如遇甘霖。（驾叹息介）呜呼，如此呵！正支既绝，物必归人。朕去后补卢族财位，将归何所。（杂）万岁莫忧，万事必有转圜。（旦）必是他自责了。（小旦对杂暗语介）大人，得看此信，万岁倍加忧愁。不如去云翳宫请摩陀弊先生回来，且能派遣万岁之忧。（杂）正是。（杂下。驾唱）**【越调过曲·忆多娇】**（她身）如获秋，既播留，果实丰大自必收。可恨我弃（她）空自愁，从今以后，从今以后，谁祀宗庙泪为酬。

（旦）虽有灯烛在前，只为重幕掩映，君王仍不明。（小旦）万岁万勿伤怀，后宫嫔妃，终有贵子可继大统。（自语）万岁不理我得话，还有何灵丹妙药可医伤痛。（驾悲痛）无论如何。补卢家族因我绝嗣，恰如大河流恶泽。（昏迷介，小旦）万岁醒来，万岁醒来。（旦）吾从别个天女口中得知，得享香火之神既让沙恭达罗与君王成婚。吾不合勾留在此，便既飞升，与沙恭达罗说真。（飞天介，下。幕后丑声）不可杀婆罗门，不可杀婆罗门。（驾醒）何人在此惊叫。（杂）万岁请旨。（驾）是哪小婆罗门摩陀弊，问他为何惊叫。（杂）这就去看。（仓促下，又上，驾）问清何事？（杂）是。（驾）因何发抖？只为……（唱）【前腔】岁巳秋，身空抖，恰如风过（菩）提树头。

（杂）大王保护摩陀弊波。（驾）护他什么？（杂）免除灾殃。（驾）怎的，说清。（杂）那可观四面八方的云翳宫呵！（驾）如何。（杂）楼台尖阁上，有一隐形怪物，劫走婆罗门。（驾起介）什么，连朕宫室也有怪物作乱不成。（唱）若此疏忽数难逐，又怎（为）民谋，又怎（为）民谋，（领）百姓营春度秋。

（幕后）救命，救命。（驾蹒跚行介）走，莫怕，莫怕。（幕后）怎的不怕。有物后攫我，如同折甘蔗。（驾）弓来，弓来。（武旦上捧弓箭介）万岁，弓箭在此。（驾接弓箭介，幕后净唱）【越调过曲·斗黑麻】猛虎扑羊，颈中血流。是无胜（王）护持，执弓祛忧。（驾怒）竟直叫朕名号了。好，如此，你活不得。（举弓）侍卫头前带路。（杂）万岁，这里。（众前，驾）呀，未见一人。（幕后丑声）救命，我看得万岁，万岁看不到我。（驾）徒使障眼法，你切莫动，我必一箭穿你胸。（上箭介，净扮天帝御者摩多梨带丑上，净唱）君之箭，可射仇。罗刹恶魔，飞空必透。无标亲友。（因）陀罗诚有求。（愿王）弓放弦收，弓放弦收，（待朋友）眼目当柔。

（驾忙收弓箭介）呀！天帝御者摩多梨，大礼当迎。（丑）我都快被这畜生杀了，您还迎他。（净）尊者，且听着，因陀罗派我前来何事。（驾）洗耳恭听。（净）有达罗折耶一族，是百头百臂阿修罗儿孙，难以战胜。

（驾）那罗陀大仙曾道过。（净）只为因陀罗难以取胜，故请大王呵！（净唱）【前腔】殄逆逐凶，鸣钲鼓桴。陷阵冲锋，并驾忾仇。（太）阳无力，破晦幽，便有月光，明光相救。神车既有，君王具兜鍪。所向披靡，所向披靡，全胜方休。

（驾）因陀罗给我荣光万丈。只为何虐待摩陀弊？（净）此事也可一道。陛下因事苦闷不振，我便设法激怒陛下，只为——添柴烧蛇蛇扬颈，烈激于人人志昂。（驾）如此，天帝之命不可违。（对丑）传旨。（丑）谨遵。（驾）传与诸臣工：护民须仗诸卿力，我弓自有别处功。（丑）遵万岁旨意。（下，净）陛下上车吧。（驾登车介，众下）

第七出　团　圆

（驾与净扮摩多梨坐车上，行于空中，驾）摩罗多，虽则已尽使命，惟觉行不配荣。因陀罗真过爱也。（净）陛下，你俩互觉亏欠。只为呵！

【正宫引子·破阵子】陛下之行为敬，莫为显露功行。因陀罗对君敬重，相待王仙总觉轻，不合你盛名。

（驾）非也。临别之时，他之加恩远过所望，为他在众神之前，教我坐他座边。（驾唱）**【正宫引子·齐天乐】**曼陀罗花环吾颈，此环（原）在他胸横。天帝佳儿，曰折衍陀，含笑期期站定。（净）天帝如何恩宠，陛下不配领受。正是：至尊天国两遭难，鬼怪磨牙相伺机。全仗君王平节箭，与毗湿奴解重围。（驾唱）如无艳阳，想朝霞何可，破夜呈明。凡体得功，只为天帝举才能。

（净）陛下呵！你声名已达天界。用彼天女妆色，写在贝叶为诗，诸神正咏歌句，为你英雄告知。（驾）昨日来时，仓促阵战，此处不曾到。
这是天宫哪一条风道？（净唱）【中吕过曲·好事近】【泣颜回】（补罗）
婆诃风（吹）道清，（毗）湿奴妖氛扫净。恒河天上，星辰转日轮明。（驾）
我表里澄澈。可曾下到云路。（净）陛下因何得知？（驾唱）【刷子序】
娇鸣，吉鸟山间飞动，霹雳天马电光惊。【普天乐】仙轮映红霞殊景，
便张云布雨，却正云行。

（净）只在刹那，便可到陛下之国。（驾下看介）直落云天，好山河也！
（驾唱）【前腔】【泣颜回】（峰）峦铺地莽平，近树群林初清，关河
如带，落览浩荡奔腾。【刷子序】堪惊，恰似山河如掷，猛可儿眼前分明。
（净敬意介）陛下看得分明，这山河大地，确实壮丽。（驾唱）【普天乐】
东西海间暮云挺，喷出流金山影，却作何名？

（净）那叫金顶山。是矮魔所居，苦行者无上乐园。正是：梵天孙
子修行地，神魔生主悟道山。（驾虔敬介）此般殊胜不可错过。向尊者
右旋旨意。（净）正是极好。（作驱车下降介）便即下者。（驾惊介）
辐轴无声轮不响，升沉瞬息莫可名。（净）正是神车自不同。（驾）那
神魔人及万类之父摩里遮归隐何处？（净指介）请看这苦修者。（唱）
【中吕过曲·山花子】蚁垤半掩残身定，蛇脱早替梵绳。须千结蔓藤围
颈，辫盘垂鸟窠多生。那仙人植立阳明，纹丝不动作树形。（驾致敬介）
致敬苦行。（净收缰，唱）已到生主修真境，阿底提植曼陀罗生。

（驾）此处胜似天堂，如沐甘露塘中。（净停车介）陛下请下车。
（驾下车介）如何。（净）陛下，可观此仙人修行之林。（驾）正是。
仙人林中餐风露，金荷蕊染池新黄。石上禅修池下沐，天女勤功此仙方。
（净）陛下请到无忧树荫一坐，我即禀告因陀罗之父知。（驾）遵命。（净
下。驾微有征介）枯身既已绝望念，百骸为何重跃升。福今已为祸之转，
只缘从来福未成。（幕后）莫无礼！（驾）谁受骂？（随声转看介）呀，

是个孩儿，两苦行者看他，他竟无一丝孩儿之状。他呵！（驾唱）【前腔】天生胆力无施逞，幼狮足尾揪攀。怜狮儿正含乳腥，母狮鬃潦乱支棱。（小儿与外旦、贴扮苦行女上，如前所云，小儿）小狮子，张开嘴，数数你的牙。（外旦）这孩儿。为何扯逗野兽。仙人给你起名叫：平世。果然如此。（驾）为何见此小儿，便生欢喜，若自家孩儿一般。（思介）定是我无儿女，便这般喜欢。（贴）那母狮定会撕了你，若你不放小狮子。（小儿笑）我怕她了。（驾惊唱）此儿郎勇力自生，一如烈火焰高明。（外旦）孩儿，把它放了。给你好玩儿的。（小儿）什么地方，给我！（驾看小儿手，惊）那手竟有轮王相。（唱）看他指掌如莲形，花开（时）朝霞万丈相迎。

（贴）空口他不信。你去找仙人儿子玩的摩罗孔雀来。（外旦）便好。（外旦下，小儿）我先同小狮子耍。（贴）放了它波。（驾）如此不服管教，真真爱煞人也。（叹息）看他呵！（唱）【前腔】无缘无故笑颜映，小牙微露星星。口不停童语莫明，隐身怀脏衣难清。似这般欢喜精灵，父母几多欢喜情。（贴）呀，谁帮帮我。（见驾介）呀，您可否帮我从这不撒手的孩儿手里解救小狮子。（驾）正好。（近小儿，笑）大仙的孩了呵！（唱）须知修处护众生，不可违规小兽来争。

（贴）先生，此儿非仙人之子。（驾）哈哈，正好。（驾分小儿与小狮子，抚摩小儿，快慰，唱）【前腔】小儿一抚中心省，为何欢喜难名。是谁人有此欣幸，便终朝美意盈盈。（贴）怪了。（驾）如何？（贴）这孩儿怎的与您这般相像。他这般顽劣，在您这里竟如此消停。（驾抚爱小儿介）他既不是仙人之子，那姓什么？（贴）他姓补卢。（驾暗语介）怎与我一家。（大声）补卢家呵！（唱）护三界先在宫廷，垂老身隐林中定。只缘圣地有修行，定非凡人在此消停。

（贴）正如您所言。此孩儿的母亲缘天女干系，故在此天师修行之所。（驾自语）如此，若有所望。（高声）那位王仙夫人。（贴）便是个始乱终弃之人，谁愿提他。（驾自语）竟如说咱来。我便问她一问。（外旦执土孔雀上）沙恭达罗，你看这鸟儿美呀。（小儿）我娘在哪里。（二女笑，贴）便是谐音，他便被哄。（外旦）我只说，此鸟儿，这般美哩！（驾）他娘亲怎的叫沙恭达罗，许是同名。只愿非梦幻泡影。（孩子接孔雀介）喜欢。（外旦）呀，他手上的护身神草不见了。（驾）女士莫慌，他方才与小狮子戏耍掉了。（拾介，二女惊）莫动，莫动……呀，他竟拾起来了。（驾）为何如此惊慌？（外旦）这草儿大有威能。当初孩儿初降，尊者生主亲手给他的，掉在地下，除却亲生父母与他呵，谁也不得拾起。（驾）若拾起呢？（外旦）变射，咬他。（驾）此事亲眼可见？（二女）所见多矣。（驾激动介）如此，大好啊大好！（抱小儿介，贴）来，咱告沙恭达罗去。（二女下，小儿）松开，我找妈妈。（驾）儿啊！咱一同找去。（小儿）无胜王是俺爹爹，你不是。（驾微笑）便如此说咱也欢喜。（旦扮沙恭达罗迟疑上）听闻神草失神力，敢是天女所云来。（徘徊介，驾见旦，喜忧反复）呀，是朕的沙恭达罗也。她（唱）【中吕过曲·大和佛】一袭灰衣神色清，举动有严行。我自恨抛闪无情，（教）她尽（尝）苦离情。

（小儿）娘，这生人叫我"儿子"。（驾前云）前番过失太为暴，今日皆已变柔情。只愿可成谅。（旦自语）定静，定静。如今苦尽甘来，果是我夫君。（驾唱）忆回历历如前映，生生娘子旧身形，（似）罗睺过后玉镜更圆明。（旦）万岁，万岁！（旦哽咽介，驾）娘子呵！（唱）苦吞忍半言为胜，这玉容，直教寡人泪眼凝。

（小儿）娘，这是谁。（旦）孩儿，你且问命运吧。（哭介，驾唱）【前腔】万悔当初抛掷轻，心窍若冰凝。愚人遇喜也悲惊，似瞽叟难明，花环蛇虺无分定。（驾跪向旦介，旦）请夫君站起。合是我前生有业，今世波折。（驾起介，旦）夫君怎生想起我这薄命人来。（驾唱）失魂落魄彼时形，未曾顾见樱唇滴泪璎。今日珠璎垂睫影，先轻拭，方可稍敛悔恨情。

　　（驾为旦拭泪介，旦）夫君，这是那戒指？（驾）正是，戒指回还，追忆方始。（旦）便是了。因此之事，夫君方信。（驾赠戒介）便为花蔓重双连理。（旦辞介）郎君带上更好。（净上）大幸也。陛下夫妇团圞，幼子膝前。（驾）只为友力，夙愿得圆。摩多梨，此事因陀罗知否？（净笑介）天神何事不知。请来，尊者摩里遮欲一见。（驾对旦介）便我夫妇孩儿一道拜见尊者。（旦）便一道拜见师傅。只是羞怯。（驾）有此喜事。礼数必遵，来波。（正净扮摩里遮同老旦扮阿底提上，正净见驾，对老旦）达刹衍尼。此人为汝子，拼杀神魔间。名曰无胜王，为主在人间。有其平节神力弓，因陀罗金刚杵只合做饰物。（老旦）威严之貌，仪表非凡。（净）人间之主。诸神父母正看着你哩，过来波。（驾前跪介）因陀罗的仆从豆扇陀向诸神父母致敬。（正净）孩儿，愿汝久护世界。（老旦）孩儿，愿汝无敌。（旦带小儿跪前，正净）女儿呵！汝夫犹似因陀罗，汝儿便如阇衍陀。万般喜乐难般汝，愿汝补路弥般快活。（老旦）孩儿都坐下吧。（皆坐，驾云）尊者，我宿愿先成，又望殊胜，此般恩惠，前所未闻。正是呵。（唱）【中吕过曲·舞霓裳】结果卉花果因明，果因明。布雨行云律规成，律规成。偏生圆满先得幸，又泽隆盛喜无名。（净）此即万物之父加恩于人也。（驾）尊者！我与沙恭达罗成婚不久，她亲戚便送她来。我却失忆，因此造业。直见这戒指方才追忆起，真如梦寐一般。（唱）如见象犹疑法性，见掌印，才敢体认是真形。

　　（正净）孩儿，莫自责。你且听。（驾）敬听。（正净）只缘禅定力，我悉知分明。只因达罗婆娑之诅咒，为你将妻子忘。待到见故物，诅咒自解除。（驾叹息自语）如此，便无人责我了。（旦自语）好啊！夫君非是有意弃我。那诅咒我未顾听得，女伴听到，只怕伤我，便道"给你夫君戒指看。"（正净）孩儿，真相已明。不可再生气了。（正净唱）

【中吕过曲·红绣鞋】尘埃满镜难（为）影，为影，拂拭便可清明，清明。诅咒解，万般兴。心头暗，已逐清。百愁解，万欢生。

（驾）皆如尊者所言。（正净）孩儿，见沙恭达罗给汝生的子嗣。他一生来我便护持。（驾）尊者，他是我家支柱。（正净）汝须知，他天性英勇，必成转轮圣王。便是：稳坐一车之上，便服七洲万国。只为世界栋梁，变得名婆罗多。（驾）尊者座下，必无往不利。（老旦）也须告于干婆知道。（旦自语）女尊者将我心愿道出。（正净）有此修行，干婆亦知。（沉思）还是报喜知道好。来人。（小生扮徒介）尊者。（正净）便带我话，驾云告知干婆，便道，沙恭达罗已得子，解脱达罗婆娑诅咒，一家团圆了。（小生）遵命。（下，正净对驾）孩儿，你一家同登因陀罗车上，回都城去吧。（驾）遵命。（正净）只为。因陀罗光泽普降，人间亦祭祀有常。万千岁无极限量，上下界交互永芳。（驾）尊者，我必尽心力为。（正净）孩儿，还需何加恩？（驾）尊者，此恩已无上，便只愿呵。（驾唱）【尾声】国君为民政事精，文士作家通神灵，永脱轮回湿婆定。

——全剧终

王一舸　毕业于中央戏剧学院戏剧戏曲学专业，研究生学历。北京市戏剧家协会会员、北京戏曲评论协会理事、北京诗词学会理事。从事昆曲及古典题材戏曲与诗词写作，文言及辞赋创作与相关理论研究，兼及艺术评论。著有昆曲杂剧传奇剧本集《浮世锦》，编剧昆曲《望江亭中秋切鲙》由北方昆曲剧院演出并作为常演经典剧目保留。

—周 / 春秋 / 战国—

金　縢

王一舸

时间：西周初，周武王至周平王时期

地点：西周宗庙、朝堂及军中

人物：

周　　公　正末，周公姬旦，周文王之子，周武王的弟弟。
　　　　　　西周早期摄政重臣

太　　史　副末，西周太史官

周成王　　大官生，此中云"驾"，周武王之子，周公姬旦之侄，
　　　　　　西周第二代天子

邦　　君　生

尹　　氏　外

庶　　士　丑

御　　事　杂

太　　公　老生，姜尚，西周开国元勋，周成王的辅政大臣

召　　公　净，召公奭，西周宗室大臣

大　　夫　生

众　　人

第一折　金　滕

（副末扮太史上）天子同黎庶，悉求寿考长。奈知曷配命，天命靡能常。臣周太史是也。今天子遘疾，命在旦夕，上下怀危，人心浮惑。三公之中，召公和太公主张祖庙告问，穆卜吉凶。周公不肯。他倒在这里清出一块地方作墠，设了三个壇，分告太王、王季、文王。既方设好，便待周公来者。（正末周公旦一手秉圭，一手执璧上）天命方周转，克殷既有功。岂天多变命，威德许归躬。自家周公旦是也。今王兄克殷三载，不豫有迟。故设此墠壇，以为祝告。（唱）【仙吕·点绛唇】一墠三壇，北躬告谏。先王看，圭璧分般，持向三壇案。【混江龙】简书祝册，尔元孙发遘疾艰，先王若有，备子（之责）相关。与其求发何如旦，多才多艺巧能繁，事鬼神无辞不惮，有才技两厢得安。（尔）元孙（难够）佞巧，乃命（于帝）庭间。【油葫芦】敷有四方定人间，吊（民）伐罪讨纠难。四方百庶敬如山。天之宝命无休反，有归神祖宗庙晏。（今我乃）卜元龟，（愿王兄）得身安。若其许我则（以）圭（璧）返，（若不许）则屏（礼器）不我还。

（末祝毕，置圭璧介）尔孙致意，祝仪有愿。（副末捧金滕上）置祝册于金滕，乃曰纳功。（末取册纳金滕介，唱）【金盏儿】（既置册）以金镮，金滕间，无教人晓匮中案。纳其功告一身单，（愿）代兄长疾共患。竭心膂（力）尽神殚。愿王兄疾早瘳，（便）祝文深锁更番。

（副末）周公有命，敢不相从。缄金滕之匮，无为人言。（末）如此甚好。（唱）【煞尾】代商初为艰，万事无相惮。便只怕罹疾作患，隐危局过还返。忧心如何镇殷顽。

第二折 大 诰

（正末扮周公上引生扮邦君、外扮尹氏、丑扮庶士、杂扮御事引带众人上）天降害周家，武王新陟遐。冲人惟幼弱，摄政暂无差。今武王崩，天子幼，天下悬钩。予惟践阼摄政。以安大局。不想三监中伤于前，复与那武庚禄父，会同淮夷，一齐作乱。予当提兵振旅，以维天命，不使倾危。今与众人教告。（对众人介）教尔多邦，与尔御事。今有祸乱于东国，有大艰于西土，人心不宁，家国不安。予乃作卜，振师旅，以昭天命。（唱）【南吕·一枝花】受命不忘功，威降天罚用。即卜大宝龟，教使断穷通。吉并休同，十贤带多众，皇之定武戎。虽则云不康西人，但救乱九州一统。

（生、外、丑、杂）难也。（生）艰大。（外）民不静。（丑）里头有管叔、蔡叔、霍叔，都是先王的兄弟。（杂）我们的长辈。（众）何不如违了卜兆，不作征伐，另想办法。（正末）呵呀！（唱）【梁州第七】我岂不殚心思动，（没奈何）扰鳏寡有乱于东。（此天降）大艰压得一身重。（我岂能）自怜自恤，无始无终，（必劳心）躬行天役，（更不可）遂避忧忡。（众）诚不可自恤，还要保周之成，不辜负于先王也。是难违祖烈宗洪，兴邦周天命人功。宁王卜受命于兹，矧亦惟相民是用，天明畏弼我朝终。（众）如此说来，惟是受卜用命。（正末唱）尔惟旧人，（慎前思）历历综综，先王作室后人（构）栋，（厥父）开荒乃子（播）种。（既有后）弗弃根基，亦必（伐商）如（灭莠）虫。

（生）如此来。（外）理合如此。（丑、杂）那也顾不得其他了。

只随摄政整搠兵马，平叛便是。

（唱）【尾声】邦由哲率方能总，艰大伐难始有功。驾言奕奕王师动，振旅行风，如雷似轰，以正休吉，（惟）周室受天（一）统。

第三折　鸱　鸮

（末扮周公上）自家周公是也。因东国不静。三监作乱，武庚兴反，淮夷为叛。予乃提兵东征，三年底定。只是那三监呵！皆是自家同胞兄弟。管叔是兄，蔡、霍是弟。只因当初讨纣克殷，分封三位兄弟监管殷商故民。因此在外。又封那纣王之子，武庚禄父以继殷祀。不想天下初定，武王驾崩，孺子年少，天下浮动。微臣恐诸侯叛周，乃暂摄行政当国。那三监在外闻知，只道予有心天下，欲行谋篡，先布流言于国中，后则竟与那武庚禄父一道谋反。为何这等忍决？或因予改了旧制，不用那兄终弟及，只定作父死子继。教这为兄的管叔断了天子的念儿？或是他每果然目予为逆，视予为雠，予也与他不得话说，便说了也不信。只是天下初定，殷商未稳，诸般大事，不可不定，不可不持。则那同胞兄弟果然呆狠，与那前朝旧恨，在外为敌的合来作乱。想来心寒。这三监是内祸，武庚却是首患。听闻当初是三人带挈着武庚为叛，则不等与他们当面对质，武庚却将咱的三兄弟尽皆杀了。想来好不哀伤。如此拼杀三载，武庚既诛，淮夷已平。微臣却外失兄弟，内猜于天子。想班师回朝，天子为防，不教西归。每日在这东国异地，补漏支应，勉力维持。内忧外惧，难与人知。前在乱中见一只鸟儿，巢穴为鸱鸮所探，雏儿为鸱鸮所攫。犹自争争而鸣，来去补巢。恰如自家写照。睹之触心，不免悲情难止也。

（唱）【商调·集贤宾】（则觑那）哀声啾啾孤恸鸟，（眼睁睁）雏子付鸱鸮。只望它攫雏挺翅，遭横祸子去空巢。便空巢散落零星，甚惨状不忍观瞧。（如此般）心悲至亲失利爪，恨无及此意何消。（苦经营）皆成空劳碌，（此）灾事几逢遭。

（唱）【逍遥乐】（便想他）恩勤逐跳，忧病相伤，（育弱雏）絮窝衔草。风雨飘摇，绸缪牖户彻桑条，（哪管他）指爪拮据捋草茅，喙磨光羽翼谯谯，（哪管他）尾秃枯槁，只恐（惊那）危巢，哀叫哓哓。

（唱）【醋葫芦】可恨（那）恶鸟（鸱）鸮，（可怜这）阴雨与寒飙。（猛思到）最寒人骨是同胞，（那兄弟）转被攫夺如幼鸟。（管你）声声哀叫，（兀不是）彻愁作恨意空劳。

（唱）【幺篇】（这天下）一似风雨巢，（则我）便如补漏鸟。拼风抵雨貌悴憔，口病手拮巢未牢。心神如悼，捉发吐哺（骨）立形销。
（末）便是予心境，亦为感应。触类伤情，感物致事。岂其谓哉。

（唱）【后庭花】（便此心）犹如劫后巢，（空落落）敝残无雏鸟。（还须强撑持）微身捍灾事，打精神（以抗）飘摇。（不可意）乱神忉，（直须是）添枝絮草，（便不顾）身（体）衰（形）貌难瞧。

（末）故此，予将感事伤情，因作一诗。名曰"鸱鸮"。欲寄天子。想那天子，也是予的侄儿。也是予那三位兄弟的侄儿。他不信咱，复能奈何？直索以这诗儿表露心迹罢了。到底如何，只在人心。（唱）【双雁儿】想此意肯相知，志足信不迢遥。有高行无晚早，身正明里见分毫。作"鸱鸮"寄上朝，露心迹孺子晓。

（唱）【浪里来煞】鸣恶鸮，哀巢鸟，劳心不止事森萧。先王基业庶能保，栉风沐雨尽残毛。（方可以）致功宗庙，顺承天命向西朝。

第四折　嘉　禾

[驾引太公、召公、太史上。

（唱）【正宫·端正好】坐宗周，邦亲御。垂拱治且（在）帝王居。新朝幸有天人助，岂复恒多虑。

（太公奏云）臣禀奏。周公在东三年，殄平群凶。尽忠王室，前欲班师。未有准奏，今献一诗，名曰"鸱鸮"，敢以奉上。（奉太史，太史奉驾，驾辞云）此事知了。复有何事？（召公奏云）臣禀奏。今秋大熟，未及收获。忽有疾风以雷，禾谷尽偃，大树斯拔。邦人恐惧。臣天子以先庙之示。（驾云）便使大夫冠弁至于先庙，以启金滕之书。（大夫捧金滕上，驾启，得书）有此一书，待朕细细读来。呀！此竟是当时周公自代功武王之书。朕何不知。太史，当时果有此事？（太史）确是当时周公亲言命笔。只是周公有命，故勿敢言。（驾执书云）【滚绣球】恰寡人睹此书，便如回到当初。先王危膏肓已入，（众人家）昏莽莽未卜前途。想周公避众人，一身与鬼神谋，愿代（先）王病移自诅，忘安危不避危殂。赤诚挚意昭天日，（反）不教人知任毁誉，（直教朕）自愧难如。

此等赤诚舍身，朕却听信流言，疑他摄政。真真不该。

（唱）【倘秀才】（自想来）权居摄（是）担当丈夫，（临危机）不避险（是）朝廷柱础。（朕不该）妄信流言错近疏。（更何用）宝龟行穆卜，但有（公）缵功图，（便则是）家国之福。

（驾云）太史，周公奉诗，且进上来。（太史）是。（太史奉诗，驾览，泣唱）呀！

（唱）【叨叨令】（看字字）声声若有千番诉，失儿孤鸟迎风吁。风巢雨室一人补，可怜身行惊心步。兀的不悲杀人也么哥，兀的不痛杀人也么哥，（看得我）交加恨悔泪盈目。

众卿听真。昔公勤劳王家，惟予冲人不及知。今天动威，以彰周公之德。惟朕当亲迎，我邦家礼亦宜之。（杂报）报有吉兆，以彰圣明。（太公云）有何吉兆。（杂）方才天反风，倒下的禾又尽起了。岁大有年，秋则大获。更有唐叔得禾，异亩同颖，是为嘉禾，献诸天子。（驾云）将此嘉禾，先送与周公。周公归朝，朕将亲自郊迎。以谢公功。太公召公（二公）在。（驾云）凡风倒大木，还烦二公扶持起来。（二公）谨遵圣命。（驾唱）【尾声】嘉禾早赠东，郊迎还相叙。金縢一解王家误，用保周朝百代福。

　　题目　表心迹周公吟鸱鸮
　　正名　舍身功姬旦作金縢

——全剧终

—周 / 春秋 / 战国—

芦衣顺母

梁怀玉

时间：东周，春秋时期

地点：闵损家

人物：

闵　损　小生，字子骞，孔子七十二弟子之一，十余岁，幼丧母

闵　革　娃娃生，闵损弟弟，姚氏亲生子，七八岁

闵　父　老生，闵损父亲

姚　氏　老旦，闵损继母

（伴唱）【纥那曲】

　　闵氏少年郎，

　　慈母染病亡。

　　继母常虐待，

　　爹爹在他乡。

［闵损提着一木桶水，艰难地上，歇。

闵　损　（唱）【四边静】

　　鹅毛雪从天而将，

　　冷风嗖嗖袭门窗。

　　提水入缸，

　　来回二十趟。

　　吾爹呀你在何方？

　　想你想断肠，

　　年关近盼你早还乡。

冷，冷啊，娘说袄里才絮了新棉，怎不耐寒？冻死我也！

［姚氏和闵革上。

姚　氏　闵损，又想偷懒不成？

闵　损　（打颤）没有，母亲，我实在太冷了哇！

姚　氏　胡说，你兄弟二人都是新袄，你弟还燥热呢，难道是为娘偏心不成！

闵　损　没有，母亲！

姚　氏　雪越下越大，湿柴怎烧？限你午时一刻瓮提满，柴劈完，否则，不要吃饭！

闵　损　好的，母亲！（去劈柴）

闵　革　母亲，我去帮帮哥哥。

姚　氏　革儿快回去烤火，外面冷。

闵　革　娘，哥哥冻得浑身发抖，给哥哥舀碗羊肉，暖暖身子！

姚　氏　哪有他吃的羊肉！羊肉是我的，你的！他又不是我亲生的，还给他吃羊肉哩，给他吃点剩饭就行了！

闵　革　哼！为娘你，偏心！

姚　氏　你懂什么，为娘还不是为了你！

闵　革　为了我？

姚　氏　闵损是你爹爹和那个短命女人的孩子，不把他撵走，你爹爹在外经商挣下的家业，将来都由他执掌，哪有你和弟弟喝的汤！

闵　革　哼，爹爹说我和哥哥是好兄弟！

姚　氏　你懂个屁！走，回去烤火，吃饭。（拉下）

闵　损　冷啊！

　　　（唱）【扑灯蛾】

　　　　　　两脚冻麻双手冻僵，

　　　　　　浑身打颤犹如筛糠。

　　　　　　饥肠辘辘吞咽口水，

　　　　　　风雪中飘着羊肉香。

　　　　　　父母之命不违抗，

　　　　　　孔圣教导心里装。

　　　　　　强打精神狠命干，

　　　　　　湿柴不能生灶堂。

　　　〔闵损疯狂劈柴。

　　　〔闵革上。

闵　革　哥哥，哥哥，陪我玩一会儿。

闵　损　吾弟，哥哥要干活儿！

闵　革　哎呀，哥哥，玩一会儿吧，我们来顶牛（架起腿），邻家的孩子都在耍哩！（夺下斧头）

闵　损　革儿，勿闹，把斧头给我！

闵　革　不，陪我顶牛！

闵　损　革儿，小心伤了手！

　　　　［马蹄声，马铃声，驾马声传来。

闵　父　（幕外声）夫人，损儿，革儿——我回来了——

闵　革　哥哥，母亲——爹爹回来啰——

　　　　［姚氏出，闵损迎上去。

闵　父　夫人、损儿、革儿，我回来了！赶在大雪封山之前回来了，顺便办了年货，给，夫人，这是给你买的红糖，大鱼，大肉。刚生了孩子，得大补！

姚　氏　夫君，你想的真周到，也不枉我十月怀胎之苦。

闵　父　我老闵家真是人丁兴旺哟，哈哈哈！人逢喜事精神爽，今年年货办得多！走，损儿，革儿，随爹搬年货去。

二兄弟　走，走！

　　　　［闵父搬着布匹，闵损抱着油坛，闵革抱着酒坛上。

闵　损　哎哟！（油坛落地）

闵　父　啊？你弟弟抱的酒坛稳稳当当，你抱的油坛却落于地上。这一下泼了我的油，我的油哇，唉！败家子！

闵　损　对不起，爹爹，孩儿冷得受不了哇！

闵　父　借口，闵损啊闵损，你气死我也！

　　　　（唱）【扑灯蛾】

　　　　　　你母来信我不相信，

　　　　　　回家一见果然是真。

> 偷奸耍滑让我生恨，
>
> 好吃懒做毛病怪深。
>
> 搬只油坛搬不稳，
>
> 你承家业怎放心。
>
> 今日要把你教训，
>
> 哪怕断了鞭一根！

闵　父　唉！你，你，你！

　　　　［举鞭，又爱又恨，欲打不忍，姚氏见状，火上浇油。

姚　氏　哎哟哟，常言道，棍棒底下出孝子，这不打不成材，不打不成器！

　　　　［闵父欲打，不忍。

　　　　［姚氏继续拱火。

姚　氏　子不教父之过！我是后母，反正人家平时也不听我的！

　　　　［闵父举鞭，痛苦，鞭难落下。姚氏加楔，拱火。

姚　氏　三天不打，上房揭瓦，我看这不打不行，不打不行！打，打，打！

　　　　［闵父在爱与恨中，狠抽闵损一鞭，抽破棉衣，打出芦花飞舞。

闵　损　爹！

闵　父　啊？芦花？（吃惊，思索，转身，猛地撕开闵革棉衣）棉花，新棉花！（看闵损）芦花！芦花！（两相对比，悲从心来）

　　　　（唱）【北般涉·耍孩儿】

> 一鞭抽在我心上，
>
> 眼望芦花痛断肠。
>
> 一手芦花一手棉，
>
> 双手打颤泪汪汪。
>
> 贼夫人装模作样，
>
> 原是个蛇蝎心肠。

> 芦花怎能做棉袄，
>
> 这袄怎能暖儿郎？
>
> 你这狠心的后娘。

儿啊，我可怜的儿啊！

（接唱）【叨叨令】

> 眼望吾儿悲声放，
>
> 脱掉我衫你披上，
>
> 外务繁忙少探望，
>
> 后母狠心把祸酿。
>
> 痛煞人也么哥，
>
> 痛煞人也么哥，
>
> 誓与贱人算总账！

姚氏，你，你安的什么心！哪有芦花絮棉袄！你说！你说！

（唱）【北正宫·端正好·小凉州】

姚　氏　（你不知）棉花减产我头疼，

　　　　（我看这）絮棉袄芦花也行。

闵　父　（唱）（既然是）芦花棉花都能行，

　　　　　　　（絮芦花）咋不在葦儿衣中，

　　　　　　　（偏心眼）气得我眼冒金星。

姚　氏　（唱）葦儿冻了会生病，

　　　　　　　（唱）穿的不暖娘心疼。

闵　父　（唱）（你）怎不想想损儿冷？

　　　　　　　（狠心人）偏心嘴硬，

　　　　　　　恨从我心生。

（接唱）【北正宫·端正好·小凉洲】

姚　氏　（唱）（我）辛苦持家（你）不心疼，

　　　　　　　小题大作（把）是非生。

闵　父　（唱）你生是非反咬我，

姚　氏　（唱）我看你是糊涂虫，

　　　　　　　好歹你都分不清。

闵　父　（唱）虐待我儿你太横，

姚　氏　（唱）那你带走我轻松。

闵　父　（唱）贱人（你）终于露本性，

姚　氏　（唱）（哼哼）样子倒凶，

　　　　　　　（你）吃了我不成！

闵　父　（唱）【骂玉郎】

　　　　　　　（姚氏女）你休要娇惯成性，

　　　　　　　错不改（还）耍蛮横，

　　　　　　　怎禁得（我）怒火顿生。

　　　　　　　望芦花，

　　　　　　　黑血涌，

　　　　　　　一刀两断夫妻情！

　　　　蛇蝎女，你我夫妻，到此为止，你走吧！

姚　氏　啊？

闵　损　不，不，不，爹爹！

闵　革　爹爹，你饶了娘吧。

闵　父　她待你倒是不错，可你哥哥受的什么苦，遭的什么罪！狠心人，

　　　　你走！

姚　氏　夫君，我！

110

闵　父　蛇蝎女，天下继母之毒，毒不过你，给(给一小布袋)这几个钱币，
　　　　你拿去度日，我闵家供不起你这般狠毒之人，你走吧!

姚　氏　（唱）【北越调·看花回】

　　　　　　（一句句）走走走我心寒透，

　　　　　　（一声声）蛇蝎女我满面羞。

　　　　　　左想右想无路走，

　　　　　　不如一死万事休。（悲，欲走）

闵　损　母亲——不可呀!（拉住姚氏）

二兄弟　爹爹——饶了母亲吧!

闵　损　（唱）【大石过·人月圆】

　　　　　　人虽美家有财万贯，

　　　　　　（却道是）一家和睦最值钱，

　　　　　　和顺方解万事难。

　　　　　　我再苦再屈也无怨，

　　　　　　得团圆，

　　　　　　让年幼弟不再受凄寒。

［婴儿哭，闵损急忙下去抱小弟弟。上，跪下。

　　　　（唱）【滚绣球】

　　　　　　弟兄仨跪庭前，

　　　　　　求声娘（再）把父唤，

　　　　　　吾父你息怒莫怨，

　　　　　　你细细听儿来言。

　　　　　　你外出整一年，

　　　　　　母持家度日艰，

　　　　　　浆洗缝忙碌不断，

耕种收从不得闲。

劳碌辛苦无悔怨，

吾父回家应爱怜，

合家齐欢……

（接唱）【看花回】

（三月里）娘有身孕苦不堪，

一日三餐呕不断。

（五月里）娘进麦田一身汗，

挺着肚子实艰难。

（接唱）【棉搭絮】

八月连阴雨不断，

娘烧湿柴泪连连。

十月摘棉忙不闲，

雨涝减产娘心寒。

冬月里娘临产受苦受难，

兀人应兀人疼独自承担。

一年来忙里忙外瘦一圈，

苦与累独自承担无怨言。

（接唱）【看花回】

有母尚有芦花袄，

无母讨饭睡屋檐。

宁叫母在一人苦，

不叫母去三子寒。

（伴唱）啊——（悲伤的无字歌）

母亲，你千万不要走啊！

爹爹——

（唱）【叨叨令】

（都怪我）把继母当外人看，

（都怪我）常思亲娘梦中唤，

（都怪我）精神不济心烦乱，

（都怪我）油坛跌落香油溅。

羞煞我也么哥，

羞煞我也么哥，

（父亲啊）狠狠抽我鞭打断。

爹爹，今日之事儿的错，泼洒的香油我承担！你快扶母亲回家吧！

闵　父　儿啊，我可怜的儿啊！（抱闵损）

（唱）【北越调·看花回】

我儿哭得泪满面，

忍气吞声遭磨难。

我不知情还发难，

心刺疼如刀戳乱。

姚　氏　（唱）【耍孩儿】

（闵损儿）一席话语惊破天，

（姚氏我）听此话语愧难堪。

（他）不记仇恨把爹劝，

（羞得我）真想找个地缝钻。

（从今后）你冷暖我记心间，

（从今后）三个儿子不心偏。

若再做出缺德事，

> 遭雷轰顶遭天谴，
>
> （阎罗王）把我扔进油锅煎！

闵　损　母亲——（扑过来跪在姚氏脚下）

姚　氏　损儿，我的好儿子，母亲错了，母亲对不起你（跪下）

闵　损　娘，这怎么使得！（扶娘）

二兄弟　爹爹，你就饶了娘吧。

姚　氏　夫君，我错了，我该死！该死！

　　　　〔闵父扶姚氏。

闵　父　好啦，起来，起来！

　　　　（唱）【看花回】

> 吾怎忍心三子寒，
>
> 闵损劝阻响耳畔。
>
> 芦花一事化尘烟，
>
> 一家和睦邻里羡。

　　　　好了，今日之事到此为止！

姚　氏　多谢大君，多谢夫君。从今后，我定会待孩子们一视同仁，视
　　　　损儿为亲生。

闵　父　你两兄弟也得好好孝顺你母。

闵　损　从今后，我定当视吾母为亲生母亲。

闵　父　这样就好，这样就好啊！

姚　氏　羊肉汤炖好了，待我给大家盛上。（下）

闵　革　羊肉汤好香呀！

姚　氏　（用一托盘盛上，分饭）这碗你爹爹的，这碗损儿的，这碗革儿的，
　　　　这是我的。

闵　革　我们碗里都有羊肉，母亲，你碗里怎么尽是萝卜啊？

姚　氏　母亲喜食萝卜，不爱羊肉。

闵　革　羊肉多香，你怎不爱？

闵　损　傻弟弟，是母亲舍不得吃羊肉，分给了我们。（夹给母亲）母
　　　　亲你吃羊肉。

姚　氏　我儿吃，我儿吃，吃了暖和。

闵　父　哈哈哈，夫人，这一年可苦了你，有了小婴儿，一个人得吃两
　　　　个人的饭，你得多吃，多吃，（给姚氏夹肉）哈哈哈。

姚　氏　夫君——（羞涩）

众　人　哈哈哈……

　　　　（伴唱）【纥那曲】

　　　　　　闵氏有贤郎，

　　　　　　何曾怨晚娘？

　　　　　　尊前贤母在，

　　　　　　三子免风霜。

——全剧终

梁怀玉　陕西商洛市地方戏曲研究院编剧，创作的大型现代花鼓戏《疯娘》参加省"八艺节"，获文华剧目奖，并受中国人民大学、华北电力大学、北京外国语大学之邀参加高雅艺术进校园活动；秦腔《人往高处走》由甘肃秦腔剧院排演参加建党百年献礼，获第十届甘肃省敦煌文艺奖。大型秦腔现代戏《元古堆》由甘肃定西秦腔团排演；大型现代戏《永生花》《事事如意》获陕西剧协剧本奖。共有大小戏剧作品三十余部。陕西省作协会员，发表小说散文五十余万字。

—周 / 春秋 / 战国—

白帕记

郝　涛

时间：春秋战国之交

地点：赵国都城

人物：

豫　　让　老生，曾为晋国大臣智伯的门客，智伯死后，
　　　　　　一心为其报仇

豫　　妻　正旦，豫让妻子，曾为智伯家奴

跌　　没　副丑，曾为智伯门客，智伯死后，投靠赵无恤

赵无恤　副净，晋国大臣，联合韩魏两家灭掉了智伯

老　　伯　副末，乞丐

楔 子

[老伯一身乞丐打扮登场。

老 伯　俺，一个土埋半截的老乞丐，无妻无子，无牵无挂，倒也轻松
自在。只是时局动荡，街面不稳，连累与俺，已有两天粒米未进，
只剩半口气在。眼看一位官爷路过，待俺上前讨点零碎。正是：
乱世中看惯兴衰，红尘里摒却喜哀。只讨些残羹剩菜，哪管他
刀火兵灾。

[跌没上。

跌 没　（唱）【北仙吕·赏花时】

　　　敝长枯荣花有时，

　　　生灭兴衰各为私。

　　　相机而动换宗祠，

　　　横行街市，

　　　得意在今兹。

跌 没　我跌没，本是智伯的门客，赵韩魏三家攻灭智伯后，我又做了
赵无恤的门客，正所谓你方唱罢我登场，背靠大树好乘凉。今
日无事，我去看看好哥们豫让。这家伙脑筋死板，不懂变通。
我去劝他一劝，既显出我哥们义气，万一他回心转意，也能在
赵无恤那里立上一功。

[老伯向跌没乞讨。

老 伯　大官人行行好。

跌 没　哪里的野狗？

老　伯　大官人，俺是人，不是狗。

跌　没　是人怎会如此肮脏恶臭。

老　伯　老东西两天粒米未进，求大官人发发善心。

跌　没　滚滚滚，我自己都是要饭的，你还管我要饭！

老　伯　求求您了！（唱）求官人救俺命您大富大贵。

跌　没　（唱）叫一声老野丐咱各安天命。

劝　豫

豫　妻　（唱）【北仙吕·点绛唇】

　　　　　　一日三餐，

　　　　　　粗茶淡饭。

　　　　　　理云鬟，

　　　　　　无有金钗，

　　　　　　但守得双飞雁。

豫　妻　夫君豫让今早出得门去，说是上山采些草药，转头到市上贩卖。
　　　　眼看日已西斜，红霞尽染，怎还不见回还？待奴家收拾灶台，
　　　　生火做饭，免得他回来饥肠辘辘，无饭可餐。

　　　　[发现匕首。

豫　妻　哎呀，怎么这里竟藏着一把利器，寒光夺人二目，凶气逼人魂魄。
　　　　难道是我夫所藏？

　　　　[豫让回家。

豫　让　妻啊，我回来了。

豫　妻　夫君，我从家中翻出此物，可是为你所藏？

豫　让　（拿过匕首）莫要碰它，免得伤你。

豫　妻　你要去给智伯报仇？

豫　让　为夫自有安排。

豫　妻　智伯身死国灭，家族尽遭屠戮，惨状犹在眼前。你万万不可冲
　　　　动行事啊！

豫　让　为夫明白贤妻你担心我之安危。不过智伯他待我不薄，我岂能
　　　　任他枉死。

豫　妻　夫君！智伯也好，赵无恤也好，韩魏也好，无非逞强而兼并，
　　　　王霸而私之。兴亡都是他们自家的事，与咱们这些平民无有关系。

豫　妻　（唱）【混江龙】

　　　　　　　轻移莲步，

　　　　　　　柔声细语劝吾夫。

　　　　　　　丘惭盗妬，

　　　　　　　馋杀申胥。

　　　　　　　世从来无完玉，

　　　　　　　秦欢晋爱亦交恶。

　　　　　　　好男儿另开门户，

　　　　　　　仿孙武千里平楚。

　　　　　　　知而顺促，

　　　　　　　不立危木。

豫　让　（唱）【油葫芦】

　　　　　　　说甚么罔替兴衰与咱两不干，

　　　　　　　还有那浩然气萦赤寰，

　　　　　　　何堪覆巢齿唇寒。

刀山火海寻常看，

留得伟誉藏青汗。

筚缕艰，

风宿餐，

魑魅魍魉终遭判，

闻呼即揭竿。

豫　妻　（唱）【天下乐】

俺本是伺候卿门贱婢奴，

任人唤也么呼，

上卿末途，

猢狲倒散子嗣诛。

幸君念前情共结室庐，

倚松萝并蒂芙，

莫生枝再做劳燕苦。

豫　让　（唱）【哪吒令】

追侬稀泪伤，

他待吾为栋薨。

人之为长灵，

乃以纲常为准星。

效无双国士骨铮，

唾朝秦暮楚匪氓。

思主公至今目未瞑，

易旗帜合称庆，

悖义至此何异于刍牲？

〔豫妻以白帕拭泪。

豫　妻　夫君还记得这方白帕么？

豫　让　这是你我定情之物，焉能忘记？

豫　妻　夫君切莫忘了咱夫妻的患难之情。

豫　让　贤妻罹乱相随，深情无以为报。然大义当前，请恕我难履丈夫
　　　　之责。

豫　妻　夫君。

豫　让　贤妻。

豫　妻　我去为你热饭。

豫　让　有劳了。

　　　　〔豫妻下。

　　　　〔跌没上。

跌　没　哥哥呀，最近可好？

豫　让　呵呵，又来一位说客。

跌　没　兄长。

豫　让　贤弟若还是为劝我归降赵贼，就请免开尊口。

跌　没　哥哥乃天下闻名之国士，奉为上宾理所应当，何必用"归降"
　　　　二字。我原来跟随哥哥一同在智伯手下做事。而今赵无恤待我
　　　　更胜前者。赵无恤能力气度远远胜之，若得你我兄弟共同辅佐，
　　　　定能成就霸业。

跌　没　（唱）【鹊踏枝】

　　　　　　风流玉嵯峨，

　　　　　　当居凤凰窠。

　　　　　　使者云俟庭着，

　　　　　　何须拊角商歌。

　　　　　　无恤他认君作群中元鹤，

倒不如释前嫌早定风波。

豫　让　呵呵，你倒是紧跟形势，不问正邪。

跌　没　攘攘熙熙皆为利，哪有什么正邪？

豫　让　非也。

豫　让　（唱）【寄生草】

晋楚争雄业，

相约邲水决，

求和不恰鸡鸣列。

桓子频敲战鼓匆忙撤，

楚军投横提旆停弓射，

晋人出之反顾哂无邪，

何至阴谋诡诈涂汙衊。

豫　让　（唱）【煞尾】

仁师阵堂堂，

霸甲常德丧。

赵魏韩阴结鏖沉，

坑杀知伯明作谎。

转过头效文王恭访贤良，

怎屏遮履历中狗盗私娼。

此恨悬门以何忘，

黄泉参商，

碧霞绝壤。

须捉那罪魁凶首血债亲偿。

跌　没　哥哥有所不知，你听我说——

豫　让　跌没贤弟，你我话不投机，多说无益。愚兄不耽误你的时间，请！

通　襄

跌　没　只说那豫让人呆言寡，没成想竟如此冥顽不化。任凭我鼓唇摇舌，口吐莲花，始终是对牛弹琴，充耳不闻。也罢，卖身名利者如过江之鲫，又似扑火之蛾，不差他豫让一个。时辰尚早，我先去妓馆游冶一番。

[豫妻在返家路上。

豫　妻　（唱）【北中吕·粉蝶儿】

惊恐忡忡，

恍惚间步伐沉重。

我那夫当代英雄，

侍中行，

寄于范，

皆不识为鸾凤。

闲置柴棚，

衣寒食陋群客哄。

豫　妻　直到他遇见智伯，才算咸鱼翻身。那智伯以国士之礼待他，从来言听计从。唯独最后未纳其言，中了反间之计，被三家联手灭掉。我夫心中必是悔恨交加啊！

豫　妻　（唱）【醉春风】

自觉是进谏未坚持，

才有那国亡遭裂尸。

> 庙隳祠倒姓绝支,
>
> 悔, 悔。
>
> 数万之师,
>
> 尽饔狼豕,
>
> 路遗残皆。

豫　妻　我苦心将他劝，怎奈他一心要为主报仇，不听我言。为保全他的性命，为这个刚建立的家庭，我还得另想办法，另辟蹊径。

豫　妻　（唱）【红绣鞋】

> 任是东君访遍,
>
> 寻常门里无骈,
>
> 不能乘车我行船。
>
> 思绪转,
>
> 废香眠,
>
> 誓要将俺夫婿的凶煞免。

豫　妻　无论如何，我得想出个办法来！

　　　　〔跌没看见豫妻。

跌　没　啊嫂嫂。

豫　妻　叔叔。

跌　没　嫂嫂气色不佳，难道有什么心事？

豫　妻　无有心事，叔叔若无事的话，奴家就告辞了。

跌　没　可是因为豫让大哥？

豫　妻　非也。

跌　没　不瞒嫂嫂，我刚从您家出来。

豫　妻　见到你大哥了？

跌　没　我二人交谈半晌。

豫　妻　我从家出来不久，怎么不曾见你？

跌　没　或许阴差阳错。

豫　妻　非是言生龃龉？

跌　没　啊？

豫　妻　啊？

跌　没　哈哈！嫂嫂目光如炬，小弟佩服。

豫　妻　不敢。我夫生性耿直，不善辞令，言语恐有冒犯。奴家代夫君
　　　　给叔叔赔个不是。

跌　没　嫂嫂言重。我们兄弟二人一向知无不言，言无不尽。我敬兄长
　　　　豪气干云，兄长亦知我拳拳之心。纵有声高之语，也不伤兄弟
　　　　之谊，嫂嫂多虑。

豫　妻　如此甚好，谢谢叔叔。

跌　没　（叫住豫妻）嫂嫂。美玉配佳人，华尊居庙堂，以他的才华勇略，
　　　　放着光明大道不走，何苦来哉？还望嫂嫂多劝我哥哥两句。

豫　妻　我夫不听叔叔的？

跌　没　兄长一意孤行，小弟爱莫能助。

豫　妻　看来他意已决。

跌　没　只可怜了嫂嫂你——

豫　妻　叔叔——

豫　妻　（唱）【石榴花】

　　　　　　说来不免泪纷纷，

　　　　　　求叔叔救俺老夫君。

　　　　　（跌没）嫂嫂，兄长他——

　　　（豫妻接唱）

　　　　　　他时时不忘智伯魂，

> 冤仇难忍，
>
> 意欲强申。
>
> 吴王宴上鱼中刃，
>
> 江陵下要离伏列。
>
> 身家妻室全不吝，
>
> 为报赏识恩。

豫　妻　叔叔，我夫他一旦前去行刺赵无恤，必是有去无回。智伯身亡，巨变中我二人好不容易保全性命。夫君若去，奴亦无法苟活于世。

趺　没　兄长竟起如此惊天之念。

豫　妻　难道夫君未曾向叔叔提起？

趺　没　呃，当然提了，否则我怎会与他发生争执。我苦劝未果，这才郁郁而返。

豫　妻　连叔叔都劝不动，夫君性命危矣！（哭）

趺　没　嫂嫂莫急，小弟有一策可保兄长性命无虞。

豫　妻　是何计策，快快讲来。

趺　没　嫂嫂可将此事告与赵无恤。

豫　妻　我夫欲将其置于死地，赵无恤岂能饶过？

趺　没　嫂嫂此言谬矣。

趺　没　（唱）【斗鹌鹑】

> 倒转坤乾，
>
> 疾风漫卷。
>
> 弑主伐国，
>
> 无人刺谏。
>
> 浩浩汤汤宇宙翻，
>
> 识局者觅靠山。

　　　　　　　　秣马搬鞍，

　　　　　　　　吃的是寻常饭碗。

豫　妻　　可豫让他曾为智伯所倚重，两家势同水火，又怎能收留？

跌　没　　（唱）【上小楼】

　　　　　　　　国卿毋恤，

　　　　　　　　当今明主。

　　　　　　　　雄才伟略，

　　　　　　　　广纳臣谋，

　　　　　　　　志比鸿鹄。

　　　　　　　　从者扶，

　　　　　　　　逆者诛，

　　　　　　　　惊艳似汝，

　　　　　　　　正遂愿讨欢得怙。

跌　没　　那赵君素闻兄长之名，早有收归门下之意。嫂嫂将实情相告后，

　　　　　我再从旁进言，兄长非但可以活命，没准儿还能成为赵君的座

　　　　　上之宾。

豫　妻　　此计果真可行？

跌　没　　我对赵君知之甚深，此计万无一失。

豫　妻　　若能救我夫君活命，奴家无以为报，愿为叔叔驱遣！

豫　妻　　（唱）【快活三】

　　　　　　　　救活恩，

　　　　　　　　大过天，

　　　　　　　　兄弟义，

　　　　　　　　比金坚。

　　　　　　　　此生无法报君恩，

愿将来生献。

跌　没　（唱）【朝天子】

说什么报恩，

讲什么来生，

咱毕竟兄弟真情分。

哥哥义勇又宽仁，

何必无端殒。

错玉之樽，

飞骋之骏，

只待他来将手伸。

显赫一人，

荫庇子孙，

齐享富贵多滋润。

跌　没　嫂嫂你就放心。快快按兄弟说的，去找赵君吧。

豫　妻　就依叔叔。

反　目

豫　让　（唱）【北中吕·一枝花】

冷风将骨钻，

狼狈急逃窜。

为潜赵宅中，

装役从来把本身瞒。

贼逆如盟，

堪堪接其畔，

正欲将他狗命端。

没来由猛降天诏，

警谕他将我腕牢牢紧攥。

豫　让　我将自己扮作仆役混进赵无恤府中，负责打扫厕所，伺机接近行刺。终于等到他来厕所，眼看成功近在咫尺，忽地被他好像得了什么启示，识破我的身份，就此莫名其妙地失败。一定是哪里出了问题，走漏了消息，让他赵无恤有了防备。但不知问题出在哪里，真真恼煞人也！

跌　没　哥哥。

豫　让　你怎么又来了？

跌　没　哥哥莫急，兄弟有事相告。

豫　让　还有何事，我早已表明心迹，你走你的阳关道，我走我的独木桥。

跌　没　哥哥视气节重于一切，兄弟明白。作为像哥哥这样英雄的身边人，嫂嫂想必也是巾帼不让须眉。不过刚才兄弟在赵府看见了嫂嫂的身影，不知乃为何事。特来向哥哥请教。

豫　让　你确定看见她？

跌　没　确定。

豫　让　果然？

跌　没　果然。

豫　让　呀呀呀，我呸！谁曾想至情半生，到头来竟遭至亲背叛。痛煞俺也！恨煞俺也！

跌　没　哥哥莫急。嫂嫂此去未必是投靠。实情不明，不宜先入为主啊。

豫　让　此中关系已然清楚明白，我弟休再为其辩解。

跌　没　那兄弟就不再多舌。请哥哥保密，勿告之消息来源。

豫　让　放心。

跌　没　兄弟还有琐务在身，告辞。

豫　让　慢走。

　　　　　〔跌没下。

　　　　　〔豫妻上。

豫　妻　前日里偷将信息传赵府，心中惴惴难平复。喜的是夫君安然无恙把家回，忧的是事情败露鸳鸯分。蹑手蹑脚把家进，低眉顺眼等夫问。夫啊，奴家回来了。

豫　让　你真是俺的好妻子！

豫　妻　夫君啊，你这是？

豫　让　（唱）【梁州第七】

　　　　　　　怒冲冠急欲责她答话，

　　　　　　　又唯恐匆忙间误玷娇娃。

　　　　　　　也只好旁敲侧问详端察。

　　　　　（豫让）贤妻你方才上街到得何处？

　　　　　（豫妻）采买肉菜而已。

　　　　　（豫让）仅仅买了肉菜？

　　　　　（豫妻）还买了块布料，给你做件新衣。

　　　　　（豫让）给我做件新衣，去见什么贵人么？

　　　　　（豫妻）夫君此话怎讲？（豫妻捧茶给豫让。）

　　　　（豫让接唱）

　　　　　　　她那里朱颜似花，

　　　　　　　奉上新茶，

　　　　　　　也只好装聋作哑，

赔笑呷呷。

（豫妻唤"夫君"催豫让饮茶。）

那时节相遇在智伯家，

正青春陋衣难掩芳华。

撞见了她被世子玩狎，

挺身出保全遗珠琼葩，

种情窦暗自生芽。

三家联伐，

崩若坠瓦，

群臣不挽将倾厦，

识真方知假。

迎娶贤妻简立家，

遍种桑麻。

豫　让　爱妻啊，跟随我生活苦了你了。

豫　妻　我原来只是别人府上的奴婢，现在成了先生的妻子。过去我要被跶没使唤，现在是他尊敬的嫂嫂，俺已心满意足了。

豫　让　夫人也知名节的重要。

豫　妻　伯夷叔齐耻食周粟，饿死首阳，天下谁人不知？

豫　让　女为悦己者容，士为知己者死。若我为名节而蹈死，还请夫人见谅。

豫　妻　那伯夷叔齐乃为天下亡而殉葬，智瑶乃是一诸侯，岂可同日而语。天子衰微，礼崩乐坏，诸侯攻伐兼并皆为私利。所谓"二桃杀三士"，他们口中的"义"早已成了控制人心的工具。领其俸谋其事，两不亏欠。若此为蹈死之义，那相濡以沫的夫妻情分又为何义，置于何地？

豫　让　　夫人之言谬矣，我本江湖落魄之人，曾先后侍于中行、范式，
　　　　　皆遭冷落，唯独智伯以上宾之礼待我，也才有你我这一段姻缘。
　　　　　纵使他为私利，然我不能以私利之心待之。若天下人都以私利
　　　　　待私利，那公义之心，置于何地？

豫　妻　　俺的郎啊。

豫　妻　　（唱）【牧羊关】

　　　　　　　　智襄待你恩情重，

　　　　　　　　患难夫妻鱼水浓。

　　　　　　　　直愁坏寒门玉芙蓉。

　　　　　　　　不忍君以身还恩，

　　　　　　　　羊入狼洞，

　　　　　　　　你通诗书善吟诵，

　　　　　　　　哪会操干戈动兵戎。

　　　　　　　　奴家心内痛，

　　　　　　　　恐新房改作灵棚。

豫　让　　（唱）【四块玉】

　　　　　　　　你你你，

　　　　　　　　逞巧言，

　　　　　　　　藏私货。

　　　　　　　　居然只为小生活，

　　　　　　　　将君臣大节都称错。

　　　　　　　　念咱们眷侣情，

　　　　　　　　劝夫人莫啰嗦，

　　　　　　　　某家的意志坚不为訑！

　　　　　　［豫让往外走。

豫　妻　先生！先生！

　　　　　［跌没送来白帕。

跌　没　哥哥，嫂嫂。

豫　让　又有何事？

跌　没　啊这——

　　　　　［豫让看到跌没手中的白帕。

豫　让　（指白帕）这是？

跌　没　（看豫妻，吞吞吐吐）这，这——

豫　让　（抓住跌没的手腕）你不要吞吞吐吐，快如实讲来！

跌　没　这是嫂嫂落在赵府的白帕，我只是帮忙给送回来。

豫　让　啊！（指豫妻）你！

豫　让　（唱）【煞尾】

　　　　　　　　惊雷一响心房溃，

　　　　　　　　又似寒梅被斧催。

　　　　　　　　半生飘荡闻寥唳，

　　　　　　　　娶得娇妻，

　　　　　　　　却结祸媒。

　　　　　　　　折断灵犀，

　　　　　　　　来生做逑匹。

　　　　　［豫让冲出去。

豫　妻　先生！夫君！（昏倒）

跌　没　嫂嫂！

问 襄

［赵无恤端坐。众舞女翩翩起舞。

［赵无恤泛起困意，挥手示意。众舞女下场。

赵无恤　回后院休息。

侍从甲　是。

　　　　［侍从乙上前禀报。

侍从乙　启禀我主，豫让之妻求见。

赵无恤　哦，让她进来。

侍从乙　是。

豫　妻　豫让之妻拜见赵君。

赵无恤　抬起头来。

　　　　［豫妻抬头。

赵无恤　真是个俊俏的佳人。自上次一别，嘿嘿，我这心儿上想念地紧呐。

赵无恤　（唱）【北黄钟·醉花阴】

　　　　　　再见娇娘犯心痒，

　　　　　　正合宜藏于画舫。

　　　　　　朝侍寝晚同房，

　　　　　　颠倒罗床，

　　　　　　效鸳鸯翻红浪。

　　　　　　今日里做个凤求凰，

　　　　　　合璧联珠相依傍。

赵无恤　　豫妻，你这次找寡人所为何事？

豫　妻　　素闻赵君宽厚仁义，光明磊落，奴家有一事不明，特来请教。

赵无恤　　请讲。

豫　妻　　（拿出白帕）此乃何物？

赵无恤　　好像是女人的白帕。

豫　妻　　上面还绣着赵家的徽章。

赵无恤　　想必是我府中女子不慎遗落，有劳夫人送还，多谢了。

豫　妻　　既然是赵府女子的白帕，为何您要让跌没送到我家？

赵无恤　　有这样的事情，我并不知情啊？

豫　妻　　赵君休要欺瞒，若非您将他指使，那跌没何来动机？

赵无恤　　那我又何来动机？

豫　妻　　你。

赵无恤　　夫人啊。

赵无恤　　（唱）【喜迁莺】

　　　　　　　急匆匆将我兴师问罪，

　　　　　　　急匆匆将我兴师问罪，

　　　　　　　岂知道误产凿纰。

　　　　　　　难分，

　　　　　　　怎向汝表明心意，

　　　　　　　传跌没速速前来将罪劾。

　　　　　　　详度揆，

　　　　　　　存真辨伪，

　　　　　　　搞清这是是非非，

　　　　　　　搞清这是是非非。

赵无恤　　来人。

侍从乙　在。

赵无恤　速去叫跌没过来。

侍从乙　是。

　　　　　[侍从乙下。

赵无恤　夫人莫急，等跌没来了，一切就都清楚了。来来来，快请坐，
　　　　我这里有上好的美酒佳肴。你我不妨先同饮几杯，慢慢等他。

豫　妻　（唱）【出队子】

　　　　　　笑赵君心思老套，

　　　　　　为俺个丑婆娘将你威仪抛。

　　　　　　既然已奇谋荡灭智伯巢，

　　　　　　就应该戮力同心先把祖业耀，

　　　　　　无须算尽机关将那懿公学。

赵无恤　（唱）【刮地风】

　　　　　　嗳呀！

　　　　　　汗似珍珠双鬓滑，

　　　　　　不由得暗自嗟牙。

　　　　　　大庭广众遭鞭挞，

　　　　　　笑煞众白裕。

　　　　　　成骑虎逡巡难下。

　　　　　　一时间心意纷拿。

　　　　　　虽则是属意她，

　　　　　　又岂能够丑不堪，

　　　　　　凭人戏耍。

　　　　　　老梨树就要去压海棠花，

　　　　　　今宵且尝尝清新良家。

[赵无恤扑向豫妻。豫妻躲避。

豫　妻　（唱）【四门子】

好一个衣冠禽兽淫君主，

好一个衣冠禽兽淫君主，

呸呸呸不过是宦门里一个好色徒。

说什么励精图治开疆土，

起积疲救桑枢？

不容渎，

姑贞淑，

此心昭昭照金乌。

捐此躯，

染毡毹，

俺不似这一班奴颜媚骨！

赵无恤　寡人已践诺言放了豫让，现该你拿出对等补偿。

[两人你追我闪。

跌　没　请赵君停手。

[跌没穿插到赵无恤和豫妻两人中间，被赵无恤一把推倒在地。

跌　没　赵君。

豫　妻　你叫的人来了。

赵无恤　你这没用的家伙。

跌　没　（唱）【水仙子】

哟哟哟摔煞腰，

哟哟哟摔煞腰，

糟糟糟被主公呵斥当庭心内焦。

冤冤冤怎变成替罪羊羔，

> 惨惨惨背黑锅领旨听召。
>
> 叹叹叹没生个羞花闭月貌，
>
> 悔悔悔出奸计反噬己划坨为牢。
>
> 急急急急于星火不然狗命交，
>
> 难难难难收覆水全身脱泥淖，
>
> 冒冒冒冒死劝主把她饶。

跌　没　赵君息怒，赵君息怒，在下有话要说。

赵无恤　狗嘴里吐不出象牙。

跌　没　（走到赵无恤身边，低声。）我主不必心急，据在下了解，她那夫君看到臣送去的白帕，气急败坏，绝不会善罢甘休。过不了几日，此女便又会来求您饶过她的郎君。到那时，不用您费事，她自会——

赵无恤　嗯？

跌　没　嗯。

赵无恤　哈哈哈哈。

跌　没　（赔笑）呵呵呵呵。

赵无恤　夫人，刚才多有冒犯，寡人给你赔个不是。你走吧。

豫　妻　谢赵君。（转身经过跌没身边，看着他。）

跌　没　嫂嫂。

跌　没　（唱）【煞尾】

> 面对贞女觉羞臊，
>
> （赵无恤）嗯？

（跌没接唱）

> 愧没曾做好臣僚。
>
> （赵无恤）嗯。

（趺没长出一口气，接唱）

　　　万幸至极将命保。

试　妻

[豫让已经自毁容貌，变哑失声。

豫　让　（唱）【北正宫·端正好】

　　　君义臣行，

　　　此情无价，

　　　大丈夫替道行侠。

　　　涂漆吞炭混不怕，

　　　奋起除妖霸。

豫　让　上次行刺失败，吾思索再三，除去有人告密，还赖这花白的须
　　　发过于扎眼，吾说话的声音容易分辨。因此，吾不惜以漆涂身，
　　　吞炭变声，为的是再次接近赵贼，将其杀死。这是最后之机会，
　　　不容有失，须先试试这身伪装能否骗过旁人的耳目。（看到豫妻）
　　　有了，迎面走来我那委身权贵的前妻，我不妨先拿她一试。

[豫让拦住豫妻，豫妻躲避不开。

豫　妻　这位老伯，俺还有急事要办，快快放俺过去。

豫　让　吾腹内饥饿，请夫人赐一些干粮。

豫　妻　老伯，我身上没带干粮。

豫　让　钱币亦可。

豫　妻　这钱币么——（翻找口袋，背白）这位老伯真有意思，行乞还

不忘咬文嚼字。（偷看老伯）啊，看这身形举止，言谈做派，

莫不是俺那离家的丈夫？（递钱给豫让）老伯，你拿着吧。

豫　让　（伸手接钱）多谢夫人。

　　　　［豫妻看到豫让手腕上的伤痕。

豫　妻　啊！

豫　让　夫人是否身体不适？

豫　妻　老伯莫惊，俺突然有些头晕而已。

豫　让　当真无碍？

豫　妻　无碍的。老伯你去吧。

豫　让　再谢夫人！

　　　　［豫让下。

　　　　［豫妻看着豫让的背影。

豫　妻　（唱）【滚绣球】

　　　　　　　　眼前场景似滚刀，

　　　　　　　　硬生生把奴削，

　　　　　　　　丈夫他毁伤容貌，

　　　　　　　　宇眉间竹悴兰憔。

　　　　　　　　借乞食乘机把话聊，

　　　　　　　　定是他志未消，

　　　　　　　　醒众人甘为薪抱。

　　　　　　　　收余烬掷逞杀招。

　　　　　　　　强压怜意难相告，

　　　　　　　　只恐识穿挫恁骄，

　　　　　　　　令夫再受煎熬。

　　　　［豫让妻掏出白帕拭泪。

豫　妻　（唱）【叨叨令】

　　　　　　思人睹帕联翩忆，

　　　　　　此情已作东流寄。

　　　　　　春蚕到死丝方尽，

　　　　　　天涯咫尺难相慰。

　　　　　　兀的不痛煞人也么哥，

　　　　　　兀的不苦煞人也么哥，

　　　　　　如斯逝者无限愧。

豫　妻　夫君，莫怪为妻，俺怕你再这么折磨自己，身体哪里吃得消啊。

　　　　〔豫妻下。

　　　　〔豫让返回。

豫　让　（唱）【脱布衫】

　　　　　　负恩情她忘辨君郎，

　　　　　　睹炎凉似冷雪寒霜。

　　　　　　此一去情埋义葬，

　　　　　　死生决阵前三忘。

豫　让　枉我二人夫妻一场，罢了。

　　　　〔跌没上。

跌　没　兄长，你怎么变成这幅模样？

豫　让　你还能认出我来？

跌　没　没想到兄长为复仇竟如此自戕。除弟之外，世上恐怕再无人能
　　　　够认出兄长。

豫　让　（苦笑，背白）没想到结发之妻尚不及一个烂仔小弟。（对跌没）
　　　　谢贤弟。

跌　没　兄长这是何苦，以子之才，委质而臣事无恤，无恤必近幸于你。

那时候，兄长报仇岂不易如反掌？何必残身苦形，把自己弄成
这样，岂非徒增复仇之难乎！

跌　没　（唱）【倘秀才】

遇铜墙壁英雄难浇块垒，

执意口闯龙潭剑戟，

错把苟瑶作赵衰。

从来宠欢知未几，

一旦君臣遇分歧，

弃如敝履。

豫　让　若我投降赵无恤，而后伺机杀之，此乃怀二心以事其君之行。
我现在之所以选择此极难之路去报仇，就是要让天下后世那些
怀二心以事其君的人臣们感到羞愧！

豫　让　（唱）【煞尾】

碧血照丹心，

伯牙绝弦琴，

暮年壮士抚胸襟，

斩敌头颅做爵饮。

再　刺

豫　妻　（唱）【北商调·集贤宾】

催云霁霞混似锦，

珠泪渗衣襟。

托老伯私相寄讯，

听闻后如坐毡针。

上一次他赵君未获成功，

定垂涎盼我亲临。

昨夜里翻来复平难入寝，

思量着俺半生过去如今。

宁可香消白玉殒，

要再涉险犯狼群。

豫　妻　俺夫君自上次误会奴家离家出走后，一直飘摇在外。报仇不成，又遭"夺妻"之恨，内心煎熬非常。昨日里在闹市之中，俺夫君以漆涂面，吞炭变声，借乞食试探我能否辨认于他。我知他用心良苦，一则为改头换面刺杀赵君，二则乃心存希望，对俺仍寄深情。可俺不能把你相认哪，俺的夫君！

豫　妻　（唱）【逍遥乐】

心如明镜，

却不能把你相拥，

徒观背影。

甘负娼名，

强忍心疼，

只因为指证当街伪面澄，

弃前功令汝再发硎。

（白）莫怪为妻呵！

（接唱）

杨花水性，

> 寡义薄情，
>
> 有眼无睛。

老　伯　夫人。

豫　妻　老伯，您还有什么事吗？

老　伯　您当真要再进赵府？

豫　妻　是的。

老　伯　那赵无恤岂能让你完璧而归？

豫　妻　唉，老伯，事到如今，恐怕只有如此了。

老　伯　可怜夫人你为他舍身相救，他却毫不知情。

豫　妻　相濡以沫是夫妻，又没想着图他回报。

老　伯　唉，这该死的世道。

豫　妻　老伯，您多多保重。

老　伯　嗳嗳。

豫　妻　俺去了。

老　伯　你——唉！

　　　　〔豫妻下。

　　　　〔豫让上。

豫　让　（唱）【上京马】

> 乔装乞丐尾摇怜，
>
> 炭炙喉咙声哕咽，
>
> 褴褛衣衫生疥癣。
>
> 来他个过海瞒天，
>
> 留名青史把身捐。

豫　让　赵逆，你的死期到了！

老　伯　先生，你的夫人她——

豫　让　你认错人了，我光棍一个，没有夫人。

老　伯　先生，我一直暗中跟随于你，你夫人她已经奔赵府而去，你要
　　　　赶快——

豫　让　嗯？（抓住老伯的衣服）你是何人？是否是那赵逆和趺没派你
　　　　跟踪于我？

老　伯　是你夫人嘱咐我暗中将你保护。

豫　让　呵呵，怪不得上次出师不利，原来身边如此多眼线布下安设。

老　伯　情况紧急，你要快快去救你的妻子。上次赵无恤放了你都是因
　　　　为有她。

豫　让　住口！看你已有一把年纪，我不同你计较，速速离开，否则别
　　　　怪我手中利刃不肯轻饶！

老　伯　你！

豫　让　（抽出匕首）嗯？

老　伯　唉！

　　　　〔老伯下。

豫　让　（观察环境）俺已将那赵逆的行踪打听清楚，每日巳时必途经
　　　　此桥。待俺埋伏于此，俟他经过，一跃而出，结果其性命。

　　　　〔豫让下。

　　　　〔赵无恤率侍从上。

赵无恤　（唱）【梧叶儿】

　　　　　　洇透胭脂粉，

　　　　　　熨平百裥裙，

　　　　　　鸾凤黯销魂。

　　　　　　款款招人悯，

　　　　　　堪堪醒雨云。

> 犹记佳丽启丹唇，
>
> 贵手高抬赦浑。

赵无恤　这世间万物，最美好是未曾有之。一旦拥有，便索然无味矣。左右。

侍从甲　在。

赵无恤　通知轿夫，前方桥上，暂作停歇，寡人要凭栏远望，以解烦闷。

侍从甲　是。

　　　　〔突然，侍从所骑之马受惊。

侍从甲　在下坐骑猛得发癫，惊扰君主，罪该万死！

赵无恤　呵呵，定是那豫让来了。

　　　　〔豫让冲出。

豫　让　狗贼拿命来！

赵无恤　护驾！

　　　　〔豫让被赵无恤侍从制服。

赵无恤　豫让，你还有什么话说？

豫　让　既已被擒，要杀要剐随便，无须多言。

赵无恤　可怜你那美貌的夫人——

豫　让　呀呀呸！恨煞俺也！

豫　让　（唱）【醋葫芦】

> 俺一生行为品质洁，
>
> 信的是光明终胜邪。
>
> 那贱人自甘为伍虎狼穴，
>
> 欺夫媾敌丢妇节。
>
> 婚姻失忠贞圭臬，
>
> （白）休提那贱人来玷我清誉。

　　　　（接唱）

俺与她早已义断情绝！

赵无恤　嘿嘿，好个迂腐呆傻的家伙。

赵无恤　（唱）【幺篇】

可笑你愚不可及闭塞视听，

枉把忠良来自称。

她保你全身而退苦熬刑，

宁背歹名抛辱荣。

无奈夙心难竟，

一腔节烈作狐羹。

赵无恤　可惜了，可惜了。

豫　让　你说什么？

赵无恤　那块白帕是我故意命趺没送去，没想到你果然中计。

豫　让　难道说我妻并未叛我而去？

赵无恤　她知你绝无成功可能，委曲求全，膝行而前，咽泪妆欢。如果没有她赴之慷慨，以你一老迈书生如何能近得我身，恐早已被醢。

豫　让　啊！

豫　让　（唱）【金菊香】

恍然大悟构奇冤，

不辨忠奸反错勘。

请罪负荆时已晚。

心似油煎，

抱憾泪长潸。

豫　让　贤妻，俺错怪你了。

赵无恤　（对侍从说）告诉史官，这段不要记录，给豫让在后世留个好

　　　　　名声吧。（对豫让说）豫让，子不尝事范、中行氏乎？智伯尽灭之，子不为报仇，反委质臣于智伯。今智伯亦死，为何单单为他不顾一切地报仇？

豫　让　我的确做过范氏、中行氏的臣子，他二人皆待我如同众人，我当然以众人对他们的方式待之。智伯以国士之遇待我，我就须以国士之行报之。

赵无恤　子之为智伯，名既成矣，而寡人赦子，亦已足矣。子其自为计，寡人不复释子。

豫　让　我闻明主不掩人之美，而忠臣有死名之义。前次赵君将我宽赦，天下莫不称颂君之贤名。今事已至此，我死而无憾，然愿请君之衣而击之，成全我报仇之意，则虽死不恨矣。非所敢望也，敢布腹心！

　　　　　〔赵无恤脱下外套扔给豫让。

　　　　　〔豫让拔剑三跃而击之。

豫　让　吾可以下报智伯矣！

　　　　　〔豫让以剑刺腹，倒地亡。

　　　　　〔豫妻赶来，见豫让尸体，伏其上。

豫　妻　（唱）【煞尾】

　　　　　　　痛失声呼殁瞑，

　　　　　　　无从措寒光刃。

　　　　　　　天旋地转乱乾坤。

　　　　　　　忍看鲜血染素裙，

　　　　　　　滔滔大河无限嗔。

　　　　　　　空留遗恨，

断肠人送断肠人。

[豫妻掏出白帕，覆豫让面。

—— 全剧终

郝 涛　邢台市艺术研究所二级编剧，邢台市戏剧家协会副主席。主要作品有话剧《娜斯塔西娅的婚礼》、话剧《己丑·风月》、话剧《命犯桃花》、戏曲《通天河》、杂技歌舞剧《天河山传奇》。

—汉朝—

昭君前传

欧阳梦霞

时间： 约公元前 37 年

地点： 南郡（今湖北宜昌）秭归

人物：

王　嫱　旦，即王昭君，乳名皓月，南郡秭归人，良
　　　　　　家子，十五岁、二十一岁

司徒墨赋　巾生，二十六岁，王嫱伴读，后为县令

王　穰　老生，王嫱之父，六十岁左右

周　氏　老旦，王嫱母亲，六十岁左右

憨头哥　娃娃生，十五岁左右，昭君仆人随从

策巴子　贴旦，昭君丫鬟

赞　礼　主持笄礼仪式之人

卖货郎　副末

中书令　官生

楔　子

[竟宁元年（前 33 年）。

[黑水河边。

[停着汉王朝送王昭君前往塞外的一队车马。

使　臣　昭君娘娘，对岸便是胡地。

[二十一岁的王昭君被宫女扶下。

[望着滚滚黑河水出神。

[良久。唤宫女搬来桌椅及笔墨纸砚，端坐写信。

王昭君　（唱）【一封书】

　　　　　　肝肠断玉辇，

　　　　　　影单微鸿雁迁。

　　　　　　描书信意难。

　　　　　　涕流离故土间。

　　　　　　汉地深宫魂望天。

　　　　　　胡阙风沙泪掩干。

　　　　　　哪堪怜？

　　　　　　自堪怜。

　　　　　　伫立黑河思绪跹。

　　这黑水河好似故乡的香溪河呀！

[暗转。

第一折 订 盟

[香溪河边。

[幕后童谣响起。

策巴子 （念）王嫱有绝色，

憨头哥 （念）天下花不侵。

策巴子 （念）秀色夺仙春，

憨头哥 （念）丹青画不真。

策巴子 （念）花羞在上林，

憨头哥 （念）绝世不可寻。

策巴子 （念）王父有慈心，

憨头哥 （念）借读司徒君。

策巴子 （念）司徒人方正，

憨头哥 （念）乡亲举孝廉。

策巴子 （念）郎才伴女貌，

憨头哥 （念）喜鹊娇燕鸣。

　　　　[十六岁的王嫱身穿裳衣，头戴草帽，将裤脚挽到小腿肚，手拿
　　　　油纸伞，欲出门。

　　　　[王母从堂屋跟出来。

周　氏 皓月儿上哪去？

王　嫱 我给哥哥送伞去！

　　　　[王母从王嫱手里夺过伞。

周　氏　这事儿让憨头哥去就行了，我滴乖乖，你去凑什么热闹？

王　嫱　我本是山里人家的姑娘，也想像村里的丫头一样，走村串乡，跟着哥哥去地里看护庄稼，为何每天都让我擦脂抹粉，描眉画唇，琴棋书画，学习宫廷礼仪，全无半点普通人家的生活？

周　氏　为娘也想让你当个普通人家的女孩，奈何你美貌惊人，藏不住，生来带着光宗耀祖的使命，我们一家都是良家子，都没有人从事过巫、医、乐师、技工、商贾等职业，更不曾有人犯罪受罚，全凭几亩薄田。两位哥哥已到而立之年，你难道也想让他们像你父亲一样，守着村子过一辈子吗？你的两位嫂嫂早出晚归，过着农妇的生活，一双手已经结茧结痂，你应该珍惜你这被家人呵护的日子，按照你的使命好好生活。

王　嫱　我的使命？

　　　　（唱）【步步娇】

　　　　　　　　水秀香溪藏鱼雁，

　　　　　　　　生女高阳畔。

　　　　　　　　情飘两岸缘，

　　　　　　　　蓁养良家，

　　　　　　　　争相夺盼。

　　　　　　　　两小无猜乐无边，

　　　　　　　　女貌郎才逍遥叹。

　　　　［幕后策巴子喊。

策巴子　皓月！快走！咱们昨天挖得泉眼出水了！一块去看看！

王　嫱　真的吗？快走！

　　　　［偶遇司徒墨赋。

王　嫱　司徒哥！

司徒墨赋 快与我回去读书！

王　嫱 我不去！（对司徒墨赋）你与我宣誓。

司徒墨赋 什么誓？

王　嫱 待我及笄，你就带我遍访天下名士山水。我就回去读书！

司徒墨赋 可是可以，只是你也得允我一件事。

王　嫱 什么事？

司徒墨赋 着我衣，穿我裳，戴我冠帽，扫去娥眉，扮作男儿郎。

王　嫱 却是为何？

司徒墨赋 （唱）【忒忒令】

> 俏佳人相随难去安，
>
> 容巧易男儿郎扮。
>
> 裙钗暂歇，
>
> 柳眉添无看。
>
> 着素履穿袍单，
>
> 美娘子，
>
> 变帅公扮，
>
> 访名山遍玩。

女子行走江湖，多有不便，况你国色天香，分外扎眼，你我男女有别，作何道理？美貌是你的使命，唯有你自愿放弃使命，才能得偿皆所愿。

王　嫱 依你便是！

　　[王穰上场。

王　穰 （唱）【沉醉东风】

> 穰持家清廉世安，
>
> 生一女疼惜身畔。

习书画颂诗篇，

唤司徒从伴，

比男儿少愁悲怨。

为爹堪怜，

为娘堪怜，

可曾娇看，

夫妻意偏。

我王穰世为良家子，出守此间，与夫人生下两男一女。两男已过而立之年，娶妻生子，使我夫妻二人共享天伦之乐。只有那皓月，是我老来所生，天资绝色，生来娇养。然爱之必以其道，与两孙和司徒豢养一处，勤治女工，饱学诗书，甚是疼爱。

[王穰唤司徒墨赋。

王　穰　司徒公子，近日读书可有所得？

司徒墨赋　回禀老爷，近日与家孙伴读，不敢懈怠，只是偶与皓月贪玩，望老爷责罚。

王　穰　（指皓月）老夫恐皓月贪玩带坏于你，你却将罪责揽至身己，老夫没有看错人。

[皓月嘟嘴。

司徒墨赋　这……

王　穰　大丈夫当胸怀天下，志存高远，儿女情长之事还望收心。今年地方长官下乡考察贤良孝悌杰出之人，我已联合众乡亲举荐于你。

司徒墨赋　（唱）【园林好】

感激话千语万言，

赐咱官推举孝廉，

他日名登高选，

终有日拜堂前，

因此上孝亲端。

感谢老爷，吾谨遵教诲！司徒家贫，老爷瞧我聪慧，允与其孙

其女伴读，将来定将报孝，感其恩德。

［王禳下。

王　嫱　（唱）【好姐姐】

路难，

双飞怕烦，

离怨久残香拍暗。

貌容虽好，

抢先机把誓宣。

凝眸看，

吴侬软语生如剪，

这世修得两世缘。

你去做官了，我怎么办？

司徒墨赋　我一定给你谋好前程！

王　嫱　生南国兮！

司徒墨赋　受命不迁！

［同下。

第二折　笄　礼

［王家老宅。

［公元前三十八年农历八月十五日。

［王嫱着华服、王穰携妻周氏端坐于堂前。策巴子端盛有发笈、

发簪、钗冠的盘子侧立在旁。宾客端坐两厢。

周　氏　（唱）【引子·越调·杏花天】

　　　　　　躬操井臼翔云傍，

　　　　　　为娇儿群宴华堂。

　　　　　　我儿皓月天秾样，

　　　　　　宠亲恩月影耀椒房。

［周氏颁礼，为王嫱侍弄妆发。

周　氏　（唱）【锦堂月】

　　　　　　集庆高堂，

　　　　　　兰馨水秀，

　　　　　　芳滋地福高阳。

　　　　　　笈礼王嫱，

　　　　　　乡邻喜乐无双。

　　　　　　秋磨月晓破霜，

　　　　　　终祈盼吾儿成长。

　　　　　　齐祝望，

　　　　　　惟愿吉祥，

　　　　　　幸喜相傍。

令月吉日，始加元服。弃尔幼志，顺尔成德。受考惟祺，介尔景福。

［周氏为王嫱盛发笈。

赞　礼　一拜，侍亲以孝，阶下以慈。

［王嫱行礼。

赞　礼　二加。

周　氏　吉月令辰，乃申尔服。敬尔威仪，淑慎尔德。眉寿万年，永受胡福。

〔周氏为王嫱插发簪。

赞　礼　二拜，和柔正顺，恭俭礼仪。

〔王嫱再施礼。

赞　礼　三加。

周　氏　以岁之正，以月之令，咸加尔服，兄弟俱在，以成厥德，黄耇无疆，受天之庆。

〔周氏为王嫱戴钗冠。

赞　礼　三拜。不溢不骄，毋诐毋欺。古训是式，尔其守之。置醴。

〔王嫱再行礼。

〔王穰端酒杯走向王嫱。

王　穰　（唱）【前腔】

俦芳，

情采乡邦，

容华彼美，

笄簪冠钗站两厢。

橘绿橙黄，

今宵饰红白墙。

易华服为女添妆，

惟愿取流霞光放。

从今后，

万里青空，

共祝兴旺。

甘醴微厚，嘉荐令芳。拜受祭之，以定尔祥。承天之休，寿考不忘。

〔王嫱行拜礼，接过醴酒，微洒于地。

王　穰　礼仪既备，令月吉日，昭告尔字。爰字孔嘉，髦士攸宜。宜之于假，永受保之，曰昭君甫。

王　嫱　（唱）【醉翁子】

回望，

叹光阴韶华未量。

愿情缘线牵，

玉人模样。

依傍，

似锦绣鸳鸯，

举案齐眉交杯换盏旁。

曾发誓，

成礼走他乡，

遍把人访。

昭君虽不敏，敢不夙夜祗奉。

[王嫱向宾客行揖礼。

赞　礼　礼成！

王　穰　皓月，过了今日，你就到了出嫁年龄了！

周　氏　为娘终于盼到了这一天！

王　穰　现在就等选美结果了！

王　嫱　我不要入宫！我要等司徒哥！

周　氏　这……

王　穰　如果皓月心有所属，为父也不为难你，墨赋也是个好男儿。

[王穰携夫人迎宾客下场。

[（幕后喊）县令大人到！

[司徒墨赋上场。

司徒墨赋 （施礼）祝贺王家爱女笄礼礼成。

（唱）【前腔】

　　色透绮窗，

　　花枝惯养，

　　传馨溢美流芳，

　　何事苦相防，

　　为官孝廉难当。

　　访佳丽百结千肠。

　　乘软轿迂回深巷。

　　持隆觊，

　　掩哀惶，

　　情葬过往。

王　嫱 （惊愕）司徒哥！

司徒墨赋 本官来晚了！皇上下诏遍选天下美女，皓月"颜色皎洁，闻于国中"，郡令长官特令我前来巡视，一探究竟。我也想趁此机会回来看看你们。

王　嫱 我笄礼礼成，父亲已赐名昭君。

司徒墨赋 礼记曰："男女非有行媒，不相知名"，皓月尚未出嫁，怎能将名告知于我？

王　嫱 难道之前你我之约定，全都不作数了吗？

司徒墨赋 君子一言，驷马难追。司徒从未毁约，如今于你而言，有更好的前程。

王　嫱 能否不报？

司徒墨赋 恐有难处。

王　嫱 有何难处？

司徒墨赋　王家于我有恩，我答应你父报效。

王　嫱　我父从未图你报效。

司徒墨赋　我答应为你谋好前程。

王　嫱　好前程即送我入深宫？

司徒墨赋　我答应乡邻要荀令衣香。

王　嫱　遂就把我供奉朝廷？

（唱）【侥侥令】

听他言难面向，

如水投石内曾伤。

并蒂连枝难依靠，

咫尺齐眉怎相商？

司徒墨赋　光宗耀祖并非你意？

王　嫱　你为何如此言语？

司徒墨赋　我今特为报恩而来。

王　嫱　不是为我？

司徒墨赋　亦是为你。

王　嫱　不只为我？

司徒墨赋　也为官命。

王　嫱　原来终究是我错付了。

［众人下。

（幕后唱）【尾声】

光影疏夜映窗，

把昨日欢情细讲。

别家离院玉漏长。

第三折 选 美

［香溪河边。

［策巴子和王嫱手挽手唱民谣上。

［（幕后唱）月亮走，我也走，我跟月亮做朋友……

［卖货郎挑着担子上场。

卖货郎 （唱）【端正好】

雨初停，

风才定，

货郎儿世事通明。

走乡串户金银挣，

点悟（她）埋名姓。

磨剪了咧戗菜刀！（放下担子，拦住两人）姑娘！能否讨碗

水喝？

策巴子 好哇！好哇！我带你去我们刚挖的泉眼弄水喝。

（唱）【滚绣球】

村中游手并行，

水潺潺甚由情，

为乡亲引泉凿井，

留美名玉立婷婷。

锁深闺黄鸟鸣，

向自由怕负家名，

柳梢头谭波相应，

青峰秀落落零零。

莺俦燕侣欺侬性，

岁暮离休犬吠声，

心苦牢形。

[引卖货郎来到泉眼

策巴子　这是皓月带领我们姐妹给乡亲们挖的井！

卖货郎　好哇！（用手捧了一勺水）

王昭君　您靠何营生？

卖货郎　（指着自己的货担子）喏！姑娘靠何营生？

王昭君　我？我靠何营生？（陷入沉思）

[卖货郎挑起担子。叫着"磨剪子咧戗菜刀！"走远。

[闪回。

[司徒墨赋上。

司徒墨赋　本人司徒墨赋，求取功名未果，遂浪迹天涯，当个自由的侠客，
在这天地间潇洒走一回。走到这高阳境内，不免在此停驻游玩一番。

王　嫱　先生流落到此？靠何营生？

司徒墨赋　靠何营生？风餐露宿？风花雪月？吟诗作对？赏无边美景，
做无边美梦。

王　嫱　无边美景？无边美梦？带我一个可好？

[一声呼喊将王嫱的回忆拉回现实。

[憨头哥挥舞着手臂上场。

憨头哥　放榜啦！放榜啦！小姐被选为南郡首美，朝廷派中书令亲自来
宣召啦！小姐快跟我回家！

[策巴子、憨头哥拥王嫱回家。

［王家祠堂。

［中书令立于堂前，王穰、周氏跪前接旨。

中书令　诏书已宣告完毕，命王昭君立刻入宫，不得有误。

王　穰　（唱）【叨叨令】

　　　　　　一封诏令两相诤，

　　　　　　数言求恳时心盛。

　　　　　　两鬓白染扶龙凤，

　　　　　　一朝飞远水浆迸。

　　　　　　兀的不乱杀人也么哥，

　　　　　　兀的不乱杀人也么哥，

　　　　　　尽心覆妪难从命。

　　　　这……（难堪）我儿尚小，天生丑陋，怕不及宫女要求，且此
　　　　地距长安上千余里恐不能奉旨入宫。草民及女王嫱恕难从命，
　　　　望长官成全。

中书令　难道你们想抗旨不遵？来人！给我拿下！

　　　　［王嫱入内见状。

王　嫱　（呵道）尔等不得无礼，妄自拿人，我王嫱来了！

王　穰　皓月我儿端正闲丽，未尝窥看门户，才貌有异于人，王子公孙
　　　　求之皆不与。如今将你献与孝元帝，为父于心难忍。

王　嫱　请问中书令为何选中我入宫？

中书令　据察王昭君知书达礼，孝敬高堂，礼让兄嫂，爱怜子侄，友睦相邻。

王　嫱　父亲，既然我已美名远扬，就要担得起这传出去的名声。

王　穰　（悄声对王嫱）这是这皆非你所愿，你不是一心想嫁司徒墨赋吗？

王　嫱　（唱）【脱布衫】

　　　　　　（不）让须眉撼起啼莺，

为高堂自愿（护）前厅。

心已伤噎噎哽哽，

怎容得祸从崎径。

屈子曾言："路漫漫其修远兮，吾将上下而求索。"一方水土养一方人，作为屈子同乡，我虽想像屈子一样遗世独立，奈何女儿身，只能护父母兄长周全，遂爱人心愿，我甘愿入宫。

中书令 我们走！

［中书令下。

王　穰 皓月，你可考虑清楚。

王　嫱 我去意已决。昭君问父母长兄何为孝？问乡亲何为美？问县令何为爱？

［王穰、周氏面面相觑。

王　嫱 （唱）【小梁州】

独立单子可安矜，

这三问使命征应。

纵然离去难回程，

皆吾命，

意决已断初情。

宜家之乐难承应，

图得个晚景凄清。

错相托欺侬性，

佳期难定，

千丝怨碧生。

家庭和睦即为孝，友爱相邻即为美，心怀天下即为爱。昭君自愿前行。

〔众人下。

（幕后唱）【煞】

迂回婉转无心恋，

掉转宫墙似箭穿。

亲舍皆散，

田舍庄园，

享福富贵，

儿女难安，

两头三绪，

苦痛无边，

一场欢娱，

一双眷属，

拆散两难欢。

第四折　远　行

〔公元前三十七年三月王嫱入宫日。

〔长江边。

〔县令、父母长兄、乡亲夹道相送。

（幕后唱）【南仙吕入双调·朝元歌】

长舟短舟，

雾锁烟迷道。

云消暗消，

　　　　　　　　岸旁策马惊栖鸟。

王　嫱　（唱）满目荒草，

　　　　　　　　满江行绕。

　　　　　　　　愁上心头扰。

　　　　　　　　满路迢迢，

　　　　　　　　风光渐变生残焦。

王　嫱　（三步一揖，五步一拜）昭君在此拜别长官、父母、乡亲，请
　　　　勿远送。

司徒墨赋　（唱）凤船稳如桥，

　　　　　　　　残灯孤曳摇。

　　　　　　　　邻鸡唤觉，

　　　　　　　　信断梦促难知晓。

　　　　　　　　有谁知晓？

　　　　但愿皓月能够知晓我的一番苦心。

王　嫱　（唱）【南正宫·催拍】

　　　　　　　　觑父亲形单影萧，

　　　　　　　　望母亲神思悴憔，

　　　　　　　　吾心已焦，

　　　　　　　　吾心已焦，

　　　　　　　　远赴长安，

　　　　　　　　日暮飘摇，

　　　　　　　　江水涛涛，

　　　　　　　　大浪噭啕。

　　　　　　　　从此去插翅难逃，

　　　　　　　　人何处把情抛。

这一别离人断肠秦筝难聚，撞破心愁万骨枯。我愁苦，堪怜水路迂，我忧沮，垂头羡双鱼。两相知的人终究因为彼此抉择的不同而错过了。本是同林鸟，劳燕分飞有成因。司徒相信有志之人天待见，乌纱红袍换青衫，皓月一心只为情真。只能为了父母乡亲各奔前程。但是，这就是我此生的营生么？

王 穰 （唱）【一撮棹】

> 天如皎，
>
> 芳春岁寒凋。
>
> 平揎口，
>
> 乡亲送人瞧。

原本日日夜夜盼着这一天，如今却感到越是喜庆越是凄寥。

周 氏 （唱）香溪处，

> 喧嚣赴权朝。
>
> 程途里，
>
> 舞乐乐逍遥。

养女方为此一天！终丁让我给盼来了！

策巴子 （唱）良家女，

> （此去）鱼沉雁亦杳。

皓月要何时才能再回来啊？

憨头哥 （唱）今去也，

> 何日再归郊。

（幕后唱）【哭相思】

> 寻情难驻路迢迢，
>
> 悲苦无诉心糟糟。
>
> 弦歌叙别叹渺渺，

尺素无具惨咷咷。

[众人下。

——全剧终

欧阳梦霞 中国戏曲学院戏剧影视文学专业本科、硕士，上海戏剧学院戏剧与影视学戏曲史论方向博士。国家社科基金艺术学一般项目"京剧语音研究"课题组成员。发表《昆曲艺术对京剧"梅派"新创编剧目的影响》《"口传心授"在现代教育中的可能性》《从田小娥出场看〈白鹿原〉从小说到戏剧文本的嬗变》等多篇论文。小剧场豫剧《崔氏与朱买臣》编剧、制作人，梅花奖得主张艳萍主演豫剧《王熙凤》制作人，参与策划、制片的环保题材电视剧《铁肩》在河北卫视播出。

—唐朝—

绿头巾

木 鱼

时间：古代

地点：江南

人物：

苏　氏　六旦，武二之妻，艺菊妙手

武　二　丑，苏氏之夫，衙役

李和清　老生，苏氏情人，裁缝

头出 待 约

［武二上。

武 二　（唱）【浪淘沙】

　　　　急步月西斜，

　　　　惊起栖鸦。

　　　　（亲像）庄周幻化紧归家，

　　　　道是聪明还是傻，

　　　　混乱如麻。

武 二　小人姓武名二，乃是府衙一个小小皂头。

［（内高声）临时工，合同制。

武 二　（侧耳听）啥，啥，诶，休得小瞧俺，不是临时工，是在编的。
　　　　我家娘子苏氏，乃是个来华经商的胡人之女，生得实是十分貌美。
　　　　要说果然基因强大，不愧胡人之女，有经济头脑。这苏氏生来
　　　　酷爱菊花，自嫁我为妻，家下三亩荒园，伊不辞辛劳，打理成
　　　　一片菊圃。自此种菊卖花，一季之得，够三五年之用。说来也
　　　　算夫妻和美，生活无忧。是我心下不服气，堂堂男子汉大丈夫，
　　　　岂是个吃软饭的，又怎能屈居妇人之下。我心下不甘，也想寻
　　　　个生理，赚上大把银子，好叫那苏氏看看，伊丈夫须不是吃素
　　　　的。不想时运不济，财神不待见，接连两次，连本钱俱赔个罄尽。
　　　　是我一怒之下，去府衙考了个公务员，做了个小小皂头。自来
　　　　这大染缸，不免染了些不好处。

［（幕内）（大叫）啥不好处啊。

武　二　啥不好处，无外乎"吃穿基本靠供，烟酒基本靠送，工资基本不动，老婆基本不用"。我自此有样学样，有了三五个红颜知己，不过是青楼的妓，良家的女，别人的妻。家中这苏氏，哼哼……不免晾她一晾，冷落她一二，看她服不服我。转眼半载不曾归家，今日上命差遣，邻县公干。事已了了，是我忽然心下动念，以此我才趁便星夜返家。（一阵风来）好冷的风，果然春寒料峭。待我饮几口酒御寒（腰间酒壶）。呼，果然暖咯。趁一点月光，赶路要紧。走啊。（下）

［苏氏上。

苏　氏　（唱）【商调·集贤宾】

　　　　墙头一枝红杏花，

　　　　（明媚新鲜）恨无人惜它。

　　　　（时光易逝）耽误了它（青）春正雅。

　　　　我情愿活时欢哑，

　　　　谁曾（见死后）受剐。

　　　　方朔饿、相如渴煞，

　　　　（便些些）甘露洒，

　　　　又怎算得罪大。

　　　　（念）从来浊妇惯撇清，

　　　　　　　又爱吃鱼又道腥。

　　　　　　　莺莺待月西厢下，

　　　　　　　说来心口全不应。

苏氏，丈夫武二，原在乡里，三五亩菊花，伊培我溉，夫唱妇随，贩花鬻苗为生，何等恩爱。不知为何，他忽然心性大变。先是要一人出门做生理，两次都赔个罄尽。忽然又要去做个短命皂头；一去半载数月，撇阮一人在厝，行一人，坐一人，食一人，困也一人，好不清冷也。

东街有家布店，店里有位管事李先生，下剪如神，买他布料，请他代裁，衣服做出来，甚是时兴。为人又极是和善有趣，听伊说笑，韦陀也笑眯眯。

那因有一日，他送丝绸来我家。检看之时，一个不小心，碰到我这根小指。许时伊呀，不顾一切，来牵我手，一路摩挲到手腕。他忽就放了手，两眼流泪：不意妇人之肌肤，果有滑腻赛过这丝绸的……也是我一时情动，自此便两下欢好。又一说，好花正开，有人赏有人惜，岂不好过空活一世？先生家小亦未带在身边，伊孤我单，我情伊愿，伊欢喜我也欢喜，有何不可？有何不好？

今布店另开新铺，管事先生升做掌柜，明日即要启程。可喜啊可喜，正是好头不如好尾，以此才相约今晚最后一会，双人好聚好散。天都这般时候，先生因何还未到？

（唱）【黄莺儿】

　　俏脸（儿）早描擦，

　　对孤灯等候他。

　　恍惚听见（脚步）声踢踏。

　　沙沙近了，嗳呀（又）去了，渐行渐远声渐罢，

　　暗咬牙，这等（不）紧迫，定然不是他。

（渐渐困倦）【簇御林】

　　（猛可地）灯花乍，

　　（险把）咱吓杀。

（只道）那人来，腮若霞。

（却原来）月拖树影横窗下，

似人儿，身长大，

待迎他，风摇影碎，

呸，哪是甚冤家。

（剪灯花，关窗）【尾声】

莫非是他日子（记）差，

莫非是（别处）折柳攀花。

（再不来时，休怪阮绝情，）

来也定将你打杀。（内鸟鸣三长两短）

（凝神静听）前三后两，三长两短，是他，是他，他来咯……

二出　奸　遁

［内武二拍门，内声：苏氏，开门……

［苏氏、李和清摸黑急上。

苏　氏　坏了坏了。我丈夫回来了……

李和清　这可如何是好……我床下躲躲吧……

苏　氏　（一把抓回）屋内浅小，何处可躲？快走吧。

李和清　何处走？

苏　氏　是，是了，也没有角门后门，何处走呀何处走……只得跳墙而出。

李和清　跳墙而出……好。（苏氏小心开门，引李出）

（两人唱）【南中吕·剔银灯】

忙忙如游鱼漏网，

惶惶似犬把家丧。

云情雨意从今葬，

辜负了鄂君锦帐。

感伤，

（不提防）足下踉跄，

旧恩情雪浇沸汤。

[狗低吠一声。

苏　氏　嘘……嘘……（见狗儿安静，长出一口气）

李和清　墙高过人，梯有否？

苏　氏　坏了坏了。日间李二婶借走，还未归还。

李和清　屋内搬椅来。

苏　氏　乒乓声响，恐我丈夫发觉。

苏　氏　有了……

李和清　什么有了？

苏　氏　恐你不肯。

李和清　火烧眉毛，快说。

苏　氏　此处有一孔，乃是留与家中猫狗出入。你可愿试否？

李和清　唉！到此还有何脸面可讲？

（唱）【摊破地锦花】

却原来，

相思债风流账，

转瞬待偿。

（欲脱身）怎敢悍钻穴逾墙。

> 事紧从权，
>
> 脸面休讲。
>
> 悔偷香，
>
> 这狗窦（几曾）是西厢。

李和清　待我试过……

苏　氏　这边肩再收下…那边……我苦咯，狗窦为什么造这么小。

李和清　娘子，没有用，走不得了。

　　　　［拍门声。

　　　　［二人如热锅上蚂蚁。

李和清　（袖中忽然摸到尺、剪）尺、剪………罢罢罢，无毒不丈夫……

苏　氏　怎说？

李和清　跟他拼了……娘子你且假意去开门，我衫儿蒙面，手挥这剪儿，只管闯将出去，今且不是我定是他……（欲闯）

苏　氏　（再三拦住，厉声）李和清……你且住。

李和清　娘子你只管拦我做什么？

苏　氏　（拍心口）照这儿来……今日你若伤他半根寒毛，须得踏看我尸首过去。

李和清　你……？哦我知我知……

苏　氏　你知什么？

李和清　娘子一心所爱，还是他。

苏　氏　……我苦呀，共你睡，各自欢喜，谁人答应你要相爱？古话说奸近杀，是实了。你两人，伤到他，伤到你，我都也不活了。

李和清　你……

苏　氏　……

李和清　闯，闯不得。躲，也躲不成。今要怎样？

苏　氏　……我肩膀给你踩，跳墙过去。

李和清　娘子娇弱，可成否？

苏　氏　（敲门声又起）火烧眉毛顾眼前吧。

李和清　罢、罢了……与娘子今生再会无期，就此拜别了。

苏　氏　先生……请。

李和清　（欲行又不舍）娘子……

苏　氏　请……

李和清　哎呀娘子……

苏　氏　还不快走……

李和清　唉！

　　　　（唱）【麻婆子】

　　　　　　不防不防无情棒，

　　　　　　（有情人）于今歧路旁。

　　　　　　（道声）去也去也魂忽荡，

　　　　　　欲行步又僵。

苏　氏　看这人行行停停，似有不舍，待我说几句绝他的念头。

李和清　你、我。

　　　　（接唱）（不过）有头无尾野鸳鸯，

　　　　　　　　（有甚的）真情絮絮说惆怅。

　　　　［敲门声转急。

苏　氏　快走。

李和清　（接唱）到此何言讲。

　　　　（白）罢罢罢，学一回董四畏，

　　　　　　　哪管手（裂）脚伤

　　　　［踩苏氏肩，艰难攀上墙头，跳过墙去。

武　二　（内声）　谁……（脚步声）

三出　诘　妇

［武二上。

武　二　（唱）【夜行船】

　　　　　蓦见墙头人影闪，

　　　　　顿失色忐忑不安。

才自恍惚有人影墙上跳落，我紧行去看。一块乌云正遮月，赶上前去，哪有人影。唔……是有人入内偷盗吗？嗳，不会不会，后院黄犬，生人入内必狂吠不止。如今家中寂静，并无声响啊并无声响、并无声响……哎呀……莫非、莫非是这苏氏，做出丑事来了……呀呸！

（接唱）无限春光，

　　　　桃开李绽，

　　　　引逗蝶狂蜂乱。

最紧敲门入内看个明白。（用力拍门）苏氏，开门、开门……

［苏氏鬓发蓬松，披衣，提灯上。

苏　氏　（假意）深更半夜，是谁？

武　二　苏氏，是我。

苏　氏　唔官人返来了。我来我来……

武　二　（背白）我要见机行事，盘问个明白。

苏　氏　（背白）我要小心应对，相共他瞒天过海。

［开门。

苏　氏　　官人返来了……

　　　　　　［武二不理，大踏步入内。

　　　　　　［苏氏关门。

　　　　　　［武二屋里左右张看。

苏　氏　　官人看什么？

武　二　　为何敲半日门不开？

苏　氏　　正睡得熟，一场好梦，被你拍醒。

武　二　　果然好梦……

苏　氏　　（接行李摇酒葫芦）酒喝这么多，待我捧茶来。（下）

武　二　　（望苏氏下）往日不曾仔细相看，今日里打量她。

　　　　（唱）【南仙吕入双调·锦衣香】

　　　　　　　　黛眉残，

　　　　　　　　（未）整花钿。

　　　　　　　　发髻偏，

　　　　　　　　衣（带）零乱。

　　　　　　　　腰肢倦软可（人）怜，

　　　　　　　　寻常谁见。

　　　　　　　　（好似）海棠春睡透慵懒，

　　　　　　　　风情无限，

　　　　　　　　（引人）意马心猿。

　　　　　　　　这狐媚魇道，

　　　　　　　　端的是撩人心弦。

　　　　（白）莫说外人，便是我也

　　　　　　　　暗将涎偷咽。

（蓦地）酸意弥漫，

（白）我道是晾她一晾，冷落她一二。

（只怕）周郎妙计，

（反）与人方便。

这个贱人呀，牙关倒咬得紧，看来果然做出事来。常言说：捉奸见双。如今被奸夫走脱了，我不可急躁。须要慢慢问，找出真凭实据，不可打草惊蛇。

苏　氏　（端茶水上）官人请饮茶……

武　二　（接茶，故意抚苏氏手，意味深长地盯苏氏看）……许久未归，娘子越发标致滋润了。

苏　氏　（故作不经意）官人这次倒回来的早。

武　二　（呷口茶）临县公干，顺道而归。

苏　氏　顺道而归……一路奔波，必定辛苦。吃点什么？我去做来。

武　二　不急。苏氏，我来问你。

苏　氏　问什么？

武　二　你一人在家的时节，都做什么？

苏　氏　修整暖房，灌溉扦插，照料菊苗，还有针黹女红、洒扫庭除、一日三餐、喂狗饲鸡……

武　二　可有人来家否？

苏　氏　有。

武　二　谁？

苏　氏　对门李二婶来借过梯子，隔壁乔家妹子来学种菊，三奶奶来央我做套送老的衣。还有还有…

武　二　还有谁？

苏　氏　还有谁、还有谁、有谁呀……

武　二　说……可有男人来家？

苏　氏　嗳呀有。

武　二　唔果然有。你讲，是谁？

苏　氏　嗯……

武　二　说……

苏　氏　小乙的三岁小孩儿跑来，问我讨青团吃。

武　二　你……

苏　氏　我？

武　二　没问你这个。

苏　氏　官人问什么？

武　二　我才自敲门，恍惚有个人影墙上跳落。苏氏，你共我实说，他
　　　　是谁？

苏　氏　官人果然喝醉了。迎风上头，敢是眼花，花影当做人影？

武　二　花影当做人影？

苏　氏　我下厨做碗醒酒汤来，官人还要吃什么？

武　二　（背白）死鸭子嘴硬，不见棺材不落泪。煮一碗面……还有何
　　　　现成之物？

苏　氏　卤的牛舌豆干。

武　二　收拾一碟，酒热热烫一壶来。

苏　氏　官人稍待。（苏氏假意下）（背白）我看他到底要做什么？

武　二　去、去咯。

　　　　（唱）【浆水令】

　　　　　　　使谋略引虎去山，

　　　　　　　动心机厢房暗翻。

　　　　　　　将她龌龊底儿显。

　　　　马迹蛛丝，

　　　　掘地掀天。（苏氏啊苏氏，若被我卧房看出破绽）

　　　　肝肠结，

　　　　五内煎，

　　　　（道不得）终朝打雁（反被雁）啄了眼。（下）

苏　氏　好险……果然去卧房了，亏得我上上下下都已收拾清楚。

　　　　（接唱）由你去，

　　　　　　由你去，

　　　　（口儿硬）"衾影何惭"。

　　　　凭你搜，

　　　　凭你搜，

　　　　（哪里就）唬破俺胆。

　　　待我下厨去！

苏　氏　（唱）【尾声】

　　　　洗玉手，烹时鲜。

　　　　且看我牵肠手段。

　　　　（须知）食色性也（圣）人不免。

　　　嘻嘻，下厨去也。（下）

四出　逼　死

　　［苏氏手托酒饭，欢喜上。

武　二　（唱）【卜算子】

　　　　　　鸿爪踏雪泥，

　　　　　　雁过留踪迹。（怒上）

苏　氏　官人，用饭了……

武　二　放下……苏氏，你来看……

苏　氏　看什么？

武　二　你看这是何物……（手掌摊开，一枚男用铜顶针）

苏　氏　顶针……

武　二　这枚顶针，如此考究，一定是裁缝之物。看它形制宽松，定是
　　　　男人所用。此人是谁？

苏　氏　呼…这一顶针……从何而来？

武　二　床缝之中。天意如此，叫你两人奸情败露。上刻一字，可是此
　　　　人姓李？

苏　氏　………

武　二　（怒坐，顶针拍于桌上）……

苏　氏　（背白）我苦了。难怪上次这枚顶针苦寻不着，李和清啊李和清！
　　　　要给你害死。（偷觑武二）我今没话可应他。只得敢做敢当，
　　　　咬牙先认了，拖过明日，李和清启程，再做计较。对，先认了。
　　　　（跪下）苏氏之过，任凭官人打。

武　二　（怒极而立，举掌欲打又放下）打……（仰头瞥见墙上一挂绳子。
　　　　取绳，掷到苏氏身前）苏氏，此事张扬出去，你定被游街示众，
　　　　浸猪笼沉塘。念在夫妻之情，今留你一具全尸。上吊去吧……

苏　氏　什么？叫我去死？

武　二　去死。

苏　氏　呀喂……

（唱）【卜算子】

　　　　艳李秾桃耻亦知，

　　　　愧落花满地。

嗳，早知今日，何必当初。且来呀，如今后悔有何益，对，悔
有何益……嗯，官人，我要梳洗插带，打扮齐整去死。

武　二　将死的人，允你……

苏　氏　辰光略……久，官人不可性急。

武　二　……也允你。还不去。

苏　氏　死也要快活死。来去梳洗打扮。（苏氏下）

武　二　篱笆扎不牢，野狗钻进来。苏氏，淫妇，这都是你咎由自取。

　　　　（斟酒，抓起酒壶闷头连饮。夹牛舌）

这牛舌，果是好……这贱人，是做的好汤水。哼……好汤水亦
是咧假有情！（掷筷）苏氏，你该死。

（唱）【南黄钟·出对子】

　　　　杯杯滋味，

　　　　尽是不堪点与滴。

　　　　（这）胸中恶气（哪堪）对人提。

苏氏……时辰久了，这淫妇还未出来。待我呵斥催促她。唉！
罢了！死前最后一次，且由着她尽性而为。（自斟自饮，醉意
朦胧）

当原初呀，这苏氏贱人外祖家，与我外祖毗邻而居。伊才四五
岁年纪，有这么大。她母亲为她裹足，她大哭不止。她母亲说：
女儿啊，一双大足，都无人敢娶。是我当时小小年纪，脱口而出：
不怕。无人娶，我敢娶。因此一句童言童语，我二人才订下娃娃亲，
结成夫妻。

自这苏氏过门，共我蜜里调油，甚是恩爱。如今想来，倒是一段神仙日子。

那因这妇人，冰雪聪明，种菊卖花，一学便会，一会便精，样样赛过我。是我不甘愿，立心要吃一碗公门茶饭，强过这妇人。不想竟有今日之事。唉！酒咧酒，你道这贱人可是真真该死否？

[（幕内）半斤八两，你也没有守身如玉啊。

武　二　嗳！胡说。婚外之事，男人做得，女人如何做得。（转哭腔）这个贱人啊，她居然就"做得"了。人生在世，所为何来？（继续自斟自饮，已大醉，口齿不清）夫妻一场，又所为何来？

（唱）【滴溜子】

眼见春花娇丽。

凋零尽成泥。

频举绿蚁。

（闻道）醉后愁消，

（真个）欺人（也）自欺。

[据案醉眠。

五出　闺　诱

苏　氏　（炫服，艳丽不可方物，上，窥看武二）

（引）应悔当初行事昏，

逼咱就死怎收身。

我苦呀，自出娘胎，赤条条，男人是人，女人也是人。为何男人偷人四处炫耀，女人偷人就必须去死。

[（内声）古来如此。

苏　氏　哼，古来如此，古来如此就对吗？

[（内声）呃……岂有此理。

苏　氏　又一说，命是我的，亦未杀人，亦未放火，他叫我死我就死呀……花容月貌就此香消玉殒，不甘愿。我不死，我要活。

[（内声）死到临头，你待怎样？

苏　氏　（沉吟）嗯……古旧夫妻，床头吵架床尾和，有何羞耻。对，性命要紧，进去共他做小伏低，放些娇痴，看他是怎样。

[（内声）（大笑）哈哈，苏氏，且看你如何。

苏　氏　如此，看我如何。

[苏氏极尽妖媚，近前。推武二肩。

苏　氏　（娇滴滴）官人你在做什么？（武二不应）

[苏氏窥看。

苏　氏　看他倚案托腮，原来是睡咯……此时夜半春寒，我君衣衫单薄，我不免取一领衣度他御寒，待他睡醒再慢慢说。对，去取衣（下取衣，上）待我再入内去。

[苏氏披衣。

武　二　（梦中）所为何来……（惊醒见苏氏愠怒）哼……

苏　氏　官人，你都在困咯。入内安歇可好？

[武二不理。

苏　氏　既是不肯入内，更深夜冷，这一领袄给你御寒。

[武二愠怒推衣。

苏　氏　（复近前）官人，你杯都空咯，待我为你满上。

武　二　……（被酒香吸引，复顿住，以杯击桌）

苏　氏　（捧酒壶）我苦咯……看这酒都也冷咯。冷酒如何吃得，待我
再去烫来。

武　二　（夺过酒壶斟满，一饮而尽）……

苏　氏　（夹菜）空口饮酒，较易醉。牛舌试一口。

武　二　……（夺过筷子，拍于桌上）

苏　氏　看他横竖不听，油盐不进，这可如何是好。侥幸啊，原是我事
情做差，我不免再将好声好嘴去劝他。对，再去劝。
（施礼）共官人施一礼，官人你看一下（武二不理）官人呀……
（唱）我官人……
官人我又一礼在此，你应一下应一下（武二仍然不理）
官人啊，死囚杀头，尚有一餐饱饭好食。一日夫妻百日恩，我
唤你千声万声，你为何不能应我一声半声。官人，你好歹应我
一声。官人官人官人官人呀……

武　二　（恶狠狠地）死了。

苏　氏　（惊）我惊……侥幸啊，一夜装聋作哑，好容易铁树开花，一
出声就恶狠狠"死了"……我再去说……官人，既是死了，眼
睛怎么还不闭？

武　二　死不瞑目。

苏　氏　（近前去探武二鼻息）死不瞑目……如何还能喘气？

武　二　咽不下这口恶气。（愤而搬椅挪开）

苏　氏　我想世间男子风流，按到床上也要说探讨人生。我原是不该爽
快承认。对，再去共他七说八说。
［苏氏搬椅近武二。

苏　氏　官人啊，你休生气……自你去后，我行一人，坐一人，食一人，

困也一人，是呀冷清。见你归来，我面上不欢喜，心内都也欢喜。谁知官人入内问东问西，一枚顶针，即要定罪。我心内都也气不过。是以才赌气瞎说。

（唱）【南小石·渔灯儿】

　　（我官人，敢则是）负气言信以为真？

（白）可是呵？

　　（想必是）疑心起暗鬼潜生？

（白）可是有的？

　　（劝官人）得糊涂时莫动嗔。

　　多应是邻人（窃斧，实）谣讯，

　　酒中（弓）蛇未验金身。

苏　氏　官人，你还在生我气否？是有还是无？是无还是有？（再窥武二）一张脸，阴得能拧下水来（近前以手指勾武二下巴），总还是有气哩。

武　二　哼……

苏　氏　官人，你心肝若是铁，这半日也会软。官人（摇武二肩背）

（唱）【锦渔灯】

　　劝官人休得斗狠。

　　泯嫌隙（相一笑）花木重春。

　　夜静更深且安寝。

　　待明朝（依旧）恩爱结同心。

武　二　哼……

（唱）【锦上花】

　　你休得摇喙唇，

　　我亲眼看得真，

知人知面不知心。

苏　氏　（接唱）论奸情，须双擒，

　　　　　　　　少贼证，怎凭准。

武　二　顶针即是凭准。

苏　氏　那枚顶针，乃是我，捡来滴。

武　二　苏氏，你这三尺厚的脸皮。

苏　氏　不及你。

武　二　你道是无有奸情，可敢对天发誓？

苏　氏　嗯……

武　二　可是不敢？

苏　氏　有何……不敢？

武　二　誓来。

苏　氏　（跪下）誓就誓。怎么说？

武　二　你就说：皇天在上，后土在下，若我苏氏，果有奸情，不是刀下死，
　　　　便是剑下亡。

苏　氏　我就说，皇天在上，后土在下，若我苏氏，果有奸情，不是刀下死，
　　　　便是剑下亡……（窥探武二，偷偷在地上画圈，背白）皇天在上，
　　　　后土在下，我这个誓是假的，你可千万不要信。

武　二　苏氏，你做什么？

苏　氏　无有什么。

武　二　（接唱）（分明是）花言巧语欲脱身，

　　　　　　　　（我）岂肯信你真？

苏　氏　官人，就使我果有不是处，我有十分错，官人宁无有一分么？

武　二　你，……去死！

苏　氏　怎么？还是要死？

武　二　……

苏　氏　果必要死？……（一礼）

武　二　……

苏　氏　一定要死？（二礼）

武　二　……

苏　氏　（三礼。含泪）官人，果真舍得我去死么？

武　二　（掩面挥手）……

苏　氏　（心灰意冷）早知今日，何必当初。我这个人，就要自由自在，任情随心。当原初不欲我裹足，如今倒要枷我身心。罢罢罢……死就死，反倒痛快（缓缓整衣，一眼都不再看武二，毅然下。）

武　二　（望苏氏背影）你……这个贱人，到此时候，居然不跪求我。去死。

　　　　[气愤愤搬椅返回桌边，倒酒，一杯杯倒进口里。

　　　　武二呀武二，想你夫妻，当初何等恩爱，只为你无事生非，争强好胜，撇她独守空房，弄出这场事来，如今悔之何及。

　　　　[不由自主停杯倾听动静。

武　二　椅子搬过去了……

武　二　绳子，扔上房梁去了……

武　二　踩上椅子了……

武　二　她她她当真在绑绳子了……我我我……（热锅上蚂蚁一般）

　　　　（内唱）【锦中拍】

　　　　　　　闻得霸王之心，

　　　　　　（端的）是铁石化身。

　　　　　　（偏撞着）虞姬婵鬓，

　　　　　　（他万丈）这豪气（一时）都消尽。

武　二　霸王尚且如此，何况我？她就果然红杏出墙，我又何忍看她一

196

死？（举起酒杯，用力掷在地上。）

武　二　（声嘶力竭大喊）苏氏，回来。一顶绿头巾，不信能压死我。

　　　　〔苏氏上。

武　二　（失而复得，热泪盈眶）苏氏、娘子、我妻。

苏　氏　二郎、官人、我夫。

武　二　娘子，我要辞了公门头路，回来跟娘子种菊卖花，妇唱夫随。

苏　氏　官人……

二　人　（同唱）【锦后拍】

　　　　　　是共非清和浊慢摇唇，

　　　　　　百岁光阴梦蝶身。

　　　　　　这甘苦（须）自品。

　　　　　　这甘苦（须）自品。

　　　　　　扪心问神前（倘）无隐，

　　　　　　看完人完事几曾寻。

　　　　　　（倒不如）放落怀心事抛尽，

　　　　　　（保不齐）花明柳暗又一村。

　　　　（内齐唱）【尾声】

　　　　　　世间事，若细论，

　　　　　　谁不是，戏中人，

　　　　　　（不过"你笑人，人也笑你"）

　　　　　　台上时节休自矜。

　　　　　　　　　　　　　　　　——全剧终

木 鱼　国家艺术基金青年创作人才。2016 年上海戏剧编剧高级班
（上海高编班）学习；2018 年全国千人计划编剧班第三期
学习。创作作品京剧《公仪休出妻》获三十四届田汉戏剧
奖剧本一等奖、木偶戏《审老虎》获三十七届田汉戏剧奖
剧本二等奖。

—唐朝—

乐坊旧事

田晓婧

时间： 唐代

地点： 杭城，黄州

人物：

容　美　旦，歌姬，知音识曲，擅弹琵琶

寒　涛　小生，商人，略有家财，精于算计

杨　兵　小生，涵碧楼伙计，少年老成，戒心未泯

宗　吉　生，士子，满腹经纶，奉辞遐方

高妈妈　老旦，涵碧楼鸨母，人情练达，猝然长逝

优　孟　娃娃生，宗吉书童

衙　官　丑，杭城衙门官员

官　爷　丑，黄州衙门官员

楔 子

[杭城江海滨，南国无双郡，俗尚繁华，绮丽成风。

[容美抱琵琶，宗吉持书卷，仪态幽雅，分别走上。

[容美手弹琵琶，琶声幽咽；宗吉凭栏远眺，神情恍惚。

[幕内奏"琵琶曲"

    春江潮水连海平，

    海上明月共潮生。

    滟滟随波千万里，

    何处春江无月明！

    江流宛转绕芳甸，

    月照花林皆似霰。

    空里流霜不觉飞，

    汀上白沙看不见。

[优孟、高妈妈上。

优 孟   风尘仆仆，车马劳顿。奴，优孟，宗吉少爷书童是也。前日跟随宗吉少爷离家赶考，只为进京求取功名，日夜兼程，好不辛苦。今日路过杭城，巧遇船会，定要在这盛会中好好玩耍一番。正是今朝有酒今朝醉，自有旁人话短长。

    （唱）【北中吕·石榴花】

    （俺只见）青山水外路遥遥，

    （走不尽那）野径荒僻郊。

（则见那）长飞鸿雁在云霄，

锦书谁造，

冷月谁捞。

（只听得）湖心画舫人声噪，

（只听得）歌声里无限欢笑，

（见一幅）人潮涌动花枝俏，

（俺只去）玩赏酒卮摇。

高妈妈　熙来攘往，人情练达。自家涵碧楼鸨母是也。只堪叹世上不但色能迷人，才也能迷人。今日杭城船会，不免趁此机会让头牌容美演奏几曲，也好赚些银钱。正是豪富子弟争缠头，一曲红绡不知数。

（唱）【前腔】

柔情似水小蛮腰，

遣兴醉逍遥。

佳期如梦美人娇，

缠头争巧，

数曲红绡。

三杯两盏红妆笑，

风流事暮暮朝朝。

歌台舞榭锦缠道，

才色配笙箫。

［豆绿色的河水映着碧蓝天空，四只朱色的船坊在荡漾的碧波中反射着阳光。几十个身体结实的伙计透着一股生猛的劲儿，鼓手和锣手看准时机，掀起雷鸣般的鼓、锣声，桨手亦跟随着节奏把船向前划去。

202

〔朱色船坊停在湖心，容美头戴面纱，手抱琵琶，款款走向湖心亭中。

〔容美于湖心亭中坐好。

容　美　风华正茂，知音难觅。自家涵碧楼容美是也。自小教坊长大，豆蔻学成琵琶，名属杭城第一。富贵非吾望，只期能觅得知心之人。正是人生贵相知，何用金与钱。

（唱）【北中吕·斗鹌鹑】

　　　漫步徘徊，

　　　悲戚自慨。

　　　满目伤悲，

　　　形容欠采。

　　　寸断肝肠涕泪来，

　　　抱琵琶诉倾心伤。

　　　负我红妆，

　　　奔忙数载。

〔容美微微俯身示意，随后指尖轻拢。

〔幕内奏"琵琶曲"

　　　柳依依，

　　　风细细，

　　　柳依风细相思难寄，

　　　欲下笔，

　　　纸短情长字也难题，

　　　不住悲戚，

　　　不住迷离，

　　　　柳依依，

　　　　风细细。

　　〔宗吉顺着乐声目光望向容美。

宗　吉　吁嗟感叹，情愫深埋。生员宗吉是也。官星难痴等，生身父母年已老，今离家背土，行千里之外，但求金榜得中，支得乌纱一顶，风流之愿已不敢奢矣。正是不知天下士，犹作布衣看。

　　　　（唱）【北中吕·上小楼】

　　　　书生气傲，

　　　　寻求光耀。

　　　　眷眷衷肠，

　　　　常挂心梢，

　　　　泪水轻抛。

　　　　琴与箫，

　　　　昔日交，

　　　　春秋才调，

　　　　觅封侯报国心沼。

优　孟　少爷，你看这美人，云香秀韶，笋香尖嫩，莲香瘦娇，到底是怎样的天仙人儿才配这副倾城模样。

宗　吉　气质美如兰，才华馥比仙。美人美矣，但这姑娘的才情更令人心向往之！

　　　　〔曲罢，豪富子弟拍手叫好。

优　孟　少爷，待我们上前与姑娘交流一番。

宗　吉　也好。

　　　　〔宗吉、优孟行至容美、高妈妈面前。

优　孟　妈妈，我家公子想与容美姑娘交谈两句，可否应允？

高妈妈 公子爱美，人之常情，自然应允。

宗 吉 小生宗吉，赴京赶考路过杭城，巧遇船会，得听姑娘琵琶语。姑娘琴音，初闻似石上清泉，恍如身处明月松间；再闻如凄风凋碧，可睹云霞明灭；而后楚情郁结，犹诉知音难觅。姑娘一曲，情深切切，可令斑竹滴泪。

容 美 多谢公子赏识。想我容美，乃涵碧楼头牌。世人皆爱慕我无双容颜，出众琴技，独公子能听出我曲中之意，公子受我一拜。

宗 吉 姑娘快请起。酒逢知己千杯少，茶遇知音万众香。姑娘于曲中寄寓知音难觅，这何尝不是我所思所想呢！只可叹科考在即，故乡难留，但愿蟾宫折桂，无负父母恩勤。

容 美 那公子自己呢？

宗 吉 人生难得一知己，听得姑娘乐声，有得逢故人之感。

容 美 一曲琵琶唱古今，高山流水遇知音。公子不嫌我身份低微，与我倾心交谈，已然当我为知己。

[优孟走到宗吉身边，低声耳语。

优 孟 少爷，趁着天色还明些，我们还是早早赶路为好。

[宗吉望着容美，迟迟未出声。

[书童看着宗吉的情态，若有所思。

优 孟 少爷！

[书童提高嗓子，多了些催促之意。

[宗吉深深地看了一眼容美，转身叹了一口气。

宗 吉 天色已晚，是时候启程上路了，姑娘珍重！

容 美 峨峨兮若泰山，洋洋兮若江河！愿公子得偿所愿，公子珍重！

宗 吉 山高水长，后会有期。

容 美 天涯未远，一路顺风。

［容美弹奏琵琶。

［幕内传来叫好声。

［宗吉、优孟二人下。

第一场

［三年后。

［涵碧楼内。容美弹着琵琶。高妈妈坐着吃茶。

［杨兵上。

杨　兵　少年老成，戒心未泯。奴，杨兵，涵碧楼伙计是也。连年战乱，
　　　　涵碧楼早已不复往日的辉煌。楼里的其他姑娘，走的走，嫁的嫁，
　　　　早已另谋出路去了。这乱世正是出英雄的时候，如若不是容美
　　　　还在，我早怕已去投军建功了。

衙　官　高老婆子，知县老爷的生辰近了，你可有何表示？

杨　兵　妈妈，衙门差人来了。

高妈妈　杨兵，将大人引到上房去。

［高妈妈赔着笑。

高妈妈　大人，知县老爷的生辰自是件要紧事。只是草民人轻如草，还
　　　　望大人提点一下，草民应当如何向老爷祝贺？

［高妈妈望着衙官，笑容淡了一些。

［衙官神态高傲。

衙　官　看你这么上道的份上，我就直说了。知县老爷的意思，一百两
　　　　银子。

[高妈妈惊呼一声 ,语带哭腔。

高妈妈 一百两银子！大人！草民的全部身家加起来也不到一百两啊！
这一百两，怕是比草民的命还要值钱了！

（唱）【北中吕·粉蝶儿】

满腹忧愁，

这世情将才难救。

俺和您无甚冤仇，

为甚么，

强逼迫，

将人生诱。

火上添油，

不听从困如笼兽。

[衙官嘴上噙着凶狠的笑意。

衙　官 那我便为你指条明路。

高妈妈 这明路是？

衙　官 老爷对容美甚是满意，近来提到甚多。你若识相，便知如何做了。

[衙官说完，不看高妈妈的神色便大摇大摆地走了。

[高妈妈愣在原地，指尖攥紧手帕。

高妈妈 天杀的狗养的东西！

[高妈妈似乎想到了什么，神情由愤怒变得惨兮兮了。

[高妈妈急急招来杨兵，二人走进屋子，关上了门。

高妈妈 杨兵，你在涵碧楼多年，是我十分信得过的人了。我叫你去做
些事，你愿不愿意？

[杨兵愣神。

[屋外容美要推房门的手停在半空。

杨　兵　高妈妈，我是这涵碧楼的伙计，要我做些什么，说一声就得了。

（唱）【北中吕·迎仙客】

恁主意，

俺来猜，

化解散消无妄灾。

莫悲戚，

除叹哀，

菩萨怜才，

待要心肝在。

高妈妈　你且听我说。这些年头战乱吃紧，将来的日子也不晓得能不能过。且我活了大半辈子，也见过不少的光景了。但容美的年纪正好着哩。我看着她从小到大，心里早已将她视为亲女儿，知县打着她的主意，我自是拼了老命也不能允许。

［杨兵吃了一惊。

杨　兵　妈妈您……

［高妈妈的神色已然悲戚起来。

高妈妈　你是我信得过的。带着她逃了吧。我在黄州有些薄产，你且带她去吧。

（唱）【北中吕·快活三】

不由人更惨伤，

说不尽这愁肠。

肯将血泪话凄凉，

不禁悲声放。

［容美突然转身狂奔出去。

［高妈妈和杨兵听到门外的动静，俱是陷入了沉默。

[高妈妈从怀中拿出她早已准备好的一丸毒药，在杨兵还未反应过来之时吞了下去!

[杨兵惊得大叫。

杨　兵　高妈妈!

[高妈妈只是看着他，没说任何话。

[杨兵明白了高妈妈的决心，神情也带着几分决然来。转身出去寻找容美。

[杨兵找到容美时，她正在一角落独自落泪。

杨　兵　容美，我正有事和你说。

[容美抽噎着。

容　美　我已知晓，你无须告我，我是决 ......

[容美还未说完，便被杨兵打断。

杨　兵　高妈妈已吞药出了事! 你也知她做到这一步是为的什么，赶紧逃了吧!

[容美好像被巴掌重重地捆了一下，忍不住想要发抖。她不愿相信这个消息，攥紧了指尖，强行装作从容的样子。

容　美　可刚才我还看到高妈妈!

杨　兵　就你从门外离开后，妈妈下了决心! 你若是不想她白费苦心且信得过我，赶紧逃罢! 如今世道并不太平，高妈妈的意思你也明白，她是让你为自己打算，莫再只想替涵碧楼唱歌了! 你不愿意放下，可是我也求你明白高妈妈的意思，往后的日子更加艰难，应当多为自己打算才是。你我自小一起长大，情同兄妹。我知你不甘心，但只是以我们的能力，安身立命尚且艰难。用不了几日，知县定会前来索你，还是跟我一起尽快离开杭城吧。

（唱）【北中吕·四边静】

　　　　（把）真情细讲，

　　　　（霎时间）战战兢兢逃命忙。

　　　涕泪满匡，

　　　　（这的是）尽是伤心场。

　　　　（他）耽耽虎狼，

　　　　（因此上）无处悲声放。

［容美神情变得惨惨了，急急向里屋走去。

［高妈妈面色灰白。容美颤抖的伸出手探其鼻息，轻抚着高妈妈的脸颊，哭了起来。

［杨兵走进屋子。容美静静地坐在屋子里，看着高妈妈的尸体。容美突然跪在地，郑重决然地向高妈妈磕头。

［当天夜里打起了干雷。一道闪电后惊起轰隆的雷声。

［高妈妈死去的消息很快传遍了杭城里外。知县气的派人前去捉容美等人，而容美已同杨兵一起，连夜坐船下了黄州！

第二场

［一年后。端阳。

［容美和杨兵自打到了黄州，便以兄妹相称，过起了隐姓埋名的生活，一年来相安无事。容美和杨兵正在街上走着，忽地落了雨，衣服被雨湿透。二人急急走到一个角隅去避雨。

［容美回忆着这一年以来的过往，呆呆的望着雨帘出了神。

［寒涛上。

容　美　是谁?

［容美抿着嘴看着他，有些许紧张。

寒　涛　寒涛!

［杨兵听到这个名字，立马转头看过去，仔细打量着那人。

容　美　寒涛又是谁?

寒　涛　黄州的茶叶商人。

［杨兵似是想起了什么，突然抓住那人。

［寒涛突然被抓住惊了一下，随后笑着打趣。

寒　涛　嗨嗨，你这个人! 多年不见，依旧这么粗鲁嘞!

［看到容美疑惑的表情，杨兵向容美解释。

杨　兵　前几年寒兄来杭城贩茶,被恶徒抢劫,正巧被我碰见便帮了一下。后多次巧遇寒兄，觉得甚有缘分，便结为异姓兄弟。只不过后来寒兄离开杭城后，少有音信。寒兄在这儿做什么?

（唱）【北南吕·一枝花】

迢迢楼外楼，

寂寂行人愁。

天涯各一方，

无故少停留。

情义难丢，

海内知音友，

竭心共解忧。

纵前方路远山高，

也幸得清白自守。

［杨兵看着寒涛。

寒　涛　我前年安家黄州，今儿端阳出来走走。当年一别，没想到涵碧楼就此衰败，耳闻你二人自从高妈妈走后便销声匿迹，如同人间蒸发一般，没想到能在此遇见。

　　　　（唱）【北南吕·梁州第七】

　　　　　　（若说起）锦瑟弦悠闲拨弄，

　　　　　　（好一似）大小珠巧落盘中，

　　　　　　（不曾想）柔肠寸断蛾眉痛。

　　　　　　牵魂挂肠，

　　　　　　往事成空，

　　　　　　雕栏玉砌，

　　　　　　谢了花红。

　　　　　　那时节独立芳丛，

　　　　　　叹人儿聚散匆匆。

　　　　　　道不尽酒淡情浓，

　　　　　　泪盈衫踌躇楼东，

　　　　　　更添得此恨尤穷。

　　　　　　掩聪，

　　　　　　自冗，

　　　　　　侠肝义胆千金重，

　　　　　　铮铮矜豪纵。

　　　　　　遣兴阑珊与众同，

　　　　　　且共从容。

　　　　［寒涛笑着走到容美身旁。

寒　涛　容美，当年我在涵碧楼听过你的琵琶，真同天籁！

　　　　［容美依然带着几分疏离和客气。

容　美　哪里哪里，刚有冒昧之处，还请见谅！

　　　　（唱）【北南吕·牧羊关】

　　　　　　　一任群芳败，

　　　　　　　堪怜咏絮才，

　　　　　　　不思量玉惨花哀。

　　　　　　　倏忽三载，

　　　　　　　各尽其态，

　　　　　　　恨故人翠阁外，

　　　　　　　常独恨难和谐。

　　　　　　　雕栏应犹在，

　　　　　　　金簪雪里埋。

寒　涛　难得相遇，杨弟不去寒舍坐坐？小酌几杯，既可言欢叙旧，亦
　　　　能驱驱雨中寒气。

杨　兵　那就叨扰寒涛了。

　　　　［容美在一旁未出声，似是有点犹豫。

寒　涛　你不愿意去，要待在这儿，回头淋了雨水着了凉，可不好哩！

　　　　［寒涛似乎料到容美最终的选择，脸上的笑容又加深几分。

　　　　［容美、杨兵、寒涛同进了寒涛的府上。

　　　　［寒涛望着容美笑。

　　　　［容美似乎有点明白什么，不好意思起来。

寒　涛　多年不见，容美愈发好看，像个观音样子！

　　　　［杨兵陪笑，心里明白了寒涛的心思，连声称赞容美。

杨　兵　容美妹妹不仅貌似仙人，琵琶也担得杭城第一。

　　　　［杨兵转头看了看容美，继续刚才的话题。

杨　兵　妹妹，这地方配受人称赞的只有你，人家都说你好看！将来谁

得你，真有福气！

［容美明白了杨兵的深层含义，却装作仍不知的样子。

［寒涛脸上的笑容就快溢了出来。他快乐地附和。

寒　涛　若我能娶妻如容美，我定不像老鸦到处飞，就留在黄州照料生意事情，安稳度过一生。

［杨兵知道寒涛说的安稳正是容美所向往的，心里很高兴。但思及事情总得按规矩办，于是做出一副慎重的样子。

杨　兵　此事还需容美自己决定。我虽为她异姓兄长，亦不能全权操办。

［容美在桌旁不作声，脑中却总是不经意响起一些话来。容美明白杨兵想离开黄州，去投戎建功的渴望；也明白身为女子终要嫁人，安稳一生才是首选。但细思后，容美反倒感觉到一股委屈。

［容美定睛瞧了一眼寒涛，不知想起了什么，忽然抬起脸回望着杨兵。

容　美　全凭兄长做主。

［杨兵只是沉浸在高兴的情绪里。

杨　兵　如此甚好，有寒兄照料容美，我十分放心。

［夜空中的月亮十分明亮，但几片云彩似有似无地笼罩，一如容美的心情。

第三场

［容美和寒涛大婚后，二人也算举案齐眉。

［寒涛从外头回来，容美见着他手里拿着一个雕花木盒，笑了

起来。

容　美　你倒大方，请官爷同船上人吃酒，还带一木盒回来，莫非连我
　　　　也有份！

　　　　[寒涛笑着解释。

寒　涛　我请官爷同船上人吃酒，兴到浓时，其中一位官爷说看我忠厚，
　　　　要为我介绍一桩生意。我以为他是同我说笑哩，没想到竟立即
　　　　写了一封信，为我联络起来。

　　　　（唱）【北仙吕·点绛唇】

　　　　　　（愿为你）手种修竹，

　　　　　　（愿为你）奔忙干禄。

　　　　　　同奔赴，

　　　　　　如日宏图，

　　　　　　期冀他人助。

容　美　定是因为你请客周到，所以才如此的。

　　　　（唱）【北仙吕·混江龙】

　　　　　　儿郎豪放，

　　　　　　亲朋好友俱来帮。

　　　　　　兴福共享，

　　　　　　好运绵长。

　　　　　　我与夫君相依傍，

　　　　　　夫君与我影成双。

　　　　　　有谁知志洁行芳，

　　　　　　有谁知文武承当，

　　　　　　森罗万象，

　　　　　　丹凤朝阳。

寒　涛　正巧回来路上，街旁有人在贩卖此物件，我想着你定然喜欢这东西，所以就买来带给你。

〔容美轻启木盒，原是一柄带坠折扇。这扇扇骨极密，坠珠珠圆翠碧，确是一把好扇。

〔寒涛望着容美笑。

〔容美不晓得寒涛话里有几分真几分假，但仍然有一股快乐在胸腔中升腾。

〔容美同寒涛进了屋。寒涛白日里应酬做事累了，很快便睡去了。容美虽然也已睡着，但却不能忘却寒涛说的生意事情。渐渐的，一阵美妙的琵琶声传了进来，托起了容美的灵魂，抚平了轻微皱起的细眉。容美在梦中飘着，船上、河街、湖心亭依此去过，今年欢笑复明年，不甚满足。

〔容美迷迷糊糊地笑了，以为这是个顶美的梦。

〔寒涛却醒了。他听着琵琶声，一股忧愁在他心中挥之不去。寒涛并未告诉容美要南下贩茶的事情，只是陷入沉思，不知在想些什么。

〔两天后，那位官爷来到寒涛府上。寒涛不禁想起之前官爷同他说过的话。

〔官爷上。

官　爷　寒兄思考的如何呀？

寒　涛　就这几日，待准备充足后，定然知会官爷一声。

官　爷　好哇！有美在卧，行且放去，重来尚有期。

　　　　（唱）【北仙吕·天下乐】

　　　　　　闭月羞花尽态妍，

　　　　　　婵婵，

享爱怜，

情缘难断泪潸潸。

莫忧愁行路难，

莫忧愁多苦颜，

但咨嗟光阴短。

［这件事终被容美知晓了。容美望着寒涛，双目里满是伤心之色。

［思躇良久，容美终是问向寒涛。

容　美　你要去南下贩茶，是真话还是说笑话？

　　　　　［寒涛面似不忍。

寒　涛　真的。

　　　　　［容美冷冷淡淡，轻轻地回复。

容　美　什么时候出发？

寒　涛　后日。

容　美　去多久？

寒　涛　最多三个月就回。

容　美　盼君急急归，我在家等你。

　　　　　（唱）【赚煞】

抬头望云端，

音信托鸿雁。

可恨那长途漫漫，

白日青天何短短。

望断处稠密人烟，

再回头万水千山，

客梦床头泪不干。

依窗凭栏，

> 闺中独看，
>
> 愿君急急报平安。

〔容美说完不去看寒涛的神色，转身走开了。

〔寒涛杵在原地，看着容美的身影。

第四场

〔容美日复一日，草草的梳头画眉，早早的铺床叠被，日日泛舟江口，手抱琵琶，等待着寒涛的归来。

〔三月后。

〔从日到暮。如银的月色倾泻下来，河岸边的竹子在黑夜里变成了墨色，鸟儿都已安眠，只时时传来些虫儿的叫声。

〔容美半抱琵琶半遮面，在摇曳的烛光中，弹奏着，吟唱着。

> 如星陨，
>
> 似雪飘，
>
> 百尺游丝旋又绕。

〔忽地有船靠近，有声音从那船上传出来。是宗吉与友人立在船头。宗吉今夜送别友人。友人即要辞去，二人正把酒话别，但恨无丝竹管弦相伴，聊慰离情。寂静的夜，这似仙乐的琵琶声，让二人精神为之一振。

宗　吉　好似有人在奏琵琶。

〔宗吉和友人停下杯箸，命船夫移船靠近容美的船只。

宗　吉　冒昧打扰，请问是何人在弹奏琵琶？能否得见一面？

［容美睁着眼睛，手离了琴面，心里多了几分不安。

［宗吉未见船中人有几分要下船的动作。

宗　吉　我与友人即将分别，不知再见是何年何月。本想今夜丝竹相伴，
　　　　不醉不归，但黄州这地方荒僻，难闻仙乐，只得作罢。今夜闻
　　　　君琵琶语，曲终四弦一声，如同裂帛，听来颇有天涯沦落之感。
　　　　不禁想起昔日在杭城时，堪称杭城第一的容美姑娘，也是颇有
　　　　泠然知音难觅之感。邀君相见，不为其他，但求皆能抒怀。

［容美闻言低下头去，依旧沉默无言，眼角却湿润了起来。

［就在宗吉以为得见无望时，只见船中的人儿整顿好衣裳，半掩
　　着面纱，怀抱着琵琶，走到船头。

容　美　我是杭城涵碧楼容美。

［宗吉吃了一惊。

宗　吉　容美姑娘，你怎在这?

容　美　我豆蔻时学成琵琶，熟料后来横祸飞至，逃至黄州。和我相依
　　　　为命的兄长从军作战去了，不知下落;我也嫁作商人妇。只是
　　　　这多年的恩爱不及这利字当头。前月夫家南下买茶，说好离家
　　　　三月，只是这三月之期限已至，依旧不闻他任何消息。故我在
　　　　江口守着空船，日夜盼着他早日还家。

　　　　（唱）【北正宫·端正好】

　　　　　　鼓声哀，

　　　　　　离人痛，

　　　　　　同舟梦大势成空，

　　　　　　鲁书周颂真嘲弄，

　　　　　　韶岁虚催送。

宗　吉　真是世事难料啊! 前年我一举中第，得伴君侧，也是风光无限。

我为生民计，上书建议修兵停战、休养生息，不曾想触怒龙颜，一朝被贬。

（唱）【北正宫·叨叨令】

　　　天涯沦落于狄道，

　　　离鸿别鹤长云皓。

　　　何时除尽豺狼豹，

　　　得听天命清白告。

　　　兀的不怨杀人也么哥，

　　　兀的不恨杀人也么哥，

　　　（到时呵）

　　　（把）国仇家恨从头报。

〔思及此处，宗吉似乎仍想说些什么。但看到容美的妇人髻，话到嘴边又不知该从何说起。

宗　吉　同是天涯沦落人！

〔容美轻轻拭去眼角的湿润，强行扯开一抹笑容。

容　美　这样说来也算故人了。既然故人重逢，我且奏一曲，聊以抒怀。

（唱）【煞尾】

　　　爱她纯不杂，

　　　谁知真与假，

　　　锦书难寄心儿怕，

　　　谁道青丝变白发。

〔容美手指轻拢，慢捻，抹复挑。船上的人儿皆悄然无言。

〔船外的月亮不知何时又隐去了，一切仿佛泡在了墨色中。

　　　　　　　　　　　　　　　　　　　　　　　——全剧终

田晓婧 女，山东青岛人，上海大学文学院中国古代文学专业在读博士研究生，研究重点是明清俗文学相关版本考证及接受史研究。本科阶段申请的"多维视阈下的明代文人戏曲传播接受研究——以嘉靖至万历时期为基点"课题，获得大学生创新创业项目国家级立项。硕博阶段主要从事清代前中期戏曲文献的搜集、整理与汇总工作，并发表了多篇相关论文。

—唐朝—

无心传奇

张诗扬

时间：安史之乱前后

地点：后宫、梨园、青城山

人物：

真　娘　刀马旦，叶将军女儿，也是堕入凡尘的无心
　　　　仙子。杨国忠为夺叶家仙剑，将叶氏灭门，
　　　　真娘充入梨园

吴　生　小生，真娘青梅竹马的玩伴，自幼与其有
　　　　婚约

皇　帝　末，昏庸、好享乐的皇帝李隆基

杨　妃　老旦，宠冠后宫的妃子

杨国忠　净，杨妃哥哥

剑　仙　贴旦，真娘家传无心剑中的剑魂

太　监　丑，大太监总管，为杨国忠办事的反面人物

歌舞伎　杂，梨园歌舞演员

说书人　副末，开场唱念

谈　概（真文）

[说书人上场，边走边唱，行至舞台中央站住。

说书人　（唱）【临江仙】

遭末世群魔乱舞，

生灵贱似微尘。

哀鸿遍野历艰辛，

文章合泪烬，

寄此话情真。

梦里无心成剑阵，

冰濯肝胆惊魂。

十劫不改悟禅心，

恩仇都尽了，

金阙谒仙尊。

说书人　（唱）【满庭芳】

千古谁传，

长生长恨，

此情比翼难分。

华清水热，

软语欲昏昏。

帐里芙蓉娇媚，

霓裳舞，

更胜三军。

荔枝美，

马蹄踏碎，

这盛世乾坤。

乱世昏君，

枭雄无道，

滔天苦海哀氛，

国仇家恨，

看血染沙尘。

侠女无心出鞘，

电光闪，

弑尽奸臣。

风波尽，

仙槎深处，

山海绕祥云。

　　　　［说书人边念边下。

说书人　（念）人间万事总前因，

　　　　　　　真如幻来幻还真，

　　　　　　　无心剑法快恩仇，

　　　　　　　青城云外寄此身。

第一出　巧　遇（萧豪）

［唐宫梨园，歌舞伎正在排演，一群少女说笑声。

（众歌舞伎合唱）【山花子】

　　　　暖风吹尽，红杏好。

　　　　遏云，丝管声飘。

　　　　展长风，群舞绿腰。

　　　　和清歌，婉转声娇。

　　　　闹梨园，莺啼翠梢。

　　　　几层香汗，理裙绡。

　　　　眉峰重画，仔细描。

　　　　叮咚佩环，点翠步摇。

太　监　圣上有旨，下月初七设赏春宴，新入梨园者可献歌舞，择其优秀，选入教坊第一部。（放下圣旨）这可是难得的好机会，各位好生排演，不得怠慢。

歌舞伎　遵旨。

［众少女三三两两，小声谈论的声音。

（众人合唱）【大和佛】

　　　　（歌舞伎一）这厢殷勤，把曲教，

　　　　腔调，暗记牢。

　　　　高低长短，字轻咬。

　　　　新曲唱桃夭。

（歌舞伎二）佳人，欲与花争俏，

你争我闹，不辞劳。

待到明日，定要博君笑。

（歌舞伎和）莫空负，红烛虚耗。

博一个，富贵金屋，锁春娇。

［众人下，真娘上，背景为荒凉的梨园凉亭一角，真娘在此舞剑。

（真娘唱）【舞霓裳】

禁苑半载，恨难消。

恨难消，

欲报家仇，苦心焦。

苦心焦，空磨宝剑待他到。

赏春宴上，宜出刀，

杀昏君，把仇儿报。

拿鲜血，

祭祀冤躯，（天）日昭昭。

真　娘　宫苑繁华帝王家，哪管生灵涂炭苦挣扎。莺莺燕燕不知愁，歌声弦管（听得我）似针扎。我真娘，满门忠烈，被诬通敌，圣旨之下，皆都枉死。俺也被发配宫中，填充梨园。家中万卷兵书，毁于一旦，祖宗祠堂，砸碎破烂，所幸俺贴身带得家传无心宝剑，未被查检。且蛰伏，只待时机，杀了昏君报仇雪恨。

［真娘舞剑。

［吴生踱步上。

吴　生　吾乃御前侍卫吴生是也。少时随父亲镇守边疆，落得累累伤病。得圣上体恤，赐御前贴身侍卫。可叹自古伴君如伴虎，日日当差甚紧张，今日沐休，顺着乐声来到梨园。且四处走走。

（吴生唱）【红绣鞋】

> 带刀，御前辛劳。
>
> 辛劳，如此负了春宵。
>
> 春宵，看倩影，好生俏。
>
> 正恰似，真娘貌。
>
> 近前来，问一遭。

吴　生　这美人背影，好似俺青梅竹马的真娘，待上前去看个端详。（走上前，看真娘舞剑）呀，真娘，是你？你，你怎到此处？一别有三年，怎得今日见面在梨园？

真　娘　（吃惊）吴兄，是你。（后退几步）一别这三年，一言难尽诉悲凉。

吴　生　（紧跟着真娘）我们俩，父母指婚在褓褓，青梅竹马情谊深，遭遇何事，莫遮掩，快说与俺参详。

真　娘　那日，乌泱泱官兵团团围，似晴天霹雳耳边响。明晃晃圣旨要抄家，冠了个通敌的罪名儿，逼死爹娘。一瞬时家破人亡，家破人亡。我苟且偷生，被发配到此。

吴　生　将军三代磊落身，怎能通敌叛乾坤，必有贼人陷害。

真　娘　贼人？那圣旨乃皇帝御笔，君既不君，臣亦不臣。

吴　生　这朗朗乾坤，还有纲常君臣。

真　娘　不，这颠倒乾坤，哪还顾得上纲常君臣。

第二出　遭　妒（江阳）

[宫中宴会，皇帝、杨妃、侍卫、宫女、太监等人。

太　监　春光好，春日宴上赏春真。万岁和杨娘娘已然落座，待我引导
　　　　梨园子弟，顺次上前，歌舞一番。下一个，真娘，快快准备献
　　　　舞了。

　　　　（真娘身穿舞服，手持长剑，唱）【斗鹌鹑】

　　　　　　（自离开）家乡爹娘，

　　　　　　（少不得）孑然刚强。

　　　　　　（少了些）女儿情长，

　　　　　　（没耐烦）低吟浅唱。

　　　　　　（乍一见）昏君唐皇，

　　　　　　（强忍住）拔剑青霜，

　　　　　　（舞一曲）血泪流，杀气壮。

　　　　　　（怎奈何）护驾群臣，

　　　　　　（怎奈何）层层阻挡。

　　　　[真娘舞剑后下。

　　　　[太监上前跪下，手里拿一托盘折枝牡丹。

太　监　启禀皇上，上林苑监进新采牡丹，献与贵妃娘娘。

皇　帝　名花倾国，与你正配。待朕为爱妃簪花。

杨　妃　（娇羞）谢三郎。

　　　　[皇帝拿起一只折枝牡丹，为杨妃簪花。

吴　生　（在皇帝簪花时候，悄然退后几步，走向角落）真娘舞剑露杀意，
　　　　皇上千万莫要见端倪。唉，好一个烈性女子，明日少不得开解
　　　　她一番。

　　　　（唱）【紫花儿序】

　　　　　　（眼见她）仇心日涨，

　　　　　　（怎么能）疏解（她）愁肠。

　　　　　　暗自寻访。

　　　　　　揣摩思量，

　　　　　　（这桩惨案）凶手哪藏。

　　　　　　猖狂，谋害将军陷忠良。

　　　　　　（定要他）奸贼命丧，血债血偿。

　　　　　　以慰真娘。

　　　　[吴生唱后回原位。

皇　帝　今日得见梨园真娘剑舞，舞的是，满堂生风，腰肢弱，回转玲珑。

杨　妃　比起臣妾的霓裳羽衣，又如何？

皇　帝　哈哈，爱妃莫气，确是春兰秋菊，各有擅场。

　　　　（唱）【调笑令】

　　　　　　（你看这）劲装，含剑光。

　　　　　　倾国倾城女红妆，身如飞燕，从天降。

　　　　　　羌笛声，几多跌宕。

　　　　　　（一瞬时）尤似沙场军声壮，

　　　　　　鸣金鼓，裙袖生香。

杨　妃　（唱）【秃厮儿】

　　　　　　年二八，如花待赏。

　　　　　　牡丹好，也怕经霜。

新歌旧舞，乌泱泱。

左梨园，右教坊，（三郎）真忙。

皇　帝　哈哈，爱妃莫要吃醋，寡人不过玩笑而已，玩笑而已。

（唱）【圣药王】

（皇帝）（管他甚）花也香。

草也香，花营锦阵引鸳鸯。

（杨妃）兰有秀，菊吐芳，

芬芳有尽，唯情长。

（合）　暖帐，入梦乡。

皇　帝　（唱）【煞尾】

焚香梳洗，同衾帐。

梦中梦，两情伤。

真娘，影茫茫。

思量，总难忘。

第三出　密　谋（庚亭）

[杨妃官内一角。

杨　妃　自从皇上看了那狐媚子舞蹈，就着了迷。耳听枕边人唤真娘，
不由得怒火心中烧，翻覆来去甚煎熬。

（唱）【一枝花】

要提防，梅妃江采萍。

又来个，善舞狐狸精。

这帝王忒多情，

本来是比翼两肩并，

生死相盟，

怎奈何今日心难定。

煎熬，血沸腾，

须得要，磨刀快，斩去红绳。

皇帝呀，莫怪奴，无情有情。

杨　妃　待我召来哥哥，细细谋划一番。

[杨国忠上。

杨国忠　吾乃杨国忠，当朝贵妃之兄，今日小妹唤我来此，不知是何吩咐？

杨国忠　微臣（跪下）给娘娘请安。

杨　妃　（扶起）哥哥快快起来。

杨国忠　呀，几日不见，妹妹怎地憔损了好些？

杨　妃　唉，待我细细道来。（附耳）这般这般……

杨国忠　（吃惊跳起）这还得了，这女子留不得。（做断喉的手势。）

杨　妃　（唱）【梁州第七】

镇日间（悲戚戚）如同心病，

懒洋洋（无心弹）琵琶弦绷。

杨国忠　（唱）叫声妹妹，莫心惊。

为兄，必要，

保你太平。

杨　妃　（唱）（嘘的手势）（要杀的）安安静静，

（要杀的）悄悄无声，

莫惊扰，土地兵丁，

绕过他，月影寒星。

杨国忠　（唱）牵机散，放进汤羹，

　　　　　　鹤顶红，调制三瓶，

　　　　　　任由他，铁骨铮铮。

　　　　　　（让他）死生，

　　　　　　（听我）号令。

杨　妃　（唱）抄杀打点，心头惊，

　　　　　　（早）安排，做干净。

杨国忠　（唱）暗刺明杀，（我）是全能，

　　　　　　且等，天明。

杨　妃　俺就等哥哥的好消息。

杨国忠　娘娘放心。

　　　　[杨妃下。

杨国忠　（踱步）待我安排，调停。这等事情，唤来心腹人儿商定。来人呐！

太　监　老爷有何吩咐。

杨国忠　听说梨园新人里，有个真娘，甚得圣上之心呐！

太　监　是有这么个人儿。说起这真娘，和老爷还有点儿渊源。

杨国忠　哦？和我有甚关系？

太　监　听说这真娘，本姓叶，犯了官司抄家入宫。老爷您记得，江南叶将军府的……

杨国忠　（打断）你是说，那真娘是叶将军的女儿？

太　监　正是。

杨国忠　好啊，哈哈。当年侥幸逃过，谁想飞蛾扑火她又来过。此番更是留她不得，留她不得。来来来，附耳过来，你要去……（取出一个元宝）这是赏你的，办得好，另有重赏。

太　监　好嘞，老爷放心，您且等好吧！

太　监　（滑稽）（拿出袖中一个金元宝）这元宝，可真妙，金灿灿，
　　　　成色好，离了它，活不了，有了它，且逍遥。真娘啊，得罪了
　　　　谁不好，偏偏是这两位，炙手可热大人物，真是，时运不济耶。
　　　　（摇头）闲话少说，正事儿要紧，办得好，少不得再来几个这
　　　　样的大元宝儿！（走几步，四处看）今日梨园排演新戏，我且
　　　　往真娘住处走一遭儿，老爷交待的事儿做干净。

　　　　（唱）【煞尾】

　　　　　　　东观西看疾步行，

　　　　　　　临近门前蹑脚轻。

　　　　　　　（撬门，进门）左右看，

　　　　　　　（嘿嘿）手中毒水要人命。

　　　　　　　神仙（也救她）不成。

　　　　这桌子上还有半壶香茗（拿起嗅一下），还是温的呐，这些舞
　　　　娘们排演的累，回来少不得要喝茶，就放这里。

　　　　　　　倒毒药，

　　　　　　　一滴不剩。

　　　　　　　（管保证）断气（在）天明。

　　　　[舒口气，蹑手蹑脚出门，撞在门栏边，摔了一跤，连滚带爬下。

第四出　燃　恨（寒干）

[真娘住处，真娘疲惫上，开房门，关门。

真　娘　镇日演练，浑身疲惫，皇帝终日歌舞取乐，后宫一片富贵繁华。

可叹家国大事总无主，可恨奸邪擅政百姓苦。

（唱）【端正好】

　　（前儿刚）展歌喉，

　　（今天又）浓妆扮。

　　心忧煎，血泪频弹。

　　（难道俺）平生夙愿都成幻。

　　空有，一声叹。

真　娘　　今晚月色正好，且把无心剑拿出来，趁着这花香馥鼻，月影婵娟，少不得演练一番（舞剑）。

　　［真娘舞剑毕。

（唱）【滚绣球】

　　看宝剑，热泪潸。念亲恩，恨凋残。

　　剑无心，（看惯了）沧桑聚散，

　　无心剑，（伴随我）荣尽枯寒。

　　仙家剑，下人间。

　　剑如仙，响佩环。

　　（也曾经）驭神魔，焰摩鏖战。

　　（曾经也）荒野外，雷轰掣电。

　　如今依靠（你）成一战，跋涉风波，斩恶奸。

　　（还一个）春暖人间。

　　［啪嚓，剑不小心扫到了茶壶，茶水在地上翻腾气泡。真娘惊，后退几步。

真　娘　　这茶，有毒。要是我喝下去，是要断肠腐骨，魂断梨园。（把剑藏好，紧张）谁想害我？冷静，冷静，待我细心查验一番。

　　［走到门口，发现门框上，夹着一小块碎布。

（唱）【倘秀才】

灰锦缎，香滑细软。

暗花绣，青丝钩斓，

（浅嗅）淡淡香薰，龙涎残。

细推，着意研。

剧毒，惊胆寒。

杀俺，（为了）哪般？

真　娘　呀，想起来了，这是皇上身边大太监的衣服，俺与他无冤无仇，为何下此狠手。莫不是，皇帝知道了什么，要杀俺灭口？若是他有了防范，那报仇之事，岂不更为艰难。行刺，且快安排。（找夜行衣等物件）

〔吴生上。

吴　生　抄家命丧，楼舍倾荡，可叹名将孤女，委身梨园歌舞场。唉，经俺数日访查，略发现些端倪，带前去告知真娘。

（唱）【脱布衫】

（待等俺）趁月明，穿花越栏。

（劝真娘）案中情，（须得）仔细查勘。

且忍耐，是非总辨。

待清明，斩除奸宦。

吴　生　（敲门）真娘，开门。

真　娘　（开门）吴兄，有何急事，要星夜赶来？

吴　生　（看见夜行衣）惊道：真娘，你这要，要……报仇也得暂缓些时日。这圣旨下的蹊跷，其中恐怕另有内情。今日前来相告，将军一案，有人暗中下手，皇上并不知情。

真　娘　休要替狗皇帝说情，如今等不得了，先下手为强，不杀他日夜
　　　　难安。

吴　生　休要急躁。

真　娘　（摆手打断吴生，伤感）你怎知那日场景，眼见得圣旨如雷，
　　　　劈散门楣。哪甘心被冤枉，受屈辱，爹娘、哥哥，血溅厅堂，
　　　　自尽了。都走了，都走了……

　　　　（唱）【醉太平】

　　　　　　（那日里）树花朱栏，转瞬凋残。

　　　　　　空阶乱叶朔风寒。

　　　　　　（家人呵）阴阳两散。

　　　　　　空空两手空嗟叹，

　　　　　　伴身唯有无心剑。

　　　　　　可诛皇帝了公案，

　　　　　　莫要，阻拦。

　　　　（唱）【煞尾】

　　　　　　侠肝义胆冲云翰，

　　　　　　平地惊心起波澜。

　　　　　　报德报怨，独闯难关。

　　　　　　成败一身无牵绊。

第五出　行　刺（萧豪）

［夜里，唐明皇和杨妃秉烛夜游至梨园，真娘准备刺杀皇帝。

真　娘　梨园新排妙曲，引得皇帝和杨妃秉烛夜游，真乃机缘天降也。

还请爹娘在天之灵护佑，拼死也得报仇雪恨。

（唱）【桂枝香】

夜黑（星月）光缈，

遥闻（丝管）声笑。

换衣衫，（需得）紧束身腰。

去佩环，（还得）遮颜挡貌。

（我心）乱扰，（忡忡）焦躁。

（我心）乱扰，（忡忡）焦躁。

舍生，为孝。

（命运）劫火烧，

（扪巾）拭泪，如雨下。

携长剑。

恩仇，借酒浇。

真　娘　去路退路，俱已安排，待我速速收拾一番。

[换场：皇帝和杨妃、吴生、太监等人边走边赏月色。

皇　帝　醉看月色遮淡云，银河无纤尘。玉笙吹落琼花老，影落翠屏深。

此景得爱妃与寡人共赏，更为增色。

杨　妃　三郎，借此月色，臣妾为您舞一曲霓裳吧。

[杨妃舞蹈。

[真娘着黑色夜行衣，黑巾遮面，突然出现，打乱舞蹈和音乐，
一剑刺向皇帝。吴生挡剑，被刺倒下。此时场面混乱，熄灯，尖叫、
乱跑、喊护驾等声音充斥全场。

禁　卫　（声音）报！启禀皇上，发现有贼人衣物一片。

皇　帝　（声音）快与我细细查来。

真　娘　（急喘喘）循着退路逃回房，心慌。一剑银光难逃避，谁料他
　　　　来阻挡。真娘不怕身死，怕的是，家仇未报身先丧。换装，收
　　　　拾停当，听得禁卫搜查暄泱泱，拍门声铛铛响。亏得俺趁乱把
　　　　那太监的衣料丢在现场，祸水东引，倒是还可躲藏躲藏。呀，
　　　　转头又担心吴兄受伤把命丧。待禁卫退去，俺趁夜去探望探望。

　　　［真娘踱步到吴生住处。

　　　（唱）【前腔】

　　　　　惊心如捣，神魂离窍。

　　　　　（俺是）仇如海，甘死如饴。

　　　　　（他怎）护老贼，头脑痴拗。

　　　　　（思绪）怎剖，（痛楚）难表。

　　　　　（思绪）怎剖，（痛楚）难表。

　　　　　愁云笼罩，如何提调。

　　　　　忍煎熬，生死未可料。

　　　［真娘推门，见吴生卧床几近昏迷，不由得坐在床边嘤嘤哭泣。

　　　（唱）【长拍】

　　　　　（感）万缕伤怀，万缕伤怀。

　　　　　（俺）愁肠百转。

　　　　　嗔怪，五味难表。

吴　生　莫哭，莫怪，且听一言。叶家冤案，凶手乃杨国忠也。他闻得
　　　　叶将军有传世仙剑，逼迫将军献上。将军哪肯就范，被这厮假
　　　　传圣旨，冠了通敌罪名。天道苍苍留一线，奸人无缘无心剑。
　　　　那厮怎知，这无心宝剑在你真娘腰间。现如今真相大白，真娘
　　　　孝心感天地，定能锄奸报亲恩。你知敌我，便好下手了。

　　　（唱）（敌）分清，（事）明朗，

（要他）生死（任你）施为。

真　娘　吴兄情义真，患难见真淳。报仇事虽大，怎可伤你身。万语千言心难诉，孤苦异乡感知遇。

（唱）（你）怎忍将性命轻抛。

剩下，我煎熬。

叹，丹心一点，与谁相告。

吴　生　如今奸相得势，宵小盈朝，眼看的忠良日渐少。圣上已知伯父之冤，几日内便有旨意，为其平反。宫中不可久留，速速归去，静待时机，莫恋，莫怨。

（唱）劫火燎原，何惧死。

若消尽，（忠魂）恨滔滔。

（只怕巍巍）盛世，一朝倾倒。

（归）去，埋名磨剑。

（斩）恶人，哪逃。

［吴生唱完，死去。

真　娘　吴兄，吴兄，你醒醒啊。恨不听良言，悔一时鲁莽，生生害了你性命。（哭泣）

（真娘跌跌撞撞，边走边唱）【短拍】

（心如）刀剑，齐攒。

刀剑，齐攒。

（浑身）冰凉，脚软。

夜迢迢，怨气难抛。

独守，甚难熬。

枯灯小，冰衾寒袄。

心绪，乱麻堆绕。

问苍天，（怎地）解这冤怨早。

[全场光跟随真娘，真娘跌跌撞撞回到自己房间，伏在桌子上哭泣，渐渐睡去。

剑　仙　人间真情话真娘，生生死死枉断肠，不变唯有剑无心，谪来百年看无常。（上前抚摸真娘头发）

真　娘　（惊醒）哎，你是谁，怎么在这里？

剑　仙　（摇头苦笑）俗眼难辨是与非，朝夕相伴入宫闱。吾乃仙剑无心也。

真　娘　无心，无心剑？这……

剑　仙　是了，你家传的无心宝剑乃上古仙剑，不慎落入人间数百年，应劫数次后方可回归天界。吾是无心剑所化，吾即是剑，剑即是吾。

真　娘　既是神仙，怎可看着我家人惨死，怎可任凭奸雄当道？滔天仇恨如何报？

剑　仙　因果前定，天机不可言。今日该着吾前来助你报仇雪恨。不久世道大乱，免不了一场生灵浩劫。今日可随吾速速离宫，至蜀地青城山潜心修行，习练无心剑诀，不久那杨氏逆贼途径蜀地，方可诛杀此人，了结孽缘。

真　娘　仙师既有法力，可否救活吴生？

剑　仙　人各有命，不可强求。休要流连，随吾去吧。

合　　（唱）【尾声】

无心剑气长空绕，

宫殿森严身后抛，

宿命尘缘安排巧。

第六出　诛　奸（寒山）

［青城山中一茅屋，真娘练剑毕。

真　娘　（唱）【懒画眉】

　　　　　烟翠青峰水云寒，

　　　　　秋尽青城老叶丹，

　　　　　悟得剑意自心闲，

　　　　　（无心）入目，都成幻。

　　　　　任扫西风落花残。

真　娘　自打来到这青城山，结茅为屋，居住在此。每日演练仙师传授
　　　　的无心剑法，自感武功精进许多。这几日听闻，安禄山谋反，
　　　　皇帝带着杨妃，逃难经过这地界。六军逼皇帝处死了杨氏兄妹。
　　　　杨国忠这厮阴险狡诈，真能乖乖就范？活要见人，死要见尸，
　　　　还需细细打探打探。

　　　　［真娘下。

　　　　［杨国忠和太监蓬头垢面上。

杨国忠　（唱）【宜春令】

　　　　　急逃难，恁苦艰。

　　　　　步蹒跚，忍饥耐寒。

　　　　　路远，心颤。

杨国忠　经营赶路，跋涉山川，唉，走不动了，歇歇，歇歇。（差点摔）

太　监　（搀扶）哎呦，您慢着点。这天色不早，看那边炊烟，似有人家，

要不咱歇歇，直奔那边过去。

杨国忠　也罢。想俺杨国忠，位极人臣，呼风唤雨，竟被这群该死的武夫逼到如此境地。可怜妹妹香消玉殒，多亏老夫使了金蝉脱壳，用替身，顶替俺送死。等熬过此劫，定要报仇，让这群贱人尸骨无存。

太　监　（唱）荆棘刺破，衣袍烂，

　　　　　　　烈风号，吼破肝胆。

　　　　　　　山蜿蜒，人迹稀罕。

　　　　　　　眼前，昏花一片，

　　　　　　　（哪求）热汤茶饭。

　　　　［杨国忠和太监搀扶着走。

　　　　［茅屋旁，真娘远眺。

真　娘　咦，前面有两个人影，鬼鬼祟祟，蹒蹒跚跚，不像此地人，待俺前去瞧一瞧（迎上）。

杨国忠　哎，那边，有人来了，快去看看，有救了。

太　监　是，（起身嘟囔）这小娘子眼熟的紧，好像在哪里见过。（真娘走近，太监一抬头，吓得回头就跑）不好不好，老爷赶快跑。

杨国忠　怎吓得这般？

太　监　这是叶将军家的叶真，叶真娘啊。

杨国忠　啊，上次下毒没成，她怎么到这大山里来？

真　娘　（上前）杨国忠？好你个杨国忠，原来你诈死。真是仇人相见眼眶红，得来全不费功夫。（拔出无心剑）

太　监　侠女饶命，饶命，是他（指着杨国忠）他逼我给你下毒，是他杀你全家，别杀我，别杀我。（滚爬下场）

杨国忠　（环顾四周）哼，三脚猫的功夫，口气可不小，（拔出匕首）谁死还不一定呢。

（真娘、杨国忠打斗并唱）【前腔】

（真娘）无心剑，刺连环。

　　　　密青光，妖孽胆寒。

（杨国忠）急忙躲闪，招招难敌，遍身汗。

（白）她怎地这般难对付，看准时机，走为上策。

真　娘　（唱）剑飞舞，猛虎游龙，

　　　　　　凛威风，身轻如燕。

　　　　　　奸贼，今日纳命，

　　　　　　（杀你个）魄飞魂散。

［杨国忠中剑，死。

（唱）【三学士】

　　　　　　大仇终雪意坦然，

　　　　　　才觉梦稳心安。

真　娘　日日等，夜夜盼，乱世报仇怨。而今已遂心愿，却不知，余生可归何处。

　　　　（唱）崎岖世道孤身叹。

　　　　　　　缘甚分疏尘世间。

　　　　　　　恩爱团圆成虚盼。

　　　　　　　（从此）任漂流，渡阳关。

第七出　归　山（江阳）

［青城山真娘居住的茅屋。

真　娘　该死的奸人已死，该偿的血债已偿。剩下俺，茕茕形影相对两

　　　　无言，空空心内无序为哪般。唉，不知明日身归何处？

　　　　[剑仙上。

剑　仙　莫叹，莫叹。

真　娘　（激动）仙师，自打仙师传授了剑法，就消失不见，教真娘俺

　　　　日夜想念。如今大仇已报，真娘谢过仙师传剑之恩。（跪下）

剑　仙　（扶起真娘）真娘大礼，无心不能担当。且听俺细细道来。

　　　　（唱）【忒忒令】

　　　　　　古洪荒，天苍地茫，

　　　　　　有名剑，无心登场。

　　　　　　（堪比）鱼肠，（胜过）干将，

　　　　　　（立功）扫平，天魔场。

　　　　　　享敕封，受天符，

　　　　　　誉三界，登仙榜。

　　　　　　镇，十方魍魉。

剑　仙　这无上的仙家至宝，你可知道它的主人是谁？

真　娘　（摇头）真娘不知。

剑　仙　这无心剑的主人，名唤无心仙子。百年前，因动情欲被贬谪下界，

　　　　经历十世轮回，若能不寐道心，方可天庭归位。无心仙子那宝

　　　　剑早已通灵，为守护主人，甘愿一并下凡历劫。

真　娘　那这无心仙子现已归位了吗？

剑　仙　没有，仙子已历劫九世，现如今这第十世，最为关键。

真　娘　（看着无心剑）这宝剑一直伴着俺，无心仙子应是寻不到它呀！

剑　仙　（摇头）不，此剑有灵，它一直守护在主人身边。俺只是无心

　　　　剑的剑魂，真娘就是无心，无心就是真娘，你可悟了吗？

真　娘　（呢喃后退）无心是我，我是无心？

　　　　（唱）【嘉庆子】

　　　　　　　乍听此语，惊雷响，

　　　　　　　呆愣身心，如浸霜。

　　　　　　　（难）参详，惚惚恍恍。

　　　　　　　这棒喝，甚难当，

　　　　　　　刹一瞬，意微茫。

剑　仙　天上碧桃花正放，惊醒下方未归人。这一世失双亲、丧朋友，
　　　　无家可归，流浪辛苦，血海仇恨，几番劫难过去，现如今仇怨
　　　　已了，南柯不醒待何时。

真　娘　（唱）【尹令】

　　　　　　　梦里，（宫阙）依稀在望，

　　　　　　　因果，（尘世）翻云逐浪。

　　　　　　　真情，（家园）依稀难忘。

　　　　　　　如何无心，衔恨牵绊，亦自伤。

真　娘　修仙难，无心难，人间情缘断亦难，不知父母家人身在哪端？
　　　　吴生性命两边悬。

剑　仙　忠臣孝子业已封神，万代香火受之不尽。至于吴生么，本也不
　　　　是凡人，该着受这场生死磨难。早有法师施法还魂，他如今已
　　　　拜师出家，修道去也，你看！

　　　　（吴生上，身着道袍，手拿拂尘唱）【品令】

　　　　　　　功名，战场，

　　　　　　　成败，遍身伤。

　　　　　　　习武，年少，

　　　　　　　御前，护唐皇。

吴　生　以身试剑，魂魄飞散。那日得无心姑娘相救，今又拜在张果仙
　　　　人门下，幸哉，幸哉。现如今：

　　　　　　　芒鞋，踏尽，世间悲歌壮。

　　　　　　　鹤归，华表，长啸，清风天壤。

　　　　　　　汉阙秦宫，一枕风流，梦一场。

吴　生　两位信士，贫道有礼了！

真　娘　吴兄？

吴　生　是道长。

真　娘　是道长，道长。生死分别两下牵念，不承望今日相会在此间。
　　　　道长无恙，真娘心病亦可放下。

剑　仙　了却心中是与非，从此深山可归。唐皇经此一难，世道纷乱，
　　　　元气大伤。上洞八仙亦游戏人间，广积功德。真娘可入蜀山修
　　　　行，静待机缘，不久自有上仙到此，汝可拜师，重返天庭，指
　　　　日可待也。

真　娘　（唱）【江儿水】

　　　　　　　明了生前事，

　　　　　　　（无心）慧剑芒。

　　　　　　　俗心退散，道心长。

　　　　　　　真灵一性，消业障。

　　　　　　　蓬莱山海，独来往。

真　娘　真娘即是无心，无心即是真娘。此后只有无心，没有真娘。

剑仙、真娘　此后只有无心，没有真娘。

　　　　（唱）顿迹，尘寰回望。

　　　　　　　冷月，和光。

　　　　　　　隐遁，物我相忘。

（剑仙、真娘唱）【川拔棹】

（剑仙）十世轮回终难忘，

　　　　一叶舟，到仙乡。

　　　　无挂碍，无喜无狂。

（真娘）无挂碍，无喜无狂。

　　　　远惊怖，无爱无伤。

（剑仙）助丹成，炉鼎香，

　　　　返天庭，谒玉皇。

（唱）【尾】

（剑仙）从来野史亦文章，

（吴生）且随无心向大荒。

（真娘）烽烟名利百年尽，

（合）　浊酒一壶话沧桑。

［真娘、吴生、剑仙唱罢，相视一笑，飘然离场。

——全剧终

张诗扬　女，九三学社社员，文学博士，浙江大学博士后，沈阳音乐学院教授。主要从事艺术学理论与实践、音乐美学研究。近年来主持省级科研项目两项，院级科研课题三项，参与完成国家级科研课题一项，出版学术专著两部，参与完成专著两部，发表相关论文近二十余篇，创作剧本及歌词、诗词作品二十余篇。

—宋/辽/金/元—

中秋却子

徐翠

时间： 宋英宗时期

地点： 潍州昌乐

人物：

张行婆　老旦，居士

王俊才　生，农民，行婆之子

老　尼　丑，老尼姑

（生扮王俊才上，唱）【意难忘】月尽山移，看东方破晓，径曲途迷。林深荒蔓草，鞋底染花泥。前路去日迟迟，怀抱不相知。莫道人青云志短，恐笑人痴。

（白）小生王俊才，潍州人氏，父亲乃昌乐一田家，世代务农。母亲张氏亦是本地人家，祖上颇有些田产。父亲亡故得早，母亲不思改嫁，将吾兄妹抚养成人，毕成婚配，受了多少辛苦。小生幼时读书不勤，功名无望，只得仰赖几亩薄田度日。而今娶了贤妻，虽贫贱却也其乐融融，正是报萱堂亲恩之时，谁料母亲抛却儿子媳妇，上山去了。那山上原有一座古寺，荒废已久。离家之日吾与贱妻跪地哀求，母亲只道："吾素来喜好浮屠之法，而今你兄妹相继成家，为娘再无牵挂。只是那山中古寺荒废已久，吾心甚感不安，当率乡里修葺之。"自那以后母亲已离家半年有余。今日恰逢中秋，媳妇备好秋饼桂酒，着我去寺里求母亲下山团圆一番。

（唱）【胜如花】中秋路，桂子低。独自翻山越脊，要娘亲定把家归。五十年肩挑重倚，立家业德行称义。小田家山前水围，话农桑夕阳渐颓。荒野形只，到庙前且会，少不了一番说理。享天伦骨肉相依。享天伦骨肉相依。（下）

（老旦扮张行婆上，唱）【燕归梁】春去秋来山势危，看四野草萋萋。那林间鸟过墙啼，观宝相绕须弥。

（白）吾乃潍州人氏，姓张，年已五十，乡人都叫我行婆。嫁与王家，无奈丈夫早亡，一双儿女孤幼，而今嫁人的嫁人，娶妻的娶妻。家父生前是那军中一名校尉，在昌乐置办下一处产业。七岁之时，后母将吾卖与人贩，父女生离。幸遇尚书左丞范大人，得与小姐为伴。范大人胸怀天下，小姐知书达理，准老身在府上读了一点诗书，识得一些大体。二十一载才与父亲重逢，好不让人伤怀。范大人与小姐感念吾身世，准吾与父亲一同返乡。父亲既知真相，要将那后母逐出家门。吾见她年事已高，孤苦伶仃，又见父亲体弱躯残，便劝说父亲，何必为吾一人之苦再苦他人，好生度日才是。后又诉讼县衙，夺回昌乐故园，一家人才算安顿。五十载为女为婢为妻为母，无有不尽心尽责之处。而今赖乡里信任，在佛前敬奉，半年来将这古寺整修一新，香火日盛了。说话间天已微亮，该打开庙门，迎接香客了。（唤老尼）姑姑哪里？

（丑扮老尼上，唱）**【前腔】暮鼓晨钟东打西，生就破烂囊皮。那秃瓢比那姑尼，谁的肚子无饥。**

（白）来哉来哉。老身是这昌乐古寺的一个尼子，一生下来背上就比别人多长了一坨肉。父母嫌我是个怪胎，草草扔在这山野之中。幸有庙里一个姑姑路过，听见婴儿哇哇啼哭，从地上抱起一块烂布兜，打开一看，哎呀南无阿弥陀佛，一团子肉冻得硬梆梆，敲起来像锣一样，便将我带回庙里用些米汤菜汤喂养。后来姑姑病逝了，庙里也无香火，老身孤苦一人靠在山里拾些果子，下山向田家讨些吃食度日。半年前来了一位姓张的婆婆，说要修这破庙。啧啧，扒了东墙补西墙，到头还是住破房。老身想一个村妇有啥能耐？哎呀呀，喏喏喏如今院子无一根荒草，殿是殿，庑是庑，重塑的佛像好高大哦。天不生无用之人，地不长无名之草。她是个婆子，我也是个婆子，这婆子与婆子敢情不是一个婆子。婆婆，叫我？

（老旦）姑姑，今日中秋，早些开门才是。（丑）婆婆在等什么人么？（老旦）无有等什么人。（丑）今日不是中秋么？（老旦）值此佳节，想必香客不少。你我二人早做打算才是。（丑）既是中秋，不在家吃饼赏月，他们来这里做甚？（老旦）开门便是。（丑）婆婆，后山的桂树好香的嘞，我要去采些桂花来做酒吃。（老旦）胡说。（丑）那做饼吃。（老旦）甚好。（丑）婆婆，我只会吃，不会做。（老旦）我做与你吃。（丑）妙哉妙哉，这就去也。

（老旦下，生上。丑开门见生科，白）抬头见一俊俏的男儿，挑着担儿，擦着汗儿，喘着气儿，扭着腰儿，颠着脚儿，到门口了。（上下打量生）看着眼熟得紧。（生放下担儿，作揖科）啊姑姑，数月不见，可安好否？（丑指驼背科）还是一样的驼子。（指担儿科）来送粮食的么？（生）是，也不是。今日中秋，小生来请母亲下山团聚。（丑）哦南无阿弥陀佛，原来是行婆的儿子啊！快随我来，快随我来。（丑朝内叫科）婆婆，担儿来了。

（老旦上，白）什么担儿？（见生科）啊，原来是我的孩儿来了。（生跪科，白）娘亲在上，孩儿不孝。（母子相拥而泣。丑摊手科，白）我的饼儿怕是没了。

（生唱）【泣颜回】跪倒庙门墀，不由儿涕泪悬丝。千般辛苦，忽然两鬓霜飞。娘啊，恩深养育，为甚的将母子生离弃。燕飞高远不离巢，那牛羊倦了知归。

（老旦扶起生，白）孩儿快起。

（老旦唱）【前腔】扶起好男儿，休将涕泪轻挥。山高担重，风吹透旧衣堆。（白）孩儿，数月不见，身体单薄了许多。（接唱）粗茶淡饭，问孩儿可有餐食矣。幼失椿早历风霜，与娘把重任提携。

（丑哭科，白）看他们母子这般，我这没有生养过的也忍不住流几滴泪珠儿。（生）娘亲，今日中秋，媳妇在家中备好了茶饭秋饼，随孩儿下山团圆去吧。（丑）可有那桂酒喝？（生）酒也齐备，花气香浓。
（丑）甚好甚好，这就与你下山去。（生）呀这……（老旦赶丑）莫要
胡说，殿前可曾打扫？（丑）扫过了。（老旦）须弥座呢？（丑）也扫
过了。（老旦）佛像呢？（丑）哎呀，我一个驼子，婆婆莫要难为我么。
（老旦）做功课去吧。（丑）好了好了，我去桂树下打眠去哉。（丑虚
下，偷听）

（老旦）啊孩儿，你兄妹二人皆成婚配，母子之情已经了却。（生）
娘亲抚养我兄妹二人受多少辛苦，孩儿岂敢相忘，而今正是报答萱恩，
享受天伦之时啊。（老旦）我意已决，莫要再相劝了。（生）今日是中秋，
家家户户团圆之日。（老旦）多说无益。如今我只是这庙里的主事罢了。
（生跪下）娘不下山，儿子便长跪不起。（老旦）孩儿好不明事理。放
下担儿，快快下山去吧。今后勿再上山来。（生）母亲在这荒寺中缺衣
少吃，儿子媳妇送些来也不可么？哦，母亲定是心疼儿子赶路辛苦。（老
旦）唉孩儿怎这般愚钝。其中道理，为娘与你道来。

（老旦唱）【催拍】好孩儿未知玄机，让为娘拨云见熹。岂敢有私。
岂敢有私。古寺翻新，众人之资。非我绝世，莫叫生疑。从今去母
子疏离，闲谈往事依稀。

（老旦白）儿啊，为娘主持古寺修缮，管理众人之财，一丝一毫也
不敢谋私。孩儿若来此，为娘无以自明。如失信于乡里，恐大事难成。
这是其一。（丑）每日吃糠咽菜的，衣服里里外外不知道补了多少个洞洞。
（生）啊，娘亲，孩儿明白了。（老旦）其二么。（生）其二怎讲？（老
旦）女娲补天齐，嫘祖养蚕丝，西施助国兴，昭君宁边塞，班昭修汉书，
木兰立军功，武后图大业。自古以来多少女中豪杰，谁说女子只能相夫

教子？海阔凭鱼跃，天高任鸟飞。大丈夫有志向，女子么也是有抱负的。

（丑）我只知如来、弥勒、观音。

（老旦唱）【前腔】望长天孤鹏自飞，看今朝英雄有谁。生无定规，生无定规。若谷虚怀，婢女萱妻。桃李无言，下自成蹊。

（老旦白）为娘不敢与先贤女杰相提并论，惟愿做些有利乡里的事情罢了。（生）母亲不仅有济世之心，亦有修寺之行，非一般男儿可比。想母亲半生一直为他人劳苦，也该为自己活一场了。是做儿子的愚笨，到今日才明白母亲的心意。

（跪）母亲在上，受儿子一拜。儿子这就下山去。（丑）小哥哥这就要下山了么？你娘有我伴着，你放心些。（生）拜谢姑姑。

【一撮棹】（老旦）儿啊，秋日曦安心把家归，夫妻俩白首永相随。
（生）娘亲，长叩首寒侵要添衣。（合）多珍重，咫尺在天涯。无人处，偷偷拭珠泪。山隔阻，观斗转星移。
（生）田家勤耕种。（老旦）晚景亦有为。
（丑）古寺飘香桂。（合）中秋各自回。

——全剧终

徐　翠　女，文学博士，陕西师范大学新闻与传播学院特聘教授，戏剧与影视学硕士生导师。出版专著二部，在《现代传播》《戏曲研究》《民俗研究》《中华戏曲》等期刊发表学术论文二十多篇，主持完成国家社科艺术学一般项目与省部级项目等多项，参与科技部重大项目、国家社科重大项目等多项。曾获第三十六届、第三十七届田汉戏剧奖·评论奖二等奖等荣誉。编剧、导演或指导多部戏剧作品，多次荣获陕西省大学生艺术节奖项。

—宋/辽/金/元—

李清照与赵明诚

魏　睿

时间: 北宋建中靖国年间至南宋绍兴年间

地点: 汴梁、临安

人物:

李清照　闺门旦、青衣,文学家

赵明诚　官生,金石家

清　照　魂旦,李清照的内心本我

馨　泉　六旦,李清照侍女

金　鼎　小生,赵明诚书童

李格非　末,李清照父

张飞卿　丑,赵明诚同僚

运　命　净,时而扮演其他角色

说明: 本剧场景转换灵巧多变,人物多为无实物表演。

第一折　访　淑

[京城汴梁，鼎盛繁华，景色绝佳。

[运命上。

（运命念）大宋基业百年长，

　　　　　立定都城在汴梁。

　　　　　金翠罗绮耀街巷，

　　　　　千秋乐土正中央。

运　命　吾乃运命是也！

[清照上。

清　照　何为运？何为命？

运　命　哈哈，你李清照凄凄惨惨便是运，冷冷清清便是命，你困在其中无法脱身。

清　照　（不屑一笑）哼，我偏不信，我要重新来过。

运　命　重新来过，你还会嫁给赵明诚吗？

清　照　（触及痛处）这，自然要嫁。

运　命　你，后悔了？

清　照　我再与你一赌输赢！

运　命　不管多少次，你总是我手下败将，走着瞧。（下）

赵明诚　（内声）快走呀。

清　照　明诚——

[清照本能地迎上前，心潮难平。

［赵明诚上，翩翩佳公子，意气风发地行来。

赵明诚 太学生赵明诚，求见户部员外郎李大人。

李清照 （阻拦）朝中两党相争，赵家人不得进李家！

赵明诚 府门大开，我定要去！（入府）

李清照 你，休得后悔。（下）

赵明诚 （抬首）好个"有竹堂"。

（唱）【南南吕·一剪梅】

幽径逶迤隐绿簧，

不似阿房，

不似滕王，

粉楼纤柱碧纱凉。

漫步清香，

随性徜徉。

［传来少女朗朗笑声，如同天籁。

赵明诚 呀！沉迷园林景致，不觉迷失路途，若遇红妆，实在无礼。（慌不择路）

［荡秋千的李清照突然近在眼前，赵明诚躲藏不及，二人相见。

赵明诚 （不敢直视，施礼）学生赵明诚，不经意冲撞小姐，罪过，罪过。

［李清照忍俊不禁，笑声更响，明诚惊讶地望着她。

李清照 （唱）【南南吕·宜春令】

天台境，遇阮郎。

久闻他伏案典章，

蓦然相见，

嗟叹俊逸少年明眸漾，

动心潭涟漪清扬。

赵明诚　这该如何是好？

李清照　（唱）不觉间红颊微烫，

　　　　　　溪水泱泱，

　　　　　　映君子温润如玉，

　　　　　　且大胆倚梅痴望。

李格非　（内声）赵公子哪里？

赵明诚　来了。

　　　　〔李清照避开，假意嗅青梅，回首一笑，下。

　　　　〔李格非上。

李格非　德甫公子。

赵明诚　啊呀李大人，学生竟闯入后花园，请大人重重责罚。

李格非　无妨，久闻李相国家有三郎，赤诚谦和，今日一见么，果然不虚。

赵明诚　（感动）家父与大人虽然朝中生隙，不想大人竟宽宏雅量！

李格非　说得哪里话来，我们只是政见相异，私下无怨无仇，自然应当

　　　　多多往来。

赵明诚　学生今日求访，是想借阅《易安词》。

李格非　《易安词》？

赵明诚　望大人成全。

李格非　你认得易安居士？

赵明诚　无缘相识。

李格非　哦，你道她是何人？

赵明诚　必是位稳居世外，餐风饮露的老先生！

李格非　哈哈，为何？

赵明诚　（不再拘谨，渐渐兴奋）易安居士，隐姓埋名，每做一词，即

　　　　刻坊间传唱，江南江北，争相高歌。"暗淡轻黄体性柔，情疏

迹远只香留。何须浅碧轻红色，自是花中第一流"，何等气韵
空灵，浑然天成！与之相比，南唐后主，过于颓靡，柳永秦观，
过于妍丽，晏家父子，过于丰逸，欧阳永叔，过于故实，苏氏子瞻，
过于铺叙，依我看，天下才共一石，易安独占八斗也！学生细
细察访，易安之词，每每出于大人府中，故妄自揣测，大人必
珍藏有易安词全集。

李格非　猜的不错。

　　　　　[缠绵音乐声起。

李格非　听，一首新的易安词。

赵明诚　在哪里？

李格非　闺楼之上。

　　　　　[李清照出现，挥毫写词，边写边唱。

李清照　（唱）【点绛唇】

　　　　　　蹴罢秋千，

　　　　　　起来慵整纤纤手。

　　　　　　露浓花瘦，

　　　　　　薄汗轻衣透。

赵明诚　（大为惊叹）原来是她！

李清照　（唱）见客人来，

　　　　　　袜刬金钗溜，

　　　　　　和羞走。

李格非　你何不亲自向易安居士请教？

赵明诚　当真？

李格非　小女贪玩，踪迹不定，只要你能寻得到。

　　　　　[李格非和赵明诚隐去。

264

李清照　（唱）倚门回首，

　　　　　　　　却把青梅嗅。

　　　　　〔李清照跑出闺楼，招呼馨泉上。

清　照　馨泉，馨泉，出去荡舟游玩呀！

馨　泉　耍子去了！

　　　　　〔运命上，扮演小贩。

运　命　卖蜜饯卖蜜饯，西川乳糖狮子糖，党梅柿膏蜂儿霜，小姐买些？

李清照　来壶小酒。

运　命　女儿家怎能饮酒？

李清照　女儿家怎能不饮酒？

　　　　　〔馨泉抛下钱，李清照拿酒便跑。运命下。

　　　　　〔水气氤氲，莲花初绽，鸟鸣欢快，远方有一小亭。

馨　泉　小姐你看，好多水鸟呀。

　　　　　〔李清照和馨泉划船、饮酒、弹水，尽情嬉闹。

李清照　再饮上几杯。

馨　泉　天将迟暮，我可不敢喝了。

馨　泉　（唱）【南南吕·绣带儿】

　　　　　　　　摇兰桨粼粼波荡，

　　　　　　　　小姐是疏狂堪赛儿郎，

　　　　　　　　馨泉是左右奔忙，

　　　　　　　　猛抬头落日昏黄。

馨　泉　回家吧。

李清照　（唱）无妨，

　　　　　　　　晚霞沉醉琼玉淌，

　　　　　　　　御天风浮槎云上。

　　　　　　酡颜卧蓬瀛梦长，

　　　　　　不亦快哉，淋漓酣畅。

　　　　〔李清照脱去外衣，踉跄起舞。

馨　泉　船要翻了！

李清照　刘伶醉酒，曾道以天地为栋宇，屋室为裤衣，诸君皆在裤中，
　　　　何其俗也。今我以碧湖为樽杯，以香荷为酒菜，邀来宾客，寻
　　　　诗觅词，一醉方休。

　　　　〔赵明诚荡舟上，欣喜地寻到李清照。

赵明诚　宾客来也！

李清照　德甫公子怎知我这隐蔽之所？

赵明诚　小姐出生于明水，诗词中甚爱溪亭，我寻遍京城，想来此处与
　　　　小姐故里最为相近。

馨　泉　对对，公子真是小姐肚子里的……小酒！

赵明诚　陶潜明有云，"倚南窗以寄傲，审容膝之易安"，易安居士呀。

　　　　（唱）【南南吕·太师引】

　　　　　　觅才思，浅吟唱，

　　　　　　又何必赴琼楼倾壶奉觞？

李清照　依你之见？

赵明诚　（唱）我家中有上古鼎彝巍壮，

　　　　　　历千年善本珍藏。

　　　　　　虽无广栋宇财多利广，

　　　　　　每日间物我皆忘。

李清照　（向往）好去处。

赵明诚　（唱）方寸纳明晖月珰，

　　　　　　逸兴遄飞泉涌著奇章！

李清照 清照定去寻诗。

馨　泉 小姐，我们迷路了！

李清照 怕什么，德甫兄，我们赛舟呀？

赵明诚 赛舟？

李清照 看谁先到湖岸。

　　　　〔李清照笑着挥桨，水花溅向赵明诚。

李清照 走，走，走呀。

赵明诚 哈哈，来，来，来了。

　　　　〔李清照、赵明诚、馨泉下，笑声不绝。

　　　（伴唱）【如梦令】

　　　　　　　常记溪亭日暮，

　　　　　　　沉醉不知归路。

　　　　　　　兴尽晚回舟，

　　　　　　　误入藕花深处。

　　　　　　　争渡，

　　　　　　　争渡，

　　　　　　　惊起一滩鸥鹭。

第二折　罹　难

　　　　〔灯火通明，喜气盈盈。李清照与赵明诚的良辰吉日。

　　　　〔馨泉上。

馨　泉 急死了，怎么还不来？

　　　　〔金鼎上。

金　鼎　姐姐，我这不是来了吗？

馨　泉　金鼎。

　　　　（念）（馨泉）佳偶天成结美眷。

　　　　　　　（金鼎）惊动京师人潮喧。

　　　　　　　（馨泉）花轿临门宾客满。

　　　　　　　（金鼎）单单不见新郎倌！

　　　　［清照上，面无表情。

清　照　赵公子忙着他的宝贝古董，早已将结亲喜事抛之脑后。

金　鼎　是啊，今日相国寺大市，公子不逛到半夜绝不回家。

馨　泉　遭了，小姐一定不肯受气。

清　照　这亲，不结了。

金　鼎　你是谁呀？

　　　　［清照下，李清照上，十分懊恼。

李清照　这亲，不结了，馨泉，走。

金　鼎　老爷治家严谨，决不放你们走。

馨　泉　唉，婆家比不得娘家，我们忍忍吧。

金　鼎　老爷为了这门亲事，险些得罪蔡京丞相。

李清照　只道鸿飞千里，不想雁落平川，无辜遭轻慢！（离开赵家）

　　　　［赵明诚喜气洋洋上，张飞卿随上。

赵明诚　飞卿兄，今朝多亏你带我赶市。

张飞卿　客气客气，别让新娘子久等，哟，还没拜堂，新娘子怎么跑出
　　　　来了？

李清照　你去了集市？

赵明诚　正是。

李清照　典了衣冠？

赵明诚　正是。

李清照　选了珍宝？

赵明诚　正是。

李清照　（嗔怒）啐，若遇生死患难，你要珍宝，还是要为妻？

赵明诚　这……

金　鼎　当然要夫人啦。

馨　泉　让你多舌。

张飞卿　河东狮吼，好怕人呀，我去吃酒宴了。

　　　　[馨泉拉扯金鼎下，张飞卿同下。

赵明诚　邦家永固，哪来的患难？为夫奉上新婚大礼，夫人请看。（拿出书帖）

李清照　（转怒为喜）《蝶恋花》，"庭院深深深几许"，欧阳永叔亲笔！予酷爱之！

赵明诚　墨宝呀墨宝，你失传百年，日日想，夜夜盼，终于寻找到我的夫人。

李清照　冤枉郎君了。

　　　　（唱）【南商调·二郎神】

　　　　　　词笺梦，

　　　　　　偿凤愿舒怀吟咏。

　　　　[婚礼上红彤彤的灯光，清照与明诚互拜，转而是洞房温馨的灯光。

　　　　（赵明诚唱）琴管相和频挑弄，

　　　　　　　　　良宵合卺，

　　　　　　　　　花面人面私语喁喁。

　　　　（李清照唱）暖帐朱樱钩慢拢，

　　　　　　　　　沐月华弦歌与共。

　　　　（赵明诚唱）鼎、彝、铭，著书中。

（夫妻唱）　古器金石，可筑苍穹。

[烛光摇曳，夫妻渐隐。

[运命上，化身宣读圣旨的官员。李格非上，战战兢兢。

运　命　苏轼、李格非等逆臣，迷国误朝，罪不可掩，结党营私，圣上震怒，亲自书写姓名，刻于石上，此乃元佑党人碑！

李格非　元佑党人碑！

运　命　蔡丞相有令，革除党人官职，驱逐党人子孙，科考永不录用，各州县仿京师立碑扬恶！

李格非　立碑扬恶！

[李清照出现，同李格非在各自的空间陈述。

李格非　圣上。

李清照　公公。

李格非　微臣遭害，名节尽毁。

李清照　爹爹遭难，还望相助。

运　命　谁敢求情，便是谋逆！

李格非　个人荣辱，亦不足惜，可叹大宋党争惨烈，耍弄权柄，金兵虎视中原久矣，只恐繁盛江山，灰飞烟灭！

李清照　羔羊尚怀跪乳恩，何况人间父女情？爹爹无辜蒙冤，公公你要作证啊！

运　命　官宦宗室不得与元祐奸党子孙联姻！（下）

李格非　微臣生死，毫不足惜，伏请不要牵连儿女！

李清照　你身居高位，无动无衷，炙手可热心可寒，清照离开赵家便是。

（扶起李格非）爹爹，我们走。

[赵明诚急上。

赵明诚　夫人，岳丈，我与你们同回山东！

李清照　太学？

赵明诚　不读了。

李清照　汴梁？

赵明诚　不回了。

李清照　父母？

赵明诚　辞别了。

李清照　为何？

赵明诚　携隐易安，我心方安！

李清照　明月清风，至诚相照！

李格非　贤婿，女儿，走呀。

　　　　［赵明诚和李清照搀扶李格非行路，李格非难忍心痛，饱经沧桑，
生命被一点点剥离，走向终点。

李格非　（唱）【前腔】

　　　　　　西风送，

　　　　　　路迢迢冤深罪重。

　　　　　　蜗角虚名无甚用，

　　　　　　仕途熙熙攘攘，

　　　　　　争名夺利喧轰。

　　　　　　哭尽潇湘魂葬冢，

　　　　　　回首有竹堂黄粱惊梦。

李清照　爹爹莫说伤心话。

李格非　女儿啊。

　　　　（唱）【前腔】

　　　　　　莫睥睨傲群雄，

　　　　　　归隐田园鸾凤情衷。

李清照　爹爹！

赵明诚　岳丈！

　　　　〔李格非逝去，凄凉远行。

　　　　〔风雨袭来，李清照与赵明诚行路，相濡以沫。

李清照　（唱）【行香子】

　　　　　　天与秋光，

　　　　　　转转情伤，

　　　　　　探金英知近重阳。

赵明诚　（唱）薄衣初试，

　　　　　　绿蚁新尝，

　　　　　　渐一番风，

　　　　　　一番雨，

　　　　　　一番凉。

第三折　骤　别

　　　　〔十年后，山东青州归来堂。

　　　　〔清照上，沉醉在盎然词采的酝酿中。

清　照　（唱）【如梦令】

　　　　　　昨夜雨疏风骤，

　　　　　　浓睡不消残酒。

　　　　　　试问卷帘人，

　　　　　　却道海棠依旧。

知否，知否？

应是绿肥红瘦。

[馨泉和金鼎上。

馨　泉　你听，小姐的词，又在传唱。

清　照　（在一个独立的时空）从春夏传唱到秋冬。

金　鼎　公子著书，小姐作词，一会子玩味古器，一会子醉洒酣睡，十年光阴竟是弹指一挥间。

清　照　他们竟怀奢念，以为此生安享流年，孰不知江山更迭，古器毁于一旦。

[飞雪起舞，一片洁白，红梅点缀其间。李清照与赵明诚上，踏雪赏梅，赵明诚吹玉箫，风流偶傥。

馨　泉　小姐公子形影不离，令人堪羡。

金　鼎　与其羡慕，（故作文雅）不如怜取眼前人。

馨　泉　天天见，年年见，毫不新鲜，我才不要。

金　鼎　馨泉姐姐，答应我可好？（与馨泉打闹）

清　照　既然落得无限失望，当年何存无限希望？

（清照、馨泉、金鼎下。）

李清照　夫君，今年红梅开得格外娇艳！

赵明诚　馥郁雪海，前所未见！

李清照　（唱）【南仙吕入双调·步步娇】

香沁晶莹红酥佩，

洋洋洒洒琼琚卉。

素蝶点黛眉，

解舞徐回，

一瓯春醉。

　　　　弄玉凤箫吹，

　　　　宴请东君会。

　　[李清照与赵明诚走进书房。

赵明诚　朔雪飞寒，烹茶火旺，夫人奉茶来。

李清照　赏梅久矣，身子慵懒，朗君奉茶来。

赵明诚　赌书比胜负。

李清照　斗茶赛输赢。

赵明诚　（有些不自信）啊？

李清照　（有些得意）啊？

二　人　哈哈。

赵明诚　你休仗博闻强记，这次该我出题。

李清照　且自由你。

赵明诚　何人最先咏梅？

李清照　"终南何有？有条有梅。颜如渥丹，其君也哉。"载于《诗经》。

赵明诚　家中可有所藏？

李清照　先秦竹简。

赵明诚　第几卷？

李清照　第五卷。

赵明诚　第几篇？

李清照　第三篇。

赵明诚　第几行？

李清照　你说呢？

赵明诚　（窘迫）呃。

李清照　哈哈，廿四行。

赵明诚　（翻看）呀，果然如此，她又赢了，（捧茶状）夫人请饮。

　　　　　　〔李清照不应。

赵明诚　易安居士请饮。

　　　　　　〔李清照不应。

赵明诚　女才子，女夫子，女状元，请饮。

　　　　　　〔李清照大笑，不小心碰翻茶。

李清照　郎君，烫伤无有？

赵明诚　不妨事，夫人，这梅也赏了，茶也奉了，你当如何犒赏我呢？

李清照　你著述《金石录》，还需我红袖添香哦。

赵明诚　知我者，夫人也！

　　　　　　〔李清照铺纸，磨墨，赵明诚写作，十分默契。

　　（唱）【南仙吕入双调·江儿水】

　　　　　　葛天氏集精粹，

　　　　　　陶然忘乌兔追。

　　　　　　饭蔬衣练无忧悔，

　　　　　　钟鼎彝盘充梁垒，

　　　　　　三皇五帝斑斓焌。

　　　　　　录珍器挥毫书内，

　　　　　　一行行心血漾洄，

　　　　　　一滴滴墨色纷纭甘霈。

赵明诚　揽天下奇珍古卷，描述考据为册，假以时日，才气就赶上夫人了。

李清照　我料你赶不上。

　　　　　　〔金鼎引形色匆忙的张飞卿上。

金　鼎　公子，您的故友来访。

张飞卿　德甫仁兄，总算找到你了。

赵明诚　飞卿贤弟，多年不见，因何风尘满面？

张飞卿　难道你不知国难当头？

赵明诚　莫非金寇犯境？

张飞卿　仁兄！北虏早已犯边境。

赵明诚　如今呢？

张飞卿　铁骑挥刀近京城。

赵明诚　圣驾安危？

张飞卿　道君皇帝仓皇欲南下。

李清照　金寇过处？

张飞卿　杀人如麻烟火腾！

赵明诚 / 李清照　啊呀！

张飞卿　国家危亡之时，正是朝中用人之际，大家找不到你，只有我知道你隐居在这里，快随我去府衙跪接圣旨。

赵明诚　为何？

张飞卿　圣上御笔亲选你为太守，杀敌立功！

赵明诚　天哪，我岂能舍下归来堂，岂能舍下旷世珍藏！

张飞卿　（环顾，吃惊，起贪念）仁兄家财甚多，恐遭至火祸，还望忍痛割舍。

　　　　（唱）【北双调·清江引】

　　　　　　空乏宋室如卵累，

　　　　　　朝臣吓得急拔腿。

李清照　无有将帅点应战么？

　　　　（张飞卿唱）平白化烟灰，

　　　　　　兵败节节退，

　　　　　　广招文士来当替死鬼。

张飞卿　时辰不早，速速收拾行装，我叫车马等候。（下）

276

赵明诚　如此说来，不得不去。

金　鼎　公子，你去哪里，我就跟到哪里！（麻利地整理行囊）

赵明诚　好金鼎。

李清照　德甫！

赵明诚　清照！

　　　　（唱）【南南吕·香柳娘】

　　　　（赵明诚）意惶惶饮悲，

　　　　　　　　意惶惶饮悲，

　　　　　　　　桃源梦毁，

　　　　　　　　青衿忽挈从戎辔。

　　　　　　　　未知生可回？

　　　　　　　　未知生可回？

　　　　（李清照）歧路现崔巍，

　　　　　　　　莫抛戚戚泪。

　　　　　　　　自古好男儿振威，

　　　　　　　　自古好男儿振威。

　　　　　　　　我守护典籍铭碑，

　　　　　　　　你守护山山水水！

赵明诚　我要带上夫人画像，见画如见面。

李清照　（送画）为妻亲绘小像，伴君暮暮朝朝。

赵明诚　待我归来，簪妻云鬓理花钿。

李清照　盼君归来，再赏江梅柳生绵。

　　　　［馨泉与金鼎上，送行囊。

赵明诚　多多鸿雁传书。

金　鼎　我们走了。

馨　泉　金鼎，你一定要回来，那件事，我答应你！

金　鼎　好！

　　　　〔秋风起，赵明诚、金鼎依依不舍，挥手告别，下。

　　　　〔李清照满怀思念，写书信，馨泉侍奉，渐隐。

　　　　〔清照上，眉锁哀愁。

清　照　李清照啊李清照，从此江山改，家国换，性情变，路途艰，莫非寻寻觅觅，冷冷清清，当真是你的宿命？

　　　　（唱）【一剪梅】

　　　　　　　红藕香残玉簟秋，

　　　　　　　轻解罗裳，

　　　　　　　独上兰舟。

　　　　　　　云中谁寄锦书来？

　　　　　　　雁字回时，

　　　　　　　月满西楼。

　　　　　　　花自飘零水自流，

　　　　　　　一种相思，

　　　　　　　两处闲愁。

　　　　　　　此情无计可消除，

　　　　　　　才下眉头，

　　　　　　　却上心头。

第四折　逃　生

[战鼓声，惊天动地，硝烟漫漫。

[运命上，扮演难民，仓皇逃命。

运　命　不好了，天塌了！

（念）靖康之役覆乾坤，

二圣被俘汴梁焚。

百姓南下急逃难，

胡马狰狞荡香尘。

清　照　再不忍观，一叠叠尸骨，再不忍听，一声声哀嚎，再不忍攀，一重重关山，再不忍睹，一丛丛饿殍。运命，你为何又让我看到这番惨象？

运　命　我早就说过，你嫁给赵明诚，才落得这般下场，当初若嫁得名门贵胄，何来这番苦处？哈哈哈。

清　照　甘苦自知！

[清照和运命隐去。

[李清照与馨泉上，满面沧桑，焦急赶路。

（李清照、馨泉唱）【南正宫·倾怀玉芙蓉】

（合）急切切戴月披星走晨昏，

（李清照唱）跋涉了衰草残烟浸，

辗转愁肠，

丝缕成千寸。

（馨泉唱）惊怕怕荒野阴阴，

哀泣泣暮旷森森。

（李清照唱）惯将惶恐心头闷，

一十五车藏宝珍。

罡风紧，莫教书散玉殒。

落鸿嘶鸣，

落魄人穷途对影倍思亲。

馨　泉　小姐，到了海州。

李清照　渡淮河。

（唱）【南正宫·锦芙蓉】

雾迷津，

渐模糊浪痕泪痕。

弃车登舻载愁深，

怅蓝关雪拥几度浮沉。

恨鱼雁未传信音，

见归潮不见归人。

馨　泉　小姐不要难过，过长江，到江宁，便与公子团聚。

李清照　（唱）寒霜凛，

伉俪欢欣一瞬，

恍隔凡尘，

空余满面镌縠纹。

［运命上，兴风作浪，李清照与馨泉护住古器，在大浪中颠簸。

运　命　太守夫人，俺们是从青州逃难来的。

李清照　青州？那归来堂，十余间书册什物——

运　命　金兵一把火，烧个干干净净！（下）

李清照　　（大惊倒地）呀！

馨　泉　　小姐！来人哪！（跑下）

李清照　　（唱）【南正宫·雁芙蓉】

　　　　　　　　心惊，

　　　　　　　　难辨梦中梦醒？

　　　　　　　　裂冰渊掣电雷霆。

　　　　　　　　至亲骨肉钟彝鼎，

　　　　　　　　火焚灰，

　　　　　　　　厉哀鸣，

　　　　　　　　恍若覆舸舟骇浪翻腾。

　　　　　　　　孤魂冷，

　　　　　　　　关乡逝江流滞哽，

　　　　　　　　漠漠溟溟，

　　　　　　　　月碎九霄倾。

　　　　明诚，郎君，你在哪里？

馨　泉　　（上，给信）公子终于来信了。

李清照　　（展信急读）卷入朝争遭罢黜，残兵戍守在江宁。若遇生死患

　　　　难……

　　　　〔江宁，赵明诚出现。

赵明诚　　若遇生死患难，先弃辎重，次舍衣被。

李清照　　衣被。

赵明诚　　次书册卷轴，次重大古器。

李清照　　古器。

赵明诚　　独宗器者，与身俱存亡，勿忘之！

李清照　　勿忘之？勿忘之！赵明诚啊赵明诚，你妻竟比不上区区一件

宗器？

| 馨　泉 | 强盗来了，杀人越货，这回我们逃不掉了！ |

李清照　天哪！

[李清照、馨泉隐去。

[江宁城内，赵明诚出现，精神极度紧张却故作悠闲，应酬，观看歌舞。

赵明诚　好歌呀好舞，江南名伎，当真国色也，列位大人请了，明诚浮一大白，哈哈。（自语）天下大乱，倘若我那万卷青史，上古宗器，任胡儿辱没欺凌，化为尘埃，我们虽生何异……夫人啊夫人，我心如刀绞，神思迷惘，总觉大限将至，书信匆忙而就……只盼你来，聊解我忧……

[张飞卿上。

张飞卿　赵太守，大祸临头，城内乱成一锅热粥！

赵明诚　金寇攻城了？

张飞卿　不是，属下王亦，他，他，他兵变了！赶快登城楼一看。

[厮杀声由远及近。

赵明诚　（极度惶恐）那王亦讨要粮草军饷不成，竟大开杀戒，江宁城破就在瞬间，朝廷怪罪下来，我等难脱干系，怎么办，怎么办？

张飞卿　真倒霉，如果我们战死沙场，还能落得个殉国的美名，但是今天死在自己人手里，真是一名不文啦！

赵明诚　依你这谋士之见？

张飞卿　这——

赵明诚　讲！

张飞卿　（唱）【南正宫·一撮棹】

　　　　　刀加颈，当然速逃生。

赵明诚　临阵脱逃？不可不可！

张飞卿　（唱）贼兵乱，

　　　　　　　杀人从不眨眼睛。

　　　　　　　头颅滚，

　　　　　　　干戈迸血腥。

　　　　　　　谁不惜命，

　　　　　　　傻子尽忠诚。

赵明诚　就算逃，恐怕插翅难飞。

　　　　［张飞卿甩出了绳子。

张飞卿　（唱）早已奇谋定，

　　　　　　　备好长绳缒泥径，

　　　　　　　灾祸远，

　　　　　　　从此隐姓名。

　　　　［火光冲天，厮杀声越来越近。

赵明诚　（犹豫少顷）罢罢罢，只得如此！金鼎，金鼎何在？

张飞卿　他早已死在乱军中，我看到他被剁成了浆糊。

赵明诚　啊呀金鼎，年幼影随形，胜似兄弟情，未曾斟奠酒，仓促别死生！

张飞卿　啰嗦，快走！

赵明诚　（欲走又回，胡乱收拾）等我带上《金石录》，还有夫人肖像。

张飞卿　来不及了！

　　　　［张飞卿拉扯赵明诚缒城而逃，落迫奔走，张飞卿下。

赵明诚　（凄楚）夫人，我回来了，你在哪里？我又在哪里？

　　　　（唱）【南正宫·小桃映芙蓉】

　　　　　　　云掩泪，

　　　　　　　山衔恨，

待拂泪恨，

云山问。

八荒寂寂皆混沌，

疏林瑟瑟萦鸦隼。

书生忿，

昔日花衢柳陌，

美景良辰，

顷刻变丘坟！

（询问路人）你们可曾见过李清照，你们可否帮我传信？

［清照上，哀怜地注视着赵明诚。

清　照　你不要寻她，离她而去吧，去隐姓埋名，去云游四海，去搜寻古器，随便去什么地方，只要离开她。

赵明诚　说的哪里话来！

清　照　我倒希望你在她心里，是舍生取义的英雄，而非——

赵明诚　若不与夫人团聚，还不如去死！

清　照　好……她已泊舟乌江之上。

赵明诚　待我日夜兼程，与她相会！

［清照下，赵明诚急急行路。

（唱）【南正宫 · 普天芙蓉】

顾不得朝廷惩，

顾不得盗锋刃。

跌扑过薄暮清晨，

转乘过车马辚辚。

离污溷，

采菊黄共隐，

比翼芳春，

劫后觅温存。

〔李清照与馨泉出现，寒风中相拥取暖。

赵明诚　夫人？

李清照　郎君！

馨　泉　老爷，金鼎呢？

赵明诚　他，阵前亡故，未收遗骸。

馨　泉　（强忍悲痛）我们遭遇匪难，一十五车金石，被抢了大半，小
　　　　　姐为护宗器，险些丧命哪！

赵明诚　（检查器物）多谢夫人保得宗器无恙，我们走，再建一座归来堂。

〔馨泉哭着跑下。

李清照　归去来兮？

（唱）【南正宫·朱奴插芙蓉】

泪眼婆娑濛濛渐真，

容颜瘦零星华鬓。

冻手轻呵理破襟，

从此后卧南山掩却重门。

落英沁，

敛红梅成阵，

品青案乾坤，

岁月再重寻。

李清照　慢，德甫，前方战事如何？

赵明诚　且战且退。

李清照　你因何归来？

赵明诚　我……

285

[运命扮演官吏，携带公文上。

运　命　嘟，赵明诚，张飞卿举报你带头逃跑，有司大怒！

赵明诚　张飞卿他……

运　命　吏部公文批下来了，（念）"大敌当前，赵明诚罢守江宁，弃城而逃，罪不可恕，然，圣上念其帅才难得，将功补过，转任湖州知府。"速速上任去吧。

李清照　（出乎所料）啊！

赵明诚　（崩溃）赵明诚无有帅才，义节有亏，理当挂冠！

运　命　哼，往日想做官，难，如今不想做官，更难，除非你死了。

[运命下。

赵明诚　夫人，这该如何是好？

李清照　（五味杂陈）败逃之将，原来这般没主见。

赵明诚　我只想见你。

李清照　见你的宗器。

赵明诚　何意？

李清照　（痛心）你这一逃，黎民啜血刀剑，你这一逃，金寇狂妄哂笑，你这一逃，士林奇耻大辱，你这一逃，背负骂名不绝，你这一逃，气节荡然无存，你这一逃，擎天砥柱倾倒！

赵明诚　你怎知道，朝中尔虞我诈，王侯将相龟缩不敢迎敌，反教手无寸铁的书生冲锋陷阵！

李清照　翻涌乌江，淘不尽千秋壮歌，文弱书生，折不断铁血骨格！

　　　　（唱）【夏日绝句】

　　　　　　　生当做人杰，

　　　　　　　死亦为鬼雄。

至今思项羽，

不肯过江东！

赵明诚　（绝望）好，我这便去疆场杀敌，舍身赴难，四面楚歌，慷慨自刎，你便满意了！

（唱）【尾声】

出生入死觅知音，

孰知万丈沟壑深。

悲悔交集泪自吞！

〔赵明诚掩泣下。

李清照　（欲行又止）带我同去……可好？

〔寒风刺骨，李清照怆然独悲。

第五折　藏　憾

〔建康，赵明诚重病卧床。运命饰演老郎中照顾明诚吃药。

运　命　老爷，吃了我开的药方，保管药到病除。

赵明诚　老郎中，何苦……

运　命　苦？吃药肯定苦。

赵明诚　何苦生在这世上？

运　命　别想不开呀，听说您有个饱读诗书的夫人，还有万贯家财呢。

赵明诚　（苦笑）夫人？恐怕再也无缘相见。

〔李清照风尘仆仆上，欲说又止，赵明诚压抑着思念与委屈。

李清照　德甫……

赵明诚　清照……

李清照　听闻你病了。

赵明诚　病或不病，何劳你牵挂？

运　命　夫人呀，都怪到处打仗，瘟疫滋生，老爷急于趱路又急火攻心，染了疟疾和痢疾，还好我妙手神医，给他饮下柴胡、黄芩，您看如何赏赐？

李清照　（大惊失色）什么药方？

运　命　柴胡、黄芩。

李清照　德甫不能服用热药！

运　命　啊？小老儿不要赏赐了。（逃下）

　　　　［赵明诚疾病发作，痛不欲生。

李清照　明诚，明诚！都怪我未能随行照料。

赵明诚　时也，运也，命也，为夫病入膏盲，深愧余生不能相濡以沫。

李清照　你未及半百，不要离我独行！

赵明诚　你来看。

　　　　［赵明诚拿出一叠词稿。

赵明诚　夫人每次寄来新词，我皆珍藏身边，咏读百遍，自叹弗如，又不服气，一日，我忌食忘寝，整整三日夜，写出五十阕词，将夫人一阕杂于其中，请诸友评判之。

李清照　他们如何说呢？

赵明诚　惟有《醉花阴》绝佳。

李清照　《醉花阴》？

赵明诚　（念）莫道不销魂，帘卷西风。

李清照　（念）人比黄花瘦。

赵明诚　夫人你总是赢在前头，我望尘莫及。

李清照　输赢何足道哉，只愿百年相守。

赵明诚 百年相守，背负罪名，徒惹夫人心累。

李清照 （大恸）我不要你当英雄,我只愿你做明诚！意会心谋,目往神授,乐中忘忧,谅解为妻性情孤傲执拗。

赵明诚 （动容）你待怎讲？

李清照 我只愿你做明诚……

　　［夫妻执手而泣，赵明诚排解出心中所有的苦楚，再无遗憾，只听得寒风呼啸声。

赵明诚 （饶有兴致）飞雪又飘，红梅又绽，夫人，我们再去观赏一番。

李清照 安心养病。

赵明诚 走吧。

　　［室外，红梅在雪中凋零，十分凄美。

　　［赵明诚吹洞箫，然而不成曲调。

赵明诚 清照我妻，易安我友。

　　（唱）【南中吕·尾犯序】

　　　　婷婷玉梅妹，

　　　　袅袅罗浮。

　　　　依傍妻舞，

　　　　画就憔悴人图。

　　　　平生欲效鸿儒，

　　　　何故，

　　　　偏做了吹箫子胥，

　　　　阅疮痍山河褴褛！

　　　　愿相聚三生路，

　　　　归来堂畔采芙蕖。

李清照 （唱）【前腔换头】

> 倏忽，
>
> 连理竟陌途，
>
> 泪竭眼枯，
>
> 徒向天呼。
>
> 朔雪徐徐，
>
> 难挽游魄须臾，
>
> 落梅成雨。
>
> 再无疏月映清茶烹煮，
>
> 结社迎酒朋诗侣。
>
> 昔日山盟语，
>
> 今朝碧落黄泉远帆孤。

赵明诚 夫人，我唯有一念难平，那一十五车珍藏，多半流落各地，毁于战乱，所幸早已载入《金石录》，只是——

李清照 为妻答应郎君，定要续写完成《金石录》。

赵明诚 拜托你了。（从怀中取出图，无限怀念）夫人画像，为夫逃亡时一直带在身边，上面题字，恍若昨日，可惜，这次天涯羁旅，我要一人前行了。

〔李清照接过图，箫声悠悠，赵明诚逝去，不舍地望着李清照，渐隐。

李清照 （念）"清丽其词，端庄其品，归去来兮，真堪偕隐。德甫题。"只是如今，归在何方，隐在哪里，人在何处？三十四年之间，忧患得失，何其多矣！

〔馨泉上，为李清照披衣。

馨 泉 小姐，既已安葬公子，建康城危机重重，我们收拾东西快走吧。

李清照 （怔怔地）走，走。（踉跄行路）

（唱）【南仙吕·鹧鸪天】

　　萼蕊余香碾沟渠，

　　溯洄何方尽崎岖。

　　啼鸠怨语邙山句，

　　辗转残生寄旅途。

李清照 如今，唯有这书二万卷，金石刻二千卷，岿然独存！

[李清照感到背负了太久的重担，身体中似有一根弦突然崩断，颓然坐地，一动不动，如同冰冷的石雕，好像谁也唤不醒。

馨　泉 夫人！快来人啊，谁来救救我们！

第六折　归　去

[数年后，京城临安，一如当年繁华的汴梁，人声嘈杂，非常热闹。

[张飞卿上，得意洋洋闲逛，游赏美景，来到自家的字画庄。

张飞卿 （唱）【南仙吕入双调·双劝酒】

　　临安忘忧，

　　西湖画舫纤柳。

　　抛银缎绸，

　　销金美酒。

　　建起来字画庄楼，

　　且猜拳且品风流。

张飞卿 列位客官，店里请店里请，新出土的文玩，全场八八折大甩卖。

［张飞卿招揽客人，运命上，饰演客商。

运　命　听说那岳飞岳大帅，杀敌立功，捷报频传，不日便可收复江北。

张飞卿　其实何必呢？江南最宜来养老，惹了金兵招烦恼。江北国土赏
　　　　赐了，你好我好大家好。

运　命　（随意拿出一帖）"庭院深深深几许"？无聊之作。

张飞卿　还有这些哪。

运　命　《汉车骑将军冯绲碑》《东魏张烈碑》《北齐临淮王像碑》，
　　　　诸多拓本齐聚，定然是造假。

张飞卿　岂能有假？出土痕迹还在。

　　　　［馨泉和李清照上，馨泉怒气冲冲，中年的李清照，气质卓尔不群。

馨　泉　张飞卿，你给我出来！

张飞卿　要叫张大人，张老板。呀，是你们，（掩饰慌张）李……易安居士，
　　　　来我这里作甚？

李清照　听说张老板雅社，品鉴金石，以诗会友，岂能少了我？

　　　　［张飞卿和运命大笑。

运　命　一介寡妇，头发长，见识短。

张飞卿　想当年，你是丞相之媳，侍郎之女，知府之妻，我敬你三分，
　　　　到如今，赵明诚通敌，畏罪而死，谁允许你跑到大街，抛头露面，
　　　　真真斯文扫地！

馨　泉　（气愤）你，欺负人！

李清照　（大笑）好匹夫！

张飞卿　敢骂我？

李清照　（唱）【北般涉调·四煞】

　　　　　　骂一声衣冠犬豕嚣张吠，

　　　　　　煮鹤焚琴没灰泥。

> 骂一声求荣卖友换荣势，
>
> 真乃是结交你与虎谋皮。
>
> 骂一声小人得志奴颜婢，
>
> 污蔑明诚暗通敌。

张飞卿　（外强中干）休怪我不客气啦！

馨　泉　强盗，我们家珍藏的古器，被你偷盗一空！

张飞卿　奇哉怪哉，何凭何据？

馨　泉　那天家里墙壁被凿穿了，这卷册上的尘土，还能看个清清楚楚呢。

张飞卿　胡说，想要，拿钱来买。关门，送客！

李清照　（唱）【蝶恋花】空余祭，

> 真真斯文扫地，
>
> 仰天歔欷。

[张飞卿无地自容，逃下。

运　命　不料一代词家也会骂街。

李清照　我几近一无所有，骂骂又何妨？上得书房吟风月，下得街市骂奸贼。待回到故乡，还要找这世间的强梁一一算账！

运　命　（突然高声）岳飞通敌，斩首示众，岳飞通敌，斩首示众！

[李清照坠入一个空洞荒凉的心灵世界，如同置身荒漠，馨泉"小姐"的呼唤声，好像来自另一个时空，触手可及之处，皆是一片虚空。

[清照上，悲哀地挣扎在运命的鼓掌间。

清　照　国不国，家不家，一代名将蒙冤，今生北归无望。

李清照　你是，清照。

清　照　我是，清照。

李清照　才学女子，悲愤而终，莫非天命注定如此？

运　命　正是。

李清照 （对清照）然而你不可以这样！

清　照 我还能怎样？你且看别人之命——

　　　　［金鼎上，军装破碎，蓬头垢面，迷茫地走来。

馨　泉 呀！金鼎？

金　鼎 馨泉，夫人！

李清照 回来了？

金　鼎 回来了！

　　　（唱）【北般涉调·三煞】

　　　（金鼎）从军行十年岁月风磨砺，

　　　　　　　枕残戈裹絮食蒿慰渴饥。

　　　　　　　年复年出生入死命悬系，

　　　　　　　却落得徒遭遣散沿街乞。

　　　（馨泉）乍相逢涕泪滂沱扑簌飞，

　　　　　　　满心怀千般味。

　　　　　　　尚不是归来晚矣，

　　　（馨泉、金鼎）从此相守甘怡。

李清照 快快回家去吧。

　　　　［馨泉和金鼎悲喜交集地下。

李清照 （触景生情，吟）吹箫人去玉楼空，肠断与谁同倚？一枝折得，人间天上，没个人堪寄。

　　　　［在清照的《声声慢》凄凉的咏叹中，运命与李清照对坐，对谈，对弈。

　　　（唱）【声声慢】

　　　　　寻寻觅觅，

　　　　　冷冷清清，

凄凄惨惨戚戚。

乍暖还寒时候，

最难将息。

三杯两盏淡酒，

怎敌他、晚来风急？

雁过也，

正伤心，

却是旧时相识。

满地黄花堆积，

憔悴损，

如今有谁堪摘？

守著窗儿，

独自怎生得黑？

梧桐更兼细雨，

到黄昏，

点点滴滴。

这次第，

怎一个，

愁字了得。

[清照且唱且离去。

运　命　李清照，认输吧，才藻非女子事也，谁让你痴心妄想，读什么经史，
　　　　做什么诗词，逆了天命。

李清照　（淡然）逆了又如何？

运　命　父死，夫逝，时乖，命蹇，作完《声声慢》之后，你便含恨而亡。

[李清照大笑，笑得惊心动魄。

295

李清照　来来来，我们打马！

运　命　赌博？

李清照　正是！

　　　　（唱）【北般涉调·二煞】

　　　　　　噫吁嚱，

　　　　　　樽俎集，

　　　　　　玉蹬敲，

　　　　　　骥騄齐。

运　命　（自语）这一次，她竟不怕了？

李清照　（唱）我这里嵯峨傲骨何曾弃，

　　　　　　　且看你蚁封安步蝇须地。

运　命　（自语）好生厉害！

李清照　（唱）不渡临波似障泥，

　　　　　　　背水战，

　　　　　　　来博弈，

　　　　　　　堪笑你虚张声势，

　　　　　　　尽荡涤悲切凄迷。

运　命　（惊惧）李清照，你竟赢了！

李清照　（吟）满眼骅骝杂骒骊，时危安得真致此？木兰横戈好女子，

　　　　老矣谁能志千里，但愿相将过淮水。

运　命　（害怕，疯狂）反了反了，天命亡了……（下）

　　　　［李清照似乎又进入另一层梦境，发现赵明诚就在身边，依然是

　　　　风度翩翩的少年。

赵明诚　夫人。

李清照　郎君？

赵明诚 夫人你受苦了。

李清照 郎君你归来了！

李清照 为妻深怀一件憾事，当年未能在你身边照料重疾。

赵明诚 何必耿耿于怀，人生在世，身不由已。

李清照 当年岿然独存者，零散残篇不成册。

赵明诚 我知夫人，博闻强记。

李清照 那碑碣题跋之字，戟鬲觚爵之形，还在我的心中。

赵明诚 更在你的笔下。

李清照 我们重建归来堂。

赵明诚 无论人间天上。

李清照 待我续写《金石录》。

赵明诚 我来红袖添香？

李清照 哈哈，好。

[赵明诚铺纸，磨墨，李清照写作，一如当年，十分默契。

赵明诚 （唱）【北般涉调·一煞】

　　　　意兴酣，

　　　　纵横笔，

　　　　似是卧首阳，

　　　　共采薇。

　　　　你犹是红梅傲雪冬风抵，

　　　　尽将劫难化泉醴。

　　　　生死无常两情依，

　　　　万盏星辰汇作，

　　　　雨墨珠玑。

李清照　德甫，《金石录》已然付梓。

赵明诚　夫人犹在世间飘零。

李清照　浩淼天地，皆是过客，得失寸心知。

赵明诚　得失寸心知。

　　　　　[赵明诚缓缓走向远方。

李清照　归来堂中再相见。

赵明诚　归来堂中再相见。

李清照　（唱）【煞尾】

　　　　　　　畅饮琥珀光，

　　　　　　　白驹忽过隙，

　　　　　　　且任孤芳迎向长空碧，

　　　　　　　花中第一流自有明月玲珑地。

清　照　李清照，易安居士，你果然为己而活。

李清照　那日，天帝问我，将归何处。

清　照　（唱）【渔家傲】

　　　　　　　天接云涛连晓雾，

　　　　　　　星河欲转千帆舞；

　　　　　　　彷佛梦魂归帝所，

　　　　　　　闻天语，

　　　　　　　殷勤问我归何处。

李清照　（唱）我报路长嗟日暮，

　　　　　　　学诗谩有惊人句；

　　　　　　　九万里风鹏正举，

风休住，

蓬舟吹取三山去。

[李清照和清照相视一笑，走向星汉深处。

——全剧终

> **魏　睿**　上海歌舞团编剧。获老舍青年戏剧文学奖、国家艺术基金青年创作人才项目资助、文化部剧本扶持工程、沪苏浙皖四地剧协小戏小品创作征集活动第一名等。代表作品有淮剧《父归》《补天》、京剧《孙尚香》《青春祭》、舞剧《芦花女》、昆剧《浣纱记传奇》《东海波臣》《大都义侠传》、越剧《海上光启》、蒲剧《更上层楼》、音乐剧《心灵旋律》《皓月当空》《粉墨》等。

—宋/辽/金/元—

碧水奇芳

于莎雯

时间：南宋末年，1275 年仲春至 1276 年暮春

地点：岳州、潭州、临安

人物：

徐　妻　闺门旦，徐君宝妻，岳州女子

阿里海牙　雉尾生，元军名将，荆湖行省右丞

王清惠　正旦，宋度宗昭仪

孟之绍　老生，南宋岳州统制

张妈妈　丑，徐妻老婢

赛　因　净，元军军官，阿里海牙部下

第一出　掠　姝

[序曲。

[光起。南宋末年，1275 年仲春，岳州城内，徐府。徐妻上，
继而坐下缝衣。

徐　妻　（唱）【南仙吕·桂枝香】

春霖渐沥

断人肠雨生寒意

这添愁风弱骨难禁

更著他流离乱世

把琐窗倦倚，把琐窗倦倚

不见征鸿来寄

望不断关山迢递

泪眼凄迷

怕听得院落鹃声泣

罢了！

无聊闲制衣

[张妈妈上。

张妈妈　少奶奶！少奶奶！

徐　妻　妈妈回来了！张妈妈，街上境况如何？

张妈妈　家家闭门不出，街上呀，冷冷清清。

徐　妻　可有杀人放火？

张妈妈　那倒没听说。

徐　妻　不想元兵进城三日，倒也规矩。

张妈妈　少奶奶，你不晓得，我方才听街口生药铺的老板说，是因为孟统制亲自率岳州城降了——

徐　妻　降了！

张妈妈　那鞑子头头见他乖巧听话，一高兴，就饶了岳州。

徐　妻　哦！君宝投军报国，生死不知，他的恩师竟竟、竟举城而降！

张妈妈　听说鞑子的规矩，坚拒不降，破城后是要屠城的！

〔徐妻从怀里拿出一个锦囊，取出半面铜镜，细心抚摩。

徐　妻　君宝，你可知道岳州降了！你如今身在何处？是生是死？

（唱）【解三酲】

　　　　轻拂着青鸾半璧

　　　　凉如水冷透柔荑

　　　　只照见朱颜多憔悴

　　　　盼杀了织锦妻

　　　　郎君他重山叠水身何地

　　　　聚散难凭未可期

　　　　飞千里

　　　　却是我鸳鸯枕上

　　　　夜梦片时

破镜为誓，指望重圆，却不知我夫妻二人，今生可还能再见上一面！喂呀——（哭）

张妈妈　少奶奶，你莫哭，莫哭哈！少爷吉人自有天相，你们夫妻一定会团团圆圆的！

徐　妻　对，对，老天会护佑徐郎的。张妈妈，你且随我出府。

张妈妈　去哪里哟?

徐　妻　岳州统制府,向孟老爷打听徐郎的消息。

张妈妈　我的少奶奶,外面兵荒马乱,你又生得天仙下凡、倾国倾城,
　　　　万一被鞑子看上,把你抓去做个压寨夫人,可怎么得了哟!

徐　妻　妈妈不要害怕。且穿上斗篷,掩住面目,小心行走。

张妈妈　唉!

　　　　[二人下。转场,街上,阿里海牙骑马上,赛因跟随。

阿里海牙　(唱)【一封书】

　　　　　　攻州县略城池

　　　　　　得意英雄神采飞

　　　　　　称名将海内奇

　　　　　　横扫湖湘对手稀

　　　　　　敢折温侯方天戟

　　　　　　却羡周郎乔氏姬

　　　　　　镇荆蜀,独撑持

　　　　　　半壁舆图朝丹墀

　　　　本将阿里海牙,大元荆湖行省右丞是也。熟读兵书,战无不胜,
　　　　骁勇智谋,允称名将。数日前在洞庭湖口,大败宋将高世杰水军,
　　　　那岳州统制孟之绍闻讯,不战而降,举城来献,好不快意也!
　　　　赛因!

赛　因　末将在!

阿里海牙　随我前去岳州统制府,敦促那孟老儿,快些整理户籍人口、
　　　　田产银钱,好献与陛下。

赛　因　是!

　　　　[二人下,转场,岳州统制府。孟之绍正在画画。徐妻与张妈妈上。

徐　妻　见过孟老爷！

孟之绍　夫人有礼！请夫人稍候片刻，待我还有几笔，画完这幅山水。

张妈妈　我说孟老爷，城都破了，你还有心情画画呐？这岳州的山水，都改了姓了！

徐　妻　张妈妈，不可无礼。

孟之绍　（不悦，扔下画笔）夫人登门，有何见教？

徐　妻　孟老爷，自徐郎去往建康投军，我夫妻二人一别三年，只以尺素往来。今烽烟四起，音书阻隔已有经年，不知我夫身在何处，是生是死！妾身想着，孟老爷乃是徐郎恩师，他必有尺牍与你。虽则乱离之世，家信易断，然兵戎消息，官书可通，望老爷告知徐郎消息！（拜）

孟之绍　夫人快快请起！两月之前确实收到军报，夹着学生的书信。

徐　妻　当真？（惊喜）

孟之绍　当时建康军正要调往临安勤王，公子此刻，当在临安。

徐　妻　谢天谢地，徐郎无恙！

张妈妈　少奶奶，我早就说了，吉人天相！你呀，就喜欢瞎想！

徐　妻　（若有所思）临安勤王……临安勤王，君宝他们这是要力战到底呀！孟老爷，妾身还有一事，代徐郎相问。

孟之绍　但说无妨。

徐　妻　徐郎自幼随老爷学习兵法，老爷每以精忠报国相勉励，他俱都谨记在心。成婚未足一月，便投军报国，誓保大宋。今日敢问，他的恩师，奈何不战而降？

孟之绍　咄！夫人此言，一何轻狂！

徐　妻　江山轻送，于心不甘！

孟之绍　你可知高世杰乃我大宋名将、国之栋梁，被那阿里海牙于洞庭湖口一击，兵败如山倒。是问小小岳州，如何守住？

（唱）【掉角儿序】

奈孤城薄墙浅池

难当他兵戈如雷

徒把那屠城祸罹

落得个玉石皆碎

徐　妻　城中军民，可同仇敌忾！

孟之绍　（唱）岳州城难为守

内无粮，

外无援，

临绝地

能守多时

徐　妻　坚壁清野，静待援兵！

孟之绍　（唱）各州县

望风相继，

高举降旗

徐　妻　可怜大好河山，一溃千里！

孟之绍　（唱）等闲间，

三百年宋室

已尽王气

徐　妻　大宋臣子若都能力战不降，便不会亡国！

　　　　［阿里海牙与赛因上，立于窗外偷听。

孟之绍　兵家大事，万千男儿尚不能决断，岂是女流之辈可以知晓！

徐　妻　孟老爷此言差矣！闺阁女子亦有家国之忧，胸中亦能陈兵
　　　　百万。

孟之绍　呵呵，倒要请教！

徐　妻　（唱）【前腔】

　　　　　　闻伯颜挥兵去师

　　　　　　向东取越吴之地

　　　　　　戍荆楚孤军独支

　　　　　　失照应怎衔头尾

　　　　　　方此时，宋军起

　　　　　　荆和蜀，成连翼

　　　　　　共举兵威

　　　　　　便顺江千里，相望旌旗

　　　　　　扫胡尘，岳州正是，定局一棋

　　　　〔阿里海牙闻言大惊，急忙闯入。

阿里海牙　啊呀呀，好谋略，好胆识！倒教我惊出一身的冷汗！

　　　　　〔徐妻回身与之打了个照面，阿里海牙惊为天人，徐妻慌忙以袖
　　　　　掩面。

阿里海牙　好姿容，好绝色！

　　　　（唱）【八声甘州】

　　　　　　朝班见识

　　　　　　更兼她月殿素女仙姿

　　　　我死也！

　　　　　　柔肠绕指

　　　　　　魂儿早赴瑶池

　　　　　　名园方宜莳兰芝

　　　　　　绝色当为人杰妻

　　　　　　心仪，须把这奇芳后院栽移

孟之绍　阿里海牙将军大驾光临，下官有失远迎，企望恕罪！夫人，将军有公务相商，请夫人回府。

[徐妻施礼欲走，却被赛因拦住。

阿里海牙　这位是？

孟之绍　此乃下官学生徐君宝之妻（故意把"妻"咬的很重）。

阿里海牙　夫人方才一番高见，令小将心折。幸而夫人不是军中男儿，不然我大元攻宋之略，当真不好预料也！

孟之绍　将军，她就是个妇道人家，胡言乱语，将军莫要与她计较，且放她回去吧！

阿里海牙　胡言乱语？呵呵！你宋朝文武百官，若有夫人一分见识胆略，又何至兵败如此！

孟之绍　这……

阿里海牙　孟统制何须多言？本将对夫人一见如故，倾慕不已，这家，也不必回了。

孟之绍　将军使不得呀！

徐　妻　将军，我乃有夫之妇！

阿里海牙　成王败寇，胜者的眼中，只有战利品。哈哈哈哈！

徐　妻　（唱）【尾声】
　　　　　似浇下三冬雪水冷透肌

孟之绍　（唱）鱼入罗网飞鸟樊笼羁

阿里海牙　（唱）名花姻缘谢天赐

　　　　　啊夫人，五日之后大军便要开拔，攻取潇湘各州，你且随我同行。孟统制，你也同去。方才你已听了夫人之计，留你在此，本将不放心！

[收光。第一出完。

第二出 止 屠

［光起。1276年初，除夕夜，潭州城外元军大营，徐妻所居营帐内。

徐　妻　张妈妈，那潭州城内，似乎远远传来鞭炮之声。

张妈妈　是啊，今夜便是除夕。潭州城虽说围得跟铁桶一样，可这年还是
　　　　要过的。唉，也不知道那城中之人，过了年还能活几日。可怜哟！

徐　妻　元军围困潭州已有三月，知州李芾率领城中军民，坚守城池，
　　　　拒不出降。阿里海牙数次攻城，竟未能占得半分便宜。

张妈妈　真英雄，真豪杰，真男儿！

徐　妻　设若大宋官军皆能如此，数千里国土又岂会一溃至斯！

张妈妈　少奶奶，别人我不晓得，但我家少爷，一定也是个铁骨铮铮的
　　　　男儿！

徐　妻　君宝！徐郎！（到帐门掀帘而望，又把玩半面铜镜）

　　　　（唱）【北中吕·粉蝶儿】

　　　　　　飞雪辕门，萧萧的飞雪辕门

　　　　　　望彤云接地阴扑人风冷

　　　　　　又愁听悲角黄昏

　　　　　　痛离分，伤青镜

　　　　　　团圆夜寒衾空枕

　　　　　　湘水长萦

　　　　　　系两头天涯孤另

　　　　这个除夕，好不凄冷！

张妈妈　是啊，就连口热乎饭都没的吃！哎？我好像闻到饭菜的香味了！

　　　　（深吸一口气）炒腊肉，剁椒鱼头，还有红烧肉！

　　　　[几个元兵端着丰盛的酒菜进来，放在桌上。阿里海牙走进营帐。

阿里海牙　夫人有礼！

徐　妻　将军造访，有何贵干？

阿里海牙　这大半年来，大军在湖湘攻州略县，未曾稍歇，夫人随军辗转，

　　　　着实受苦了！

徐　妻　皆拜将军所赐。

阿里海牙　今夕乃除夕佳节，本将特来与夫人赔罪。

徐　妻　哦？你待如何？

阿里海牙　已备下美酒佳肴，今夕与夫人共饮守岁。

　　　　（唱）【红绣鞋】

　　　　　　正良夜金樽芳沁

　　　　　　更灯红室暖含春

　　　　　　花伴侧气氤氲

　　　　　　冰肌欺玉润

　　　　　　莲脸现潮晕

　　　　怎的我先醉了？

　　　　　　身似飘摇还未饮

　　　　本将先饮。好酒啊好酒！夫人请！

徐　妻　团圆之夜人不圆，是何佳节！

阿里海牙　夫人是在自伤？

徐　妻　我在伤那千千万万因为战乱、妻离子散流离失所的百姓！

　　　　（唱）【石榴花】

　　　　　　原本是山河如锦岁清平

> 一时间失色漫胡氛
>
> 处处是旌旗蔽日铁铮铮
>
> 看狼烟卷黄尘
>
> 鬼夜哭白骨秋坟
>
> 石壕村惨离别夫妻尽
>
> 抛残瓦断壁颓城
>
> 好教人长抱终天恨
>
> 恨金瓯破碎受欺凌

阿里海牙　佳节良夜，夫人此言，好不扫兴！

[阿里海牙负气自斟，又尽一杯。发现桌上的半面铜镜，拿起细视。

阿里海牙　此物似是半面铜镜。

徐　妻　正是铜镜半面。

阿里海牙　背面鹊鸟光可鉴人，想是主人常年摩挲把玩。

徐　妻　将军聪慧。

阿里海牙　这倒稀奇！夫人缘何将这破镜视若珍玩？

徐　妻　将军可曾听过陈朝驸马徐德言与乐昌公主之事？

阿里海牙　愿闻其详！

徐　妻　乐昌公主与驸马徐德言夫妻恩爱，却因陈朝亡国被迫离散。临别之时，将一面铜镜一破为二，各执一半，以作他年重逢的信物。

阿里海牙　后来呢？

徐　妻　那乐昌公主为隋朝越国公杨素所得，虽锦衣玉食，却思念前夫，心中受尽万般苦楚。后来，徐德言寻至洛阳，以破镜为证，得见公主。夫妻劫后重逢，却是沧海桑田，只得相顾垂泪，好不悲凉！

阿里海牙　果然悲凉！

徐　妻　所幸那杨素感他二人夫妻情深，便放还公主，破镜得以重圆，
　　　　夫妻因此团聚！

阿里海牙　原来汉人所说"破镜重圆"，便是此事。

徐　妻　不错。

阿里海牙　啊呀呀，突然记起，你的丈夫也姓徐！

徐　妻　徐君宝！

阿里海牙　原来这半面铜镜，是与你那丈夫的信物！好恼哇好恼！

　　　　（唱）【斗鹌鹑】

　　　　　　　一席话利似刀锋

　　　　　　　把柔肠割成千寸

　　　　　　　难禁架阵阵心疼

　　　　　　　如冰炭胸怀交并

　　　　　　　她望夫成石记旧盟

　　　　　　　我情海醋翻腾

　　　　　　　枉付了万种怜惜

　　　　　　　却原来多情自蠢

　　　　哼！我便将这破镜碎作齑粉，看你二人如何重圆！

　　　　［阿里海牙高举铜镜，欲砸。

徐　妻　将军不可！将军，不可。（哽咽，跪）

　　　　［阿里海牙见徐妻哀戚，复又心软，慢慢放下铜镜，扔给她。

阿里海牙　奇花难侍。本将有的是耐性，终有一日，我会得到你的心！

　　　　［阿里海牙下。徐妻瘫坐在地，将破镜紧紧抱在怀中。

　　　　［转场。第二日，元军攻城。呐喊厮杀、刀兵相击声传入大营。
　　　　徐妻急上。

徐　妻　（唱）【快活三】

　　　　　　猛听得喊厮杀声沸腾

　　　　　　远闻那惊魂魄叩刀兵

　　　　　　似见殷殷碧血浸孤城

　　　　　　急煎煎陷曹营心难定

　　　　［孟之绍上。

孟之绍　徐夫人！可曾听见呐喊厮杀之声？

徐　妻　阿里海牙竟在元日攻城，妾身忧心如焚！

孟之绍　唉！

徐　妻　战况如何？

孟之绍　潭州城破，守军皆战死，知州李芾自自、自焚殉国！

徐　妻　哦！一何壮烈！城中百姓如何？

孟之绍　潭州城坚守三月，力战不降，元军损失惨重。今番城破，依照他们的规矩，怕是要——

徐　妻　如何？

孟之绍　怕是要——

徐　妻　怎样？

孟之绍　要要、屠城！

徐　妻　天——呀——（几欲晕倒）不不，不能让他们屠城！待我去求见将军！

　　　　［徐妻与孟之绍急下。

　　　　［转场，中军大帐。阿里海牙率诸将上。阿里海牙端坐主位，诸将分列于侧。

诸　将　恭喜将军，贺喜将军！

赛　因　潭州城坚守三月，终入将军囊中！

阿里海牙　哈哈哈哈！李芾城破殉国，倒也算得一个英雄。只这城中百姓，
　　　　　该当如何处置？

赛　因　末将以为，潭州桀骜，抗我大元，当依旧例屠城。

阿里海牙　哦？

赛　因　（唱）【朝天子】

　　　　　　　挡万夫一城

　　　　　　　折多少精兵

　　　　　　　这城中黎民实难驯

　　　　　　　更可恨那天杀守将太顽冥

　　　　　　　困三月喉中骨鲠

　　　　　　　阻铁骑寸步难行

　　　　　　　须当血洗严惩

　　　　　　　以戒四方明号令

　　　　　　　更谁敢阻我大军，抗我大军

　　　　　　　捧着那好头颅试问钢刀硬

诸　将　我等附议，请将军屠城！

　　　　　[徐妻与孟之绍急上。

徐　妻　恳请将军刀下留人，饶了潭州百姓！

　　　　　[诸将一拥而上，要将徐妻拖走，阿里海牙挥手阻止。

阿里海牙　军机重地，夫人这是做甚？

徐　妻　求将军施宽大之怀，发慈悲之心，赦免潭州全城百姓吧！

阿里海牙　潭州坚拒三月，折我兵将，阻我进程，因何要赦！

徐　妻　将军不闻"杀降不吉"？

阿里海牙　这……

孟之绍　夫人所言甚是！将军若善待潭州之民，便可示大元宽仁之怀，

其它州县得知，定会望风来附，不战而取千里。

阿里海牙　呵呵，孟统制好一片菩萨心肠！今日你在城下劝降之时，被
　　　　　那潭州官兵在城头唾面怒骂，难道忘了吗？（徐妻惊）

孟之绍　羞煞老夫！（以袖掩面）

徐　妻　将军，庶民何罪！既已得其城，潭州之民便为将军之民。杀之
　　　　何忍？

诸　将　请将军屠城！

徐　妻　求将军开恩！

阿里海牙　夫人这是在求我？

徐　妻　便是。

阿里海牙　当真求我？果然求我？哈哈哈哈！美人相求，万事好说。只
　　　　　要夫人依我一件事，潭州百姓，立时无虞！

徐　妻　何事？

阿里海牙　嫁与我！以你一身，换潭州一城性命！

诸　将　嫁！嫁！嫁！

徐　妻　（唱）【上小楼】

　　　　　　　一声声凌逼凶狠

　　　　　　　虎狼嘶震

　　　　　　　好一似十殿阎罗

　　　　　　　剔骨抽筋，索命诛心

　　　　　　　玉洁冰清，万千性命，人心如秤

　　　罢！

　　　　　　　和泪儿苦吞下这般奇耻霜刃

　　　（痛苦）我嫁！我嫁！请将军一诺千金，赦免潭州百姓！

阿里海牙　呀！不想她竟应允！

（唱）【满庭芳】

　　　　刁难语慨然应允

　　　　俺犹疑暗忖，思虑分明

　　　　则见她容光哀楚眸含恨

　　　　便浑欲吞刀饮鸩

　　　　雪梨花玉面微雨纷纷

　　　　碧寒潭波底怒焰腾腾

真叫我周身寒彻！

　　　　同鸳枕，只怕做个专诸聂政

　　　　鱼肠匕首藏袖刃仇人

夫人允嫁，我却不信！你的面上，丝丝全是哀楚，双眸之中，
点点尽是恨意。可还记得本将昨日之言，终有一日，我会得到
你的心。今日，我便以潭州一城性命，换取你的一颗芳心！

徐　妻　将军！

阿里海牙　众将官听令，赦免潭州全城百姓，好生安抚。屠城之事，休
　　　　再提起！

诸　将　遵命！

阿里海牙　只是抗我大军，毕竟要惩，虽留其性命，却要断其文脉。左右，
　　　　传我军令，将那岳麓书院，烧作灰烬！

诸　将　领命！

徐　妻　（唱）【煞尾】

　　　　喜纾难刀下解黎民

　　　　救不得文宗廊庙倾

阿里海牙　（唱）香罗带神力挽一城

　　　　　　拽出泉台人间引

[收光，第二出完。

第三出　湖　遇

[1276年早春，临安西湖边。张妈妈上。

张妈妈　（唱）【南仙吕入双调·步步娇】

　　　　　　近春山寻芳钱塘路

　　　　　　笑语风前诉

　　　　　　喧游女动西湖

　　　　　　嫩柳柔条，云鬟牵住

　　　　　　蹑凤履意踟蹰

　　　　　　为惜新蕊不时的闲停步

奴家张氏，岳州徐君宝夫人老婢是也。自夫人去春被元军所虏，将将一年。其间辗转荆湘，跋山涉水，不可尽数。近日都城临安失陷，那番将阿里海牙前往面见大将伯颜，又将夫人掠至临安，拘在韩蕲王府。正是早春时节，天气晴和，夫人闻听西湖乃天下胜景，忽起游春之兴。那番将倒也爽快，应允夫人游湖一日。只是派着大队军士随行，名为保护，实为看押，好不令人气闷！（唤）少奶奶慢行！

[徐妻缓步上，赛因率众元兵随上。

徐　妻　西湖风光天下闻，最怜新绿二月春。

张妈妈　欲把西湖比西子，却道美景输美人。少奶奶，你看这往来游春的仕女，就属你的颜值是天花板！就连我张妈妈也跟着蹭了一

波热度。就是这个鞑子，像个叭儿狗一样，走到哪跟到哪，真
是煞风景！

赛　因　你讲什么！

张妈妈　我说你，汪汪！汪汪！

赛　因　哇呀呀，婆子找打！

徐　妻　军爷息怒，妈妈口无遮拦，莫要与她计较。

赛　因　哼！

徐　妻　军爷，我欲往幽静处闲步一回，还望给些清净，远远望着便好。

赛　因　使得。

张妈妈　走走走，站远点，不要老是刷存在感！

　　　　[赛因瞪了张妈妈一眼，率众军士下。徐妻闲步赏景。

徐　妻　这一湖碧水，幽幽可人。但见片片落红，荡漾碧波之上，哀艳净洁，
　　　　岂不胜若埋骨尘泥，与腐草同朽？呀，看那一片梅林，红艳似火，
　　　　灿若云霞。西湖梅花，当真名不虚传！

　　　　[梅林中传来女子吟诗之声。

王清惠　江国，正寂寂。叹寄与路遥，夜雪初积。

徐　妻　林中有吟诗之声。

王清惠　翠尊易泣，红萼无言耿相忆。

徐　妻　是姜白石咏梅之词《暗香》。

王清惠　长记曾携手处，千树压、西湖寒碧。

徐　妻　（向林中高唤）是何人吟诗？

　　　　[王清惠上。

张妈妈　嗻？这个颜值也很能打！

徐　妻　（唱）【醉扶归】

　　　　　只见梅林中光降了姮娥天女

> 暗红尘顷时瑞霓铺
>
> 细观她端容儿曜日气清舒
>
> 又凌云宝髻朝天矗
>
> 恰便似未央太液绽芙蕖
>
> 更疑是仙班队列称名部

王清惠　（唱）【好姐姐】

> 夜明珠，平生入眼无
>
> 是浣纱的溪边越女
>
> 似寒梅幽独
>
> 有轻愁点上眉妩
>
> 纤腰束，恰流风回雪行洛浦
>
> 怪此地谁家绝世姝

徐　妻　娘子见礼。

王清惠　还礼。

　　　　〔又一队元兵上，立于王清惠身后。

徐　妻　原来她与我一样的遭逢！

王清惠　（向元兵）闺阁叙话，不便为男子所闻，还请远站。

　　　　〔元兵下。

徐　妻　方才听得姐姐吟诵姜白石《暗香》之词，可是想折梅赠远，寄
　　　　与路遥？

王清惠　无人可寄。倒是自家，半月之后便要踏上万里路遥，只恐今生
　　　　再难见西湖了。

徐　妻　同是天涯沦落人。今生今世，不知我可还能再见洞庭湖。

王清惠　原来妹子乃是岳州人氏。

徐　妻　正是。

（唱）【忒忒令】

森沧波洞庭一湖

衔长空日吞星吐

王清惠　好气象也！

徐　妻　（唱）君山弄晴雨

高楼接风露

王清惠　好景致也！

徐　妻　（唱）一朝掳徙远途，漂萍孤

伤心舆图

残关河破吴楚

王清惠　恁般身世，令人凄恻；心系家国，又教人敬佩！岳州女子，果
　　　　有范文正公遗风。

徐　妻　可惜世上已无范文正公。不然，大宋何以崩颓至此，乃至京城
　　　　失陷，宗室尽没敌手，好不令人痛心也！

王清惠　哦！我闻此语，伤心欲绝！不知妹子在临安居于何处？

徐　妻　被囚韩蕲王府。

王清惠　是昔日韩世忠将军的府邸！

（唱）【五供养】

煊威名南渡

抗金名宿，社稷撑扶

补天万世睹

护国百年殊

怎料英豪旧府

锁裙钗哀哀囚妇

朱楼栖蝠鼠

玉殿满戎胡

却叹何人，冲冠一怒

徐　妻　呀！姐姐面白如纸，神色惨绝，家国之哀更甚于妾身！

王清惠　（握住徐妻的手）妹子，你我萍水相逢，却一见如故，本该成为知己，可今日一别，今生恐怕再难相见。除非……

徐　妻　除非什么？

王清惠　除非妹子也去那朔方北地。不，不不，你不要去，永远也不要去，姐姐愿你永生永世留在故国！

徐　妻　还不曾问姐姐芳名？

王清惠　王清惠。

徐　妻　王清惠！王昭仪！民女参见昭仪娘娘！（欲行大礼）

王清惠　（扶住）哪里还有什么娘娘，不过与你一样，是个亡国的可怜人罢了。

徐　妻　（急切）方才娘娘所说，半月之后，便要踏上万里路遥？

王清惠　半月之后，皇上、太后，并所有宫妃、宗室，便要被押解去往大都。

徐　妻　（凄绝长呼）哦——痛何如哉！娘娘……珍重！

王清惠　妹子……珍重！

徐　妻　满朝文武是否伴驾北狩？

王清惠　满朝文武？哈哈，哈哈哈哈哈！满朝文武早已逃之夭夭。

徐　妻　什么！

王清惠　临安失陷之前，宰相陈宜中向元人送出降表，和那传国玉玺，便随即出逃，不知去向！

徐　妻　不想大宋臣子竟软骨若斯，国，焉能不亡！

众元兵　（内呼）日薄西山，请王娘子回转。

徐　妻　姐姐！（牵其袖）

王清惠　（轻轻松开徐妻的手）姐姐愿你永远不要去往北地，永生永世
　　　　不离开故国！

　　　　［王清惠下。

徐　妻　姐——姐——（拭泪）

　　　　［阿里海牙与孟之绍、赛因上。

阿里海牙　夫人，天色向晚，本将亲自接你回府。啊呀呀，你怎的双目
　　　　含泪？（怒向赛因）泼才！敢是你怠慢夫人？

赛　因　末将怎敢？请将军明鉴！

阿里海牙　你且讲来！

赛　因　适才夫人遇着个美貌娘子，说了几句话，便成如此这般。

阿里海牙　那娘子何在？

赛　因　已然走了。

阿里海牙　叫甚姓名？

赛　因　叫个什么……王清惠的。

阿里海牙　王清惠？原来是宋朝先帝的昭仪。那可是个有名的才女。不过，
　　　　半月之后，她便要与小皇帝一起，被送往大都了。

徐　妻　（失神自语）软骨若斯，国，焉能不亡，焉能不亡。

阿里海牙　啊夫人，春寒料峭，小心着凉。（亲为其披斗篷）

徐　妻　（将斗篷掷于地）罗敷有夫，请将军自重。大宋女儿，自有傲骨！

阿里海牙　哼！请夫人上车，今日本将偏要与夫人同车！（徐妻不动）
　　　　请夫人上车！（仍不动）

　　　　［阿里海牙拔出佩剑，架于孟之绍项上。

阿里海牙　孟大人，请夫人上车。

孟之绍　（躬身长揖）请、请夫人上车！（阿里海牙收剑）

徐　妻　孟大人，你！

阿里海牙 呵，这便是你大宋的臣子，这便是你大宋的男儿！

（唱）【嘉庆子】

满朝的衣冠士子百官文武

只学那蝼蚁贪生惜头颅

一谜价折腰尘土

昆玉身随仰俯，自为奴

栋梁背弯若蚓，软如酥

夫人莫要不服，本将且为你一试。孟大人！

孟之绍 下官在。

阿里海牙 本将来时匆忙，未带上车的踏凳，想借你脊背一用。

徐　妻 大人万万不可！

〔赛因拔刀向孟之绍。孟之绍犹豫再三，慢慢跪下，两手撑地，躬背作凳。

孟之绍 请夫人上车！

徐　妻 不！（痛苦捂脸）

阿里海牙 哈哈哈哈！

〔收光。第三出完。

第四出　惊　噩

〔1276 年暮春，临安，韩蕲王府。张妈妈端茶上。

张妈妈 芳菲过尽朱成碧，愁锁楼台对春深。自从二月西湖归来，转眼已是暮春时分。这江南的四月，熏风拂面，草木葱茏，教人从身上暖到心里。只是夫人她，终日愁眉深锁，不言不语。便是再暖的日头，也驱不走她室中的寒意；再多的春风，也吹不开她脸上的阴霾。唉，她是在想，那些想见又见不到的人。

〔张妈妈把茶放在桌上，下。徐妻持书缓上。

徐　妻　（唱）【南商调·山坡羊】

    静幽幽寂寞春光锁深院

    意迟迟白昼消磨读诗卷

    乱纷纷漫天心绪十分索然

    倦慵慵懒翻书页一声长叹

唉！

    独自凭栏

这书看看无趣，倒不如胡乱写些诗句，消磨白日。

〔坐到桌边，提笔书写。

    袅袅春愁上笔端

我那徐郎！

    望穿秋水思远人情何限

    为问明月天涯照哪边

我那姐姐！

    忧煎，淮北风沙橘树迁

    哀怜，历历苦辛渡关山

天涯离散，思念刻骨，教人情何以堪！

〔孟之绍持笺上。

孟之绍　徐夫人！

徐　妻　孟老爷来了。

孟之绍　夫人，你先看看此物。

[徐妻接过，展笺。

徐　妻　《满江红》。是一首词？

孟之绍　（点头）一首词。

[徐妻越读越心惊，读罢无限凄然。

孟之绍　夫人以为如何？

徐　妻　果然好词！

　　　　（唱）【高阳台序】

　　　　　　　风泣霜飞，花愁珠惨

　　　　　　　淋浪血泪素笺

　　　　　　　三峡啼猿

　　　　　　　三更恻恻啼鹃

　　　　　　　佳篇

　　　　　　　我今读罢何怅惘

　　　　　　　说不尽哀凄顽艳

　　　　　　　不由人泪珠堕眼

　　　　　　　楚客肠断

　　　　此词从何而来？又是谁人所作？

孟之绍　皇上北狩大都，跋涉千山万水，历尽万般苦辛。

徐　妻　妾身日夜牵心！

孟之绍　一日，车驾经过旧都汴梁，但见宫阙宛然，野草荒烟。

徐　妻　怎堪黍离之悲！

孟之绍　那时节，一个宫妃心中悲痛，便在夷山驿馆的壁上题下此词。

　　　　后为客商所见，一时传遍塞北江南。

徐　妻　那宫妃是谁？

孟之绍　昭仪王清惠。

徐　妻　昭仪娘娘！我那苦命的姐姐！

　　　　［孟之绍摇头下。徐妻深悲，又展笺重读。

徐　妻　"龙虎散，风云灭。千古恨，凭谁说"，何等怅恨！"对山河
　　　　二百，泪盈襟血"，何等沉痛！"客馆夜惊尘土梦，宫车晓碾
　　　　关山月"，客馆夜惊尘土梦，宫车晓碾关山月！又是何等惨凄！
　　　　姐姐词中，满写深哀巨痛，让我心如刀绞，肝肠寸断！

王清惠　（画外音）愿你永远不要去往北地，永生永世不离开故国！

徐　妻　姐姐，幸得我此身未北，犹在故国。幸得我此心未死，尚有所盼！
　　　　姐姐，你要好好的活着呀！

　　　　［阿里海牙与赛因上，赛因捧着一个盒子。

阿里海牙　夫人一向可好？

徐　妻　你又来做甚？

阿里海牙　来送一份大礼。

　　　　［徐妻打开，大惊失色。

阿里海牙　夫人可认得此物？

　　　　［徐妻颤抖从盒中拿起半面铜镜，又从桌上拿起自己那半面，两
　　　　半合为一体。

徐　妻　你们从哪里得来？哪里得来！

赛　因　临安一战之后，伯颜大人的卫兵从一年轻宋将遗体上拾得。他
　　　　觉得有趣，便留下做了个玩物。后来么，跟俺赌酒，输与俺了。

徐　妻　君宝！徐郎！我的夫君！

　　　　（唱）【金梧桐】

　　　　　　终无破镜圆

　　　　　　难合月两扇

　　　　　　蓦的天柱摧折

> 翻把乾坤转
>
> 魂朝云外游
>
> 身向雪中颤
>
> 千斤重难举金莲
>
> 力软绵头晕眩
>
> 一霎时罗衫湿透冰凉汗

阿里海牙　夫人节哀。

徐　妻　徐郎啊徐郎，你怎的舍我而去！

（唱）【金络索】

> 孟姜哭败垣
>
> 君遂裹尸愿
>
> 三箭折天山
>
> 梦自春闺断

遥想当年，夫妻恩爱。

> 花烛映翠鬟，笑餍秋澜
>
> 共浅唱低吟弄管弦

未料一朝别过，竟成永诀！

> 寸心苦盼西窗剪
>
> 日日微躯度如年
>
> 一番牵念
>
> 却三年空等泪空悬

这一点念想呵！

> 忽然的烛灭风前，雪化炉边
>
> 浮世终何恋

阿里海牙　夫人，人死不能复生，你该想想往后。

徐　妻　往后？往后便怎样？

阿里海牙　良禽择木而栖。

　　　（唱）【前腔】

　　　　　　穿云追风雁

　　　　　　只向清波眠

　　　　　　骏马骅骝

　　　　　　辽原上能驰电

　　　　　　凤凰饮醴泉，宿梧间

　　　　　　青玉匣中置龙泉

　　　　　　菟丝纤弱藤萝软

　　　　　　须把郁郁苍苍擎天嘉木攀

　　　　　　名姝绝艳

　　　　　　正堪配匹当世俊杰男

　　　　　　莫作飘萍浪逐风翻

　　　　　　择良婿成佳眷

　　　夫人，在下一片痴情，你就嫁与我吧！往后终身有靠，富贵尊荣！

徐　妻　呵呵，文君新寡，将军便与自己执柯作伐，当真世间奇男。

阿里海牙　罗敷已无夫，君子好逑。

徐　妻　我非章台柳，任人攀折。

阿里海牙　哼！狂风卷飞絮，身不由己！

徐　妻　我心似磐石，不可转移！

阿里海牙　好恼哇好恼！你这妇人，竟强项若此！

徐　妻　宁死不屈！

阿里海牙　你你你！合该你那丈夫短命！原是你与他命中无分，皆是苍
　　　　　　天赐我的姻缘！哼哼，不管你答不答允，愿不愿意，今夜便要

　　　　拜堂。明日，你就是我阿里海牙的夫人！哈哈哈哈！

　　　　［徐妻大怒，趁其不备，抽出阿里海牙的佩剑向其刺去，被其躲开。

　　　　又刺几个回合，阿里海牙夺下剑，抵在徐妻项上。

阿里海牙　这泼妇找死！

徐　妻　（唱）【水红花】

　　　　　　龙泉抵颈似冰寒

　　　　　　莫迁延，快意一剑

　　　　　　寻夫泉下相见欢

　　　　将军还不动手？逡巡犹豫，惹人耻笑！

阿里海牙　（唱）醉红颜，见她微阖杏眼

　　　　　　怎忍心名花血溅

　　　　　　魂赴离恨天

　　　　　　七分怒火化云烟，也啰

　　　　啊呀且住，莫不是激将之法？险些上当，抱恨终身！

　　　　［阿里海牙收剑。

阿里海牙　夫人，莫要闹了。今夜便是大喜之日，你还是省些劲，留到
　　　　洞房花烛时吧。

徐　妻　求死不能，又挣脱不得，这便如何是好！罢！只用缓兵之计，
　　　　求个解脱。啊将军！

阿里海牙　夫人有何见教？

徐　妻　妾身方才气急攻心，神智大乱，险些伤了将军，还与你赔个不是。
　　　　（连施三礼）

阿里海牙　好说！岂敢！小将受宠若惊！

徐　妻　大婚之前，妾身尚有一桩心愿未了，望将军成全。

阿里海牙　夫人但说无妨！

徐　妻　妾身想明日去往西湖，祭拜亡夫。

阿里海牙　祭拜亡夫！

徐　妻　了却前缘，再获新生！

阿里海牙　（惊喜）应当的，应当的！明日本将陪夫人同去。

徐　妻　多谢将军。

　　　　（唱）【尾声】

　　　　　　明日湖边设香案

　　　　　　望碧水一诉平生倾泪泉

阿里海牙　（唱）只待红绡帐里偕凤鸾

　　　　［收光。第四出完。

第五出　女　祭

　　　　［1276 年暮春，临安，西湖边。

女　声　（合唱）一湖烟水冷苍茫（此为五声音阶七言昆歌）

　　　　　　青山无语黯神伤

　　　　　　春归何处花飞尽

　　　　　　唯有柳丝牵人长

　　　　　　宝马雕车泪满路

　　　　　　伤心碧波照红妆

　　　　　　只道白莲花色好

　　　　　　谁知花蕊有寒霜

　　　　［徐妻一身缟素上，阿里海牙、孟之绍、张妈妈、侍女兵丁相随。

阿里海牙　夫人，此地最是西湖佳处。已为你设下香案，尽情一祭。

徐　妻　有劳。

张妈妈　少奶奶，今日你就在少爷灵前，痛痛快快地哭一场吧！

徐　妻　（摇头）泪已流干，心如止水。

孟之绍　徐夫人，今日你就对着万顷碧波，好好说说心里的郁结吧！

徐　妻　（点头）平生心事，当此一吐。

阿里海牙　请夫人焚香。

徐　妻　待我三拜。

　　　　〔侍女递上第一支香，徐妻高举祭拜。

徐　妻　这一支，一拜夫君！

　　　（唱）【南越调·小桃红】

　　　　　　深深下拜举灵香

　　　　　　风呜咽泛起西湖浪也

　　　　　　堪敬你保国忠良

　　　　　　碧血冷抛沙场

　　　　　　想凤昔慕鸾凰

　　　　　　奈与你一缘短，两情长

　　　　　　到如今，隔了阴阳也

　　　我呵！

　　　　　　漫挥泪效湘妃洒竹枝千行

阿里海牙　（唱）这言词甚凄凉

　　　　　　　俺心头亦惨伤

　　　眼看要做新郎的人哟！

　　　　　　　竟教我怜取失伴旧鸳鸯

　　　　〔侍女递上第二支香。

徐　妻　这一支，再拜故乡！

　　　　（唱）【忆多娇】

　　　　　　　洞庭深广，湘水绵长

　　　　　　　苍梧九嶷我心终不忘

　　　　　　　夜夜乡关梦魂到潇湘

　　　　　　　椿萱鞠养，椿萱鞠养

　　　　　　　儒脉文风流宕

　　　　　　　【前腔】

　　　　　　　难再上，名楼岳阳

　　　　　　　把忧乐天下的弦歌遗响

张妈妈　少奶奶这般依恋故园，

　　　　　　　激俺热血滔滔生枯肠

　　　　匹妇亦有家国志！

　　　　　　　北海牧羊，北海牧羊

　　　　　　　永把家山眺望

　　　　〔侍女递上第三支香。

徐　妻　这一支，三拜故国！

　　　　（唱）【五韵美】

　　　　　　　总盼金瓯固，国祚长

　　　　　　　却将哀郢悲声唱

　　　　　　　残山痛泣悼国殇

　　　　　　　诗赋文采，雨暴风狂

　　　　　　　琼楼凤阁，埋榛莽

　　　　　　　更哪堪万户千村

　　　　　　　惨伤别剖肝断肠

昭仪娘娘！姐姐！

　　　　【斗黑麻】

　　　　俺非柳绵，因风北往

　　　　是一片磁针，定朝南方

今日里呵！

　　　　只把三闾仰，自涉江

　　　　天地昭昭，日月星辰同光

孟之绍　（唱）心头激荡，贪生愧降将

　　　　轻送家邦，轻送家邦

　　　　此恨难偿

徐　妻　三拜已毕，心愿已了，再无留恋。

阿里海牙　恭喜夫人再获新生！

徐　妻　将军，嘱你备下的笔墨可有备好？

阿里海牙　有的，有的。来人，笔墨伺候！

　　　[侍女送上笔墨。

徐　妻　看这粉墙如壁，恰似我一片冰心。今日便效颦昭仪姐姐，在这
壁上题词一首，权作大宋的挽歌。也教后人知道，徐君宝妻的
香草品格、玉石心志。

　　　[徐妻在壁上题词《满庭芳》。

徐　妻　（唱）**【满庭芳】**

　　　　汉上繁华，江南人物

　　　　尚余宣政风流

　　　　绿窗朱户，十里烂银钩

　　　　一旦刀兵齐举

　　　　旌旗拥、百万貔貅

　　　　长驱入，歌楼舞榭

　　　　风卷落花愁

　　　　清平三百载

　　　　典章文物，扫地都休

　　　　幸此身未北，犹客南州

　　　　破鉴徐郎何在

　　　　空惆怅，相见无由

　　　　从今后，断魂千里，夜夜岳阳楼

　　〔书罢，徐妻投入西湖。

阿里海牙、孟之绍、张妈妈　夫——人——

　　〔三人跪而长拜，收光。

　　〔光渐起，西湖碧水荡漾。

女　声　（合唱）白云悠悠碧水长（此为七声音阶七言昆歌）

　　　　碧水深处有奇芳

　　　　丹心素秉家国志

　　　　芳魂同辉日月光

　　　　深情点点斑竹泪

　　　　高洁凛凛松柏霜

　　　　千载后人作凭吊

　　　　青史犹带女儿香

　　〔歌声中，徐妻款款行来，犹如碧水中的白莲。

　　〔收光，幕落。

　　　　　　　　　　　　　　　　——全剧终

—宋/辽/金/元—

杨宗保与穆桂英

石 芳

时间：北宋祥符年间

地点：山东

人物：

杨宗保　武生，杨延昭之子，北征军先锋

穆桂英　武旦，穆洪举之女，穆柯寨少寨主

穆洪举　丑，穆柯寨寨主

杨延昭　老生，北宋北征军主帅

孟　良　正净，杨延昭部下

焦　赞　副净，杨延昭部下

八王爷　副末，北宋真宗之弟

佘太君　老旦，杨延昭之母

楔　子

[星夜，山野道间，孟良、焦赞打马上。

焦赞、孟良　（唱）【北仙吕·赏花时】

树影流光随径趋，

催送归鞍惊寒乌。

（为得）良助灭戎胡，

星途难阻，

休道路崎岖。

孟　良　（白）白发随年改，

丹心为主批。

焦　赞　（白）捐躯赴国难，

视死忽如归。

孟　良　贤弟，又胡说了。

焦　赞　二哥，小弟这番回营，左右只是个死，清明中元，还望二哥奠

杯薄酒，烧些黄纸……

孟　良　一发胡言了！某，孟良，杨元帅麾下副将是也。

焦　赞　某，焦赞，也是一个副将。

孟　良　可恨那辽国萧太后，结五国之兵，犯我大宋，令军师吕客在九

龙谷中，摆下七十二座天门阵。圣上命义兄杨延昭为帅，八王

监军，御驾亲征，欲破阵退敌，保我大宋山河。我那贤侄杨宗保，

本已参破阵中疏漏，奈何……唉——

焦　赞　奈何圣人驾下的王钦，私通辽国，叫那吕军师把阵法补了个天网恢恢。大哥怒极昏厥，跌落将台之下，不省人事。幸得一个姓钟的道士搭救，奏禀圣人，若得降龙木，便有那破阵之法。

孟　良　元帅便命我前去五台山请杨五哥助阵。

焦　赞　叫我去山东穆柯寨借降龙木一用。

孟　良　我请得杨五哥，先行回报，路上遇着三弟……

焦　赞　我运道差些，不意得罪了那少寨主穆桂英，借木不成——哎呀，二哥，三弟死也——

孟　良　呔！借木不成，不过是行事不周，你千不该万不该，撺掇了宗保去替你盗木，他若有何差池，你如何与大哥和老太君交代！

　　　　〔孟良、焦赞打马下。

八王爷　（唱）【幺篇】

　　　　　　夜静星悬明月孤，

　　　　　　戍客征人秋思浮，

　　　　　　千帐笼穹庐，

　　　　　　丹心难护，

　　　　　　（知）何日却胡奴。

杨宗保　（白）日日山川烽火频，

　　　　　　山河重起旧烟尘。

　　　　　　少年自有凌云志，

　　　　　　永教胡戎作汉臣。

　　　　小生杨宗保，随父北征，未得报国杀敌，却愁父帅伤病难起。夜间巡营，忧思于怀，难以成寐，料想焦孟二位叔叔，当在归途之中，不免前去，迎他二人。

　　　　〔孟良、焦赞打马上。

孟　良　前面可是宗保？

焦　赞　正是，正是。

杨宗保　（拜介）见过二位叔父。

孟良、焦赞　免礼。

杨宗保　有劳二位叔父，敢问此去顺遂与否？

焦　赞　你孟二叔倒是顺，可怜焦三叔——未遂。

杨宗保　（惊介）啊呀，可是那寨主不肯相借降龙木？

焦　赞　非也非也。

杨宗保　那是何故？

焦　赞　三叔快马加鞭，不日便到了穆柯寨。

杨宗保　三叔辛苦。

焦　赞　恰寻路，大雁一双从天摔，在一支箭儿上揣。

杨宗保　好箭法也！

焦　赞　正蹊跷运道好哉，几个小娘皮跳出来，叫我把雁放开。

杨宗保　此后呢？

焦　赞　我几枪杀得她每出丑露乖，伤得厉害，故此请出个俏女孩。

杨宗保　却是谁？

焦　赞　生得是玉面粉腮，却狠似虎豹狼豺，才照面，飞刀蜂来，险些儿把三叔扎成破筛。

杨宗保　哎，这女孩儿怎不由人分说？

焦　赞　正是如此。三叔言语将她怪，骂得她气急败坏，因此惹下祸灾。

杨宗保　却是为何？

焦　赞　只因啊，她便是穆——桂——英——，那穆寨主的千金月爱。

杨宗保　呀，坏了！

焦　赞　可不是，她知我来意，一径儿叫元帅亲自去拜。

杨宗保　可恼啊可恼，她怎可如此轻慢我杨家！

焦　赞　（背介）有门了。

孟　良　那女娃好不晓事，御驾亲征，兄长为帅，怎可轻离营帐！

焦　赞　依三叔之见，不如宗保代父走上一遭。

杨宗保　可那穆桂英已然与我杨家结仇，此举未必功成。

焦　赞　非也非也。我思来想去，贤侄武艺不凡，不如入得寨中，盗得
　　　　降龙木一用，事后归还，纵他要打要骂，便也认了。

杨宗保　可是……

焦　赞　贤侄莫要优柔，事急从权，如今形势，哪得耽搁，只事后好言，
　　　　多谢他几谢。

孟　良　既知如此，当初为何鲁莽？

杨宗保　孟二叔，依你之见……

孟　良　你三叔所言，倒也有理。无论他愿借不借，往来周旋，劳神费事，
　　　　时日若久，恐贻误军机。

杨宗保　二叔所言有理。

焦　赞　那便先斩后奏！

孟　良　事不宜迟，贤侄且去，我二人即刻回营，报禀八王与老太君。

杨宗保　有劳二叔，只是一桩，休要惊动父帅，令他病情转重。

孟　良　俺省得，元帅面前，必替你遮掩一二。

杨宗保　多谢二位叔父。

孟良、焦赞　有劳贤侄。

杨宗保　且待消息。

　　　　〔杨宗保打马下。

焦　赞　不好！

孟　良　又怎的？

焦　赞　他一人前往，无有接应，一旦有变，如何是好？

孟　良　有理，杨五哥不日便到，待你我禀过八王，即刻接应宗保。

第一折　盗　木

〔山东郓州，穆柯寨前，有擂台一座。

〔穆桂英上。

穆桂英　（唱）【北仙吕·点绛唇】

　　　　　（则为它）越戟吴钩，

　　　　　（厌着它）粉腻脂柔。

　　　　　（不为他）谋金绶，

　　　　　策马封侯。

　　　　　（白）但凭这女儿身呵，

　　　　　　　一荡九州寇。

穆桂英　（白）虚负凌云万丈才，

　　　　　　　一生襟抱未曾开。

　　我，穆桂英，乃穆柯寨寨主独女，自幼熟读兵书，勤练弓马，
　　刀兵枪箭，无有不精。北十三省，罕逢敌手，虽名震海右，但
　　恨生为女儿之身，只得替爹爹守着这山寨度日。好不烦闷也！
　　近日为那降龙木，辽兵宋使，频频扰乱山寨，我待向朝中献木，
　　为我山寨寻个后路，可恼那杨家无礼，欺人太甚……闲话休提，
　　今日摆下座擂台，欲待招几个英雄侠士，也好阻挡些辽兵窥探，
　　防他日后相扰。穆瓜哪里？

　　［穆瓜内应："来了！"穆瓜提锣上。

穆　瓜　（白）人生得过需且过，

　　　　　　　　多福何如少遭祸。

　　　　小人穆瓜，乃穆柯寨中一个头目，日日只在少寨主跟前奔走。我这少主人，心比天高，久羡那北朝木兰，只他父女乃为奸人所害，不便投军，少主人满身本事，无处可使，只打理得穆柯寨铁桶一般。今日他欲招揽贤才，为便宜行事，女扮男装，不好多言，且待我为她操持一番。

穆　瓜　（敲锣介，众英雄侠士围聚）过往的英雄好汉，且留些儿脚步。今日我穆柯寨招揽贤才，特此摆下擂台，若在擂主手下过十招，可任十夫长，奉纹银五两，过五十招，可为百夫长，奉纹银二十。若过得百招，一应需求，俱可商讨。

　　［杨宗保上。

杨宗保　（唱）【混江龙】

　　　　　　　　连宵驰骤，

　　　　　　　　霜天怎晓亦心愁？

　　　　　　　　（他这里）水碧云浮苍山秀，

　　　　　　　　（谁念）边庭烽火几时休？

　　　　（白）我杨宗保呵，

　　　　　　　　为破敌苦心筹谋，

　　　　　　　　暂羞作梁上神偷，

　　　　　　　　（但只愿）奇功禀奏，

　　　　　　　　凯乐吟讴。

杨宗保　（观望介）来此便是穆柯寨前，怎生摆了一座擂台？

侠士一　哎，你这头目好生心大。

侠士二　　那擂主生得瘦小白嫩，只怕吃不得我一拳。

穆　瓜　　（无视众人介）若有意者，请到此填写公凭保人，以作验看。

众侠士　　（恼介）可恼！如此，我等必不留手。

　　　　　〔众侠士轮番上去与穆桂英相斗，下。杨宗保围观。

杨宗保　　这少年虽然瘦小，武艺当真不俗。

穆　瓜　　唉，都不济事。还有无侠士应战？

杨宗保　　（背介）倒也是个时机……（上擂台，揖介）兄台，宗某前来讨教。

穆　瓜　　（欲拦介）哎——

穆桂英　　（揖介）兄台请！

　　　　　〔杨宗保、穆桂英相斗。

杨宗保　　（思介）呀，这本事，便在杨家门下，也屈指可数。若能收拢……

穆桂英　　（喜介）却来了个有真本事的，待我折他锐气，也好收服。

　　　　　〔继续相斗，杨宗保略有败相。

杨宗保　　（叹介）观这少年面如冠玉，风姿秀雅，惜年齿尚幼，流落山
　　　　　匪之中……

穆桂英　　（羞介）看这侠客如芝兰玉树，气宇非凡，若能入我寨中，爹
　　　　　爹的心事么……

　　　　　〔继续相斗，穆桂英先停。

穆桂英　　兄台，你我旗鼓相当，不如算个平手，借一步说话？

杨宗保　　承让了。

穆桂英　　前面湖畔，有一酒家，不如到那处闲话？

杨宗保　　便依兄台。

　　　　　〔穆桂英、杨宗保下。

穆　瓜　　嗳嗳——罢了，你道是招贤，我若跟将过去，便是招嫌，且先
　　　　　去了……

〔穆桂英、杨宗保上。

（唱）【油葫芦】

（穆桂英）（好美那）风挽炊烟田舍稠，

　　　　荻花散，白露收，

　　　　浮光跃影送归舟。

（杨宗保）（好喜那）归帆满载流波厚，

　　　　秋蔬畅茂霜畦瘦。

（穆桂英）沙上禽，恰相俦。

（杨宗保）宾鸿几处闲留逗，

　　　　关北苦寒秋。

穆桂英　来此便是了。

杨宗保　酒家哪里？

酒　保　来了，二位请。

穆桂英　且上些拿手酒菜。

〔酒保下，二人就坐。

穆桂英　小可白英，今年一十八岁，未知兄台——

杨宗保　在下宗林，虚长两岁。

穆桂英　兄长有礼。观兄长音容，似非郓州之人，不知因何到此？

杨宗保　愚兄行走江湖，胡乱看些山水，行些侠义之事，不意在此巧遇
　　　　贤弟。

〔酒保布酒菜，穆桂英忐忑，酒保下。

穆桂英　兄长孤身在外行走，嫂嫂必然挂念。

杨宗保　贤弟见笑，愚兄尚未娶妻……

穆桂英　（喜，背介）如此却好……

（唱）【天下乐】

（忽听得）喜讯佳音暂饮羞，

筹（也么）谋，心颤悠，

他山石小且相投。

（白）兄长若无家累，不如来我穆柯寨中？老寨主礼贤下士，

必奉兄长为座上之宾。

杨宗保　（唱）（他那里）探殷勤，未肯休，

　　　　　　（我这里）莫踟蹰，悄立钩，

　　　　　　（知谁是）坐磻溪，钓周叟。

（白）这个么……倒也使得。贤弟年少有为，想必深得器重。

穆桂英　却是器重。只是满寨之中，少有敌手，难得畅快。日后倒可与

兄长多多切磋。

杨宗保　既如此，贤弟为何屈居寨中？不如投军边疆，建一番功业？

穆桂英　（唱）【哪吒令】

　　　　　　（且休道）束青丝身囚，

　　　　　　挽雕弓谁投？

（白）曾有此志，少时闻金沙滩一战，究竟心灰意冷。

杨宗保　（唱）（且休道）咽悲声恨揉，

　　　　　　保民安志酬。

（白）若贤弟这等，俱心灰意冷，只怕家国难保。

穆桂英　（唱）（怎知我）叹奸邪作俦，

　　　　　　笑豺狼沐猴？

（白）说得也是。既如此，兄长何不投军？

杨宗保　（唱）（怎知我）投行伍不必谋，

　　　　　　（我只待）扫边锋清寰宙，

　　　　　　震金鼓秣马云幽。

（白）呃——我本待饱览河山，再去建功。只如今遇见贤弟，一时改了主意。

穆桂英 （背介）羞煞人也……（对杨宗保）啊，兄长年纪，也可寻个嫂嫂了，不知兄长可有……

杨宗保 呃——愚兄身无长物，何谈娶妻？

穆桂英 兄长人才出众，何必多虑——只是不知兄长想寻个何样的……

杨宗保 （背介）莫非他要与我说个山匪之女？（对穆桂英）若果要寻么，自是寻个琴棋书画、针黹女红无所不通的贤德才女，日后与我教得孩儿文武双全，方为美事。

穆桂英 哦……这等事，不是养几个棋师乐师、绣工厨娘，便可成就了么？

〔穆瓜带喽啰在门口张望。

穆桂英 穆瓜进来。

穆　瓜 （耳语介）少寨主，这是安在城门近处的探子。

穆桂英 禀来！

探　子 还请少寨主屏退左右。

穆　瓜 （耳语介）少寨主，小人疏忽，这少年未验过公凭保人……

穆桂英 （思虑介）啊，兄长，我有些琐事烦扰，待请兄长跟随头领穆瓜，先去寨中安顿，日后再叙，你看可好？

杨宗保 便依贤弟。

〔杨宗保、穆瓜下。

穆桂英 快快禀来！

探　子 禀少寨主，自昨日起，共计三人形迹可疑，出入郓州，难辨辽宋。

〔穆桂英惊怒交加。

探　子 少寨主，前番赶走了杨家部将，他日程不及回赶，这两日么……此人恐是番将！

穆桂英　（踟蹰）也未见得，他番邦恐无这等人物……我且试他一试……休惊动那宗林，若有异动，即刻回禀！

探　子　是！

［探子下。

穆桂英　（唱）【鹊踏枝】

　　　　　（我我我）忍回眸，断新愁。

　　　　　（怎顾他）望蜀（的）胡戎，

　　　　　临危（的）神州。

　　　　　（悔悔悔）等闲把赤心相剖，

　　　　　（莫不是）敛行踪假意相投？

穆桂英　宗兄啊宗兄，我且不将你拿问，你也莫负我所望。

［穆桂英下。

［夜，寨中，降龙木附近，杨宗保上，探降龙木所在，试图盗木。

［穆桂英暗上。

［杨宗保与穆桂英黑暗中对打。

杨宗保　（惊介）啊，这招数，怎似曾相识？

穆桂英　他竟真个来了……

［杨宗保心有顾忌，不敌。

穆桂英　（疑介）他因何留手……

［穆桂英使破绽，杨宗保逃走。

［探子、女兵上。

女　兵　少寨主，为何放了那贼人？

穆　瓜　（背介）好没眼力，自是舍不得压寨的夫君。

穆桂英　赵二钱三，且跟随其后，看他往何方而去……

［探子下。

穆桂英　（唱）【寄生草】

细思量，意怅惘，

（他则是）玉山倾倒冰霜镂，

机锋往复灵犀透，

横刀跃马风标秀，

（怎做得）狼行虎视寇戎酋？

（且）惊蛇打草线牵留。

〔探子上。

探　子　禀少寨主，那人往宋营方向而去，有红黑二将接应，我等因此折返。

穆桂英　（喜介）呀呀呀……果然如此！

穆桂英　诸位辛苦，且去休整，宋将必定回返，明日与他清算！

（唱）【煞尾】

（恼煞你）乔装少年游，

欺我平阳兽。

（我也待）破阵门兵援木授，

（怕认我）顾盼垂枝章台柳。

错辗转相见何由，

悔惊飞凤侣鸾俦。

〔穆桂英率众下。

第二折　抢　亲

［杨宗保打马慌张逃跑。

杨宗保　（唱）【北南吕·一枝花】

（忙忙里）急奔忧路迢，

惊起寒鸦噪。

（不提防）深山卧麒麟，

静海藏螭蛟。

（白）唉，天外有天，此番盗木之举，鲁莽草率，惭愧难当。

所幸化名前去，倒未损杨家英名。

枉费辛劳，

谋算羞潦草，

新知愧舍抛。

（我这里）错行差弄巧翻拙，

（空落个）进退难步履如胶。

［孟良、焦赞上。

孟　良　前面可是贤侄？

焦　赞　贤侄，可得手了？

杨宗保　见过两位叔父，宗保思前想后，以为盗木之举不妥，欲另谋良策。

焦　赞　（背介）若不是衣裳如此狼狈，我当真信了。

［孟良踩焦赞。

孟　良　依贤侄之见——

杨宗保　我杨家将行事磊落，不如负荆请罪，正道来意。唇亡齿寒，同
　　　　为大宋子民，宗保以为，穆寨主当明其理。

孟　良　暂无他路，如此也好，便依贤侄。

杨宗保　偏劳二位叔父，待你我打理一番，前去求木。

　　　　[三人下。

　　　　[穆桂英率众女兵上。

穆桂英　听闻那小宋将带了人马而来，我么……

　　　　[杨宗保、孟良、焦赞带数兵卒上。

杨宗保　（惊疑介）那女将好生眼熟！

　　　　（唱）【梁州第七】

　　　　　　（猛见了）策龙骧仙姿窈窕，

　　　　　　横剑戟梅雪丰标，

　　　　　　红妆巧换潘郎貌。

　　　　　　（恰便似）光浮皓月，

　　　　　　（恰便似）凤啸九霄，

　　　　　　（妤教我）魂牵魄招，目眩神摇。

　　　　（白）这白英贤弟，想便是那一箭落双雁的穆桂英了，可恼也！
　　　　可悔也！

穆桂英　来者何人？

杨宗保　（唱）（我这里）诉实情困厄相叨，
　　　　　　散绮思至正权标。

　　　　（白）大宋杨延昭元帅之子宗保，率副将孟良、焦赞，向穆柯
　　　　寨求借降龙木，以破五国天门阵，保我大宋山河。久闻穆寨主
　　　　高义，惟盼相助。

穆桂英　哦……小将军似有几分面善——

杨宗保　啊呀，还未请教尊姓大名——

穆桂英　怎么？你还不知么？

杨宗保　（唱）（且由她）敛容色意逞神骄，

　　　　　　　（且由她）启朱唇含讥带诮，

　　　　　　　（且由她）动横波弄巧装乔。

　　　　　（白）料想是穆寨主的掌珠穆桂英？久仰久仰！

穆桂英　倒也不久——

杨宗保　不知少寨主可否为我等引见寨主？

穆桂英　（唱）（呀呀呀）装乔，卖好，

　　　　　　　左支右绌还言笑，

　　　　　　　（这时节）途穷真情告。

　　　　　　　（怎知我）浅水游龙骨也骄，

　　　　　　　（合该你）劫运偏遭。

　　　　　（白）久闻杨家将保土安疆,英名显赫,却不知明抢暗偷不成……
　　　　　还懂得先兵后礼了。

杨宗保　（羞愧、揖介）少寨主说笑了……日前多有得罪，还望海涵，
　　　　饶恕则个。

穆桂英　你待要这降龙木么——却也不难。

杨宗保　啊，怎么不难？

穆桂英　你我战上一场，你若赢了我么，降龙木双手奉上——

杨宗保　若输了呢？

穆桂英　若输了么……看枪！

　　　　〔杨宗保与穆桂英打马对战，难分难解。

杨宗保　啊，小姐，你我已两番平手，何苦再战？

穆桂英　哦，宗家兄长怎不装样到底呢！

  〔继续相斗，穆桂英卖破绽，佯装败走。

  〔穆桂英引女兵上绊马索，杨宗保失误，被抓。

  〔穆桂英带女兵押杨宗保下。

孟 良 可恼也！那女孩儿使诈，将宗保赚过去了！

焦 赞 你我杀将上去救人！

  〔穆瓜带人上来阻拦焦孟。

孟 良 贤弟，不可鲁莽！且从长计议！

  〔众下。

  〔穆洪举上。

穆洪举 （唱）【牧羊关】

   （笑俗世）生女轻如草，

   生男枉尊骄，

   （他怎知）育明珠喜乐朝朝。

穆洪举 （白）但使门阑添喜色，

   承欢何必是男儿。

老夫穆洪举，因奸人王钦，命太守相害，索性杀了太守，反出汝州，在这郓州牛山建得个山寨，接纳些英雄豪杰。膝下一女，名唤桂英，兵书武艺，胜过男儿。只是一桩，老夫思想，百年之后，叫这一个如花似玉的女儿，独支山寨，究非长久之计。久闻那杨家军，深得圣意，此番杨延昭需我镇山之宝降龙木破阵，他的儿子又落在我女儿手中，若耐心周旋，仔细筹谋，未必不能改弦易辙，为我一寨兄弟谋个出路。哈哈——

（唱）（恰可是）天从人愿，

   （待谋个）龙泉出鞘，

   女裙钗明光耀，

满寨儿曹简策标。

（这便是）人生休虚耗，

雄心莫负抛。

［穆桂英率二女卒押杨宗保上。

穆桂英　（拜介）爹爹！

穆洪举　啊，女儿辛苦了。这便是那杨延昭的独子杨宗保？

穆桂英　正是。

穆洪举　果然是少年英雄，俊秀不凡。

穆桂英　（羞介）啊——爹爹，你看，他可配得你女儿么？

穆洪举　（上下视介）倒也勉强。

穆桂英　若爹爹允了么——

穆洪举　（背介）结儿女亲家……此计么……妙哉，妙哉！（对穆桂英）若女儿果心悦于他，那镇山之宝降龙木和寨中兵马，便是你的聘——嫁妆！

［杨宗保惊。

穆桂英　如此，爹爹不如即刻修书告知那杨元帅？

穆洪举　正是！来人，笔墨伺候！

杨宗保　且慢！

穆桂英　那降龙木……

杨宗保　……婚姻大事，父母之命，媒妁之言，岂同儿戏！

穆洪举　贤婿说得有理，待我立时写来！（抓笔写介）杨兄台鉴，今令郎与小女才貌相侔——（穆桂英视杨宗保，杨宗保故作不理）情投意合（穆桂英走近，杨宗保转头重哼）。

［穆瓜上。

穆　瓜　寨主、少寨主，坏了！坏了！

穆洪举　何事惊慌？

穆　瓜　禀寨主，那黑红二将见我等擒了杨少将军，扬言要放火烧山，
　　　　焚毁我穆柯寨！

穆洪举　啊呀，误会一场，且待老夫前去分说，正好叫他回营传信。

　　　　［穆洪举率穆瓜下。

穆桂英　杨家兄长，桂英相貌何如？

杨宗保　自是上佳，何愁难嫁？

穆桂英　桂英兵法武艺如何？

杨宗保　不输男儿。

穆桂英　如此，配不得你么……

杨宗保　松绑！

　　　　［穆桂英示意女兵松绑，杨宗保夺刀，欲斗穆桂英。

穆桂英　降龙木！

　　　　［杨宗保顿。

杨宗保　嗯哼！宗保绝不受辱！今日被擒，但求速死！

穆桂英　你若敢死，我便焚了这降龙木，那大门阵无法攻破，你纵是死么，
　　　　也是个不忠不孝之人。

杨宗保　这……胡戎不灭，何以家为？我杨宗保志在安邦报国，无心男
　　　　女之事。

穆桂英　哟，那你……那许多婶婶从何而来啊？

杨宗保　哼，你山匪女子，焉知婶婶们高义！

穆桂英　我父女二人若不是为奸人迫害，焉至于此！且穆柯寨于百姓秋
　　　　毫无犯，郓州地界，民安物阜，全赖我寨中兄弟，岂非胜过那
　　　　州官许多？

杨宗保　啸聚山林，虎踞一方，扰乱国家，尚不自知！

穆桂英　千里神州，今日秦宫，明日汉阙，君王无道，必有取之而代者，
　　　　何曾有一姓江山，万代相传？

杨宗保　啊呀！如今五国犯境，狼顾虎伺，小姐此言，便有失妥当。若
　　　　中原动荡，那边盗性贪，隐如黄雀，防不胜防也！

　　　（唱）【四块玉】

　　　　（你你你）（葫芦提）隐祸招，

　　　　（葫芦提）愉边盗。

　　　　（便是它）秦宫汉阙替复交，

　　　　（何时认）胡戎异国为宗庙？

　　　　（你可见）塞关开，九域号，

　　　　（千里）断炊烟，

　　　　（万里）白骨暴，

　　　　命如草，人如羔！

杨宗保　且问小姐，皮之不存，毛将焉附？国之不存，民何以处？

穆桂英　有理……只是那金沙滩一战，谁不愤慨？将士合该死沙场，死
　　　　于权谋，未免血冷骨寒，令人有兔死狐悲之叹。

　　　（唱）【哭皇天】

　　　　（休休休），

　　　　（莫说那）冯唐忧首皓，

　　　　贾生悲问魁，

　　　　伍胥伐楚恨难耗，

　　　　屈原投江枉牢骚。

　　　　（一身儿）系君主屠肠截脑，

　　　　（他）贤明昏庸可能料？

　　　　（更哪堪）忠良偏将奸佞招，

357

（空做了）冤魂铺路，

（助得他）平步云霄。

杨宗保　小姐此言也有理，杨家如何不咽悲含恨？只是么，豺狼当道，国逢危难，更不可袖手避逃，独善其身。但得贤能者人人出世，则奸佞何以立足？远者不提，近者八王寇相，包大人王副相，哪个不是大宋栋梁？丈夫在世，如酒囊饭袋，苟且偷生，生亦何欢？若得力挽山河，护佑黎元，死又何妨？我杨家啊，保的是万里河山无恙，护的是生民乐业安康！纵舍身赴死，千难万险，也要肃清这寰宇，为天下百姓撑一个太平乾坤！

穆桂英　未料兄长有这般襟怀志向，桂英叹服！（拜介）桂英久有效法木兰之心，奈何奸人陷害至此，多般不便。我与爹爹，向来敬重杨家将士，愿奉降龙木，率寨中兵马，助君破阵，活捉王钦！

杨宗保　（震动介）这——

〔穆洪举上。

穆洪举　啊呀，且慢！

穆洪举　（耳语介）乖女，怎么，你不想嫁他了？

穆桂英　一发想嫁了……

穆洪举　那你此举……

〔穆桂英羞，拉扯穆洪举。

穆洪举　（背介）噢哟，晓得了。儿大不由娘，女大不由爹。少不得还得他爹我做个恶人……（对穆桂英，悄声介）女儿啊，你倒不必忸怩，他若真心不愿，爹爹这议婚书么，也写不成。（穆桂英羞介）（穆洪举提声介）：啊，女儿啊，我这议婚书已让焦孟二位将军带回了！

穆桂英　婚姻之事，不好勉强，只得事后分说一番。

穆洪举　贤侄啊，非是我勉强于你，只是么，这降龙木是我镇山之宝，寨中兄弟许多，若无凭无据，便将身家性命托付与你，怕难以服众。

杨宗保　这个么……

　　　　（唱）【乌夜啼】

　　　　　（怎看她）俏生生花容花容月貌，

　　　　　明艳艳心傲神骄。

　　　　　（好一似）云霞出岫衔夕照，

　　　　　沧溟捧月息鲸涛。

　　　　　（好一似）凤落林皋，

　　　　　拣尽南枝，

　　　　　依依傍傍愿栖薄，

　　　　　依依傍傍愿栖薄。

　　　　（白）我也非草木之人，如今思及前事么……

　　　　　（她）真心点点殷殷告，

　　　　　（早信是）前缘定，红丝妙。

　　　　（白）我杨宗保，非是优柔之辈，只是阵前招亲，军规不容……

　　　　　（这）至情难负，

　　　　　心荡神摇。

　　　　（背介）罢了，成大事者不拘小节，望事后父帅通融，功过相抵。

　　　　（对穆洪举）但依寨主！

穆洪举　啊呀——贤婿！

穆桂英　（羞介）你果真应了么？

杨宗保　（羞介）寨主所言有理，当以大局为重！

穆洪举　嗯？贤婿，你叫老夫什么？

杨宗保　（拜介）岳父大人……

　　　　　（唱）【煞尾】

　　　　　（穆桂英）（喜煞人）良缘永缔千秋好，

　　　　　　　　　　白首同偕岁月交。

　　　　　（穆洪举）（哈哈哈）赤绳巧系姻缘妙，

　　　　　　　　　（莫负他）儿女英豪，风华正茂。

　　　　　（杨宗保）一箭双雕，

　　　　　　　　　（可巧是）访梅逢春早。

　　　〔众下。

第三折　结　亲

　　　〔宋营，杨延昭打马上，率军出营。

杨延昭　（唱）【南越调·浪淘沙】

　　　　　　持志净烟烽，

　　　　　　圣眷恩隆，

　　　　　　丹心一点报九重。

　　　　　（可恨那）盗寇披猖犹沸涌，

　　　　　　更遇妖风。

杨延昭　（念）负君罪大宁如死，

　　　　　　守土诚坚不问生。

　　　　　　报国寸心无自愧，

　　　　　　此身合是宋长城。

老夫杨延昭，乃大宋北征元帅，圣上命我统率三军，驱辽破阵，
不想伤病难支，军中大事，委于八王副将。日前为那降龙木一事，
穆柯寨寨主竟然趁人之危，扣下我儿，与他作婿。那穆桂英虽
声名赫赫，然我儿乃杨家单根独苗，怎可娶一山寇之女？待我
带领人马，踏平山寨，救下我儿！

〔孟良、焦赞打马追上。

孟良、焦赞　大哥息怒！大哥息怒！

杨延昭　且看你二人惹下的祸端！叫我如何息怒？

孟　良　大哥虽怒火难消，但投鼠忌器，如此阵势，直取强攻，恐于宗
保和那降龙木不利！

焦　赞　那女孩儿狠毒狡诈，若伤了宗保，老太君必然怪罪！

杨延昭　也罢，我便扮作个老将，你二人随我率五百人马，趁夜偷袭山寨，
取木救人。

孟良、焦赞　如此甚好！

杨延昭　且随我下去，演练一番。

〔众下。

〔喜乐起，众丫鬟女兵上，布置新房，引穆桂英坐下。

〔杨宗保上，在新房外徘徊。

杨宗保　（唱）【南南吕·懒画眉】

乱听笙歌掩寒蛩，

悔借边危隐情衷，

（又）私违庭训昧家翁。

（叹）赤忱一片凭何奉？

结却朱陈意未同。

（白）先前未陈心迹，她只道我别有所图。如今么，小姐啊小姐，

咱怎诉这一片情怀也……

［穆洪举、穆瓜上。

穆洪举　啊，贤婿，你怎么还不入房？

杨宗保　（揖介）岳父大人，我……

穆洪举　事到临头，莫非你要翻悔不成？

杨宗保　非也非也。只是么……

穆洪举　（背介）懂了，他少年人脸皮薄嫩。（对杨宗保）啊呀贤婿，
　　　　莫要踌躇！（上下视杨宗保介）你便当舍身救父！

［杨宗保羞恼。（转身介）

穆　瓜　啊呀姑爷，莫要踌躇！（上下视杨宗保介）你便当为国捐躯！

穆洪举　（打穆瓜介）呸呸呸，休得胡言，大喜之日——

穆　瓜　啊呀，只许岳丈放火，不许他人点灯！

穆洪举　贤婿，你父帅还等你取木相救，快入洞房哉！

杨宗保　岳父，小婿告退……

［杨宗保入洞房；同时，喽啰上。

喽　啰　报寨主！山下来了一个老将，趁夜偷袭，弟兄们抵挡不住！

穆洪举　大水冲了龙王庙啊！且待老夫迎他上山，喝杯喜酒。穆瓜，休
　　　　要在此捣乱，且随我去。

［穆洪举带穆瓜、喽啰下。

杨宗保　娘子，为夫这厢有礼了——

［穆桂英点头还礼，杨宗保掀起盖头，二人对视，含羞。

杨宗保　娘子，良宵苦短，你我不如先饮了这合卺酒？

穆桂英　便依夫君。

［二人饮酒罢。

穆桂英　夫君，除了那降龙木，妾身还有相赠。

杨宗保　呀，多谢娘子。

　　　　［穆桂英取帕，递给杨宗保，杨宗保取帕端详。

杨宗保　（背介）这弯弯曲曲一条，莫非绣的降龙木？（对穆桂英）娘
　　　　子绣工精湛，这降……

穆桂英　（羞介）这银枪绣得如何，可像你使的那杆？

杨宗保　哦哦哦，这降敌伏寇的银枪，当真绣得巧夺天工。

穆桂英　（喜介）夫君，莫如再用些酒菜，是我亲手做成。

　　　　［杨宗保举筷夹菜，强行咽下。

杨宗保　啊，娘子，你乃一方将才，日后与我同心齐力，保家卫国，驰
　　　　骋沙场为好。这等小事，自有绣工厨娘为之。娘子已做得极好，
　　　　只是日后，不必做了。

穆桂英　正合我意，便依夫君。

　　　　（唱）【前腔】

　　　　（穆桂英）玉液香浮对觥觎，

　　　　　　　　　红蜡双辉照影重，

　　　　　　　　　（我这里）横钗醉语疑梦中。

　　　　（白）啊，夫君，我也不会调丝弄弦……

　　　　（杨宗保）（心悦你）绿沉灵宝娴挥弄，

　　　　　　　　　何必冰丝换玉弓。

　　　　（白）当初胡言乱语，还望娘子莫要放在心上。

　　　　（唱）【前腔】

　　　　（穆桂英）青丝挽结两心同，

　　　　　　　　　琴瑟偕鸣共辱荣，

　　　　　　　　　死生契阔海山盟。

（杨宗保）赤绳系定成鸾凤，

且上萧台喜驾龙。

（白）啊，娘子，咱一片——

［穆瓜内呼"少寨主，坏事了"上。

［杨宗保、穆桂英推门出。

穆桂英　穆瓜，何故相扰？

穆　瓜　少寨主、姑爷，坏事了！山下那老将不听寨主分说，径自将人擒去了！

穆桂英　什么！夫君稍等，且待妾身前去分说，救得父亲回来！

杨宗保　（思介）老将……且——

［穆桂英急下，杨宗保拽住穆瓜。

杨宗保　穆瓜，我来问你，是个怎样的老将？

穆　瓜　病病歪歪的一个老将，只几招，便擒了老寨主去了。

杨宗保　（惊介）莫非……啊呀，这可如何是好……

穆　瓜　哎，是谁个来了？姑爷莫急，等我前去打探消息。

［穆瓜下，杨宗保焦急等待。

［穆桂英率女兵，押杨延昭上。

穆桂英　哎，夫君，这病病歪歪的小老儿，半个理字也听不进，我便擒了他，待你来——

杨宗保　（视杨延昭，跪介）父帅！

穆桂英　（惊，跪介）公爹！

第四折　斩　子

[元帅军帐，杨延昭带兵入。

杨延昭　（唱）【北双调·新水令】

　　　　长持节钺守遐疆，

　　　　鬓霜侵半生劳攘。

　　　　丹心酬圣主，

　　　　赤胆报君王。

杨延昭　唉，圣驾亲征，坐镇中军，我这孩儿宗保啊，好不晓事，竟敢私出营帐、临阵招亲。想我杨家将军令如山，违者不赦。不斩宗保，如何管令三军？左右，将北征先锋官杨宗保押上来！（坐）

　　　　（唱）（看多少）鸟尽弓藏，

　　　　敛锋芒，（莫将）奇功仗。

[兵卒押杨宗保上。

杨宗保　（唱）【南步步娇】

　　　　望断秦关添惆怅，

　　　　凤志皆虚妄。

　　　　鸳盟定未长，

　　　　魂落泉乡，梦空情丧。

　　　　已是负鸾凰，

　　　　谁助雄城壮？

杨宗保　（跪介）标下在此！

杨延昭　你可知罪？

杨宗保　标下知罪！

杨延昭　依照军法，按例当斩！你服也不服！

杨宗保　这……标下服罪！

杨延昭　如此，推出辕门——

　　　　　〔孟良、焦赞内呼"元帅息怒"，上。

孟良、焦赞　（跪介）元帅息怒，我二人愿替先锋，引颈受死！

焦　赞　大哥，宗保离营，是我的主意。

杨延昭　呵呵，尔等无法无天！待斩过先锋，再斩你二人！

孟　良　标下之罪，死不足惜，然先锋年幼，且谙熟阵法，还请轻罚！（使
　　　　眼色介）焦副将，你既知罪，还不快快负荆请来！

焦　赞　啊，我这就去！

　　　　　〔焦赞急下。

杨延昭　宵小伎俩，休得卖弄！左右，暂将先锋押去辕门！

　　　　　〔左右押杨宗保下。

孟　良　人哥，我二人曾禀过了八王、老太君！

杨延昭　如此先斩后奏，岂非倚仗八王待杨家情面，欺他仁德？

孟　良　大哥，是我等思虑不周，害了宗保，让我二人替了宗保吧！

　　　　　〔佘太君渐上。

杨延昭　军法岂同儿戏？你自身难保，谁要你替！

佘太君　哦？他二人替不得，不知老身可否替得？

杨延昭　孩儿见过母亲，母亲息怒！

佘太君　杨元帅如此威风，老身岂敢生怒？当日孟良也曾禀过老身，老
　　　　身也犯了这军法，不如一并斩了。

杨延昭　母亲休要为难孩儿！

佘太君　若说为难呵，我杨家——

　　　　（唱）【北折桂令】

　　　　　　　数十年守土安疆，

　　　　　　　半世凄凉，满府孤孀。

　　　　　　　（不为那）利禄荣光，

　　　　　　　（则为这）皇图永固，

　　　　　　　（我）子丧夫亡。

　　　　　　　顾家祠灵牌忍望，

　　　　　　　（你狠心）断杨家香火微芒。

　　　　（白）杨元帅铁面无私，老身岂敢说笑！

　　　　（欲跪介，唱）（我）愿舍残生，

　　　　　　　（将）元帅相央，

　　　　　　　怕赴冥乡，

　　　　　　　愧对夫郎。

　　　　［杨延昭拦住母亲，跪。

杨延昭　（唱）【南江儿水】

　　　　　　　（儿）自幼承慈训，明典常。

　　　　（白）当年母亲挂帅出征,治军严明,令行禁止,儿至今未敢或忘。

　　　　　　　法追细柳身先倡，

　　　　　　　夫错子过无遮障，

　　　　　　　魏猍十万拥牙帐。

　　　　（白）娘亲啊，宗保是我亲子！

　　　　　　　斩子（我）怀悲含怆，

　　　　　　　徇庇亲儿，

　　　　　　　怎抵军心摇荡？

佘太君　（泪介）儿啊……（扶杨延昭介）罢了，罢了，宗保啊……

　　　　　〔佘太君拭泪，颤巍巍欲下。

　　　　　〔八王爷上。

八王爷　来人，扶老太君入座。

佘太君　千岁有礼。

　　　　　〔左右扶佘太君就座。

杨延昭　千岁驾到，有失远迎。

八王爷　免礼，想元帅知我来意。

杨延昭　下官不知。

八王爷　杨元帅执法如山，一心为公，令人钦佩。只是宗保此行，实为破阵，利国利军，情有可原。这临阵斩将，有损我军之威。

杨延昭　若说情有可原，军法岂同虚设？为帅者统领三军，如何取信将士？

八王爷　凭杨家战功声威，后果焉至于此？若怕朝廷怪罪，自有我一力承担！

　　　　　（唱）【北雁儿落带得胜令】

　　　　　　　（你杨家）边功麟阁彰，

　　　　　　　民意殷殷望，

　　　　　　　军心切切仰，

　　　　　　　（换不得）爱子身无恙？

杨延昭　劳苦功高，便可以胡作非为，视军纪如无物么？千岁纵然心切，又如何能代圣上应承？

八王爷　（唱）（嗳呀！）（忆往昔）延嗣惹灾殃，

　　　　　　　（谁）金殿劝君王？

　　　　　　　（数十载）情义遭嘲谤，

（十几岁）亲儿招折殇。

清刚，（你）法纪过天网，

流芳，（你）节操胜雪霜。

（白）杨延昭，偏你是个圣人不成！

杨延昭 千岁息怒！圣聪明断，臣感激不尽。

（唱）【南侥侥令】

（念）天恩常浩荡，

（我杨家）丹魄照穹苍。

世代精忠轻生死，

（为保这）社稷山河日月长。

（白）还望千岁体谅！

八王爷 杨延昭啊杨延昭，你好不通人情！我若不肯哩？

［小兵上。

小 兵 报元帅！穆柯寨两位寨主前来进献降龙木，并率三千兵马，襄助我军破阵！

［杨延昭暗中松口气，佘太君闻言立起复坐下。

八王爷 哈哈哈，快快有请！左右，速将杨先锋带过来！

［穆洪举、穆桂英带数兵卒上。

穆洪举 啊，亲家有礼，我将这兵马神木全送与你，快快放了我的佳婿！

杨延昭 穆寨主慎言，我若不放呢？

［穆桂英举降龙木。

穆桂英 那我便烧了这降龙木！

［左右押杨宗保上。

杨宗保 啊，桂英，爹爹面前，休得胡闹！

［穆桂英欲近，兵卒拦。

穆桂英　夫君……

［杨宗保制止穆桂英靠近。

穆桂英　好好好，杨元帅，你道我夫君依法当斩，敢问他犯何军令？

杨延昭　这第一么，身负巡营之要，擅离职守！

八王爷　噢哟，是我叫他去迎焦孟二位上将，不信问我左右。

兵　卒　监军所言属实！

杨延昭　这第二么，手无将帅之令，私出军营！

八王爷　噢哟，令牌我也给过的，焦孟二位大将可以作证。

孟良、焦赞　监军所言属实！

杨延昭　千岁！

八王爷　怎么？我这小小监军，做不得半点主么？

穆洪举　噢哟，我这个亲家，倒比王爷威风！

杨延昭　（气急介）这第三么，军情刻不容缓，临阵招亲。

穆洪举　噢哟，讲这个招亲么，他也是子承父业，何罪之有？

八王爷　噢哟，正是！当年元帅与我那义妹成亲，可不也是如此？

佘人君　哦哦哦，这婚事，我允了的，允了的，孙媳这般人才，是我杨家之幸。

穆桂英　（拜介）桂英见过老太君。

佘太君　女孩儿起来，好说好说。

穆桂英　敢问元帅，我穆柯寨降龙木与三千兵马，可换得杨先锋一命？

杨延昭　两般事体，如何混为一谈？

穆洪举　怎的是两般？常言道，舍不得孩儿套不着——郎。

穆桂英　（取卷介）桂英自幼熟读兵法，这七十二座天门阵么，欲待破之，却也不难。我已连夜书就破阵之法，还请元帅一阅！

杨延昭　（接卷看介）啊——妙哉！妙哉！啊，怎的只有半卷？

穆桂英　若能免去杨先锋之罪，自当奉上全卷！

杨延昭　女娃儿，忒过无礼！

穆桂英　哈哈哈，杨元帅！

　　　　（唱）【北收江南】

　　　　　　（呀）（你）气气声声保边疆，

　　　　　　舍生轻死向君王，

　　　　　　（却原来）专诸豫让避如蝗。

　　　　　　从心论量，从心论量，

　　　　　　（这）得失功过孰和殃？

杨延昭　（唱）【南园林好】

　　　　　　女孩儿言谈张狂，

　　　　　　功和罪（当）析离辨彰，

　　　　　　莫为骄顽标榜，

　　　　　　臣子分定家邦，

　　　　　　臣子分定家邦。

穆桂英　（跪禀介）那便从公而论！穆桂英愿为先锋，率五千人马，先
　　　　行破阵，但求将功折罪，免先锋杨宗保一死！元帅若是不信，
　　　　我便在此立下生死状，不破那天门阵，桂英誓不生还！

杨宗保　啊，娘子……

　　　　（唱）【北沽美酒带太平令】

　　　　（杨宗保）（感）卿卿恩义长，

　　　　　　（感）卿卿恩义长。

　　　　　　（你自在）鸾凤任翔翔，

　　　　　　（莫）俯首低眉喥复徨。

　　　　　　休说丧亡，（我）漫天祸自承当。

（穆桂英）（呀）琴共瑟谐鸣谐响，

凰和凤相依相傍，

（不念那）舞九霄天高云广，

共生死（我）心偿愿偿。

（恁呵）（既是那）情长，意长，

（我自当）行狂，止狂。

（白）夫君，这天门阵尚难不倒我！

（嗳呀）（恁信我）怀韬略（可）平波息浪。

杨宗保　啊，娘子，休得轻率——

[小黄门上。

小黄门　圣上有旨！

[众人跪。

小黄门　听旨——自古将才难得，兹念杨宗保破阵心切，功过相抵，特免其罪。顾征北元帅杨延昭伤病在身，今命杨宗保代掌帅印，穆桂英襄助从行，一应兵马，俱听调遣。望即刻操练三军，早日退敌破阵。钦此。

众　人　领旨，圣上万岁万岁万万岁！

[杨宗保接旨，众人起，小黄门下。

八王爷　哈哈哈，穆家孩儿，我这甥儿，此番可要重谢于你！

穆桂英　（羞介）王爷取笑了。

[八王朗笑，率左右下。

杨延昭　宗保过来，你初次挂帅，破阵之事，多与副帅诸将商议。

佘太君　好好好！破阵之余，好生护住你媳妇！

杨宗保　宗保领命！

穆洪举　（背介）啊呀，那老儿声口转得好快！我当他真个要斩子，却原来是与圣人做个样子，定等个金口玉言。这般的心口不一，幸得我女婿不肖其父，倒是个爽利的。我且向老太君打听着些。老太君，且慢！

[穆洪举随佘太君下。

杨宗保 传令三军，即刻操练！

杨延昭、孟良、焦赞 领命！

[三人带兵下。

（唱）【尾声】

（杨宗保）共奉纶音保家邦，

（穆桂英）策龙骧同驱并向。

（合）扫荡胡烟（齐将）社稷匡。

第五折　破　阵

[三军操练。杨宗保、穆桂英、孟良、焦赞各带兵破阵退敌。

众兵士 （合唱）【南黄钟·传言玉女】

画角声长，

金鼓如雷旌旗荡，

奉龙韬三军叹仰。

星驰铁骑，

荡妖氛浩气千丈。

（杀他个）巢倾穴荡，

（来他个）凯歌高唱。

杨宗保　娘子，那王钦叫我活捉了。

穆桂英　这等口蜜腹剑之辈，若得不死，便求生机，何必活捉？

杨宗保　说的是！

王　钦　元帅饶命！小人——

　　　　〔枪挑王钦。

杨宗保　穆副帅，天门阵既破，你我即刻整军回报！

穆桂英　领命！

　　　　〔整军下。

　　　（杨宗保、穆桂英合唱）【画眉序】

　　　　　　　　归途策龙骧，

　　　　　　　　万里狼烟俱平荡。

　　　　　　　　看凌阁新像，

　　　　　　　　疆场双双。

　　　　　　　　振七星将勇兵骁，

　　　　　　　　逞壮志情舒怀畅。

　　　（众合唱）同心共铸长城壮，永护九州无恙。

　　　　　　　　　　　　　　　　　　　　　　——全剧终

　　　　——根据熊大木《杨家将演义》、王润生《穆桂英大破天门阵》

　　　　　　改编，并参考京剧杨家将剧目相关情节。

> **石　芳**　上海戏剧学院博士，上海大学博士后。研究方向为中国戏曲史论。曾在《民族艺术》《戏剧艺术》等发表多篇论文，著有《清代考据学语境下的戏曲理论》。

本书受国家艺术基金 2022 年度艺术人才培训资助项目立项资助

回到昆曲 立足当下

——当代青年编剧昆曲剧作集

下

张婷婷 廖亮 主编

赵晓红 邓黛 副主编

中国书籍出版社

China Book Press

图书在版编目（CIP）数据

回到昆曲　立足当下：当代青年编剧昆曲剧作集.
下 / 张婷婷, 廖亮主编；赵晓红, 邓黛副主编. —— 北京：
中国书籍出版社, 2024.8

ISBN 978-7-5068-9830-0

Ⅰ.①回⋯ Ⅱ.①张⋯ ②廖⋯ ③赵⋯ ④邓⋯ Ⅲ.
①昆曲—剧本—作品集—中国—当代 Ⅳ.①I232.9

中国国家版本馆CIP数据核字（2024）第067156号

回到昆曲　立足当下：当代青年编剧昆曲剧作集（下）

张婷婷　廖　亮　主编　赵晓红　邓　黛　副主编

图书策划	武　斌
责任编辑	成晓春
责任印制	孙马飞　马　芝
封面设计	东方美迪
出版发行	中国书籍出版社
地　　址	北京市丰台区三路居路 97 号（邮编：100073）
电　　话	（010）52257143（总编室）　　（010）52257140（发行部）
电子邮箱	eo@chinabp.com.cn
经　　销	全国新华书店
印　　刷	北京九州迅驰传媒文化有限公司
开　　本	710毫米 × 1000毫米　1/16
字　　数	320千字
印　　张	25.5
版　　次	2024 年 8 月第 1 版
印　　次	2024 年 8 月第 1 次印刷
书　　号	ISBN 978-7-5068-9830-0
定　　价	158.00元（上、下）

版权所有　翻印必究

目录

—宋/辽/金/元—

弦索西厢

陈 莉

时间：金章宗年间

地点：山西新田县（今侯马）董家村

人物：

董　明　小生，即董解元

琼　姑　小旦，戏班名伶

董　坚　老生，董明哥哥

莲　香　贴旦，琼姑贴身丫头

院　公　丑角，董家老仆

小　吏　丑角，县衙胥吏

小吏数人　杂行

众乡亲　杂行

某编辑　杂行

某现代剧团数人　杂行

第一场 中 举

[背景乐起，喜乐合奏。

[一群小吏上，吹吹打打，前面两个小吏，一个敲锣，一个高喊。

小　吏　喜报！喜报！喜报！

[董坚上。

董　坚　日日盼佳音，天天村口望！上次落了榜，今番么，唉，不知怎样！

小　吏　新田县董家村生员董……（还在细看）

[董坚一听，跑到小吏身边。

董　坚　董明？

小　吏　对对对，是董明。

[董坚抢过喜报，细看。

董　坚　哎呀！考中了！考中了！

[小吏又抢了回来。

小　吏　你是何人？好大的胆子，敢从本老爷手里抢夺喜报！

董　坚　董明，是小人的二弟啊！

小　吏　噢……听好了，喜报！

新田县生员董明高中我省乡试第一名，解元公啊！

[小吏把喜报复送到董坚手中。

小　吏　小的这里给你道喜啦！解元老爷在哪里？解元老爷在哪里？

快请解元老爷出来，小的们给他道喜！

董　坚　各位小爷辛苦！各位小爷辛苦！里面请，里面请，请喝杯喜酒！

小　吏　恭喜！恭喜！喜酒要摆、喜钱要散，戏台子么，也要搭！

董　坚　那是自然！那是自然！各位小爷辛苦！来来来，一点心意。

　　　　〔董坚忙从怀中掏出银子捧上，两个小吏一人一份。

　　　　掏银钱，忙打点，生意人做事，要前后思量。小吏虽小，也需黄白开道，日后二弟若得官差，少不得要与他们打交道。

　　　　（背景众人唱）悲欢转倏忽，

　　　　　　　　　　　人情贯今古。

　　　　　　　　　　　试看堂前客，

　　　　　　　　　　　曾为乞身儒。

　　　　各位小爷，请里面喝喜酒。

小　吏　不劳！还有别的喜报要送……

　　　　〔小吏下场，喜乐声重起。

董　坚　先祖几辈经商，遇国难动荡，一路漂泊落根北方，经营多年，家业兴旺，如今也算得村中富户，新田县内数一数二强，无奈"士农工商"，商人终究气短，空有银钱无名望！今日董家，终于扬眉吐气了！

　　　　院公！院公！

　　　　〔老院公上。

院　公　大公子，有何吩咐？

董　坚　张灯结彩！摆酒设宴！

院　公　是！是！

董　坚　速写喜贴，宴请各位乡绅耆老！

院　公　是！是！

董　坚　再传戏班，开演三天！

院　公　是！是！

董　坚　还有，还有，开设粥棚，接济孤贫。

院　公　是！是！

董　坚　董明呢？二弟呢？

院　公　二公子么，他不等喜报，又不知跑哪里去了！

　　　　〔老院公下，众乡亲上，穿梭恭贺，一派热闹。

　　　　〔众乡亲下，董明上。

董　明　小生，董明，字玘君。新田县董家村人氏，父母早亡，与哥哥
　　　　董坚相依为命。哥哥日常经营家中生意，外出贩卖、开设当铺，
　　　　倒也挣得不少家资，不想嫂嫂几年前逝去，哥哥未再婚娶，令
　　　　我专心攻读诗文，早日高中，光耀门庭。

　　　　（唱）【北仙吕·点绛唇】

　　　　　　　乐艺年华，

　　　　　　　十年窗下，

　　　　　　夺科甲，

　　　　　　　功名相加，

　　　　　　　才情当挥洒。

　　　　今番取得乡试魁首，众人庆贺，我本该前庭照拂，把盏言欢，
　　　　然心中有一事急待处置，乃是最要紧的事体！

　　　　（唱）【北仙吕·混江龙】

　　　　　　　几多情话，

　　　　　　　两心相印蕊含花。

　　　　　　　风流潇洒，

　　　　　　　人正芳华，

　　　　　　　鸿燕往来朝暮发，

　　　　　　　书笺中咫尺天涯。

> 再无惊怕，
>
> 系功名，有声价，
>
> 昭告普天下。

我与表妹已相好数载，多年来心心相印，书信往来，早盼得春来花开，结为伴侣。

昔日小生乃一介秀才，与表妹门第有别，她为我日夜挂肚悬心，只盼我及第把亲提，今日拔头筹，吃了定心，我二人无需再隐瞒，这桩婚事，定能成就！

[背景喜乐声、喧闹声传来。

董　明　我且回屋修书，送与表妹知道，请她放宽心，不日花轿抬上门。

暂耐一时寂，长久共枕席。

（唱）【北仙吕·油葫芦】

> 紫气东来锦绣华，
>
> 鹤音唉惊老鸦，
>
> 功名志满欲腾达。
>
> 齐声比翼双飞鸟，
>
> 同心共筑鸳鸯瓦。
>
> 庆喜时，
>
> 迎聘嫁，
>
> 诗书舞乐双称甲，
>
> 虹绕映丹霞。

哈哈哈哈！世间哪有我得意董郎！

[背景声又传来酒宴声、歌唱声，一女声尤其分明。

[董明下。众乡亲上。

众　人　（白）董家这戏不简单，请来名伶小琼姑，拿手好戏《莺莺传》！

快来看戏喽！看琼姑唱《莺莺传》！

琼姑来哉！琼姑来哉！

噢，噢，果然是琼姑，名不虚传！名不虚传！

［众乡亲下，琼姑上。

琼　姑　（唱）待月西厢下，

　　　　　　迎风户半开。

　　　　　　拂墙花影动，

　　　　　　疑是玉人来。

奴家，伶人琼姑，金国露台子弟，乃北宋教坊乐人之后，先祖被虏至此，归依新朝，依旧卖艺为生，因北人多擅长枪大马、朴刀杆棒之作，先祖所长《莺莺传》迤逦风华、风流典雅，时人多爱之，为奴最擅。

（唱）【北仙吕·后庭花】

　　　　　　寻宫数调佳，

　　　　　　莺莺美娇娃，

　　　　　　可叹人未老，

　　　　　　黄风吹散沙，

　　　　　　道嗟呀，

　　　　　　情虚意假，

　　　　　　剩残山断涯。

张生始乱终弃，将莺莺抛却，每唱至今，心不能平，只因我有别情。

［莲香上。

莲　香　姐姐，你今天唱得可真好！

琼　姑　素日难道不好么？

莲　香　素日也好，不过么，今日尤其好！只是那个张生，真是可恨！

琼　姑　莲香啊，那是戏，当不得真！

莲　香　可是，我常听人说，"是假也是真，戏乃人生"。

琼　姑　似真非真，戏非人生，愉心愉情，各得欢欣。

莲　香　描摩世间，警示后人。

琼　姑　世上哪能俱是负心郎，人间自有深情人。

莲　香　对对对！姐姐的"张生"么，自然与那戏文中的不同！

　　　　（唱）【北仙吕·柳叶儿】

　　　　　　　端的个俊拔英飒，

　　　　　　　做学问满腹才华，

　　　　　　　与姐姐燕儿同榻，

　　　　　　　怎生地爱他，

　　　　　　　怎生地恋他，

　　　　　　　怎生般地看将他。

琼　姑　今朝董家公子高中，不知我那秀才可中了么？自别后心挂念，掰着指头数日子，望着日头算钟点，这会子他在哪边？到了省院？卸了行李？进了考场？拿起了纸砚？呀！万般儿景象俱在眼前，恨不得一时飞到他身边。

　　　　［莲香偷乐。

琼　姑　莲香，日前差你着人去打听消息，不知可有音讯？

莲　香　日前得了姐姐差遣，去打听那秀才是否得中，将将得了一个音讯！

琼　姑　如何？

莲　香　你猜！

琼　姑　哎呀，莫要淘气！快说！

莲　香　你的那位"张生"啊……

琼　姑　怎么样？

莲　香　中了！

琼　姑　怎么讲？

莲　香　中了！成了举人老爷了！

琼　姑　果不出所料！我料得他，此番秋闱，必得高中！

　　　　（唱）【北仙吕·金盏儿】

　　　　　　　日思遐，

　　　　　　　夜思遐，

　　　　　　　万般牵挂终丢下。

　　　　　　　珠帘高挂语喧哗，

　　　　　　　良辰怀日久，

　　　　　　　吉日喜成家。

　　　　　　　戏妆忙卸罢，

　　　　　　　掷弃旧琵琶。

三日来连演三场，虽观者如云，然我与他早有约定，他若得中，
我便从此洗尽铅华，嫁为民妇。盼他谋个一官半职，俸禄几许，
我们二人勤俭持家，也可过得。

知他家境贫寒，置办不起聘礼，奴家不知羞，瞒着他，已悄悄
为自己准备下些许嫁妆，即日便着人抬了过去。

[琼姑拿出所备新婚之物，有红盖头、铜镜等。

　　　　（唱）【北仙吕·煞尾】

　　　　　　　并头花，

　　　　　　　春无价，

　　　　　　　天上琼花拂彩霞，

　　　　　　　美满姻缘天赐下。

　　　　　　　红锦上映福华，

> 鲛绡帕，
>
> 粉面娇娃，
>
> 罗绮裙边金线匝，
>
> 并蒂莲花，
>
> 缎衫绫袜，
>
> 贤淑女宜室宜家。

乐声起，唢呐响，吹吹打打，俺娇滴滴令人搀扶轿上。

莲　香　新郎骑着高头大马，走在前头，姐姐坐轿中随在马后，呀！真真有趣！

[琼姑羞答答下，莲香随下。

第二场　骤　变

[董坚上。

董　坚　（白）鳌头占先第一名，

　　　　　前程光明声似锦。

　　　　　家业兴盛有余庆，

　　　　　欣逢盛世享太平。

二弟中了解元郎，我是上下打点、里外奔忙，在县衙内，为二弟谋得一个县丞之职，日前上任。再将他婚事敲定，也算告慰九泉之下的父母双亲。

院公！

[老院公上。

院　公　先祖在南国，被虏至北方，沿街常流浪，日夜甚凄惶。

　　　　小老儿自幼跟随父母沿街乞讨求生，父母双亡后，幸得董家收留，在此侍奉看家几十载，送走了先老爷和太太，看大了董大郎和董二郎，把他们看作亲生一样。

　　　　大公子有何吩咐？

董　坚　我素日留心，见二弟与表妹似有相好之意，我欲成就二人婚姻，老院公以为如何？

院　公　哎呀！大公子啊！老奴今日就对你明言吧！二公子与表小妹书信往来已数载，早也盼，晚也盼，就等着二公子考取功名，缔结婚亲！

董　坚　啊！如此说来，倒是我，后觉后知了。

院　公　现在知道也不迟！（背云）

　　　　大公子，你如何打算？

董　坚　如今二弟有了解元的功名，姑父母断无不允之理。速备吉贴、聘礼并白银五百两，送至姑母家中，与二老约定佳期，上门迎娶。

院　公　晓得了！大公子尽管放心，老奴即刻起身，定误不了这桩亲事。往太原府这条路，没有人比我更熟。（背云）

　　　　［老院公欲下。

董　坚　且慢！

院　公　还在！

董　坚　其它聘物尚且一般，只是那"五花爨弄"戏俑珍贵非常！乃是绝艺匠人传世之作，定要细细包裹，交与表妹亲视。

院　公　老奴有数，大公子但放宽心！

董　坚　表妹虽在深闺，但酷爱戏文，这件聘礼，表妹定然满意。

　　　　［董坚下。

院　公　终盼得一段儿佳话，开了花，小老儿再不必替他们隐瞒，提心
　　　　吊胆。

　　　　此一去，光明正大！提亲、下聘一并儿说话。哈哈哈哈！

　　　　［老院公下。

　　　　［莲香上。

莲　香　姐姐前台做戏，莲香在后台奔忙，这些年，姐姐与那秀才情投
　　　　意合、心心相印。不是书信，就是物品，诺诺诺，今日是帕儿，
　　　　明日是诗儿，把俺的小腿儿跑断。

　　　　今日里，又来书信一张，忙递与姐姐手上。这必是最后一遭儿
　　　　的差使，以后啊，再莫要使唤我这个"小红娘"！

　　　　这个"张生"，想是与姐姐商量成亲事，待俺速速交予姐姐！
　　　　上次看上的新胭脂，姐姐不给，信儿不予她，哼！

　　　　［莲香下。

　　　　［背景音，莲香呼喊，"姐姐醒来！"

　　　　［莲香急急再上。

莲　香　不得了！不得了！姐姐看罢信，身子歪、手儿垂，泪儿淌，人
　　　　儿已昏过去半个，呼叫皆不应，茶水灌不进，吓煞"小红娘"，
　　　　急忙出门找郎中，若姐姐有个短长，我也不活在世上。呜呜……

　　　　［莲香下。

　　　　（背景众人唱）纵有聪明目如光，

　　　　　　　　　　难测何时逢祸殃。

　　　　　　　　　　昔时珠翠绕画梁，

　　　　　　　　　　身后不见乌衣巷。

　　　　［小吏手里掂钱袋上。

小　吏　刘家大姐长得俏，家私田产有不少。刘李两家世相好，李家哥

哥本应把刘家姐姐讨。可叹李家家败了，刘家又把王家交。王家财势高，看中了刘家姑娘颜色娇。刘家要退亲，改上王家轿。刘家大姐不依饶，誓要与李家哥哥守破窑。王家心生计，公堂走一遭。告李家哥哥诓骗加偷盗。自古衙门朝南开，打点银钱不能少。只要银子到，没有事情办不了！县老爷有心向富豪，把李家哥哥上了枷号。生生将黑白颠倒，是非混淆！

〔背景声，县太爷怒道：这结案文书你是写也不写？董明回：不写！

小　吏　偏遇上，这个榆木疙瘩不开窍！

〔董明怒上。

董　明　为官的徇私弄法，为吏的权做爪牙！这等扭曲做直之事，断不能为！

小　吏　这李家公子不过是个寒酸秀才，刘家姑娘嫁过去也是吃苦受罪，莫若嫁入王家，得享一世富贵！

董　明　李家公子与刘家姑娘两情相悦，又有婚约在先，岂能强拆鸳鸯，打散美满姻缘！

　　　（唱）【北正宫·端正好】

　　　　　笔尖勾，

　　　　　无情道，

　　　　　一纸宣断似钢刀。

　　　　　须知一双无情镣，

　　　　　湛湛冤屈造。

小　吏　天下尽是不平事，似你这般气性，命也要丢掉二百遭！

董　明　（唱）【北正宫·滚绣球】

　　　　　读经书志气坚，

　　　　　苦求学甚辛劳，

> 世人都道为官好，
>
> 岂料欺心坏德操。

小　吏　讲德操？银钱少！如何养活一家老小？

董　明　（唱）通关节罪免责，

> 无银钱劫难逃，
>
> 做吏犹似做贼盗，
>
> 做官活像坐地牢。

小　吏　衙里衙外上百号，都指着这些人事撑开销，你何必如此计较？

董　明　（唱）官名傍身心实累，

> 这等威风可尽抛，
>
> 换个逍遥。

小　吏　董县丞啊！这文书你若不写，这官身怕是要被免掉！

董　明　这……

　　　　（唱）【北正宫·倘秀才】

> 眼见得家兄渐老，
>
> 面对着官身难讨，
>
> 还有那痴待良宵等亲招。
>
> 好教我难做主，
>
> 意飘摇，
>
> 乱心焦燥。

小　吏　若被大老爷责罚，功名要泡汤，仕途路要断。莫若心一横，眼一闭，笔一挥……（做写字状）我这可为你好！

　　　　［董明犹豫，小吏进前一步。

小　吏　董县丞，你可要盘算仔细！

　　　　［（背景声）冤枉啊！

董　明　（唱）【北正宫·倘秀才】

岂不闻冤沉难了，

岂不顾青天自晓，

提笔判决恰如执鞭仗刀。

悖情理欺贫弱，

意难消，

自挂盔帽。

［董明下定决心状，甩袖下。

小　吏　董县丞！董县丞！你去哪里？签押房在那边！签押房在那边！

［小吏呼叫着，掂钱袋下。

［莲香拿药上。

莲　香　姐姐病倒，莲香心焦。

当初因他缺少赶考的盘缠，姐姐无法，遂把家传的"五花爨弄"戏俑做了典当，换了些许银钱助他科考。

（唱）【北正宫·尾声】

栩栩五戏陶，

搬演瓦舍调，

世间荣辱倏忽消，

粉墨几多伴昏晓。

这"五花爨弄"戏俑，乃是戏台上的五个行当，姐姐先祖令能工巧匠雕刻成石样，敷以颜饰，传之后代，乃是我们梨园本色、伶人之魂、神之依托。如今秋去春来，赎期已过，成了死当，这便如何是好？

［莲香无奈下。

［老院公拿书信和戏俑上。

院　公　原想好事成双，不曾想，倒霉事体一桩接着一桩！二公子辞了
　　　　　公差，没了前程。太原府的姑老爷听说此事，登时大怒，把聘
　　　　　礼尽数退回。

　　　　　诺诺诺！"五花爨弄"也退了回来！说这等优伶之物，玷污他
　　　　　家门风！

　　　　　又立时定下今年新中一个举人，不日就将表小姐聘出。唉！真
　　　　　是生生拆散双飞鸟，织女牛郎断鹊桥，风吹树倒！

　　　　　待我速速报与大公子知道！

　　　　　［老院公拿书信和戏俑下。

第三场　祭　坟

　　　　　［莲香上。

莲　香　姐姐，雨天路滑，当心了。

　　　　　［琼姑上，悲伤状。

琼　姑　（唱）【南双调引子·谒金门】

　　　　　　　　乌云降，

　　　　　　　　踏雨迎风跌撞。

　　　　　　　　祭父母清明路上，

　　　　　　　　满怀悲愤荡。

莲　香　姐姐，前面到了。

琼　姑　莲香，供品摆上。

　　　　　［莲香摆放祭品。

（唱）【仙吕入双调·忒忒令】

　　泪透衣思亲断肠，

　　呈椒浆伏维尚飨。

　　远离故国，

　　中道亡丧。

　　生撇下幼伶仃，

　　无挨靠，

　　无倚傍，

　　天短夜长。

［琼姑、莲香相继拜祭。

琼　姑　爹爹、母亲，待儿与二老漤一碗浆水，烧一陌纸钱。儿膝下承
　　　　欢尚未成人，你们就狠心舍我而去了！

（唱）【仙吕入双调·尹令】

　　那时已失倚傍，

　　如今有谁倚傍？

莲　香　姐姐！

［琼姑、莲香相拥而泣。

琼　姑　（唱）家乡远隔相望，

　　　　　　他乡寄留凄怅。

　　　　　　干戈不仁，

　　　　　　北地流离尽遽惶。

琼　姑　家人经战乱，从南至北，被虏此地。为衣食暖饱，重操旧业，
　　　　在梨园安身，勾栏瓦肆卖唱。

（唱）【仙吕入双调·品令】

　　衣薄腹饥，

> 饥馑断饮粮。
>
> 梨园卖唱，
>
> 重启旧衣箱。
>
> 将儿喂养，
>
> 舐犊情深恩广，
>
> 亲书墨远避优倡。
>
> 孰料无常断路，
>
> 骨肉支离骤逢殃。

琼　姑　奴家虽生在梨园，然双亲俱以诗书为上，奴家自幼便读书习文，爹娘言道，女儿家若单学艺，只可饱腹，识文断字，方脱浅俗。岂料双亲骤然亡故，撇下奴家衣食无着，只得抛头露面，依旧做戏为生。

　　　　（唱）【仙吕入双调·豆叶黄】

> 胭脂省却，
>
> 更喜书香。
>
> 寒来暑往居闺房，
>
> 安心学养。
>
> 孜孜无怠，
>
> 久习声腔。
>
> 非是我夸矜言大，
>
> 浸染经年技艺精当。

莲　香　姐姐技艺自是与旁人不同！

琼　姑　谋生而已，实非本心！

　　　　（唱）【仙吕入双调·江儿水】

> 羁困笙歌场，

> 屈身意怆凉,
>
> 烦音怨曲幽幽唱。
>
> 戏终与人无来往,
>
> 戏银之外无它想,
>
> 不做轻狂孟浪。
>
> (合)寸草虽微,
>
> 尘露不曾沾青裳。

莲　香　姐姐啊！你洁身自好,除了做戏,别无它业。但做女旦的,单靠做戏,挣来的家私实实可怜。台上的戏要做,台下的戏也要做,真戏也做,假戏也做,方能趁得些银钱。

琼　姑　这话我岂不知？只是有违本性。银钱虽少,一分一厘俱清明！

莲　香　可恨全贴补了那个贼子！当初,他只是戏班里一个润笔的穷秀才,是姐姐助他考取功名,他却违背诺言,恩断情绝！

琼　姑　唉,也是我一心欲脱籍从良,心急意乱,遇人不淑！

　　　　(唱)【仙吕入双调·玉交枝】

> 相识歌场,
>
> 意和情投不断肠。
>
> 资他院考存希望,
>
> 不顾嘲笑飞谤。
>
> 非无困惑疏警防,
>
> 心存一线痴心障。
>
> 错把薄情当膏粱,
>
> 只落得人财两亡。

莲　香　姐姐,这些日子你茶饭不思,日日啼哭,教我莲香如何是好啊！

　　　　[莲香暗泣。

琼　姑　妹妹，我们做女子的，一定要自尊自强，须提防无情肚肠，千万莫把他人依傍！你要谨记！

莲　香　姐姐！

琼　姑　当年，你头插枯草被贱卖于道旁，我怜你年幼将你带回家中，多年来扶持相依，早已将你当作亲生妹妹一样，如今，我已不能护你周全，你与我，就此而别，自寻生路去吧！

　　　　（唱）【仙吕入双调·玉抱肚】

　　　　　　心枯神丧，

　　　　　　拣一处清明禅堂，

　　　　　　且安身远离欢场。

　　　　　　着素袄修心境，

　　　　　　冷杯残羹度风霜，

　　　　　　梦里悠悠回故乡。

莲　香　姐姐，你要舍弃我么？

琼　姑　我今已是自身难保，怎能带累于你。

莲　香　姐姐！莲香命苦，自幼双亲亡故，被狠心的舅母贱卖，苍天有眼，遇着了姐姐！

　　　　（唱）【仙吕入双调·川拨棹】

　　　　　　焉能忘，

　　　　　　遇恩人救道旁。

　　　　　　若非阿姐尽钱囊，

　　　　　　卖为娼妓也平常，

　　　　　　似重生以何报偿？

　　　　　　（合）你我身随影共行，

　　　　　　紧相伴，日月长。

莲 香 姐姐当日倾尽积蓄将莲香买回,多年来幸得姐姐照拂,衣食有着,
饱暖有度。我与姐姐心心相印,相扶度日,莲香与姐姐生死相依!
绝不分离!

琼 姑 少不得你要随我吃苦了。

莲 香 只要姐姐不弃,莲香情愿吃苦!姐姐啊,再莫把"离"字放口上!
莲香死也要与姐姐死在一处!

　　〔莲香哭。

琼 姑 罢罢罢!既如此,你将我行头妆奁全部卖掉,一应家私细细拣敛,
戏场之物不拿走一分一毫,我们二人寻个茅屋草房,与人做些
针线小计,纺线织布,清静度日。

莲 香 姐姐,那"五花爨弄"戏俑还在当铺……

琼 姑 要它何用!

　　(唱)【南吕引子·哭相思】

　　　　避世于寻常陌巷,

　　　　抛却了喧闹过往。

　　　　自赎自割断念妄,

　　　　难料想至此收场。

莲 香 姐姐,似你这等哭,要哭到几时!风急雨冷,我们回去吧。

　　〔琼姑与莲香下。

　　(背景众人唱)天若有情天亦怜,

　　　　　　　　古来几多受熬煎。

　　　　　　　　新绿转枯飘零尽,

　　　　　　　　繁花依旧似往年。

第四场　出　走

［老院公上。

院　公　天公局法乱如麻，拆散鸳鸯不成家。

我家二公子，自从丢了官差，婚事落空。他是天天游荡，日日饮酒，胡行乱走！

二公子！二公子！

［董明醉态上。

董　明　小生！董解元！何人不知？哪个不晓？哼！

［董明一副风流相。

秦楼谢馆鸳鸯幄，风流梢是有声价！哈哈哈哈！

（唱）【北南吕·一枝花】

携一壶儿酒，

挽一截儿袖，

戴一枝儿花，

歌罢舞难休，

独倚风流。

醉卧凌星斗，

狂歌须聒喉，

昨日才做入朝官，

今朝成了山里寇。

［老院公扶着董明七倒八歪。

院　公　公子啊，你的学问要荒废了！

董　明　（唱）【北南吕·梁州第七】

　　　　　　挥毫万言夺甲首，

　　　　　　运才千篇中头筹，

　　　　　　功成名就冠巾授。

院　公　公子啊，得功名本就要出头啊！

董　明　（唱）拜官做吏，

　　　　　　忍垢低头，

　　　　　　是非做倒，

　　　　　　好坏相由。

　　　　　　暂屈身放浪逐流，

　　　　　　且仰俯随变如囚。

院　公　公子啊，官场之上，俱是这般！

　　　　（唱）也曾经躲避滑油，

　　　　　　也曾经拜上相投，

　　　　　　也曾经前后难周。

　　　　　　含忧，

　　　　　　饱受，

　　　　　　三分役吏七分寇，

　　　　　　难将生民救。

　　　　　　耿耿心怀万点愁，

　　　　　　罢走脱钩。

院　公　公子啊，你今后做何打算？

董　明　（唱）【北南吕·骂玉郎】

　　　　　　沉沉醉卧滴更漏，

花月酒家楼，

笙箫管尽如春昼。

且逗留，

拥香袖，

权消受。

［董明做放浪状，大笑。

［背景音：董解元，看戏喽！看戏喽！

董　明　就来！就来！

［董明携老院公。

董　明　院公，我们看戏去啊！走啊！走啊！

［老院公挣脱。

院　公　哎呦呦！你还有心思看戏！表小姐新嫁的举人老爷做官后贪私舞弊，被下了大狱！

董　明　噢？有这等好事？哈哈哈哈！

［董明高兴状。

院　公　可怜那表小姐被逼嫁后，相思透骨沉疴久，命不久矣。

［老院公拭泪。

［董明立时呆若木鸡。

院　公　这边厢每日看戏喝酒，那边厢却要办白事！哎呦！我那可怜的表小姐啊！

［老院公悲痛下。

董　明　（唱）【北南吕·感皇恩】

霎那魂飘，

瞬刻魄消。

断肝肠，

抽精髓，

搅心潮。

今生未就，

来世相求。

恨难平，

情难舍，

爱难抛。

[背景音：董解元，快来看戏喽！今朝有好戏哉！

董　明　（唱）【北南吕·采茶歌】

往常自恃风流，

今日不掩哭号，

冷风儿穿透此身儿休。

腹有五车书，实指望金榜题名、洞房花烛，为官为相声名扬，

罢罢罢！今日里，断绝此念想。

（接唱）远尘缘人间尽走，

只这茫茫幽怨几时休。

[背景音传来演戏看戏声。

[莲香哭状上，不经意撞到董明，施礼道歉。

莲　香　奴家眼拙，冒犯公子，但请见谅！

[董明被撞醒，惊讶状。

董　明　小大姐，不必在意。

[莲香手中之物落了一地，莲香董明同捡，董看出是曲谱。

董　明　小大姐，你拿这多曲谱，是何缘故？

莲　香　这是我家姐姐之物，本想卖与戏班班头，换几两碎银，可恨人
走茶凉，班主不收，奴家只得送往当铺。

〔莲香又哭起来，董明心生不忍。

董　明　这岂不可惜！

莲　香　家中无粮，当得几文，权且充饥。

董　明　那当银十分微薄，又能充得几时？小大姐，小生一向爱好戏文，看你手中曲谱甚是精美，不若卖与小生。

莲　香　公子愿买？

董　明　真心实意。

〔董明翻遍全身，将所有银钱交给了莲香。

〔莲香感激。

莲　香　公子之恩，没齿难忘！请公子留个名姓、住处，他日有缘定当报还。

董　明　不必了！小生人微名薄，孤零于世，与小大姐萍水相逢，自是有缘。能解小大姐之困，小生甚感欣慰。小大姐，快去买些米面，速回家中吧。

莲　香　公子保重！

〔莲香感激下。

〔背景音又传来演戏看戏声。

董　明　此身何处？此心何属？此情何依？此魂何付？普天之下，哪里容我董明安身立命？不如走了罢！

〔董明下。

（背景众人唱）负子痴情抱恨长，

　　　　　　不知何处是家乡。

　　　　　　歌声歇处乌夜啼，

　　　　　　天道世事两茫茫。

第五场　会　戏

［老院公拿药上。

院　公　二公子离家三年，到处飘泊。大公子操持家业、日日悬心，终
　　　　致一病不起，唉。

［老院公下。

［董明急上。

董　明　冬去春来已三载，风尘仆仆归家来。

　　　　小生三年前跟随戏班离乡出走，四处游荡，浪迹天涯，可叹呵！

　　　　（唱）【南商调·忆秦娥】

　　　　　　　　风餐宿，

　　　　　　　　苦行没个安身处，

　　　　　　　　安身处。

　　　　　　　　半生埋没，

　　　　　　　　四时辜负。

董　明　家兄病重，皆为小生所累！今遍请名医，药石无救，这便如何
　　　　是好！

［老院公悲痛状上。

院　公　大公子病势渐重，想他一生爱戏，不如为他演上一场，解他心宽。

董　明　那就快请戏班搬演起来！

院　公　大公子最爱看《莺莺传》。

董　明　这倒不难，《莺莺传》各个戏班俱能搬演。

院　公　他最爱看琼姑演的《莺莺传》。

董　明　这也不难，与她多付银钱。

院　公　可琼姑娘三年前已离开戏班，不再上台。

董　明　这……院公，你可知她现在何处？

院　公　老奴打听得出来！

董　明　好！速去寻她，多说好话，多付银钱！

院　公　老奴明白！公子放心！

　　　　［老院公、董明下。

　　　　［莲香上。

莲　香　无有田地无有业，纺线织布度余年。

　　　　（唱）【南商调·山坡羊】

　　　　　　离却笙管朱户，

　　　　　　脱下锦衣罗襦。

　　　　　　炊烟洗米农家妇，

　　　　　　粝饭粗，

　　　　　　贫寒志不输。

　　　　　　奔忙每日多辛苦，

　　　　　　衣带趋宽容渐枯。

　　　　　　惜乎，

　　　　　　如孤鸾寡鹄，

　　　　　　知乎，

　　　　　　如灼华玉姝。

　　　　［老院公上。

院　公　到了，待小老儿叫门。

　　　　［老院公叩门。

莲　香　听得有人叫门，待我看是哪一位？

　　　　　[莲香开门。

莲　香　这位老伯，是你叫门？

院　公　敢问小大姐，这里可是琼姑娘住所？

莲　香　正是。

院　公　小大姐可是莲香姑娘？

莲　香　你是何人？

院　公　小老儿乃新田县董家村董坚家仆。

莲　香　有何见教？

院　公　小老儿有一事相烦。

莲　香　却是何事？

　　　　　[老院公诉说状，并将礼物捧上。

莲　香　这个么……待我告之姐姐，老伯稍待。

院　公　有劳！有劳！

　　　　　[莲香下。

　　　　　[老院公忐忑不安状。

　　　　　[莲香上。

莲　香　姐姐说"宁为田舍妇，不做歌场舞。"老伯请回吧。

院　公　小大姐且慢……

　　　　　[莲香不听老院公相求，关门，下。

　　　　　[老院公无奈，回到董家，唤出董明。

董　明　院公，琼姑可曾请来？

院　公　公子啊！

　　　　　【南商调·水红花】

　　　　　急匆匆探至庄居，

叩门枢，

详情悉数。

董　明　如何？

院　公　琼姑她……

宁为贫妇住寒庐，

不别图，

辞离歌舞。

董　明　怕是你不肯多付银两。

院　公　老奴冤枉！

（唱）有银钱钗盒裹，

加炭米并时蔬，

劳心费工夫，

看来枯树上难开花也啰。

院　公　公子，你看如何是好？

〔董明思索片刻。

董　明　待我再次登门相求！于她三拜九叩也情愿！

〔老院公、董明来到琼姑家门前，院公叩门。

〔莲香上。

莲　香　听得有人叫门，又是哪位？

〔莲香开门。

莲　香　老伯，怎么又是你！

〔老院公退，董明上。

董　明　前番家院多有冒犯，小生这厢赔礼了！

〔莲香细看，恍然大悟状。

莲　香　这位公子，我认得你啊！

［董明迷惑。

董　明　小大姐认得小生？

莲　香　公子忒健忘了，三年前，在勾栏戏院，奴家借贷无门，还是公
　　　　子解囊相助！

［董明恍然大悟。

董　明　哎呀呀！真是人生何处不相逢！

莲　香　你和这位老伯是一家？

董　明　正是！

莲　香　为先前之事而来？

董　明　正是！

莲　香　公子稍待！

［莲香转身入内。

［少倾，琼姑莲香同出。

［琼姑与董明四目相对。

董　明　好一个女子也！（背云）

琼　姑　好一个公子也！（背云）

［两个相互见礼。

董　明　小生有礼！

琼　姑　公子万福！

董　明　小生此番叨扰，实属无奈。

琼　姑　公子无需多言，此事奴家已尽知。深感公子当年倾囊相助，今
　　　　日理应回报。只是奴家当初离开时，行头俱已典卖……

董　明　无防，家兄痴迷戏文，家中行头齐备。

琼　姑　何人配戏？

董　明　小生几年来跟随戏班，与众伶人相熟日久，配戏之人无需担忧。

琼　姑　那……张生何人妆扮？

莲　香　我姐姐技艺非凡，一般村人可配不得！

董　明　姑娘看小生如何？

院　公　使得！使得！

　　　　[众人下。

　　　　[琼姑、董明上，两人扮做莺莺与张生，在台上起舞。

　　　　（背景众人唱）待月西厢下，

　　　　　　　　　　　迎风户半开。

　　　　　　　　　　　拂墙花影动，

　　　　　　　　　　　疑是玉人来。

　　　　[戏毕，两人相互致意。

　　　　[莲香、老院公上，做赞叹状。

琼　姑　一别三载，技艺犹在。原以为做戏实苦，今日登台，却忽觉大
　　　　有意趣、大有妙处！

　　　　（唱）【南商调·山坡羊】

　　　　　　　　曾被无情辜负，

　　　　　　　　决意抽身自度。

　　　　　　　　薄衣陋食多劳苦，

　　　　　　　　慎守独，

　　　　　　　　清明照本初。

　　　　　　　　何期曲调归来复，

　　　　　　　　歌舞音声仍谙熟。

　　　　又只见"五花爨弄"摆放厅当中，不觉泪暗垂、心神伤。

　　　　（接唱）呜呼，

　　　　　　　　心神何所属。

呜呼，

茫然迷道途。

董　明　几年来曾见过做戏无数，今日观琼姑，另有一番妩媚，与他人
　　　　实不同！

（唱）【南商调·山坡羊】

魂魄悠悠难住，

姿态瑶瑶夺目。

台前幕后别分付，

艺巧殊，

娉婷诚悦服。

却为何暗自泪垂？想是她别有忧伤。

（接唱）天生这世间尤物，

惜做了乡间村妇。

呜呼，

羞杀污秽徒，

呜呼，

甘心为相如。

琼　姑　奴家献丑了！

董　明　小生开眼了！为家兄之事，生受姑娘了！

琼　姑　公子也需保重！常言道，休说人无生死，草虫也有非灾。

奴家告辞。

〔琼姑、莲香下。

〔董明发呆，眼睛盯着琼姑离去方向。

院　公　公子！公子！魂魄归来！魂魄归来！

〔老院公手牵董明视线。

［董明脸红下。

（背景众人唱）睹色相悦情之真，

　　　　　　个中自是有缘分。

　　　　　　几曲宫商余音绕，

　　　　　　病树前头又逢春。

第六场　相　救

（背景众人唱）生死两扇门，

　　　　　　聚散事难论。

　　　　　　扪心得无憾，

　　　　　　殒身亦安魂。

［董明祭拜状。

董　明　哥哥啊！你竟舍我而去了！

（唱）【北正宫·端正好】

　　　　死别离，

　　　　声哀泣，

　　　　止不住跪拜悲啼，

　　　　心生怨恨塞天地，

　　　　夺我亲兄弟。

［老院公上，悲伤状。

院　公　大公子留下偌大家业，从今后，这副担子就交予你了。

董　明　哥哥啊！

（唱）【北正官·滚绣球】

　　苦经营半世忙，

　　惯操劳不歇息，

　　四方奔走伤身体，

　　致劳疾百药难医。

　　父母离世舍儿，

　　留下兄弟偎依，

　　历尽怆凄经年岁，

　　千辛万苦甚为疲。

　　他常道从商气短着青裳，

　　唯盼我好学勤读换紫衣，

　　翘首相期。

［老院公拭泪。

院　公　唉，可叹大公子，身前少家室，身后无儿孙。

（唱）【北正官·倘秀才】

　　曾望他结缘良配，

　　曾劝他续弦聘妻，

　　四季相携永不离。

　　他却道姻缘天自定，

　　何必费心机，

　　工于算计。

自从大娘子逝去，媒人来了不少，大公子总是不满意。他怕半道儿夫妻，不与他一心一意。

董　明　哥哥心思，小弟自知。

（唱）【北正宫·脱布衫】

　　　　意同形迹影相随，

　　　　愿难谐口是心非。

　　　　不是有钱长伉俪，

　　　　最难得知音难觅。

院　公　正是如此。

　　　　［莲香急上，唤院公，施礼。

莲　香　老伯请上，我有一事相求于公子！

　　　　［院公引莲香进，莲香董明互见礼。

董　明　何事如此慌张？

莲　香　莲香我实在没了主意，不得已相求于公子。

（唱）【北正宫·小梁州】

　　　　遁隐归林挂素帏，

　　　　暮织朝纺紧门扉。

　　　　自那日姐姐再唱莺莺后

　　　　不承想被恶少频追，

　　　　贪心贼，

　　　　偷窥姐姐貌美。

　　　　三翻几次求婚配，

　　　　张牙舞爪紧逼摧。

董　明　如今怎样？

莲　香　（唱）现今逃生无计，

　　　　　　　实难藏匿，

　　　　　　　明日是临期。

姐姐说，到了明日，纵死不从！来年明日就是她的祭日，恳求公子看在姐姐敷演一场的情份上，搭救我们吧！

［莲香哭，董明着急。

董　明　这可如何是好！

院　公　公子，这种事体，还需人事开道。老奴即刻打点银两，往县府衙门走一趟，公子与莲香写一纸诉状，两样物品承递上，差吏出动，定能救下琼姑娘。

董　明　好好好！我这就写！

［董明疾书毕，交与莲香。

院　公　速速去办，不拘银钱，多多打点！

院　公　晓得！莲香姑娘，快随我来！

［莲香、老院公同下。

董　明　想不到啊！想不到！我董明今日也做了当日不耻之事！唉！

［做无奈状，忽又想到琼姑，不由敬服。

好一个刚烈女子！

（唱）【北正宫·煞尾】

　　　　昔闻她贱籍遭弃，

　　　　闲语纷纷人谤讥。

　　　　寻思就里，

　　　　恐被人欺，

　　　　评哂笑伊，

　　　　枉误冤屈悖情理。

［董明下。

（背景众人唱）都道戏子陋质，

　　　　　　　岂知口舌多诽。

行高难抵众词，

存心自有天知。

第七场 谱 新

[琼姑上。

琼 姑 劫后余生心犹悸，春秋几度人事移。

奴家原与戏班中润笔秀才相好，盼他得中功名，娶我为妻，以脱贱籍。哪承想，他中举后将我弃，另娶高门之女。奴家为此离了戏班，避居乡野，从此粗服布衣。却不料他骤然得势，得意忘形，犯了官司，被贬为民，永不叙用，这真是"欲图他人，翻身自己"。

（唱）【北双调·新水令】

莫道诗乐使人贤，

意得之处行方显。

昭昭天理在，

恶报料难免。

昧心欺天，

昧心欺天，

神明烁目如电。

来此三年，本无事端。不想又被恶人撞见，强要娶我为妻，我本当一死保清白，幸蒙董解元相救，方脱危难。

（唱）【北双调·驻马听】

命运堪怜，

自古优伶人看贱。

行出不便，

谢当面无有机缘。

况悠悠众口难填，

怕纷纷碎语闲言。

欲相见，

奈何难掩旁人眼。

［莲香上。

莲　香　姐姐，祸事已过，看你终日烦恼，却是为何？

琼　姑　莲香，我们蒙此大恩，岂有不报之理？

莲　香　姐姐说的自然在理，可我们无财无势，朝夕糊口而已，如何答报？
　　　　莫说是姐姐，我也为此烦心。

琼　姑　难道他，也为图我之身？

莲　香　这……我看未必。三年前他倾囊相助，与你我并不相识。此番
　　　　相救后，多日来，也未曾打扰。

琼　姑　这倒也是。

莲　香　姐姐，纵无有他报，当面致谢总是应该的！

琼　姑　我也有此意，只是怕外人乱议。

莲　香　我们行得正、做得端，莫顾他人言语！姐姐寻机，也可试他一试！
　　　　［莲香窃笑，琼姑羞意。

琼　姑　啐！也罢！你我收拾停当，就便行事。
　　　　［琼姑、莲香下。
　　　　［董明上。

〔董明手捧曲谱，边看边赞。

董　明　呀！世间真有这般兰心惠质、多才多艺的女子！

　　　　（唱）【北双调·乔牌儿】

　　　　　　　自然娇俏面，

　　　　　　　歌妙舞莺啭。

　　　　　　　蝇书小楷云舒展，

　　　　　　　文词端雅现。

　　　　哎呀！好字啊好字！好曲啊好曲！

　　　　〔老院公手拿帐册上。

院　公　我家二公子，自生长已来，何曾做过生意？诺诺诺，上月的账册又记错了！公子啊！

　　　　〔董明听到叫声，赶紧放下曲谱，假装算账、拨算盘。

院　公　公子啊！上月的账册又记错了！

董　明　待我看来！待我看来！

　　　　〔董明神色慌张，老院公看到曲谱，心中明白，故意逗他。

院　公　公子啊！似你这般做生意，家业要瓦解。月月亏空，怕是连本钱都要折进去，到那时，我们大房改小房，三餐改一饭，再要"英雄救美"啊？可是没有这个能力！

董　明　休要胡说！你哪见得我不会做生意，要你未风先雨！

　　　　〔老院公暗乐。

院　公　公子啊！你可听得一句俗话？

董　明　什么话？

院　公　做买卖不成，是一时；讨老婆不好，是一世！

　　　　〔董明假装听不懂。

董　明　生意要紧！生意要紧！

［董明继续忙账册，老院公按下。

院　公　公子且放心！大公子经营多年，董家生意如常，平安无事。

　　　　［董明生气。

董　明　啐！为何惊吓于我！

院　公　常言说得好，"无妇不成家"！公子该娶亲了。

　　　　［董明被说中心事状。

董　明　这……怕无人良人相配……

院　公　我看琼姑娘就十分衬得！

董　明　衬得？

院　公　衬得！

董　明　可意？

院　公　可意！

　　　　［董明懊恼状。

董　明　只怕人家，不乐意！

　　　　［老院公劝说状。

院　公　只怕求而不得，哪怕有而难求啊！

董　明　院公之意……

院　公　公子应上门求娶！主动出击！

　　　　［董明思索状。

　　　　［莲香、琼姑上。

莲　香　姐姐，来此已是董家府第。

琼　姑　莲香，前去叫门。

　　　　［莲香叫门。

院　公　来哉！

　　　　［老院公惊讶。

院　公　呀！原来是琼姑娘和小莲香。来得好不如来得巧！（背云）

琼　姑　日前多蒙公子与老院公搭救，今日特来登门谢恩！

院　公　姑娘快快请进。

　　　　〔老院公通报董明，董明迎出。

　　　　〔双方互相见礼。

董　明　不知姑娘到此，失礼啊失礼！

琼　姑　公子哪里话来！公子之恩，恩同再造，奴家惶恐，不知如何报答！

董　明　常言道，救人一命，胜造七级浮屠，实不指望报答！

　　　　〔老院公暗中招呼莲香，两人悄悄退出。

　　　　〔琼姑试探状。

琼　姑　倘蒙不嫌弃，奴家愿进府为仆，侍奉公子，报效之万一。

　　　　〔董明大惊，生气状。

董　明　你把小生看做甚等样人了！出手相救，实乃恻隐，并无私心！姑娘若视我为施恩图报之人，就请回吧！

　　　　〔董明假意撵，琼姑赶紧致歉。

琼　姑　奴家女流之辈，此等愚见，乞望恩人恕罪则个！

董　明　罢了！你我好生说话吧。

　　　　〔两人分别坐定，显尴尬。

董　明　小生平生爱戏，几年前偶得姑娘曲谱，小生日日研学，深感其中文辞、曲律不胜其妙也！

琼　姑　奴家只是粗识略通而已，公子取笑了！

董　明　日前又亲见姑娘做戏，真是美不胜收！

琼　姑　多年未做，已然生疏了。

董　明　姑娘技艺既如此精湛，为何要离开戏班，受寒衣少食之苦？

琼　姑　这……

董　明　噢，小生唐突了！

琼　姑　（唱）【北双调·沉醉东风】

事发陡然逢骤变，

乍催心把怨愁填。

似戏中，

莺莺恋，

付真心屈受含冤。

痛煞煞难捱戏场边，

黯黯魂消独自遣。

董　明　姑娘身怀此等技艺，若弃之，实实可惜！

（唱）【北双调·雁儿落】

才华馥比仙，

可叹遭泥陷。

贫穷志亦坚，

祈盼随心愿。

琼　姑　（唱）【北双调·得胜令】

呀！

外传他行异语倒颠，

怎知他情挚人达贤。

何人能把是非分辨，

有几桩悲凄苦迸连。

随缘，

万物经磨练，

沧田，

世间几变迁。

奴家虽擅演《莺莺传》，却并不喜之。张生始乱终弃，将莺莺抛却。自古门第之见、贫富之别，害世上多少怨女旷夫不能团圆！

奴家台上做戏，台下经历，戏里戏外，遇人不良！

董　明　琼姑一番话，触我伤心处。我与表妹呵！

（唱）【北双调·落梅风】

自罢却功名路，

便冲散鸾凤燕，

祈来生再有缘见。

看来，琼姑不登台，非只为负心一事。想我饱读诗书，怎可消磨度日，虚掷才华？大丈夫身居天地之间，当有一番作为！

今人莫说文章贱，

笔才存世传经典。

〔董明下决心状。

小生有意改戏，令莺莺与张生终成眷属。小生若写得，姑娘可愿唱？

琼　姑　三年来避居乡野，清静修心。

（唱）【北双调·风入松】

远笙笛舞榭旧园，

觉悟断尘缘。

自那日起……

不提防戏佣突现，

顿勾起思意绵绵。

魂梦中撇不下，

诸宫调洒落心弦。

[琼姑下决心状。

公子，奴家愿重返歌场！只要公子写得出，奴家就唱得响！

（背景众人唱）从来好事自多磨，

春花秋月易蹉跎。

世间奇物机缘巧，

悲欢离合有因果。

第八场　流　芳

[老院公拿书稿上。

院　公　我家公子与琼姑娘共商量，要把戏文改唱。公子写一出，必送琼姑娘鉴赏，改来改去，送来送往，把小老儿支使得忒忙。

[老院公拿书稿下，莲香拿书稿上。

莲　香　我家姐姐与董家公子共商量，要把戏文改唱，解元郎写一出，必送姐姐鉴赏，姐姐品读后，再送至解元郎。改来改去，送来送往，把莲香支使得忒忙。

[董明上，二人施礼。

莲　香　前日的戏文，姐姐看过了，请解元郎过目。

[董明接过。

董　明　待我看来。

[莲香又一把抢回来。

董　明　莲香姐，却是为何？

莲　香　董家解元郎，改戏著文章，我家琼姐姐，评点出主张，害得我

　　　　莲香两头忙，可曾有犒赏？

董　明　这个么……莲香姐，小生把你写入戏中，如何？

莲　香　写入戏中？是哪个？

董　明　崔莺莺与张先生，若想成就好婚姻，缺少一个小红娘！

莲　香　　原先戏文里也有红娘，你莫要把我诳！

董　明　哎，这个"小红娘"与以往大不一样！

　　　　（唱）【北双调·新水令】

　　　　　　　张生欲做莺莺夫，

　　　　　　　有赖红娘传尺素。

　　　　　　　巧搭秦晋路，

　　　　　　　辩理强申诉，

　　　　　　　脂粉人物，

　　　　　　　英豪胆气十足。

莲　香　如此说来，你写的红娘，是个顶顶厉害的好人喽？

董　明　是个厉害的小大姐呀！

莲　香　好好好！你且写来，写不好，我可要恼了！

　　　　﹝莲香下。

董　明　哈哈哈！好一个厉害的"小红娘"！

　　　　﹝董明读自己的书稿，自夸。

董　明　那红娘道："妇女知音的从古少，知音的止有个文君，着一万
　　　　个文君，怎么比莺莺！"写得好！写得妙啊！
　　　　此前诸多戏文皆寡淡无味、语境平平，实不中听，今番改戏，
　　　　曲儿甜，腔儿雅，在诸宫调中尽挥洒。

　　　　（唱）【北双调·驻马听】

　　　　　　　暂闭门枢，

运妙笔思飞笔促。

休教间阻，

成眷属扯破风俗。

不写那郑子逢狐，

不写那调浆崔护，

休挡住，

健毫写就姻缘薄。

［董明拿书稿下。

［琼姑拿书稿上。

琼　姑　观董解元改戏，才知他才华横溢！

（唱）【北双调·沉醉东风】

信手谱来新诗句，

率真恣意秉直书。

破旧俗，

神思注，

不输几多士大夫。

一字字调停浅异殊，

句句精工无处补。

且看这一句：怕到黄昏，忽地又黄昏，花憔月悴罗衣褪，生怕旁人问——真真妙也！妙则妙矣，还需谱曲成歌，音调润化，待奴家细细看来。

［琼姑下。

［老院公上。

院　公　我家二公子，每日里专心改戏、写文章，看他与琼姑娘你来我往，嘿嘿，小老儿我看在眼里，喜在心上，一个藤上两个瓜，天生的一对，地造的一双。

［莲香上，两人相撞。

院　公　哎呦！哪个走路的这样慌张！

莲　香　哎呦！哪个走路的这样慌张！

［莲香赶紧扶起老院公。

院　公　原来是小莲香！

莲　香　老伯，你又要去我们那里啊？

院　公　你也是要去我们那里吧！

莲　香　哎！看他们二人，整日价书稿来往，冬去春来，寒暑不休，可
　　　　苦了我们一老一小了！

院　公　莲香莫急，小老儿自有主张！

莲　香　什么主张？

院　公　附耳过来。

［老院公与莲香耳语几句，莲香高兴点头，下。

院　公　这遭儿定叫他们自己配成双！

［老院公回转。

院　公　公子何在？

［董明上。

董　明　如何回来得这般早？

院　公　公子啊！今日怕是最后一遭，公子要仔细审看！

［老院公递上书稿。

董　明　啊！何出此言？

院　公　邻居大嫂热心肠，要给琼姑娘说谋过聘、定新郎！

［董明惊。

董　明　这便如何是好啊！

        ［董明急。

院　公　老奴倒有个主意。

董　明　院公请讲！

院　公　即刻下聘，快快迎娶琼姑娘！

董　明　聘礼未备啊！

院　公　公子啊！无须多礼，那一个"五花爨弄"便是大媒人！

董　明　何出此言？

院　公　公子有所不知！那"五花爨弄"戏俑原是琼姑家传之物，因前
　　　　事进了我家当铺，过了赎期变成死当，大公子十分喜爱，便将
　　　　它做为聘物送予表小姐，哪承想……

董　明　噢！我明白了！难怪琼姑那日来至家中，黯自神伤，想必是见
　　　　到此物之故。

院　公　正是啊！

董　明　如此说来，就依院公主意，速速备办，今日就下聘！

院　公　今日？

董　明　今日！刻不容缓，佳期难得啊！

        ［董明下。

院　公　公子啊！莫急！还有其它事体……

        ［老院公追下。

        ［莲香上。

莲　香　姐姐何在！

        ［琼姑上。

琼　姑　如何回来得这般早？

        ［莲香递上书稿。

莲　香　姐姐啊！今日怕是最后一遭，姐姐要仔细审看！

琼　姑　何出此言？

莲　香　宗族亲戚热心肠，要与公子说谋过聘、定新娘！

　　　　　〔琼姑惊。

琼　姑　（唱）【北双调·雁儿落】

　　　　　　　若问我春情尚有无，

　　　　　　　则为他芳意殊难住。

　　　　　　　但只是曾遭负义伤，

　　　　　　　又则恐错把良人误。

　　　　想奴家贫贱、寒微之身，与董家公子实不不称，他若得聘高门
　　　　富家之女，也在情理之中。

莲　香　姐姐，这便如何是好啊？

　　　　　〔琼姑不语。

　　　　　〔老院公上。

院　公　这桩婚事，已教我做成了一半！

　　　　　〔老院公叫门。

院　公　琼姑娘何在？

　　　　　〔莲香高兴得开门。

莲　香　老伯，你果然来了！

院　公　老奴给琼姑娘道喜啊！道喜啊！

琼　姑　喜从何来？

院　公　我家公子命老奴前来求亲，他愿与琼姑娘结为夫妻、偕老百年。
　　　　现有婚书并吉贴承上！只是仓促之间，不曾备得多少聘礼，公
　　　　子交待，且将这件戏俑做为信物，不知姑娘意下如何？

　　　　　〔莲香着急。

莲　香　姐姐，快应允了啊！

琼　姑　（唱）【北双调·得胜令】

　　　　　　呀！

　　　　　　忽得见陶俑并婚书，

　　　　　　没乱里惊喜伴踌躇。

　　　　　　天意识情愫，

　　　　　　人情抚异殊。

　　　　　　知吾，

　　　　　　矢志翻新谱。

　　　　　　相扶，

　　　　　　同怀避苦孤。

　　　　一年多来，奴家与公子一同改戏度曲，也算声气相投。又得他
　　　　几次相助，知他人品难得。今日特上门求亲，感他知我、重我，
　　　　如此么……

　　　　［琼姑含羞同意状。

院　公　哈哈哈哈！好好好！

琼　姑　只是奴家无力置办妆奁……

院　公　不要妆奁！不要妆奁！老奴即刻回禀公子！择选吉日良辰！

　　　　［老院公欲下。

琼　姑　且慢，奴家还有话讲！

院　公　姑娘请讲！

琼　姑　一，我要明媒正娶！

院　公　那是自然！

琼　姑　二，不纳妾室！

院　公　这三呢？

琼　姑　不近娼妓！

院　公　这……

　　　　　［老院公拿不定主意。

　　　　　［董明突然冒出来。

董　明　小生能持！

　　　　　［众人惊。

院　公　公子，你怎么跑来了？

董　明　在家中心慌意乱、如坐针毡，索性就跟你来了！

　　　　　［老院公无奈状。

院　公　你可好大的出息哟！

　　　　　［董明、琼姑皆不好意思。

　　　　　［老院公和莲香将董明和琼姑拉到一起。

院　公　天上琼花不避秋，今宵织女嫁牵牛。

莲　香　风管久谐萧史配，两姓良缘瑶台会。

　　　　　［老院公将"五花爨弄"递给董明，董明转身交予琼姑，琼姑接过。

院公、莲香　（唱）【双调·收尾】

　　　　　　同声相应连枝树，

　　　　　　良缘欣逢惜宝珠，

　　　　　　至诚相待间无疏，

　　　　　　姻眷结情断凄楚。

董　明　《莺莺传》从此改名为《弦索西厢》，即日成文，你我夫妻搬

　　　　演起来！

　　　　　［董明携琼姑。

琼　姑　（唱）花木阴阴，

　　　　　　偶过垂杨院，

　　　　　　香风吹。

　　　　　　　半开朱户，

　　　　　　　瞥见如花面。

董　明　　（唱）莫道男儿心如铁，

　　　　　　　君不见满川红叶，

　　　　　　　尽是离人眼中血。

　　　　〔众人上，庆祝二人婚配。

　　　　（背景众人唱）人生百年莫道长，

　　　　　　　　　功名利禄易消亡。

　　　　　　　　　文章千古炳春秋，

　　　　　　　　　弦索西厢永流芳。

尾　声

　　　　〔某剧团排练场，众多戏曲演员在进行练习。

　　　　〔团长和一个编辑上。

团　长　大家停一停，来来来！全国戏曲汇演，咱们团报了两个剧目，

　　　　这位编辑要做个采访。诸位把各自的剧目、角色报上一报，一团！

　　　　（编辑拿出纸和笔记录。）

演员一　我们的剧目是《西厢记》，我饰演美丽大胆的崔莺莺。

演员二　我饰演机智勇敢的小红娘。

演员三　我就是那痴情一片的张君瑞。

　　　　（三人唱）永老无别离，

　　　　　　　　万古常相聚。

愿普天下有情的都成了眷属，

成就了怨女旷夫。

编　辑　好好好！骨子老戏，传承百年！

团　长　二团！

演员一　我们演《五花爨弄》！

演员二　我是副净。

演员三　我是副末。

演员四　我是装孤。

演员五　我是引戏。

演员一　我是末泥。

编　辑　哟！这是出新戏，你们可有底？

演员一　这"五花爨弄"可是我们戏曲行当的老祖宗，当然有底！

编　辑　讲的是什么故事？

　　　　[众演员解说，编辑边听边记。

演　员　1959 年，考古人员在山西侯马董家村的古墓里有了大发现！

编　辑　什么发现？

演　员　原来是八百多年前，金代有一对叫董明的夫妻，死后把戏台也
　　　　搬到了坟墓里。

编　辑　噢？这倒很稀奇！

演　员　不但有戏台，还有整出的戏。

编　辑　什么戏？

众　人　西厢记！

演　员　还有五个戏俑正在做戏。

编　辑　噢！我晓得了，就是你们五个演员扮演的副净、副末、装孤、
　　　　引戏和末泥。

演　员　对对对！这叫"五花爨弄"，它把我们戏曲的历史，往前推了
　　　　五百多年，实在了不起！

编　辑　后来呢？

众　人　保密！

编　辑　哈哈哈哈！那我们就等你们的好戏！

团　长　大家断续！大家继续！

　　　　〔团长、编辑下。众人又开始练习。

　　　　（背景众人唱）千古是非话冷暖，

　　　　　　　　　　　　百年岁月看轮转。

　　　　　　　　　　　　善恶忠奸有评判，

　　　　　　　　　　　　离合兴亡做戏观。

———全剧终

陈　莉　陈莉，艺术学硕士，毕业于上海大学上海电影学院，研究
　　　　方向为戏剧戏曲。青年编剧，首届国家艺术基金昆曲编剧
　　　　培训班学员。多年从事文学艺术创作，参与了多个影视项
　　　　目工作。主要作品有昆剧《弦索西厢》、晋剧《郭柳氏》、
　　　　京剧《缇萦救父》、电影剧本《LIFE》《永生花》《大青衣》等。

—宋/辽/金/元—

松雪先生
——赵孟頫

朱晓琳

时间：元朝初年

地点：扬州城、赵孟頫家中

人物：

赵孟頫　老生

丘　氏　老旦，赵孟頫之母

管道昇　正旦，赵孟頫之妻

管　伸　末，道昇之父

鲜于枢　官生，赵孟頫好友

戴表元　巾生，赵孟頫好友

杨崇禧　老生，赵孟頫的师兄（乞丐）

梅　香　六旦，赵孟頫家的仆人

李　六　老生，梅香的丈夫

留梦炎、叶李　丑，朝廷官员

程文海　官生，朝廷官员

第一折 卖 画

［幕启。

［晚春、扬州城。

赵孟頫 （唱）【北商调·集贤宾】

春寒恻恻掩重门，

香线卷尚温。

燕子不来花又落，

一庭风雨自黄昏。

南宋北宋落潇潇，

读书之人意难平，

独立不言风满袖，

青山相对共悠悠。

（题西林）数说千万代，

壮志（留）在心间。

赵孟頫 在下赵孟頫，读书之人，自大宋灭后，我只想在江南乡间，效仿那东晋陶潜，做一逸夫村野矣。（背景音商家吆喝叫卖声）来到扬州城才不到半年，已是看不到昔日战乱破败，街上流人络绎不绝。看看那边，元兵驱赶着大队民众，搬石修复城墙来，百姓叫苦哇。正逢晚春，扬州城笼罩在红飞絮白、杨花乱舞轻纱薄雾之中。

赵孟頫　（唱）【北商调·逍遥乐】

　　　　（瘦西湖上）灯火飘曳，

　　　　好似繁星（点点火光照），

　　　　如今（元人）一统（天下），

　　　　（李庭芝文天祥）为国捐躯，

　　　　他们定化为春江（水）（化作这）漫天春色，

　　　　（带来这）物阜民丰，（举杯）浇头福泽酒。

[一位士子，正在卖卜。

杨崇禧　兄长？

赵孟頫　杨兄？原来是杨兄？

杨崇禧　看子昂兄手里拿着画卷，想必是来这里卖画的，兄长竟与我一样，落得如此境地？

赵孟頫　唉，现在读书人不同以前了，肩不能扛，手不能提，只好混迹于市井，做那自在神仙了。

杨崇禧　当今世道，城内有横行的皇亲国戚，乡里有凶狠杂色的恶霸横强，南地读书人想要生存，不得不抹下脸面来了。

　　　　来来来，兄长，弟昨夜写了一支曲子，抒发我心中郁闷，唱与兄听听如何？

赵孟頫　兄弟好雅兴，将心中不快唱来无妨。

杨崇禧　（白）不读书有权，不识字有钱，不晓事倒人有夸荐……

　　　　不读书最高，不识字最好，不晓事倒有人夸俏……

　　　　[杨崇禧下场，赵孟頫抹抹眼泪，拿起画卷起身。

赵孟頫　谁说不是呢，看天色，为时不早，我此番前来是要将手中之画卖掉，换了钱财拿给家中老母亲置办年货。

鲜于枢　（白）诗酒名场，人都羡，紫髯如戟。

伤心莫问前朝事，而今重上越王台。

[鲜于枢坐在茶桌前饮茶，赵孟頫向他走近。

鲜于枢 好个威风的北地汉子。在下鲜于枢，眼下正是扬州百姓的父母官，因对赵孟頫字画一见倾心，非要与他把酒畅谈，不醉不归，哈哈哈……

[鲜于枢转身看到赵孟頫，上下打量。

鲜于枢 只见他，如画中人，瞳剪秋水，容颜胜雪，神采焕发，青衫素净，超然如神仙中人矣。

赵孟頫 孟頫见过大人，承蒙大人厚爱，喜欢小弟之书画。

鲜于枢 你我皆是读书人，赵兄不必多礼，这边请。

赵孟頫 这边请。

鲜于枢 阿呀呀，观弟字画，笔墨苍润、飞白画石，书法写竹，更袭破宋画院风尚积习，兄弟你说多少银两。

赵孟頫 不多不多，小弟字画不值几个钱。

[鲜于枢掏出银两示意赵孟頫拿去。

赵孟頫 不不不，之前大人予孟頫甚多银两，老母得以医疗，幼弟读书学习……

鲜于枢 收下，我笃定若干年后你的字画价值不菲。

赵孟頫 大人说笑了，孟頫不敢当。

鲜于枢 此画打破了马夏江山之呆板偏安。

赵孟頫 大人过讲了。

鲜于枢 不要大人大人，见外了，见外了，我在这官场多年，什么才子见得多了，只有你的画让我一见就欢喜，今后你我兄弟相称如何啊。

赵孟頫 大人厚爱，弟求之不得。

鲜于枢　观弟之画，大有博采众长开设新局之意气。像是学高宗皇帝赵构多些?

赵孟頫　兄长好眼力，我确实有效仿高宗皇帝之笔法。

鲜于枢　今后你我兄弟相称，有几句肺腑之言，想说与弟听。

高宗皇帝的字，得魏晋风格颇多，可说是取法乎上，然而为时运所困，始终偏安小心，缺了魏晋的开阔古拙。愚兄认为，弟之字，应抛弃陈俗，直接魏晋，从大王、中太傅入手，方才可以更上一层楼。

来，干杯。

赵孟頫　啊兄长，这个道理弟是明白的。

醍醐灌顶真诚棒喝，让我想起父亲，自从父亲故去，在这个世上跌跌撞撞，何来何去。

鲜于枢　对了子昂兄，小生这次正是领命而来。

鲜于枢　我江南读书人人才济济，尤其是子昂兄，你不必潦倒市井谋生，亦可用所学，为国出力，如果你想，愚兄倒是可以引荐一番。

赵孟頫　国在哪里，大宋气数尽矣。

鲜于枢　哈哈哈，大元皇上忽必烈雄伟英明、明察秋毫，对读书人十分重视、悉心栽培，新朝，毕竟是崭新的国度啊，弟不必过谦，今上自有洞察。

赵孟頫　大人真乃遍览浩瀚读书之人，书艺功夫甚深，像文天祥、李庭芝这样对英雄，我等之辈必当敬之。

鲜于枢　你与他们不一样。

赵孟頫　蒙兄长抬爱，孟頫立志，要在此江南乡间，效仿那东晋陶潜，作一逸夫村野矣。

鲜于枢　莫急莫急，弟可徐徐考量。窗外天已大亮，吾去时真大醉也……

小生告辞了。

赵孟頫　（唱）【北商调·浪里来煞】

　　　　　（江湖）多隐（沦），

　　　　　（廊庙）不乏才，

　　　　　白鸥自信无机事，

　　　　　玄鸟（犹）知悲欢遏，

　　　　　（破晓）天星出东（方），

　　　　　似非梦锦（缆牙樯）。

赵孟頫　我生少寡谐，一见夙昔亲，误落尘网中，四度京华春。

第二折　遭　难

[吴兴城中近郊，赵孟頫和母亲、幼弟暂居之地。

[屋内丘氏正在收拾屋子，梅香贴窗花，李六在门口坐着。

丘　氏　小小窗花房门贴，吴兴城内入新年，梦里还乡不相见，半生想
　　　　尽一世闲。

丘　氏　眼见天气凉了，这马上就要过年了，不知子昂他走到哪里了，
　　　　说去卖画赚钱，他一个读书人，哪受过这样的苦。

李　六　今年冬天最冷，这子昂就快回来了。

梅　香　夫人不必挂心，少爷他吉人自有天相。来，您看看我新绣的枕
　　　　套怎么样，这次少爷回来，说不定就要跟管家小姐成亲了，我
　　　　得提前安排周到才是。

丘　氏　还是梅香有心了，跟在子昂身边快二十年了，我这盼来盼去，

也盼到了他结婚的年纪,曾经是我眼朝上长,嫌管家地位不如我,看如今,管家倒是勿要嫌弃我们才是。

李　六　这缘分呐是天注定,多想无用。

梅　香　唉,十岁来到赵公府,少爷打小身穿的是绫罗绸缎,吃的是琼浆玉露,那家里的仆人也穿的七分模样,到如今,谁成想,就连粗布麻衣还要缝缝补补。听脚步声,是少爷你回来了?

赵孟頫　母亲,你们都好吗

丘　氏、梅　香、李　六　好好好,回来就好。

赵孟頫　你们愣着干嘛,快看我给你们带了新衣服,母亲这是你的。
　　　　梅香,这件是你的。

丘　氏　子昂,哪里来的钱,买这么多东西。

赵孟頫　母亲,我卖了字画,扬州城内亭台楼阁,热闹非凡,我拿些字画,三天抢空了。

梅　香　子昂少爷就是厉害,我就说老夫人不必担心,可是,子昂少爷没有给自己买新衣裳吗。

丘　氏　唉,孩儿啊。

李　六　是是是,我来生火做饭,今天子昂回来,逮不住兔子,我逮只鸡来杀。

丘　氏　那我就去里屋把这些布理一理,给子昂做件新衣裳。

梅　香　我跟您去。

　　　　[李六和梅香和丘氏下。

管　伸　子昂贤侄,老夫来也。

赵孟頫　叔父,许久未见,英姿焕发,好生爽朗,什么事情乐的开怀?

管　伸　听说贤侄回来,特来看看。

赵孟頫　快来看看孩儿带了什么回来。

| 管　伸 | 《淳化阁帖》？啊呀呀呀，听闻本祖天下独一无二，原为内阁珍物，后归那贾太师收藏，我等并无机会见其庐山真面呵。 |

管　伸　《淳化阁帖》？啊呀呀呀，听闻本祖天下独一无二，原为内阁珍物，

后归那贾太师收藏，我等并无机会见其庐山真面呵。

赵孟頫　乱世流出，机缘巧合，孩儿方才得到它。

管　伸　今后，贤侄木屋可谓蓬荜生辉，哈哈哈。

赵孟頫　叔父先喝口热茶。

管　伸　子昂贤侄，我此番前来，是为了小女而来，小女之画，贤侄看

看如何？

赵孟頫　（唱）【南南吕·刮鼓令】

（贤妹从小爱画竹），

（枯叶）萧萧皆本样，

（雨打）涓涓嫩叶光，

似有风吹闻沁香，

雾（浓浓）松枝掩映显苍涧，

不输男儿笔下桩。

赵孟頫　仲姬贤妹所写，确乎女中第一是也。

在看这题署，怎有我的名字？子昂兄教正？子昂兄教正？我？

管　伸　你，是你，不假。我这女儿，真真无法。倾慕贤侄人品学问，

世间所有男子，弃若敝履，一心向着贤侄你呢。

赵孟頫　不不不，小侄清贫如此，恐怕要辜负了仲姬的青春年华。

管　伸　唉，贤侄莫要推却，我这女儿，论起品貌才学，算得女中翘楚吧？

赵孟頫　算得，算得，当然算得了女中翘楚。

管　伸　新朝天下，贤侄书画方面大有可为，若是你愿意成就一番事业，

状况必定有所改善。

赵孟頫　这，多谢叔父信任。

哎！无官无职无心想

　　　　　　一生爱好是天然

　　　　　　只怕负了痴心女

　　　　　　又知母亲盼儿孙

管　伸　（唱）【前腔】

　　　　　　（你二人）知根底，

　　　　　　　俱把丹青爱，

　　　　　　　钟情笔墨同气相盖，

　　　　　　（可谓）伊侬天赐良缘来，

　　　　　　（我俩家）以后更是亲（上）加亲呐。

管　伸　老朽带女儿做主了。

　　　　[丘氏和梅香从屋内走出。

丘　氏　都听到了，仲姬品貌，不会辱没孩儿你。母亲老矣，孩儿你，
　　　　也早该有个家了。

管　伸　如此就定下来了。

赵孟頫　年后我就迎娶仲姬进门。

管　伸　好好好，以后我们就是亲上加亲了。那我先去也。（独白）子
　　　　昂虽说家道中落，那也是受过严格教育，里里外外一表人才，
　　　　定不会辜负女儿，如此也算是了却女儿一桩心事。

　　　　[梅香和母亲高兴之际，外人有吆喝声。

外人来报　不好了不好了。子昂少爷，大事不好了，老爷的坟墓被贼盗挖，
　　　　少爷快随我前去查看。（众人惊慌）

李　六　什么？快快去。

　　　　[父亲墓园。

李　六　好大一个洞，这盗贼心狠手辣，居然对这……

赵孟頫　深秋枯枝残叶，草木零落，细雨霏霏遍地泥泞，眼看前面父亲

墓门被撬开一个大洞，尸骨散落一地。（赵孟頫晕过去。）

李　六　　少爷！挖人祖坟呐，天诛地灭呐。

赵孟頫　　（唱）【前腔】

　　　　　　　周公话不假，

　　　　　　　做人愁，

　　　　　　　更何况，

　　　　　　　寂寥后，

　　　　　　　又倾府竭宝珍引来酴醾手。

赵孟頫　　父亲，《周易》言，慢藏诲盗，冶容诲淫。父亲墓室，真是应验了这句话，孩儿无能，无力为父亲置办几件像样的物件，只好薄葬老父如此了。

　　　　　日后，孩儿就在这高士梅子春修道之所隐居，来此读书超经，以便陪伴老父亲亡灵。

第三折　为　艰

［吴兴家中。

梅　香　　老夫人，梅香送来一套新缝的衣裳，听说子昂少爷要去京城了，老夫人您真舍得？

丘　氏　　舍得又怎样，舍不得又能怎样，宋朝有恩于我们一家，自从子昂父亲亡故，谁管我们母子三人死活来着？去罢去罢，蒙古人又吃不了人，只愿孩儿一技在身，行事堂堂正正就不怕。

梅　香　　子昂少爷是不可多得的人才，他定能……唉。

丘　氏　孩子，叹什么气啊。

梅　香　我出门前，李六他让我给少爷捎句话。

丘　氏　什么话？

梅　香　他说，劝少爷好歹不要替蒙古人做事。

丘　氏　这孩子他自有分寸，这点我不担心。哦对了，梅香，这幅画是子昂他想请你交给南谷道长，恐怕这一别，一年半载再难回来了。

梅　香　画像上，南谷道长慈眉善目，长须飘飘，子昂少爷的画真是赏心悦目，老夫人，我这就拿去交与道长，等子昂少爷回来了，您代我与他道别。

丘　氏　好好。

赵孟頫　秋菊有佳色，裛露掇其英。泛此忘忧物，远我遗世情。

　　　　（画外音）赵孟頫听旨，接朝廷之命，令你前去杭州聚合，并往大都应选。

赵孟頫　大人，孟頫老母在堂，学生定得去吗？

　　　　（画外音）皇上钦命，谁敢不去！

赵孟頫　（唱）【南双调·夜游湖】

　　　　　　　犹想那心中难为并，

　　　　　　　烦恼欢喜笑人心元无定。

　　　　〔此处赵孟頫的母亲和戴表元同在舞台上的两个空间。

丘　氏　孩子，去罢去罢，蒙古人又吃不了人，只愿孩儿一技在身，行事堂堂正正就不怕。

赵孟頫　母亲……

戴表元　与君相逢难草草，与君相逢苦不早。孟頫兄，看这西湖残柳昏鸦，看这黑云压城之冬日杭州城，百姓叹息连连。以弟身份，愚兄以为千万不可去朝廷。

赵孟頫 戴兄……

丘 氏 孩儿啊，我知道你自有分寸，虽然宋朝有恩于我们一家，自从子昂父亲亡故，谁管我们母子三人死活来着？

戴表元 孟頫兄，看此次朝廷以网罗江南人才为借口，实则是收买天下人呐，弟之旧王孙身份，一旦仕元，恐为他人诟病多多，望弟三思。

赵孟頫 兄言极是，只是人为刀俎，我为鱼肉，能不去当然最好，可目前弟身不由己，动弹不得半分呢。

丘 氏 人言人言，难道可以替代稀粥，母亲不怕，孩儿也不要怕，为家为国，为人民为百姓，你应该去。

赵孟頫 母亲，父亲曾教育孩儿，树长大了要为他人遮风避雨，宋也好，元也好，只要能为百姓遮风避雨，就不枉我去那官场走一遭。戴兄！如若抗拒皇恩，累及母亲，孟頫此生，恐怕死后便难超生。戴兄。

赵孟頫 （唱）【解三酲】

> 叹母亲折的那鸳鸯偶，
>
> 心里为儿的婚事起盼愁，
>
> 贤妹主动提亲不闲贫，
>
> 论门户，
>
> 不相当，
>
> 寒儒怎敢生妄想，
>
> 空叹嗟，
>
> 存心千古愁。

戴表元 孟頫兄，不说了，说了这些让人伤感，弟取纸笔来，愚兄与你赋诗暂别。

连朝管可奈何，我歌且止须君歌。青天白雪望不极，坐见绿水生层波。我生胡为被狂恼，江头鱼肥新酒好。从今作乐拼醉倒，与君相逢难草草。

赵孟頫　相逢苦不早，作乐拼醉倒，兄之深情厚谊，弟铭记在心。桑麻只欲求三亩，势利谁能算一毫。

第四折　真　相

叶　李　老臣叶李，曾在国子监上书抨击贾似道行为，无异国贼，怎可让皇上受到蒙蔽？谁知，贾似道心狠手辣，将我贬往漳州，更命狱吏在我脸上刺一个"大"字，划归异类，好一个心狠手辣的贾似道。好在当今圣上忽必烈命御史大夫访求亡宋遗臣。怎能让那贼子当道，前年他用兵，适逢天幸，才保住半壁江山，众人以为他贾似道退敌有功，他气焰正炽，在先皇面前搬弄是非，又在民间兴风作浪，让当地百姓苦不堪言。

留梦炎　臣乃宋降相留梦炎，我本是当今圣上忽必烈最贴身之人，往来国事无不要我侍奉左右，大事小事我都略知一二。叶李大人，！你可知那年轻俊秀的赵孟頫的事情吗。

叶　李　传闻不少，可说来听听。

留梦炎　自从他被招进皇宫后，听闻他能书会画，忽必烈对他大有兴趣，命他绘出一幅大元景象，夸赞他绘画中山水清幽阔大，特许他随时可以出入皇宫内殿，两人谈诗论画不亦乐乎。呸，我看那赵孟頫不过是想用一些雕虫小技笼络圣心罢了，他一个赵宋宗室后裔，宋亡之后，非但不避嫌，还想攀附新权贵，满心想着当官哩。

叶　李　说也奇怪，圣上对他近乎专宠，看那赵孟頫所学，不像是背信弃义之人，他对大宋是有感情的，莫非他……

留梦炎　啊呀，我怎么没想到，吾皇英明，赵孟頫乃为宋宗世子，不宜使进左右。

叶　李　呵，赵孟頫现在被民间指指点点，可你，不过也是投降之汉奸国贼，不过尔尔。

留梦炎　你。

　　　　〔两人下，赵孟頫走来，听到了两人的谈话。

赵孟頫　自从进了大都，当今圣上对我格外关切，特设我自由出入皇宫，以便陪他谈及书画，我眼中，当今圣上，英明宏伟，其胸怀眼界，非一般人能及，却被扣上了叛党的帽子，处处遭人议论。

赵孟頫　（唱）【北正宫·端正好】

　　　　十年京洛风尘满，

　　　　（千古恨）几番怨。

　　　　又重阳，

　　　　（故国伤怀）徒悲秋晚。

　　　　（一声）羌笛（吹）箫管，

　　　　问谁（是），

　　　　天涯（倦）眼。

赵孟頫　剩有泪痕浓，怅望遥山远。

赵孟頫　（唱）【滚绣球】

　　　　满目夕阳，

　　　　（光）影里（濯濯的）涎，

见光秃（秃）（石崖），

远浦（的）（归）舟，

冷飕飕，帆（儿）在风（儿）前（摇倒），

帆（儿）帆（儿），

独往西边。

孰知（孰）知，

返（今）是（何）年。

［赵孟頫随处一坐睡着了，梦中来到杭州熟悉的街道。

［一位红衣女孩跟着一位吹笛的老者。

红衣女孩 深秋最好是枫树叶，染透猩猩血。风酿出天秋，双浸吴江月，明日落红多去也。

赵孟頫 这里的茶铺好生熟悉，是我和鲜于枢相识的地方吧，今天是什么节日，难得我来故地重游。

［赵孟頫往女孩的碗里丢了一枚铜板。

赵孟頫 唉，穷人在哪个时候都不好过，我能体会这种滋味，前面好似有烟火，待我去那灯火阑珊处瞧瞧。

［杨崇禧坐在地下摆了个占卜摊子。

赵孟頫 此人好生眼熟，为何其目光躲躲闪闪，难道与我相识？

啊？杨兄？你怎么这身衣服，这身扮相？

杨崇禧 呵，这身衣服，这身扮相？怎得，赵大人，什么风吹您来这劣等低下摊边？

赵孟頫 兄台何出此生分之言？

杨崇禧 您大宋太祖皇帝嫡亲血脉赵大人去往今大元朝廷，做了高官，我江南士子无人不知，无人不晓。

赵孟頫 恕弟直言，我等士大夫，可以不以天下为己任？可以置百姓于水火而不顾么?

杨崇禧 赵孟頫,你伶牙俐齿,说的什么以天下为己任么?置百姓于水火而不顾么?你可高高在上,你可不知新朝廷对百姓政法严苛、赋税沉重,百姓生活艰难,竟然又要卖儿卖女了,这是你们做的好事?

赵孟頫 岂有此理,这等欺善怕恶的官员,真是底线全无。

〔老者的声音:一条鞑子养的恶犬。

〔咣当一声罐子摔在地上的声音。

〔有高声传出:十年无梦得还家,独立青峰野水涯,天地寂寥山雨歇,几生修得到梅花。

赵孟頫 若无牵无挂,行事当然可以决断,我死了,母亲怎么办,虽说出于不得已,可比起你们,我更心生惭愧。

〔叶李上。

叶　李 赵孟頫,你不是什么恶犬,那些粗鄙之人信口开河。

赵孟頫 怎么会这样。

叶　李 你不过是一颗棋子罢了。

赵孟頫 棋子?不是恶犬,是棋子?此话怎讲?

叶　李 元朝皇帝忽必烈进位之初,本想灭掉江南五大家族,有人谏言,不如将有学识的南人招进大都做官,以此间离南人的团结,赵孟頫你不过是皇帝的最佳人选。

赵孟頫 不过是一场阴谋?

叶　李 也不全是,毕竟皇上看到你还是喜欢,喜欢是真的。

赵孟頫 (唱)【叨叨令】

　　(休将那)(梦里)恶狠(狠)(的)话(勿要)当真信,

　　梦里梦外(都是愁)似柘皱印,

<blockquote>

（更）惶恐（恐）只怕（的）宫墙（高）锁紧，

（帘幕低垂），

（想到那）南地书生无用，

满腹诗书遭人弃，

兀的不恨煞人么麽哥，

兀的不痛煞人也么麽哥。

斗转星移，是非聚散。

</blockquote>

赵孟頫　误入尘网中，四度京华春。

赵孟頫　（唱）【煞尾】

<blockquote>

报国无门空自怨，

济时有策从谁吐。

孤忠泣血皆空望，

踏遍江南江北心归何处，

世事悠悠浑未了，

笑问青天天无语。

</blockquote>

第五折　外　放

<blockquote>

（唱）【引】人生贵极是王侯，

浮名浮利不自由，

争得似，一扁舟，

弄月吟风归去休。

</blockquote>

管道昇　随官人来到济南府，一有空我夫妻俩游遍山水，闲情来赋诗一首，

这济南府真真是美哉妙哉,这些日子忙着办学堂,他是马不停蹄,难见人影。

管道昇 （唱）【南南吕·懒画眉】

> 日迥烟波明湖畔,
>
> 茅舍深浅三两间,
>
> 日初露水辇荷边,
>
> 风吹翻覆河畔中,
>
> 怎舍得辜负（了）（这）夏末天。

丘　氏 道昇,我孙儿在屋子里,拿着你的笔,写起了字来。

管道昇 真的么,他才四岁多的孩子,竟会拿起笔来,写字了,真是像极了他那满腹诗书的父亲哩。

丘　氏 唉？子昂呢,好些天没见到他了么。

管道昇 子昂他自从来到了济南,正如他前些时日画的那玉骢马上的红衣男子,信马由缰,去奔前途了。据奴家所知,子昂他分掌地方盐、粮、捕盗、江防、海疆、河工、水利以及清理军籍,大小事务,事无巨细,需加应付。

丘　氏 好哇,好哇,我儿堂堂男子汉,为政一方,造福于民,也无愧于大宋子孙。儿啊,你回来了。

赵孟頫 母亲、道昇,看,我带了这藤上采摘下来的新鲜葡萄,快来这清水池里洗洗干净。

管道昇 子昂,这济南的泉水真真是好啊,从地下的青石板里涌上来。

丘　氏 像这些瓜果梨桃,丢进水池里泡上一会儿,冰凉凉,爽口。

赵孟頫 母亲,吃一颗葡萄。

丘　氏 先给道昇。

管道昇 还是先给母亲。

赵孟頫　剩下这些，拿给两个孩子。

管道昇　多谢夫君。

赵孟頫　母亲，你还习惯这里吗。

丘　氏　这里好啊，这院子干净、宽敞，还有泉水喷涌，听说大明湖、
　　　　趵突泉就在旁边，我们什么时候可以去看上一眼。

赵孟頫　母亲，我也正有此意，明日我和道昇去我的学堂看看孩子们，
　　　　安顿好了后，我就带你、道昇和孩子们一起去看看这济南的美景。

丘　氏　学堂有多少学生了。

赵孟頫　这学堂之中，有大大小小的孩子若干，多数是穷苦人家的子弟。

管道昇　那都学些什么？

赵孟頫　这个嘛，教那学生读书，还教给算术、天文知识。

管道昇　那学生积极吗

赵孟頫　学生勤奋好学，知书达理。

丘　氏　建学堂是好事，让更多的人能够读书。

赵孟頫　是啊母亲。

丘　氏　我的孙儿今天拿着画笔学着你们写字哩。

赵孟頫　啊哈哈哈，赵家子孙，书画乃是基本功夫，过些时日，我就延
　　　　请名师为儿开蒙。道昇看，我拿了一幅日观师画的葡萄让我写
　　　　题跋。

管道昇　日观师画的葡萄？快与我看看。

赵孟頫　这幅墨葡萄，初若不经意，而枝叶肯盘踞，细玩之纤悉皆具，
　　　　殆非所学能至。

管道昇　葡萄率意而作，天真烂漫，这日观师父是什么样的人，你有没
　　　　有见过。

赵孟頫　前日见于明湖畔，虽说是江南人，性格好爽似北地汉子，布衣

芒鞋，袒胸敞怀，喝起酒来，简直不要命。

管道昇　有这等神奇般的人物。

　　　　　〔婴儿啼哭声。

管道昇　我先去里屋向照顾孩儿。

赵孟頫　画中葡萄累累垂下，葡萄多子，甚好。而今我有两条小牛犊哩。

赵孟頫　（唱）【尾声】

　　　　　　　云收雨过波添，

　　　　　　　楼高水冷瓜甜，

　　　　　　　绿树阴垂画檐。

　　　　　　　纱橱藤簟，

　　　　　　　玉人罗扇轻缣。

　　　　　〔幕落。

——全剧终

朱晓琳　上海大学上海电影学院在读博士。从事电视新闻工作七年，硕士期间去英国曼彻斯特大学和台湾铭传大学交流访学。发表文章有《徐炎之对台湾昆曲传播的贡献》《浅谈折子戏〈瑶台〉之创新与意义》等。小剧本创作《小八路》获江苏省文化厅 2014 年新剧本征选优秀剧目一等奖。《餐饮复市推动健康新理念 专家倡议：让公筷和分餐成为生活习惯》荣获 2019-2020 学年度"上海教育新闻奖"。

—宋 / 辽 / 金 / 元—

水賜伊

王清林

时间：元统三年

地点：兴圣宫

人物：

奇皇后　　且，奇氏，元顺帝皇后（伯颜忽都皇后在位时，
　　　　　　称"第二皇后"），高丽人

妥欢帖木儿　　大官生，元顺帝

爱猷识理达腊　　小生，奇氏与元顺帝之子，即元皇太子

朴不花　　丑，内宫总管太监，奇皇后亲信，高丽人

众宫女、兵士

［舞台背景帷幔以皮毛高挂，漆红坠金，展露蒙古游牧特色。

［妙乐奴携元宫七贵上，演绎"十六天魔舞"。

众舞姬 （唱）【仙吕·点绛唇】

> 茁起朔漠，
>
> 并吞西域，
>
> 平西夏。
>
> 灭女真，
>
> 安定南诏，
>
> 骑弩独天下。
>
> 北逾阴山盛一夔，
>
> 君王仁德被羣黎。
>
> 正开金马来辽左，
>
> 流沙铜鱼向西题。
>
> 南越海表迎画戟，
>
> 银花浮动照虹霓。
>
> 应从帝遣飞章夜，
>
> 不见汉唐听笑鼙。

［朴不花携一副字画上。

朴不花 至尊天子差本监，赏诸位元宫墨宝一副，供游赏。君王亲笔，雕栏染青霓，笔宣飞蛇疾。醉墨泻琼觞，相将共扬举。官家尤自觑，众仙娥可知其中深意否？

［画卷中金身佛像居于画中，慈眉颔首，俯瞰苍生。两个农夫在旁生火煮炊，下方是几个农妇围着一头牛闲聊说笑，一副渔樵耕读、岁月静谧的欢愉荣景。

［画卷在美人舞姬中轮番传阅，探身前倾，相觑思忖。

455

[太子爱猷识理达腊上。

爱猷识理达腊 （唱）【仙侣·赏花时】

　　　　塘郊落絮满春黎，

　　　　野饭闲行鸟鸣急。

　　　　青山环双鬈，

　　　　碧水清漪，

　　　　窗前玉树半腰低。

爱猷识理达腊 （唱）【幺篇】

　　　　自怜白发垂丝细，

　　　　但见丹头折屐齐。

　　　　朝日溶曦，

　　　　爱闲能着意，

　　　　一犁新绿已平堤。

朴不花　殿下身为皇长子，聪睿甚之，果然深知圣上心意，奴拜服。

爱猷识理达腊　天下之德，日盛日隆，前乎百世不得轧其步，后乎百世不得踵其踪。惟其有大德之大，故能成大元之功。惟其有大元之大，故能成大都之雄。

爱猷识理达腊　母亲差我来此，怎得见她人？

[众宫娥舞姬听闻，惶忙欠身行尊礼，下。

[奇皇后上。

奇皇后　卖牛纳税拆屋炊，虑浅不及明年饥。农夫辍耒女废筐，白衣仙人在高堂。

朴不花　皇后娘娘福泽绵长。

奇皇后　（怒）错漏之。名前终有讳称"第二"，实属造化低了。

[朴不花吓得体若筛糠，低头跪下。

爱猷识理达腊　母亲权谋术法，宫中堪绝，奈何被奸人所累，待我去找
　　伯颜丞相，质问他何故阻您。

奇皇后　作罢，已乎。吾未曾将其入眼，不足怒也。今差你来，予你大
　　事谋之。

　　[奇皇后拿出一张纸，交给爱猷识理达腊。

奇皇后　此乃高丽环山防御图鉴，你遣兵灭之。

朴不花　（吓）皇后娘娘，请您三思啊。

爱猷识理达腊　（惊）母亲出身高丽，是为母国也，儿身亦流淌高丽血脉，
　　何以然之？

　　[奇皇后瞥了一眼跪地的朴不花，朴不花变戏法般从袖中抽出一
　　只金莲花。

　　[奇皇后接之，转动花柄把玩。

奇皇后　离家甚远甚久，故土早忘。手染浓血太甚，忘己何当。任谁言
　　故乡亲族，任谁叹血亲家郎，在吾眼中早已气陨消香。

　　[奇皇后言罢，用力折断金莲花。

奇皇后　（唱）【醉扶归】

　　　　幼起家故执我于远涯，

　　　　万般屈辱诉与何人察。

　　　　满眼霜雪一腔愤恨践踏。

　　　　血流入海当是落霞，

　　　　哀嚎遍野即是歌码，

　　　　无情无义之地烽烟满目总堪嘉。

爱猷识理达腊　母亲之言，儿明白，但此举父皇是否得知，儿臣只怕……

奇皇后　诛灭母国不只为泻满腔愤怨，若高丽王之位永在吾儿之手掌控，
　　此天下者，汝之袖中物也。吾以异族之身，历尽艰辛居于万人上，

予取天下于你父皇之手。时伯颜忽都皇后、脱脱丞相，乃至你父皇，夫百仇之人，朝于黄泉。

[奇皇后笑意森然地看向儿子，拍了拍他的脑袋。

奇皇后　坐帝之位，惟须履一冠，即可。若舍其位，则冠首皆堕也。

爱猷识理达腊　为母亲分忧，儿这就照办。

[爱猷识理达腊惶恐不安，心事重重退下，朴不花随其后，下。

[舞台灯光稍暗，营造入夜灯影幢幢之感。

[奇皇后看着灯影下的自己，陷入沉思。

奇皇后　（唱）【剔银灯】

　　　　一灯明夜何其，

　　　　待叹惋，

　　　　寡恩如砥。

　　　　君家好事，

　　　　凤愿之约，

　　　　共赴得真期。

　　　　诗酒旧游，

　　　　奈何故，

　　　　幻境仙迹。

　　　　清眉冷黛君膝，

　　　　石阶玉案，

　　　　帘帷披落绮。

　　　　金城见花发，

　　　　新霜争芽喜，

　　　　却欣临水挹清虚。

　　　　香火庙堂，

稚子扶，

心死情靡。

奇皇后　（唱）【刮地风】

曾劲风骤雨为博君恩赋远游，

离故青琐访淹留，

质抵韶华非胜不朽。

见帝真颜心如秋，

心潮无漪惆肠疚，

空留溪声绕故侯。

风蝉浮，

月影溜，

扰人疏影斑虬。

一樽泪，

还自鹨，

方知身于此峰休。

［元顺帝上。

［奇皇后拿着之前宫娥们传看的画卷，喃喃自语。

奇皇后　卖牛纳税拆屋炊，虑浅不及明年饥。农夫辍耒女废筐，白衣仙
　　　　人在高堂。

元顺帝　夫人之见与他人殊，异于凡俗，甚有博识。可惜这诗句却源于
　　　　苏东坡的两首七言，并峙言他，强制乖异。

奇皇后　陛下遣妾熟读汉人诗书，妾一刻不敢偷怠。怎奈汉人诗词诸繁，
　　　　妾愚至极，不能熟于胸也。待陛下与妾共研之，俱习诵读。

元顺帝　皇后雅美，佳人在旁，朕岂能专注案牍。

奇皇后　只是"第二"，依是妾，称后，于理不合。

459

元顺帝　夫人乃外族，入宫甚是不易。时即贵为尊，勿责太多，当知足矣。

　　　　你我共缘匪浅，惜哉爱哉。

元顺帝　（唱）【中吕·迎仙客】

　　　　　　年少命格徒，

　　　　　　不曾知须渡，

　　　　　　流放高丽忧为戮。

　　　　　　白日披霜露，

　　　　　　夜来驻风怒，

　　　　　　真龙天子冲宵蓍，

　　　　　　纵使天来还生福。

元顺帝　（唱）【幺篇】

　　　　　　江畔逅娇娥，

　　　　　　踏浪望仙葩，

　　　　　　回眸低语波光潋嫣姹。

　　　　　　衷肠诉佳话，

　　　　　　心事掸琴笳，

　　　　　　执手低颔情思洒，

　　　　　　倚身抬首望月瑕。

　　　［元顺帝唱罢，挽住奇皇后，二人执手相看。

奇皇后　原来陛下还记得，当年误认的水赐伊。

元顺帝　朕时以夫人乃宫人也，未曾想日后竟为朕之妻，且救朕于危难。

奇皇后　（唱）【梁州第七】

　　　　　　刀光寒影吹衣袂，

　　　　　　杀气肃腾百兽畏，

　　　　　　万瓦摩诃寒云惨翠微。

陛下危旦，

险若冰坠，

彷徨无措，

阴司窥催。

月冷光凝寒风碎，

魑魅蹄急碾尘秽。

元顺帝　（接唱）【梁州第七】

棺椁倾盖锁尘帷，

以盐覆面掩踪行，

佳人驭枢助君安归。

冰轮尚疑辕辙迹，

钟声已散故山非。

共惜麾别，

倦鸟独垒，

形单影只，

残酒尚昧。

风前更有清吟在，

莫恨江边雁遮辉。

元顺帝　朕当以再见不到夫人了。

奇皇后　妾以为缘悭命蹇，奈命途流转终相见。

元顺帝　朕欲尽一世为夫人，天下养之。

奇皇后　陛下食言了。陛下纵情享乐却放权于伯颜，往昔之情，不能予也。
皇后之位，不可予也。妾对陛下万念俱灰，往后余生，妾当以
自成其能也。

[元顺帝一脸惊诧地看着奇皇后。

元顺帝　盐商漕运皆在你手，国之命脉也。朕对你意真情切，仍执念于
　　　　后位，不足耶？

奇皇后　若陛下还念妾之好，何不把江山交与吾之手？与伯颜无异。陛
　　　　下可以继续纵情享乐，妾会为陛下分忧，自治善国。

元顺帝　你简直疯魔。外患内忧，国之倾颓，伯颜肱骨，治国治世，何
　　　　轮到你？

奇皇后　饿殍遍野，民生凋零，伯颜无以治国之能，却掀乱世之劫。陛
　　　　下蒙蔽于斯，整日沉迷木匠工渠、歌姬舞魅，双耳塞于外，双
　　　　眼蒙于心。

元顺帝　交予你，大都岂非高丽人之私物也。

奇皇后　妾深知陛下之疑窦，已遣太子伏诛高丽。高丽灭国之日，当是
　　　　陛下禅国于吾之时。

元顺帝　（惊）你竟然让亲子攻打自己的母国，你，你疯魔了，疯魔了。
　　　　你可知太子亦是凶多吉少！

奇皇后　高丽虽生养我之故土，但蕞尔小国灭之不足惜。只要陛下疑心
　　　　尽消，让吾指掌国印，亲子献祭又何妨。

元顺帝　（唱）【折桂令】

　　　　　　　霜脚收，

　　　　　　　霁色明澄，

　　　　　　　柳绵忽送，

　　　　　　　暖风频生。

　　　　　　　不知料峭寒尤在，

　　　　　　　扑面袭人，

　　　　　　　体病头烹。

　　　　　　　情未央，

回首难行；

恨消长，

君心无凭。

怎落得喃语不聆、

低首无秉、

面堂如冥、

相见两厌萧瑟景。

奇皇后 （唱）【碧玉箫】

困苦无傍，

默抚窗帷舐伤；

情绻霄荡，

独依凭栏仰天光。

非妾贪图非分之妄，

残酒夜风凉。

陛下不知意，

施予权宝附神伤，

放纵乐途却把妾置旁。

悔之生情，

误终身沦沆；

怨之有情，

扰谋国思怅。

今时掀起祸国灾殃，

官民仓惶，

实陛下迫妾置绝境之殇。

［元顺帝看向奇皇后，痛心疾首，下。

[奇皇后看着元顺帝下去的背影，喃喃叹息。

奇皇后 少时趋大都，离乡情切。后至此，却无一与之梦寐共应。时独一人，于永巷枯坐至更深。吾费尽全力，已忘却，为何而至。回想狂徒外事，以为出则变其见也。漂泊数载，外无自思之美妙，亦未改自堕之身，避与己之视，忽觉当下之身愧对少时之己也，得最嗜之物而未有欢愉，行己者欲途却未慰心安，不可谓不恨乎。

[暗场，切光，奇皇后下。

[昏黄的灯光，舞台中央易几短案，黄铜坠角。桌后是直立多扇曲屏，用印刷宋体字的纸张进行裱糊。与元朝内饰颇为不同，却处处显露宋朝遗风。

[高丽王王祯伏案端坐，手中把玩叠放鳜鱼双鱼佩，略有所思。

王　祯 人生如寄，吹角山遥碧。兄弟相逢须尽意，莫待他时分弃。从教白发盈头，何妨醉卧沧州。伯牙子期已就，此身已是虚舟。

[朴不花上，战战兢兢上，站于一角。

朴不花 刀刃剑影淇水泪，中原万里风云会。今日见英雄，将军何处攻。城池千古垒，可叹江山美。莫问王氏功，怎奈天下空。

王　祯 （怒）放肆！何时轮到你议论国家政事。

朴不花 （跪下）元大都快马飞疾，大王子已在来高丽之路骋驰，王上应尽做调遣，防敌护己，对决在所难免。王上却缅怀与元帝之手足情切，时移世易，没有什么恩德需要毕生答报，眼下危难一触即发。

[王祯挥手，朴不花下。

王　祯 （唱）【清江引】

相识聚散如流水，

且莫辞沉醉。

今日是何年，

重来更惘然，

回首空怀梦魂天。

古今同是几英雄，

此身万事皆空，

洱水照勇忠。

明月清风千载，

白发苍颜殊薿。

王　祯　贤兄你可忘否，开京相识，我助你躲避皇室追杀，我被父王废黜，你感我救命之恩，洱水之畔义结金兰。待如今你却要夺我性命，诛我王氏。

[王祯说罢，台上登时涌上六名龙套小兵，分两列，手执战令旗，将王祯团团围住，王祯与之缠斗，奋力抗争。

王　祯　（唱）【太清歌】

（这讲尽）眼前何物堪为伴，

（奈）昆玉相看。

（言罢）酒酣扰耳乱，

笑（指）青天远。

（遂已）万事浮沉，

（可）只有君知见。

休辞倦，

醉乡深浅，

（惜别）且尽杯中满。

[王祯唱罢，小兵将其团团围住，直至完全不见其身形，舞台灯

光渐暗。

[舞台旋转，夹杂兵刃击打声与车马喧嚣声。

[舞台字幕提示：天历二年，元文宗继位，为防储位争乱，将王子妥懽帖睦尔流放于高丽大青岛。

[小兵逐渐分散退下舞台。

[舞台灯光复亮，斜照着二人。王祯搀扶着妥欢，二人踽步前行，偶来风声呼啸，浪拍岸堤，二人身影被拉扯的老长。

[彼时元顺帝还是元朝王子妥欢，以质子身份被流放至高丽，且被自己的王兄派人追杀。而王祯作为高丽国王子亦被父王所嫌恶，二人惺惺相惜，王祯助妥欢逃避杀难。

妥　欢　玉阙星闺转瞬休，金化尘泥玉作囚。自料余生皆快意，波光轻舟解闲忧。王父流放吾于高丽，实为质子，为族所弃，兄逐杀之，风霜沐雨甚苦。幸卿诚心待之，使寡人避祸存生，体之于亲温。

王　祯　兄君乃人中之龙，王者之姿，苦难暂必忍。盍待间，为越王效，复致苦于下之。想那王孙公子，尽皆成了阶下之囚、待沽之奴，好不快意耶！

妥　欢　（唱）【荆山玉】

万劫千生何日了，

往事凄凉都暂杳。

（早难道）醒后还惊觉，

（却）总被浮云扰。

（奈何那）旧恨吵，

新愁恼。

独倚危楼天渐晓，

乱山空锁斜阳小。

日月光华觉，

身在烟霞表。

（可叹息）山路崎，

功名讨。

王　祯　（唱）【乱柳叶】

如君风骨有谁同，

（仿若）洛浦尧舜见惊鸿，

（待）今迄富贵卧骊龙。

公业负奇志，

交结尽才雄。

（即来）暄腾，

（莞尔）涔隆，

一朝昔铸髹形。

[妥欢与王祯隔江远眺，心绪繁复。

王　祯　昆仲莫恐，此地已是洱水之畔，与大都隔江相望。今朝与君行，风急浪高烟波渺，敌军不好追赶。

妥　欢　此处便好。家国途遥，心去亦远。

王　祯　贤兄稍作休憩，前路似有茶亭，待我去寻得些干果吃食，再行不迟。

妥　欢　罢了罢了，饮茶即可，只觉无味。

[二人正待前行，迎面一女子走来。

[此时一女子帛布素裹，臂挎麻绳，绳下拴着瓷罐，袅娜走来。

[女子见到二人，跪下行礼。

奇　氏　两位陛下，待去何处啊？

妥　欢　你是何人？

王　祯　奇氏？

奇　氏　奴婢乃宫中水赐伊，受王爷恩典才免遭身体劳作之苦。奴婢感
　　　　恩于心，今日献妙法助两位陛下逃离苦海。

妥　欢　你怎知我行至于此？是贤兄告知？

王　祯　并非，我从未提及丝毫。

奇　氏　二位陛下身罩明月，指拈清露，绝非凡人之姿，女婢心怀仰止。
　　　　您二人相互扶持，必成天下。奴婢眼观山河，愿赌上性命。

妥　欢　你若助我脱困，我便许你良田金银。

奇　氏　奴婢一弱女子，受用不起。

王　祯　我许你家男丁高官封爵。

奇　氏　奴婢自小孤苦，尚未婚配。

妥　欢　你要什么，吾必不负。

奇　氏　奴婢想要的，两位陛下未必给得起。待事成，带走这只金莲
　　　　花吧。

　　　　［奇氏言罢，从发尾拆出一朵金莲，犹豫一瞬，将其塞到妥欢手中。

王　祯　你有何方法？

奇　氏　置之死地而后生。

　　　　［奇氏挥手，灯光变得一片血红，王祯与妥欢慌乱，灯光骤熄。

　　　　［漆黑一片，只留顶光。。

　　　　［王祯、妥欢下，只留奇氏独立于舞台之上。

奇　氏　（唱）【络丝娘】

　　　　　　谪仙仵，

　　　　　　关河万里，

　　　　　　姑射诉，

城池今古。

（女儿家）回首何处，

觅得锦途。

英雄迹，

魂飞梦去，

巾帼怒，

断云流雾。

（怎得尔）待送斜阳暮。

［唱罢，斜光熄，换为正常顶光。

［朴不花惊慌失措地跑上台。

朴不花　伯颜忽都皇后，薨了。圣上钦封奇氏为正宫皇后。奴恭喜皇后娘娘。

［众宫女上，为奇皇后披挂奉冠，奇皇后呆立原地。

［朴不花言罢，展开手，展露一朵精致的木制莲花。

朴不花　陛下亲手雕给您的。陛下说，您想要的，都拿去罢。

［奇皇后低头，神情戚戚然，仔细把玩着木头金莲花。

奇皇后　我曾无数次妄想，高丽国之金莲花开遍大都。我是否错了？

朴不花　皇后娘娘，实则金莲花最适宜，恰是蒙古草原，那里才是自由绽放、肆意生长的沃土。

［窗外灯影幢幢，光斑飞溅。

奇皇后　那片片飞溅的金芒，黄灿灿，也像金莲花般。

朴不花　皇后娘娘，那是宫人们所执火种。听说有厮唤朱元璋，起兵与我廷对抗，及至大都，宫人惶恐。都说他们是正义之师，娘娘暂且避其煞气吧。

奇皇后　正义，无非是胜利的又一别称罢。传旨，谁也不许走，悉俱待太子还。

朴不花　皇后娘娘，太子已大败于洱水，战况惨烈，怕不是归途多舛。

奇皇后　（唱）【牧羊关】

　　　　　　尸山岂无凭，

　　　　　　血海注大乘。

　　　　　　厮杀如鬼墟阎冥。

　　　　　　刀光急凌，

　　　　　　剑影狰狞，

　　　　　　嘶声划驰断崖乒，

　　　　　　奈何他乡坟前一把青。

　　　　　　堪得妙法佛渡世，

　　　　　　救苦免霖铃。

　　〔奇皇后面庞划泪，极力维持镇定。

奇皇后　曾几何时，奇氏流泪，元宫即血海奔涌。可叹，可悲。

　　〔奇皇后与朴不花下。

　　〔灯渐暗，唯一束光落在宫殿中、即舞台中央空落落的皇位上。

元顺帝　（画外音）金陵使者过江来，漠漠风烟一道开。漠气有时还自息，皇恩无处不周回。莫言率土皆漠化，且喜江南有俊才。归去丁宁频属付，春风先到凤凰台。

——全剧终

王清林　中央戏剧学院博士，青年编剧。

—宋/辽/金/元—

一念·明明

周　倩

时间：元代

地点：一个既封闭又开放的空间

人物：

孟丽君　闺门旦，换回女装的女丞相

皇甫少华　武生，孟丽君的未婚夫，忠孝王

皇　帝　大冠生，倚重和爱慕孟丽君的君主

缘　生　净，孟丽君内心投射的影子

楔 子

［幕启：静谧冷峻的光影深处，幕后若隐若现的歌声浮现。

（幕后歌）一念·梦

      一念·缘，

      一念情无限，

      一念思梦缘，

      缘中添一点，

      一点把梦圆。

      远去那段缘，

      缘生在此间。

［戴面具的缘生上。

缘 生　南缘北梦，北有红楼梦，南有再生缘，陈端生著《再生缘》十七回后戛然而止，可谓神龙见首不见尾。端生造就一位女扮男装，高中状元，位极宰辅的惊世才女"孟丽君"。挟封建道德以反封建秩序，挟爵禄名位以反男尊女卑，挟君威而不认双亲，挟师道而不认夫君，挟贞操节烈而违抗朝廷，挟孝悌力行而犯上作乱。《再生缘》一幅跌宕起伏，波澜壮阔的人生画卷铺展开来。且看今日，丽君何去何从……

（一）

〔音乐声中，孟丽君和缘生渐渐隐现，从深处走出。

孟丽君　可曾准备停当？

缘　生　自不待言，你呢！

孟丽君　多有担心……

缘　生　果然是，久违的罗裙千斤重，惯穿的朝蟒分外轻。此一时，彼一时也！

少　华　丽君！

孟丽君　忠孝王。

少　华　华服美人，相得益彰。

孟丽君　这妆容样貌一别经年，自己倒是不惯了。

少　华　为了还你这身女儿妆，也不枉我守义三年。

孟丽君　少华，女儿样美，男儿装如何？

少　华　丽君，你的女儿样貌真是美啊！

（唱）【风入松】

翩然裙裾衣生香，

一似瑶池仙降。

（白）不曾见，丞相孟丽君，唯有我妻房。

孟丽君　（唱）罗裙珠翠环佩响，

盖掩住威风朝蟒。

少　华　（唱）粉慢匀桃香李香，

　　　　　　　且把花堂拜，喜酒尝。

孟丽君　（唱）【步步娇】

　　　　　　　还我当年如花样，

　　　　　　　往事何曾忘，

　　　　　　　悄声唤情郎。

　　　　　　　照影无双，

　　　　　　　空余惆怅，

　　　　　　　心意暂收藏，

　　　　　　　沉着摘皇榜。

少　华　（唱）【风入松】

　　　　　　　俺呵，怀人幽梦寄衷肠，

　　　　　　　勾起绵绵离伤。

　　　　　　　鱼书尺素空留想，

　　　　　　　写尽了少年轻狂。

　　　　　　　别后孤身照寒窗，

　　　　　　　相思意，且待偿。

孟丽君　（唱）【沉醉东风】

　　　　　　　中状元登阁拜相，

　　　　　　　医顽疾皇娘褒奖。

　　　　　　　平叛乱震朝纲。

　　　　　　　庙堂之上，

　　　　　　　倚一班忠臣良将。

　　　　　　　但见咱忙，

　　　　　　　不惧强梁，

　　　　　　　臣贤君圣，

方得宇内强。

少　华　　皇甫家门不幸，遭奸臣陷害，要你弱质女流救夫远走，男扮女装，甘苦自尝，如今，冤案昭雪，否极泰来，待等禀明圣上，嫁与俺忠孝王。

孟丽君　　如今我是股肱之臣，与父兄同殿侍奉万岁，纵然万岁贤明，赦我杀剐之罪，又岂有老师做妇，嫁门生的道理。

少　华　　满朝文武皆是贤能，丞相之职非你即他，更何况，老师难做一世呵！丽君，我知你啊……

（唱）【园林好】

守贞洁悉心改装，

离家赴京都考场。

耀门庭官升丞相，

平冤案待夫郎，

谁知你是红妆。

（白）如今，我已封忠孝王，手握重兵，权倾朝野。

（唱）【梁州序】

长相厮守，

家门执掌，

日日芳心舒畅。

绿蚁新醅，

初开酒色霞光。

抛丢朝笏，

红袖添香，

诗画同品赏。

续接香火门庭旺，

满堂吉庆福寿长，

效鸳鸯交颈项。

缘　生　（仍旧是轻声的叹息）你听，任谁也会动心。这是命运的优待，

你是人生的赢家。有情郎无价，应怜痴少华。

孟丽君　有情郎无价，女丞相须夸。

缘　生　夸便夸，嫁归嫁，嫁入皇甫门第，幸福无涯。

孟丽君　不，不，不！

少　华　不什么？

孟丽君　不嫁。

少　华　你是我的女人，你怎能不嫁？

缘　生　女人、女人、终究是女人。

少　华　女人，女人！你是一个女人！

（二）

［光骤变，皇帝上。

皇　帝　（勃然大怒）孟丽君！你好大胆也！

（唱）【粉蝶儿】

女扮男装、牝鸡司晨笑话。

倒阴阳祸乱根芽，

诓官家，欺天下，龙威不怕。

犯国法，难逃律令杀剐。

孟丽君　万岁，孟丽君深知犯下滔天大罪，罪不可赦，请万岁处置！

皇　帝　你不怕朕治你的死罪吗？

孟丽君　血肉之躯，怎不畏死？

皇　帝　朕念在昔日丞相之功，女扮男装乃权宜之计，亦不忍治孟丽君
　　　　欺君之罪。

孟丽君　谢圣主隆恩。

皇　帝　郦卿。

　　　　（唱）【小桃红】

　　　　　　莫害怕休惊吓，

　　　　　　堆了些知心话，

　　　　　　呢喃燕语轻说下。

　　　　　　初承国祚推新法，

　　　　　　群臣掣肘喧难罢。

　　　　　　胆略雄唯有娇娃。

　　　　（白）郦卿挺身而出，举笏击蛇，以一当十，威震朝野。秦智
　　　　虞愚是郦卿呐，真个有王佐之才。

孟丽君　为臣子者，使皆避谪，何以集事？

皇　帝　（唱）【前腔】

　　　　　　废旧典用新法，

　　　　　　民安康泽天下，

　　　　　　尧天舜日成佳话。

　　　　　　贤臣良相宏图画，

　　　　　　天朝始有今雄霸，

　　　　　　帝业昌全赖卿家。

孟丽君　（唱）【川拨棹】

　　　　　　一番话，

好似惊雷劈炸，

劈炸芳心绽春花。

圣上惜才干不假，

搅心肠一团乱麻。

（白）万岁知俺呵，俺好一似张仪得遇惠文王。三生有幸逢明主，若蒙万岁赦免臣下，当呕心沥血、肝脑涂地侍奉万岁。

（唱）钟子期，俞伯牙，酬知音，求无他。

缘　生　恕恕你欺君之罪已是法外施恩，还敢说什么位列朝班的蠢话。

皇　帝　郦卿，事已至此……

孟丽君　万岁，臣的才干您可曾见？

皇　帝　追管仲齐商鞅。

孟丽君　臣的诤谏您可曾闻？

皇　帝　效房乔仿魏征。

孟丽君　臣的谋略如何？担当怎样？

皇　帝　功似萧何冠群臣，谋如陈平安国邦，只可惜……

缘　生　你是一个女人。

皇　帝　罢了，恢复女儿模样，入主后宫……

孟丽君　万岁后宫佳丽三千，

皇　帝　独缺一人统领六宫，母仪天下。

（唱）【前腔】

后宫里，

赚宠尔虞我诈，

不似些百姓人家。

羡煞他夫妇结发，

两情率非图贵达。

（白）那些每夜邀宠待幸的妃子，那些终日擦粉抹唇的宫嫔，皆非知音，唯有丽君嫁与孤王，方可于宫闱之内为孤辅弼国事，闺房之中与卿乐享天伦。

（唱）脱男装，金钗插，洽六宫，平天下。

孟丽君　洽六宫，平天下么？！

缘　生　沐天恩还是从夫命！你，你，你，可有主张？

孟丽君　俺啊……沐天恩还是从夫命！！终不过遵三纲五常，守三从四德。不！何必嫁人方为要，一朝贤相也传名！

缘　生　遵三纲五常，守三从四德，女人须是女人样。

孟丽君　女人须是怎样？

缘　生　再强强不过命，再争上不了天。

孟丽君　是天？是命？恁不服命运天定！

缘　生　天命难违！

（三）

[皇甫少华复出，与皇帝对峙。

少　华　万岁！

（唱）【新水令】

则恼恨为君枉顾帝王风，

瞧咱不在眼全无尊重，

垂涎儿滴汹涌，

他意乱忒情浓，

　　　　　拈草沾风；

　　　　　岂不知呵君臣妻难共。

皇　帝　（唱）【折桂令】

　　　　　你道事君当敬天为忠。

少　华　君使臣以礼，臣事君以忠！

皇　帝　（唱）可知道是尊卑有序，冒犯了圣躬。

少　华　水能载舟亦覆舟！

皇　帝　（唱）你不知的轻重，端的是唯君是从，古今皆同！

缘　生　父母丈夫全不认，不忠不孝、辱父欺君、贪图高官，实乃滔天
　　　　之大罪。

少　华　我是军中帅，重兵在手。

皇　帝　（唱）军中帅呵，帅印儿由孤封送。兵拥呵，消俺一令下转瞬无踪。

少　华　皇甫家文治武功……

皇　帝　（唱）朝野的卿公，岂容你威风。

少　华　万岁誓娶孟丽君呵？

皇　帝　（唱）则那孟丽君她才貌得恩宠，命中是要主六宫伴真龙九重。

少　华　（拔剑）是可忍，孰不可忍！

皇　帝　反了不成！

缘　生　忠孝王三思，不过是一个女人！

少　华　（跃跃欲冲）难吞下夺妻恨！

　　　　〔灯亮，孟丽君在光影中伶立。

孟丽君　休妄动！

　　　　（唱）【风入松慢】

　　　　　少华许俺享华荣，

　　　　　招来的骤雨疾风。

皇家赐俺承恩宠，

怎知呵两下不从。

悲呜，

早立了的贲育志，

腾蛟起凤；

怎为的是春闺梦，

并蒂芙蓉。

（白）怨便怨，射柳姻缘，俺与少华奉媒定亲。恨则恨，造化弄人，
俺中三元位极人臣。

（唱）【耍孩儿】

万千女儿万千梦，

怨难容不同，

奈枷锁捆缚始终。

看月盈满有定，

得失了于胸。

叹阴差阳错虚空梦，

梦归时伤心痛。

（唱）【尾声】

才得宰辅成梁栋，

还嫁夫郎做女红。

我便不愿不甘有甚么用。

缘　生　你问哪个？

孟丽君　问自己儿。

缘　生　也罢，问自己儿，你要作甚？

孟丽君　我要做甚么？一朝登庙堂，致君尧舜上，上光宗耀祖，下百世

流芳,岂单是男儿所望。

缘　生　你没有不舍?

孟丽君　没有!

缘　生　你难道不怕?

孟丽君　不怕!

缘　生　哈哈哈! 缘来缘去缘自在,再生再灭再无邪。

孟丽君　缘去待缘来, 缘来终归去, 始生终灭, 得遂本心, 方无邪! 缘
　　　　生果真是———一念明明!

孟丽君　一念——明明!

　　　　[孟丽君直视缘生, 目光深邃, 坚定。

幕后歌　云在天之畔,

　　　　鸟在云之巅,

　　　　鸟翔在天际,

　　　　纵情望长天。

　　　　梦飞天地梦不断,

　　　　愿在心田愿不变,

　　　　等啊等啊等下去,

　　　　悖情悖理我不惧,

　　　　等啊等啊等下去,

　　　　等一个再生天地。

　　　　[延宕的激情在旋律中回旋。

　　　　[剧中人在灯光激烈的变幻中庄严肃穆地走向舞台深处。

———全剧终

周 倩　女，副教授，国家三级编剧，上海戏剧学院编剧专业硕士，中国戏剧文学学会会员、安徽省戏剧家协会会员。获 2017 年第十九届上海国际艺术节青年艺术家扶持计划；2022 年入选中共安徽省委宣传部"江淮文化名家"培育工程"青年英才"。《格桑花开》入选 2020 安徽省文旅厅戏曲孵化项目。多次获国家和省部级奖项，作品受邀参加国内外戏剧节。为安徽省黄梅戏剧院、合肥市庐剧院、亳州市梆剧院等创作戏剧多部，在核心期刊及省级期刊发表论文多篇。

—明—

诚斋花月

魏　睿

时间： 明永乐至宣德年间

地点： 开封、北京

人物：

朱有燉　　末，字诚斋，明室王子，后为周王

夏云英　　闺门旦，朱有燉宫人

朱有爋　　官生，朱有燉弟弟

巩灵芝　　青衣，朱有燉王妃

金公公　　丑，宫廷太监

刘　淳　　净，朱有燉老师，右长史

小桃红　　六旦，王府侍女

老黄钟　　丑，王府家班优伶

女子数名

第一折 谒 廷

[永乐元年的春天，京师南京奉天殿内，一派庄重肃穆的氛围，令人感到恐惧。

[金公公上，俯瞰一众群臣和藩王。

金公公　圣上战攻讨伐，功成治定，天赐江山，建年永乐，今有文武群臣，诸家藩王，齐来奉天殿朝贺呀！

[众军士上，审视着每个人。

（唱）【北黄钟·出队子】

（众军士）靖难之师平乱，

　　　　　擎帝业，

　　　　　祀苍天，

　　　　　展旌幡。

　　　　　今朝圣殿定忠奸。

（金公公）笑臣子战战兢兢不敢言，

　　　　　生死祸福旦夕间。

金公公　一朝天子一朝臣，且看好戏上演。

朱有燉、朱有爝　（幕后）草民朱有燉／朱有爝见驾，吾皇万岁。

金公公　怎么进来的？无职无份，不允见驾。

[意气风发的朱有燉上，其弟朱有爝随后。

朱有燉　金公公，有燉不才，随父周王进京，满腹忠心之谏，只盼奏予圣上，还望公公开恩！

金公公　罪王之子，竟敢冲撞新帝？

朱有燉　不敢。

金公公　不怕被打为建文叛党？

朱有燉　不怕。

金公公　那也不行。

朱有爋　大胆阉贼，竟敢阻挡国亲国戚，我要闯殿！

朱有燉　二弟，不可莽撞。

金公公　轰了出去！

　　　　［右长史刘淳上，一位老成稳重的中年人。

刘　淳　公公，且慢。

金公公　右长史，刘大人。

刘　淳　（耳语）公公，虽说周王因罪流放，你可要顾念他乃是当今圣上的亲弟弟，这两位是亲侄儿，若是圣上怪罪下来，公公岂能担待得起？

金公公　那个……好，朱有燉，你去殿前朝圣，朱有爋，你目中无人，出去。

朱有燉　谢公公高抬贵手。（对有爋）二弟，你就忍耐片时。

朱有爋　哼，待我重获军权，定要狠狠教训这阉贼。

　　　　［朱有爋愤愤然，下。

　　　　［朱有燉大步流星奔走，觐见皇帝。

朱有燉　（激情昂扬）新帝登基，社稷保全，华夏山川重兴，光辉昭如日月，庶民朱有燉，巡北平，游云南，走遍八方，斗胆进殿，献上三件奇珍！

　　　　［金公公和刘淳在殿外仔细聆听。

金公公　带的东西还不少。

刘　淳　这第一件？

朱有燉　（从怀中取书献上）父亲贬谪云南,呕心沥血,编著医书百余卷!

　　　　（唱）【北中吕·粉蝶儿】

　　　　　　家父蒙受冤屈,

　　　　　　尝百草救黎民临危不惧,

　　　　　　唯望断千山思念手足。

刘　淳　但愿圣上赦免周王,不枉诚斋拳拳纯孝之心。

金公公　这第二件?

朱有燉　来呀。

　　　　[朱有燉挥手,一只海冬青飞到他臂上,傲然长啸。

金公公　这是什么东西? 来人——

朱有燉　这海冬青呵。

　　　　（唱）啸北疆,

　　　　　　阅战殳,

　　　　　　志在九霄腾天宇,

　　　　　　献圣上把家邦御。

刘　淳　（感佩）诚斋依然壮怀凌云,不负当年洪武皇帝亲授。

金公公　海冬青倒是名贵猛禽,不知这第三件?

朱有燉　恳求圣上大开殿门。

　　　　（唱）弦索奏响氍毹,

　　　　　　新乐府婉转吟玉阶金缕。

朱有燉　有燉新作杂剧,斗胆命家班上演!

刘　淳　诚斋竟然会写杂剧?

　　　　[扮演成嫦娥仙子的夏云英,袅袅娜娜,带领巩灵芝等一众女子

　　　　翩跹登场,顿时满殿生辉。

　　　　[老黄钟和小桃红捧乐器随后上。

老黄钟　粉墨胭脂有乾坤，天上人间皆戏文。

小桃红　皇帝看官请了，各位大人看官请了。

二　人　《张天师明断辰钩月》，开演！（伴奏）

　　　　　〔众女子窈窕起舞，如在仙境。

刘　淳　（惊惧）诚斋你过分了！

金公公　下九流的戏子，跑来奉天殿，成何体统。

　　　　　〔夏云英载歌载舞，轻启朱唇唱起来，朱有燉悄然入戏。

夏云英　妾身乃嫦娥仙子，离了月宫，来赴群仙盛会。

　　　　　（唱）【北中吕·醉春风】

　　　　　　　　隐约玉蟾光，

　　　　　　　　扶疏丹桂影，

　　　　　　　　遍乾坤万里露华清，

　　　　　　　　畅好是冷，冷。

　　　　　　　　百尺瑶台，

　　　　　　　　九重银阙，

　　　　　　　　五云芳径。

老黄钟　嫦娥，你偷偷地思凡下到人间，勾引秀才，触犯天条，我来捉拿你。

夏云英　冤枉啊，冤枉！

朱有燉　住手，贫道张天师，已去人间查明，迷惑秀才者，是桃花精幻化嫦娥仙子模样，现已将桃花精捉拿归案。

巩灵芝　原来嫦娥是清白的。

夏云英　谢天师大恩。

　　合　（唱）【北双调·太平令】

　　　　　（朱有燉）把天理细穷究，

　　　　　（夏云英）守着这捣玉杵长生药白，

（朱有燉）散天香桂子清秋，

（夏云英）不是把天机泄露，

（朱有燉）则将你嫦娥答救，

（夏云英）稽首，稽首，向根前叩头，

（朱有燉）从此后万万载功名宇宙。

金公公 （看入了迷）不错，不错。

［夏云英与朱有燉对视，会心一笑。

［夏云英、巩灵芝、老黄钟、小桃红和一众女子飘然而下。

朱有燉 （慷慨陈词）庶民今日冒死陈奏：自先帝洪武开国，虽是四海归于一统，然，朝中相互诬告，恶习成风，人人揭发，人人自危，人人猜疑，人人不保，致使功臣冤沉海底，九族惨遭株连！多少手足反目，多少父子成仇？如今幸逢永乐新朝，万象更新复始，有燉斗胆揣测，满朝群臣，定是盼望一位明断是非、平冤昭雪的张天师从天而降，为民伸正义，为国驱愁云，到那时，千万载清光显耀，一轮儿明月团圆！

［金公公被吓住，跑下。

［刘淳大为惊骇。

（刘淳唱）【北中吕·快活三】

> 霎时间满朝堂魂魄惊，
>
> 忐忑放眼望众鸦雀俱无声。
>
> 万不料诚斋竟满腔孤胆向天鸣，
>
> 惶惶然唯恐爱徒遭不幸。

［朱有燉欣欣然走向殿外，走向刘淳。

朱有燉 先生啊，先生！

刘　淳 （不敢相信）圣上他——

[金公公出现，宣读圣旨状。

金公公 圣上有旨：邦家初定，亟需恢复民生，建文逆贼同党，暂不追究；
赦免各路戴罪藩王，回归属地；望满朝文武戮力同心，共保社稷。
钦此。（收起圣旨，谄媚状）周世子，小王爷，将来飞黄腾达了，
别忘了金公公我今天的引荐呀。（下）

朱有燉 好个奴才，先生，此番多谢你想方设法，带我和有爌进宫，我
才得畅舒胸臆！

刘　淳 你兄弟自幼随我读书，后来虽贬谪云南，为师日夜牵挂，幸得
京城重逢，怎能不助一臂之力？不过诚斋，这委婉周旋的本领，
你还没有学会。

[夏云英上，落落大方拜见刘淳。

夏云英 右长史大人，你可知诚斋他呀——

（唱）【北中吕·朝天子】

海冬青啼声，

越穹苍飞行，

春融冰雪千江迸，

青山难掩浪奔腾。

刘　淳 （打趣）我竟不如这美人儿懂得你的心思。

朱有燉 （唱）我亦想收敛锋芒盛，

天子爱弦索声声。

故写杂剧承敬，

博得君心应。

借时机倾吐赤诚，

借时机雪冤诉情，

笙歌轻唱风波定。

刘　淳　原来如此，不过实在太冒险了，此番回到开封周王府，静待天
　　　　子委以重任。

朱有燉　是，云英休要忘了，我们打过的赌。

刘　淳　打赌？

朱有燉　你说，若是今天圣上准奏，我侥幸活命，你便——

　　　　[夏云英粉面低重，含羞不语，刘淳明白了什么。

刘　淳　哦，有喜事！

朱有燉　哈哈哈。

　合　　（唱）【北中吕·尾声】

　　　　（朱有燉）感皇天，雨露恩，

　　　　（刘淳）鉴经纶，一片心，

　　　　（朱有燉）中原驰骋芳菲近，

　　　　（夏云英）踏入红云玳筵饮。

第二折　结　骊

　　　　[数月后，开封周王府，花园中牡丹盛开，姚黄魏紫，似温软明
　　　　艳的锦缎，人间俨然仙境。

　　　　[巩灵芝，一位娴静文淑的官人，带一众女子上，兴高采烈地精
　　　　细打扮着。

巩灵芝　三春奉得东君令，一夜牡丹满开封，自家巩氏，侍奉周世子殿
　　　　下多年。姐妹们，今日乃殿下与云英妹妹大喜之日，我们麝兰
　　　　熏金殿，指尖点银瓶，庆贺起来。

众女子　好。

女子甲　灵芝姐姐，世子纳你为宫人那日，可未曾这般喜庆哟。

女子乙　你说，往后云英妹妹是不是要当王妃？

女子丙　先来后到嘛，王妃要灵芝姐姐先当。

巩灵芝　我们本是乱世贫女，幸被殿下收留，授以歌舞，衣食无忧，今
　　　　后休论什么宫人，什么王妃，莫望患难知交好姐妹。

众女子　是呀，迎接新人去！

　　　　〔灵芝与女子们载歌载舞，宛若一众牡丹仙子。

　合　　（唱）【南南吕·金莲子】

　　　　（巩灵芝）按霓裳，

　　　　　　　　千红万紫媚春阳。

　　　　　　　　馨蕊放，

　　　　　　　　仙侣沁香。

　　　　（众女子）乐舞庆良辰，

　　　　　　　　花海宿鸳鸯。

　　　　〔在曼妙的歌舞中，身着喜服的朱有燉和夏云英上，牵一条长长
　　　　的红绫，含情脉脉走向洞房。

　　　　〔巩灵芝、女子们渐隐。

　　　　〔朱有燉欲揭盖头，夏云英故意躲闪到一旁，有燉笑着看她，想
　　　　解读她的心。

朱有燉　（打趣）云英敢莫是不想嫁了？反悔了？

夏云英　反悔，却是晚矣，无奈有个周世子，搜肠刮肚，纠缠不休，写
　　　　下多少新编乐府送我，字字千金，句句风流，好大的人情，我
　　　　不得不嫁呀，只是……

朱有燉　只是什么？

[云英沉吟不语，有燉更有兴致。

合　　（唱）【南南吕·古轮台】

（夏云英）意缠绵，

　　　　　纷纭往事却难言。

（朱有燉）薄施粉黛芙蓉面，

　　　　　香腮红云悄绽。

（夏云英）觑着他意暖心暖，

　　　　　家世欲说还掩，

　　　　　唯恐疑虑生嫌。

（朱有燉）莫非她娇羞难耐？

　　　　　莫非她试探我情比金坚？

朱有燉　　（故意哀叹）想我朱有燉，实实的命苦，生于皇王家，看多了骨肉相残，每日家提心吊胆，好不容易安居开封，遇着绝世佳丽，却求之不得，原来她本是牡丹天仙，花开而来，花谢而去，不愿与我这俗人为伍，也罢，人仙无份，何必强求？

[有燉欲离去，云英忙拦住他。

夏云英　　诚斋。

合　　（唱）（夏云英）忆昔秦楼初见，

　　　　　恰唱君曲独理银弦。

（朱有燉）不提防明眸幽怨，

　　　　　似三生重见。

（夏云英）从此在笔间箫管，

　　　　　暂忘却沧海与桑田。

（朱有燉）结鸾眷，

　　　　　笑拂过往化云烟。

495

夏云英 过往？

朱有燉 被卖青楼，非你所愿，不必挂在心怀。

夏云英 云英的过往，非有这一件。

朱有燉 （猜到）哦是了，你乃大明开国功臣之后！

夏云英 （惊讶）你如何知晓？云英祖上，乃大学士宋濂，九族至今依然含冤！

［有燉示意她低声，走到窗前观察四下是否有人。

朱有燉 记得去年初见，芳卿眼角眉间，诗书光华难掩，分明大家闺阁，钟灵毓秀，隐姓埋名，流落尘寰。

夏云英 （动容）既知我身份，为何不避嫌？

朱有燉 （诚恳地）先外祖父冯胜冯大将军，开国重臣，亦是受冤案牵连丧命，洪武先帝英明一世，奈何晚年屠戮忠臣，同室操戈，思之惨然！

夏云英 诚斋……

朱有燉 过去已过，新月常新。

［云英示意有燉揭起盖头，凝望地彼此那颗更为透明的心，携手漫步在芳香四溢的牡丹园。

朱有燉 看这满园牡丹，芳菲争妍，你我且到沁香亭畔，游赏一番。

合 （唱）【**前腔换头**】

（朱有燉）流连，

百媚千斛生烟。

香皑皑芍药羞赧，

娇盈盈海棠垂瓣。

飘渺曲欄，

是谁家琼楼仙苑，

凤凰双宿翩跹。

（夏云英）驾云车向晚，

轻拂玉砌醉酡颜。

金霞翠缕，

剪裁出锦缎冰弦。

一簇簇红波娇软，

一叠叠低吟箫管，

幽情缱绻。

［朱有燉跑到花丛中，痴痴地采摘花瓣。

夏云英　好好的牡丹，你采它作甚？

朱有燉　这些千娇百媚的花儿，听了你我喁喁私语，越发地娇憨明艳，袅袅婷婷，我要把它们酿成牡丹酒，待你我白发苍苍之时启封，再听听今晚的情话！

夏云英　亏你想得出，那时节，绛蜡烬清光吐穗。

朱有燉　纸窗明素色生辉。

夏云英　皓首老妇步步相随。

朱有燉　降云端九霄环佩。

夫　妻　哈哈——

朱有燉　这酒么，就叫寿安红。

夏云英　好，但原人长寿，岁岁平安。

合　　（唱）（朱有燉）几经战乱晓风残，

依然丛芳璨，

（朱有燉、夏云英）愿花魂蝶梦永相率。

夏云英　你过来，闭上双目。

［有燉顺从地照做，云英拿出银剪，剪下一缕有燉和自己的头发，

497

绾在一起，放入香囊。

朱有燉　　吓煞我也。

夏云英　　（格格大笑）结发夫妻，夫妻结发，你我正值韶华，青丝香囊中存下，等到老年玩味，笑掉了大门牙。

朱有燉　　你呀，心生七窍主意多。

　　　　　[老黄钟兴高采烈地上，不小心撞到他们。

老黄钟　　乖乖，老黄钟变成一根棒，棒打了一对好鸳鸯。殿下啊，大喜，不对，双喜。

朱有燉　　今朝还有什么喜事？

老黄钟　　你得儿子啦！

朱有燉、夏云英　　啊？你？

老黄钟　　汝南王送礼来了！

　　　　　[朱有燉不解，朱有爋大笑着走来，夏云英回避下。

朱有爋　　恭喜大哥，房中又添一枝春，枝头可曾春意闹？

朱有燉　　说笑了，二弟一身戎装，可是刚刚练兵归来？

朱有爋　　是啊，多亏大哥大胆奏本，圣上赐还兵权，待将来，你我又能统领雄师，镇守边关！

朱有燉　　对。

朱有爋　　小弟愿将孩儿子堹，过继给大哥，以表重谢！

朱有燉　　啊？这如何使得！

老黄钟　　使得的，使得的，若是没有儿子，按照洪武帝祖制，你仙去的时候，妃子、宫人都要殉葬呀！

朱有爋　　不要胡说，大哥将来定会子嗣绵延。

老黄钟　　殿下三十好几了，纳了几位宫人，别说生儿子，连个蚊子都生不出来，他这世子之位哪能保得长远？

［老黄钟意识到自己说多了，下。

朱有燉　（坦诚地）这世子位么——让予二弟也无妨。

朱有爋　不，大哥，你乃世子，更是未来的周王！

（唱）【南中吕·扑灯蛾】

　　　　大丈夫龙虎会，

　　　　大丈夫龙虎会，

　　　　虹霓曜甲锐。

　　　　你自幼俊才惊宫阃，

　　　　本是皇储之君，

　　　　只待振翼天垂也。

朱有燉　休提往事，为兄深知，直言不讳，或遭杀身之祸，欲展作为，
还需韬光养晦，切记，切记！

朱有爋　大哥运筹帷幄，小弟奋勇追随。

朱有燉　（唱）棠棣连枝，

　　　　跃马并辔，

　　　　展雄图，

　　　　挽弓射风雷，

　　　　继周王，

　　　　豪杰当无愧。

　　　　啸骅骝，

　　　　镇寒水，

　　　　驰骋争魁。

朱有燉　（唱）【尾声】

　　　　不负二弟亲过继，

鲲鹏击浪更可期，

须眉建业终有时。

［兄弟执手豪爽大笑。

第三折　韬　光

［数月后。

［金公公面无表情地走上、宣读。

金公公　圣上有旨，各地藩王，拥兵自重，有人觊觎问鼎，竟生不臣之心。
　　　　自今日起，所有王族，不得私自练兵！

［朱有燉奔上，震惊，不敢相信。

朱有燉　为何？

金公公　嗯？

朱有燉　哦，周世子……接旨。

金公公　虽说皇上对各路亲戚不满，可是大大地夸奖你哪。

朱有燉　（存一线希望）夸我何来？

金公公　你献上的杂剧《神后山秋猎得驺虞》，皇上甚为欢喜，说你写
　　　　天降瑞兽，百姓捕猎，献给皇家，真乃一派盛世景象，那句怎
　　　　么唱？"讴歌鼓腹欢声大"……

朱有燉　（唱）美风化听歌谣。

金公公　（唱）纪祯祥载万册。
　　　　好听！以后要多写呀。

朱有燉　（受伤）多写，多写……

［金公公哼着曲子下。

朱有燉　叔皇啊，如此多疑，却与先皇何异！众皇族后裔，不得科考，
　　　　　不得御敌，富贵闲散一生，却与牲畜何异！

［朱有燉警觉地环顾回周，隐忍地压抑悲声。

［他浑浑噩噩走入书房，一把醒目的青龙偃月刀，散发出幽幽寒
　光，他举刀而舞。

朱有燉　（吟）人之有生，惟忠孝者为始终之大节，非惟流芳于永世，
　　　　　而其精诚之气，升而为神明，降而司灾福，载在祀典，于无穷矣！

　　　　　（唱）【南南吕·步蟾宫】

　　　　　　　江滔空赋关公恨，

　　　　　　　断翼孤鸿失阵。

　　　　　　　斩平生忠孝荡无存，

　　　　　　　冷魄孰知孰问！

［朱有燉心中焦灼，时空变换，金公公浮现，冷笑。

金公公　写什么《关云长义勇辞金》？没用。

［朱有燉失望地垂下刀，朱有爋突然跳出，夺刀砍向金公公。

朱有爋　我先斩了你这阉贼！

金公公　救命啊！

朱有爋　教那皇帝老儿知道，皇室子孙焉是废物！

朱有燉　不可！

［金公公逃下。

［朱有爋、刘淳各自在不同的空间，不断与朱有燉交谈、辩驳。

朱有燉　连日来，二弟与刘先生轮番登门，皆倾诉肺腑——

刘　淳　诚斋。

朱有爋　大哥。

朱有燉　（在不同空间穿梭）先生呀，二弟。

刘　淳　兵将速速解散。

朱有燉　悄悄保留精锐。

刘　淳　献上赤诚之心。

朱有燉　莫做无能之辈。

刘　淳　隐忍一时，方能一飞冲天！

朱有燉　练兵数载，反被全部夺去！

朱有燉　莫要说了！

　　　　（唱）【南南吕·梁州新郎】

　　　　　　帝室黄金缧绁，

　　　　　　徒余悲忿，

　　　　　　我欲待挣脱围困——

朱有燉　靖难之役，何不效之？

朱有燉　呀！

　　　　（唱）怎能再起，

　　　　　　干戈血溅苍生？

刘　淳　皇上任人唯贤，你若一片忠诚可对天，必得重用！

朱有燉　（唱）我欲待提笔赞歌祥瑞，

　　　　　　愧哉汗雨涔涔。

朱有燉　什么"驺虞"天降，国泰民安，你且编呀，编呀，小弟为你羞耻！

刘　淳　诚斋。

　合　　（唱）（刘淳）著兵策孙子双足膑，

　　　　　　　　自古包羞忍辱铸英名。

　　　　（朱有燉）莫忘当初壮志腾，

　　　　　　挥鞭向，冰霜刃。

（刘淳）豪杰抱负需规驯，

休连累，

至亲殒。

[刘淳离去。

朱有燉　（如受棒喝）至亲……开封周王府中，有我那姚黄魏紫牡丹园，有我那国色天香一众佳人，莫教风雨催之，刀剑逼之，唯愿天下名园，日暖生烟，浑然不知岁月变迁也。

[府中，似传来云英和众女子无忧无虑的嬉笑欢闹声，令朱有燉陶醉。

朱有爝　大哥若是为难，可将兵符交附我。

朱有燉　（心不在焉）二弟，我左思右想，还是让王府将士解甲归田。

朱有爝　（惊愕）你、你还是大明帝君之后？

[朱有爝愤愤然甩袖下。

[夏云英、巩灵芝和一众女子上，翩跹婀娜，扮演牡丹、桃花、李花、芙蓉、海棠、蔷薇等仙子，蝉翼轻纱，迎风舒袖，飘然起舞。

[小桃红拿剧本蹦蹦跳跳上。

小桃红　给欧阳先生请安。

朱有燉　欧阳？

小桃红　好记性，今日姐妹们预演《洛阳岁月牡丹仙》，你不是世子殿下，乃是宋代的大文人欧阳修呀。

夏云英　（高傲）殿下如此不情不愿，我牡丹仙子还是回到天上去。

朱有燉　哎，（进入角色表演）仙子，今夜得遇，愿请至沁香亭中，以遂于飞之愿。

小桃红　（念剧本）付末做意扯旦，调戏科，旦不允，嗔科。

[巩灵芝和众女子大笑。

夏云英　崒，这般文辞，教人如何去演哟？

朱有燉　（赔礼）弄戏者，戏弄也。

巩灵芝　好妹妹，你就陪他演吧。

夏云英　（娇嗔）且饶过你，待演罢，再与你算账。

　　　　〔夏云英且歌且舞，朱有燉怡然忘忧，巩灵芝带女子们款款起舞，小桃红吹箫，仙乐灵动。

　　　　（唱）【南小石·渔灯儿】

　　　　　　颤巍巍占风华瓣瓣倾城，

　　　　　　慵懒懒太真沐玉液冰清，

　　　　　　情脉脉绵软呢哝俏语萦，

　　　　　　飘荡荡凌空香径，

　　　　　　婉啭啭启歌喉愁散云轻。

朱有燉　（唱）【南小石·锦渔灯】

　　　　　　谢仙子深知我慧心雪映，

　　　　　　一霎时暖胸襟抛泪零零，

　　　　　　翻新曲红板青箫绕翠屏，

　　　　　　执皓腕涉花蹊蹽柳陌重盟。

　　合　（唱）【南小石·锦上花】

　　　　（巩灵芝）春光袅，

　　　　　　雨后晴，

　　　　　　群芳醒，

　　　　　　碧露凝，

　　　　　　芙蓉海棠桃李到蓬瀛。

　　　　（众女子）惹多少风流客竞点评，

　　　　　　仙葩缤纷降，

满洛城，

愿琼英不谢沁香亭，

愿花月不老赤心诚。

[众女子缓缓下。

夏云英　大才子，演得如何？

朱有燉　（尚未出戏）牡丹仙子，请你长留人间，长佑花月。

夏云英　殿下，你戏中戏外两难分了，醒来，醒来。

巩灵芝　看你疲乏了，快去安歇。

小桃红　（逗趣）是啊，快随灵芝宫人安歇。

夏云英　（生醋，夺过剧本）我还要与殿下谈戏论曲呢，谁想他魂不守舍，
　　　　不知被哪些莺莺燕燕勾去，灵芝姐姐还是陪我安歇吧，不要理他。

巩灵芝　（又爱又气）你这小妮子。

朱有燉　云英，弱水三千，我只取一瓢饮也，待我饮来，呀，怎生酸酸
　　　　楚楚的味道？莫非你吃了酸梅汤？

巩灵芝　（对小桃红）我们走吧。

[巩灵芝和小桃红下，云英故作不理会，等有燉来哄。

朱有燉　云英，我不是独陪你一人么？又是一年牡丹绽放，馥郁满亭，
　　　　趁此美景良辰，唱一出……

夏云英　谁要唱？（拿出书，欲撕）我偏不唱，刘金儿从良，不守妇道
　　　　又为娼。

朱有燉　我的戏文！

夏云英　我偏不唱，李妙清从良又守寡，圆寂莲花；我偏不唱，赵氏女
　　　　不改嫁为守贞，自缢泉下寻夫君；我偏不唱，兰红叶守清白身，
　　　　终得团圆嫁良人；我更不唱，继母舍亲生，救养子，落得个大
　　　　贤名——

朱有燉　好云英，赏还我吧，你到底想怎样？

夏云英　我愿你写——

　　　　（唱）【南小石·锦中拍】

　　　　　　六月飞雪喊屈诉冤，

　　　　　　血丝漫白幡。

朱有燉　我如何比得上那关汉卿？

夏云英　（唱）愿你写西厢下传书递简，

　　　　　　碧云天惜别牵念。

朱有燉　我又怎比得上那王实甫？

夏云英　（唱）愿你写潇湘夜雨梦寒，

　　　　　　似先辈杰作吟咏久远。

朱有燉　我岂有那番才华？（悄声）何况，著写杂剧，沉溺歌舞，无非是想韬光养晦，博得万岁依赖。

　　　　［夏云英将书扯破。

夏云英　不恼么？不痛么？

朱有燉　只要美人解气，撕个纷纷碎又何妨？我不恼，（痛心）我不、不痛……

夏云英　（从袖中拿出剧本）喏，大才子的戏文，好端端在此哟。

朱有燉　多谢云英手下留情。

　　　　（唱）不经意情缠笔端，

　　　　　　写入那岁月流年。

　　　　　　虽是才疏学浅，

　　　　　　寄幽怀花繁妍。

夏云英　殿下独宠云英，恩爱多年，我焉不知你的进退彷徨，不过我还有一愿，你要答应。

朱有燉　有何心愿？

夏云英　你先答应。

朱有燉　好，答应，答应。

夏云英　（唱）【尾声】

纵然一朝功业建，

莫陷风雨莫相煎，

祈愿月照人团圆。

朱有燉　你的心愿，亦是我的心愿。

［夏云英莞尔一笑，让朱有燉永远记住了她此刻的容颜。

第四折　决　裂

［数年后。

［突然，一个无情的声音响起，如同一记惊雷。

声　音　我要告发：周王图谋不轨，纵容世子朱有燉偷娶罪臣之女，密
谋造反！

［巩灵芝和一众女子焦急慌忙，在府中坐立不宁。

众女子　（焦虑不堪）灵芝姐姐，云英怎会突发疾病？我们为何不能照
料于她？王爷和世子殿下去京城，何时归来？……

巩灵芝　我已派人快马加鞭报予殿下，府中有刘淳刘长史帮忙照料，但
愿无事。

［刘淳走上，唉声叹气。

刘　淳　列位宫人，夏宫人突染时疫，暴疾缠身，我特请宫中御医诊断，

不料却无回春之妙手……

巩灵芝 夏宫人她到底怎样？

刘 淳 芳魂归天！

众女子 呀！

　　〔众女子哭作一团，巩灵芝竭力保持着镇静。

巩灵芝 我等为云英妹妹送行。

刘 淳 （阻拦）不可，时疫严重，我已吩咐御医，速速火化。

巩灵芝 （悚然）刘大人不会不知，夏宫人乃殿下平生至爱，如今一不知病情，二不见病体，平白地说她暴病身亡，仓促下葬，我们如何向殿下交待！

刘 淳 周王托我代管王府，此事由我担待。

巩灵芝 （试探地）今晨，我听到你与云英谈论——

刘 淳 绝无此事！

　　〔老黄钟和小桃红跑上。

老黄钟 刘大人，不好了，二殿下他……（喘气）

小桃红 他要带走小公子！

刘 淳 大胆，子堪乃是周世子亲手抚养成人，岂容他随意带走！

朱有燫 （幕后）带走亲生儿子，有何不可？

刘 淳 老黄钟，倘有变故，你要照料好小公子，查看朱有燫的动静——（对老黄钟耳语）

　　〔老黄钟频频点头，朱有燫举刀上，杀气腾腾。

刘 淳 你、你、你……要做什么？

朱有燫 有人告发我父兄谋反，他们此去京师，许久不归，说不定早已下狱身亡，都滚开！

刘 淳 （怒）师尊面前，怎敢肆无忌惮！

朱有爋 去你的，这刀可不认得什么师尊，子瑾，随爹爹走！

[刘淳急忙逃下，巩灵芝不故安危，扑上去阻拦，被朱有爋踢伤，众女子哀哭嚎啕，隐去。

[朱有燉策马出现，茫茫天地，孤影徘徊，徒劳地呼唤着，一时无法接受噩耗。

朱有燉 云英，我回来了，你可安好？我与父王赴京辩罪，战战兢兢，唯唯诺诺，慌慌张张，口中山呼万岁，叩首哭诉忠诚，极力抛洒眼泪，脑海昏昏沉沉，不知写了多少文字，费了多少纸稿，度了多少光阴，尽表誓死忠君，绝无谋反之意。可是，有燉心中荒芜，渐渐竟如木雕泥塑，梦中云英容貌，日渐恍惚，不，不，我怎能沉迷俯首谢罪，忘怀你的月貌花颜，忘怀我那满园牡丹，仙袂飘然？接灵芝报信，你魂归离恨天，我怎能相信？不顾严父叱责，快马赶回，为何府中冷冷清清，你藏着哪一处花萌下、芳草间，要我去寻？我来了，我寻了，你却无踪无迹，无声无息？

（唱）【北正宫·端正好】

暮昏黄，

风惆怅，

寂寂地暮昏黄，

恻恻的风惆怅。

偏不信乍分离隔断阴阳，

似梦深欲醒偏无望，

如何掘地泉台傍！

[刘淳急上，为朱有燉备好笔墨纸砚。

刘　淳 诚斋，我已查明何人诬告你们！

朱有燉 （魂不守舍）云英如何去的？

刘　淳　　就是朱有燉！（示诏书）此乃老黄钟冒死盗取的诏书。

朱有燉　　云英临终时讲些什么？

刘　淳　　快写，揭露朱有燉涛天大罪！

朱有燉　　她去得痛否？

刘　淳　　（断喝）诚斋！夏宫人不可复生，当务之急，你要保护周王，
　　　　　　忠孝为上。

朱有燉　　（拿起笔，机械地）我写，我写。

　　　　　　〔刘淳不断叮嘱着什么，渐隐，朱有燉内心撕裂。

　　　　　　（唱）【北正官·滚绣球】

　　　　　　　　血殷殷五内戕，

　　　　　　　　痛切切碎肝肠。

　　　　　　　　毫管重千钧炸雷激荡，

　　　　　　　　骨肉竟相残魄散魂扬。

　　　　　　〔朱有燉缓缓搁下笔。

　　　　　　（唱）独怆然望四方，

　　　　　　　　忆红妆彻骨凉。

　　　　　　　　莫名地楼空人丧，

　　　　　　　　未及捧玉面拭泪痕长，

　　　　　　　　舍命随卿忘却愁千状。

朱有燉　　唉，可叹老父蒙冤，二弟他……（看诏书）写了谋反诏书，竟
　　　　　　落下我的名字，（苦笑）本是同根生，相煎何太急！

　　　　　　〔朱有燉双手颤抖，重提笔。

　　　　　　〔朱有燉唱）不提防涕泗滂沱骇浪狂，一字字似箭如枪。

朱有燉　　臣告发：朱有燉忤逆不孝，欺君罔上，诬陷父王，诽谤兄长，
　　　　　　捏造假证，伪造诏书，其罪难容，昭然若揭，臣乞求陛下，将他，

将他——

［另一空间，朱有燉出现，双手被绑，走向一条不归路。

朱有爝　将他全家废为庶人，京师问罪，囚禁终生！

朱有燉　不，我乞求陛下从轻发落。

朱有爝　朱有燉你脊梁折断。

朱有燉　二弟何必釜底抽薪？

朱有爝　立言立德立功，当为不朽。

朱有燉　绝情绝孝绝义，何苦为之？

朱有爝　为夺得兵权，我不得不诬告父兄。

朱有燉　再忍耐片时，或许有出头之机遇。

朱有爝　（失望）大哥……

朱有燉　（挽留）二弟……

朱有爝　若说有悔意，是我连累子埏孩儿，沦为阶下囚。除此之外，我
　　　　未有半丝遗憾！（狂笑）

朱有燉　子埏儿啊。

　合　　（唱）【北正宫·叨叨令】

　　　　（朱有燉）今生不复天伦享，

　　　　　　　　　今生不复同枝畅。

　　　　（朱有爝）冲天一鸣何惧幽冥葬，

　　　　　　　　　壮志未酬更染彤云绛。

　　　　（朱有燉）兀的不痛杀人也么哥，

　　　　（朱有爝）兀的不恨杀人也么哥，

　　　　（朱有燉、朱有爝）满腔心血何安放！

朱有燉　二弟莫走，让为兄送你一程。

［朱有爝毫不犹豫，大踏步奔下。

朱有燉　二弟!

金公公　（幕后大声宣读）周王薨,世子朱有燉世袭新周王! 王爷,恭喜啦。

〔朱有燉心中绞痛，欲哭竟无泪，隐去。

（伴唱）【煞尾】

穹庐锁寒霜，

路遥残烟瘴。

压顶乌黑影幢幢，

孤零零唯余白发三千丈。

第五折　追　忆

〔岁月荏苒，朱有燉渐渐步入老年。

〔老黄钟无所事事地打着盹，小桃红上，轻拍他。

小桃红　老黄钟，起床了，你看日上三竿，起来晾晒晾晒你的老骨头。（见老黄钟没反应，试气息）啊呀老伯，你怎么死了呢? 你借我的钱，没还呢。

老黄钟　（笑）小桃红，你只惦记你的钱，老朽被你气得活转过来。

小桃红　演戏! 想当年你盗出假诏书，都没有被打死，你如何就轻易上西天?

老黄钟　（唱）【字字双】

哪个仙药满丹炉，

糊涂，

哪个生来就享福，

家猪，

哪个成长最舒服，

朽木，

哪个是个好去处，

黄土。

小桃红 你倒是无牵无挂，自从小公子走后，王爷的妃子和宫人，都无子嗣，她们将来下场如何？

老黄钟 过一天，乐一天，谁知有没有第二天，歌舞去哟，歌舞去哟。

　　[小桃红随老黄钟下。

　　[雅乐依稀临近，已是王妃的巩灵芝带领众女子出现，排练歌舞，岁月似乎没有在她们的面庞留下痕迹，周王府的后花园依然花枝烂漫。

巩灵芝 诸位妹妹。

众女子 王妃夫人。

巩灵芝 王爷寿辰在即，我们弄起《群仙庆寿蟠桃会》和《福禄寿仙官庆会》，预备为王爷祝寿。

众女子 好。

巩灵芝 （唱）【北黄钟·醉花阴】

裙裾摇曳娇红翠笛涌，

任流年掩藏隐痛。

依然管弦雅，

曲雍容，

鸣玉飞琼。

　　[朱有燉悄然上，醉醺醺一派富贵之态。

朱有燉 （随口哼着他的散曲）小小船儿棹沧波，其实的快活快活，打得鱼来笑呵呵，醉了和衣卧，醒了推蓬坐，谁似我，哈哈。

[朱有燉兴致勃勃地观赏歌舞，打着拍子。

朱有燉　错了，错了，云英，来教习她们如何歌舞，哦是了，云英去蓬莱仙山云游去了。本王教你们吧，来，翘指，倾身，荡袖，折腰，笑语盈盈，好似欣赏瑶池美景，正是：九华瑞露凝金殿，千岁蟠桃献玉塔。

[朱有燉舞得有模有样，憨态可掬，几名女子窃笑，巩灵芝悄拭泪。

巩灵芝　（唱）我怜他醉酡纵，

　　　　　无缘并蒂两心通，

　　　　　咫尺天涯何人懂？

朱有燉　甚好，白发自怜诗兴在，红颜莫放酒樽空。妃子，再给我浮一大白。

[巩灵芝示意，众女子下。

巩灵芝　王爷，金公公送来宫中礼物。

朱有燉　（兴奋）当真？定是皇上要重用我，我写了多少诗词杂剧，《紫阳仙三度常椿寿》《东华仙三度十长生》……献予我那伯伯皇帝，表哥皇帝，侄儿皇帝，颂赞盛世，终于将大施作为了！

巩灵芝　（悲哀）王爷，你要醒一醒，莫惹是非，安度余生，方不辜负云英为你赴死之志。

朱有燉　（大惊，酒醒）什么？你从实说来！

巩灵芝　当年我探寻云英病情，不得入内，只得潜于室外倾听——

[刘淳与夏云英出现，朱有燉似乎回到了当年场景，惊愕地走到云英身边。

朱有燉　你、你为何不及早告知？

巩灵芝　刘大人乃王爷恩师，我怎能多舌生隙？如今，刘大人已过世，我不敢再隐瞒。

朱有燉　你呀……

　　　　　[巩灵芝隐去。

刘　淳　夏宫人，不知何人诬陷诚斋，竟知晓你是前朝罪臣之后。

夏云英　（安静地）我明白。

刘　淳　你若在，诚斋无罪终成有罪。

夏云英　我若不在，大人周旋，诚斋或可无罪。

刘　淳　你要三思。

夏云英　（内心挣扎）三思……

朱有燉　（徒劳地阻拦）云英，等我回来！

夏云英　诚斋与我，盟定白首。

朱有燉　盟定白首，同生共死！

夏云英　（唱）【北黄钟·出队子】

　　　　　　　寒恻恻风凝云冻，

　　　　　　　惊颤颤断肝肠心绪崩。

　　　　　　　怎抛撒鹣鲽连理悦丝桐？

　　　　　　　怎忍心连累知音受利锋？

　　　　　　　也只得拼却红颜一命终。

朱有燉　不可，万万不可！

刘　淳　休要枉费为师救你的一片苦心！

朱有燉　刘大人，你无需管此事，我宁愿和云英脱离苦海，永登清虚！

刘　淳　何必含冤屈死？我在为你好！

朱有燉　你让我生不如死！

夏云英　（拿出红绫）我意已定，莫再争论了。

刘　淳　诚斋，再忍耐些，再忍耐些，总有出头之日。（隐去）

朱有燉　（绝望痛楚）你休走，回答我，为何要忍耐！为何不能像二弟那样冒险一搏！你不是我的先生……我朱有燉枉为丈夫！

（唱）【南黄钟·画眉序】

> 平生无奈陷皇宫，
>
> 锦绣荣华困迷梦。
>
> 徒念宽仁忠孝，
>
> 愧对情浓，
>
> 空留这遗恨无穷。

夏云英　（温和地）诚斋，怎么又哭了，我不是还在么？

朱有燉　深闺一别玉京仙，又隔人间第几天？云英，我知你本是牡丹天仙，花开而来，花谢而去，不愿与我这俗人为伍。

夏云英　呆子，你何必去比那关汉卿、王实甫，何必比那千古将相，你是我的诚斋，世间唯一，花月在侧，管弦相伴，此生足矣。

朱有燉　（唱）愿与你题诗新咏，

> 愿与你牡丹丛下双飞凤，
>
> 同栖共眠香冢。

夏云英　胡说什么，我就在戏文中等你，盼望着白首相聚时节，共饮寿安红。

朱有燉　寿安红！

　　　　［朱有燉小心翼翼捧出酒坛，满怀期待地打开，与云英同饮美酒。

夏云英　嘘，你听。

朱有燉　听什么？

夏云英　听当年的情话。

朱有燉　（倾听状）听见了，听见了，当年葳葳蕤蕤婷婷花瓣，已化作醇醪佳酿。

夏云英　我亦爱牡丹，恰似你温柔敦厚，清润凡尘，宁愿被人所伤，也不生刺伤人，敬诚斋——

（唱）【北黄钟·喜迁莺】

花解语灵犀相共，

花解语灵犀相共，

我与你至情接生死长虹。

夏云英　再敬诚斋，

（唱）词曲玲珑，

斑斓百卉萌动，

人不老岁岁年年剧里逢。

[传来一声声苍劲的啼鸣，一束光亮起。

夏云英　什么声音？

朱有燉　金公公送来的，笼中鹦鹉？呀，海冬青，海冬青！当初塞北边关，渺大鹏之扶摇，比威凤之嘉祯，奋绝建之精神，运六合于逡巡，笼中廿余载，何竟苍老憔悴，茫然失神！

夏云英　它尚且逞英资而顾盼，抱壮志以盈怀，三敬诚斋。

（唱）胸怀沟壑俊逸奇峰，

方寸间眺望苍穹，

方寸间眺望苍穹。

朱有燉　谢过！

[朱有燉欣欣然与夏云英对酌，欲加旷达，云英取出香囊。

夏云英　结发夫妻，夫妻结发，无缘伴君生白发，那便请君记住青春韶华。

朱有燉　云英，我不求功刻凌烟，名载青史，只愿为你书写一段杂剧。

夏云英　独属于你我二人。

朱有燉　你且听了，（灵感勃发）乐工之女刘盼春，与良家公子周恭盟定终身，情如金石，无奈父母逼嫁富商，盼春自缢殉情。

夏云英　可悲可叹。

朱有燉　这才是，污泥中长出并头莲，云雨乡生烈女，风月所寄佳编。

夏云英　难免重蹈覆辙。

朱有燉　还有呢，周郎痛哭凄凄，见烈火焚烧玉骨冰肌，唯有香囊不毁，内藏相思诗句，两情终不成灰，周郎捧回骨殖，此生不娶，死后百年同依！

夏云英　不求团圆为终？

朱有燉　不求团圆自欺！

夏云英　（惊叹）况世姻缘"香囊怨"！

朱有燉　我为你写——

夏云英　这新婚时节的红绫，便是云英的归宿——

　　　　　[夏云英抚摸着红绫，似乎收藏起朱有燉的气息，一如当年，起舞弄清影，渐渐远去。

　　　　　[朱有燉下笔如有神，用杂剧尽情挥洒着痛苦。

朱有燉　（唱）【南黄钟·画眉序】

　　　　　　字里绘娇容，

　　　　　　眉梢眼底玉辉涌。

　　　　　　酽相思万种，

　　　　　　荡开涟漪清泓。

　　　　　　武陵外素萼琼葩，

　　　　　　再无有露寒霜重。

　　　　　　无忧无痛无悲梦，

　　　　　　挥毫唤心头勇。

第六折　上　书

[朱有燉一直在书写，书写到生命临终的时刻，却越写越潇洒，越写越快。

[巩灵芝上，娴熟地为他披衣，送茶，照料。

巩灵芝　王爷病重，要安心休养，求你歇息吧，哪怕小憩一个时辰。

朱有燉　妃子，我知晓时日无多，要速速写完。

巩灵芝　又是哪本杂剧？

朱有燉　事关你们。

巩灵芝　（一丝惊喜）我……们？

朱有燉　这是一道奏折：废除洪武旧习，妃嫔不必殉葬！

巩灵芝　（大骇）万万不可，妄改祖制，灾殃九族！

朱有燉　我早已频频上书，奈何皇上置之不理！

巩灵芝　王爷韬光一生，难得长寿，千万莫惹是非，人间实苦，倘若王爷升天，我们心甘情愿随你同去！

朱有燉　妃子，我们怕了一辈子，就让我挺身而出一次吧。

[巩灵芝无话可说，忧心重重地下，朱有燉快速写着，在与生命最后的时间赛跑。

（唱）【北黄钟·水仙子】

　　　写写写，

　　　汗雨滔，

　　　写写写，

汗雨滔，

怎怎怎，

怎忍碾碎芳红花钿倒。

不不不，

不教性命轻抛，

哪哪哪，

哪怕是祸福难料，

敢敢敢，

敢把天倾地动摇。

壮壮壮，

壮刚劲肝胆昭昭，

悔悔悔，

悔当初未护知己碧落遥，

救救救，

救娥眉免赴黄泉道，

奏奏奏，

奏本谏当朝！

［朱有燉用尽气力，握笔的手缓缓垂下，灵魂脱离了苦难的肉身，他朦朦胧胧地看到，巩灵芝与众女子身穿素服，若隐若现，似乎在痛哭，似乎在呼唤。

［朱有燉环顾四周，人间，触不可及。

朱有燉 你们不要伤心，不要仓促决断，且待皇上答复。看，公公来了！

［远方，年纪老迈的金公公正在赶来送圣旨，走得极慢，气喘吁吁。

金公公 哎呀这个周王多事，喋喋不休要改祖制，皇上一气之下——答应了。

朱有燉　万幸!

金公公　凭什么又让我送圣旨?从京城到开封,累都累死了。(昏昏沉
　　　　沉睡去)

朱有燉　公公,你要快走呀!快些快些……来不及了,来不及了……

　　　　[巩灵芝与众女子的素服升到天空,似雪飘舞,她们全部殉葬,
　　　　朱有燉的灵魂闭上眼睛,发出一声悲鸣。

　　　　[后花园中,所有花卉凋谢,扬扬洒洒,满地残红,零落成泥,
　　　　天地茫茫。

朱有燉　魂魄独飘零,一缕烟云轻。这大花园中,曾经芙蓉堆雪,红梅
　　　　娉婷,粉荷泻露,牡丹倾城,我曾写,我曾痛,我曾生,我曾
　　　　死,如今只落得,无悲无恨,无怨无惊,空空荡荡,干干净净,
　　　　唯有飘飘摇摇,寻寻觅觅,去访我那云英。

　　　　[朱有燉走向云山深处,夏云英的背影似乎就在远方等待,又似
　　　　乎是个幻梦。

　　　　(伴唱)【煞尾】

　　　　　　　浅吟低唱诗笺老,

　　　　　　　曾记否会佳期月映花朝,

　　　　　　　千山万水更寻芳迹渺。

　　　　[虚无的归于虚无,空中传来一缕不绝的笛声。

——全剧终

—明—

江南闺塾师

李 阳

时间：明末清初

地点：江南

人物：

黄媛介　　旦，浙江嘉兴人，诗人、书画家，江南闺塾师

商景兰　　旦，浙江绍兴人，江南名媛，诗人。黄媛介
　　　　　好友

杨世功　　生，浙江嘉兴人，黄媛介夫君

杨本善　　娃娃旦，黄媛介女儿

老乞儿　　末，浙江温州人，塑匠

[霜降时节黄媛介在乙酉兵乱中逃亡。

（杨世功慌上唱）【绕地游】

　　　　飘摇家舍，

　　　　征人不还，

　　　　哭苍天怎平安，

　　　　角声漫天，

　　　　挑灯看剑，

　　　　这吴山尽变迁。

杨世功　这才过了几天安稳日子，清军竟渡江南下，突袭嘉兴城，直逼北丽桥。

黄媛介　一旦乱军入城，必是朝不保夕，要早做打算才好，家兄草堂隐于瓶山深径，或可一避。

杨世功　家兄已答了回书，称："累多飞必难，波宽鱼自驶"，他不肯收留，嘱我们另择门路。这嘉兴城已不能久留，事不宜迟，城东二十里萧山梁兄，与我最是投缘，他家原是山阴大户，路子也多，或可相托。我先去城外稍作打探，你们母子先打点行装，我速速就来！

[三天后，窗外马蹄阵阵、人影幢幢……

邻　人　大姐、大姐，莫等杨兄了，清军已打到通越门外，快些逃生吧！

黄媛介　（唱）【破阵子】

　　　　况是君臣分散，

　　　　那堪母子临危。

　　　　夫君东行何日返？

　　　　今朝南逃甚日回？

　　　　家邦无所依。

（白）风雨催人辞故土，乡关回首暮云迷。世功音书无、信息绝、生分离、前路去投谁？

（接唱）【望江南】

> 身狼狈，
>
> 夜半马蹄催。
>
> 次女搂抱长男走，
>
> 哭问阿爷胡不回。
>
> 子母紧相随。

杨本善　姆妈，快看，我们的房子！

黄媛介　（唱）【渔家傲】

> 遥见天中火燎村，
>
> 数进房舍尽烧焚，
>
> 苍天怜见几离魂，
>
> 哀声遍，
>
> 前途何处可安身？

（白）这天雨淋漓，人迹稀走，两条路不知往那一条去？（杨本善做倒科,旦扶科）泥滑跌倒在冻田地,这冒雨荡风,带水拖泥,心急步难移。

[强人趁乱打劫，做抢包袱介。

黄媛介　（痛心状）哎呀呀，壮士莫跑，尽是些诗稿画稿，与你何用啊！

老乞儿　（急上）这位大姐，敢是西湖边作画的那位大姐？

黄媛介　（作认介）是了，敢问您是？

老乞儿　老朽原是瓯城跑江湖的一个塑匠，小儿得罪了村霸张大户，仓皇外逃，又被拉去充军。三年前端午节，小老儿往法镜寺为药师如来塑身，又被一伙贼人所劫，只得一路乞讨，那日幸遇大姐施予援手，小老儿才得以活命。不想今日遇见贵人。

黄媛介　老伯言重了！

老乞儿　小老儿曾在南华寺罗汉堂搭得一个窝棚，就在前面，如若不嫌，
　　　　且带你们母子暂避风雨。

黄媛介　（作揖介）如此多谢老伯！

　　　　〔杨本善作啼哭介，追兵上。

黄媛介　（唱）【前腔】

　　　　　　簇簇军马往南来，

　　　　　　密密刀枪从北飞，

　　　　　　冒雨蒙霜恓惶泪，

　　　　　　破庙赚，

　　　　　　恨密匝匝乱兵围。

乱兵甲　什么声音，莫非这破庙还有人？

乱兵乙　（点火上）搜将起来！

老乞儿　大姐不好了，追兵已到门外！

　　　　〔旦抱儿慌跑介，作跌倒昏介，老乞儿带两小儿急下，掩口介。

乱兵甲　（作踩旦介）晦气，原来是个死人！

　　　　〔耗子乱跑介。

乱兵乙　（大惊）这罗汉堂阴森可怖，不宜久留，撤！

黄媛介　（渐醒介）正欲吞声过此时，贼来又索儿啼处。折胫伤腰顷刻中，
　　　　神魂半入幽泉路，冥然自听儿唤娘，不忍撇下儿偷生。儿啊，
　　　　儿在哪里，儿在哪里？

老乞儿　大姐，小老儿看追兵杀过来，顾不得许多，只能将小哥小姐藏
　　　　在佛祖金身秘道，佛祖庇佑，谢天谢地，毫发无损！

黄媛介　（母子抱头痛哭介）多谢老伯大恩大德！（从衣缝掏介）这里

有几颗珍珠耳簪，烦老伯沿村问询，或可易米疗饥。

老乞儿　大姐莫慌，怕大姐身上有伤，权且在此歇息几日，再作区处。小老儿先去也！

　　　　〔暗转，舞台一角。雪落无声，人鸟俱绝。

商景兰　听闻那嘉兴城烟焰涨天、数日不散，尸积里巷，血满沟渠。

黄媛介　所谓风景不殊，举目有江河之异。多亏了老乞儿一路相扶，我们母子藏于荒庙、匿于深林，侥幸虎口得脱……

商景兰　那杨世功无有音讯？

黄媛介　唉！不提也罢！桐乡胡先生捎信于他，匆匆一见，他却冷若冰霜，疑我被大兵所掳，清白有失，狠心弃我们母子而去。可恼家兄听信谣言，至亲不顾，可恨夫君道听途说，十年情断、天涯陌路。可怜我德麟儿一表人才、雷霆精锐、弱冠之年却溺水身亡！

　　　　（唱）【五供养】

　　　　　　　人间过客，

　　　　　　　大雪纷纷把平生。

　　　　　　　落梧惊梦醒，

　　　　　　　窗后花枝影。

　　　　　　　长天月冷，

　　　　　　　悲离别三更五更，

　　　　　　　伤怀泪独倾。

　　　　　　　肠千结，

　　　　　　　玉漏摧残隐孤灯。

商景兰　妹妹切切不可过于伤感。犹忆庚寅岁元宵节，妹妹与我祁家诸姊妹世经堂观戏，曾赋诗"东风暖拂华春堂，高张绮筵水陆陈"，道我祁家红妆锦绣、华灯璀璨，妹妹可知我祁家过往？余，七十二岁嫠妇也，濒死者数矣。夫子在时，常与我乘月泛舟，悬灯水涯、夏日观荷、冬日赏雪，吾二人琴瑟相谐、齐眉举案、相濡与沫二十余载。谁人不夸祁公美风采，夫人有令仪？已酉岁，忠敏公殉节，吾痛不欲生、水米未沾、数度昏厥。余不敢从死。以儿女子皆幼也。

黄媛介　忠敏公舍身成仁，浩气长存，自成千古大节！夫人以一己之力维持了祁氏家族的清绮门楣和族望通华，忠敏公当含笑九泉！

商景兰　辛丑岁，德琼早殇，班孙因"通海案"流放宁古塔，理孙突发喉疾不治身亡，破家亡身，余不即死者，恐以不孝名贻儿子也。可叹未亡人不幸至此！

黄媛介　（大惊）闻言我惊叹，伤心痛难言。国祚之殇、仳离之怨、丧子之痛，余感同身受、心有戚戚。

　　　　（唱）【川拨棹】

　　　　　　惊白首，

　　　　　　泪湿青衫袖，

　　　　　　我道她，

　　　　　　红映栏桡绿映楼，

　　　　　　红映栏桡绿映楼，

　　　　　　喧阗笑语不知愁。

　　　　　　怎无棹似孤舟，

　　　　　　却江河已断流。

商景兰　外人尽羡我祁氏家族四时之景，可堪泛月迎风，慕我梅市一门，望若十二瑶台，乃余锥心泣血的切肤之痛。

黄媛介　夫人诗旨正大，非后人所能及。

商景兰　辛卯岁，妹妹自称："天既俭我乾灵，不甘顽质……"妹妹不以生存困窘为恨，而以歌诗不能传世为憾，心存济物、襟情不凡，闻者无不击节叹赏！

黄媛介 滚滚红尘，众生皆苦。自不系园与夫人得交，深生敬仰，知音舍夫人而谁？多谢夫人指点迷津！

商景兰 逝者如斯，与其心神恍惚、身心交瘁，不若忘却前尘。细品妹妹《离隐歌》，"离隐"二字，清迥绝尘、大可回味。

黄媛介 感伤乱离、追怀悲愤而做！人生若天地，岂得无晴阴。天薄我以福，吾厚吾德以培之；天劳我以形，吾补吾心以逸之；天厄我以遇，吾亨吾道以通之；天且奈我何哉？

〔窗外大雪纷飞，湖舫如在画中，黄媛介商景兰两人铺毡对坐，若溪烧酒炉正沸。一歌女携箫上，吹箫吟唱。

一个葫芦一卷经，

踏歌归去乱山青。

玉箫吹彻沧江月，

多少浮生梦未醒。

——全剧终

李　阳 四川师范大学影视与传媒学院副教授，硕士生导师。四川省川剧理论研究会会员、四川省文艺评论家协会会员、成都市文艺评论家协会戏剧专委会委员。主持国家社科基金"《审音鉴古录》研究"、教育部"四川茶馆演剧研究"等项目，在《戏曲研究》《文化遗产》等刊物发表论文多篇。曾获第九届王国维戏曲论文一等奖、中国文艺评论第二届网络文艺评论优秀年度文章、入围第八届"啄木鸟杯"中国文艺评论年度终评。

—明—

封贡记·哭宴

邓 嫣

时间：明万历三年

地点：青冢

人物：

方逢时　外，时任宣大山西总督

鲍崇德　武生，方逢时麾下旗牌官

俺　答　净，蒙古汗，时受封顺义王

三娘子　武旦，俺答妃

五奴柱　丑，俺答随侍

郭　氏　老旦，故大同人

俺答帐下仆从若干　杂扮

［外扮方逢时上，武生扮鲍崇德持丝鞭随上。

外　（诗云）关头日出光曈昽，于今喜见车书同。商旅夜行无春冬，南金大贝辇相逢^①。某方逢时，丁忧期满，蒙上殊遇，起复宣大山西总督，驻镇阳和卫。如今汉蒙止战开市，恰逢归化城修竣，顺义王青冢供帐^②，邀某饮会，不免轻骑赴宴，以彰圣朝恩隆。看马！

生　（递丝鞭介）有马。

［外上马行介，生上马随行介。

外　（唱）【北南吕·一枝花】登台瞰北荒，骋骏长城路。高风回雁阵，劲草托穹庐。

生　（唱）茶马盈途，互市交锅布，番儿相竞逐。制帅，看得胜堡开市，好不热闹也。

外　先帝圣明，将相同心，尔等善战，才有眼下升平景象。

合　（唱）守三晋表里山河，告九边皇天后土。

外　崇德，日头高了，加鞭行者。

生　领钧旨。

外　正是：天王有道边人喜，稽颡来朝复来市。

生　愿言岁岁常如此，万寿无疆祝天子。^③

［外、生打马行介，同下。

［丑扮五奴柱上。

───────

① 方逢时《塞上谣》节选。

② 青冢，位于归化城外东南方向。

③ 方逢时《塞上谣》节选。

丑　　自家五奴柱，大汗亲随的便是。且喜呼和浩特修竣④，大汗敬明朝方总督是个人物，特与王妃设宴，邀他同庆，日头高了，看看将到。小的们！

杂　　（后台）有！

丑　　摆宴呐——

　　　[杂众扮俺答仆从上，摆设筵席介，侍立介。

丑　　宴已齐备，请大汗、王妃入席——

　　　[净扮俺答、武旦扮三娘子同上。

净　　某俺答汗，率部归顺明朝，便在阴山以南、黄河以北，仿元大都式样，建得城池一座，好不气派也呵！

武　旦　宴已齐备，方总督怎的迟迟不至？

杂　　（上）报——方总督一行到。

净　　有请。

　　　[外上，生随上。

净　　（见礼介）方总督，有失远迎，一向可好哇？

外　　（还礼介）顺义王，经年重逢，精神更健了。

净　　请坐。

外　　谢座。（各入席介）顺义王，归化城修竣，你可了却一桩心愿。

净　　哈哈，总督请看——

　　　（唱）【梁州第七】群山有灵全祖业，四野无际起新都。青墙霜瓦接天幕。琉璃宝殿，翡翠门闾；柱镶玛瑙，板嵌珊瑚。恰便宜岁晚安居，暂抛却伟略宏图。

武　旦　（敬酒介）割膻肉满饮羊羔，烹麦饼分餐绿韭，焙砖茶煎点牛

---

④ 呼和浩特，意为"青色的城"，隆庆六年（1572 年）动工，万历三年（1575 年）建成，明廷赐名"归化"。

酥。滴溜溜玉壶，白花花酪乳，进呈贵客休推阻，同醉到迟暮。

你是个镇海擎天大丈夫，切莫踌躇。

外　　（唱）【隔尾】君王止战彰神武，臣子开席乐晏如。有甚闲愁

无是处？心自娱，意展舒，笑看胡儿献歌舞。

　　　　〔后台喧哗介。

丑　　大汗宴客，谁敢作乱？

　　　　〔杂押老旦上。

杂　　这老妇在帐外探头探脑，鬼鬼祟祟，请大汗处置。

净　　兀那老妇，为何擅闯宴席？

老旦　　特来拜见明朝总督。

外　　本官在此。你会说汉语，是汉人么？

老旦　　（跪拜介）啊呀，大人呐——

　　　　（唱）【牧羊关】盼的俺肝肠断，等的俺齿发疏，二十年泪眼啼嘘。

被虏蛮荒，家门尽屠，叫天天不应，泣血忍号哭。南望乡关处，

黄尘淹废墟。

外　　呀，好凄惨人也。起来说话。

老旦　　（起拜介）谢大人。

外　　你姓甚名谁，原是哪里人氏？

老旦　　（唱）【骂玉郎】俺本是云中一介良人妇⑤，许嫁给郭姓儿夫。

叵耐皇天不肯相容护，杀我夫，夺舅姑，撇的俺绝门户。

外　　你被虏塞外，无有儿女，怎生过活？

老旦　　（唱）【哭皇天】兀的不咽泪昭君墓，兀的不吞声漠北庐；兀

的不饮冤捶地骂，兀的不含恨指天呼。似这般偷生受辱，辗转

---

⑤ 明代大同又称"云中"。

流离自顿足。备尝凄楚，充作婢奴。

老　旦　（唱）【乌夜啼】无端惨痛难分诉，熬煎的意懒心枯。衰颓老朽谁怜顾？醒也荼毒，梦也孤独。连年征战苦捐输，狼嗥鬼叫人危惧。但欲逃，逃无路，远随丑类，残岁何辜？

　外　郭氏，你的苦楚，我知道了。顺义王，如今汉蒙修好，我欲带她归汉，你怎么说？

　净　归汉？各部汉人众多，今天放归一个，明天逃走一群，教本王如何收拾？

老　旦　总督怜悯，老妇感恩戴德，但我不能归汉。

　外　本官作保，你怕什么？

老　旦　倘若汉人都要南归，蒙古各部疑愤生变，再起兵灾，朝廷恩信何存？老妇已是风烛残年，何忍招致边民之祸？

　　　（唱）【煞】怎不盼故园有日归病骨，怎甘心异域无期委贱躯？没奈何田宅毁尽陇荒芜。现如今叛首降服，鞑靼款附，甚和睦，老妇一身岂必赎？愿边疆永保无虞。

　外　好一个深明大义郭氏妇，倒比卢绾、中行悦贤良百倍。只是汉人流离塞外，欲归无家，终难长久。

武　旦　大汗，方总督，我有一法，可解滞留我部汉民之苦。

外、净　哦，是何办法？

武　旦　这归化城原是板升旧址⑥，如今修竣，仍许汉人定居城外，垦荒畜牧，免遭奴役。大汗意下如何？

　净　此法甚好，既全明朝体面，又昭我部恩德，即刻传令下去。

　丑　遵命。

---

⑥ 板升，嘉靖年间叛逃或被掳掠至蒙古的汉人聚居地。

武　旦　郭氏，难得你有见识，不如归我帐下，但逢初一十五，祭扫明

妃青冢，也算解你思乡之苦，你愿意么？

老　旦　（拜介）老妇愿意，多谢王妃。

　净　如此汉人在我治下，便不会流离失所了。方总督，可称心么？

　外　咳，方某于心有愧呀——

（唱）【黄钟尾】我道是议和执叛如神助，谁曾想一将功成万

骨枯？天地间，一腐儒，思报国，废琴书。修武备，逞计谋，

救不得，一老妇。史上功业，人间血污，说甚雄图，有甚雄图？

则把这逸事遗闻传万古。

［同下。

——全剧终

邓　嫣　山西太原人。四川大学文学学士，南京师范大学艺术学硕
士，国家艺术基金 2022 年度艺术人才培养资助项目《“回
到昆曲，立足当下”昆曲编剧培训》学员。现就职于山西
艺术职业学院。好曲，剧、散兼作，旁及诗词、小说诸体。

—明—

画神（节选）

赵凯欣

时间：明万历年间

地点：扬州府

人物：

林远之　生，即林道，扬州林府公子

霍思温　末，即霍德，画师

钱元贞　副，即钱通和，员外

老院公　丑，林府家院

〔扬州春暮，韶华盛极。

〔钱元贞持扇，引霍思温上。

钱元贞　（念）水醉扬州眼波横，

　　　　　　　三分春色上眉峰。

霍思温　（念）东风羞煞丹青手，

　　　　　　　眉眼盈盈画不成。

钱元贞　自家钱通和，字元贞，取个"元亨利贞"的道理。春和景明，柳岸芳汀，与我霍兄闲步一回。嗳，（笑按霍思温手）是你说画得倦了，消散一番。这才行数步，霍兄，又想着作画不成？

霍思温　钱兄，你也未忘你的酒哇！

钱元贞　（以扇击头，回思）啊？

霍思温　（笑指）啊？

钱、霍　（同笑）哈哈哈哈！

霍思温　适才吟咏不虚，我维扬春光，醉人胜醇酒，迷人如绝色！

钱元贞　我识得一人，实乃真绝色也！

霍思温　啊哈，能得钱公此赞，莫不比这山水佳景，更堪入画？

钱元贞　水是眼波横，山是眉峰聚！

霍思温　（起了兴致）哦？（又摆手）罢了，兄台素日多喝两盏，看那侍酒的小娘子，便个个美人！

钱元贞　此番不同，真真绝色！（拉霍思温）不信么，啊呀，走哇！

霍思温　去哪边？

钱元贞　眉眼盈盈处！

〔钱元贞、霍德下。收光。

〔光起，林府。

〔林道背台，白衣戴孝，坐于琴架前。

老院公 （帘内）公子，琴来哉！

　　［老院公抱琴上。

老院公 （苏白）小老儿三角六凑，少年郎七勿搭八。我，林府一个半瞎的家院是也！打小公子离了娘胎，侍奉于他，已有一十六载。可怜我家公子，自幼父母亡故，老太爷教养长大。去年冬，太爷也蹬腿去了。俚人也不哭，事也不做，整日煨灶猫一个，弗晓得怎生是好！

　　［老院公把琴置于林道前。

　　［钱元贞、霍思温上。

钱元贞 来此已是林府花园，思温兄请！

霍思温 诶，擅闯花园，惊扰佳人，于礼不合——哎哎！

　　［钱元贞强拽霍思温入园。

老院公 少爷，琴摆好哉，好歹弹上一弹？

钱元贞 （笑看霍思温）喏，谁说美人，定是女子？

霍思温 （被少年背影之美所惊）……哦！

　　［少年作势欲弹。

　　［钱霍二人翘首以望。

　　［少年做弹琴状，但未触琴弦，无声。

老院公 （陶醉状）啊……巍巍高山！

　　［霍思温惊愕，倾耳听，摇头，疑惑看向钱元贞。

霍思温 可有琴声？

　　［钱元贞摇头。

　　［林道复做拨弦状。

老院公 （赞叹）啊……潺潺流水！

霍思温 （愤愤）装腔作态，便是你口中绝色？

［霍思温拂袖欲去，钱元贞拉之。

［老院公看到二人，向林道附耳通报。

［林道扫弦一声。霍、钱二人顿足望之，被其风神所慑。

林远之　（且弹且吟，琴曲《诗经·曹风·蜉蝣》篇）

　　　　（唱）蜉蝣之羽，衣裳楚楚。

　　　　　　心之忧矣，於我归处。

　　　　　　蜉蝣之翼，采采衣服。

　　　　　　心之忧矣，於我归息。

　　　　　　蜉蝣掘阅，麻衣如雪。

　　　　　　心之忧矣，於我归说。

霍思温　（琴声中便激动起来，从袖中掏笔）单这背影，便堪入画！

钱元贞　（笑霍德，以扇按其手）且慢！

　　　　［林道弹罢，推琴而起，缓缓回首。

林远之　（唱）【仙吕引子·卜算子】

　　　　　　桐尾费神思，久惯空弦事。

　　　　［霍德手中的画笔"啪嗒"掉在地上。

钱元贞　（捡起笔，笑递回）思温兄，这便是我钱元贞"口中绝色"，如何？

　　　　（对林远之）远之，此乃我知交好友霍德，字思温，曾为天子画师。

　　　　人称丹青圣手，实乃水墨痴虫！

林远之　小生姓林名道字远之，见过霍师！

霍思温　不敢！

钱元贞　远之与我去岁秋闱相识，桂榜题名，才貌双绝！

林远之　不敢！

老院公　（背躬）你也不敢，他也不敢。

霍思温　钱兄不必提，乡试他年年落第——

钱元贞　（躁，打断）——诶！说是不提么！

老院公　（窃笑）这倒敢了！

霍思温　但公子既已中举，此时春闱之期，正该上京赴试，因何淹留于此？

林远之　唉，见笑了！

　　　　（唱）【南吕·宜春令】

　　　　　　熟经义，惯破题。

　　　　　　赖阿翁躬亲掣持。

　　　　　　砚冰窗雪，

　　　　　　十年梁悬（把那）朱门闭。

老院公　（夹白）太爷忒凶，讲啥子"玩物丧志"，听到琴声就弗欢喜！

林远之　（唱）只教我有意乌纱，

　　　　　　掩心绪无声绿绮。

老院公　（夹白）好容易少爷中举，这下欢喜忒甚，驾鹤登仙哉！

林远之　（唱）而今，烦做时文，厌谈科试。

　　　　　　【前腔】

　　　　　　书尘落，笔懒提，

　　　　　　梦恹恹晨昏倦欹。

　　　　　　静室空庭，

　　　　　　戒方尤在（他）责声憩。

　　　　　　叹蜉蝣暮死朝生，

　　　　　　渺沧海孤身何寄？

　　　　　　迷津，徘徊春暮，

　　　　　　对着麻衣。

　　　　〔林道唱时，钱元贞慰之，霍思温痴望之，以指描摹。

霍思温　（击掌）啊呀是了！"麻衣如雪"，此画当名《蜉蝣图》！

林远之　啊，什么图？画在哪里？

钱元贞　（笑推林道坐下）画么，在你之身，在他之笔！是那画痴又犯
　　　　了痴劲！

霍思温　哦哦，唐突了。（一礼）公子恍若天人也，可允拙笔试画之？

林远之　谬赞了，请便。老院公，取纸墨来！

　　　　[老院公取来纸墨。霍德已在上下打量林道，不住兴奋搓手。

老院公　来哉！

　　　　[林道端坐，霍德画之，老院公伺候笔墨，钱元贞旁观。

霍思温　（唱）【绣带儿】

　　　　　　平铺设三分稚气，

　　　　　　（稍）勾描一点愁眉。

　　　　　　岫云归素袂翩翩，

　　　　　　晓风醉双靥微微。

钱元贞　（凑近看）妙哇！（接唱）

　　　　　　眸垂，

　　　　　　（恰）小山酣卧林下士，

　　　　　　（又似）步莲台观音临至。

钱、霍　（合）惜年少风神逸飞，

　　　　　　（记取）碧草朱颜（这）天然情意。

霍思温　好了！

　　　　[林远之欲看画，钱元贞先抢过。

钱元贞　（看画）啊呀呀，好个掷果潘郎！君若倚马斜桥，定得满楼袖招！

霍思温　林公子形貌天成，寻常点染，难写其意。余拼尽所学，勉力摹之。
　　　　借公子风神，此画竟得近天机！

钱元贞　此画观来，仿若有灵！人乃绝世，画称绝笔！我不免题诗一首

在上，留成佳话。

[钱元贞提笔欲画，手却大颤，如举千钧，不能握笔。

钱元贞　咦，好端端的，手怎么抖了起来？

霍思温　（护住画）去去，莫污了它！定是你饮酒无度，太过贪杯！

钱元贞　不该呀……

霍思温　你倒罢了。林公子，不若你来题！

林远之　我来？

钱元贞　你来！

[林远之捉笔，终于站在画前，打量。

林远之　（唱）【太师引】

　　　　　　镜菱花（从未）端详细，

　　　　　　觑丹青（教我）如呆似痴。

　　　　　　照彻了流光如醉，

　　　　　　少年郎画里生辉。

　　　　　　采采的蜉蝣羽翼，

　　　　　　影顾怜落花春未。

　　　（夹白）可叹也！

　　　　　　（堪美他）容颜驻东风永随，

　　　　　　（可怜我）韶华抛闪去难追。

[林远之口占笔写。

林远之　（念）花有重开日，

　　　　　　人无再少年。

　　　　　　若得阻飞光，

　　　　　　魂梦奉君前。扬州林道。

[名字题罢，话音一落，铛嘟嘟风声大作，隐有幽幽叹息之声。

［众人忙以袖掩面，林霍二人忙护画纸。

霍思温 呵呀好跷蹊，画中人分明垂目，适才却觑我一眼……眼花了不成？（端详，又无异状）举步欲出，顾盼摄神，比之初就，愈发活现……哦，想来是公子笔墨，画龙点睛！此乃我平生所做第一！万不能伤损，须得细细装裱，不好假手于人。两位，先拜辞了！

［拜别，老家院送霍思温，急下。

林远之 （叹息）画可装裱修补，收存得当，便百年相传，千年如新。人何以堪！

钱元贞 小小年纪，作此悲声！定是思虑过甚！换件鲜艳衣衫，明日来我府上饮酒！

林远之 我尚在服中，怎可彩衣欢饮？

钱元贞 嗳！尔非俗人，拘那俗礼？你所做《蜉蝣》之曲，也道"衣裳楚楚""采采衣服"！

林远之 "采采衣服"么……诗经怎做此解！

钱元贞 有何不可？圣人都说，"暮春三月，春服既成"，合该咏而归！我预备好酒，遣人下帖来请！

林远之 这……

钱元贞 （拜别）明日早来！早来啊！

［钱元贞下。

林远之 院公！取镜台来！

［老院公取镜来。

老院公 公子这个辰光照镜做啥子？

林远之 你去吧。

老院公 又叫我去，去便去。

[老院公下。林远之孑然独立，对镜而照。

林远之　（唱）【三学士】

整罢冠巾还对镜，

怕它雪渐霜催。

彩云易散琉璃脆，

（莫）辜负花枝未老时。

占断春光（且）图一醉，

梦浮生（不是）无限期。

[光渐暗渐收，收拢在林道和镜台之上，再收，林道也被黑暗吞没，光束只投在铜镜上，反射出灼人的亮光。

赵凯欣　编剧。本硕均毕业于中国戏曲学院戏文系。作品有小剧场昆曲《断肠辞》、越剧《木兰诗》、儿童剧《狮子林里有狮子吗？》、话剧《当贾仁遇上阿巴贡》、沉浸式话剧《入戏》等。作品曾入选"北京故事"优秀小剧场剧目展演、杭话当代戏剧邀请展、新剧场创作计划、南锣鼓巷戏剧节等，曾获"戏剧中国"2021、2023年度戏曲类优秀剧本、"金画眉"优秀原创儿童剧本最具潜力剧本、第四届江南青年戏剧节潜力剧本等。

—明—

绣鞋怨

费津润

时间：明末

地点：山阴

人物：

李锦娘　　旦，钟鼓鸣妻

钟鼓鸣　　生，李锦娘夫

胡知县　　丑，山阴知县

陆阿三　　副，行脚商人

钟陈氏　　老旦，钟鼓鸣母

李福全　　末，李锦娘父

明　照　　外，兰若寺僧人

脚　夫　　丑，养驴拉活为业

王　母　　老旦，戏中人，《荆钗记》王十朋母

李　成　　末，戏中人，《荆钗记》钱玉莲仆从

众衙役

第一场　失　鞋

[夜幕初降的深秋夜晚。

[山阴李村村口灯火通明，搭台做场演着《荆钗记·哭鞋》，戏中人李成把拾得的钱玉莲绣鞋交给王母，王母接过绣鞋，不禁悲从中来。

[李锦娘与村姑数人坐在场外巨石上，把绣花鞋脱在地上，津津有味地看着戏。

李锦娘　（唱）【越调·杏花天】

　　　　　　《荆钗》曲妙回肠转，

　　　　　　美歌台情意缠绵。

　　　　　　数宵击节未知倦，

　　　　　　掷愁思万里云天。

[钟鼓鸣忿忿地上。

钟鼓鸣　（唱）【祝英台近】

　　　　　　觅芳踪寻倩影，

　　　　　　松径晚风喘。

　　　　　　去去无由，

　　　　　　方寸早生怨。

　　　　　　做场嚷闹喧腾，

　　　　　　靡音愁曲，

　　　　　　恁宾众缘何耽恋？

　　　　（夹白）我妻锦娘归宁有日，耽于看戏享乐，迟迟不归，似这般不理家务，不奉婆母，真真气煞人也！

（唱）【铧锹儿】

伊好似鸥翻浪溅，

心猿难偃，

我几番催请，

偏是悖尽夫言。

忘忽返家园，

在台边逗延。

（夹白）虽说贫家少忌讳，似这般抛头露面——

理也偏，

人亦贱，

伤吾的脸面，

今定要逼伊告转。

（在看戏人群中左右巡视）那人不正是锦娘么，看伊脚上……（脸色阴沉，气愤难当）啊呀呀，真当令人羞愤满怀，不由我怒火中烧，怎奈这厢人多，不能发作。（来回踱步）这……这……（思索）哦，有了，不如潜到锦娘身边，盗了绣鞋，也正好送伊一番教训，长些道理，知些廉耻，料今后再不敢如此恣意妄为。唔，就是这个主意。（潜身靠近锦娘）

［戏台上已演至《祭江》，王母与李成在江边愁望。

王　母　渺渺茫茫浪泼天，可怜辜负你青年。

李　成　小姐，你清名须并浣纱女，白发亲姑谁可怜？（认出拾鞋之处有些激动地）老安人，正在此处拾的绣鞋。

王　母　就此摆下祭礼。

［李成摆放祭品，王母抱鞋而泣。

[台上灯明,而李锦娘坐处光线晦暗。

[钟鼓鸣潜身到锦娘身边,偷偷拿走一只她脱落在地的绣鞋,锦娘专注于戏台,并未发现。

钟鼓鸣 (对鞋暗笑)呵,此番看侬如何解释。待我再去岳家,将你绣鞋取尽,定叫你今夜便归得家来。(下)

[时光暗转,戏毕,李锦娘与众村姑齐声称好。灯火骤熄,众人穿好鞋后,相互告别归家。锦娘发现左脚绣鞋遗失,心中暗自着急又不敢明言,勉强站定后与众村姑告别。

村姑甲 锦娘,你还不回去么?

李锦娘 (故作镇静地)你等先回,我再看看。

村姑乙 那我们先走了呵。(众村姑下)

李锦娘 (惊慌失措地)我的绣鞋何处去也?

(唱)【忆多娇】

　　　　鞋竟捐,

　　　　我寻向前,

　　　　不由人心慌意缭汗透肩。

　　　　莫非有骇鬼狐妖玩弄焉,

　　　　憎我失虔,

　　　　憎我失虔,

　　　　使我焦心似煎。

(焦急地俯身找鞋)我从东至西,从南至北,从座中寻至台边,从台边寻回座中,仍是不见绣鞋踪影。莫非真有鬼神相戏,将我的绣鞋儿赠与了戏中那投水的玉莲不成?

(唱)【斗黑麻】

　　　　冷月分辉,

553

凄风满天。

我觅鞋无踪，

不禁涕涟。

究是身何错，

苦无边，

一曲愁歌，

竟在自身应显。

幽心碎片，

此情谁痛怜？

仔细翻寻，

仔细翻寻，

仍是渺如散烟。

（久寻不得，懊恼地）也罢！

（唱）【尾声】

千翻百找难寻见，

我且趁无人划袜还。

莫教风声将那流语卷。（下）

［收光。

第二场　夜　归

［紧接上场，时已二更。

［李家，脚夫牵驴候在门外，月光倾洒在头顶。

[李福全引李锦娘上，李锦娘身披斗篷，双脚缠满棉纱，小心翼翼地往前走着。

李锦娘　（念）娘家无鞋可穿换，

　　　　　　摇荡中心乱作团。

　　　　　　连夜骑驴忙返转，

　　　　　　须臾不敢多盘桓。

李福全　儿呵，天色已晚，为何不再多住一宵，要这般急着回去呢？

李锦娘　女儿归宁日久，挂念家中官人、婆母，待等闲日再来拜望爹爹。

李福全　真是好女儿。儿呵，你此去婆家，莫要忘了……

脚　夫　（打断）好哉，好哉，讲过许多遍了，我都会背了。我还要回来睏觉呢，时辰勿早，好出发哉。

李锦娘　爹爹，女儿拜别了。

李福全　儿呵，路上你可要当心哪。

脚　夫　放心，有我呢！（扶锦娘坐上驴）

李锦娘　爹爹，外面风大，你快进去吧。

李福全　唔。儿呵，你可要常来呀，带着贤婿一道回来。

脚　夫　好哉，好哉，吃勿尽的茶，讲勿完的话，来日方长，来日方长。（赶驴出发）姑娘，侬坐稳了。

李福全　小哥等等，小哥等等。（疾步赶上，掏铜钱递给脚夫）小哥，路费我先给你，路上可要走得稳些。

李锦娘　爹爹，路费我自会给的。

李福全　（平静而富有深情地）爹爹给就好了。

李锦娘　爹爹，你在家要照顾好自己。

脚　夫　（收好钱）好哉，好哉，再讲落去，月亮都要西落，太阳要东升哉！（赶驴而行）

李福全　儿呵，路上当心哪！（目送锦娘远去后暗下）

脚　夫　姑娘，侬格胆子倒蛮大，格大夜里赶路，侬勿怕呵？

李锦娘　（抚拍着有些害怕惊悸的心）有大哥你在，我就不怕了。

脚　夫　格倒是咯。姑娘，我给侬唱支歌吧。

　　　　（唱）【山歌】

　　　　　　　张果老，弃做官，

　　　　　　　道情渔鼓江湖宽。

　　　　　　　世人尽笑骑驴反，

　　　　　　　凡事回看不一般。

李锦娘　（有些焦急地）大哥，你能走快些么？

脚　夫　诶，格大夜里走路，是勿好走快咯。走快了，一勿留神呵，就
　　　　走到西天见如来佛去哉。

李锦娘　大哥说笑了。

脚　夫　侬倒结棍哉，晓得我是在说笑呵？别人家夜里赶驴走勿快，我
　　　　赶了二三十年的驴，格夜里就同日里一般，呒不差别。侬要我
　　　　走快些？

李锦娘　烦请大哥再走得快些。

脚　夫　好，姑娘，侬坐稳了。（赶驴疾走，轻哼）呀咿个嗨，呀咿个嗨，
　　　　毛驴走路勿用催……

　　　　［走圆场后景转至钟家。

脚　夫　勿走勿到，一走就到。（勒停）姑娘，侬屋里到哉。（扶锦娘下）

李锦娘　多谢大哥。（怯怯地）大哥，我……

脚　夫　哦，我晓得哉。等侬进去，我再走哦。

李锦娘　多谢大哥。（因未带钥匙而在门外尴尬不已，犹疑后才轻轻叩门）

脚　夫　姑娘，侬敲得响嗦。

[李锦娘又怯怯地敲了几下门。

[钟陈氏轻咳几声，掌灯上。

钟陈氏　谁呀？

李锦娘　（轻声地）婆婆，是我。

钟陈氏　（开门）哦，锦娘，你怎么回来了？鸣儿还说，你要过几天看
　　　　完了戏才好回来呢。

李锦娘　官人说婆婆身体不适，媳妇挂念婆母，故而贪夜回家。

钟陈氏　媳妇有心了，我身体并无甚事，换季有些咳嗽罢了。（看到锦
　　　　娘双脚裹着棉纱，有些诧异）锦娘，你的脚怎么了？

李锦娘　（忙把脚缩进裙摆）哦，媳妇怕夜露深重，湿了鞋袜，故用棉
　　　　纱相裹。

钟陈氏　哦，原来如此。媳妇果真聪慧。外面冷，快进屋吧。

[钟陈氏迎锦娘进屋，嘘寒问暖，好不温情。

[脚夫赶着驴，哼无字歌下。

[收光。

第三场　自　缢

[紧接上场，时近三更。

[钟鼓鸣心神不宁地坐在房中，不时向外张望。

钟鼓鸣　（唱）【商调·忆秦娥】

　　　　　　中宵近，

　　　　　　孤身夜坐寻思忖。

　　　　　　寻思忖，

荆妻任性，

总失安分。

锦娘这般痴迷戏文，任性胡为，实是有失家风。待伊归来，我定要以鞋为目，吓伊一番，也好立立规矩。（再次向外张望）哎，怎么这般时候还不见归来？（曲肱而枕，昏昏睡去）

[李锦娘轻手轻脚回房，解下斗篷，开始解脚上的棉纱。

钟鼓鸣 你还知道回来！（盯着李锦娘的双脚）你这脚上裹的什么？

李锦娘 （怯怯地）我怕夜露深重，缠了棉纱。

钟鼓鸣 只怕没有如此简便！你且解开棉纱。（见锦娘解开右脚，绣鞋仍在）另一只呢？

李锦娘 （心慌不已，迟迟不敢解开左脚）官人，我……

钟鼓鸣 你怎么了？莫非要我帮你？（硬扯掉锦娘左脚所缠棉纱）好呀，果然是掩人耳目。你的绣鞋哪里去了？

李锦娘 官人，我……

钟鼓鸣 我什么？！只怪我平日对你太过纵容了。

（唱）【二郎神】

归无讯，

贼溜溜门扉悄进，

绣鞋无踪回语钝。

你星眸躲闪，

分明愧乱心神。

莫不是鞋落蹊跷私欲隐，

似这般怕人寻问。

种兰因，

料杏花攀墙兀自偷春。

李锦娘　官人说哪里话来，为妻实是冤枉哪！

　　　　（唱）【前腔换头】

　　　　　　难吞，

　　　　　　无根絮果，

　　　　　　肝肠颤震。

　　　　　　原为哄闹，

　　　　　　惊惶得绣鞋离分。

　　　　　　后土皇天雷殷殷，

　　　　　　俱可证奴言堪信。

　　　　　　若非真，

　　　　　　教滚滚忽雷劈我躯身！（作发誓状）

钟鼓鸣　旁人看戏并无此事，为何偏生是你？你可知人言可畏？

李锦娘　（委屈地）我……是为妻不慎，还请官人宽宥。

钟鼓鸣　（冷冷地）赌咒发誓，谁人不会。倘若是个誓言，老天就要受理，
　　　　那黄泉路上岂非早就鬼满为患了！

李锦娘　（低声哭泣）他人赌咒，奴家不晓；为妻之言，句句是真。

钟鼓鸣　那你有何人何物为证？

李锦娘　（悲哀地）并无人证，亦无物证。从诚守贞，但凭一心。

钟鼓鸣　说三道四，还是虚言无凭呵！

李锦娘　真心一颗，可胜千金。

钟鼓鸣　（伸出手作索讨状）我只要绣鞋一只，清名即可辩得！

李锦娘　为妻剖心之言，官人不信，那我唯有一死来证清白了。

钟鼓鸣　一哭二闹三上吊，总是这些伎俩，我早就烦了。你闹出此等丑事，
　　　　便是把你烹来吃进肚皮，也难泄我心头之恨。你在此处慢慢演吧，
　　　　我倦了，先睏觉去了。（下）

［李锦娘呆坐在地上，恍恍惚惚，不知所措。

［三更鼓响起。

［内声响起钟鼓鸣的打鼾声。

李锦娘 （唱）【集贤宾】

闻听外子鼾渐紧，

教人心绪纷纷。

为甚的定省晨昏趋奉谨，

换今宵贱比埃尘。

曾记青庐饮卺，

到此日恩情伤尽。

我心沸滚，

空收拢一腔幽恨。

［内声再次响起打鼾声。

李锦娘 （懊恼而痛苦地）我这厢受诬饮恨，他那里高枕而卧。时至今日，
我方知患难与共俱是虚假，这为奴为仆才是真真切切。

（唱）【前腔】

盟山誓海多赤唇，

砌累累虚文。

我想后思前五内损，

这人间无甚温存。

唯将父悯，

恕儿不孝难偿恩信。

泉路引，

还请判官公论。

［李锦娘找来麻绳，悬梁自缢，而后绳子断裂，摔落后昏死倒地。

［钟鼓鸣闻声出来查看。

钟鼓鸣　（一怔，扑跌上前）锦娘！锦娘！（测鼻息已无）锦娘，你好傻也！

［钟母内声："外面什么声音？"

钟鼓鸣　娘，没有事，是我起夜吃茶，撞翻了凳子。

［钟母内声："鸣儿，你小心些。"

钟鼓鸣　娘，你快睡吧。

［钟母内声："唔，你也早些安睡。"

钟鼓鸣　好，我这就去睡了。（将锦娘抱在怀里）锦娘，我的好锦娘呵！

［声音放而又收。

（唱）【琥珀猫儿坠】

　　　　双眸泪簌，

　　　　痛煞悔恁人。

　　　　本是嬉玩非作真，

　　　　权当教训唬回门。

　　　　离分，

　　　　怎料今宵，

　　　　你竟不惜身。

（夹白）锦娘呵锦娘，你为何这般烈性？你实是不该呵！

（唱）【前腔】

　　　　你高堂不奉，

　　　　戏癖倒乾坤。

　　　　绣鞋轻脱失本分，

　　　　纲常伦理不从遵。

　　　　孤魂，

　　　　遗我残生，

　　　　蜚语纷纷。

　　　［四更鼓响起。

钟鼓鸣　（一惊）呀，已是四更天了。锦娘无端自尽，定有邻舍猜疑，
　　　　到时只怕有口难辩。亏得伊夜半归家，料无他人看见。（思索
　　　　片刻）锦娘呵锦娘，你可莫要怪我。

　　　（唱）【尾声】

　　　　　趁天未亮无人问，

　　　　　转他处将尘拂埃揾。

　　　　　我再来故作糊涂保自身。

　　　［收光。

第四场　骗掳

　　　［紧接上场，时至凌晨。

　　　［郊外兰若寺旁，枯井边的树枝上栖着几只乌鸦。

　　　［钟鼓鸣扛着锦娘上，在井边停下。

钟鼓鸣　（唱）【中吕·菊花新】

　　　　　惊魂甫定到荒郊，

　　　　　记省前尘隔世遥。

　　　　　忧惴步颠摇，

　　　　　思回首已断蓝桥。

　　　锦娘呵锦娘，非我不念恩情，只怪你沉湎戏文，才惹下这泼天
　　　之灾。人死既不能复生，你也不该牵累于我，我是不得已才出

此下策呵。锦娘，我也知井下寒冷，定会多烧些衣物给你，你就放心去吧。

[钟鼓鸣想把锦娘推入枯井，却又有些迟疑不忍，树上乌鸦惊飞。

钟鼓鸣　（大惊）是谁？（发现是乌鸦）哦，原来是几只乌鸦。

[五更鼓响起。

钟鼓鸣　（惶急地）呀，时辰不早，再拖下去，只怕要被人知晓。（下定决心）也罢！俗话说："无毒不丈夫。"保命要紧，我且狠狠心吧。

[随着一声响动，锦娘已被推入枯井，钟鼓鸣余悸未了，不住地抚胸顺气，想要平静下来。

[鸡鸣声渐起。

钟鼓鸣　天之将晓，我还是速离这是非之地。（奔下）

李锦娘　（悠悠醒转）我这是身在何处呀？

（唱）【粉孩儿】

　　　　昏昏的倦开眸来觑瞭，

　　　　见幽幽冷冷四围声悄。

　　　　我莫非已在阴世飘，

　　　　怎身边恶鬼寥寥？

　　　　感凄风寒沁肌肤，

　　　　我分明还未身夭。

（夹白）魂魄怎知阴冷疼痛，我腰腹手足俱痛，应是求死未成。那为何身边又是这般幽暗阴森？这究竟是在何处呀？（用手摸索周边，俯身抬头察看）

（唱）【红芍药】

　　　　看头顶似有光摇，

> 莫非是陷落井槽？
>
> 我尚记悬梁付绳吊，
>
> 又怎般改投窨窖？
>
> 悲夫，
>
> 偏生厄运招，
>
> 死难成有冤难告。
>
> 叹今朝苦难重遭，
>
> 惊破我旧时怀抱。

苍天无眼，弱女多灾。我今求死不成，还要受这湿冷砭骨之罪么？不，我本无过，不该丧命于此。倘若我死，岂非坐实了红杏出墙之名？旁人只道我羞愧难当，畏罪自尽，我的污名岂非永世都洗不干净了？我要出去，我要找回绣鞋，我要证明自己的清白！（呼救）有人吗？救命呵！

［天已蒙蒙亮，明照双手各拎一个水桶上。

明　照　（念）古井枯泉落叶巢，

　　　　　　　深山提水过霜桥。

［陆阿三愁容满面上。

陆阿三　（念）昨宵手气粪坑泡，

　　　　　　　输尽银钱落魄逃。

　　　　（叹气）哎！这手气真当害苦俺了。待俺跑上几单生意，有了本钱，看俺不把输掉的铜钿赢转回来。

李锦娘　有人吗？救命，救命呵！

陆阿三　（唱）【耍孩儿】

　　　　　　　旷野荒郊闻呼叫，

　　　　　　　教我心惊颤，

怕逢着厉鬼狐妖。

李锦娘　有人吗？救命呵！

明　照　（接唱）推敲，

是有人呼唤相求告，

济危难不敢轻心掉，

急切切将人找。

（四处找寻，喊问）谁呀？是谁在喊救命？

李锦娘　（喜出望外）老先生，小女子落在井中，烦请相救。

明　照　（放下水桶，急忙跑至井口看）姑娘，你等着哦，贫僧这就救
　　　　你上来。（见井口汲水绳尚在，向陆阿三招手）年轻人，快来
　　　　帮忙。（向井底）姑娘，贫僧将绳子抛下来，你拴在腰间，绳
　　　　结要打得牢些，我们这就拉你上来。

　　　　〔陆阿三也急忙凑到井口。

李锦娘　多谢大师，多谢好汉。（接绳后拴在腰间）

明　照　年轻人，贫僧在前面拉，烦你在后面一起用力呵。

陆阿三　（握绳）好，拉吧！

　　　　〔明照与陆阿三一起把李锦娘拉出井口，锦娘右脚的鞋子掉落在
　　　　井中，明照因体力不支坐在井边喘着气。

李锦娘　（拜谢）多谢大师、好汉救命之恩！（起身时晕倒）

陆阿三　（扶锦娘坐在井边，细细打量）生得好美也！（忍不住轻抚锦娘
　　　　的脸）

明　照　（欲阻止）年轻人，你……

陆阿三　（指井底）大师，你看这井下好像还有人呢。

明　照　（往井下看）哪里？

陆阿三　喏，就在那里。（待明照向井口探身）大师，得罪了。（一把

将明照推到井下，并搬了好几块石头砸向井底）

李锦娘　　（醒转，恍惚看到陆阿三残害明照）你……

陆阿三　　姑娘，这老和尚不是好人。他方才趁你昏迷，欲行不轨之事，
　　　　　还要俺帮他望风，道义当前，俺岂肯答应？！俺这是在救你呀。

　　　　　（唱）【会河阳】

　　　　　　　　你莫要错认慈颜，

　　　　　　　　凶谋赛刀，

　　　　　　　　他蛇心佛口耍奸刁。

　　　　　　　　掩藏，

　　　　　　　　马迹蛛丝，

　　　　　　　　恶行必昭，

　　　　　　　　我担道义开刀鞘。

　　　　　　　　报官，

　　　　　　　　卿与我冤难告。

　　　　　　　　匿声，

　　　　　　　　或可有康庄道。

李锦娘　　（将信将疑，又心生畏惧）多谢好汉，小女子告辞了。（欲走）

陆阿三　　姑娘，你就这般回家去么？

　　　　　（唱）【缕缕金】

　　　　　　　　你衣湿透，

　　　　　　　　落荒郊。

　　　　　　　　绣鞋无影迹，

　　　　　　　　甚萧条。

　　　　　　　　倘若归家去，

　　　　　　　　怕有情难告。

莫如熏沐理妆娇，

衣干再登道，

衣干再登道。

李锦娘　（闻言一怔，退却半步）有情难告？

（唱）【越恁好】

他一言惊醒，

一言惊醒，

往事涌如潮。

有情怕诉，

怜人世忒萧萧。

我回家怯对讥与谣，

愁萦苦绕。

进与退难煞我偷生客，

我究竟要怎般正讹修缪。

陆阿三　姑娘，你可要想好了。

李锦娘　也罢！

（唱）【红绣鞋】

莫如暂且成交，

成交，

丹府偏又旌摇，

旌摇。

步欲行，

却如铐。

当决断，

将衣烤。

> 整妆仪，
>
> 倦容描。

陆阿三　天将大亮，路上行人渐多，你还是随俺寻一地方，烘一烘身上的半湿衣衫吧！

李锦娘　（犹豫地）只怕……

陆阿三　怕什么？纲常礼教害死人，哪来这许多讲究。来不及了，快走呀。

（唱）【尾声】

> 纲常礼教须清扫——

李锦娘　（接唱）我曾被陈规画地牢。

李、陆　（合唱）且壮胆门赌一遭。

　　　　　〔李锦娘仍有些迟疑，陆阿三推着锦娘下。

　　　　　〔收光。

第五场　堂　审

　　　　　〔当日午后。

　　　　　〔山阴县衙正堂，众衙役列队而立。

　　　　　〔胡知县整饬冠服上。

胡知县　（唱）【南吕·步蟾宫】

> 山阴知县稽山下，
>
> 适意遍寻诗茶。
>
> 邑乡人传我是飽瓜，
>
> 审案分毫不差。

县人说我糊涂官办糊涂案，岂不知我这糊涂之中，自有一杆秤衡量着公平正义。（高呼）升——堂——！

众衙役　（齐呼堂威）威——武——！

胡知县　（拍下惊堂木）来呀，传击鼓人上堂。

众衙役　传击鼓人上堂。

〔李福全与钟鼓鸣上。

李福全　（叩拜）见过县官老爷。

钟鼓鸣　（叩拜）见过县官老爷。

胡知县　下跪何人？

李福全　小民李福全。

钟鼓鸣　小民钟鼓鸣。

胡知县　你俩是哪个敲响的堂鼓？

李福全　是小民敲响的。

胡知县　可是你要告他？

李福全　回老爷，不是的。

胡知县　（向钟鼓鸣）可是你要告他？

钟鼓鸣　回老爷，不是的。

胡知县　嘟！这也不是，那也不是，那你俩到底谁是原告，谁是被告？

李福全　回老爷，这是小民的女婿，我俩都是原告。

胡知县　哦，老爷我总算明白了，你俩都是原告。那被告何在？

李福全　回老爷，没有被告。

胡知县　嘟！没有被告，你们敲甚堂鼓，报甚案来，莫不是存心戏耍老爷？

〔众衙役齐呼堂威。

李福全　小民不敢。

钟鼓鸣　小民不敢。

李福全 啊呀，老爷呵！

（唱）【梁州新郎】

羊昏归圈，

鸡昏栖架，

小女失踪无话。

只为村中请戏，

欢欣遍地喧哗。

老汉千思百念，

邀女归宁，

伊是钟戏难休罢。

昨宵忽戴月返夫家，

女婿今言未见她。

忧思重，

心急煞，

千声保佑求菩萨，

（夹白）老爷——

还恳望你详查！

钟鼓鸣 （敷衍地）还请老爷查访我家娘子下落。

胡知县 什么？在老爷治下，竟有青春女子连夜失踪，这还了得！查，本老爷定要彻头彻尾地查！这头在何处呢？哦，这头是在你李老儿这里。

李福全 （疑惑不解）在我这里？

胡知县 正是。李老儿，老爷问你，你家女儿是何时离家，何人为证？

李福全 约莫二更时分，这证人……这哪里有什么证人呢？（思索）哦，小民想起来了，老汉为小女雇了一头毛驴，这脚夫可以为证。

胡知县　传脚夫上堂。

众衙役　传脚夫上堂。

　　　　[脚夫上。

脚　夫　（跪拜）见过县官老爷。

胡知县　脚夫，昨夜你可有送过这李老儿的女儿？

脚　夫　送过的。

胡知县　老爷再问你，你们是几时出发，几时抵达？

脚　夫　二更时分离娘家，三更之前到夫家。

胡知县　有何为证？

脚　夫　并无证据，小民只依稀记得几句送迎话。

胡知县　说些什么？

脚　夫　李翁留过女儿，亲付路费。夫家迎门乃是婆母，问伊为何脚缠棉
　　　　纱，夜半归家，伊道夜露深重，怕湿了鞋袜，婆母闻言夸伊聪慧。

胡知县　这脚缠棉纱，确实少见。

钟鼓鸣　（惊恐，背躬白）我只道她自己潜身而进,怎知还有母亲迎门之事,
　　　　这可如何是好呀？

李福全　是呵，小民曾留过女儿。

钟鼓鸣　大人，她既回到家门，待小民回家问过母亲，自去找寻便是，
　　　　我们不告了，不告了。

李福全　（不解地）女婿你……

胡知县　你们不要打岔，老爷我自会查问清楚。脚夫，依你所言，你确
　　　　将钟李氏送回夫家？

脚　夫　正是。

胡知县　可敢当堂对质？

脚　夫　有何不敢！

胡知县　来啊，传钟母上堂。

众衙役　传钟母上堂。

　　　　［钟陈氏上。

钟陈氏　（跪拜）民妇钟陈氏拜见大老爷！

胡知县　钟陈氏，老爷问你，昨夜你媳妇可有回家？

钟陈氏　有回家，有回家。

胡知县　是你迎进门的？

钟陈氏　正是民妇。

胡知县　几时到家？

钟陈氏　将到三更之时。

胡知县　迎门之时，讲了些什么？

钟陈氏　（唱）【前腔】

　　　　　　三更黉夜，

　　　　　　迎门奇诧，

　　　　　　道是把老身牵挂。

　　　　　　怕中宵寒露，

　　　　　　归时脚裹棉纱。

　　　　　　喜煞垂垂婆老，

　　　　　　夸尽聪灵，

　　　　　　就寝无他话。

胡知县　果然如此。

　　　　（接唱）这三人口供倒无差，

　　　　　　李氏分明夜返家。

　　　　　　夫言异，

　　　　　　应掺假，

虚托刑讯将他吓，

真与假作明卦。

钟鼓鸣，你妻分明到家，你却说未见其人，莫不是你将伊藏了
起来？你与我快快招来！

钟鼓鸣　老爷，我确实未曾见过。

胡知县　不用大刑，谅你不招。来呀，与我重打三十大板！

钟鼓鸣　老爷，小民实是冤枉哪。

钟陈氏　老爷明察，这天下哪有相公藏老婆的道理？

李福全　是呵，老爷，你可不能打错了。

胡知县　（掷令签）与我打！

钟鼓鸣　哼，我看外面传得不错，你就是一个糊涂官！

胡知县　糊不糊涂，打过再说。打！

　　　　［两衙役将钟鼓鸣推倒，开始打板子并计数："一，二，三……"

钟鼓鸣　哎唷！哎唷！（打到第三下时已忍受不住）老爷不要打了，我招，
我全都招。

胡知县　（示意衙役停下）你且与我原原本本、完完整整从头诉来。

钟鼓鸣　老爷呵！

（唱）【前腔换头】

夜归人脚裹纱麻，

不由我猜度疑讶，

这蹊跷怎解，

强迫拆纱。

伊失鞋心虚声悄，

怎可依饶，

难免相争差。

> 　　两三声质问戏嗑牙，
>
> 　　谁知一截麻绳梁上爬。

胡知县　那你救了没有，李氏现在何处？

钟鼓鸣　（接唱）难相救，

> 　　魂飘洒，
>
> 　　怕闻邻舍流言乍，
>
> 　　抛掷在井台下。

胡知县　（紧接）哪座井台？

钟鼓鸣　兰若寺旁弃用的枯井。

胡知县　来呀，与我到兰若寺旁枯井寻证去也！

两衙役　是，大人。（下）

钟陈氏　（痛心地）儿呵，你……你这是做的什么好事！

李福全　（痛哭）我苦命的女儿呵！（向钟鼓鸣）你，你，你竟这般丧心病狂，教锦娘死不安生。你也知道，她不过回娘家看了几场戏，哪会做出不贞之事。你可不能诬她清白呀！

胡知县　纵是钟李氏德行有亏在先，料这钟鼓鸣也不至做出毁尸灭迹之举，想来此案背后定有隐情。来呀，与我前往钟家搜证去也！

两衙役　是，大人。（下）

> 　　〔兰若寺旁枯井寻证的两衙役复上。

衙役甲　禀老爷，兰若寺旁枯井已搜寻完毕，发现男尸一具，绣鞋一只。

李福全　（看到绣鞋，痛哭）老爷，这正是小女的绣鞋。

胡知县　呈了上来。（接鞋）此乃右脚所穿。（接问）井中未见女尸？

衙役甲　未见女尸。

钟鼓鸣　我分明……

胡知县　男尸身份可有确认？仵作可有验过？死因可有查明？

衙役乙　经兰若寺小沙弥确认，死者为兰若寺明照大师。仵作验过，说
　　　　　是受硬物击打而亡，应是今晨寅时前后身亡的。

胡知县　明照大师平素为人如何，可有查验？

衙役乙　都说佛陀在世，慈悲为怀。

胡知县　这就奇了。（向钟鼓鸣）钟鼓鸣，老爷问你，你确实将李氏弃
　　　　　在兰若寺旁枯井中？

钟鼓鸣　正是。

胡知县　确认已然断气？

钟鼓鸣　正是，鼻息全无。不过抛尸之时，余温未散。

胡知县　（思索）这个……

李福全　老爷，如此说来，小女或尚在人世？

胡知县　这也尚未可知。

李福全　（双手合十）阿弥陀佛，老天保佑，老天保佑！

　　　　　[钟家搜证的两衙役复上。

衙役丙　禀老爷，钟家搜寻完毕，在钟鼓鸣床下发现断绳一截，绣鞋一只。

胡知县　呈了上来。（接过断绳与绣鞋，两只绣鞋一比对）这绣鞋看来
　　　　　是一双呵。钟鼓鸣，你既说李氏失鞋亏心，为何如今双鞋俱在，
　　　　　一鞋还藏于你的床下，快与我从实招来！

钟鼓鸣　老爷，小民实是不知。

胡知县　嘟，大胆刁民！你胆敢欺瞒老爷，看我大刑伺候！

钟鼓鸣　（惊惧不已）大人莫要用刑，小民招供就是。

　　　　　（唱）【前腔】

　　　　　　　　　恼荆妻久住娘家，

　　　　　　　　　自专由妄为尊大，

　　　　　　　　　叹消闲有日，

> 家务如麻。
>
> 难免扬烧怒火，
>
> 燎断肝肠，
>
> 心下千回骂。
>
> 欲规伊举动训仪加，
>
> 故趁喧繁绣鞋抓。
>
> 原无意，
>
> 偏生岔，
>
> 锦娘横死泉台下，
>
> 今懊悔痛难罢。

胡知县 你怎知盗了绣鞋，她便能回家？你岳家就没有她的绣鞋了么？

钟鼓鸣 我为了迫她回家，将岳父家的绣鞋也全都拿走了。

胡知县 原来如此。

钟陈氏 （不可置信地）儿呀，你这都做的什么事呵。

李福全 看你教的好儿子！（向钟鼓鸣）怪不得家中绣鞋全都不见了，我只道锦娘昨夜全带回去了，却原来是你设的圈套。老汉当初真是瞎了眼，竟将女儿许给了你这禽兽！

胡知县 （细看麻绳断处）钟鼓鸣，这麻绳可是李氏自缢用的？

钟鼓鸣 正是。

胡知县 那这断处，是她自缢之时就挂断的么？

钟鼓鸣 正是。

胡知县 也就是说，她自缢之时，自己从梁上掉下来了？

钟鼓鸣 正是。

胡知县 （思索）唔，这就说得通了。

李福全 老爷，什么说得通了？

胡知县	老爷我自有主张。来呀，将钟鼓鸣押入大牢，听候提审。
两衙役	是，老爷。（押钟鼓鸣下）
钟陈氏	（哭喊）鸣儿！鸣儿！
胡知县	（招呼衙役丙、丁）你俩过来，把这双绣鞋丢到兰若寺附近的小道上，在旁把守着，看谁拾了去，就与我跟了上去，并报与本官知晓，不许打草惊蛇。听明白了没有？
两衙役	（接鞋）听明白了。
衙役丙	你听明白了？
衙役丁	（摇头）没有。
衙役丙	老爷真是奇怪，总是糊里糊涂地办这些案子。（下）
衙役丁	谁说不是呢，也不知道他葫芦里卖的什么药。（随下）
胡知县	（向李福全和钟陈氏）你俩也回家等消息去吧。退堂！
钟陈氏	（唱）【尾声】

天旋地转人惊诧——

| 李福全 | （接唱）求望诸仙保弱花—— |
| 胡知县 | （接唱）路转峰回倚仗他。（抬脚并笑指自己脚上的鞋子） |

　　　　［收光。

第六场　哭　鞋

　　［翌日上午。

　　［郊外一破屋内，李锦娘披着衣裳坐在简床上。

　　［陆阿三慌慌张张地上。

陆阿三　（唱）【商调·风马儿】

　　　　　兰若案迷逮真凶，

　　　　　张罗网一重重。

　　　　　兢兢战战心惊恐，

　　　　　宜当速遁，

　　　　　脱网返苍穹。

（急切不安地）姑娘，你主意拿定没有？俺因你杀人，你我二人算是绑在一道了。如今僧案事发，刑讼难休，天罗地网等着俺两人去投，你怕是有家难返了，你就甘愿沦为阶下之囚？不如与俺携手，行脚更名，去往俺乡婺州。正好俺家中无妻，万事可交由你来打理。但等时过境迁，风声已过，俺再陪你归来探望亲友。你意下如何？

李锦娘　他原是这个主意。（向陆阿三）多谢好汉处处为我着想，婺州路远，我这脚上无鞋，只怕难以行走。此地既成是非之地，好汉莫要管我，还是快快独自奔逃去吧。

陆阿三　你是说只要换上绣鞋，就同俺一道走么？这事好办，俺这就去替你寻来。（去而又返，用手比了比锦娘的脚长）好，俺有数了，你等着！（锁门下）

李锦娘　他眉眼间多有邪气，分明另有所图，定是歹人无疑。依我看，那大师也是他狠心残害，只怪我抗拒不坚，才会刚出虎穴，又入狼窝，这可如何是好呀？

　　　　（唱）【金络索】

　　　　　心刑拷赤衷，

　　　　　更比凌迟痛。

　　　　　他恫吓三言，

    我手足千钧重。

    忧深减玉容，

    搅清泓，

    西扫东扬卷地风。

    犹如枯骨埋荒冢，

    野鬼孤魂离了宗。

    清欢梦，

    倘违道义不相从。

    怕什么牵累合龙，

    慷赴监中，

    何惧坐穿牢洞！

我要逃，逃开他投案去。逃呀，逃呀！（推门推不开，撞门未撞动，
失落地）他，他，他是连一条活路也不给我留呵！

［陆阿三捧着绣鞋，欣喜地上。

陆阿三　（开门进）姑娘，俺给你找来了绣鞋。（放在锦娘脚边比了比）
　　　　你看，不大不小，刚刚好。

李锦娘　（忙抢过绣鞋，激动地）你，你是从哪里找到的？

陆阿三　就在兰若寺旁边的小道上。这绣鞋怎么了？

李锦娘　这，这是我找了许久的绣鞋。（摩挲细视绣鞋）绣鞋呵绣鞋！
　　　　（唱）【前腔】

    重将绣鞋逢，

    热泪双双迸。

    感旧伤今，

    世事浑如梦。

    你何方匿影踪，

苦重重，

死劫生关仗尔功。

我前宵怎样盟天诵，

你无动于衷心忒凶。

（夹白）鞋新磨脚知疼痛，鞋旧无情处处松。

风霜共，

多情错认意相通。

到今朝梦醒寒风，

血染春弓，

谁问新伤痛？

陆阿三　你莫要再哭，快穿上绣鞋赶路吧。

　　　　〔胡知县率四衙役上，示意衙役甲撞开屋门。

胡知县　（大喝）来呀，与我拿下了！

　　　　〔衙役甲、乙齐上前擒住陆阿三。

陆阿三　你们凭什么抓俺？快放开俺！放开俺！

衙役丙　（用布条塞住陆阿三嘴）老爷怎知一定会是他拾的绣鞋？

胡知县　老爷我是猜的。

众衙役　（异口同声地）猜的？

胡知县　不错。李氏倘若活着，那也是劫后余生，断无力气害死明照大师。她要行走，少不得一双绣鞋。犯过命案之人，我料他不敢到街市采买，只能靠捡或者偷。兰若寺旁已属荒郊，少有人行，而贼子心怀不安，我猜他定会到旁近打探情况，拾鞋也在情理之中了。

衙役丁　老爷，你这是歪打正着。

胡知县　要你多嘴！（靠近锦娘）想来你便是钟李氏了？你说是也不是？

李锦娘　　（含泪跪下，激动地）大——人——！

　　　　　（唱）【尾声】

　　　　　　　枯枝埋雪待春风——

胡知县　　（接唱）我愿作东君护万红。

　众　　　（合唱）盼得春来花簇拥。

　　　　　[收光。

第七场　和　离

[翌日上午。

[山阴县衙，胡知县坐在正堂，众衙役列队而立。

[陆阿三和钟鼓鸣跪在堂下候判，李福全和钟陈氏站在堂前听审。

[李锦娘上。

李锦娘　　（唱）【黄钟·西地锦】

　　　　　　　堪庆息风平浪，

　　　　　　　堪怜难续衷肠。

　　　　　　　千磨百折怕回想，

　　　　　　　但求天理昭彰。

胡知县　　枯井杀僧案今已查明，陆阿三恶意杀人，现已供认不讳，根据
　　　　　大明律例，判处斩刑，报刑部审批后再予施刑。来呀，将陆阿
　　　　　三押入大牢。（掷令签）

两衙役　　是，大人。（带陆阿三下）

胡知县　　钟鼓鸣，钟李氏，失鞋之事现已明了，原是误会一场。如今恶

徒得报，本官宽大为怀，既往不咎，你俩互释前嫌，回家安生
度日去吧。

钟鼓鸣　（拜谢）大人英明！

钟陈氏　（拜谢）大人英明！

李锦娘　（冷笑）呵……误会？这生死攸关之事，竟然只是误会一场？
　　　　大人，此案你判得不公，判得糊涂呵！

胡知县　钟李氏，这婚姻生活本就是糊里糊涂就过去了，所谓"水至清
　　　　则无鱼，人至察则无徒"，你又何必如此较真呢？

钟鼓鸣　是呵，娘子。为夫知错了，你就原谅我吧。

钟陈氏　鸣儿，你快讲几句好话呀。

钟鼓鸣　娘子，我的好娘子！

　　　　（唱）【啄木儿】

　　　　　　求娘子，

　　　　　　多宥谅，

　　　　　　我回想前情悔断肠。

　　　　　　悔不该七窍迷塞，

　　　　　　盗绣鞋举动荒唐。

　　　　　　我历经事变改前状，

　　　　　　你归宁看戏我相依傍，

　　　　　　求娘子依从返阶堂。

李锦娘　（唱）【前腔】

　　　　　　你休求恳，

　　　　　　我不敢当，

　　　　　　结发恩情早断丧。

　　　　　　歹心人你满腹奸谋，

582

> 盗绣鞋将我冤枉。
>
> 我历经事变心通亮，
>
> 拼将一世清名让，
>
> 也要同君分道向。

胡知县 钟李氏，你待怎讲？

李锦娘 我要摘去钟李氏之称，还我锦娘之名。望大人裁决，判我与他和离。

胡知县 怎么，你要与他和离？只是你这景况，与"七出"之条不符，也无有前例可循，难判和离呵。

李锦娘 难道大人所审之案，都有前例可循么？倘无前例可循，这案子就不判不审了么？

胡知县 这小女子嘴倒厉害，竟说得我无言以对。

李锦娘 还望大人成全，判我与他和离。

李福全 还望大人成全。

李锦娘 （感激地握住父亲双手）多谢爹爹。

胡知县 钟李氏，你这可真叫老爷我为难哪！除非……

李锦娘 大人，那倘若我要出首，告发钟鼓鸣之罪呢？

钟陈氏 媳妇，你可不能做此大逆不道之事呵。

胡知县 怎么，你要告发你的丈夫？

李锦娘 正是。生作女人万事哀，受欺受辱唯苦捱。丈夫出妻不足道，妻请离门何难哉。大人哪！

（唱）【三段子】

> 我不过数宵戏赏，
>
> 竟遭诬清名有伤。
>
> 绣鞋一双，

> 我险成了冥台落芳。
>
> 陷身碧井黄泉傍，
>
> 回生绝处心跌宕。
>
> 往事难追，
>
> 来朝可往。

（夹白）狐兔怎可同穴而眠，梅荷怎能同日吐蕊？我闻听前朝有个李易安，为求和离，愿陷图圄，我此心如伊，绝不更改。我愿以身为殉，以警后来！

（唱）【前腔】

> 镜辞尘壤，
>
> 叹公理竟蒙腌脏。
>
> 怙恶虑殃，
>
> 怎能够污纳垢藏？
>
> 我告他诬陷将人谤，
>
> 大人你为民做主休轻放。
>
> 火海刀山，
>
> 我甘心前往。

胡知县 好一个钟李氏！不，是好一个李锦娘也！诉状字字振聋发聩，倒教我等男儿都生愧意了，也教我这糊涂官儿茅塞顿开。你以身为殉，我深感敬佩。我捣糨糊，实也有罪，放任罪恶，实是不该。有罪问罪，现今重新判决。（向钟鼓鸣）钟鼓鸣，今有你妻李锦娘告发你诬陷之罪。（拿出相关文书和绣鞋）现有绣鞋和钟李氏失踪案、枯井杀僧案相关口供为证，你可认罪么？

钟鼓鸣 （泄气地）小民认罪，还望大人从轻发落。

胡知县 且画押来！

［衙役甲递供状，衙役乙递笔，钟鼓鸣签字画押。

胡知县	（接过供状，拍下惊堂木）犯人钟鼓鸣听判哪！钟氏无中生有，盗鞋构陷，犯诬陷罪，罪证确凿，判笞刑三十，徒刑一年。可有异议？
钟鼓鸣	（悲声）小民不敢。
钟陈氏	老爷判得不公。这世上哪有老婆告相公的？
胡知县	莫管谁告谁，无罪怕谁来。这天下罪恶，大多出于双亲溺爱，妻儿纵容。你儿有罪，你为母之人，也当反省来！
钟陈氏	（掩面而泣）老爷，这教我老太婆怎生见人哪。
胡知县	定完刑责，再说和离。李锦娘主诉和离，夫妻情分断绝，两看相厌，一别两宽，合情合理。本官予以裁准，特判钟鼓鸣与李锦娘二人和离。你二人一同签上姓名吧。
李锦娘	（激动地）多谢大人。

［衙役甲递和离书，衙役乙递笔，让钟鼓鸣、李锦娘一一签字，一人表情痛苦，一人喜上眉梢。

胡知县	（接过和离书）待本官盖上大印。（盖印）李锦娘，你且拿了回去，从今后婚嫁自由，悉由自决。
李锦娘	（跪谢）多谢大人！
李福全	（跪谢）多谢大人！
胡知县	来呀，将犯人钟鼓鸣押入大牢。
衙役甲	是，大人。（押钟鼓鸣下）
钟鼓鸣	锦娘，你真当如此绝情么？（被押下）
李锦娘	（冷笑）呵，真是好笑，绝情人倒说是我绝情。
钟陈氏	（追着钟鼓鸣）鸣儿！鸣儿！（晕厥欲倒）
胡知县	快把她带了下去，请医生看看。

衙役乙 是，大人。（扶钟陈氏下）

胡知县 （拍下惊堂木）退堂！

〔众衙役呼完堂威下。

〔李锦娘手持和离书，与父亲相挽着欲离开。

胡知县 李锦娘，老爷亲自送你下堂。（下阶，竖拇指夸赞）姑娘好风采！

（唱）【归朝歌】

千般愿，

千般愿，

愿侬运昌，

觅佳婿终身依仰。

李锦娘 （所祝虽非所愿，然而盛情难却，便礼貌地回应，接唱）

千般念，

千般念，

念君德长，

望前程风清云朗。

胡、李 （合唱）秋花尽伴西风葬，

霜凌雪覆催苍莽，

立向东风绽异香。

〔胡知县与李锦娘相视一笑，李福全亦笑。

众 （合唱）【尾声】

这婚姻自要两心敞，

莫要歪心算计藏。

比比真心换得天地广。

——全剧终

费津润 嵊州市越剧团青年编剧，中国戏剧文学学会会员，浙江省文艺名家计划·中青年编剧培养计划培育对象，绍兴市中青年文艺人才库成员。作品曾获全国校园戏剧剧本征稿比赛二等奖、"戏剧中国"作品征集推选活动最佳剧本、优秀剧本，入选浙江省中青年编剧扶持计划项目、绍兴市文化艺术发展资金扶持项目等。原创作品有《乔影》《代悲白头翁》《钱王废令》《剡溪访戴》《毕功了溪》等，另有整理改编作品《莫问奴归处》等。

—明—

墙 会

尹晴画

时间：明代

地点：湖广

人物：

王月如　闺门旦，果敢聪慧，知书达礼的千金小姐

香　芸　贴旦，机敏仗义，小姐身边的贴心人

杨遇春　小生，有情有义，落魄的读书子弟

［香芸急上。

香　芸　（念）府外碰得冤情帐，

　　　　　　　　　求请小姐上花墙。

奴婢香芸，乃王府小姐贴身女婢，近日小姐心情不爽，为哄她一笑，我便来花园摘花。不曾想一个出家人在园外敲敲打打念念叨叨，惊走了蝶儿，扯破了花儿，我心烦不过，爬上墙去就要骂——哎呀！见着一个身着血衣少年郎，他求见王月如小姐。王月如乃是我家小姐的名儿，他一个生面孔是怎的知晓。香芸我就顺着话儿往下问，少年郎言道，王府住进冒名客，眼前才是真姑爷。前几日在府上见了姑爷，小姐整日悲愁，不愿下楼。倘若墙外人说的是真，小姐必然欢喜。若是假，我逃不了一顿好打——罢罢罢，生为小姐生，死为小姐死，我且把人请下楼，看他二人有缘是无缘。

［香芸上绣楼。

香　芸　有请小姐

［王月如撩帘而上。

王月如　（唱）【仙吕入双调·步步娇】

　　　　　　　懒弄丝桐（心存）迷云障，

　　　　　　　旧故（不见）昔时样，

　　　　　　　堂前检句章，

　　　　　　　（他）满纸荒唐兀自狂妄，

　　　　　　　面上绯红妆难掩神哀怆。

香　芸　小姐。

王月如　香芸，你到哪里去了？

香　芸　（应声）我去花园摘花去了啊。

王月如　两手空空，你摘的花呢？

香　芸　我——我到花园一看，花也开了，草也绿了，金鱼银鱼摇头摆尾，有趣得很。香芸摘不来满园美景，还请小姐下楼一观。

王月如　心情不爽，无心观景。

香　芸　小姐，花是你的花儿，草是你的草儿。经风历雨开一遭，你不去看它，岂不是辜负了它。

王月如　辜负了它？

香　芸　对，（笑有所指）他！（撒娇）去看看吧。

王月如　小丫鬟真会讲话，陪你家姑娘下楼去吧

香　芸　哎哎哎，小姐，你不梳妆？

王月如　梳妆么？

香　芸　梳妆。

　　　　［香芸扶小姐在妆台坐下，整妆簪发。

香　芸　（唱）【忒忒令】

　　　　　　墨沉沉青丝（坠）玉铛，

　　　　　　细袅袅柳腰（随）风荡，

　　　　　　红粉沾染白膏油泽亮。

王月如　（唱）幽映百媚照千娇，

　　　　　　薄（点）桃腮樱唇润，

　　　　　　姿彩（孰）与共赏。

香　芸　小姐，到了花园，自有人——我是说我——我来赏。

王月如　哪个要你来赏。前面带路。

香　芸　是。

　　　　［二人行路。

王月如　（唱）【园林好】

　　　　　久不见红栏碧窗，

　　　　　久不去踏阶越墙。

香　芸　小姐。

　　　　（唱）看那繁花（附）藤傍，

　　　　　争斗艳彩茫茫，

　　　　　铺锦绣上花墙。

　　　　［香芸上花墙，向杨遇春招手。

　　　　［杨遇春身着道衣，佩戴素珠，敲木鱼上场。

杨遇春　（唱）【前腔】

　　　　　（杨遇春）顾不得身寒病伤，

　　　　　顾不得规仪设防，

　　　　　（苦）苦盼青梅（登）高望，

　　　　　脱困境诉衷肠，

　　　　　脱困境诉衷肠。

香　芸　小姐，墙外有道童在化缘呢。

王月如　方外之人，不要理他。我们回去吧。

香　芸　前门不化，后门不化，偏偏跑到花园来化，这其中必有缘故。

王月如　香芸，下来吧。

　　　　［香芸见王月如要走，急中生智，对杨遇春叫嚷起来。

香　芸　喂，那位道童，你要化缘嘛就该到前门去化，你拿个木鱼敲来
　　　　敲去冲撞了我家小姐，香芸我饶不得你。

杨遇春　（不解）香芸姑娘，是你叫我来的呀。

香　芸　啊？你要骂呀？！你要骂我家老爷？

杨遇春　（慌张）小大姐，此话何意啊？

香　芸　（鼓动）骂！骂，骂呀！

杨遇春　呸！

　　　　（唱）【沉醉东风】

　　　　　　骂王洪欺压善良听奸佞言诈语谤。

王月如　香芸，爹爹朝中为官，做事难免偏颇。不要理他，回楼去吧。

　　　　〔王月如紧劝香芸，香芸火上浇油，继续怂恿。

香　芸　喂，道童，就算我家老爷欺压了良民百姓。我家小姐没有得罪你，
　　　　你敢骂她不成？

杨遇春　（慌，小声）骂得的？

香　芸　（点头轻声）骂得的，骂得的，骂。

杨遇春　（狠心）呸！

香　芸　哎呀，小姐，他骂起你来了！

杨遇春　（唱）王小姐冷心肠，

　　　　　　　恩情全忘，

　　　　　　　弃竹马择挑浪荡。

王月如　（惊）啊，香芸，你问他此话何来？

香　芸　道童，我家小姐问你此话何来？

杨遇春　（唱）因她创伤恨她薄凉，

　　　　　　　偏忧惮她沾（了）秽脏。

王月如　香芸，问他叫什么名字？

香　芸　喂，我家小姐问你叫什么名字

杨遇春　杨遇春。

香　芸　呀呸，杨遇春乃是我家姑爷的名字，其实你这小小道童冒充得的。
　　　　我看这分明是冒认官亲，我定要到前堂禀告老爷不可。

王月如　这世上同名共姓者甚多，先不要禀告爹爹。扶我上花墙，我要

盘问与他。

香　芸　（故意提醒）小姐，他是个方外人家，不要理他。（王月如羞，
　　　　香芸作罢）你若真要上墙去，我来帮你一把。

　　　　〔香芸扶王月如上花墙。

　　　　〔王月如与杨遇春墙上相见，以香扇遮挡半张面容。

香　芸　杨公子，这就是我家小姐王月如。

王月如　公子，你当真是杨遇春？

杨遇春　（白）菱叶萦波荷飐风，

　　　　　　　荷花深处小船通。

　　　　　　　谁因荷香落荷塘？

　　　　　　　谁救芙蓉出水中。

王月如　（惊喜确认）果真是你！

杨遇春　小姐，八载未见，终能重逢。

香　芸　这首诗有什么蹊跷不成？

王月如　幼年攀荷落水，是他抢救出池。

香　芸　（松了一口气）哎呀呀，好险，香芸这鹊桥搭对了。

王月如　杨公子，我——香芸，我还有话要问他。

香　芸　（识趣）小姐，想必你的口也焦了，舌也干了，我去倒杯茶来
　　　　与你解渴。

王月如　你快去——快回呀

香　芸　（背拱）姑娘是三九天的萝卜——冻（动）了心

　　　　〔香芸下场。

王月如　（唱）【江儿水】

　　　　　　　一离八年去（闺中）待粉郎，

　　　　　　　盼君早到消痴望，

忧君晚到磨思量，

（许下了）朝朝暮暮孰能忘？

杨遇春　小生亦不曾忘，只是来晚一步，让奸人得逞。

王月如　（唱）怜我如何痴望费尽思量，

难料萧郎（遭）无妄。

杨遇春　这其中曲折，小姐听我道来。

（唱）【五供养】

（此行）族兄共往，

偏偏是至友难防，

（他）知悉姻眷事推我坠山岗，

唯此（荷塘事）未讲，

只因——

王月如　只因如何？

杨遇春　（唱）定情事不便言讲

王月如　庆幸未曾言讲。可怜你这一路坎坷。

杨遇春　（唱）（我）拣回残命半身伤，

（又）闯府难成反遭拳棒。

王月如　（心疼不已）公子。

杨遇春　小姐。

（唱）【玉交枝】

身伤可谅，

怎（忍）娇花无辜落（寒）塘，

空门度日侍佛像，

经文难解愁肠，

梦沉犹嗅莲蕊香，

　　　　　　　魂惊泪眼添惆怅,

　　　　　　　此番情冰心玉（壶）藏,

　　　　　　　此番情寸心（亦）明彰。

王月如　　（唱）【川拨棹】

　　　　　　　（公子）心安放,

　　　　　　　这终身月如（担）当,

　　　　　　　饶族兄信口诌诲饶族兄信口诌诲,

　　　　　　　定拖延（婚期）等郎返乡,

　　　　　　　（大比年）赴京城捧玉璋,

　　　　　　　早回还迎娶（新）娘。

　　　　［马车车铃响,香芸急上。

香　芸　　小姐,老爷回府了,公子,快走吧!

杨遇春　　小姐

　　　　［高墙阻隔,两人难分难舍,王月如取下金钗抛与杨遇春。

王月如　　（唱）【尾声】

　　　　　　　鸾凤金钗贴身藏,

　　　　　　　海角天涯我同往。

杨遇春　　（唱）此去定为夺金榜,

　　　　　　　素珠似我伴身旁。

　　　　［杨遇春取下素珠,解开成线,一头抛上花墙。

　　　　［王月如接住素珠,与杨遇春相望。

香　芸　　这正是:姻缘上花墙,里外是鸳鸯。

　　　　［收光。

　　　　　　　　　　　　　　　　　　——全剧终

尹晴画 珠海演艺集团编剧。创作剧目有国家艺术基金跨界融合大型湘剧《新醉打山门》（合作）、湖北省第四届地方戏曲艺术节优秀剧目荆州花鼓戏《孝子里》、国家艺术基金青年创作人才剧目《桃香》、广东省基层舞台艺术精品扶持计划作品粤剧《南粤破晓》（联合）、话剧《杨匏安》、广播剧《杨匏安》、话剧《断鸿零雁》、粤剧《一生钟情·粤思明》、第三届全国花鼓戏精品剧目荆州花鼓戏《米爹》等。

—明—

伊人无罪

何瑶琪

时间： 明代

地点： 麻城

人物：

伊玉筠　闺门旦，伊家次女，张少卿之妻

伊玉兰　青衣，玉筠胞姐

张少卿　小官生，麻城县令，伊玉筠丈夫

伊载文　外，伊家姐妹之父，麻城乡贤

王秀英　老旦，伊家姐妹之母

费龙、赖虎、魏豹、柴胡　四马贼　净与副丑各两名

春花、夏莲　二丫鬟　贴旦

老院公一人，衙役、家丁数人，街坊百姓数人

上半场

［明代某年春。

［湖广麻城县。

［山道上，风舞柳条，碧桃盛开，鸟啭莺啼。

［马贼费龙、赖虎、魏豹、柴胡骑马上。

费　龙　（唱）【商调过曲·吴小四】

　　　　　　兄弟俦，闯九州。

魏　豹　（唱）凶淫人见愁。

赖　虎　（唱）方在鄂州银库偷。

柴　胡　（唱）旋来麻城占垫丘。

四马贼　（唱）称意儿当大酋。

费　龙　兄弟们。

魏赖柴　大哥。

费　龙　俺兄弟自打黄州结义，一路奸淫掳掠，今日来至这麻城境内，
　　　　不免再抢他个满载而归！

魏赖柴　对，抢他个满载而归！

　　　　［四人同下。

　　　　［伊玉兰内声："走啊。"携伊玉兰同上，后跟张院公、春花、
　　　　夏莲，二家丁。

筠、兰　（唱）【双调·谒金门】

　　　　　　离庙观，满眼春光缭乱。

碧草芊芊花木繁，

流莺啼耳畔。（玉筠俯身闻花香）

伊玉兰　贤妹，看你艳比春中桃李，好不动人，

（唱）【谒金门换头】

见贤妹，燕尔新婚容姿焕，

还贺你，丝绾仙郎儒冠。

伊玉筠　姐姐，

（唱）则论起，鹣鲽于飞佳偶伴。

姊家春意最暖。

伊玉兰　（害羞）你这丫头，好端端的，怎么扯到为姐身上来了。

伊玉筠　小妹是看姐夫对姐姐万般体贴。（捂嘴笑）

伊玉兰　若论体贴，我的妹夫，你那张郎，今晨出门，亲手给你系上这披风，

千叮万嘱，路上小心，叫我在你家厅堂好等。

［二丫鬟嗤笑。

伊玉筠　（甜蜜）你们笑什么，他做丈夫的，本该体贴伺候妻子呀。

伊玉兰　诶，自从盘古开天，哪有丈夫伺候妻子的，你呀，平时读多了混书，

浆了脑袋，妹夫竟也不阻你，由着你胡为。

伊玉筠　（笑）他呀，在衙里操理公务，管不了我这许多。

［幕后传来愈发响亮的马蹄声。

伊玉兰　好了，好了，看夜色将临，我们快回家吧。

伊玉筠　嗯！（欢步前行，不时荡起柳丝，摘花把玩）

［四马贼上，迎面碰上玉筠等人，二家丁与老院公急上前。

四马贼　（大喜）美人儿！

老院公　尔等休得放肆，这是县老爷和王大人家内眷，还不速速退下！

费　龙　旁人怕做官的，我们弟兄偏不怕！兄弟们，抢！

老院公　夫人快走！（与二家丁上前阻挡）

　　　　〔玉筠等忙跑下。

费　龙　找死！

　　　　〔四马贼杀死老院公和二家丁，追下。

　　　　〔玉筠拉姐姐与二丫鬟急奔上，慌乱中拔下金簪。

伊玉筠　休要过来！

　　　　〔四马贼追上，淫笑。

柴　胡　大哥，有了这两个绝色少妇，那两个小丫头就不要了吧？

费　龙　有参汤喝，哪里还吃白开水！（向二丫鬟举刀）

伊玉筠　（忙挺身阻拦）休得伤害她们！

夏　莲　大爷饶命，我不想死啊！

春　花　不……

费　龙　（欲扯玉筠，被玉筠用金簪刺伤手臂，吃痛踹玉筠倒地）贱人！

　　　　稍时要你好看！（杀春花）

　　　　〔赖虎杀夏莲后，拉起玉兰。

伊玉筠　（吃痛难以爬起）姐姐！

赖　虎　兄弟们可喜欢我手上这个，一起来啊。

魏　豹　如此小弟就不客气了。

伊玉兰　不！（被魏豹、赖虎拉下）

伊玉筠　姐姐，不！

　　　　〔内起玉兰哀嚎声：“不！不要碰我！啊！”

伊玉筠　姐姐！（跌撞而起，欲相救）

费　龙　（拦住）美人儿，到你了。

伊玉筠　走开，走开！（跌倒在地，一步步往后爬）

费、柴　哈哈哈！（一步步靠近）

柴　胡　（俯身凑近玉筠）美人儿，来呀！

伊玉筠　（甩柴胡一巴掌）禽兽！

费　龙　不识抬举的贱人！（一把打晕玉筠，二人拖玉筠同下）

　　　　〔落花纷纷。

　　　　（起伴唱）【商调过曲·山坡羊】

　　　　　　玉琼芳，香飘玉立，

　　　　　　忽啦啦，摧残凋敝，

　　　　　　百千年，风涛未息，

　　　　　　断折了，艳丽魂销离恨地。

　　　　〔日薄西山。

　　　　〔费龙等提裤子上，魏豹、柴胡从衣襟内掏出首饰。

赖　虎　大哥，这次真是财色双收！

柴　胡　大哥，要不把她两个掳走，可以再乐一乐。

魏　豹　诶四弟，为免夜长梦多，还是杀了。

　　　　〔远远传来呼喊声："夫人！""玉筠！"

费　龙　不好！来了许多官家人！

　　　　〔四人急下。

　　　　〔玉筠衣衫不整，脸带伤痕，用披风紧裹身体，呆呆上，跌倒在地，
　　　　抽泣。

　　　　〔内传玉兰悲啼声。

伊玉筠　（侧目看，大惊）姐姐你这是做什么！（忙下，急拉手拿腰带
　　　　的玉兰上）姐姐！

伊玉兰　让我去死！我再无面目活在世上了！

伊玉筠　姐姐！

伊玉兰　妹妹，我们一起去死吧！失节之妇，世难容留，你我再无活路了！

伊玉筠　失节之妇，世难容留！（悲泣）

伊玉兰　那边有一座悬崖，你我姐妹相携跳下，黄泉路上还可作伴！（拉
　　　　着玉筠往崖边冲）

伊玉筠　（唱）恸凄凄，心煎赴壑堤，

　　　　　　　　对无涯谷底悲难已。

　　　　（夹白）张郎，只道此生不离，

　　　　叵耐今朝永别离。

伊玉兰　（唱）断愁肠，思君愧裋袆，

　　　　　　　　自嗔怨，堕家声化粉斋。

伊玉筠　（唱）【前腔】

　　　　　　　　步儿移，心儿惊悸，

　　　　　　　　甚因缘，足绵如缰系。

伊玉兰　筠妹，走啊！

　　　　（唱）你效蒲苇，丝柔韧坚，

　　　　　　　　横心肠，拼得玉陨芳魄继。

伊玉筠　（迈步欲跳，脚下一滑，慌忙立定）

　　　　（唱）战战兢，玉趾临崖急勒靡，

　　　　　　　　想人生有限，怎轻抛的！

　　　　姐姐，我不愿死！（离开崖边，思索）想今日之事，我并无差错，
　　　　为何要死？

伊玉兰　（追上）你今不死，将来定生不如死！

　　　　（唱）白璧蒙瑕怎佩衣。

　　　　　　　　何堪嚣嚣蜚语蚀身耻，

　　　　　　　　池殃爹娘夫婿频羞低！

伊玉筠　（唱）【商调过曲·黄莺儿】

　　　　　则难道你我魂命似尘微，

　　　　　蚁共蝼，且望生机，

　　　　　恁偏人伶俐，反自戕凌逼。

伊玉兰　（唱）贞操贵无比，

　　　　　残生毋在期，

　　　　　娘行节气冲云霓！（拉玉筠）

伊玉筠　（撇开玉兰）姐姐！

　　　　（唱）忒无稽，轻管灵命！

　　　　（夹白）难道为男儿颜面而死，就是女人的节气？今日遭难，非你我之罪，因甚宥宽贼，反把自家羁！

伊玉兰　休要提贼！休要提贼！（发狂）你不死，我死！（欲跃崖）

伊玉筠　（忙拉住）姐姐！

伊玉兰　让，我，死！（奋力挣脱，跳崖下）

伊玉筠　姐姐！姐姐……（瘫倒崖边大泣）

　　　　〔内起惊呼声："不好了，老管家和官哥官弟被人杀死了！"一阵骚动。

　　　　〔张少卿内高呼"玉筠！你在哪里啊！"上。

张少卿　夫人！（跑至玉筠身边，见其形态大骇）夫人你……

伊玉筠　官人，姐姐她……（哭泣）

张少卿　（张望四寻）姐姐人呢？

伊玉筠　我们烧香回来，路遇山贼……（哭泣）

张少卿　是山贼杀了院公！看你衣衫不整，遍体鳞伤……（恍然而悟）

　　　　他们！他们对你……（耻愤难言）

伊玉筠　姐姐她不堪羞辱，跳下山崖！

张少卿　跳下山崖！这千层峭壁，如何生还！

伊玉筠　姐姐……

　　　　［内喊："老爷！夫人！"。

张少卿　（忙取披风裹玉筠身上）若有人问起，你只说遇见山贼，姐姐
　　　　被推入崖底，旁的一字不可多提！

　　　　［众衙役、家丁上。

张少卿　你们毋需再寻，夫人路遇山贼，姨奶奶被推落危崖！

众　人　啊？！（一见玉筠，暗生疑）

　　　　（唱）【尾声】

　　　　　　　　看夫人，身态异，

　　　　　　　　怎生伤残累遍体。

　　　　　　　　玉软花颓支不起。（窃窃交语）

张少卿　（心虚忙催促）车马哪里，快送夫人回府！

　　　　［马车上。

　　　　［伊玉筠站立不稳，张少卿慌忙扶住，故作无恙，扶玉筠上车，
　　　　二人下。

　　　　［众衙役随下。

下半场

　　　　［伊玉筠卧室。

　　　　［张少卿叹气上。

张少卿　（唱）【双调引子·夜行船】

　　　　　　　　白鬓潘君肠寸搅，

　　　　　　　沈郎愁损瘦纤腰。

　　　　　　　草木萧萧，骚骚夜啸，

　　　　　　　难抑心焦情躁。（焦躁踱步）

　　　[伊玉筠慢上。

伊玉筠　（唱）【前腔】

　　　　　　　赋韵《长门》，为情入渺，

　　　　　　　《白头》成诵，乞续鸾交。

　　　　　　　月暗星凋，霜侵袖帽

　　　　　　　罗扇，恐秋来捐道。

张少卿　你，洗好了。

　　　[伊玉筠点头。

张少卿　可洗干净了……

伊玉筠　干净……了……（抽泣）

张少卿　哎！（悲愤坐下）

伊玉筠　官人……

张少卿　你好好歇息。（往外走）

伊玉筠　官人！你不陪为妻了麽？

张少卿　我……还有公务……

伊玉筠　官人是嫌弃为妻了。（伏案抽泣）

张少卿　（心疼抱玉筠）夫人！

伊玉筠　官人，为妻非是无耻之妇，我是无辜遭难！

张少卿　是啊，我妻不是无耻之妇，你是无辜遭……（心痛止言）我那
　　　　　可怜的妻啊！

　　　（唱）【小石过曲·渔灯儿】

　　　　　　　实堪怜，破折花娇，（轻抚玉筠面庞）

> 心淌血，似割锋刀！
>
> 兀的不万恨千仇袭骇潮，
>
> 难按待，擒贼枭笞吊，
>
> 碎其尸，把妻愤平昭！

伊玉筠　多谢官人与妾报仇！

张少卿　待我调遣衙役去者！（欲行又止）且慢！

　　　　（唱）【前腔】

> 若今朝绑锁山鸮，
>
> 则怕是难瞒匿，垢玷琼瑶，
>
> 到那时，恶蜚传言必甚嚣，

　　　　（夹白）于妻，于我，

> 于伊张族第，皆失荣耀，

　　　　（夹白）到那时，我众人呵，

> 脸无光，遭讪讥嘲！

伊玉筠　官人因何暗自沉吟？

张少卿　夫人，若擒回贼子，只怕你之惨遇再难隐瞒，到那时于你我两族，
　　　　俱都是难堪哦！

伊玉筠　难道今日之仇就不报了？

张少卿　可人无名声，如何活在世上！

伊玉筠　这！

　　　　［家丁内呼：“老爷不好了！”上。

张少卿　何事惊慌？

家　丁　如今街上传言纷纷，岳家老爷气势汹汹，寻上门来了！

卿、筠　（惊）岳父（爹爹）来了！

张少卿　知道了，你且下去。

家　丁　是！（下）

张少卿　夫人啊，岳父若是问起今日之事，你万万不能明言！

伊玉筠　这！

　　　　〔伊载文急步上。

伊载文　（唱）【前腔】

　　　　　　裂脾肝，道闻流谣，

　　　　　　都言是大女跃崖节行高，

　　　　　　小女儿寡耻鲜羞悖德操。

　　　　　　为护守家声夸好，

　　　　　　急登门查彻秋毫！

卿、筠　见过岳父（爹爹）。

伊载文　罢了。贤婿，我有话要问筠儿，你先下去。

张少卿　这……

伊玉筠　官人，你且去吧。

张少卿　小婿告退。（出门）看岳父怒气冲冲，只怕于我妻不利，我不
　　　　免门外等候。（门外侧耳）

伊载文　儿啊你且……（看玉筠，大惊）儿啊，那山贼对你姐妹做了什么？

伊玉筠　爹爹，那山贼劫去儿的财物……

伊载文　还做了别的事吗……

伊玉筠　我……（羞颜转身）

伊载文　看她体态，与这样儿，（羞愧抚面）这真是家门不幸哦！

　　　　（唱）【小石过曲·锦渔灯】

　　　　　　悲咽叹，世代书香载道，

　　　　　　霎时间，风散吹飘！

伊玉筠　爹爹！

伊载文　（一掌打玉筠倒地）贱人！

　　　　　〔张少卿惊呼"夫人！"冲进门。

伊载文　（唱）涌喉声高，骂贱娆！

　　　　　　　　直生生，坏俺家誉满清标！

张少卿　岳父息怒！

伊载文　贤婿啊，都怪老夫养女不教，败坏你张家世代清名！

张少卿　唉……

伊载文　（唱）【小石过曲·锦上花】

　　　　　　　　襟怀里，掏白绡，

　　　　　　　　手嗦抖，忿恨抛！

　　　　　（夹白）贱人！（袖中取白绫丢地上）

　　　　　　　　你自归泉壤，把孽污漂！

张少卿　岳父！

　　　　　（唱）常语道，虎共獒，

　　　　　　　　虽则凶毒，不食仔娇，

　　　　　　　　天伦情笃莫遗抛，

　　　　　　　　望岳丈慈恕宽饶！

伊载文　贤婿，她辱没你我家声，莫非你还要容她？

伊玉筠　（突然踩白绫）不！我本无罪！我本无罪！（冲出房门，下）

张少卿　夫人！（追下）

伊载文　来人啊，快拉住她！（追下）

　　　　　〔伊玉筠含泪奔上。

伊玉筠　（唱）【小石过曲·锦中拍】

　　　　　　　　惊心痛，严尊绝情苗，

　　　　　　　　紧煎迫，赴阴曹！

611

　　　　堪悲叹，人之命窈，

　　　　竟输比，灭情苛诏！

　　　　更堪嗟，降愆无辜玉瑶，

　　　　却旁视，毋将罪魁缉剿！

　　　　只落得，惨凄凄，心惶意劳，

　　　　万叠愁焦，千般恨恼，

　　　　这奇冤，如何申告！（愤然四奔，奔至衙门口，惊见众百姓）

　　［转场衙门口，众衙役持棍站立，一帮百姓交头接耳，议论纷纷。

　　［张少卿内喊："夫人！夫人！"上。

张少卿　　夫人，我们回去。（挽玉筠）

百姓甲　　她就是县夫人。

百姓乙　　忍辱偷生，真不识羞！

伊玉筠　　（冲向百姓乙）我并无罪过，为何不惩恶人，反来责我！

张少卿　　（上前阻止）夫人！

伊玉筠　　为何你们都要我死！我并无罪过！并无罪过啊！（痛哭）

张少卿　　夫人！（上前抱住玉筠）

百姓乙　　诶哟，她还有脸哭，要是我，早就撞死了。

百姓丙　　她看起来真可怜。

百姓乙　　可怜？谁叫她一个女人家，没事往山里跑，不知自重！

百姓丁　　听说她是去山里烧香，看来女人就不该上山。

百姓戊　　（笑）县太爷戴了好大一顶绿头巾！

张少卿　　（忍羞耻）夫人，我们回家。

伊玉筠　　家？家已经毁了……

　　　　［伊载文领众家丁上。

伊载文　　来呀，将小姐接回家暂住几天！

众家丁　是！

伊玉筠　（害怕地缩在少卿怀里）不！

张少卿　（护住）谁敢！衙役们！

众衙役　在！

张少卿　保护夫人！

众衙役　是！（持棍与伊府家丁对持）

　　　　〔王秀英内喊："玉筠，我儿！"哭上，抱住玉筠。

伊载文　夫人，你来这里做什么？还不回去！

王秀英　我再不来，难道要看你亲手逼死筠儿嘛！

伊载文　我这是维护家声！

王秀英　你真正疯了！

　　　　（唱）【小石过曲·锦后拍】

　　　　　　　觑着你弃天心把儿抛，

　　　　　　　痛煞老身做成焦。

　　　　　　　为甚的着疯把温善缴，

　　　　　　　着疯把温善缴！

　　　　　　　全不念断残烛，双鬓斑老，

　　　　　　　战冬霜，衰景已萧条。

　　　　　　　失兰女，割剸俺心窍。

　　　　（夹白）你休想哦！

　　　　　　　再残伤筠女分与毫！

　　　　你要害她，便先从我的尸首上踩过去！

伊载文　夫人，你糊涂啊！

　　　　（唱）【前腔】

　　　　　　　岂不知满盘输，只为错单招，

613

怎不念，阖族兴衰辱与褒。

（夹白）一旦堕落家声，伊家子弟哦，

宦途音缈杳，

女眷辈，寻吟桃夭，

许高门，终化梦遥迢。

伊玉筠　（苦笑）原来如此！

王秀英　（痛指伊载文）你你……你当真被利欲熏得天良全无！

张少卿　岳父，玉筠她哦，

（唱）既身入张家祠庙，

生荣亡败，无需君操劳！

伊载文　你们一个个！哎！（挥袖，领众家丁下）

百姓戊　看，老妻护着女儿顶撞丈夫。

百姓甲　还有女婿气走岳父，这场戏真精彩！

王、张　你们！

伊玉筠　（唱）【前腔】

觑众人，幸灾殃，讽言嘲，

岂唯吁叹世情薄。

到此时合该醒觉了。

王秀英　难道你们就没有妻女姐妹的吗！她只是去烧香，哪里晓得会遇
　　　　见恶人！你们不能如此对待我的女儿！（悲愤而泣）

　　　　［众百姓吞声不言。

伊玉筠　（内心无比平静）

（唱）透悟了，苛规足蒇，

等闲看，将碎语轻抛。

更何必，为无情着恼，

回眸萧瑟处，风雨自消。

众位乡亲，如今恶贼尚在逍遥，望你们守护妻儿，自加留神。
还有哪！我本无罪，要我代贼受刑，万万不能！母亲，官人，
我们回去。

[玉筠欲携母亲、丈夫下，身后突传一声呼唤。

女屠户 （呼喊）县夫人！

[伊玉筠回头。

女屠户 夫人，你没有过错！

伊玉筠 大姐！

女屠户 我只是个杀猪卖猪的粗人，不懂什么大道理，可我知道不能冤
屈好人！

百姓庚 夫人确是被害的呀。

[人群中有数人点头赞同。

女屠户 我最看不惯有些男汉，自家不中用，就知道叫女人去死！还有
些女的，偏要为难与自己一样的妇人！

伊王张 （感动）大姐！

女屠户 夫人，你莫把那些混账话儿放在心上，万事都过去了。

伊玉筠 多谢大姐！

[众百姓有的撇嘴，有的沉思，有的点头。

[一衙役内呼"大人，不好了！"急上。

张少卿 何事惊慌？

衙　役 城南出现一队马贼，他们杀烧掳掠，有一女子被奸污重伤！

百姓甲 噫！真是吓煞人喔！还是回家安全！（急下）

百姓乙 我们也散了吧！（与数位百姓下，留下部分百姓）

张少卿 众衙役，随老爷擒贼！

众衙役　是！

[百姓中突起一高声："大人！我愿随大人擒贼！"

[数位壮汉亦举手高喊"我也去！"

张少卿　多谢诸位！

（唱）【尾声】

泱泱队列龙吟啸。

玉筠母女　（唱）望警安危覆贼巢。

众　人　（唱）待凯旋归邪浊扫。

张少卿　众位随我来！（领众人匆匆下）

[伊玉筠、王秀英与剩下百姓悬望擒贼队伍远去。

——全剧终

何瑶琪　古典戏曲专业硕士，中国戏剧文学学会会员，椒江戏剧家协会会员。曾参加中国戏剧家协会小戏小品编导培训班、青年戏剧工作者培训班和中国戏剧文学学会全国戏剧编剧研修班。创作的小戏《伊人无罪》被中国戏剧家协会遴选为培优作品。已创作戏剧和影视剧本三十余部。戏曲剧本《易魂错身记》获得"2021戏剧中国"作品推选活动戏曲类最佳剧本奖，《生死二皇后》入选《2021浙江戏剧创作双年会剧本集》，《刺客情》获"研创·研途人生"创新创业大赛特等奖，《真假状元》获"研创·研途人生"创新创业大赛二等奖。

—明—

驿夜奇遇

水超露

时间： 明末，春夜

地点： 山东，新嘉驿

人物：

吴绍文　小官生，被贬谪的官员，三十左右

珍　娘　闺门旦，吴绍文的妻子，二十多岁

老驿卒　丑，新嘉驿的驿卒，五十多岁

老妇人　老旦，老驿卒的妻子，四十多岁

［明末，春，一个清冷的月夜。

［山东，新嘉驿的后院，有些萧条破败。

［院中有石桌石凳，院墙隐约可见题诗。

［老驿卒、老妇人端着酒菜上。

老驿卒 秀姑啊，听说那位青天大老爷已经在我们这个新嘉驿住下了，我们可要好好招待啊。

老妇人 是啊。人人都传说吴绍文吴老爷满腹经纶，才高八斗，更难得他爱民如子，两袖清风。只叹他性情耿直，权奸哪里能容得下。

老驿卒 就这样被贬了，要去那么偏远的北地，当一个小小的芝麻官。好人遭难，忠臣受冤，这是什么世道啊！秀姑，说起来，他还是你的同乡呢！

老妇人 因此我做的都是会稽特色菜肴。只是离家多年，不知是否旧时风味。不过眼下也只能如此了。

老驿卒 （指着酒壶）还有这会稽的黄酒，可是难得的！（打趣地）秀姑，不是我说，你们会稽净出名士才女、忠臣烈女。

老妇人 （亦笑）老头子，你休得取笑了。

［两人走着，老妇人注意到院墙上的题诗。

老妇人 这诗……

老驿卒 怎么了？这诗不都在了廿多年了。

老妇人 我是想，吴老爷如今境遇凄凉，见到这诗，只会更添愁苦。

老驿卒 （安慰地）不要想了，我们快把酒菜送去，多与他说些话，让他知道我们百姓总是尊敬他这样的清官也就好了。

老妇人 吴老爷一路北行，明天过了此驿，怕是连这样的酒菜也吃不上了。也罢，也算是尽了我们的一片心意了。

老驿卒 走吧。（两人下）

[吴绍文落寞地上，时而伫立，时而徘徊于庭。

吴绍文　（唱）【临江仙】

残月孤清相吊影，

哪堪寂寞飘零。

落英衰草满荒庭，

老鸦惊未定，

总是意难平。

小生吴绍文，谪迁路过山东，夜宿此新嘉驿，深宵难眠，好不烦闷人也！

（唱）【金络索】

浮生人似萍，

露冷寒霜凝。

万里关山，

何处是乡井？

谪迁远帝京，

愤填膺，

（怨）君主昏庸少圣明。

疏离贤士亲奸佞，

破碎山河谁支撑？

凄凉景，

伤春驿夜叹孤零。

想平生好梦难成，

难吐难倾，

掩面发悲鸣。

[珍娘已秉烛持衣上。

珍　娘　（唱）【卜算子】

　　　　　冷夜睡难稳，

　　　　　但剩奴只影。

　　　　　秉烛披衣寻觅君，

　　　　　（则见他）独立萧条径。

[珍娘默默走近，为吴绍文披上衣服。

吴绍文　珍娘……

珍　娘　老爷……春寒露冷，老爷保重身体。

吴绍文　是我连累了你啊。珍娘，一路风霜已是艰难，往后可怎么办哦……
　　　　时至今日，绍文已然绝望。其实我真想一死，可放心不下的就
　　　　是你啊。

珍　娘　老爷……

　　　　（唱）【金络索】

　　　　　夫君性至诚，

　　　　　贱妾何其幸。

　　　　　祸福相依，

　　　　　夫妇心相映，

　　　　　劝君止不平，

　　　　　歇悲声，

　　　　　贱妾微言你暂听。

　　　　　仕途艰险多泥泞，

　　　　　尚有诗词可寄情。

　　　　　良宵静，

　　　　　晚风拂面玉盘明。

　　　　　莫辜负月朗风清，

     天地常恒，

     （珍娘）盼你重坚劲。

吴绍文 你真诚勉励，一片好意，绍文怎会不知……（消沉之际突然发
    现院墙上的题诗，惊喜地）珍娘你快来看，壁上有诗。

珍 娘 （用烛火照明）是啊，还有序。

   [因年久字迹不清，加之灯光昏暗，两人只能仔细地辨读。

吴绍文 （念墙上的题诗）余生长会稽——

珍 娘 是你我同乡。

吴绍文 （继续念）幼攻书史，年方及笄，适于燕客。嗟林下之风致，
    事腹负之将军，加以河东狮子，日吼数声。今早薄言往诉，逢
    彼之怒，鞭箠乱下，辱等奴婢，余气溢填胸，几不能起。嗟乎！
    余笼中人耳，死何足惜。但恐委身草莽，湮没无闻，故忍死须臾，
    候同类睡熟，窃至后庭院，以泪和墨，题三诗于壁，并序出处。
    庶知音读之，悲余生之不辰，则余死且不朽。

珍 娘 （感慨地）看来是一个婚姻不幸、悲愤自尽的才女。

吴绍文 （念诗）银红衫子半蒙尘，一盏孤灯伴此身。恰似梨花经雨后，
    可怜零落不成春。

珍 娘 （念诗）终日如同虎豹游，含情默坐恨悠悠。老天生妾非无意，
    留与风流作话头。

吴绍文 （念诗）万种忧愁诉与谁，对人强笑背人悲。此诗莫把寻常看，
    一句诗成千泪垂。李秀题。

珍 娘 （唱）【前腔】

     读来万种情，

     缕缕丝丝心头萦。

     我配良人，

李秀多薄命。

老爷……

吴绍文　（接唱）伤心我如卿，

命何轻，

落魄穷途已惯经。

原来此恨为常永，

才子佳人惜惺惺。

多题咏，

和诗数首壁间呈。

（你）弃微躯青史留名，

（我）苟且偷生，

潦倒无依凭。

[吴绍文情难自抑，恸哭不止。

珍　娘　（劝慰地）老爷，绍文……

[老驿卒、老妇人端着酒菜，循着哭声寻上。

老驿卒　（见状急忙把酒菜放到石桌上，上前劝慰）这位就是吴绍文吴
　　　　老爷么？（珍娘点头）原来在这里。夫人，老爷他为何这样伤
　　　　心啊？

珍　娘　老爷他见诗伤情，不禁落泪，劝解不住，惊扰了二位，还请恕罪。

老驿卒　不不不！吴老爷，老汉我是新嘉驿中一个小小的驿卒。听闻老
　　　　爷遭遇，十分同情，知道老爷今夜住宿在此，与我家秀姑略备
　　　　酒菜，前来拜见。（与老妇人跪拜）

珍　娘　（忙扶）快快请起！（欣慰地示意吴绍文）老爷，你看……

吴绍文　（忙背身拭泪）惭愧啊惭愧。

老妇人　老爷，你既是为诗落泪，可知这诗是何时所题？

吴绍文　实是不知啊。

珍　娘　看墨迹略有残缺，想来也有些年数了。

老驿卒　是啊，这诗已有廿多年了。

珍　娘　（稍惊讶）廿多年了？竟能保存得如此好啊。

吴绍文　那位题诗的女子呢？她的坟墓现在何处？

老妇人　不，她没有死。

吴绍文　没有死？你怎知道？（打量老妇人后，似有所觉察，难以置信地）
　　　　你——

老妇人　老爷，你眼前衰老平常农家妇，正是当年壁上题诗人。老爷若
　　　　是不相信，夫人请看，我额上犹存伤疤痕。

老驿卒　（略感骄傲）廿多年前，就是秀姑她在这墙壁上写的诗啊。

吴绍文　（震惊地）你就是李秀？（不解地）你怎会——

老妇人　老爷，一言难尽啊。

　　　　（唱）【前腔】

　　　　　　　半生血泪凝，

　　　　　　　乱世兼贫病。

　　　　　　　（那日）受辱含悲，

　　　　　　　自到抛微命，

　　　　　　　将军弃我行，

　　　　　　　谢神灵，

　　　　　　　驿卒收尸（惊觉）我尚生。

　　　　　　　（他）延医问药三年整，

　　　　　　　（从此后）共苦同甘两心诚。

　　　　就这样相扶相持过了廿多年了。

吴绍文　原来如此。

（接唱）真堪庆，

　　天怜弱女遇救星。

　　（暗叹她）红颜老两鬓添星，

　　（真个是）岁月无情。

[吴绍文实在无法把眼前的老妇人和想象的年轻才女李秀对应起来，一时竟不知道如何开口称呼，又为李秀出乎意料的未死而感到莫名的失望和愤怒。

吴绍文　既已绝望题诗句，

　　（接唱）怎可轻偷生？

老驿卒　（有些气愤）吴老爷，你这是什么话？难道秀姑就不能好好活着吗？老爷你不知道，我以前是怎么把她劝回来的。

吴绍文　我——

珍　娘　老人家不要动气了。

老妇人　老爷，你说我是"偷生"，你可知这"偷"是何意？当年悲愤求死，题诗以寻知己，自是际遇使然，情之所驱。如今粗茶淡饭，平凡寻常度日，亦是际遇使然，情之所驱。生有何难，死也容易。生死皆为平常，一身本不足惜。何苦太过看重，纠结犹豫，反而辜负了世间良辰美景，忽视了人间真情真意。因此廿多年来未曾消除壁上诗句，以自身经历劝勉世人，警醒自己。

吴绍文　听君一席话，顿使绍文豁然开朗。绍文心思狭隘，远不如你超脱达观。李秀——（坦然地称呼）大娘，你陈情说理，现身说法，颇费苦心，我实为感激！（行礼）

老妇人　不敢当。

老驿卒　老爷，你能想明白就好。你看，夫人对你多好。

老妇人　（端起酒菜）老爷，夫人，这是我做的会稽菜肴，特来奉与老爷、夫人，以慰思乡之情。

老驿卒　（指酒）这是以前向过路的会稽人买的黄酒，藏了十多年了，总舍不得喝，今天献给老爷。（在石桌上摆好酒菜）

吴绍文　这如何使得！快坐下，共饮一杯吧。

珍　娘　请坐。

老驿卒　这……（略作推辞后，四人同坐，倒酒，举杯）这劝酒的诗句我也听了不少！老爷，劝君更尽一杯酒，西出阳关无故人。

老妇人　老爷清名，百姓皆闻。应该是莫愁前路无知己，天下谁人不识君！

老驿卒　对对对！提起老爷，谁不是这个啊！（竖大拇指的手势）莫愁前路无知己，天下谁人不识君！老爷。（复举杯）

吴绍文　请。

［四人一饮而尽。

吴绍文　今夜新嘉驿里逢奇遇，明日北谪途中振精神。多谢！

——全剧终

水超露　福建师范大学戏曲学艺术硕士。曾任绍兴市越剧团编剧，现为宁波市鄞州区越剧团编剧。作品获福建省第 28 届戏剧会演剧本征文三等奖、福州市第 26 届戏剧剧本征文二等奖、2022 年长三角地区小戏小品剧本征集二等奖等奖项。越剧《陈婆一渡越千年》《八行先生》等由鄞州越剧团演出。"同唱一台戏"2022 越剧春晚、第二十届越剧大展演开幕式等撰稿；"同唱一台戏"2023 越剧春晚主题曲等作词。

—清—

聊斋先生

董璐瑶

时间：康熙四年至康熙五十四年

地点：蒲家村、淄川林间小路、济南贡院

人物：

蒲松龄　小生

蒲　槃　老生，蒲松龄之父

狐　妖　闺门旦

刘　氏　正旦，蒲松龄之妻

乡人蒲二　末

看门人甲　丑

看门人乙　丑

楔　子

［康熙四年，仲春时节，蒲家书房。

［蒲松龄上，蒲槃随上。

蒲松龄　　（唱）【北南越调引子·浪淘沙】

　　　　　　　十载伴青灯，

　　　　　　　学识加身。

　　　　　　　场中翰墨写精神，

　　　　　　　不齿旧词裁别论，

　　　　　　　但愿（折取一）枝春。

蒲　槃　　松龄，你当真以叙事入考题？糊涂啊你。

蒲松龄　　爹，孩儿一进考场，顾忌全忘，脑中所想一笔成章。

蒲　槃　　科考岂容你任凭喜好？八股文章，应制而作，别出新意，只会
　　　　　自耽前程。

蒲松龄　　若此次未能入选，下回定当注意。

蒲　槃　　（无奈）哎。你近来读了哪些书？

蒲松龄　　（稍顿）四书五经和朱子注疏罢了。

蒲　槃　　（拿起架上《搜神记》）我看这庄子拾遗，搜神幽冥，你倒读
　　　　　的勤快。

蒲松龄　　（紧张）博览群书，方能以增见解。

　　　　　［内喊：蒲叔，蒲叔。

　　　　　［乡人蒲二上，蒲氏父子出迎。

蒲　二　（递上生员录取名单）蒲叔，好消息，松龄院试第一！

蒲松龄　（急忙接过名录，看罢递与蒲槃）爹……

蒲　二　听他们说，这县府道三试第一叫什么"小三元"来着。蒲叔，
　　　　下次若中个"大三元"，岂不是状元及第！

蒲松龄　蒲二，今日有劳，此话休得再说，科举之路，道阻且长。

蒲　二　人生得意须尽欢嘛，咱蒲家村好歹是要出个举人了，我让大家
　　　　都高兴高兴！（朝内）蒲三叔，蒲六嫂……

　　　　〔蒲二下。

蒲　槃　（仔细翻看名录）好啊，好，好……

蒲松龄　爹……

蒲　槃　不枉十年黄卷青灯

蒲松龄　势取来年金榜题名

　　　　〔灯渐暗。

第一折　狐妖初探

　　　　〔康熙五年，夏末初秋，淄川林间小路。

　　　　〔入夜，月色如洗。

　　　　〔蒲松龄提酒壶，步履踉跄上。

蒲松龄　功名难求，落榜自羞，何以解忧，唯有一壶清酒。今儿这月亮
　　　　怎么，怎么多出一个，如此奇闻，定要记下，笔呢（摸遍全身
　　　　上下，从怀中掏出一支笔）墨呢？（转圈跌倒）真真的天旋地转，
　　　　又是一宗异事。

　　　　〔狂风忽起，树倒枝歪。

［一道白影迅疾闪过。参天老树旁，烟雾升腾，待烟消雾散，卒然立着妙丽狐妖。

狐　妖　（唱）【南双调引子·夜行船】

　　　　寂寞青丘辜妙龄，

　　　　历千载化得人形。

　　　　望断幽冥，

　　　　终得灵性，

　　　　寻遍人间芳径。

　　我乃青丘得道白狐，众姊妹们修成人形后，沉迷人间，听闻那凡尘俗子困于七情六欲，耽于贪嗔痴念，桩桩件件听来煞是好玩。恰逢此间书生搅扰我游赏意趣，待我戏耍他一番。

蒲松龄　（酒醒，壶已空）酒喝多了，难怪幻觉频生。诶（擦眼）天降仙姑，莫不是眼花。

狐　妖　路遇呆子，由不得捉弄。（思忖）怎的捉弄好？（欣喜）有了。都说十个男人九个色鬼。（整妆走近，递出玉手）先生，请起。

蒲松龄　仙……仙姑，不敢。

狐　妖　肉体凡胎，莫叫我仙姑。

　　　　［蒲松龄连忙起身，不想狐妖故意摔倒。

蒲松龄　姑娘，小心。

狐　妖　怎不拉我起来？

蒲松龄　这……

　　　　［蒲松龄拾起树枝，让出一头拉她起身。

狐　妖　好似摔着筋骨了，不知先生可否扶我一程，到前面亭子一坐，如无大碍，先生尽可归去。

　　　　［狐妖正欲牵扯衣袖，蒲松龄躲闪，狐妖扑了个空。

蒲松龄 　姑娘玉体，不敢玷污。（用树枝牵引往亭中去）姑娘请坐。

　　　　〔狐妖落座故作检查状，蒲松龄远远坐于另一侧，狐妖靠近一寸，蒲往旁边腾挪一寸，挪着挪着把自己挤了下来。

狐　妖 　（欲扶）先生，请起。

蒲松龄 　（甩袖拒绝）姑娘自重。天色已晚，妻儿正待我归去，姑娘如无大碍，也请早日归家，以免高堂忧心。

狐　妖 　（嗤笑）父母早已仙逝，家中只我一人，住在前面万安宅中，先生可前往，稍饮一杯酒。

蒲松龄 　酒就不必了，既然姑娘家在前方，就此告辞。

狐　妖 　先生留步。

　　　　（唱）【南南吕·宜春令】

　　　　　　　藤缠树，

　　　　　　　凤栖梧，

　　　　　　　菟丝花（恰）逢女萝无。

　　　　　　　春风几度，

　　　　　　　觅得良人巫山（共）赴。

　　　　（蒲松龄接唱）俺妻子身弱影孤，

　　　　　　　早结发守家辛苦。

　　　　　　　（厚爱）难承，

　　　　　　　心有所属，

　　　　　　　莫将（深）情误。

狐　妖 　以色相诱竟不为所动。既不贪色，必定爱财。（向蒲松龄）先生一片赤诚，小女冒犯，还望谅解。哎呀，地上有个包裹。

蒲松龄 　荒郊野岭，定是赶路人落下了。

狐　妖 　（捡起包裹打开）这……金子银子好生晃眼。

蒲松龄　奇怪……

狐　妖　小女家境尚可，看先生衣弊履穿，四下无人，这些财宝不如就留给先生吧。

蒲松龄　路不拾遗，这不得行。

狐　妖　此番落第，需待三年之期，可曾备足笔墨纸砚？

蒲松龄　文房四宝，还剩几张纸薄。

狐　妖　秋冬将至，妻儿父母在家，茅屋能否挡风避雪？

蒲松龄　寒屋破壁，每每穿风漏水。

狐　妖　食指日繁，又遇旱蝗之灾，缸中是否尚存余粮？

蒲松龄　典衣当物，依旧缺粮少蔬。

狐　妖　如此，先生就算不为自己着想，又怎忍心任家人如此窘迫。若疑心有诈，你我各分一半，你拿些给嫂嫂添补家用。先生宽心，我必不会告与他人。如此财宝，丢失之人必定大富大贵，况且我们不拿，也迟早叫旁人拿去。

　　　　[狐妖把包裹塞进蒲松龄手中。

蒲松龄　（唱）【前腔】

　　　　　　金包裹，手中握，

　　　　　　坠沉沉心头似灼。

　　　　　　家中落魄，

　　　　　　富贵垂手有何（不）可。

　　　　（夹白：不，不）再思量此计偏颇，

　　　　　　昧良心终结苦果。

　　　　　　难安，

　　　　　　非己之利，

　　　　　　纤毫勿夺。

狐　妖　　这人胆子忒小了些。若我道出真相，看不把他吓得个魂飞魄散。

　　　　　　（向蒲松龄）先生，你不好奇我为何今夜突然在此处，又如何
　　　　　　将你家中情况一一道来？

蒲松龄　　（环绕一圈）莫非真是蓬莱仙姑？

狐　妖　　（轻笑）非也。你仔细些瞧。先生，我是妖。

蒲松龄　　（连退三步）不会仍是幻觉吧！（扇了自己两个巴掌）

　合　　　（唱）【绣带儿】

　　　　　　（狐妖）惊慌样不出所料，

　　　　　　　　　羞（煞）人·魂魄飞抛。

　　　　　　（蒲松龄）闻异香染袖难消，

　　　　　　　　　怕惊扰不住偷瞧。

　　　　　　（狐妖）无聊，

　　　　　　　　　掩掩遮遮忒胆小，

　　　　　　　　　罢兴致他经不（起）考。

　　　　　　（蒲松龄）失难再她身轻易逃，

　　　　　　　　　梦寐成真（乃）上天感召。

狐　妖　　先生，后会有期。

蒲松龄　　且慢，你当真是妖？

狐　妖　　不曾虚造。

蒲松龄　　哈哈哈哈，松龄三生有幸！

狐　妖　　咦，他却不怕？

蒲松龄　　有个冒昧之情，不知姑娘能否稍留片刻，为在下答疑解惑。

狐　妖　　好生稀奇，这人非但不怕，还要缠着我问问题。

蒲松龄　　姑娘是何妖？

狐　妖　　我乃青丘白狐。

蒲松龄　如此说来，《山海经》所载果然非虚。那狐可会食人？可有九尾？何时可化人形？

狐　妖　你当真不怕我？

蒲松龄　姑娘有所不知，在下才非干宝，雅爱搜神；情类黄州，喜人谈鬼。妖鬼固然可怕，但人间的强贼恶盗、虎官狼吏岂非更令人不寒而栗。

狐　妖　此等觉悟凡人难有，先生高见。有一事……虽天机不可泄露，但也想多嘴一句，劝先生看开些，命里无时莫强求。

蒲松龄　何事？

狐　妖　今日解酒消愁之事。

蒲松龄　（惊）松龄考学，不过一次，人生漫漫，岂看一时。古往今来，大器晚成者，俯拾皆是。松龄自知并非慧敏，但坚信天道酬勤。

狐　妖　先生自有一番成就，又何必执着于此？

蒲松龄　（唱）【前腔】

> 世人道男儿志向，
>
> 功名二字为上。
>
> 谁能逃利锁名缰，
>
> 纵身死（换）紫绶金章。
>
> 何妨，
>
> 古今才俊都这样，
>
> 报椿萱唯独科场。
>
> 寒门士百经风霜，
>
> （只求）脱白挂绿名登榜上。

狐　妖　罢了，执念深耕，痴性常恒。（天渐亮）山川欲晓，人迹将到，就此别过，先生保重。

蒲松龄　姑娘，刚才那几个问题你还没回答我呢。

［狐妖下。林间射出万丈金光，蒲松龄被阳光照得睁不开眼，回过神来，却见四野苍茫，寥无一人。蒲松龄轻闻衣袖。

蒲松龄　　（疑惑）方才究竟是梦是真？（鸡鸣声响）归家去归家去。

——全剧终

董璐瑶　本科毕业于浙江大学汉语言文学系（影视与动漫编导方向），硕士毕业于北京电影学院电影系，现就职于永嘉昆剧团。

—清—

绿玉斗

杨由之

时间： 清代

地点： 北京

人物：

妙　玉　旦，苏州人，因病出家，贾府大观园栊翠庵
　　　　　中带发修行的尼姑

宝　玉　生，荣国府公子

妙　音　贴旦，自幼服侍妙玉，后随妙玉出家

黛　玉　小旦，籍贯苏州，后被荣国府收养

忠顺亲王　净，荣国府之政敌

来　福　丑，忠顺亲王之随从

　道　　外，渺渺真人

　僧　　末，茫茫大士

太虚幻境十二仙娥　杂，太虚幻境的仙女

楔　子

[太虚幻境十二仙娥上。

太虚幻境十二仙娥　（唱）【世难容】

气质美如兰，

才华阜比仙，

天生成孤癖人皆罕。

你道是啖肉食腥膻，

视绮罗俗厌；

却不知，

太高人愈妒，

过洁世同嫌。

可叹这，

青灯古殿人将老；

辜负了，

红粉朱楼春色阑。

到头来，

依旧是风尘肮脏违心愿。

好一似，无瑕白玉遭泥陷；

又何须，王孙公子叹无缘。

[十二仙娥下。僧、道上。

道　（念）来无影，

去无踪，

青梗峰下倚古松。

僧 （念）欲追寻，千万重，入我门来一笑逢。

僧 道兄别来无恙？

道 贤弟又往何处度化红尘？

僧 那姑苏城中，离恨天太虚幻境痴梦仙姑、度恨菩提皆应劫投生至此。奈何凡体娇弱，哎！既堕入红尘之中，食五谷杂粮，岂有不病之理？只好前往度化一二。入我佛门之中，此病方消，此劫方了呵。

道 痴梦仙姑是哪个？度恨菩提又是何人？

僧 那痴梦仙姑么，正是姑苏林黛玉，只是家人难舍，此病无可奈何了。度恨菩提么，正是蟠香寺新近出家的妙玉了。阿弥陀佛，她却肯抛却官宦出身，如此，她的病么，暂是了了。

道 贤弟正是慈悲心肠呵。

僧 她二人，一是公侯小姐，一是槛外之人。

道 槛外槛内，一仙一俗。

僧 那妙玉，正是出家的黛玉，

道 那黛玉呵，正是未曾出家的妙玉。

僧 名虽两个，魂则一体。

道 尘缘皆从此病而起，亦从此而终。

僧 奈我费心筹划，尘缘未了，此劫难逃。

道 贤弟为此红尘俗事费心作甚？难道忘了警幻仙姑所托？

僧 道兄此话正是。罢了！不免教她二人同渡此劫，同归离恨，也可有个交代了。

道 有理。喏喏喏，贤弟且看，那碧桃花开得正好呵！

僧　　果然呵！不免与道兄同赏去罢。

道　　（唱）来无影，

　　　　　　去无踪，

　　　　　　青埂峰下倚古松。

僧　　（唱）欲追寻，

　　　　　　千万重，

　　　　　　入我门来一笑逢。

[同下。

第一齣　乞　梅

[妙音上。

妙　音　（唱）【懒画眉】

　　　　　　山门云堂怎常扃，

　　　　　　柳梢梅萼渐分明。

　　　　　　终岁只闻木鱼声，

　　　　　　人老王舍城。

我，妙音，本是姑苏人氏，自幼服侍小姐……

[掩口。

啊，服侍妙玉师父。后随师父到这天子脚下，大观园栊翠庵中
带发修行。再过几日便是上元佳节，只与我这出家人再无干系。

（唱）寒风吹彻玉箫冷。

（念）啊，师父诵罢经了。

［妙玉上。

妙　玉　（唱）【前腔】

三千世界岂无尘，

菩提树下证梵音。

也忆姑苏花月影，

（好）梦断送瑶京。

妙音，我身子乏了，拿盏茶来。呀，下起雪了。

（唱）撒盐飘絮只纷纷。

妙　音　师父，这红梅煞是可爱，可还要同旧年一般，收这梅花上的雪么？

妙　玉　此处尘土重些，怎可与江南相较，不必了。

［妙音持绿玉斗斟茶，妙玉饮茶介。

［宝玉上。

宝　玉　（唱）【前腔】

酒酣意起寻芳春，

凉蟾光莹照飞琼。

呀！开得好红梅也。

葳蕤一点娇心冷，

（却是）悄至蓬莱径。

我，宝玉，大观园中怡红公子也。今日大雪纷纷，搓粉揉玉，众姊妹饮酒联诗，好不快活。偏我联句落第，便罚我到这栊翠庵中向妙玉师父乞红梅一枝。嘻！不求大士瓶中露，为乞嫦娥槛外梅。

（唱）莲台佛铃一声声。

［宝玉叩门。

宝　玉　小生宝玉，乞见妙玉师父。

妙　音　师父，有人叩门。

妙　玉　是谁？

妙　音　仿佛是怡红院的宝二爷。

妙　玉　宝玉？请进来罢。

　　　　（唱）【前腔】

　　　　　　　孤芳从来照闲庭，

　　　　　　　无意争春引东君。

　　　　　　　怡红公子怎相问，

　　　　　　　惊疑只暗生。

　　　　[宝玉揖。

宝　玉　师父有礼。如此月夜，正宜清修，惊扰了。

　　　　[妙玉还礼。

妙　玉　不知怡红公子到访，却是为何？

　　　　（唱）勤拂镜台莫染尘。

宝　玉　小生方才行来，见栊翠庵中，几株红梅甚是娇艳，众姊妹托我
　　　　前来乞红梅一枝，以为岁寒清供。

妙　玉　众姊妹么？

宝　玉　林妹妹还道……

妙　玉　林姑娘说什么？

宝　玉　林妹妹说，幼时常常听闻，姑苏城外香雪海梅花开得好，虽难
　　　　相较，到底稍解思乡之情。

妙　玉　这话是了。唉，思乡之情么……罢了，我便折一枝与你。若只
　　　　是你要，我断不与的。便是为全我与林姑娘的同乡之谊呵。

　　　　（唱）【朝元歌】

　　　　　　　乡情怨情，

灵刹谁相问？

兰因慧因，

前缘怎相嗔。

宝　玉　妙师焚得好香吓！

妙　音　是柏子香。

　　　　[妙玉惊。

妙　玉　（唱）炉香乍热，

　　　　　　法界蒙熏，

　　　　　　此是诚意方殷。

　　　　（念）与我行来呵！

　　　　（唱）素蕊孤影，

　　　　　　蜂儿蝶儿岂能并。

　　　　　　玉骨立空庭，

　　　　　　芳姿自掩门。

　　　　　　（自然是）莲台清静，

　　　　　　寒梦里不见春深，

　　　　　　怎见春深！

　　　　[妙玉折梅介。

妙　玉　只此一枝，再没有了。

　　　　[宝玉笑接梅花介。

宝　玉　这个自然。多谢妙师呵！

　　　　（唱）【前腔】

　　　　　　钟声鼓声，

　　　　　　栊翠总难近。

　　　　　　俗身凡身，

怡红访无凭。

三界蒙恩，

十方清净，

谢过慈悲方寸。

妙　玉　言重了。

宝　玉　看这梅花呵！

（唱）虬枝旁分，

蟠螭僵虬总相横。

胭脂点绛唇，

兰蕙意难平。

（莫不是）瑶台清芬，

（念）妙师吓！

（唱）定是你偏重冰魂，偏重冰魂。

妙　音　正是呢，满院里我师父只爱这几株梅花哩。

妙　玉　妙音，休得多言。呀，他倒发觉我偏爱梅花。

宝　玉　如此，小生不扰妙师清静，告辞了。

妙　玉　公子自便。

　　　　〔妙玉咳嗽。

　　　　〔宝玉转身。

宝　玉　冬日天寒，妙师缁衣单薄，快请进去罢。

妙　玉　不妨。

　　　　〔宝玉持梅下。

妙　玉　（唱）【前腔】

（听得他）语温意温，

字字皆有心。

（见他）刀鬓玄鬓，

（又如何）妙目（儿）总含情。

（我也）寻常听闻，

（他）常远翰墨，

却总是近钗裙。

（我）难掩疑云，

莫非是登徒心性。

[幕外音叩门声。

幕外音 妙玉师父，妙玉师父，宝二爷吩咐给您多送些炭来，已使小厮放至山门外了。

妙 音 师父，常言道：锦上添花易，雪中送炭难。这府里上上下下一个富贵心，两只体面眼，难为宝二爷记挂着，师父莫要多心了。

妙 玉 他倒心里明白，只放在山门外了。

（唱）（他）也句（句）含恭谨，

难为（他）意殷殷。

妙音呵。

（唱）（倒不如）付与瑶琴，

弦儿里再觅知音，

再觅知音。

取琴来。

妙 音 是。

妙 玉 妙音，方才宝玉是一个人来的么？

妙 音 并未见人随侍。

妙 玉 我倒未及说，雪天路滑，小心行走。

[妙玉抚琴。

妙 音 （唱）【前腔】

  （听她）三声两声，

  且喜得知音。

  （知她）意冷口冷，

  谁道总无情。

  （道是）孤高难容，

  槛外畸零，

  实是闺阁心性。

  （她）独伴青灯，

  幸有惺惺惜惺惺。

  千金无凭准，

  难觅知心人。

  （果然是）苍天垂听，

  稍解她青春愁闷，

  青春愁闷。

  正是：

妙 音 （念）寂寞青灯形对影

妙 玉 （念）人生乐在相知心

第二齣　叩　芳

［妙玉上。

妙　玉　（唱）【绕池游】

　　　　　　日长风袅，

　　　　　　柳絮吹还少，

　　　　　　恁莺燕归来甚早？

　　　　〔妙音上。

妙　音　（唱）翠浓红消，

　　　　　　桑熟杏小，

　　　　　　渐春归春愁难涴。

妙　玉　掩重门落花纷纷，怕黄昏竟过黄昏。掌灯时分了，妙音，随我
　　　　做晚课去罢。

妙　音　师父，今日是宝二爷寿辰呢。师父不去贺寿么？

妙　玉　今日么？

妙　音　听小丫头说，今日他们在红香圃热闹了一日呢。

妙　玉　啊……我等出家人，怎好前去。下个帖儿，你送去怡红院便了。

　　　　〔妙音喜介。

妙　音　师父，我去么？呀，正值暮春时节，早听闻那芍药花儿开得正好，
　　　　如此正好耍子。

妙　玉　痴丫头转来。你这一去，怕是又要贪玩了。罢了，我与你同去。

妙　音　师父同去么？

妙　玉　同去。

妙　音　师父果然么？

妙　玉　果然。

妙　音　如此也好，也好。

妙　玉　只是……

妙　音　只是什么？

妙　玉　　只是我等出家人，岂可让闲人多话。绕小路去罢。

　　　　　　　［妙音悄声介。

妙　音　　如此正好，岂不是能多游玩片时。呀，师父，我服侍你更衣。

妙玉、妙音　（唱）【步步娇】

　　　　　　　　寂寞禅房春难到，

　　　　　　　　（偏）误嫣然桃萼。

　　　　　　　　趁韶景未凋，

　　　　　　　　偷问娇娆，

　　　　　　　　暗寻红药。

妙　音　　师父小心。

　　　　　　　［妙玉、妙音行路。

妙　玉　　（唱）（把）戒律暂时抛，

　　　　　　妙音呵，

　　　　　　（唱）休向菩提告。

妙　音　　省得。

妙　玉　　呀，看这槛内风景——纵有芍药归未晚，犹觉芳事半阑珊。

妙　音　　来此正是沁芳闸桥了，师父慢些。

妙　玉　　（唱）【醉扶归】

　　　　　　　　（可见这）碧波盈（盈）向谁家绕，

　　　　　　　　（便）荡悠（悠）将红瓣全抛。

妙　音　　师父，这芍药花儿开得好呢。

　　　　　　（唱）（怎闻得）玉人哪处教吹箫，

　　　　　　　　（知）为谁生这（桥）边红药。

妙　音　　这便是红香圃了，那云姑娘酒醉，在那石上睡了一遭哩。

　　　　　　（唱）（却原来）枕霞旧友更眠芍，

（空余我）冷月来相照。

妙　玉　妙音，好个暮春景致呵。

妙　音　那丁香花儿开的好哇。

妙　玉　芭蕉不展丁香结，同向春风各自愁。

妙　音　师父，莫要错过那荼蘼花儿呵。

妙　玉　已负海棠桃李了，再三莫要负荼蘼。

妙　音　师父，那山子煞是有趣哩。

妙　玉　山子么？

妙　音　从前府里有个大花园，也有个大山子哩。正是老爷奶奶从太湖畔寻来，师父可曾记得？

妙　玉　从前么？我……不记得了。

妙　音　喏喏喏，这月光照在石上，好看得紧呀。呀，只是细细看来，还是府里那块更好看些呢。

妙　玉　我从前有病缠身，未曾去过那花园。想来从前那块太湖石，也是我老爷奶奶费心寻来的呵。只可惜，老爷奶奶为我的病生出许多忧愁烦闷，纵我出家后身子好了，亦未曾解得半分，竟一病而亡。那太湖石零落何处，府中花园又是何等光景！怕不是与我各自天涯，岂有相会之期！唉，妙音，倘若我未曾遁入空门，想是此刻，也在那大花园内与你游赏片时。此时彼时，此园彼园，教我好不伤心也！

（唱）【皂罗袍】

（想）旧苑残春谁吊，

怕湖山石畔，

冷雨潇潇。

本合绣户赏多娇，

偏生黄卷催人老！

（恨只恨）青灯古殿，

灵山路遥；

（说什么）高堂明镜，

红樱绿蕉！

（恁般）闲愁更向何人道？

妙　音　前面便是潇湘馆，师父可要与林姑娘叙话片时？

妙　玉　林姑娘也是父母早去了的人呵，又如何能劝慰的了我。

妙　音　唔……啊呀师父，师父既视宝二爷为知己，莫若到了怡红院请二爷开解开解？

妙　玉　我等出家人，怎好夜半与他人闲话。

妙　音　啊呀师父，师父亲自去送个帖儿，难道宝二爷不留师父喝一杯茶么。

妙　玉　此话也是。

妙　音　呀，师父，这是从哪里飞来的花瓣儿，正落在你眉间呢。

［妙玉欲拂去花瓣。

妙　玉　哪里？

妙　音　呀，师父，平日里不见你妆饰半分，这花瓣儿倒为你更添颜色。

妙　玉　果然么？

妙　音　果然哇。

妙　玉　（唱）【好姐姐】

魂销，

（你）偷怜玉貌，

谁知我青春年少。

（欺）寿阳钿小，

映着眉月（儿）高。

妙 音 呀，哪里来的一阵风，那花瓣儿被吹到溪里去了。

妙 玉 竟不知这水去向何处，想来外头尽是不洁之地。

（唱）悄难料，

飘飘荡荡行踪杳，

（好一似）玉粹金昭陷泥淖。

妙 音 呀，来此已是翠烟桥了。前头便是怡红院，师父，我们过去罢。

[幕后作唱【赏花时】声"翠凤翎毛扎帚叉"，妙玉痴坐于桥边石上，由喜转悲。

妙 音 呀，怪道行来不见人影，原是他们在此夜宴哩。唱得好哇。

[妙玉犹喃喃。

妙 玉 你与俺眼向云霞，你与俺眼向云霞……若迟呵，错教人留恨碧桃花，错教人，留恨碧桃花！

妙 音 师父，师父？我们过去罢。

妙 玉 不必了。那夜宴必是酒肉腥膻，我等出家人还是眼向云霞为好。佳宴已误，又何必错恨那碧桃花儿。唉，我身子乏了，妙音，随我回去罢。

妙 音 那帖子……

妙 玉 我改一二个字儿，等他们散了，再遣人送去罢。

（唱）【尾声】

云霞岂误愁难了，

（便）吟罢残春恨未销。

（怎叹这）寂寞莲台春去渺。

[下。

第三龂　梦　黛

[妙玉上。

妙　玉　（唱）【商调引子·凤马儿】

　　　　　　露冷烟寒几番秋，

　　　　　　别宾雁暗生愁。

[妙音上。

妙　音　（唱）隔帘素影临香砌，

　　　　　　悄窥霜娥，

　　　　　　空对碧琼瓯。

妙　音　蟋蟀早归去，海棠犹未眠。师父，已是三更了，我服侍你安歇罢。

妙　玉　唉。如今正是多事之秋，教我怎能安枕。

妙　音　师父莫要多虑了。我听说么……

妙　玉　什么？

妙　音　林姑娘今日倒能吃进药了，想来就要大好了。宝二爷么……啊呀师父，你常说"我等乃出家人"，这凡尘俗事不说也罢，不说也罢。

妙　玉　痴丫头，休教我恼你。

妙　音　师父莫怪，师父莫怪。我听说，宝二爷已将三姑娘送到了那西海沿子，不日便将归来了。

妙　玉　阿弥陀佛，但愿他平安无事。

妙　音　如此，师父可安寝了罢？

妙　玉　正是。我稍眠片时，不可误了早课呵。

　　　　〔妙玉睡下，妙音下。

　　　　〔一僧一道引宝玉、黛玉梦魂上。

黛　玉　呀，说好请我们吃茶，她却在此处偷眠。

宝　玉　妙师醒来，妙师醒来。

妙　玉　呀，香尽玉筹，露残银漏。我方睡下，天色竟已大亮。妙音哪里？妙音哪里？有客前来，怎的不知会我。

黛　玉　不忙。妙师约了我吃茶，难道尽忘了么？

宝　玉　不必唤妙音了，妙师只把给林妹妹的体己茶也与我尝尝罢。

妙　玉　我何曾唤你来？

宝　玉　若妙师慈悲，我便也不谢你，只谢我那妹妹罢了。

妙　玉　此话明白。

　　　　〔妙玉烹茶、奉茶。

妙　玉　黛玉，这是点犀盉，可合你心意么？

　　　　〔黛玉品茶。

黛　玉　果然好茶呀！

　　　　（唱）【二郎神】

　　　　　　　登云岫，

　　　　　　　润香肌清风暗透。

　　　　　　（莫不是）旧雨霏霏藏玉瓯？

妙　玉　（唱）流华香浮，

　　　　　　　甘霖顾影应羞。

黛　玉　（唱）（莫不是）嘉醴潺潺涤六垢？

妙　玉　（唱）岂不闻幽芳盈袖？

　　　　　　　忑怨尤！

（原是我）取寿阳花前玉絮儿收。

黛　玉　原来如此。此茶入喉，清凉顿生。也只有你有如此慧心。

妙　玉　此正是我从前在香雪海旁蟠香寺修行时所收，北地之雪岂有如此清洁芳香。

黛　玉　香雪海么……如今我离乡千里，竟不知此刻有如此机缘。多谢你。

　　　　［黛玉垂泪。

宝　玉　林妹妹既已品了，妙师，我也来讨一杯罢。谢过妹妹大恩，谢过妹妹大恩。

　　　　［宝玉向黛玉作揖，黛玉由悲转喜。

妙　玉　只是么……

宝　玉　什么？

妙　玉　没有你的茶杯了，只有我用的这绿玉斗了。你可吃得？

　　　　［妙玉奉茶。

　　　　［宝玉品茶。

宝　玉　多谢妙师慈悲。

妙　玉　（唱）【前腔换头】

　　　　　　惊羞，

　　　　　　千般脉脉，

　　　　　　皆倾玉斗。

　　　　　（却见他）俊眼盈盈逢玉偶。

　　　　　　芳情怎剖，

　　　　　　似曾越女寨舟。

　　　　　　无奈祇园难问柳，

　　　　　　倩谁知幽思春瘦。

> 意悠悠，
>
> 既下眉头呵又上心头。

宝　玉　妹妹，既已品罢香茗，莫要误了妙师清修，随我去向老太太请安罢。

黛　玉　你且在廊下等等我，我就来。

宝　玉　晓得。饮罢体己茶，又有体己话。妙师拜揖，告辞了。

妙　玉　慢走。

　　　　[宝玉下。

妙　玉　黛玉，你的病可好了？

黛　玉　已大好了。妙玉，倘若我从前听了那和尚的话，如你一般遁入空门，想是能早些儿好了。

妙　玉　莫要多思，好生将养要紧。

黛　玉　多谢你常来潇湘馆探我。千里之外，乡音难闻。幸得与你煮茶操琴，好不快意！只是……

妙　玉　什么？

黛　玉　只是想我此身，再难回到故土。妙玉，倘你回转，莫要忘了寄与我山塘河边一瓢水，玄墓山上一枝梅。

　　　　（唱）【集贤宾】

> 别魂寄取吴下柳，
>
> 忆沧浪归舟。
>
> 争奈长安零落久，
>
> 岂闻得子夜吴讴。
>
> 缘缠业纠，
>
> 有分定前尘难咎。
>
> 能记否，

（倘）归去定白桑友。

妙　玉　黛玉，你莫要多思，何必笃定将来没有回乡的机缘呵。

黛　玉　妙玉，我且问你，你先师既晓先天神数，你可曾知道自己是何运数？

妙　玉　不曾。

黛　玉　你遁入空门，通晓佛理，可曾了悟禅缘？

妙　玉　也不曾。

黛　玉　那便是了，只是如今，我已都知道了。

妙　玉　你又从何而知？

黛　玉　妙玉，你我名虽两个，魂则一体。槛外槛内，一仙一俗。

妙　玉　魂是哪个？此话竟是何来？

黛　玉　魂么，是太虚幻境，空灵殿前，薄命痴魂。

妙　玉　薄命……痴魂！

黛　玉　倘我幼年，遁入空门，只怕如今作了栊翠主。若你那时，家人难舍，未必不成潇湘客！

　　　　〔黛玉扶妙玉坐于榻上。

黛　玉　如今我尘缘已了，泪已还尽，未完之事皆交于你了。

妙　玉　黛玉，你要去向何处？

黛　玉　痴梦仙姑今归离恨去，度恨菩提应至槛外来。

　　　　〔黛玉下。

　　　　〔内传云板连扣四声，妙玉惊醒。

　　　　〔妙音上。

妙　音　师父，林姑娘……去了！

妙　玉　（唱）【琥珀猫儿坠】

　　　　　珠沉玉碎，

> 抔土掩风流。
>
> 不料潇湘泪已休，
>
> 堪知魂梦早相投。
>
> 离愁，
>
> （想）惘惘孤身，
>
> 不见同俦！

妙　音　师父……

妙　玉　妙音，你可知，方才林姑娘竟至我梦中。

妙　音　想是心中牵挂师父。

妙　玉　常恨莲台不胜寒，未成想，踏出铁门限。

妙　音　师父，师父，这又何解呀？

妙　玉　扰扰红尘，岂容畸零之身。此身既安于槛外，又何必，一片冰心。

　　　　〔妙音悄声。

妙　音　师父莫不是伤心得糊涂了，我竟一句儿也不明白。师父，莫要太伤心了，我扶你歇息罢。

　　　　〔幕外作抄检贾府之声，呼声哭声一齐传来。

妙　玉　（唱）【前腔】

> 风急雨骤，
>
> 何必苦淹留。
>
> 凡鸟离魂明月楼，
>
> 金闺寥落紫菱洲。
>
> 凝眸，
>
> （望不尽）万艳同悲，
>
> 玉毁花踩。

妙　玉　妙音，此处不宜久留了，随我回那苏州蟠香寺罢。

（唱）【尾声】

忍哀声，

登离舟。

幻梦真言隐兆忧，

便向莲台莫染垢。

［同下。

第四齣　别　玉

［来福上。

来　福　（念）龙争虎斗霎时收，

鱼跃鸟飞竟自由。

不见长安千万里，

即随云驾到瓜洲。

我，忠顺亲王府中管家，来福的便是。我家亲王老千岁剿贼有功，年高德劭，圣上特命还乡金陵，颐养天年。哟，已经到了瓜洲渡口了，这再往前走一点儿就到金陵地界了。不瞒你说，我这一路上伺候老千岁，腰酸背痛，哎哟哟，只盼到了金陵，老千岁赏我一个小娘子，日日给我捏肩锤背……

忠顺亲王（幕后）　来福哪里？

来　福　哎哟，老千岁叫我呢。

［来福下。

［来福搀扶忠顺亲王上，诸兵丁随后。

忠顺亲王 （念）宁荣煊赫一时休，

金化尘泥玉作囚。

自料余生皆快意，

明朝散发弄扁舟。

哈哈哈哈哈哈哈……我，忠顺亲王是也。自我入朝，那宁荣二府便是我榻边酣睡之人、心头扎根之刺。都封他做那四大家族之首，谁闻我这亲王千岁之尊。不免暗里搜集罪状，向陛下进言一二，终灭了他个树倒猢狲散！哈哈哈哈哈哈，想那王孙公子，尽皆成了阶下之囚、待沽之奴，好不快意也！圣上垂爱，允我告老还乡。如今已至瓜洲渡口，不免歇息片时。来福，看茶。

来　福 是！

［妙玉、妙音上。

妙　玉 （唱）【北新水令】

烟腾雾渺两茫茫，

望家乡几番思量。

（念着那）江南春色好，

（俺这里）游子结愁肠。

笑促云樯，

莫盘桓休延宕。

妙　音 师父，来此已是瓜洲渡口，想是不日便到姑苏城了。

妙　玉 便好，你吩咐船夫，再开快些。

妙　音 啊呀师父，如今风急浪高，烟雾茫茫，怕是不好行走。不若我服侍师父下得船来，用罢午膳，再行不迟。

妙　玉 也好。

忠顺亲王 来福。

来　福　哎，老千岁！

忠顺亲王　我饮罢茶了，只觉无味。

来　福　小的命人给您捞些江鲜，保准您有滋有味。

忠顺亲王　不好，一路行来，尽是江鲜。

来　福　那小的给您叫个戏班子，热闹热闹。

忠顺亲王　也不好，忒喧了。

来　福　您这也觉得不好，那也觉得不好……哎，有了，老千岁，小的
　　　　给您叫几个唱的，给您清唱几支，可好哇？

忠顺亲王　这个倒好。只是么，这渡口哪里寻得歌女？

来　福　哎哟我的老千岁，这没有歌女，可有歌郎啊。

忠顺亲王　嗯？啊哈哈哈哈哈哈哈哈，说的好，说的好。没有歌女么，自
　　　　然有歌郎了。来福，你甚知我心，我要重重赏你。带上来。

来　福　多谢老千岁，多谢老千岁！哎，你们还不快把他给带上来。

　　　　[宝玉上。

宝　玉　（唱）【南步步娇】

　　　　　　（蓦地）梦断朱楼疑虚妄，

　　　　　　（恍）昨日（犹）眠罗帐。

　　　　　　（落）尘泥作获臧，

　　　　　　昔日王孙，

　　　　　　此时形状！

　　　　　　（望金陵）羞对旧乡邦，

　　　　　　（也只得）垂泪空惆怅。

来　福　还不快见过老千岁。

宝　玉　见过……老千岁。

来　福　还是大家子出身，怎么一点礼数也没有。你要像我这样，小的

来福见过老千岁，见过老千岁！

忠顺亲王 哎，罢了。他是宁荣后人，自然骄傲些。宝玉，你可知我买你为奴，却是为何？

［宝玉不答。

来　福 快回话呀，老千岁跟你说话呐。

忠顺亲王 哈哈哈哈哈！想来是不知了。你勾连本王心爱的琪官，挑唆他离了王府，致使本王蒙羞，可还记得？如今琪官不在了，你便顶了他的缺，才能稍平我心中之愤呐，哈哈哈哈！

来　福 听见没，老千岁让你给他唱一支曲儿。

宝　玉 我家世代诗书簪缨之族，我不会唱。

忠顺亲王 嗯？来福，这便是你给本王唤来的歌郎么？莫要教本王治罪于你。

来　福 哎哟，这怎么又到我头上来了……老千岁，老千岁，这一路上舟车劳顿，您要不赏他碗茶，给他先润润嗓子？

忠顺亲王 哈哈哈哈哈哈，也是，也是！便把你们平日里吃的茶赏他一碗。

来　福 是！

［来福转身寻茶。

来　福 哎哟，我们这一路上茶都不够吃的，还给他一碗。要不是我们老千岁发慈悲，这什么宝玉还在大牢里头蹲着呢！哎？茶叶呢，茶叶呢？怎么没了。我来福真是命苦，这没了茶叶，怎么交代哟！我再寻摸寻摸吧！

［来福寻茶，下。

妙　玉 妙音，我有些渴了，行路途中，不免将就些个。取些江心清净活水，与我烹茶罢。

妙　音 省得。

［妙音烹茶。

妙　音　师父，请吃茶。

妙　玉　（唱）【北折桂令】

　　　　　　　路迢迢且尽壶浆，

　　　　　　　遽遽匆匆，

　　　　　　　未诉离殇。

　　　　　　　黛玉呵！

　　　　　　　（俺这里）惕惕惶惶，

　　　　　　　（你那里）形孤影寡，

　　　　　　　伴雪眠霜。

　　　　　　　（不）解卿意魂劳梦想，

　　　　　　　（甚）尘缘须俺还偿？

　　　　　　　宝玉呵！

　　　　　　　（你可知）月杳花亡，

　　　　　　　殒玉埋香！

　　　　　　　（乱纷纷）何处平章，

　　　　　　　（心如麻）怎诉衷肠。

［来福上。

来　福　咦？那儿倒有两个小娘子在吃茶，我便讨些茶叶。小娘子，小
　　　　娘子。

［妙音回身。

来　福　哦，原来是小师父。师父，可否借些茶叶哇？

妙　玉　妙音，给他。

妙　音　喏，这一罐儿都给你，不用来还了。

［妙音持拂尘四处拂拭。

来　福　多谢小娘子……啊，多谢小师父。

　　　　　［来福奉茶。

来　福　喏，我弄了茶来了，你喝了快给老千岁唱上一支。

宝　玉　我不喝你这茶。

来　福　来呀，给我灌！

　　　　　［众兵丁灌茶。

宝　玉　咳……咳……这茶……这茶哪里得来?

来　福　还能哪来的茶，我们下人喝的呗。

宝　玉　胡说，这分明是……这分明是……你从何得来，莫要我向老千岁禀你偷盗之罪，快些说来。

来　福　哎哟，你还威胁起我来了。行行行，我心情好就告诉你，喏，从那两个小娘子那借来的。

　　　　　［宝玉回望，大惊失色。

宝　玉　（唱）【南江儿水】

　　　　　　　　猛见（了）心惊颤，

　　　　　　　　魂荡扬。

　　　　　　　　（是）故人咫尺还千丈，

　　　　　　　　（我）如今落拓难相望，

　　　　　　　　（她）江湖乍见尝相忘?

　　　　　　　　万种闲愁，

　　　　　　　　（却）化作千般悲怆。

来　福　老千岁，这嗓子可润得好哇?

忠顺亲王　哈哈哈哈哈哈哈，好，你这碗茶甚好哇! 怎么不见你平日里唱来。

来　福　是跟那边的两位师父借的茶。

忠顺亲王　嗯？

来　福　哎哟，怎么嘴快了……禀亲王老千岁，小的想着，我们这等粗
　　　　俗人物喝的茶，他哪里吃得？故向那两位师父借了一些，您看，
　　　　这嗓子，润得多好，润得多好。

忠顺亲王　哈哈哈哈哈哈哈！如此，你唤她二人过来，本王有赏哇！

来　福　二位师父，我们老千岁有请。

妙　音　什么老千岁？与我们不相干。

来　福　师父，发发慈悲罢。哎，对了，我们老千岁新买的家仆，好像
　　　　和您二位认识啊？

妙　玉　吓？

妙　音　师父，莫要节外生枝呀。

来　福　好像……叫什么宝玉，师父您可认得？

妙　玉　是宝玉？他如何成了家仆？

来　福　这事说来话长咯，您要不去见一见吧？

妙　玉　妙音，旁人也还罢了，只是宝玉……引我过去罢。

来　福　得嘞！

　　　　〔妙玉、宝玉相见。

妙　玉　（唱）【北雁儿落带得胜令】

　　　　　　（没承想）倏忽会玉郎，

　　　　　　（自别离）交旧还无恙？

　　　　　　（你本是）琼林耀桂堂，

　　　　　　（又如何）到如今（这）般形状！

　　　　　　呀！

　　　　　　（好一似）於菟落平阳，

宝　玉　此事说来话长呵！

妙　玉　（唱）（更哪堪）鹑褐蔽翩翾！

　　　　　（莫不是）奸佞添讥谤，

来　福　这可不关我事。

妙　玉　（唱）（莫不是）高楼（倾）惹祸殃？

忠顺亲王　哈哈哈哈哈哈！

妙　玉　（唱）彷徨，（哪一处）为君勘诬枉？堪伤，（好教我）扶危学子房！

宝　玉　快些走罢，此地不宜停留。

妙　玉　既逢故旧蒙难，岂有不救之理。

宝　玉　快些走罢！

妙　玉　见过老千岁。

忠顺亲王　好个女菩萨。

妙　玉　敢问这宝玉，可是千岁家仆？

忠顺亲王　正是。他如今是我心尖的爱物，阁里的珍玩，府里的奴仆，麾下的歌郎！哈哈哈哈哈哈哈！

妙　音　这老千岁怎的如此让人作呕。

妙　玉　老千岁，我么，也有心尖的爱物，阁里的珍玩，同老千岁换这宝玉，可否？

忠顺亲王　什么宝物，什么珍玩？

妙　玉　此是（左分右瓜）匏犀。

忠顺亲王　哦？不过是个葫芦。

妙　玉　此是点犀䀉。

忠顺亲王　不过是个牛角。

妙　玉　老千岁，你要些什么，才肯与我来换？

忠顺亲王　却也不难，哈哈哈哈哈哈！

忠顺亲王　　（唱）【南侥侥令】

　　　　　　　（想）今生披紫蟒，

　　　　　　　无人更添香。

　　　　　　　乍见娘行娇模样，

　　　　　　　（倒不如）便把仙娃换玉郎。

　　　　哈哈哈哈哈哈！你说，可好哇？

宝　玉　　老千岁，我与这姑子并不认得，放了她去罢。

忠顺亲王　哦？女菩萨，你可认得我的家仆，宝玉哇？

　　　　［宝玉悄声。

宝　玉　　从前你在大观园内，离乡千里。如今家乡已近，莲台必能护你

　　　　周全，何必为我涉险？既已见了，快快去罢！

　　　　［妙玉沉吟。

妙　玉　　我与他……认得！放了他罢，我同你去。

妙　音　　师父！妙音……与师父同去！

来　福　　倒把这小娘子赏了我吧。

宝　玉　　你又是何苦哇！

妙　玉　　（唱）【北收江南】

　　　　　　　呀！

　　　　　　　（可知俺）望断乡关满愁肠，

　　　　　　　（一霎时）委身枯骨可堪伤，

　　　　　　　（都只为）芳心一片散高唐。

　　　　　　　（俺）尘缘可偿，

　　　　　　　（俺）尘缘可偿，

　　　　　　　（今日里）双（重）愁合作一重霜。

妙　玉　　多谢你从前解我畸零心意。

宝　玉　（唱）【南园林好】

　　　　　　想从前折梅叩芳，

　　　　　　到今日义薄孟尝。

　　　　　　原是闺阁情状，

　　　　　　铭汝意断肝肠，

　　　　　　铭汝意断肝肠！

忠顺亲王　爱妾哪里？还不与孤速速登舟哇！

　　　　　〔忠顺亲王、来福、诸兵丁下。

妙　玉　宝玉，我……我去了。

宝　玉　妙玉……多保重。

妙　玉　（唱）【北沽美酒带太平令】

　　　　　　（想）何时影再双，

　　　　　　（想）何时影再双，

　　　　　　（从）今后梦浮梁。

　　　　　　（俺与你）建邺长安各一方，

　　　　　　（因此上）贻君玉觞，

　　　　　　愿从此永欢康。

　　　　此是我常用的绿玉斗，便赠予你了。

　　　　（唱）（可叹俺）偏薄命莲台千丈，

　　　　　　思桑榆他乡身葬，

　　　　　　恨只恨因耽缘枉，

　　　　　　甚分定浑如魔障！

　　　　　　俺呵！

　　　　　　（本是个）昭金粹玉，

　　　　　　竟遭淖塘。

嗳呀！

落得个蝶围莺傍！

妙　玉　（唱）【清江引】

从今判袂休惆怅，

各自祈无恙。

宝　玉　（唱）芳情暗淹藏，

珍重毋攀望，

便持玉瓯（且共）星月朗。

［太虚幻境十二仙娥上。

太虚幻境十二仙娥　（唱）【世难容】

气质美如兰，

才华阜比仙，

天生成孤癖人皆罕。

你道是啖肉食腥膻，

视绮罗俗厌；

却不知，

太高人愈妒，

过洁世同嫌。

可叹这，

青灯古殿人将老；

辜负了，

红粉朱楼春色阑。

到头来，

依旧是风尘肮脏违心愿。

好一似，

无瑕白玉遭泥陷；

又何须，

王孙公子叹无缘。

［十二仙娥簇妙玉、宝玉相别，下。

——全剧终

杨由之　苏州大学中国古代文学专业博士研究生。曾任江苏省研究生科研创新计划"新世纪以来江苏省昆剧院新编戏研究"主持人、苏州大学 22 批重点项目主持人。发表论文《新编〈红楼梦〉曲牌排场与用韵小考——以〈别父〉折为例证》于浙江艺术职业学院学报。

—明—

范进中举

廖俊雄

时间：明代

地点：广东某县城

人物：

范　进　老生

胡屠户　净

解　元　生

屈秀才　小生

严秀才　副末

泼皮财主甲、报子甲　付

泼皮财主乙、报子乙　丑

张大公　外

张小哥　贴

胡　氏　旦

范　母　老旦

第一折　市　贩

（老生扮范进抱鸡上，唱）【南商调·忆秦娥】前程孬，荆妻老母无活计。无活计，插标讨卖，羞惭无地。

学生范进，自幼攻习儒业。非孔孟之书不读，非往圣之文莫窥。两耳不闻窗外事，一心只作八股文。本指望一举得中，衣冠荣贵。孰料自二十岁上考取童生，此后碌碌三十余载，不得寸进。老母在堂，不能供养；结发荆妻，为我受累。这多是我时运不佳的缘故。今岁幸蒙周进宗师赏识，得中秀才。不想乡试过后，又杳无音信。家中已两三日粒米无炊，母妻挨饿不过，我只得抱了这只母鸡上集市讨卖，兀的不羞杀人也！天色未明，只索前行者。（下）

（净扮胡屠户跌撞上，唱）【南仙吕入双调·普贤歌】昨宵吃酒到今晨，醉眼昏花不认亲。遭他娘的瘟，营生做不成，闭户阖门去打盹。

自家胡屠户的便是，在这集上杀猪作活。真是倒了八辈子的霉，把女儿嫁给范进那个穷鬼。那厮只会翻弄几本破书，没有生财的本事。家里只见出不见进，养不活他老娘媳妇，便成天管我要银子，敢是我前生欠了这穷鬼的债。昨夜到朋友家多喝了这么两盅，以消心头之气。大清早回家，只觉头上重脚底轻，今早这生意是做不成了，闭门打盹去者。

[老生上。

老　生　前面就是岳父开的肉铺，快快绕道旁边，千万不可被他撞见。

　　　　〔相撞介。

净　咄！哪个狗头，敢挡你胡老爹的道？

老　生　阿呀，竟被他撞见了！岳父大人在上，受小婿一拜。

净　我道是哪个，原来是你这现世活宝。大清早来这集上做什么，敢是又要问我借钱，养活你那饿不死的老娘和老婆么？没钱把你！

老　生　小婿怎敢。只因家中粒米无炊，只得抱了这只母鸡上集市叫卖。

净　叫卖叫卖，何时还我旧债？等你考上老爷，老娘媳妇饿坏。我女儿自从嫁了你这活宝，十几年来猪油可曾沾过两回？你别不知天高地厚了，成天在我面前装大。你看那些中老爷的，哪个不是方面大耳？像你这尖嘴猴腮，也想癞蛤蟆讨天鹅屁吃！也该撒泡尿照照自己，不三不四，趁早死了这条心！

老　生　岳父大人教训得是！

净　还不快滚，大清早撞见你这丧门星，真是晦气！回家喝烧刀子去者。（下）

老　生　唉，没来由挨了一顿好骂。被他纠缠半日，天已大明，且赶到前面讨卖去者。

　　　　（内吹打）解元老爷游街，闲杂人等闪过一旁！

老　生　那边一队头踏吹打而来，似是儒门中人。想我这模样如何见人，且躲过一边。（下）

　　　　（生扮解元，众随上，唱）【南正宫·普天乐】宴琼林君恩重，跨雕鞍矜豪纵。题金榜名贵身荣，戴簪缨金印悬胸。（看）前遮后拥，侯门认股肱。放荡天涯，（今日）得意春风。（下）

　　　　〔老生上。

老　生　看这一队人马好不威风也！唉，想这功名二字多半与我无缘，先将饥寒二字应付过去才是正经。卖鸡了！哪个来买我的鸡吓！

（唱）【北中吕·朝天子】（走尽了）短街，（又捱到）长街，（堪笑我）落魄饥寒态。羞惭满脸，看行人往来，怕除名（在）黉门外。叹须发渐白，恨年华衰迈，怎捱，（今日里）沿门叫卖，沿门叫卖，问寒儒谁来睬，问寒儒谁来睬？

［（内喊介）屈世兄快走！严世兄来也！

（小生扮屈秀才，副末扮严秀才上，唱）【南正宫·普天乐】论同年金赀捧，叙交情奇珍送。穿斜巷唤友呼朋，赶朝前道弟称兄。

副　末　屈世兄，为何不走正街，要穿这斜巷？

小　生　严世兄，你看正街之上，被挤得水泄不通。我二人快从这斜巷赶上去，才好结纳解元老爷。

副　末　原来如此，快快前去。咦！这不是范世兄么？你在此抱只鸡做什么？敢是要拿这只鸡去结交解元吗？

老　生　（低头躲闪介）惭愧！

小　生　严年兄，理他则甚？我眼里偏见不得这等穷酸。看那头踏已隐隐在前，我们快赶上前去。

（小生、副末，唱）前遮后拥，侯门认股肱。往来逢迎，（羡他）得意春风。

老　生　看他二人手捧财礼结交解元去了，想我范进纵然要去结交，又哪得这资财？莫说资财，衣食尚且不保，好不苦杀人也！

（唱）【北中吕·朝天子】（又无有）米（和）柴，（又无有）布（和）帛，（况又曾）欠下如山债。苍颜老母，共结发裙钗，倚柴门痴痴待。怅春秋往来，叹功名颓败，恼怀，（恼四书）空言训诫，空言训诫，恼五经将人绐，恼五经将人绐。

内　　好快活吓好快活！

　　　　（付、丑扮泼皮财主上，唱）【南正宫·普天乐】费钱钞白镪奉，
　　　　待来年荣华共。从今后财运亨通，少不得脱帽深恭。

丑　　哥，我二人将这白镪奉上，就算是交了解元老爷这个朋友，往
　　　　后就是有福同享了。

付　　只是费了恁多银钱，好似割了我的肉一般。咦！你看这边有个
　　　　人抱只鸡蹲在街边，像是我们平日取笑的范穷，不免拿他寻寻
　　　　开心。喂！朋友，你在此做什么？

老　生　（低语无力介）两位老爷，可要买鸡啊？

付　　（对丑耳语介）果然是范穷。老弟，你去端碗水来。范相公，
　　　　看你平时捧着两本破书之乎者也，如今怎么不者也之乎了？快
　　　　把头巾扯下与我兄弟当酒喝。（扯介）

老　生　你不买便罢，怎得如此无理？

付　　哪个要你的破头巾，不过拿你寻寻开心。

丑　　（泼水介）泼杀你个落汤鸡！

付　　休要理他，你我兄弟喝酒去。想方才那解元老爷的头踏好不威
　　　　武也！

　　　　（唱）前遮后拥，侯门认股肱。往来逢迎，（美他）得意春风。

丑　　哥，可是唱错了？这大秋天哪来的春风？

付　　解元老爷脸上，你我兄弟心上可不尽是春风。

丑　　有理！管他春风秋风，喝酒去也。（下）

老　生　这二人好无理也！

　　　　（唱）【北中吕·朝天子】（将儒巾）扯（了）歪，（将敝衣）
　　　　扯（了）开，（又怎把）母鸡浇淋坏。运乖时蹇，又突逢祸灾，
　　　　落汤鸡谁来买。颤巍巍瘦骸，恶噷噷蜂虿，满腮，（叹造化）

将人布摆，将人布摆，泪沾襟愁无奈，泪沾襟愁无奈。

内　小哥慢行！爷爷快走！

（外扮张大公、贴扮张小哥上，唱）【南正宫·普天乐】论功名鬼神弄，僻穷乡生鸾凤。青云上鱼化为龙，换门楣耀祖光宗。

外　我爷孙二人路过正街，看到乡试放榜，那范相公名字赫然在上。想范相公家与我家相邻，往常互相照顾，今日他得中，如何不教我爷孙欢喜。听人说他在前面巷子卖鸡，不免将他叫回。小哥，切不要见面就跟他说中举之事。

贴　爷爷，这是为何？

外　等他回到家中忽见金榜题名，岂不欢喜？

贴　有趣！我们快去寻他。在这里了！

外　范相公，喜事到了！快随我们回家去。

老　生　是张大公与张小哥。大公，你休要拿我取笑，我如今连饭都吃不上了，哪来的什么喜事？

外　范相公莫要多问，把鸡放下，快随我们回去吧。

〔贴夺鸡介，老生紧抱鸡介〕

老　生　你们休要唬我，这鸡是我全家的性命，再不要开这等玩笑。

外　小哥，他执意不走，你我一前一后将他拥回去。

贴　有趣！范相公快走吧！

（外、贴唱）前遮后拥，侯门认股肱。运转时来，（羡你）得意春风。

〔同下。

第二折 贺 喜

（旦扮胡氏、老旦扮范母上，旦唱）【南黄钟·传言玉女】家业凋零，冷落萧条门径，伴高堂桑榆暮景。（老旦唱）（为他）功名执恋，致蜗舍箪瓢虚罄。穷途泪洒，孤悬一命。

老　旦　媳妇，我儿范进还不曾换米回来么？

旦　　去了半日，还不见回来。

老　旦　你快扶我到门首看看，我实在捱不住饿了。

旦　　婆婆，这苦日子何时是个头啊！您老莫怪我多言，都是我那儿夫别无本领，一心只会死读。说什么书中自有黄金屋，书中自有千钟粟，代害我们守着这破茅舍也跟着挨饿。若非我父接济，我三人早做了沟渠饿鬼了。想他五十五岁的人，哪里还有出头之日。

老　旦　唉！这也是我们命犯穷星，过得一日算一日罢。哎呀！媳妇不好了，我饿得眼睛都快看不见了。你还是扶我床上躺着罢。

旦　　婆婆这边走，喂呀，兀的不苦煞人也！

（付、丑扮报子上，付干念）【字字双】半生抱瓮嚼黄虀，时背。破帽鹑衣颜面灰，形秽。一朝得志入秋闱，称异。乡试榜上姓名题，见鬼。

丑　　哥，你念的是什么故事啊？

付　　老弟，你可知前面村上有个半老童生范进么？

丑　　哪个什么范进啊？

付　就是那个面黄肌瘦，花白胡须，终年戴一顶破毡帽，穿一件打
　　满补丁的破麻布直裰的穷酸范进啊。

丑　你说的莫不是前村住在张大公隔壁那间破草房的范穷吗？

付　可不正是他。

丑　他如今怎么样了？

付　说来好笑，这穷酸倒了半辈子的霉，今年竟转运了。年初考生员，
　　周学道可怜他老，竟点了他第一名。如今乡试竟又中了第七名
　　亚元，你说见鬼不见鬼？

丑　端的是见鬼！现如今他咸鱼翻身，方才那四句得改一改了。

付　改作什么？

丑　（干念）【前腔】否极泰来遇时机，运气。脱却直裰换官衣，荣贵。
　　奔走驱驰笑脸堆，献媚。深恭浅诺伏的低，下跪。

付　为何要下跪？

丑　想他中了举人，往后就不是范穷了。那大把的铜钱银子还不如
　　潮水般滚进他家？你我快到他家贺喜，讨几个赏钱。这伏得越低，
　　头磕得越响，赏钱可不是越多吗？

付　有理，如此我们快去。

合　行行去去，去去行行。

付　这里已是范穷门首了。

丑　还喊范穷，还不改口范老爷。

付　兄弟说得是。（敲门介）范老爷在家么？

　　［旦扶老旦上。

老旦　媳妇，你可听见敲门声，敢是我儿换米回来了？快去开门！

旦　是。（开门介）啊？二位找哪个呀？

付、丑　大娘子，我二人特来恭贺范老爷高中乡试第七名亚元。

旦　　（惊疑介）什么？范进中举了么？

丑　　正是。

老　旦　媳妇，米可曾换回来了？

旦　　婆婆，外面两位哥来报，说范进中举了！

老　旦　哪得有此好事，只怕又是张大公找人来开玩笑，寻我们开心。

付　　老夫人不信，现有喜状在此。

老　旦　听他们说有喜状，媳妇快去看来。

旦　　婆婆，只见一张大红的状纸，只是上面的字我一个不识呀！

付　　这就尴尬了。

丑　　大娘子，你先让我们进来，等范老爷回来不就知晓了么？

旦　　如此二位请进屋稍待，只是家徒四壁，无有茶水招待。

丑　　大娘子不消茶水。

付　　等范老爷回来多给几个赏钱就是了。

　　　[同下。

　　　[小生扮屈秀才、副末扮严秀才上。

小　生　世情看冷暖，人面逐高低。我们本要去结交解元老爷，不想被他认出我二人在他未发达之时曾嘲笑过他，被他乱棍轰了出来，好不晦气！

副　末　屈世兄，现如今我们哪里去才好？

小　生　严世兄，刚才我看那乡试榜，范进名字竟在上面。想我们和他多少有些同学情谊，不如去贺他。

副　末　今早才将他一顿嘲讽，他如何不记恨我们？

小　生　世兄不知，这范进是个烂忠厚的好人，想他定不计较。再说我们带了贺礼前去，他半生孤穷，哪里见过这许多银子，可不喜笑颜开。等他将来发达，也好带挈我们。

副　末　屈世兄高见！如此我们快去！转过三座小桥，来到一椽茅舍，
　　　　这里是了。

　　　　（敲门介）范世兄在家么？

　　　　[旦扶老旦，同付、丑上。

　丑　有人敲门，敢是范老爷回来了。

　付　赏钱有着落了！

　　　　[旦开门介。

　旦　啊？二位相公为何到此？

小生、副末　我二人特来向范世兄贺喜，恭贺他高中乡试第七名亚元。

　旦　如此说来，范进当真中了么？

　付　喂！老屈，你平日不是最常说，眼里见不得范相公这等穷酸么？

小　生　哪个挨刀的说过这等混账话！我是说我眼里偏识得范世兄这样
　　　　的大才子、大好人。

　丑　你好势利！

小　生　哪个势利？我二人不过趋炎罢了。

　旦　婆婆，范进果然得中了，有屈老爷和严老爷来报喜。

老　旦　什么？我儿当真中了么？

小生、副末　当真中了！

老　旦　哈哈，哈哈！（昏厥介）

　旦　婆婆甦醒！

　众　老夫人醒来！

老　旦　（醒介）当真中了么？

　众　当真中了！

　旦　婆婆已两日未曾饮食了。

副　末　我们这里带了银两，烦劳二位哥去买些酒食回来，供伯母饮膳。

待范老爷回来也好排筵。

付、丑　买酒食去哉，这找补的铜钱我二人收了。（虚下，捧杯盘上）
　　　　老夫人，酒食来了。

　旦　多谢二位！

老旦　阿呀，老身如何担待得起？

小生　伯母放怀饮食，我等敬慕范老爷为人，些微薄礼聊表心意。想
　　　　范世兄呵——

　合　（唱）【南双调·锦堂月】（小生、副末）（堪美他）陆海潘
　　　　江，生花妙笔，写成锦绣文章。光耀门楣，声名远播他方。守
　　　　儒业继晷勤劳，论八股才学无两。（众人）齐声唱，他日春闱，
　　　　状元模样。

小生、副末　我们来酌酒。

　旦　我来侍奉粥汤。

付、丑　我们来帮腔。

　合　（唱）【侥侥令】（小生、副末）殷勤酌酒酿，（旦）欢喜奉粥汤。
　　　　（合）（因他）揽月折得蟾宫桂，（从此）岁岁年年有余粮。

老旦　（唱）【尾声】捷音忽至精神恍，犹恐今朝梦黄粱，怎信举人
　　　　是儿郎。

老旦　我儿当真中了么？

　众　范相公当真中了！

小生　我等静候范相公回来，好再排盛筵。

老旦　兀的不喜煞人也！

　　　　[同下。

第三折　惊　疯

[外扮张大公、贴扮张小哥、老生扮范进上。

外、贴　（唱）【南仙吕·腊梅花】今晨放榜集市东，邻家范生得高中。
喜他鱼化龙，天缘作弄，好笑书呆在梦中。

贴　范相公快走啊，有喜事等着你哩！

老　生　大公、小哥，你们何苦捉弄于我，我还要卖鸡吓。

外　已到村上了。范相公在此稍待，我和小哥进去通报，少刻便来
迎你。

贴　范相公，一会儿不要高兴疯了。

[外、贴下。

老　生　这便从何说起？我家中柴米全无，抱了这只鸡到集上去卖，指
望换点米回来糊口。谁知被这一老一少绑了回来，还说有什么
喜事等我。想他爷孙两个平素最喜开玩笑，定然又是拿我开心。
只是我全家性命都在这只鸡上，你二人如何下得这狠心也！吓
哟，这鸡被折腾半日，眼见得不活了，好不苦煞人也！（揉眼介）
饿了两三日，只觉头晕眼花，这村上往日寂静无人，今日为何
这等喧哗，莫不是做梦么？好奇怪也——

（唱）【南小石·渔灯儿】（为甚么）五柳村车骑喧纷，（为甚么）
颜回巷宾客盈门，（为甚么）草舍寒屋笑语频，为甚么方辕接轸，
排列着冠盖朱轮。

（唱）【锦渔灯】（莫不是）邻家女喜结秦晋，（早难道）庆

丰年赛社迎神，（听他们）盘碗玎珰擎酒樽，饿杀咱（饥）肠辘辘（心）如焚。

［老旦、旦、小生、副末、付、丑、外、贴上。

众　　范相公回来了，我们快去迎接！

合　　（唱）【锦上花】（旦、老旦）一霎里捷报闻，不负你历苦辛，（方信）从来将相出寒门。（小生、副末）他那里礼数殷，（付、丑）我这里稽颡频，（小生、副末、付、丑）（毕竟）得时莫忘旧乡邻，从此俱欢欣。

众　　恭贺范相公乡试高中！

付、丑　范相公，你可要记得我们啊！

老　生　啊？你们不是今早扯我头巾，泼我母鸡的么？

付　　范相公你看差了，如今我们换了行头改扮皂吏了。

老　生　改换得好快吓！

小生、副末　范世兄恭喜！

老　生　屈世兄、严世兄，你们怎么也在这里啊？

小　生　我今早就同严世兄说，我眼里偏识得范世兄这样的好人，范世兄果然高中了，苟富贵勿相忘啊！

老　生　我莫不是在做梦么？

老　旦　儿啊，你不是做梦，你当真高中了！

旦　　乡试放榜，你中了第七名亚元。

外、贴　范相公，有喜状在里面，快去看来。

付、丑　我们放条炮仗去。

老　生　（看状惊疯介）噫！我中了！（炮仗炸介）
　　　　（唱）【锦中拍】这的是令人魄惊，听鞭炮声声，（我）急忙去从头看定，赫然是卑人名姓。（这富贵）与功名日夕梦萦，〈阿

呀呀有趣吓！〉一件件奇珍器皿，一个个娇娥娉婷。（付插白）
哪来的娇娥娉婷，范相公你眼花了。（老生连唱）冠带簪缨，
（共那）金盘宝鼎，（丑插白）我们来帮上两句。（众同唱）〈阿
呀范相公吓！〉越教人生钦敬。

（净扮胡屠户左手提肉、右手持刀冲上）好女婿，我来庆贺你了！

老　生　（唱）【锦后拍】（老生）〈呀！〉只见他撞将来貌狰狞，怎
不教人战兢兢。怎（得）急忙遮隐。〈吓杀卑人也！〉只恐怕
将身丧陨，顾不得六魄与三魂。（付插白）翁婿团圆，我再放
条炮仗。（炮仗炸介）（老生连唱）陡然里当头一震。（白）
住了，你你你，你是伤我不得的！（净）贤婿，我疼你还来不及，
怎舍得伤你啊！（老生）哇！你当我是谁？（净）你是我的好
贤婿啊！（老生）（吾乃是）天仙下界文曲星。

老　生　噫！我中了！我乃天上文曲星！哈哈，哈哈，啊哈哈哈哈！我
中了！（手舞足蹈冲下介）

　　　　众人惊疑相觑介。

　　贴　（奔下复上介）范相公径直冲出去，不见踪影了。

老　旦　这可如何是好？

　　旦　喂呀！兀的不苦煞人也！

　　付　太夫人、范夫人莫急，想是范相公惊喜交集，又乍见胡老爹持
刀而来，一时受了惊吓，痰迷心窍了。

　　丑　多半还是被你炮仗吓的。

副　末　我们各处寻找，定能将范相公找回。

老　旦　莫不是我儿命该如此么，好不痛煞人也！

　　　　（唱）【尾声】名登金榜称欢庆，又谁知忽成灾眚，信是儒冠
反误身。

众　　　我们各处寻找范相公去者。

　　　　〔同下。

第四折　打　婿

　　　　〔小生扮屈秀才、副末扮严秀才上。

小　生　青龙与白虎同行，吉凶事全然未料。眼见范进高中，只道他时
　　　　来运转，不想竟喜极而疯了。我二人和胡屠户、张大公分头找寻，
　　　　只不见他踪迹。

副　末　既然疯了还寻他做甚么？寻来也做不得相公。带累我二人跑腿。

小　生　严世兄你还不知，我道他只是一时惊悸，未必真疯。我们现去
　　　　寻他，若能将他救回来也是我们一场人情，若救不回来也可多
　　　　看一场热闹。

副　末　屈兄高见，如此我们再各处寻找一番。你看前面庙门口那个手
　　　　舞足蹈的莫不就是范兄么？

　　　　（内高喊）俺文曲星来也！

　　　　（老生扮范进上，唱）【北中吕·粉蝶儿】御凤骖蛟，亲奉着
　　　　玉皇天诏。虚飘飘飞渡重霄，驾祥云，腾彩雾，香烟缭绕。（只
　　　　为范老爷）姓字高标，（因此上）降纶音下凡来到。

副　末　（拉老生介）范世兄，快随我们回家去罢，你母妻还在家中等候。

老　生　咄！你是什么东西，敢碰我文曲星老爷金身。

小　生　范世兄，我二人往日和你在县学里有同学之谊啊。

老　生　这二人拦我文曲星的道，好不恼也——

（唱）【醉春风】何事语叨叨，怪伊忒放习。恁般作态恁妆幺，

（白）你既提及县学么，（我只将你）考，考。（哪里是）起

讲承题，（何处当）过接束股，（你可也参得透）此中机窍。

副　末　屈世兄，听他满嘴疯话，如何是好？

小　生　严世兄，我先在此稳住他，你快去找胡老爹来，再做计较。

副　末　我去也。（下）

小　生　范世兄。

老　生　咄！

小　生　文曲星老爷，我来请教，你既提及起讲承题、过接束股，可将

八股大义演说一遍么？

老　生　待俺文曲星老爷道来者——

（唱）【石榴花】文名八股费推敲，圣训记坚牢。破题起股漫

忖度，虚实莫拗，平仄当调。文词偶对何足道，须得把经义明了。

寻常士子休（指）望着，（惟有那范老爷）文气贯云霄。

小　生　范老爷文气贯云霄我们世人皆知，只是寻常士子如何无有指望，

还请文曲星老爷道个分明。

老　生　你若是那寻常士子呵——

（唱）【斗鹌鹑】（一任你）志大才高，（直考得）捶胸（也那）

顿脚。（一任你）家业丰馀，（消磨得）几成饿殍。日月驱驰

壮怀凋，这年岁（可让你）好生熬。（入黉门）红粉少年，（守

童生）苍颜颏老。

（唱）【上小楼】（一个个）体衰惛耄，（一番番）精神虚耗。

损了蒲编，破了萤囊，没了下梢。夜夜熬，年年考，（考得你）

形容枯槁，（这才是）业残生无端自造。

[净扮胡屠户、付、丑扮报子随副末上。

副　末　屈世兄我们来也！

小　生　你们若再不来，还不知他这套曲儿要独唱到什么时候。

　净　如今如何治得他这疯病？

　付　我有一计，想范老爷多是惊喜交集，一口痰迷了心窍。需寻一个他平日最怕的人打他一巴掌，他一口痰吐出来，疯病自然就好了。

　丑　范老爷平日最怕谁来？

小　生　自然是胡老爹了。

　净　哎呀，万万不可，他如今高中了，是天上的星宿，我如何打得。

　付　胡老爹，你若将他打好了，往后范老爷的荣华富贵少不了你的份。若范老爷真疯了，那万贯家私可不尽化流水。

　净　（想介）如此说来打得的？

　众　打得的。

　净　拿酒来。

　丑　酒在此。（净饮酒介）

　付　这酒是饮了。

　净　这女婿还是不敢打啊。

　众　这便如何是好。

老　生　（夺酒饮介，高喊介）唤女乐过来。

小　生　莫不是要唤嫦娥么？

老　生　不唤嫦娥。

副　末　敢是要唤许飞琼？

老　生　也不唤许飞琼。单唤王三巧过来为我歌舞祝酒。

　付　哪个什么王三巧？

老　生　（唱）【北般涉·耍孩儿】邻村有女王三巧，俏脸粉腮胜天桃。

相形西子倍丰标。今宵对酒灯前舞，往日相觑隔溪桥。备一顶

八抬轿，（直待得）金屋铸就，铜雀藏娇。

净　　（冲上打老生介）该死的畜生，你中了什么？

　　　[老生晕介，众人扶介，老生醒介。

小　生　范世兄醒了，恭喜范世兄高中。

净　　哎哟，我说天上星宿是打不得的，如今这手动不了了。

丑　　胡老爹，给你贴个膏药。如今你这手可不能杀猪了。

净　　有我这等好女婿，我还杀甚么猪来？往常间我每对人说，我这

　　　贤婿才学又高，品貌又好。

小　生　我也常说我眼中偏识得范兄这样的好人。

副　末　范世兄，你闲时再把考乡试的情景说来我们听者。

老　生　（唱）【煞尾】话儒林君莫笑，这辛苦怎生描。半生滋味（不足与）

　　　旁人道，（只恐怕）直被功名误到老。

副　末　我们回去罢。

丑　　范相公看仔细。

付　　可是要让王三巧米扶你。

净　　咄，狗头！

老　生　惭愧！

　　　[同下。

——全剧终

廖俊雄 南京艺术学院戏曲历史与理论方向硕士。2014 年 9 月接触昆曲，10 月加入南林昆曲社，学习清唱 10 年，能唱《玉簪记·琴挑》《牧羊记·望乡》《邯郸记·三醉》《长生殿·惊变、闻铃、哭像、弹词》等唱段，工尺谱较熟练。在南京、上海等地观看昆曲、京剧、婺剧、调腔、梨园戏、越剧、川剧等剧种演出近千场。长期致力于昆曲曲谱及曲律方面的学习研究。

—当代—

玩　具

赵　琼

时间： 深秋十月，小明 9 岁生日当日的夜晚

地点： 小明家及路上

人物：

小　　明　娃娃生，9 岁，乳名明明，三年级学生。聪
　　　　　明机灵、能言善辩，热爱运动。幼年幸福，
　　　　　备受宠爱，年岁长后发现父母不睦

小　　柔　旦，37 岁，小明的妈妈。急性子，敏感，有
　　　　　点情绪化，深爱孩子

严大明　　生，39 岁，小明的爸爸。早年来沪打拼，一
　　　　　心扑在事业上，有小成后，逐渐不顾家，忽
　　　　　略妻儿

[幕启：舞台上漆黑一片，依稀可见明妈一个人坐在客厅里。明妈开灯，一脸憔悴。茶几上放着切开吃过的蛋糕，屋里挂着生日条幅和彩球。明妈强打精神，站起身走向小明的卧室。

小　柔　今天是我的儿子小明九岁生日，仍是只有我们娘儿两个人过。想当年和严大明背井离乡来到上海，白手起家做小生意，捱过了多少苦，遭受了多少罪，可夫妻同心，甘苦与共，创业期间迎来我们的儿子小明，更是恩爱无比。生意日见兴隆，为照顾儿子我做起了全职妈妈直到今天。哎！可如今……

　　（唱）【越调引子·霜天晓角】

　　　　生意渐赚，

　　　　夫妇情疏淡。

　　　　最恨儿父轻慢，

　　　　家事懒，面难见。

夜已深了，严大明还不回来。

[严大明步履蹒跚上，推开门，一个趔趄扑倒在餐桌上，碗盏被打翻在地，瓷器裂碎的声响划破寂静的夜。

严大明　（醉眼迷离打着酒嗝）什，什么玩意！

小　柔　（应声而上）发什么酒疯？你还知道回家！

　　（唱）【小桃红】

　　　　醉迷两眼入门槛，

　　　　碎盏人心乱（也）。

　　　　严大明（唱）说什么，

　　　　人心搅乱（却是碎）碎平安。

小　柔　（唱）好恼气心间。

严大明　（唱）轻声点，

（莫扰儿）好睡眠，

小　柔　（唱）儿生日，

（你也）不相伴（也）。

（酒桌流连尽兴归家后却）假惺惺问暖嘘寒。

叫谁看（你这）父慈怜，

[　掏出离婚协议。

严大明　这是什么？

小　柔　离婚协议书！你签了离婚协议，

（唱）从今后，

（你与我俩）不相干。

严大明　你疯了？

小　柔　我清醒得很。

严大明　别闹了！应酬了大半夜累得很。睡觉。

[　欲向卧室。

小　柔　（挡住大明）等等。（进卧室）

严大明　（欲上前）嗝！（恍然大悟）敢是嫌我满身的酒味。我去洗洗。

[　小柔拖着行李箱从卧室走出。

小　柔　（将行李箱推给严大明）给你。

严大明　（惊诧）什么意思？

小　柔　这里不是酒店，既然你心里没有这个家，那就请你离开。

严大明　小柔，你……

小　柔　明早九点民政局门口见，别迟到！（进卧室，将门从内反锁）

严大明　（推门不开）你不让我进房间睡，我和儿子睡！（进小明房间）

小　柔　（急跑出，欲跟进小明房间）满身酒味熏着儿子了！

严大明　（在小明房内急呼）儿子不见了！

小　柔　什么，小明不见了？

严大明　（冲出）你不是说儿子睡了？

小　柔　（无措地摇头）这么晚了孩子去哪儿了，遇到坏人如何是好啊？

严大明　这话得我问你，成天在家就看个孩子你都看不住！

小　柔　小明，小明……（六神无主地看着大明）怎么办？

严大明　怎么办？找去啊！

　　　　［小柔冲下，严大明拿起小柔外套随下。

　　　　［暗转，小明怀抱一堆玩具上。

小　明　（唱）【吹腔·小放牛】

　　　　　　　　躲猫离家园，

　　　　　　　　沿途中瞧见嫣红开花坛，

　　　　　　　　哗咿呀哈那豁咿呀喂，

　　　　　　　　（将弹珠藏进花坛）

　　　　　　　　弹珠藏里边，

　　　　　　　　料定他们能看见，

　　　　　　　　珠光映月亮闪闪，

　　　　　　　　引着爸妈寻我就走向前，

　　　　　　　　这样的上学路，

　　　　　　　　他们送我千万遍，

　　　　　　　　等爸妈，

　　　　　　　　到此把温情呦，

　　　　　　　　牵依呀嚯呐哈依呀嗨。

　　　　［藏好弹珠，拍拍手上的泥土，从背包里掏出风筝。

　　　　好啦！现在，（举着风筝）幸福号程第二站，出发！

　　　　［小明下。

［小柔和严大明上。

小　柔　（急切地呼唤）小明，小明，你在哪里？听见妈妈叫你了么？
　　　　你答应妈妈一声啊，小明。

严大明　（发现弹珠）看，儿子的！（捡弹珠）

小　柔　是儿子的，是儿子！（猛发现）这是，这是……

严大明　这是儿子的上学路。

小　柔　（唱）【下山虎】

　　　　　　放学路上，

　　　　　　笑语声欢。

　　　　　　多少烦心事，

　　　　　　如尘化烟。

　　　　　　（跳绳）勇夺第一，

　　　　　　高峰再攀，

　　　　　（白）儿说快快快，妈妈快一点，

　　　　　　急待回家同父言。

　　　　　　若要得父赞。

　　　　　　（如）上天宫，难复难。

　　　　　　不见儿优秀，

　　　　　　直说讨嫌，

　　　　　　父爱全无（叫人）心太寒。

严大明　年级第一就这么得意，要拿全校第一才是真本事。

小　柔　儿子不是得意，是想得到父亲的认可和鼓励。

严大明　要什么鼓励？吃穿用度，我给的少了？

小　柔　钱钱钱，张口闭口就是钱，儿子要的是陪伴！

严大明　陪伴陪伴，我不出去拼命，咱们喝西北风么？

小　柔　这两年你的事业是越做越大，可你的耐心却越变越少。

严大明　又来了！

小　柔　小明想要爸爸来看他比赛，分享他的快乐，为他感到骄傲，这也是错？

严大明　不是。

小　柔　小明画的全家福只有爸爸画得不像，可他睡了你还没回来，他去上学了你还没起床，他见不到你画不出你，也是他的错？

严大明　不是。

小　柔　这条接送孩子放学的路，你记得你有多久没有走过了吗？

严大明　不管多久，我还记得这条路吧。我一眼就认出我给儿子买的弹珠，满抽屉的玩具都是我给他买的，生日礼物也没少买过一次。

小　柔　对，还越买越多，越买越贵。但是儿子最喜欢的是我们刚来上海时，为了带他去植物园放风筝，我们仨一起做的那个风筝，他宝贝得不得了。他说……

　　　　［切光，小明上，站在追光中。

小　明　妈妈，我有一个愿望。

小　柔　（进入光圈）今天是你的生日，所有的愿望妈妈都会满足你。

小　明　我想和爸爸一起放风筝。

小　柔　（沉默片刻，旋即拿出电动机器人）看，爸爸送你的礼物，喜欢么？

小　明　喜欢。我让机器人陪我放风筝。（跑下）

　　　　［追光收，灯复明。

小　柔　你想过么？儿子需要的不是冰冷的机器人，而是温暖的父亲。

严大明　温暖的父亲……

小　柔　陪他放风筝！

严大明　陪他放风筝……

小　柔　多么平凡的愿望却遥不可及！

严大明　遥不可及，遥不可及！小明！我的儿子！

　　　　（唱）【五般宜】

　　　　　　　小明你盼关怀一如往年，

　　　　　　　总错过意难平怎回以前。

　　　　　　　当年愿不过赚些钱，

　　　　　　　钱多却难换心中暖。

　　　　　　　团圆（日子）不见，

　　　　　　　（一家人）拆成两边。

　　　　　　　（抬头发现风筝在天边飞舞）

　　　　　　　星夜下那纸鸢旋，

　　　　　　　是明明（形影相吊）情独牵。

小　柔　（不由自主兴奋地晃着大明的胳膊喊）哎呀，大明你看，那是不是我们的风筝？

严大明　（使劲儿点头）是我们的风筝，是我们一起选色、上色，我们手把着儿子的手一笔一笔画的风筝。

小　柔　大明，你还记得么？我们带着儿子去动物园那天风很大，风筝被吹到树上缠住了，是你爬上去帮儿子拿下来的。风太大了，我们好担心你会掉下来。

严大明　不会的，你忘了，我属猴，会爬树！

小　柔　哎呀，风筝又被树枝缠住了。

严大明　我去帮儿子取下来！

　　　　［圆场。

　　　　［小柔跟在严大明身后。

小　柔　大明很会爬树，记得当年在老家，有一年夏天院里的桑树结满桑葚果，你就腾腾地爬上去给我摘桑果吃。

严大明　　（陷入回忆）那时候，小明还在你的肚子里。

小　柔　　一转眼，他都已经九岁了。我们的家都要散了！

　　　　　（唱）【五韵美】

　　　　　　　　画风筝，

　　　　　　　　风筝艳，

　　　　　　　　风筝云际俯身瞰，

　　　　　　　　享天伦眷侣齐称美。

　　　　　　　　神仙（也）不换，

　　　　　　　　俏语慢呢喃无厌。

　　　　　　　　执手看情缱绻，

　　　　　　　　（娇儿）绕膝前。

　　　　　　　　去日远旧梦难圆，

　　　　　　　　空余恨怨。

　　〔小明幕后搭架子：爸爸，爸爸，快放快放，让风筝飞得更高！
妈妈，妈妈，你看风筝飞得好高好高，哈哈哈。

严大明　　孩子是风筝，我们是放风筝的人。儿子，爸爸陪你放风筝。

　　　　　（唱）【山麻秸】

　　　　　　　　父与子，

　　　　　　　　常相伴，

　　　　　　　　（当爹）义务承担。

　　　　　　　　（为父）大树参天。

　　　　　　　　妻贤，

　　　　　　　　丈夫要（向你）致以衷肠歉。

　　　　　　　　手重牵心心相印，

>　　月圆人如愿，
>
>　　和乐绵绵。

〔将弹珠递给小柔。

拿着，我去取风筝。

〔疾下。

小　柔　（目送严大明，捧起手中的弹珠）小明说：弹珠像星星，亮晶晶的如同爸爸的眼睛。

〔切光，小明出现在定点光中，玩弹珠。

小　明　（唱）【蛮牌令】

>　　烈日照炎炎，
>
>　　陪我弹珠玩，
>
>　　相约操场上，
>
>　　爸做守门员。
>
>　　我这里齐发数弹，
>
>　　他那里难守周全。
>
>　　连输我，
>
>　　三两盘，
>
>　　（爸爸喘吁吁）讨饶讨饶，
>
>　　（父子们）欢笑连连。

〔定点光收。小明和大明幕后搭架子。小明：爸爸，下次再陪我玩弹珠好么？大明：好！小明：爸爸，下次让你赢好不好？大明：你可不要故意让爸爸哦。小明：爸爸，你眼睛圆圆的亮晶晶的，像星星和弹珠。大明：是吗？哈哈哈……。

〔严大明举着风筝复上。

小　柔　（环顾四周，恍然大悟）我明白儿子要带我们去哪了。你跟我来。

（引大明从一条林荫小道穿行）

（唱）【江头送别】

> 经常走，
>
> 经常走，
>
> 棋盘（墙）上粘。

严大明　这小子爱玩儿飞行棋，说长大想当飞行员。

小　柔　（唱）搭积木，

> 搭积木，
>
> 兴建（未来）家园。

严大明　他说妈妈喜欢老家门前的小桥流水，要给你盖个林间小屋。

柔、明　（唱）林荫绿水莺啼啭，

> （一家人）徜徉天地之间。

[严大明和小柔顺着小明积木搭建的田园看到尽头五彩粉笔画的

跳房子。

小　柔　这一边是他积木搭就的田园。

严大明　这一边是他粉笔绘就的房间。

明、柔　（唱）【亭前柳】

> 儿是想心田，
>
> 搭起个林园。
>
> 画深情款款，
>
> 描就彩云天。
>
> 可怜，
>
> 有梦阖家暖。
>
> 总忆当年，
>
> 再邀你我入此间。

小　柔　他写的 1 总是笔笔直——

严大明　男子汉。

小　柔　他写的 2 脖子总是很长，像天鹅；他写的 3 这里总是像手臂一样把里面都包裹起来，他说 3 像是拥抱，像拥抱。（伸出手指在眼前描着数字 3 的轮廓）4 他写得很好，很工整，5 却总是歪歪扭扭，像要飞起来。他的 6 是倒笔画，他喜欢这么写，因为他说——

严大明　6 是哨子。只有裁判才能吹的，很响亮，很响亮的哨子。

小　柔　（惊喜地）你还记得？！我以为你都忘了。

　　　　［哨声骤响。

　　　　［小明兴高采烈地跑上。

小　明　太好了，太好了。爸爸妈妈，我就知道你们一定能找到我为你们准备的惊喜！

小　柔　傻儿子，你还为妈妈准备了惊吓。

严大明　小子！下次不可！

小　明　（学着戏曲里拱手）记下了！下次不可！（吹哨）跳房子比赛现在开始，听我哨令！（大明、小柔严阵以待）预备——开始！（吹哨）

　　　　［大明小柔和小明并肩跳房子。

小　明　（唱）【江神子】

　　　　　　三人肩并肩，

　　　　　　走入了最美田园。

　　　　　　我家幸福绵绵，

　　　　　　妈妈和爸笑甜甜，

　　　　　　温情最暖。

众　　　（唱）【尾声】

　　　　　　　寻寻觅觅寻难见，

　　　　　　　过往事流年如烟，

　　　　　　　回首望更晓情真爱无边。

〔幸福一家人的剪影。

〔主题旋律贯穿。

〔光渐收。

——全剧终

赵　琼　儿童文学博士，上海师范大学天华学院教师，英国赫特福德大学访问学者。木偶剧《星星之火》获上海市文化发展基金青年编剧项目；儿童音乐剧《蝴蝶之舞》由中国福利会儿童艺术剧院制作演出。发表论文多篇。专著《儿童剧场基础理论研究》获"戏剧中国"优秀文论作品；所教授的《早期阅读与指导》获誉首批国家级一流本科课程；个人获上海市高校教学技能大赛骨干教师组一等奖等多个奖项。

—当代—

贝雕情缘

薛佳鹏

时间：公元 2023 年，除夕前后

地点：中国南方，海边小镇

人物：

老　刘　老生，国家级非遗项目传承人，刘氏贝雕艺
　　　　　术馆负责人

郑小梅　老旦，老刘的老伴

小　刘　小生，老刘的儿子，国际贸易专业，博士学位

珍　妮　小旦，俄罗斯在华留学生，小刘的未婚妻

老王、王阿姨　老刘的邻居

甲、乙　非遗保护中心工作人员

老刘徒弟若干　群演

楔　子

[除夕之夜,广海市海滩边的一条商业老街,张灯结彩,万家灯火,人来人往。在一座西式教堂的旁边坐落着一个中式的老店铺招牌:刘氏贝雕艺术馆,艺术馆门前的两个大红灯笼随着微风摇曳,光影映射在熙熙攘攘的街道上,显得格外喜庆。

(小刘携珍妮上,小刘唱)【摊破浣溪沙】

> 三载疫防思故里,
>
> 一朝开禁赴广海。
>
> 阳后小楼重聚首,
>
> 送瘟神。
>
> 焰火缤纷灯璀璨,
>
> 梅花芳艳酒香醇。
>
> 诉罢乡愁谈愿景,
>
> 喜迎春。

[贝雕艺术馆里屋,餐厅。贝雕老艺人老刘穿着喜庆的衣服坐在主位,面前是一桌子丰盛的具有广海市地方特色的海鲜美食,身边坐着的是自己最亲近的家人和徒弟们。

[老伴郑小梅端着一盘刚炸好的虾饼,缓上。

郑小梅　虾饼来喽,小心烫。

郑小梅夹出一个虾饼递给对面的珍妮:来,尝尝我们广海的特色。

郑小梅头上的红贝壳发簪在灯光照耀下闪闪发亮,引起了珍妮的注意。

珍妮轻轻咬了一口虾饼，看了看众人，用蹩脚的中文说道：

Oh，mygod，好吃！

众人哈哈大笑。

小刘举起酒杯，招呼着珍妮，二人一起站起身。

小　刘　爸，儿子和儿媳妇祝福您永远身体健康，福如东海，寿比南山。我干了！

珍　妮　（用蹩脚的中文说）我也干了。

珍妮因为喝得太急，呛了一口。

众人见状哈哈大笑。

郑小梅　慢点，慢点。

老　王　小刘，你比你爸强，不仅博士毕业，还找了个外国媳妇。不像你爸，一辈子就只会和各种贝壳打交道，天天磨呀磨，到底也没走出咱们这条老街。

老　刘　（脸颊泛红，微笑道）儿子啊，现在你长大了，老爸决定把祖传的贝雕刻刀传给你，以后这个贝雕艺术馆，你就是老板了。用你学的一肚子知识，把咱们的贝雕工艺带出老街，走向世界。

说着话，老刘转身从条案上紧锁的抽屉里拿出了一个条形的紫檀木盒，打开后，里面是一把用红布包裹着的，略显陈旧的贝雕刻刀。众人鼓掌庆祝，徒弟们不约而同地起身试图一睹风采。

小　刘　（唱）【扑灯蛾】

　　　　　　人各有志不能蛮干，

　　　　　　瓜儿强扭怎能甘甜。

　　　　　　继承贝雕不是我愿，

　　　　　　强势干涉我怎心欢。

> 我的未来有打算，
>
> 经商致富天地宽。
>
> 想好事情我要干，
>
> 不忘初心意志坚。

小　刘　爸，我不喜欢贝雕，我打算去俄罗斯做外贸生意。

　　　　众人惊愕不语。

老　刘　（一时语塞，难以置信的看着儿子，指着珍妮质问小刘）就因为她？

小　刘　也不全是。主要是贝雕现在没多少人喜欢，挣钱太慢，我想搞点进出口贸易，赚钱快。

　　　　[郑小梅、邻居老王和众徒弟愕然。

老　刘　（唱）【叨叨令】

> 贝雕工艺让人羡，
>
> 这个技艺不能断。
>
> 怎能嫌弃挣钱慢，
>
> 眼高手低（我）看不惯。
>
> 痛煞人也么哥，
>
> 痛煞人也么哥，
>
> 祖宗手艺要中断。

老　刘　如果所有人都去赚快钱，咱们老祖宗的手艺谁来传承？咱们民族的历史不就断代了吗？祖先曾经走过的路，做过的事，儿孙们以后还能找到吗？

小　刘　爸，没这么严重，你不是还有这么多徒弟吗？随便挑一个就行了呗。

老　刘　徒弟是徒弟，你是我们老刘家的独苗，自然要继承祖业，怎么能跟着老婆去国外，这不是倒插门吗？你让我在老街以后怎么见人？

小 刘 爸，你别说话这么难听，什么倒插门啊？现在都什么年代了？

老 刘 （唱）【看花回】

何时（都）不能把本忘，

祖先家业心里装。

（你）一走了之去他乡，

贝雕传承无指望。

小 刘 爸，现在已经是新时代了，你要有全球意识。

老 刘 什么年代，你也不能忘本。你走了，我这贝雕馆谁继承？

[郑小梅试图劝说，被老刘瞪眼吓退。

小 刘 谁爱继承谁继承，反正我机票已经买好了，这两天就要走。

老 刘 （生气地站起身，拿起酒杯砸向小刘）混账东西，那你现在就走。

[郑小梅忙上前拉。

众人推搡之间，桌子摇晃，紫檀木盒落地，刻刀一摔两半。

老刘一时气血上头，倒在地上。

第一幕

[广海市人民医院外车流不息，三三两两的病人和家属进出医院。小刘手里提着营养品走入大门。病房内，老刘半躺在病床上，郑小梅和珍妮围坐在两侧。

郑小梅 儿子大了，有自己的想法，我们应该让他选择自己的路。

老　刘　咱们是非遗传承人，肩膀上担负着保护民族遗产的责任，别的
　　　　父亲可以宽容儿子，但我们必须不辱使命。

　　　　〔小刘站在病房外，探着头，透过病房门的窗口向里打量，郑小
　　　　梅走出。

小　刘　妈，我爸没事吧？

郑小梅　不碍事，老毛病了。你也真是，都这么大人了，还让他生气。

小　刘　我爸说的话你也听到了，我去国外做生意就成倒插门了？他喜
　　　　欢贝雕，难道我就一定要喜欢？所有人都要像他一样吗？

郑小梅　行了，小声点，你别管他说什么，妈同意你走不就行了吗？

　　　　小刘晃了晃手里的礼品：那我进去把这个给爸送过去，就当认
　　　　个错了。

郑小梅　得得得，给我吧，他正在气头上，你还是赶快回去，照顾咱们
　　　　家的店。

小　刘　行，就让珍妮留下陪你们，等我爸身体好点了，我们再走。

　　　　〔郑小梅返回病房，给老刘削苹果。珍妮从怀里拿出昨晚捡到的
　　　　红贝壳发簪，递给郑小梅。

珍　妮　（用蹩脚的中文说）这个很漂亮，昨晚你掉在了地上。

　　　　〔郑小梅接过红贝壳发簪，看着珍妮又看着老刘，陷入了回忆。

第二幕

　　　　〔贝雕加工厂房内，年轻时的老刘正在精心地打磨着贝壳，不小
　　　　心磨到手指，他把指头含在嘴里。年轻时的老刘脸上洋溢着笑容，

时不时回头看向身后的一个年轻女孩。灯光变化到深夜，年轻时的老刘拿着放大镜，正小心翼翼地把白天打磨的一片片红色贝壳粘在一个木制的发簪上。

[次日，贝雕加工厂的集体食堂内，一个年轻的女孩坐在板凳上，拿着铝盒吃饭。年轻时的老刘匆匆走过来，把一个布团塞到女孩怀里。女孩打开布团，精美的红贝壳发簪映入眼帘，女孩转头看向年轻时的老刘离去的方向。远处，年轻时的老刘匆忙躲闪。

[再次日，年轻时的老刘正在操作台上打磨贝壳，突然一双手套递到他的手边。年轻时的老刘转头一看，只见女孩满脸通红，匆忙回到了自己的工位。年轻时的老刘看到女孩的头发上摇晃的红贝壳发簪。

[又一日，老式的婚礼现场，红布头掀开，一幅巨型的用贝壳制作的鸳鸯图赫然出现在众人面前。年轻时的老刘和戴着盖头的女孩一起跪拜父母，旁边都是喜笑颜开的同事和亲朋好友。年轻时的老刘的父亲拿出条形的紫檀木盒郑重地递给他，嘱咐道：今后贝雕的传承就靠你们了。

[回忆结束，灯光切换，时空回到病房

珍　妮　（用蹩脚的中文说道）好浪漫，那个女孩就是你。

郑小梅眼中闪着泪花，微笑着点点头。

郑小梅和老刘握紧双手，面露欣慰的笑容。

[刘氏贝雕艺术馆前厅，小刘正百无聊赖地看着店，偌大的贝雕展示厅里没有一个客人。角落柜台的上方，一个陈旧的木箱子与周围的环境显得格格不入。小刘搬出一个凳子，站上去，用手吃力地拉拽着。小刘打开箱子，发现里面全是小时候父亲给他用贝雕做的各种小玩具。尘封的记忆打开，小刘看着这些贝

雕玩具，陷入了回忆。

[贝雕加工厂房内，年轻时的老刘正在精心打磨着贝壳。小刘瞪大眼睛，围着老刘好奇地看着。小刘：爸爸，我也要玩。老刘把小刘抱到怀里，手把手地教着他。小刘开心地笑了，贝壳在砂轮机上轻轻转动。

[次日，老刘的厅堂前，小刘正坐在郑小梅怀里吃饭，老刘拿着一个用贝壳做的小玩具递到小刘眼前，小刘匆忙放下碗筷：给我，给我，我要玩。老刘假装跑开，小刘追上去，二人围着饭桌转圈。郑小梅在旁边趁老刘不注意，抢走玩具递给了小刘。一家三口开心地笑着。

[再次日，小学校里，小刘给几个小朋友看着自己的小动物贝雕。小伙伴们都惊奇地张着嘴，小刘得意地笑着。课堂上，小刘拿着一个贝雕发卡，递给前排的女同学，却被老师发现。老刘从老师办公室走出来，看着小刘笑了。

[又一日，火车站月台上，老刘送给小刘一个贝壳做的护身符。老刘：儿子，祝你在外面一切顺利。在外面学好本事，不要给我们老刘家丢脸。小刘：放心吧，老爸，我一定会努力的，以后我接您的班，设计一些新颖的款式.让全世界都能看到我们的贝雕作品。老刘突然有些动容，转身捂住嘴。小刘看到郑小梅也在抹眼泪。小刘：老妈，别哭了，等我以后赚钱了都给你，一分不给我爸。郑小梅笑着拍打小刘。

老　刘　（唱）【隔尾】

> 我儿想通大转变，
>
> 看在眼里心喜欢。
>
> 贝雕工艺大发展，

祖先工艺不中断，

空间无限。

［回忆结束，灯光切换，时空回到刘氏贝雕艺术馆。

［小刘看着桌上的各种小物件，想着当年答应父亲的承诺，眼

眶湿润了，此时外面传来鞭炮声和喧闹声，小刘匆忙擦掉眼泪，

走出艺术馆，来到老街上。

第三幕

［两个穿着制服的人拿着一个用红绸子盖住的牌匾，在邻居王阿

姨的引导下朝着刘氏贝雕艺术馆走来。

王阿姨　小刘，你爸在医院好些没？

小　刘　没啥大事，这两位是？

甲　我们是广海市非物质文化遗产保护中心的工作人员，今天特意

来给老刘师傅送一块牌匾。

小　刘　先给我吧，我爸这两天不舒服，在医院呢。

乙　那我们一起去医院看看老爷子吧，他可是咱们广海市的宝贝！

［小刘带着非遗保护中心的人来到医院。

甲　老刘师傅，我们来看您了。

老　刘　哎哟，谢谢，我没啥大事，还麻烦你们跑一趟。

乙　我们给您带来一块牌匾，感谢您为咱们广海市贝雕工艺所做的

贡献。

［红绸子一掀开，金灿灿、熠熠生辉的"广海市贝雕传承发展研

究中心"几个字映入眼帘。

老　刘　（涨红着脸）我就是个手艺人，都不知道还能干几年，还研究
中心呢！

甲　别这么说，我们优秀的民间传统工艺正是因为有了您，才能绵
延不断的传承到今天。再说，您不是还有个儿子吗？听说他可
是个博士，我们相信他肯定可以把这个研究中心做好。

老刘沉默了，珍妮和郑小梅也没说话。

[小刘思考了片刻，上前接过牌匾。

小　刘　爸，你放心，有我在呢，我来帮您带徒弟。

第四幕

[广海市人民医院外，阳光明媚，老刘走出医院，小刘将车停在
老刘面前，珍妮和郑小梅扶老刘上车。小刘将修复好的刻刀归
还给老刘，老刘会心一笑。小刘一转头，看到珍妮的头上正别
着郑小梅的红色发簪，阳光透过车窗，红色发簪闪闪发亮。

[鞭炮声中，牌匾悬挂仪式正在刘氏贝雕艺术馆门前进行，老街
上，行人熙熙攘攘。广海市贝雕传承发展研究中心的牌匾缓缓
地悬挂到艺术馆门口的墙壁上。

老刘、小刘、郑小梅和珍妮站在艺术馆门前。小刘喜笑颜开地
和非物质文化遗产保护中心的领导共同剪断红布条。

珍　妮　（拿着单反相机和三脚架，用蹩脚的中文喊道）大家看这里！

珍　妮　（说完，迅速跑到小刘的身边）3——2——1！

众　人　茄子！

照片定格，刘氏贝雕艺术馆门前其乐融融的景象被永久地记录了下来。

——全剧终

薛佳鹏　防城港职业技术学院讲师，中国高校影视学会会员。近年来主持完成省级课题 5 项，发表专业论文 8 篇，在全国中文核心期刊《电影文学》发表微电影剧本 1 篇。代表作品网络电影《天衣小裁缝》。

—其他—

似水流年

李　培

时间：先秦

地点：卫国

人物：

衍予月　闺门旦，卫国丝绸大户家的小姐

黄　鹂　贴旦，卫国丝绸大户家丫鬟

姜斯年　穷生，卫国没落文人世家之子

姜之翰　老生，卫国没落文人世家后代之姜父

姜　氏　老旦，农家女之姜母

子之麟　巾生，卫国布匹商人之姜斯年之友

【第一幕】外出离家

[（引子）卫国城郊复关之地姜之翰家新添小儿，为实现重振家业的大任，取名"斯年"。姜之翰与妻子依偎一起，深情地望着在襁褓中的孩子。

姜 父 （唱）【满庭芳】

> 先祖名士，
>
> 复关困儒，
>
> 几番廊庙选仕，
>
> 紫袍金带，
>
> （然）功业并未立。

一生贫苦在复关，莫作风流大儒看，到来只喜囊中钱，归去惟想赛神仙。俺复关贫户姜之翰，表字启明，乃卫国一名穷书生。夫人姜氏，单生子，患名"斯年"。小儿不爱读书，尚无事可做。今日特找夫人商议此事。夫人，夫人，快上前来。

姜 母 （白）参见老爷。

姜 父 （白）小儿近来可用功读书？

姜 母 （白）每日温书到深夜。

姜 父 （白）如今家中先祖外债尚未还清，年儿可有外出谋生计的打算？

姜 母 （白）这，待我问问年儿。

[一个破旧无光的小房间内，姜斯年正在昏暗的油灯下发呆。

（姜斯年上，唱）【锦缠道】

> 读史籍，
>
> 无心会章句精思，
>
> 心事难放下，
>
> 家贫书理难充补，
>
> （宁）不求这一顶乌纱。
>
> 一夜读来心堵思茶，
>
> 想赚万币屋墙高挂。

〔斯年想出去透口气，姜氏此时推门而入。

斯　年　（白）啊，母亲，深夜来此，却是为何？

姜　母　（白）儿啊，母亲此番过来，是你的父亲……

〔姜氏停顿片刻，走到斯年的书案前面，看了看桌上的书。

（唱）【山坡羊】

> 寒夜里温习志难遣，
>
> 蓦地里夺儿心愿，
>
> 则为俺添多银钱。
>
> 想别家一处一处里灯火璨，
>
> 为生存，（儿）把功名（暂）放得远。
>
> 儿的心愿谁怜？
>
> 如果要因循辗转
>
> 怎飘落世间？
>
> （他）随俗念靠勇敢。
>
> 踌躇，这父命哪敢言？
>
> 呜呼，（俺）顾老面难周全。

〔姜氏用衣袖擦干老泪，拂了拂额前的碎发，慢慢坐了下来，轻叹一声……。

姜　氏　（白）年儿，为母有话对你讲。

斯　年　（白）母亲大人，您心中有话，且慢慢说与儿听。

姜　氏　（白）儿啊，你爹爹望你能够有事可做，添补些家用。

斯　年　（白）母亲大人，休要为难。俺也正有此意，正欲明日与二老
　　　　　　共同商议商议。俺幸得一好友名子之麟，乃是楚丘人士。家有
　　　　　　良布万匹，常年做贸布生意，现缺少一伙计同行。

姜　母　（白）儿啊，那你可去得成不？

斯　年　（白）去得成，去得成，下月初一准备出发同去楚丘城。

　　　　　〔斯年给母亲倒了杯水，为姜氏掸掉书案粘在衣服上的灰尘。

斯　年　（唱）【燕儿舞】

　　　　　　　（俺）辛劳归来

　　　　　　　（定可）良布到手

　　　　　　　（到那时）陈债交相授

　　　　　　　（实在是）财比书更优。

　　　　　（姜氏接唱）（年儿）为凑够家需谋良策

　　　　　　　（他）移至别乡落牵挂。

　　　　　〔姜斯年穿着最好的一套衣服，赶赴楚丘与友人共同贸布。

【第二幕】同船相遇

　　　　　〔一日姜斯年与子之麟一同沿河贸布。今日收入颇丰。沿河周围
　　　　　赶来易物的人很多。今日换得了大米、木头，还有一个新的头巾。

此时，一俏丫头对着他们喊。

黄　鹂　（白）公子停一停，俺有一事相求，可否借一步说话。

之　麟　（白）小姐，小生不知所问何事？

黄　鹂　（唱）【新水令】

　　　　　　欣喜二位好雨到，

　　　　　　泪落盈盈焚心坐针，

　　　　　　俺飞朝卷夕盼船靠，

　　　　　　我目盯步转望福至。

　　　　　　福气是你们！

　　　　　　你们是福气！

　　［黄鹂边擦拭汗水，边哭边说道。

　　俺是楚丘衍家人名黄鹂，是衍家大小姐的贴身侍女。今日陪小姐一起来农家收丝。不曾想，俺家小姐自小患有心悸，经不得奔波劳作。到如今，像是要昏死过去了。二位公子可否借船篷一用，让小姐歇息一下。

　　（斯年与子之麟同看对方一眼，忙说道）二位小姐，快上船来。

黄　鹂　（白）多谢二位公子搭救，只是……这位穿白衣服的公子可否背俺小姐上船。

　　［斯年没来得及接黄鹂的话，就把半躺在树下的予月小姐背到船上。他打开一批布铺在了小姐的身下。休息片刻，予月缓缓睁开双眼。斯年和子麟都看迷了予月柔弱的俏模样。此时，黄鹂示意二人出去。二人才回转过神来，一同走到岸边。姜斯年望着映照在黄昏中的小河。斯年与之麟各怀心事。

　　［二重唱。

斯　年　（唱）俺看她——真是个病弱娇娘。

之 麟　（唱）俺看她——实在缺个有情郎。

之 麟　（白）斯年兄，那家小姐真挚善良，与你啊，倒可以配成双。

斯 年　（白）之麟兄，此话不可乱讲。

　　　　（唱）【端正好】

　　　　　　夕阳天，粼波荡，

　　　　　　春雨袅，家燕难归。

　　　　　　软柔窈窕逼人醉，

　　　　　　美鱼叹财匮。

之 麟　（白）斯年兄，此话差矣，小姐如何想，你还得亲自去问问。
　　　　衍家乃卫国丝绸大户。衍老爷只有船中小姐一个女儿。他家女
　　　　儿出嫁，那肯定是要上门的。王孙贵族一定是不行的。我看你，
　　　　倒是可以一试。正好一举两得，既有美人相伴，又可解家中之急。

斯 年　（白）如此看来，也不是没有道理，多谢之麟兄提点。

　　　　［斯年走进船里，小姐尚在昏迷之中，便提议叫一辆马车，将小
　　　　姐送回了家。

【第三幕】借布骗婚

　　　　［衍予月的闺房里，黄鹂与予月小姐正在聊那天之事。

黄 鹂　（白）小姐，那日多亏一白衣公子，他啊……

予 月　（白）他怎么样？

黄 鹂　（白）他把小姐背进船房，还将崭新的布铺在你的身下。公子
　　　　定是担心您受寒，看着好细心哩。然后……

予　月　（白）然后又怎么样？

黄　鹂　（白）然后就目不转睛地盯着你。我就把他打发出去了。

予　月　（白）黄鹂，你怎可这般粗鲁，哎，俺该去何处找他表示感谢啊。

　　　　〔衍予月正在托腮沉思。此时，听小厮在外面喊，黄鹂，老爷有
　　　　事外出，吩咐扶小姐去丝绸店里打理生意。

黄　鹂　（白）是，小婢这就扶小姐前去。

　　　　〔衍家丝绸行里面各种金银宝器换丝的人络绎不绝。忙活了一个
　　　　上午，衍予月渐感体力不支，便停了下来。她吩咐黄鹂沏了一
　　　　壶茶，便坐在大堂待客之处饮起茶来。姜斯年穿着那天的一袭
　　　　白衣，手上抱着衍家小姐睡过的布匹，朝衍家的丝绸行走过来。

斯　年　（唱）【醉花阴】

　　　　　　（俺今日）匆匆地来回找娇娥罢欣赏，

　　　　　　怪那日行为偏狂，

　　　　　　抱粉袖，念红颜，

　　　　　　美佳娘怎教人念念思殇？

　　　　　　眼睛里添彷徨，

　　　　　　心里头藏慌张，

　　　　　　奔城来傻傻行深深想。

　　　　〔姜斯年看到了衍氏丝行，悄悄向里望去，正好看到了予月，便
　　　　收拾了下衣着，信步走了进去。

斯　年　（白）啊，黄鹂姑娘，可还记得小生，小生拜见衍小姐。

黄　鹂　（白）是你，你就是那个，（朝向小姐一眼，渐渐靠近小姐的耳边），
　　　　他就是那天背你的白衣公子。

　　　　〔予月随即起身，走到斯年面前，行礼说道……

予　月　（白）予月，拜谢恩人。

斯　年　（白）小姐，在下姜斯年，复关人士。此乃小生分内之事，行
　　　　　此大礼，万万使不得。小姐，身体可好些？

予　月　（白）已无大碍，再谢公子牵挂。

　　　　［黄鹂看到公子身旁的一匹布，打趣到。

黄　鹂　（白）姜公子，你莫不是要拿这匹布换俺小姐家的丝？那可是
　　　　　换不得的。一批布怎可换丝？

斯　年　（白）黄鹂有所不知，这匹布价值不菲。依小生看，你这丝行
　　　　　都未必换得起。

黄　鹂　（白）这是为何，难不成是王母娘娘送于你的吗？

斯　年　（白）非也，是嫦娥仙子睡过的。

黄　鹂　（白）嫦娥仙子，布，黄鹂明白了，这是俺家小姐那日昏倒睡
　　　　　过的布。公子说的嫦娥仙子莫不是……，啊，哈哈，就是俺家
　　　　　予月小姐啊。

　　　　［予月和斯年对视一眼，都害羞地低下头。

斯　年　（白）小生斗胆问小姐，予月小姐，是否有意中人？

黄　鹂　（白）俺家小姐啊，已经有意中人了。

斯　年　（白）予月小姐，当真如此？

予　月　（白）黄鹂，休得乱说。

黄　鹂　（白）不是你每日都问俺白衣公子的事吗？听完，小姐就发呆。
　　　　　就连梦里啊，都在问俺他的事呢。今日他就站在你跟前，反倒
　　　　　不叫说喽，哈哈哈哈。

予　月　（白）哎呀，黄鹂，羞死俺了。

　　　　（唱）【画眉序】

　　　　　　　苦想二十天，

　　　　　　万种心绪竞相绽。

> 忖潘安比肩，才情如泉。
>
> 督黄儿日日相言，
>
> 信姻缘百年同船。
>
> 若情郎三聘并媒鉴，
>
> 婚能长久梦能圆。

斯　年　（白）予月小姐，斯年为难地低下了头。实不相瞒，小生家中一贫如洗，尚无银钱。再说家中父母体弱多病，恐难达成小姐之愿。小生对小姐倾慕良久，倒有一万全之计。不知小姐可否愿意一听？

予　月　（白）予月非贪慕虚荣之人，但说无妨。

斯　年　（唱）【川拨棹】

> 细掂量把话儿稍慢讲，
>
> 要感她温热心肠，
>
> 促使她甘配鸳鸯，
>
> 也提防别人阻挡。

予　月　（白）公子，有什么难言之处吗？还请快快讲来。

斯　年　（唱）【混江龙】

> 家境清贫，
>
> 抬头举步意逡巡。
>
> 赢赢弱影，步步生春。
>
> 俺转辛劳折媒聘，
>
> 笑颜长随爱长存。
>
> 拂袖而去意沉沦，
>
> 蓦然回望，魂骨似醺。

　　［予月和黄鹂一听到斯年要把自己抵押衍家充媒人和聘礼，都感

动得直抹眼泪。

黄　鹂　（白）小姐，斯年公子对你一片真心，愿意以身抵于你。小姐，你是怎么想的？

予　月　（白）公子啊，女子嫁人无不三媒六聘，可俺却只想寻得一心人，望举案齐眉神仙眷侣。公子啊，

予　月　（唱）【叨叨令】

　　　　　（听他言）心中暖意缱绻涌，

　　　　　门庭才子亦不如，

　　　　　（那）规矩（也）难成鸳鸯尺，

　　　　　挚诚（其实）可赛金银库。

　　　　　不舍得也么哥，

　　　　　难割舍也么哥。

予　月　（白）公子，不要伤心，三媒六聘我不要，也不逼你卖辛苦。待秋日天高气爽，我与你同归田园。嫁妆予你千千万，只为得你切切情。

　　　[姜斯年对予月连行几个大礼后，留下布匹便回家准备婚事。在一个秋日的夜晚，他将予月迎娶进门。

【第四幕】魂归故里

　　　[不知不觉，衍予月与姜斯年已经成婚三年。在这三年里，战乱不断，衍家的丝绸行遭人劫抢。予月的父母也在与劫匪的争执中不幸遇难。曾经风风光光的衍家就剩下了衍予月孤零零一人。

因家道中落，予月也将黄鹂许配人家，并将自己所剩不多的嫁妆分了一半给她。过去的锦衣玉食让姜斯年养成了大手大脚的花钱习惯。他仍与一些酒肉朋友吃吃喝喝，不见悔改。予月再三叮嘱，他总是美其名曰商谈大买卖事宜。除了回家要钱，常常见不到姜斯年的身影。一日，予月热症未退，心悸难受，忽听门外有姜斯年的动静。

姜斯年 （唱）【神杖儿】

（俺）郁结难开，

（胸）气滞难舒，

（俺）抬头高喊，

（啊）美酒还多少？

［斯年踉踉跄跄推门而入。予月艰难起身对着姜斯年说话。

予 月 （白）相公，可否与我倒一杯茶来。（然后是止不住的咳嗽声……）

姜斯年 啊，黄鹂，黄鹂，陪姑爷再喝一杯酒。

予 月 （白）啊相公，黄鹂已经嫁人。可否给为妻倒一杯茶水来？

姜斯年 啊，娘子是要喝..茶哩。有银钱没有，嫁妆在哪里？告诉相公，我就给娘子你倒一杯茶来。娘子觉得意下如何？

予 月 （白）你你你你……啊啊啊。

（唱）【忒忒令】

斯年，你怎么如此无情啊！

俺几声声呼郎你万千，

君醉熏熏抵命来要钱。

（今）真假该断，

（俺）勿用郎争辩。

姜斯年 （白）娘子，休要动怒，当年，是你要予俺嫁妆，不是俺要的哩。

难不成娘子贵人多忘事？要不要俺与你再重复一遍？哼，病秧子……。这嫁妆莫不是都让治病花了去不成？

姜斯年　（唱）【剔银灯】

怪娘子紧握财权，

结姻缘（然）不配银钱。

外招惹仍能时来运转，

贫穷妻病来用钱钿，

这情势，好不凄惨。

［予月已被气得连声咳嗽，而姜斯年自顾自倒着茶喝。

姜斯年　（白）衍小姐呀，还喝茶不？哈哈哈哈哈。

予　月　（白）出去，出去，出去，啊啊啊，你出去…………。

姜斯年　（白）出去？难道衍小姐糊涂了？这是俺的家啊。你看看这破桌破椅，怎能是贵府？小姐，你是病糊涂了吧？

［予月艰难地站起来，一件外衣都没有披上，向门外走去。外面还下着雪，予月一瘸一拐地往父母的坟头走去。

（背景合唱）冰天雪地无他助，

孤女踽行泪如雨。

家中早已无一人，

唯有双坟与人依。

［予月忽然见父母前来，周身金光漫布，暖意也升腾了起来。

予　月　（白）啊，父亲大人，呀，母亲大人，你们，你们，终于来了……。

［看到父亲和母亲满是担心的眼神，予月忙解释道。

予　月　（白）月儿只是想家了，想母亲大人的怀抱，想父亲大人的好茶。月儿一切都好……。

予 月 （唱）【皂罗袍】

> 忽得乍暖春来一遍，
>
> 像这般皆落给似水流年，
>
> 蒲草磐石谁家见？
>
> 鸳鸯鸾凤各自眠。
>
> 恩山意海，情迷心陷，
>
> 春风朝露，恩绝线断，
>
> 醒神人实觉得罗坑现。

［予月孤独地躺在一片白雪中，嘴角露出见到父母的笑颜。此时，舞台上用大屏幕吟唱出《诗经·卫风·氓》中的诗词。

［演员一起朗诵或者吟唱。

> 桑之未落，其叶沃若。
>
> 于嗟鸠兮，无食桑葚！
>
> 于嗟女兮，无与士耽！
>
> 士之耽兮，犹可说也。
>
> 女之耽兮，不可说也。

——全剧终

李 培　宁波大学潘天寿建筑与艺术设计学院讲师，主要从事艺术学方面的研究，主持上海市哲学社会科学艺术学项目《上海越剧现代化和民族化表演理论的构建研究（1917—1965）》和浙江音乐学院重点投标项目《百年越剧艺术表演批评文献整理与研究》两个项目，并在《江淮论坛》《美学与艺术评论》《学术探索》等重点期刊发表相关文章十篇。

—其他—

杜丽娘与罗密欧

杨　斌

时间： 现代 五百年后的 AI 元宇宙时代

地点： 牡丹亭、敦煌、南海香山澳（澳门）

人物：

杜丽娘　旦，丰神美艳，天真烂漫，童真无限。蕙心兰质、温柔笃定，有爱有梦。十分美貌，更兼聪明智慧，事事精通，端的是佳人领袖，美女班头，世上无双，人间罕比。

罗密欧　生，翩翩美男子，生而俊傥，博学能文，滑稽多智，蕴藉风流，为一时之冠。杜丽娘的梦中情人，可惜是个花心大少，游戏人间。

祝英台　净，杜丽娘的闺蜜，作为杜丽娘的感情顾问，给杜丽娘很多感情上的建议，纵情山水、四海为家。

梁山伯　丑，心思聪慧，洞察秋毫，举一反三，能与细微中见显著。见别人眨眼抬头，可早先知来意，所事精细。

楔　子

[时间：暮春时分。

[地点：江南·某私人后花园·牡丹亭。

[人物：杜丽娘、罗密欧。

[背景是一条小桥，通至水榭，周围小径是各种争奇斗艳的花，玫瑰、芍药、牡丹、水芙蓉等，后景有假石一片。

[青春年华的杜丽娘在花园牡丹亭里读书。

杜丽娘　关关雎鸠，在河之洲，窈窕淑女，君子好逑——

　　　　[祝英台上场。

　　　　好闺蜜祝英台端着茶点。

祝英台　还在伤春呢？吃点茶饭身子最要紧。

杜丽娘　你共人女边着子，争知我门里挑心。

祝英台　什么意思？

杜丽娘　"女边着子"是拆"好"字，"门里挑心"是拆"闷"字，你说什么意思？

祝英台　好——闷——？！

　　　　杜丽娘又是一番叹息。

杜丽娘　落花流水春去也，我如此美貌如花，却没人看到自己如雪肌肤，曼妙身态，自叹可惜，没有人一起分享。

祝英台　是不是在梦中又梦到一个拿着枝条的男子？叫柳梦梅的？见面信号是半枝柳条？

杜丽娘　像我这般美丽的少女却无人欣赏，想有个男人看看就行，管他是柳梦梅还是牛萌萌？

祝英台　你纯粹就是恋爱脑，吃饭最要紧！米面没有了，我去买点米面。

祝英台走后，杜丽娘依然百无聊奈。

她对镜画眉，临溪顾影，好不恼恨也，一丝愁情，无法消遣，弹琴唱《懒画眉》。

杜丽娘　（唱）【懒画眉】

　　　　月明云淡露华浓，

　　　　欹枕愁听四壁蛩。

　　　　伤秋宋玉赋西风，

　　　　落叶惊残梦。

［墙外一个声音叫好。

［罗密欧上场。

罗密欧　笼中鸟想象飞上天的快乐，飞在天上的鸟另有未满的欲念。寄托更远的星辰大海，风在沙沙作响枝头张望。

杜丽娘走出牡丹亭。

罗密欧人长的漂亮，穿戴时尚，两人一见钟情，彼此欣赏。

罗密欧　这首【玉簪记·琴挑】【懒画眉】姐姐唱得真好，我也会两口儿曲子，可以麻烦姐姐请教请教否，指点一二？

杜丽娘　都是曲中人，不要客气。

罗密欧走过来，把半枝柳叶送给杜丽娘。

罗密欧　无以为赠，权当做见面礼。

杜丽娘接过柳条一惊。

杜丽娘　你可是柳梦梅？我梦里经常梦到一个拿着柳枝的男子可是你？

罗密欧　不，我叫罗密欧。

杜丽娘 名字无妨，拿着柳枝的都一样，你想唱什么？

罗密欧 《游园惊梦》里【皂罗袍】和【好姐姐】。

杜丽娘 选的好经典，暂唱无妨。

　　　　　花丛小径上，杜丽娘指正罗密欧。

罗密欧 （唱）【皂罗袍】

　　　　　原来姹紫嫣红开遍，

　　　　　似这般都付与断井颓垣。

　　　　　良辰美景奈何天。

杜丽娘 错了错了，美字一板，奈字一板，不可连下去。另来另来！

罗密欧 （唱）良辰美景奈何天，

　　　　　赏心乐事谁家院。

　　　　　朝飞暮卷，

　　　　　云霞翠轩；

　　　　　雨丝风片。

杜丽娘 又不是了，丝字是务头，要在嗓子内唱。

罗密欧 （唱）雨丝风片，

　　　　　烟波画船，

　　　　　锦屏人忒看得这韶光贱。

杜丽娘 妙妙！是的狠了，往下来。

罗密欧 （唱）【好姐姐】

　　　　　遍青山啼红了杜鹃，

　　　　　荼外烟丝醉软。

　　　　　牡丹虽好，

　　　　　他春归怎占得先。

杜丽娘 这句略生些，再来一遍。

罗密欧　（唱）牡丹虽好，

　　　　　　　他春归怎占得先。

罗密欧　（唱）闲凝盼，

　　　　　　　生生燕语明如剪，

　　　　　　　呖呖莺声溜的圆。

杜丽娘　最末几句倒是唱得好，说得好不如唱得好。

罗密欧　都是姐姐指点得好。

杜丽娘　（唱）他春归怎占得先，

　　　　　　　明如剪，

　　　　　　　溜的圆。

　　　　　[杜丽娘和罗密欧边走边说。

罗密欧　姐姐唱得太好听！

杜丽娘　（赧然一笑，看着满园花草）罗密欧，你知这花有什么蕴意吗？

罗密欧　令美人赏心悦目，人比美花娇艳！看到萱草就使人忘掉忧愁，看到木槿就使人懂得爱惜生命，花各有各有的特质也！

杜丽娘　照你所说，还有那荆棘宜在友于之场，那合欢之花宜置闺房之地，欲其称也。

罗密欧　你看那水芙蓉必须池沼，"所谓伊人，在水一方"者，不可数得。

杜丽娘　可你看这玉兰花，最怕的却是雨，昨夜一雨，花已多残败。嗳，弄花一年，看花十日，盛极必衰，这是盈亏的自然规律。凡是轻而易举就得到了富贵荣华的人，都像玉兰骤然一现的春光，桂花绚烂一时的秋色，很快就成了过眼云烟呐。

罗密欧　我的好姐姐，可以从花开花败中反思人生哲理，可敬可敬！

杜丽娘　（叹气）有心争似无心好，多情却被无情恼。（折下一支玫瑰）花开堪折直须折，莫待无花空折枝！

[罗密欧回头一看，杜丽娘正好抬头而起，灯光可以从全景光切为，追光罩住两人。

罗密欧 （顿悟）啊呀，我的好姐姐，我明白了，余生很短，一定要去爱一个。

杜丽娘红颜，将玫瑰花插至罗密欧的鬓角。

杜丽娘 你紧张什么，你，怎么流汗了？

杜丽娘从怀里掏出一个精美的鲛帩手帕替罗密欧擦汗。

罗密欧 好姐姐，我就是有点儿热。

杜丽娘 这个鲛帩手帕送你。

（唱）【山桃红】

　　　　转过这芍药栏前，

　　　　紧靠着湖山石边，

　　　　甚是阴凉，

　　　　我们那答儿谈话去罢。

[杜丽娘拉着罗密欧的手步向后景山石。

[杜丽娘拉着罗密欧的手步向后景山石，灯光渐暗。

第一折　死　生

[时间：三个月后的晚上。

[地点：江南·杜丽娘闺房。

[人物：杜丽娘、祝英台。

[一条溪水穿绕房屋而过，旁有江南风光的院落。

〔舞台字幕提示：三个月后。

〔杜丽娘在闺房。

杜丽娘 （唱）【声声慢】

寻寻觅觅，

冷冷清清，

凄凄惨惨戚戚。

乍暖还寒时候，

最难将息。

三杯两盏淡酒，

怎敌他、

晚来风急！

雁过也，

正伤心，

却是旧时相识。

满地黄花堆积，

憔悴损，

如今有谁堪摘？

守着窗儿，

独自怎生得黑！

梧桐更兼细雨，

到黄昏、点点滴滴。

这次第，

怎一个愁字了得！

〔屋外传来声音。

祝英台　　（OS，唱）【山桃红】

　　　　　　　则为你如花美眷，

　　　　　　　似水流年，

　　　　　　　是答儿闲寻遍。

杜丽娘　　是罗密欧弟弟么？

　　　　　[杜丽娘粗收拾妆容，手里握着《西厢记》，从屋里疾步出来。

祝英台　　我的好妹妹，是我呀！

　　　　　[杜丽娘看到是祝英台，有点失望。

　　　　　[杜丽娘手扶门框，弱不禁风，咳嗽不止。

　　　　　[祝英台紧步上前关问杜丽娘。

祝英台　　可惜了一个好玉人、乖娇娃。

杜丽娘　　那罗密欧可有什么着落？

祝英台　　（叹了一口气，摇头）你不要老想着他了，他就是一个采花浪荡的负心汉，这样的男人我经历的多了。

杜丽娘　　姐姐你看错了人，他或是去京城考状元去了，她考上了状元就会来接我来了。

祝英台　　他就是考上了状元，按照戏文的逻辑也必会被宰相招为女婿，如果碰上个宰相女儿恰好是知书达理的美人儿，他岂不顺水推舟做个陈世美！哪还会记得你这个半路上遇到的黄脸婆！

杜丽娘　　他郎心如铁，我们海誓山盟！

祝英台　　他要是真男人，也不至于三个月没有音讯，况且你和他只相会了一日，又不是那戏文里的崔莺莺和张生在一起 60 天！起码有点感情基础，妹妹不要太过纯真，天下男人一大把，总会有下一个一见钟情的。

〔杜丽娘一阵咳嗽，手里的《西厢记》掉落到地上。

〔杜丽娘踉跄下阶梯，祝英台捡起书赶紧上前搀扶。

杜丽娘 （唱）【蝶恋花】

忙处抛人闲处住。

百计思量。

没个为欢处，

白日消磨肠断句，

世间只有情难诉，

玉茗堂前朝复暮，

红烛迎人，

俊得江山助，

俊得江山助，

俊得江山助，

但是相思莫相负，

牡丹亭上，

牡丹亭上三生路。

〔杜丽娘干呕了一阵，拿出手绢擦拭嘴角，却是一口血。

祝英台 妹妹好好将息。

〔花丛里，杜丽娘却是怜花伤情。

杜丽娘 （唱）【江儿水】

似这等花花草草由人恋，

生生死死随人愿，

便酸酸楚楚无人怨。

〔祝英台亦感怀难持。

740

祝英台　（唱）【么篇】

　　　　　　花落水流红，

　　　　　　闲愁万种，

　　　　　　无语怨东风。

祝英台　都病成这样了，还看这闲书。

杜丽娘　（唱）忙处抛人闲处住，

　　　　　　百计思量，

　　　　　　没个为欢处，

　　　　　　白日消磨断肠句，

　　　　　　世间只有情难诉。

　　　　　　玉茗堂前朝复暮，

　　　　　　红烛迎人，

　　　　　　相思莫相负，

　　　　　　牡丹亭上三生路。

祝英台　《西厢记》里有这句？！

　　　　[祝英台翻看《西厢记》。

祝英台　（唱）月色溶溶夜，

　　　　　　花阴寂寂春。

　　　　　　拂墙花影动，

　　　　　　疑是玉人来。

　　　　　　好美的句子！

杜丽娘　那是《牡丹亭》！崔莺莺的命真好，有那讲情义的张生退了丞相女儿的美意回来找崔莺莺。其实那张生又何必呢，娶了丞相的女儿也是极好的啊，爱一个人就是放开手让他成为更好的自己呀。

祝英台 （叹息）可是那罗密欧不是张生，妹妹若真是有此等宽容大量，也不致让那相思病害的妹妹病若游丝，命垂一线的呀。

杜丽娘 我命休了也好，按照戏文的逻辑，像我这样至情至性的女子变成了鬼魂阎王爷也不会收，转派我去找那命里注定的梦中情人柳梦梅。

〔两人走至太湖石边。

祝英台 嗳，妹妹好至情至性，纯粹一个恋爱脑，妹妹这样想也顶好，只是——

〔祝英台拿出一张检查报告单。

祝英台 妹妹，可是你这一去就是两个鬼魂啊！

杜丽娘拿过报告单，看完手抖，发晕，几乎站不住。

〔祝英台忙上前扶住。

杜丽娘 啊，原来我呕吐是，我有喜了？！

祝英台 好妹妹，讲真，你和他到底好了多长时间，不就是我出去办事的那一个下午吗？

杜丽娘 嗳，着实是那热天午后的事情！

祝英台 （叹息）嗳，有些夫妻好几年都没有怀上，妹妹倒是一次就暗结珠胎。世事弄人，可惜这肚中的孩子也要去随你去阎王爷那里报到，成为一个小鬼了！

杜丽娘 （摇头）不，不，（坚定的）我要活！我要活！我要活下去，我要把孩子带到世间，让她看看这美丽的世界！

祝英台 （高兴的拉住杜丽娘的手）妹妹，你终于想通了！那就好！可要好好吃饭、好好将息！还有不要再看那乱七八糟的书惹人愁绪！什么《西厢记》里红袖添香夜读书，纯粹是文人的自恋，还有那什么《牡丹亭》纯粹就是要流氓！

杜丽娘　　（笃定的）姐姐放心，我可不是为了我自己，为了这个孩子，我也要活下去。

祝英台　　拉钩，说的话要算数，一百年不许变！

杜丽娘　　拉钩，五百年也不会变。

　　　　　［两人小拇指互相拉钩。

　　　　　［此时一阵风吹的旁边花草摇摆，杜丽娘不禁抱臂寒肩。

杜丽娘　　外面风冷，我们进屋谈话去吧，小心着凉了孩子。

　　　　　［杜丽娘沿河花径走向闺房。

　　　　　［祝英台在后头点头称善，长长的舒了一口气。

　　　　　［祝英台也步随杜丽娘拾阶进屋。

祝英台　　对了，好妹妹，孩子生出来，总该有个姓吧，你想让孩子跟什么姓呢，是姓祝呢？还是姓罗？

　　　　　［杜丽娘略走片刻低吟，又抬头看着房梁。

杜丽娘　　那《西厢记》里总说人才是"擎天白玉柱，架海紫金梁"。我这孩子姓即不随我，也不随他，就姓梁吧，希望孩子长大了对社会、地球有用的人才。

祝英台　　要是那个陈世美找上门知道了抢孩子怎么办？孩子到时要是选择他爸呢？

杜丽娘　　（摇头）我不会让孩子知道他爸是谁？也不会让孩子爸知道他有个孩子。

祝英台　　妹妹这是为何？

杜丽娘　　一定要争一口气！

祝英台　　孩子总有知道自己身世的权利！

杜丽娘　　我要孩子长大了为我报仇！

祝英台　　妹妹有点偏执过了头！按照戏文的逻辑，即使是像王子哈姆雷特那样报仇，他妈妈也不小心喝毒而死的呀！

杜丽娘 我成了一只鬼也好，总能在到地狱那里找到他，到时我要在阎王爷那里告状，做鬼也不放过他！

祝英台 好了！好了！看不出来你表面温柔笃定，还敢爱爱恨恨梦想的！只是你一个人带孩子也不容易，不如我们一起把孩子养大，我把我所学一股脑的传授给这孩子。

杜丽娘 啊呀，那真是太麻烦姐姐，没有姐姐我也活不到今天，还要麻烦姐姐未来的帮衬，请受妹妹一拜。

［祝英台赶紧上前扶住。

祝英台 客气什么，咱们都是好闺蜜，义结金兰，一家人就不说两家话，嗳，对了，孩子上户口取什么名字呢？

［杜丽娘沉吟走到窗前，推开窗户，望着远山。

［祝英台也走过去到窗口，和杜丽娘肩并肩。

杜丽娘 嗳，那山真好，又是第一个孩子，不如名山伯吧。

祝英台 （惊讶）梁——山——伯！这名字好熟悉，好像在梦里梦到过一个叫这个名字的梦中情人。

杜丽娘 你看这名字多有缘呐，就这么定了！

祝英台 不知道这孩子是男还是女？

杜丽娘 男孩女孩都好，反正都是给我报仇的。

祝英台 那我传授武艺可得小心点，也不知道丑俊如何？

杜丽娘 我这样标致，1米8，孩子肯定很漂亮。

祝英台 可惜那陈世美在我看来有点黑丑矮矬了一点，这可就不好说了。

杜丽娘 在妈妈的眼中，孩子是全世界最漂亮的，不许反驳。

祝英台 我1米9，如果我是个男的，我们一定很般配，生的孩子肯定是全世界更漂亮的。

杜丽娘	你应该赶紧找一个！
祝英台	我怕是要单生一辈子了，听完京剧又来听你的昆曲！
杜丽娘	遇到了，说不定就来了。
祝英台	哼，我算是看透了男人，爱来不来！对了，讲真，还是那个问题，那个陈世美要是找上门抢孩子怎么办？
杜丽娘	我们要搬个地方，搬个很远的地方！

[杜丽娘手扶祝英台。

祝英台	怎么了？！
杜丽娘	嗳嗳，你听，他动了，肯定他也同意了！

[杜丽娘拉起祝英台手到杜丽娘的腹部，灯光追至两人。

祝英台	嗳嗳，就是，他肯定是饿了！妹妹好好休息，我去给你买只乌鸡炖汤喝，养足了力气我们就搬家。
杜丽娘	姐姐扶我一起去，我要让孩子先好好感受感受人间烟火。
祝英台	真是嫌麻烦不嫌事多。
杜丽娘	都是为了这即将出世的混世魔王呀。
祝英台	好吧，走吧，走吧。

[祝英台扶杜丽娘向舞台场口走去。

祝英台	讲真，我们到底是搬去哪里？不会是塞外大漠吧？还是北极点上，我们穿着白色的连衣裙肯定很漂亮！
杜丽娘	那不冻死了我们！
祝英台	要有想象的嘛！还是去月球上诗意栖居？去太阳上逛逛也行，银河系外倒是也可以考虑考虑！
杜丽娘	要是那样，可以带着地球一起流浪流浪！
祝英台	还是你能想象！你以为地球是宠物啊！
杜丽娘	要有想象的嘛！我们是外星宠物，地球是小皮球的嘛！

祝英台　这个想法好，原来我们一直生活在元宇宙里！

〔杜丽娘拉着罗密欧的手步向后景山石，灯光渐暗。

第二折　送　别

〔时间：20 年后。

〔地点：西北大漠·敦煌。

〔人物：杜丽娘、祝英台、梁山伯、罗密欧。

〔背景是空旷的西北，敦煌莫高石窟对岸，祁连雪山下，党河边的一座院落。

〔舞台字幕提示：20 年后。

〔灯光可以成朝霞的粉红效果＋配蓝色，地面可以放干冰。

〔朝霞漫天，云海辽阔。

〔雾气缥缈间，杜丽娘可弹琴吹笛小提琴。

〔长大成人的梁山伯念唱《醉太平》，唱间亦舞身形。

〔祝英台随歌翩翩舞剑，势若惊鸿，矫若游龙，或长空击鹰，或平沙落雁。

梁山伯　（唱）【醉太平】

　　　　　长弓大刀，

　　　　　坐拥江东，

　　　　　车如流水马如龙。

　　　　　看江山在望中，

　　　　　一团箫管香风送，

千羣旌旗祥云捧，

苏台高处锦重重。

管今宵宿上宫。

祝英台　极好极好。不是一番寒彻骨，争得梅花扑鼻香？二十年来没有白白培养你！

梁山伯　侠骨柔情，骨催动，柔情以法，诗曰关关雎鸠，在河之洲，窈窕淑女，君子好述，又曰兼葭苍苍，白露为霜，所谓伊人，在水一方，是自然而然的。

祝英台　是颗好苗子，走吧，你妈该等着急了，吃完了早餐我们就出发。

祝英台　教的他十八般武艺，无有不拈，无有不会，这孩儿弓马倒强似我。

杜丽娘　日月催人老，光阴趱少年言。过日月好疾也，今经二十年光景，抬举的我那孩儿二十岁，官名唤做梁山伯。我跟前习文，祝英台跟前习武。甚有机谋，熟娴弓马。

[灯光可以渐渐显出杜丽娘在家里收拾行李。

（唱）【货郎儿】

（杜丽娘）昼长时亲自教双鬟，

　　　　舒素手拍香檀，

　　　　一字字都吐自朱唇皓齿间。

（梁山伯）恰便似一串骊珠声和韵闲，

　　　　恰便似莺与燕弄关关，

　　　　恰便似鸣泉花底流溪涧。

（祝英台）恰便似明月下泠泠清梵，

　　　　恰便似缑岭上鹤唳高寒，

　　　　恰便似步虚仙佩夜珊珊。

杜丽娘　二十年光景，弹指一瞬，仿佛前两天是蹒跚学步、咿咿呀呀时。

梁山伯　妈妈要多多将息，放假了我就回来。

杜丽娘　能走多远就走多远，不要顾念我。

祝英台　你妈的意思是不成个气候就不要回家！

杜丽娘　将相本无种，男儿当自强，要好好的学习，不要过早的谈恋爱。

梁山伯　（唱）【仙吕·赏花时】

　　　　　　　我是个矫帽轻衫小小郎，

　　　　　　　她是个绣帔香车楚楚娘，

　　　　　　　恰才貌正相当。

　　　　　　　俺娘向阳台路上，

　　　　　　　高筑起一堵雨云墙。

祝英台　放心吧，我会看着他的。

梁山伯　你和我爸不就是我这么大的年龄吗？一朝被蛇咬，十年怕井绳，妈受的感情伤还未愈合。

杜丽娘　我们大人的事，你，你怎么知道？

梁山伯　从我懂事起我就知道，我的爸爸是罗密欧。

[杜丽娘踉跄，梁山伯、祝英台上前要扶，杜丽娘制止。

杜丽娘　我们都拉过钩的事不算数了！

祝英台　我可没说，你不知道现在的小孩子多聪明，说的话我八辈子也想不出来。梁山伯又是一个极其聪明的孩子，就连我们两个找不到罗密欧的地址，他都能找到。

杜丽娘　你见过罗密欧？！

梁山伯　妈，我虽是个孩子身，虽是个小晚辈，见别人眨眼抬头，我也早先知来意。不是我卖弄所事精细，妈妈，你瞒儿身怎的？

杜丽娘　罢罢，孩子长大了就有了自己的想法，我没法管，很多事情需要自己经历。你申请博士后忙，也要学业为重啊。

祝英台　正好都是一个学校的，算是同学啦，我和他共同进步。

杜丽娘　你也要找个人了呀，不能光钻研在自己的书本里。

祝英台　一个不要过早，一个催着嫁人，妹妹真是操碎了心，你还是多
　　　　读读你的经书吧。

杜丽娘　一辈子长剌剌的，不操心难呐。

祝英台　临行密密缝，意恐迟迟归。

梁山伯　妈这是到了更年期，疑神疑鬼。

杜丽娘　罢罢罢，你们走吧，让我静一静。你们走了，我就去深山里修炼。

祝英台　良宵寂寂谁来伴，惟有琵琶引兴长，你还是弹弹琵琶吹吹笛子
　　　　拉拉小提琴吧，或者有时间还是去找你的梦中情人柳梦梅吧！

梁山伯　让我妈静一静，信息量太巨大了，我妈只是消化不了。

　　　　〔梁山伯拿起包袱背在身上。

梁山伯　妈一个人更要多注意安全。

祝英台　有什么事随时联系。

　　　　〔祝英台和梁山伯从右舞台口下场。

　　　　〔杜丽娘看着远去的两人，留下了眼泪。

　　　　〔灯光追至杜丽娘，杜丽娘拿起桌上的镜子。

杜丽娘　（唱）【正宫·端正好】

　　　　　　碧云天，

　　　　　　黄花地，

　　　　　　西风紧。

　　　　　　北雁南飞。

　　　　　　晓来谁染霜林醉？

　　　　　　总是离人泪。

　　　　〔老年的罗密欧从左舞台口上场。

罗密欧 去年今日此门中，人面桃花相映红。人面不知何处去，桃花依旧笑春风。

杜丽娘 （擦拭眼泪，回身）十里桃花霞满天，玉簪暗暗惜年华。花单影只月清冷，不羡鸳鸯只羡仙。

罗密欧 画堂红袖倚清酣，华发不胜簪。重重帘幕寒犹在，杏花春雨江南。

杜丽娘 花有重开日，人无再少年。不须长富贵，安乐是神仙。

罗密欧 有缘千里能相会，无缘对面不相逢。

杜丽娘 画虎画皮难画骨，知人知面不知心。

罗密欧 我寄愁心与明月，奈何明月照沟渠。

杜丽娘 光阴似箭催人老，日月如梭追少年。你到底是谁？

罗密欧 是我！

杜丽娘 没想到成了个油腻男，可恨那时怎么会看上你！

罗密欧 离恨千端，闲愁万种，无语怨东风。人生就是巨大的后知后觉。你还是那样的丰神美艳！

杜丽娘 这话放在 20 年前我还是个丫头的时候我还信，来做什么？是来求我的原谅吗？

罗密欧 （唱）【油葫芦】

　　　　　怨无罪，

　　　　　吾当亲问咱。

　　　　　这里属那位下？

　　　　　休怪我不曾来往乍行踏。

　　　　　我特来填还你这泪揾湿鲛绡帕，

　　　　　温和你露冷透凌波袜。

　　　　　天生下这艳姿，

　　　　　合是我宠幸他。

今宵画烛银台下，

剥地管喜信爆灯花。

[罗密欧拿出定情手帕以及半枝柳条。

罗密欧 得放手时须放手，得饶人处且饶人。

杜丽娘 空即是色，色即是空。年轻时候的事，谁又是对的，谁又是错的，对的错的有什么意义呢？

罗密欧 我以为我们会大吵一架！你放下了就好，万法皆空。

杜丽娘 我们这一代都已经完了，一切都向前看，希望那孩子为不要重蹈我们的覆辙。

罗密欧 万两黄金未为贵，一家安乐值钱多。只要两情相悦，就不要插手孩子感情的事，难道你想让他和他爱的人变成两只蝴蝶你才甘心吗？

杜丽娘 你走吧，你还是在地球上消失算了！

罗密欧 我会在你的世界里消失的，医生说我还有一个月就要从地球上消失了。问秦淮旧日窗寮，破纸迎风，坏槛当潮，目断魂消。

杜丽娘 我原谅你不代表你可以再骗我！

罗密欧 （拿出名片放到桌上）我说的是真的。在你最向往的南方大海边，临走之前我有个巨大的秘密要告诉你。

杜丽娘 你的秘密管我什么事！

罗密欧 是关于你的秘密，还有你那个梦中情人柳梦梅！

[灯光追至罗密欧与杜丽娘。

杜丽娘 我的秘密？我还有什么秘密？ Who am I? Where I go? 还是 To be or not to be 的问题？你想要我跟你复合、死灰复燃是不可能的事！要知道覆水难收！

[罗密欧仔细的叠好手帕，小心翼翼的放回兜里。

罗密欧 Nothing is impossible! 那我就在美丽的大海边等你！再见。

  罗密欧绅士般的踱步向台口走去。

  〔灯光追至杜丽娘。

杜丽娘 哼！我们还是不要再见的好！要是再见也是地狱！

罗密欧 那我们就在地狱见吧。

  〔老年的罗密欧从左舞台口下场。

  〔杜丽娘走回屋内念《心经》。

  〔杜丽娘叹了一口气。

  〔杜丽娘起身照镜，散开头发梳发，生华发，如同白发魔女的样子。

杜丽娘 （唱）【叨叨令】

>   弹指一挥华年去，
>
>   青丝红颜照镜雾，
>
>   美人堂前贪迟暮，
>
>   英雌潮落悲前路，
>
>   也罢了也么哥，
>
>   也罢了也么哥，
>
>   烟雨忽来暗飞入。

  〔此时一阵风吹开了窗户，竹影婆娑摇摆，月光照在墙上冷辉。

杜丽娘 （唱）【仙吕点绛唇】

>   车碾残花，
>
>   玉人月下吹箫罢。
>
>   未遇宫娃，
>
>   是几度添白发。

  〔杜丽娘起身走到窗前，放下箫，闭上窗户。

杜丽娘 疑了些无风竹影，恨了些有月窗纱。

[杜丽娘拿起琵琶步向门外，抬头望着冷月。

杜丽娘　　绕回廊；绕回廊，近椒房；近椒房，月昏黄；月昏黄，夜生凉；

夜生凉，泣寒螀；泣寒螀，绿纱窗；绿纱窗，不思量！

[杜丽娘怀抱琵琶，弹了几声。

[一阵飞鸟惊起，屋檐铁马丁丁响，院子里池漏滴答的声音。

杜丽娘　　（唱）【尧民歌】

　　　　　　　呀呀的飞过蓼花汀，

　　　　　　　孤雁儿不离了凤凰城。

　　　　　　　画檐间铁马响丁丁，

　　　　　　　宝房中座榻冷清清，

　　　　　　　寒也波更，

　　　　　　　萧萧落叶声，

　　　　　　　烛暗长门静。

[灯光渐渐淡出或者黑幕。

第三折　秘　密

[时间：一个月后，农历七月七。

[地点：南海·天涯海角。

[人物：杜丽娘、罗密欧。

[背景海边，天很蓝，天际有白色的飞鸟，延伸进海里的木板桥

尽头，是天涯海角奶茶店。

[舞台字幕提示：一个月后，农历七月七。

[罗密欧已在场中，杜丽娘上场。

（唱）【浣溪沙】

（杜丽娘）千里莺啼绿映红，

（罗密欧）水村山郭酒旗风，

（杜丽娘）行人如在画图中。

（杜丽娘）不暖不寒天气好，

　　　　或来或往旅人逢，

（杜丽娘、罗密欧）此时谁不叹西东。

罗密欧　耕牛无宿料，仓鼠有馀粮；万事分已定，浮生空自忙。

杜丽娘　星飞天放弹。

罗密欧　日出海抛球。

杜丽娘　这仗对的好别扭。

罗密欧　天涯海角有穷时，只有此情无尽处。

杜丽娘　酒逢知己千钟少，话不投机半句多。

罗密欧　三分春色描来易，一段伤心画出难。

杜丽娘　梨花一枝春带雨，玉容寂寞泪阑干。

罗密欧　你哭的样子很迷离很好看！

杜丽娘　你气色不错很让人惊讶，是不是要告诉我医生误诊了，你还能再活 30 年！

罗密欧　我只是想找个氛围好一点的地方告诉你那惊天的秘密！

杜丽娘　我承认你又一次引起了我的好奇，有什么大不了秘密非要在天涯海角说，要是骗我，我扭头就走。

罗密欧　我知道你倒是有几分好奇，安奈不住，就当是来此旅游也好！

杜丽娘　（冷面）你猜的很透，只是我的时间很宝贵，我很忙，还有很多事情要做。

罗密欧 有两个秘密，一个算是好的，一个算是坏的，你想先听哪个？

杜丽娘 （揶揄）哦？惊天秘密变成了俩？！好吧，但凡在电影剧情里，都是先听好的。

罗密欧 好的消息，是你误会我了！

杜丽娘 （冷笑）秘密终究是关于你的，不是我的！（顿了顿，调了一口气）20 年前暮春的那一天，一个比我胸大的女子来找你，你二话不说拉起她的手就跑，这算误会！

罗密欧 她叫罗美丽，是我的亲妹妹！

杜丽娘 哼，骗鬼呢，那为何也不打个电话解释清楚，还有你的电话竟然停机。

罗密欧 有重要的事情要去处理，急急忙忙手机丢了，等我忙完了来找你解释，你搬家了，我满世界的找不到你。

杜丽娘 那么巧，关键时刻就丢手机？你又能有什么重要的事情？恐怕是掉进温柔乡了吧，等喜新厌旧了又来寻觅旧情。

罗密欧 人生本来就是一场巨大的巧合。我那重要的事情说起来，恐怕三天三夜也说不完。

杜丽娘 那就长话短说，再长的电视剧剧本也有个几百字的故事梗概。

罗密欧 好吧，我的故事其实和你的梦中情人柳梦梅也有关系！

杜丽娘 （抬起手腕看表计时）我给你 3 分钟，要是 3 分钟讲不完，你在我面前消失掉算了。

罗密欧 其实我第一个情人叫朱丽叶。

杜丽娘 果然有很多女人！朱丽叶碰上你这么个负心汉也是可怜！说，你和朱丽叶好了几天？还是几个小时？！

罗密欧 嗳，她是喝了不良黑心奶茶昏迷而死。

杜丽娘 恐怕是你下的毒手，辛亏我早搬了家！

罗密欧 　其实不是真死，可是我以为她死了，我万念俱灰，我满世界的
　　　　找朋友倾诉，希望能够打开心结，最后去找了一个澳门朋友——

杜丽娘 　你那个朋友刚好有个名字，叫柳梦梅的是不？

罗密欧 　不错。

杜丽娘 　哼！（抬起手腕看表）你还有2分钟。继续编，你的故事好狗血。

罗密欧 　知道为什么柳梦梅没有来找你？

杜丽娘 　爱说不说，不说拉倒！

罗密欧 　柳梦梅没有来找你，是因为他做不正当生意，倒卖古董，贿赂
　　　　官员，罪大恶极，情节特别严重，法院判了他无期徒刑。我去
　　　　监狱探望他的时候，他嘱托我代他来看你，见面信号是半支柳条。

杜丽娘 　（抬起手腕看表）故事编的好垃圾，你还有1分钟。

罗密欧 　我以互相交流昆曲的名义找到你，我只是来传信息的，我都还
　　　　没来得及说柳梦梅的事，你就先引诱了我。给我下了迷魂药，
　　　　终于铸成大错，毁了我的清白。

杜丽娘 　反被狗咬。

罗密欧 　我不是狗。

杜丽娘 　我可没说你是狗，干嘛着急对号？！

罗密欧 　你就是想要个孩子！要知道有的夫妻好几年怀不上，为什么刚
　　　　好那一天你就有了身孕，不早也不晚！是你计算好了日期，我
　　　　刚好碰上！

杜丽娘 　胡说八道，我又不知你哪天来，我还说是你算准的日期！另外，
　　　　就算你那个大胸亲妹妹，叫什么罗美丽的，首先不说为何你俩
　　　　的胸有那么的差别，（杜丽娘笔画着罗密欧的胸小）。其次，
　　　　为何她也来的那么巧，不早一步，也不晚一步，我们刚从假山
　　　　石出来，她就来到花园来找到你！我能不能说是你们计算好了

的！说，你们兄妹俩玩这种仙人跳类的把戏玩了多少了！事情完了也不承担责任！然后编一个朱丽叶的故事来获得同情，好像你才是无辜的受害者！你就是编造语言强词夺理来证明你的清白！

罗密欧 我说了，天下的事情就是巨大的巧合！罗美丽是来告诉我，朱丽叶并没有死，只是奶茶中毒短暂停止呼吸，而医生却误诊为失去了生命迹象，这种医生误诊的事情新闻上很常见。我和我妹第一时间赶回去，本来她的父母非常反对这门婚事，她的父母见朱丽叶能够醒来，也就让朱丽叶嫁给我了，这是关乎两个家族生意的大事。

杜丽娘 原来是豪门恩怨！你们大家族的那些事不是我们这些吃瓜群众可以知道的。如果我没猜错，那朱丽叶喝奶茶中毒不是巧合，而是她预先好的设计，可惜她没有告诉你而已。

罗密欧 人算不如天算，朱丽叶奶茶中毒虽然侥幸醒转，不想也有巨大的副作用，那毒素伴随终身，很是折磨她，前两年她也去世了。

杜丽娘 所以你也开这个奶茶店，你是要给我下毒！让我成为下一个朱丽叶！

罗密欧 不错！你敢喝吗？

　　罗密欧拿出两杯奶茶。

杜丽娘 什么奶茶不敢喝！

罗密欧 经典独家招牌，醉生梦死孟婆汤奶茶！

杜丽娘 可真是好名字！这恐怕就是朱丽叶喝的那毒奶茶吧？

罗密欧 看来你是不敢喝。

杜丽娘 你编的故事可真曲折！就你这脑子花了你几年时间编的故事？是不是已经写好了一本书要去出版？不过，还忘了你还没告诉我那坏秘密是什么？！

罗密欧　喝了这醉生梦死孟婆汤，我再告诉你！

杜丽娘　好秘密都这么剧情丰富，那坏秘密肯定是石破天惊了！行，我再次承认你勾起了我的兴趣！喝就喝，反正我都录了音，如果我要是死了，警察我会受到我的定时邮件！你也逃不了杀人干系！

　　　　〔杜丽娘拿过孟婆汤喝了几口。

杜丽娘　说吧，你那坏秘密到底是什么？

罗密欧　那坏秘密是——

　　　　〔杜丽娘这时头晕，身子跟跄。

　　　　〔杜丽娘指着罗密欧。

杜丽娘　这奶茶真有毒！

杜丽娘　（唱）【滚绣球】

　　　　　　恨相见得迟，

　　　　　　怨归去得疾——

罗密欧　（唱）柳丝长玉骢难系，

　　　　　　恨不倩疏林挂住斜晖。

　　　　〔杜丽娘跟跟跄跄唱完倒下，罗密欧上前扶住。

　　　　〔灯光追至杜丽娘和罗密欧。

罗密欧　（唱）昨宵爱春风桃李花开夜，

　　　　　　今日愁秋雨梧桐叶落时。

　　　　〔罗密欧也喝奶茶。

罗密欧　其实我说的是真的！

罗密欧　（唱）【折桂令】

　　　　　　玉人娇娃，

　　　　　　目断魂消，

当年粉黛，

何处笙箫。

［罗密欧也倒下。

［灯光渐渐黑场或黑幕。

第四折　鬼　门

［时间：晚上。

［地点：独木桥——鬼门关。

［人物：杜丽娘、罗密欧。

［背景是鬼门关，小桥尽头是望乡台。

［灯效可以成红绿灯效，地面放干冰。

［杜丽娘从雾气缭绕的地上爬起来。

杜丽娘　（独白）不想那罗密欧又骗了我，我喝了那有毒的孟婆汤奶茶，

只身来到鬼门关，过往的鬼客请听我说，不要信那忘恩负义的

潘仁美，骗了感情还要把人性命害。

［罗密欧也在不远处雾气迷乱的地面爬起来。

罗密欧　我不是潘仁美！

［杜丽娘闻声过去。

杜丽娘　你奶茶里加了什么滥药，你是不是对我动手脚了！说，出口在

哪里？我要出去！我要报警！

罗密欧　这是真的地狱！

杜丽娘　你这骗人的手段也太低级了，三岁小孩都骗不过，是租的剧本

杀还是万圣节的场景！

罗密欧 我没有骗你，是你自己骗自己！

杜丽娘 怎么倒成了我自个骗自个？

罗密欧 你根本不想让孩子知道孩子他爸是谁，也不想让孩子他爸——我知道，你要的只不过是孩子。至于那个人是柳梦梅，还是我罗密欧都不重要！

杜丽娘 哼，你根本没有和朱丽叶结婚，因为她真的去了天堂！你也不是什么豪门望族的大少爷，因为你不过是冒充少爷的采花大盗！你30岁的时候，被人追债；你40岁的时候，穷困潦倒。

罗密欧 你不要自己骗自己！你在24岁本命年那年就去世了。

杜丽娘 编故事编成PUA了，你要给我洗脑不成！

罗密欧 那年你去赶演出的时候，出了车祸。

杜丽娘 我有个闺蜜叫祝英台，有个孩子叫梁山伯，有个梦中情人叫柳梦梅！有个落魄的一见钟情的男朋友，叫罗密欧！你不想承担责任是要把自己从这个世界上抹去，难道你是鬼！

罗密欧 你才是鬼，你有太强烈的复仇欲望，因为我们的误会你对我有巨大的嗔念，所以你一直不到鬼门关，不过奈何桥，不喝孟婆汤！满世界的游荡，成为一个孤魂野鬼，生活在自己以为的故事里。

杜丽娘 如果我是鬼，难道我没有把梁山伯带到美丽的地球上？

　　[两人继续争辩。

罗密欧 送你进医院的时候，保住了孩子没有保住大人。我含辛茹苦的把梁山伯养大。他也长大成人，她也找到了她的真爱祝英台，我让他们成了亲。

杜丽娘 他们到底没有变成两只蝴蝶！

罗密欧 只要他们是真爱，就让有情人终成眷属吧，不要像我俩那样各有复杂纠葛的感情。

杜丽娘 好吧，退一步讲，你说我编的是故事，那你的故事怎么就没有编的可能性！

罗密欧 我对天发誓，我要是骗你，我就去那无间地狱，永世不能超生。

杜丽娘 如果我们相持己见，只能有一种解释，就是我们的生活在不同的平行宇宙里。

罗密欧 那是你认为的虚拟的宇宙，你总是有幻想症。

杜丽娘 我也可以这样说，那是你认为的虚拟宇宙，因为你是个骗子！

罗密欧 言归正传，归根到底，所以那个坏秘密是——

杜丽娘 所以那个坏秘密是，我是一只鬼?

罗密欧 没错！

杜丽娘 （冷笑）我要是鬼，也要做个衔冤负屈没头鬼，怎肯放过你这好色荒淫恬不知耻采花贼！我要是鬼，也是那至情风流鬼！情不知所起，一往而深，生者可以死，死者可以生，生而不可与死，死而不可复生者，皆非情之至也，我这么一个至情女子，我还是会活过来的！

［两人继续争辩。

罗密欧 到底你怎样才信?

杜丽娘 你的故事有纰漏，如果这是真的鬼门关，说明你也是只鬼。

罗密欧 我是一条新鬼，医生没有误诊，我昨天刚去世。

杜丽娘 人世之事，非人世所可尽，所以你成为鬼也要把我拉下水? 但是你的故事还有一个重大的漏点！

罗密欧 说来听听！

杜丽娘 重大的遗漏点是，喝了孟婆汤不是什么都不记得了吗?

罗密欧 对，在奶茶店喝的其实是迷魂汤，这才是正宗的孟婆汤。

［罗密欧拿出真的孟婆汤，杜丽娘接过奶茶。

杜丽娘　果然加了迷药，你对多少个女孩子下过手！你个大色魔！现在有了录音证据，你要是谋杀了我，警察就来抓你！

罗密欧　这次是真的孟婆汤，我对天发誓！

杜丽娘　（挪揄）你还是对着地狱发誓吧，期待我们下一世不再见面！

罗密欧　要是我说的是真的，我们下一次的碰面，需要 500 年的修行！

杜丽娘　你这样玩弄感情下了地狱是有报应的！恐怕 500 年后再见面我是人，你是只癞蛤蟆！这样也挺好！我真是好想喝！

［杜丽娘拿起孟婆汤奶茶就要喝。

［罗密欧挡住。

罗密欧　你真的想清楚了？

杜丽娘　可笑你是只鬼也一本正经的编故事，只是我真的好渴。

罗密欧　你这次可真要想清楚了，喝了这孟婆汤，我们 500 年的修行都要打回一轮。

杜丽娘　那就再修行一次吧，（深情的）500 年之后，我等着你回来。（潇洒的）来，cheers！

罗密欧　缘尽性空，也罢！也罢！

［杜丽娘和罗密欧碰杯。

［杜丽娘喝完。

［罗密欧也喝完。

［杜丽娘恍然一变，痴情的样子！

杜丽娘　罗郎，这又不是孟婆汤，这是什么汤？！

罗密欧　真心大冒险汤！这里是在望乡台上看最后一眼人间吧，这是每个人最后拥有今世记忆的时候。

杜丽娘　这里真的是地狱？每个人都此都有执着于前世未了的意愿，却

又深深明白这些意愿终将无法实现，

罗密欧　就会发出一声长长的叹息。所以有什么话就直说吧，过了望乡台，

　　　　到了下一个轮回就不会记得彼此了。

　　　　[杜丽娘和罗密欧两人手拉着手，互诉衷肠。

杜丽娘　罗郎，真么多年我对你是有爱又恨、爱恨交织呀。

罗密欧　这么多年，我也是对你魂牵梦绕，难以忘怀的啊！

　　　　（唱）【南吕·一枝花】

　　　　（杜丽娘）*大力鬼顿不开眉上锁，*

　　　　　　　　　巨灵神劈不断腹中愁。

　　　　（罗密欧）*东洋海洗不尽脸上羞，*

　　　　　　　　　西华山遮不了身边丑。

杜丽娘　有缘无份，是人生的无奈；

罗密欧　有份无缘，是人生的悲哀！

　　　　[杜丽娘香肩斜靠着罗密欧下独木桥。

杜丽娘　有缘无份，何必强求。

罗密欧　有份无缘，分为可惜。

　　　　（唱）【琥珀猫儿坠】

　　　　（杜丽娘、罗密欧）*香肩斜靠，*

　　　　　　　　　　　　携手下阶行，

　　　　　　　　　　　　忘川明河当殿横。

　　　　（杜丽娘）*罗衣陡觉夜凉生。*

　　　　（罗密欧）*唯应和你悄语低言，*

　　　　（杜丽娘、罗密欧）*海誓山盟。*

　　　　（唱）【桂枝香】

　　　　（杜丽娘、罗密欧）

　　　　　　　在天愿作比翼鸟，

　　　　　　　在地愿为连理枝。

（唱）【鹅鸭满渡船】

（杜丽娘）人散曲终红楼静，

　　　　　　　半墙残月摇花影。

（唱）【哭相思】

（杜丽娘）百年离别在须臾，

　　　　　　　一代红颜为郎尽！

（唱）【前腔】

（罗密欧）临别殷勤重寄词，

　　　　　　　词中无限情思。

（杜丽娘）七月七夕阎王殿，

　　　　　　　夜半无人私语时。

（杜丽娘、罗密欧）

　　　　　　　谁知道比翼分飞连理死，

　　　　　　　绵绵恨无尽止。

（唱）【尾】

（罗密欧）莫道男儿心如铁，

（杜丽娘、罗密欧）

　　　　　　　君不见满川红叶，

　　　　　　　尽是离人眼中血。

（唱）【收江南】

（杜丽娘）呀！不思量，

　　　　　　　除是铁心肠；

　　　　　　　铁心肠，

也愁泪滴千行。

（罗密欧）美人图今夜挂昭阳，

我那里供养，

便是我高烧银烛照红妆。

杜丽娘 泪添九曲黄河溢。

罗密欧 恨压三峰华岳低。

罗密欧 这次是真的孟婆汤，孟婆汤的前奏是说出我们彼此的真话，让后一笔勾销。

杜丽娘 罗郎……

罗密欧 魂里梦里，咱两就此别过……

杜丽娘 年里节里，你不必再来看我……

罗密欧 人生无常，你我碧落黄泉，各有归宿，别送了……

两人唱完、说完，气氛变的沉重。

[杜丽娘和罗密欧僵尸般的一前一后漂向台口。

[灯光渐暗或者黑场。

[可以有孟婆的旁白（可配乐）：繁华褪去，往日的纠葛早已随风而去，只剩下两颗赤诚之心谱写的经典爱情。

尾　声

[时间：500 年后农历七月七。

[地点：元宇宙时代·后花园·牡丹亭。

[人物：杜丽娘、罗密欧、梁山伯、祝英台。

〔背景是类似于"楔子"一场的后花园，所不同的是此时的后花
园古老又带点元宇宙风格既视感，花园里的草木随风摆动，天
空有元宇宙飞船。

〔舞台字幕提示：500年后农历七月七。

〔舞台陈设类似第一场，类似后花园的牡丹亭。

〔杜丽娘一下子从桌上惊醒，满脸汗水。

〔杜丽娘看看周围，恍如隔世。

〔舞台字幕提示：500年后元宇宙时代农历七月七。

〔杜丽娘梳妆台前看镜子。

〔杜丽娘照着镜子，懒画眉，伤年华。

〔杜丽娘独白：体态是二十年挑剔就的温柔，姻缘是五百载该拨
下的配偶，脸儿有一千般说不尽的风流。

〔杜丽娘走到窗前旁坐下弹古琴。

杜丽娘 （唱）【端正好】

朝霞迟，

芦花白，

青江水雾鹭翩跹，

刀光剑影湿妆发，

花红春影落。

〔古琴弹完，不远传来嬉闹声。

〔杜丽娘走出门。

杜丽娘 山伯——英台——

〔男扮女装的梁山伯和女扮男装的祝英台，两人边整理着衣服边
从舞台后太湖石中出来。

梁山伯、祝英台 来了，来了。

杜丽娘　你们去哪了？衣衫不整的。

梁山伯　天太热，透透风。我们去那片假山阴凉那搭儿谈话去了。

祝英台　（着急的掩盖）没有，没有，我们没有聊天，我们去背戏文去了。

杜丽娘　哦，那《浣纱记》的《醉太平》背的怎么样了？

梁山伯　知道，知道。不就是——

梁山伯　（唱）【醉太平】

　　　　短弓小刀，

　　　　怀抱江西——

杜丽娘　停，停，错了。

梁山伯　啊，又背错了？

杜丽娘　是长弓大刀。

杜丽娘　（唱）【醉太平】

　　　　长刀大弓，

　　　　坐拥江东。

杜丽娘　车如流水马如龙啊！

梁山伯　丽娘姐，我可能学不会昆曲了，昆曲好难，男孩子扮女孩，唱女声真的好难，我不是梅兰芳的料，我太笨，我娘让我回老家改学越剧，她已经帮我报了一个越剧培训班。

杜丽娘　嗳，那也挺好的，昆曲却是有点难，不过学了昆曲对学其他戏都有帮助。

祝英台　丽娘姐，女孩子扮男孩，唱男声真的好难，我太拙，我不是的任剑辉的料，我也要去学越剧了，我也回趟老家看看，顺便送送梁山伯。

杜丽娘　嗳，也好，一定要要十八相送，你把送他的故事和心情记录下来，说不准可以排出好的一部戏，体验生活很重要。

祝英台　多谢丽娘指点。

杜丽娘　不要客气，我们都喜欢昆曲，互相交流学习。

梁山伯　（掩袖哭）我好舍不得我的丽娘呀。

杜丽娘　聚是一团火，散是满天星，你们去吧，好好珍重。

　　　　梁山伯在祝英台的扶送下哭着走向台口。

　　　　〔梁山伯和祝英台下场。

　　　　〔杜丽娘望着他们的背影，转身。

杜丽娘　（唱）【折桂令】

　　　　　　白鸟飘飘，

　　　　　　绿水滔滔，

　　　　　　嫩黄花有些蝶飞，

　　　　　　新红叶无个人瞧。

　　　　〔一个声音传来。

罗密欧　（唱）【醉太平】

　　　　　　长弓大刀，

　　　　　　坐拥江东。

　　　　〔罗密欧拿着柳枝出场。

　　　　〔杜丽娘不禁随着歌声和罗密欧一起翩翩起舞。

杜丽娘　（唱）车如流水马如龙。

　　　　　　看江山在望中，

　　　　　　一团箫管香风送。

杜丽娘、罗密欧　（唱）千辇旌旗祥云捧，

　　　　　　　　苏台高处锦重重。

　　　　　　　　管今宵宿上宫。

罗密欧　曲子里有说不完道不尽的意象，有江山万里、气象万千，也有寒凉百态、断壁颓垣。物极必反，福祸相依，长弓大刀，箫管香风，越是得意时，越要警醒那背后——

杜丽娘　盛极而悲，婉转悲凉。你拜的什么名师？

罗密欧　我是在网上看你唱学的。

杜丽娘　着意栽花花不发，无意插柳柳成荫。要想将昆曲广泛传播，真的很难觅得好材料，不经意碰一个有天赋的，真是好缘分。

罗密欧　丽娘不客气，（把柳枝给杜丽娘）没有礼物给你，折了个柳枝给你的，权当礼物。

　　　　　[杜丽娘颤抖着手接过。杜丽娘看着罗密欧的眼睛。

杜丽娘　原来是你，你是柳梦梅？！

罗密欧　你认识我？我是罗密欧！

杜丽娘　是谁不重要，你不认识我了吗？很久很久以前。

罗密欧　很久很久以前，我认识你吗？

杜丽娘　看来那么多年过去了，你真的不认识我了！

罗密欧　以前认不认识不重要，重要的是现在我认识了你。

杜丽娘　嗳嗳，重要的是现在你回来了。

罗密欧　我今天来可以唱什么呢？

杜丽娘　那入门的【醉太平】你已自学会了，《牡丹亭》游园惊梦【皂罗袍】会吗？

罗密欧　自是会的，还望姐姐多多指点。

罗密欧　（唱）【皂罗袍】

　　　　　　　原来姹紫嫣红开遍，

　　　　　　　似这般都付与断井颓垣。

　　　　　　　良辰美景奈何天。

杜丽娘　错了错了，美字一板，奈字一板，不可连下去。另来另来！

罗密欧　（唱）良辰美景奈何天，

赏心乐事谁家院。

朝飞暮卷，

云霞翠轩；

雨丝风片。

杜丽娘　又不是了，丝字是务头，要在嗓子内唱。

罗密欧　（唱）雨丝风片，

烟波画船，

锦屏人忒看得这韶光贱。

杜丽娘　妙妙！是的狠了，往下来。

罗密欧　（唱）【好姐姐】

遍青山啼红了杜鹃，

荼外烟丝醉软。

牡丹虽好，

他春归怎占得先。

杜丽娘　这句略生些，再来一遍。

罗密欧　（唱）牡丹虽好，

他春归怎占得先。

闲凝眄，

生生燕语明如剪，

呖呖莺声溜的圆。

杜丽娘　最后一句真好，你好有悟性，真是天赋的！

罗密欧 嗳，好喜欢昆曲，昆曲有好美，特别美。昆曲是雕塑，精致脆微。但是好悲伤，唱完感觉好无聊。

杜丽娘 感受对极了，我想那是因为，美到极致总会透出阵阵悲感罢！为什么喜欢昆曲？

罗密欧 一定要找到能让你心静下来的事，从此不再剑拔弩张左右奔突，我想我是找到了。

杜丽娘 也一定要找到能让你心静下来的人，从此万水千山世世生生。
罗密欧看着杜丽娘的眼睛。

[杜丽娘赧然，折下一支玫瑰。

罗密欧 嗳，我突然想起来了，我好像在哪见过你，可是又想不起来，看到你有不一样的温暖。

杜丽娘 穿越生死狭长的甬道，你我久别重逢。

罗密欧 对，一切的美好都是久别重逢，今天的缘分是新的开始。

杜丽娘 嗳，昆曲是是圆满自己的艺术，是战胜时间的力量和武器，加油干吧！

罗密欧 人和人之间的相遇，是五百年前注定的，可能五百年前我们擦身而过。

杜丽娘 可能是我在人群中转身，而你刚好抬起了头。（杜丽娘把玫瑰插到罗密欧的鬓角）你，怎么流汗了，你紧张什么？

罗密欧 怎么天有点热！

杜丽娘 （回头望向后景的山石）那里假石几片，甚是阴凉，我们那答儿谈话去吧，我有很多话要对你说，相信你不会无聊的。
[杜丽娘拉着罗密欧的手步向后景山石，灯光渐暗，闭幕。稍歇，幕重启。

〔杜丽娘、罗密欧、梁山伯、祝英台同上台，谢场。

杜丽娘、罗密欧、梁山伯、祝英台

（唱）叹人间真男女难为知己，

愿天下有情人终成眷属！

〔随着音乐观众散场。

——全剧终

杨　斌　导演、摄影指导、动作指导，主要擅长武侠片、功夫片、动作片类型。先后在北京电影学院、纽约电影学院、香港浸会大学电影学院研习导演专业。澳门科技大学、鲜蜂电影、香港青年国际电影节等讲座嘉宾。作品在中外电影节上获奖和展映多次。

后记

张婷婷

2022 年 3 月，国家艺术基金会发布了《国家艺术基金（一般项目）2022 年度资助项目名单》，在 628 项项目中，由上海大学赵晓红教授领衔的《"回到昆曲，立足当下"——昆曲编剧培训》项目脱颖而出，荣膺立项。此讯一出，上海大学戏剧戏曲学科的四位老师——赵晓红、张婷婷、廖亮、邓黛，迅速集结，携手组建项目团队。这支由全女性成员构成的团队，素有"娘子军"之雅称。

壬寅立春，正值疫情阴霾密布。彼时，春风未暖，细雨淫淫；及至 6 月，云开雾散之日，我们终得踏出家门，迎面而来的是及膝的野草及初夏温热略潮湿的气息。当"娘子军"四人重聚之时，我们即刻着手，重谋开班之计。赵晓红教授，犹如团队之灵魂，运筹帷幄之中，精心规划课程蓝图，广邀名师，引领学术航向；我则身兼总管与班主任之职，事无巨细，皆需亲力亲为，确保各项筹备工作有条不紊，衔接顺畅；廖亮老师，内勤之总务，生活之管家，尽心协调项目每一笔账目，同时亦不忘关怀学员之衣食住行，安排得井井有条；而邓黛老师，则担纲宣传重任，妙笔生花，将我们的昆编班的理念与风采传播四方。

鉴于校园仍处于严密的"封闭"管理之中，校外访客的来往受到了严格限制，我们不得不将培训阵地转移至校外，最终选定坐落于上海市宝山区沪太路 4788 号的上海衡山北郊宾馆，作为学员们为期 30 天的"精神栖息地"，其内的"上海厅"则成为这段时光中知识与灵感碰撞的教室。

北郊宾馆毗邻顾村公园，时至初秋，园内万紫千红，呖呖莺声，学员皆以"世外桃源"喻之，赞叹这方天地所给予的宁静与美好。至今回想，顾村时光，恍若杜丽娘惊梦的后花园，于参与者心田镌刻下一段诗意盎然、启迪心智的难忘记忆。

筹备既毕，我们随即广撒英雄帖，诚邀四海贤达。不久，便收到近 60 份报名申请。经过严格筛选，终得三十精英入列。这三十位学员，地域横跨中国南北西东，北迄沈阳雪域，南抵珠海暖滨，西达商洛崇山，东临沪上繁华；性别均衡，男才八名，女杰二十二位；学历卓然，博士十一人，硕士十六人；术业专攻，编剧才俊云集，更有教授一人，副教授三席。他们不仅是各自领域的佼佼者，更是学术与创作并重的多面手。其中多人已在核心期刊发表多篇高质量研究论文，学术成就斐然；亦有编剧高手，其作品频登舞台，广受业界推崇，美誉载道。更有多才多艺者，或精通音律，能度新曲；或擅长抚琴，音韵绕梁；或精研戏剧，串演古今；或涉足影坛，尽显才华。尤为值得一提的是，开班之日恰逢第九届王国维戏曲论文奖颁奖典礼，荣获一等奖的四川师范大学李阳副教授，毅然选择放弃颁奖典礼的荣耀，准时出现在昆剧编剧班的课堂上，这份对昆曲编剧班的尊重，让我们深感肩上的责任重大。

优秀的人才聚集一堂，必然"卷"起千堆浪。"娘子军"团队诚邀国家一级编剧、高校昆曲研究专家，以及七大昆曲院团团长、伶界翘楚，共育桃李。及至北郊雅苑，师长展卷阅才，惊于学员风华，遂遁入静室，潜心研课，因材施教，以应群英之需。学子间则暗香浮动，相助相成。古籍曲谱、专著论文，石芳、徐翠、李阳、魏睿诸君，文献通达，瞬息之间，电子版已遍传群内，共飨智慧之宴；经典剧目提及，尹晴画、董璩瑶、费津润、木鱼姐姐等，观剧如织，即刻奉上片源，群内共赏，议论风生。师者台上倾囊，学子台下争鸣，一堂之内，互卷成风，尽显文雅之韵，共筑学问之林。课堂论道之际，学员共谱【叨叨令】曲，才女于莎雯诗词造诣深厚，挥毫间尽显风华；王一舸擅曲工文，文采斐然，令人瞩目；木鱼姐姐编剧有成，笔下生花，信手而成佳作；费津润深谙戏场之道，编剧之艺，游刃有余，挥洒自如；张诗扬、赵凯欣、李培、石芳、邓嫣、梁怀玉、水超露、薛佳鹏、田晓靖、欧阳梦霞、王清林等才俊，亦是才华横溢，令人赞叹不已，真乃"乐煞人也么哥"，亦是"卷煞人也么哥"。于是，辞藻之探讨、音律之琢磨、联套之构思、剧本之分读，皆成夜课之必修，勤勉不辍，蔚然成风。"学海砺剑"未满一月，王一舸已挥毫而就，撰成《张丛碧承泽园杂剧》四折套曲；木鱼姊亦智珠在握，勾勒出《绿头巾》之大纲。三秋期满，三十学员共献昆曲剧本三十三部，洋洋洒洒二十七万言，王一舸、魏睿、于莎雯才情出众，各呈双璧。此次昆剧编剧培训班，不仅圆满达成"出人出戏出作品"之愿景，更被业界誉为昆剧编剧之"黄埔一期"，传颂一时。

壬寅年冬月初十，诸君依依惜别北郊宾馆，各归本位。三十子难再齐聚，然情谊长存，不因时空而减。日后于职场各展宏图，仍相辅相成，共襄盛举。每至同窗之城邑，必相约而聚，品茗论道，曲话剧谈，续此不朽之缘。

《"回到昆曲，立足当下"——昆曲编剧培训》结项两载，捷报频传，学员作品屡获殊荣。魏睿、徐翠的评论文章，共荣膺第三十六届田汉戏剧奖；邓嫣昆剧《项脊轩记》于2022年"梁辰鱼杯"剧木征集活动斩获佳绩；于莎雯《花甲县令》、魏睿《琼花记》再续辉煌，分列该活动2023年度之二等奖、入围奖。于莎雯《描朱记》、魏睿《东海波臣》双入2023年中国小剧场戏曲展演之列。王一舸笔下《张伯驹承泽园》等剧作，屡被重要刊物登载。"戏剧中国"年度作品征集推选活动，昆剧班学员大放异彩，费津润《绣鞋怨》、何瑶琪《怒沉百宝箱外传》等作，在 2022 年度戏曲类奖项满载而归；2023 年度，张诗扬《无心传奇》亦摘桂冠，费津润《劫道》、赵凯欣《木兰诗》等佳作，优秀剧本之誉加身；马潇婧《灌口二郎》、于莎雯《云深处》等，潜力剧本之名远播；赵琼《星星之火》则在儿童剧领域崭露头角。木鱼创作的木偶戏《审老虎》再添辉煌，荣获第三十七届田汉戏剧奖二等殊荣，徐翠亦于同赛事中夺得评论奖佳绩。赵凯欣《蜉蝣图》首折，获批泉州戏剧孵化项目，舞台生辉；尹晴画《米爹》花鼓戏展演，观众交口称赞；费津润更荣登浙江省"文艺名家"之列。其中获奖作品《绣鞋怨》《无心传奇》《灌口二郎》等剧，均是昆剧编剧班的结课作业。昆剧编剧班，青年编剧，英才济济，实乃戏文之幸，昆坛之福。

本书以国家艺术基金之立项之名为书名，荟萃昆坛新秀三十子之雅制，共三十三部结课华章。其内容广博，既含古典小说之新编重构，亦见传统神话之奇幻演绎，更触及社会现实，人生百态，乃至专为儿童编创之"儿童昆曲"，童趣盎然，寓教于乐。此三十三部剧作，叙事性强，又不失昆曲古韵之精髓，巧妙融合古典风华与现代视角，彰显当代青年编剧对昆曲艺术之创造性传承与创新性发展。本书编排体例，循时序脉络，以剧本所绘时代背景为序，依序铺陈。开篇辅以简明人物图谱及脚色行当之设定，篇终则缀以作者之小传，以便阅读。

昆曲剧本编纂之际，难题纷呈。有编剧循现代戏剧刊物之规，曲词与宾白泾渭分明，曲词逐句列行，宾白则汇集成段，科介则以括号标示；另者则遵明清杂剧、传奇古制，唱白交织，大小字间见，角色更迭隐于段落之中，亦以括号括出，以为导引。然各人所宗古法各异，即便是遵照古体之作，亦难寻一统之章法。最终，我们放弃统一体例之念，非为懈怠，实为彰显昆曲编剧创作之"多态并蓄"。古法今制，并行不悖，既承先贤之遗风，亦纳时代之新貌。昆曲之发展，恰如古今交融之画卷，每一笔变化，皆值得尊崇、珍视、敬仰与展现。

于后记之末，谨向上海大学上海电影学院致以崇高敬意与深切感激，若无学院之鼎力扶持，本项目断难启航，更遑论圆满。向由"娘子军"率领的"童子军"志愿者团队，致以深挚之谢忱。若无上海大学戏剧戏曲学诸位研究生同学的无私奉献，国家艺术基金《"回到昆曲，立足当下"——昆曲编剧培训》项目之三十日课程，岂能顺畅无阻？兹特列其名讳，以表谢意：骆怡安、翟文姿、赵琦、裴之琪、楚梦瑶、李家珍、孙佳琪、胡慧娜、焦文佳、赵光明、蔺晚茹、彭斐麟、李永、温家天、杨嘉祺、李宛泽、吉子轩、许慧娟、黄承悦、陈章涌、邢煜杨、单一芸、张聪、陈雪倩、吴一丹、唐景怡、张芮。

2024 年 8 月 11 日